करमजलियाँ

करमजलियाँ

नम्रता चड्ढा

 BLACK EAGLE BOOKS

USA address:
7464 Wisdom Lane
Dublin, OH 43016

India address:
E/312, Trident Galaxy, Kalinga Nagar,
Bhubaneswar-751003, Odisha, India

E-mail: info@blackeaglebooks.org
Website: www.blackeaglebooks.org

First International Edition Published by
BLACK EAGLE BOOKS, 2024

KARAMJALIYAN
by **Namrata**

Cover : **Umasankar Bhuyan**
Interior Design: Ezy's Publication

ISBN- 978-1-64560-235-4 (Paperback)

Printed in the United States of America

समर्पण

मेरे प्यारे साहसी और साहित्य अनुरागी
पापाइ (पिताजी) राज कुमार शर्मा की स्मृति में

अनुपम कहानी संकलन

लेखिका द्वारा प्रत्यक्षदर्शी सत्य घटनाओं पर आधारित यह कहानी संकलन अनुपम है औरभविष्य में भी अद्वितीय रहेगा। कलियुगी वर्तमान समाज की कटु एवं अप्रिय सच्चाइयों का जिस बेबाकी से चित्रण किया है, वह कठोर हृदय पाठकों को भी दहला देती है, कोमल दिलवाले पसीज उठते हैं। नख-शिख-चित्रण जैसी वर्णनशैली इतनी सूक्ष्म और व्यापक है कि पाठक स्वयं को साक्षीदृष्टा अनुभव करने लगता है।

कहानियों में केवल पुरुषप्रधान समाज से प्रताड़ित, अवहेलित, शोषित, दुखी महिलाओं का ही नहीं, पश्चिमी सभ्यता से प्रभावित विलासी, दुराचारी महिलाओं का भी तदनुरूप चित्रण हुआ है। पीड़तों को न्याय दिलाने के लिए तत्पर पुलिस अधीक्षक महिला, पत्रकार महिला, समाज-सेवी महिला के अथक प्रयासों का वर्णन है तो जाँच-पड़ताल की खानापूर्ति के बहाने घूम-फिर मौज-मस्ती में स्वार्थलिप्तकुछ संगठनों, आयोगों कीमहिला सदस्याओं का भी कच्चा चिट्ठा खोला गया है।

शराब के नशे में पत्नी को पीटने वाले मर्दों से लेकर नाबालिक कन्या को बलात् कोठे की बुलबुल बनाने वाले दरिंदे पुलिस दारोगातक के कुकृत्यों का ठोस वर्णन हुआ है तो नारी का सम्मान करनेवाले, उनके लिए अपना सर्वस्व बलिदान करनेवाले सहृदय पुरुषों का भी चित्रण है। न्यायालयों के जंजाल में फँसे बेकसूर कैदियों के दर्द का वर्णन हृदय विदारक है।

नम्रता जी की सृजनशीलता अद्भुत् है, किसी भी कहानी का अंत नहीं दिखता, जैसे कश्तीबीच धार में छूट गई है।क्लाईमेक्स बना ही रहता है। पाठक सोच-विचार कर अंत की तलाश में रम जाता है। लगता है लेखिका पाठकों को भी अपने रचनाकौशल में सहयोगी बनाना चाहती हैं।

यह पुस्तक समाज के हर वर्ग के लिए पठनीय एवं संग्रहणीय होगी।

- हरिराम पंसारी
सलाहकार (राजभाषा एवं तकनीक)

लेखिका की कलम से

जीवन में हमारे सामने कुछ सच्ची घटनाएँ ऐसी घटित होतीं हैं, जो हमारे मानस पटल पर सदा-सर्वदा के लिए अंकित हो जाती हैं। उन्हे चाह कर भी हम भुला नहीं पाते। समाज में महिलाओं के लिए काम करते हुए मुझे कुछ ऐसी ही अप्रत्याशित घटनाओं का साक्षी बनना पड़ा, जो मुझे अंतरतम तक विह्वल कर गईं। मैं चाह कर भी स्वयं को उनसे अलिप्त नहीँ रख पाई। दुर्भाग्यवश ये वृत्तांत सत्य घटनाओं पर आधृत हैं। वास्तविक व्यक्तियों के नाम बदल दिए गए हैं। घटनाक्रम बिलकुल वही हैं। कागज के कैनवासों पर शब्दचित्रों में उन कहानियों को रूपांकित कर पेश कर रही हूँ। प्रयास भले ही छोटा दिखे मगर पाठकों के हृदय में उतरते ही कब ये वामन बे विराट में बदल जाएँ, यह तो सहृदयों की संवेदन-क्षमता पर निर्भर करेगा।

आरंभ से कोई बुरा नहीं होता। जीवन मार्ग पर मिलनेवाले लोगों, घटनेवाली परिस्थितियों और क्रमशः विकसित होनेवाली मानसिक - वैचारिक विकृतियों के वशीभूत अच्छे-भले लोग भी गलत रास्तों की ओर अग्रसर कर देती है। वस्तुतः हमारा मन ही कभी सुर तो कभी

असुर बन जाया करता है। कई बार न चाहते भी हम किसी न किसी उथल-पुथल का शिकार हो जाते हैं। उन्हें सहज ही अदेखा कर पाना संभव नहीं हो पाता। अगर संभव हो पाता तो मैं इन्हें लेकर आपके सामने कदापि हाज़िर नहीं होती।

आशा करती हूँ कि ये कथाएँ आपको झकझोरने में कामयाब तो होंगी ही, साथ ही आपके लिए कई मायनों में प्रेरणादायी भी सिद्ध होंगी। कामना करती हूँ, प्रभु किसी को इस तरह की विकट परिस्थिति में ना डालें।

सूची

स्वेटर

सर्दी और स्वेटर का बेजोड़ रिश्ता होता है। जब भी सर्दियाँ आती हैं और मैं जाड़े का अनुभव करती हूँ तभी मुझे पार्वती की याद आती है। यह बात इतनी भी पुरानी नहीं है लेकिन इस बात को याद करते ही मेरी आँखें अपने आप नम हो जाती हैं। 2002 में एक बार जब मैं अपने ऑफिस में काम कर रही थी तभी सिटी जेल से जेलर साहब का फोन आया। "प्लीज मैडम, आप एक बार आज अगर संभव हो सके तो यहाँ जेल में मेरे ऑफिस चली आइए, एक जरूरी बात करनी है, एक औरत का केस है। आप तो जानती ही हैं कि हमारे हाथ कानून से बंधे हैं। हम अपनी ड्यूटी के अलावा कुछ और नहीं कर सकते। आप प्लीज़ जल्दी आए, आप महिला आयोग में हैं, आप हमारी मदद कर सकती हैं।"

वैसे मैंने बचपन में खूब हिंदी फिल्में देखी हैं और हिंदी फिल्मों में जेलर को ज्यादातर खूँखार या निर्दयी दिखाते हैं। दिमाग में एक छवि-सी बन गई है। लेकिन ये जेलर साहब की बात ही कुछ और है। एकदम अलग से है, शांत और नम्र स्वभाव के, मन से अत्यंत दयालु। अपने ऑफिस का काम जल्दी से निपटा कर मैं अपने स्टेनो बाबू को साथ लेकर सीधे जेल पहुँची। जेलर साहब ने अपने ऑफिस में एक औरत को पहले से बिठा कर रखा था। वो एक औरत एकदम दुबली पतली-सी थी। उम्र होगी कोई ४०साल। बस रोए जा रही थी, उसका रोना देख कर जैसे आत्मा काँप उठी। "बाबू जी, मेरे बच्चे को बचा लो, वो मर जाएगा, मुझे घर जाने दो, आपके पाँव पड़ती हूँ, वो

मर जाएगा, वो तीन दिन से घर पे अकेला है, भूखा है, दया करो, दया करो, प्रभु तुम्हारा भला करेंगे, दया करो।" और फिर बेहोश हो गई। इतनी करुण पुकार, मेरा दिल भी बैचेन हो गया।

जेलर साहब से पूछा, "क्या हुआ? इसने किया क्या है कि यह पर यहाँ लाई गई? इसका जुर्म क्या है?"

जेलर साहब ने उदास-सी साँस लेते हुए कहा, "मैडम, इसने बहुत बड़ा जुर्म किया है, इतना बड़ा कि जिसकी कोई माफी मांगने पर भी विचार नहीं किया जाता है।" पर किया क्या है? मैंने अधीर होकर पूछा, "इस बदनसीब औरत ने एक स्वेटर चोरी किया था, इस कारण इसे पुलिस ने पकड़ लिया और कोर्ट में पेश किया था और कोर्ट ने इतने बड़े जुर्म के लिए इसको जेल में भेज दिया। जब से आई है बस रो रही है। अब आप ही बताएँ हम जेल से बाहर जाकर इसकी रोने की वजह की जाँच कैसे करें, रो-रो कर पूरा जेल सिर पर उठा रखा है, बार-बार बेहोश हो जाती है। अभी कुछ समय पहले अपना सिर पटक कर रो रही थी। उसकी ये हालत देख कर अपने ऑफिस से गार्ड को उसके घर पे भेजा था। घर पे ताला लगा है। मकान मालिक के पास चाबी नहीं है। पुलिस केस है और डर से ताला भी नहीं तोड़ने दे रहा। इसका कोई वकील भी नहीं है, वो बता रहा था कि इसका एक अपंग बेटा अंदर है, वो चल फिर नहीं सकता और न ही बोल सकता है और न ही कोई समझ है, उसने रोशनदान से कुछ बिस्कुट अंदर डाल दिए थे। अबआप जाकर कुछ कीजिए और उसके बेटे को पहले रेस्क्यू कीजिए।" बिना देर किए स्टेनो बाबू और गार्ड को लेकर अपनी कमीशन की गाड़ी में पार्वती के मोहल्ले में पहुँची। उसके घर कर का ताला तुड़वाया। अंदर का दृश्य देख कर सभी के रोंगटे खड़े हो गए। एक साँवला-सा लड़का जमीन पर लेटा हुआ था, कोई लगभग 5 फुट 11 इंच का होगा, मुँह से लार टपक रही थी, थोड़ी दूर पर कुछ बिस्कुट के टुकड़े गिरे हुए थे, चींटियाँ बिस्कुट के साथ उसकी लार को चाटतीहुई उसके होंठों के किनारे को भी काट रही थीं, लड़कान जाने

कितने दर्द में था और कराह रहा था, लेकिन हाथ से चींटियों को हटा भी नहीं पा रहा था, भूख प्यास से आँखें बंद किए लेटा हुआ था, पायजामा पूरा गीला हुआ दुर्गंध मार रहा था। मकान मालिक ने कहा, "इसका नाम कार्तिक है, रिटार्डेड है। इसकी माँ ही सारा काम करती है, इसकी सेवा भी वही करती है बेचारी, दो दिन से घर लौट कर नहीं आई। बाद में पता लगा कि चोरी के इल्जाम में पुलिस पकड़ कर ले गई है। हमने एम्बुलेंस को फोन भी किया कि बच्चे को लेकर सीधे किसी आश्रम में ले जाओ लेकिन घर पे ताला है और पुलिस की इजाजत के बिना घर पे कौन जाए। न जाने कोई चोरी का सामान अंदर हो।" बिना देर किए झट से फोन लगा कर बाल आश्रम वालों को आने को कहा। सबसे पहले इस लड़के को लेकर हॉस्पिटल पहुँचाना है, उस गंदे नाले के पार पतली-सी गली में दो मंजिला घर जिसमेंमकान मालिक रहता है और घर के सामने एक लाइन में छोटे-छोटे आठ कमरे अलग-अलग किराए पे दिए हैं, सबके लिए सिर्फ दो ही बाथरूम। शहर में मध्यमवर्ग के लोग बस्ती में नहीं रह सकते, लेकिन ऐसे छोटे-छोटे घरों मेंरह लेते हैं। उसी में अपनी इज्जत बचाकर रखने की कोशिश करते हैं। धीरे-धीरे शाम ढल चुकी थी। जाड़े में रात जल्दी हो जाती है। गली में कहीं भी लैंप नही जल रहा। एकदम पतली गली दोनों तरफ कच्चे-पक्के मकान, खुली बदबूदार नालियाँ, खिड़कियों से झाँकती सैकड़ों आँखें, हजारों सवाल करतीं। फिर से जेल में पहुँचे, पार्वती अभी भी रो रही है। मुझे देखते ही दौड़ कर मेरे पास चली आई, मेरे से चिपट कर रोने लगी, मैंने कहा, "तुम्हारा बेटा ठीक है, हॉस्पिटल भेजा है, जल्दी ठीक हो जाएगा, तुम पहले खाना खाओ, मजबूत बनो, तभी तो बाहर जाकर उसकी देखभाल सकोगी, चलो पहले खाना खाओ, रोना बंद करो, फिर अपनी बात बताना, मैं यहीं पे हूँ। " जेलर साहब ने हमारे लिए भी नाश्ता मंगा दिया। रात के आठ बज चुके थे, घर को जाने को देर हो रही थी फिर भी मैं पार्वती की पूरी बात सुने बिना नहीं जाना चाहती थी। घर पर

भी बच्चे मेरा इंतजार कर रहे होंगे। महिला आयोग में जब से आई हूँ तभी से अत्यंत व्यस्त हो गई हूँ। घर पर बच्चों को भी कम समय दे पाती हूँ। वो भी कभी-कभी नाराज हो जाते हैं। परंतु यहाँ औरतें, इतनी बड़ी संख्या में जब अपनी समस्याएँ लेकर दूर-दूर से आती हैं तब उनका काम किए बिना घर जाने को मन नहीं करता है और फिर यह मेरी ड्यूटी है। पार्वती अभी अपनी जेल की कोठरी में ही है, जेलर साहब ने कहा, "आप कल उससे मिल लेना, आपका बहुत बहुत धन्यवाद। आपने उसके बेटे को रेस्क्यू करा दिया, बेचारी गरीब औरत रो-रो कर मर जाती।"

मुझे भी अगले दिन बहुत सारे काम करने हैं। इसलिए जेल के रजिस्टर में साइन करके स्टेनो बाबू के साथ घर को रवाना हो गई। अगले दिन सबसे पहले जिले के पुलिस सुप्रीटेंडेंट को नोटिस भेजना है फिर थाना इंचार्ज को भी कि पार्वती के केस में पुलिस ने कैसे लापरवाही बरती। रात को देर तक घर का काम निपटाने के बाद फिर से पार्वती आँखों के सामने आकर बैठ गई, जैसे मेरे से पूछ रही हो कि क्या उसका जुर्म इतना बड़ा है, देश में कैसे स्मगलर खूँखार अपराधी, बलात्कारी, घूसखोरी करने वाले लोग बाहर आजाद घूम रहे हैं। क्या कानून सिर्फ़ और सिर्फ़ पैसे वालों का है, गरीबों के लिए कोई नहीं, लाचार होकर वो कहाँ जाएँ? सचमुच मुझे याद आया कि उसकी बेल करवानी होगी और कोर्ट में याचिका दायर करने के लिए कोई नहीं है उसका और ये सब इंतजाम जल्दी ही करना पड़ेगा नहीं तो वो बाहर नहीं आ पाएगी। रात के ग्यारह बज चुके हैं, इतनी रात को किसी को फोन करना नहीं चाहती थी। फिर भी मन नहीं माना और अशोक कुमार मिश्र जी को फोन कर दिया। इतनी रात को मेरा फोन पाकर वो एकदम से घबरा गए फिर पूछने लगे, "जी, बताएँ क्या बात है, जरूर कोई सीरियस मामला होगा जो इतनी रात को फोन किया।"बिना कोई भूमिका बाँधे पार्वती का किस्सा सुनाया और कहा, "अशोक जी, एक मदद मिलेगी, आपको उसकी बेल करवानी होगी

और इसके लिए जिम्मेदारी भी आपको ही उठानी पड़ सकती है लेकिन शायद गारंटर भी चाहिए और कोर्ट में याचिका दायर करने के समय सारे कागजात तैयार करने पड़ेंगे, कल ऑफिस जाकर उसका डिटेल सब आपको मिल जाएँगे बस आप हमारी मदद कर सकते हैं क्या? गरीब औरत है, ऊपर से अत्यंत दुखियारी, उसका बेटा शायद मेंटली रिटार्डेड है, पुलिस ने लापरवाही की है, बिना उसके बच्चे के रहने का इंतजाम किए उसको कोर्ट में पेश किया गया था, जमानत मिल जाएगी।" अशोक जी बहुत भले आदमी हैं, उनकी एनजीओ गरीबों की पूरी मदद करती है, वो वकील भी हैं और केस में पार्वती की सहायता भी करेंगे। उन्होंने बड़ी नम्रता से कहा, "आप परेशान न हों, कल ही मैं अपने ऑफिस से जल्दी किसी जूनियर को भेज कर जेल से उसका साइन लेकर बेल के लिए एप्लाई करता हूँ, बस आप मेरी एक बार उसके साथ मीटिंग करवा दीजिए। चलिए कल हम मिलते हैं।"

अशोक जी से बात करने के बाद मन को थोड़ी राहत मिली। रात भर आँखों के सामने उस औरत का चेहरा घूमता रहा, एकदम दुबली पतली-सी, आगे के दो दाँत बाहर निकल कर उसको और भी अजीब-सी बना रहे हैं, रंग थोड़ा साफ है लेकिन गरीबी और चिंता में एकदम बेनूर-सी लगती है, आँखें बड़ी हैं, उसके चारों ओर गहरे काले धब्बे, उसके रूखे बाल, हड्डियों के ढाँचेपर केवल पतली चमड़ी की परत, शरीर पे सस्ती-सी सूती साड़ी और बदरंग शॉल, जैसे सभी कुछ उसकी दुखी जिंदगी की चुगली कर रहा है, मैं रात भर सोचती रही भला कैसे ये इतनी सहनशील है और कैसे अपने बेटे की सेवा करती है, रोज उसको खिला पिला कर काम पे जाती है, अभी तक उसका टट्टी पेशाब उल्टी सब कुछ साफ करती है, कहाँ से लाती है इतनी हिम्मत? सुबह उठते ही सबसे पहले जिला पुलिस अधीक्षक को फोन किया और सारी बात बताई फिर तैयार होकर ऑफिस जाकर अपने स्टेनो बाबू को बुलाकर थाना प्रभारी को नोटिस भेजा, उनको महिला आयोग में

हाजिर होने को कहा। अशोक जी अपने वादे के मुताबिक ठीक नौ बजे जेलर साहब के पास पहुँच गए। पार्वती से कोर्ट के जरूरी कागजों पर साइन लेकर बेल के लिए कोर्ट पहुँचे। तब तक यह खबर मीडिया को भी मिल गई थी। वो पिछली रात को ही उसके बेटे की इतनी खराब हालत की फोटो लेकर आज के पेपर में छाप दिए थे। टीवी वालों को भी मसाला मिल गया था वो तो कोर्ट के बाहर जाकर खड़े होकर पार्वती की रिहाई का इंतजार करने लगे। थाना प्रभारी को उपर से काफी डाँट सुनने को मिली। सुप्रीटेंडेंट प्रभाकर बड़े कड़े स्वभाव वाले हैं, अपने ऑफिस के कर्मचारियों को और ऑफिसर्स को बचाना खूब जानते हैं। लेकिन मैने भी मन में ठान ली थी की इस बार आयोग पुलिस की इस बेरहम और लापरवाही वाली हरकत पर कारवाई जरूर करेगा। पार्वती की बेटी जाजपुर में अपने मामा के घर रहकर पढ़ाई कर रही है। पार्वती ने उसको वहाँ दो साल पहले से ही अपने भाई के घर रखा है। शहर में अकेली जवान लड़की को कैसे अपने काम के साथ संभालेगी, कम से कम मामा के घर सुरक्षित तो है। उसकी बेटी शुभांगी बहुत सुंदर है। सुंदरता गरीब के घर अभिशाप ही होती है। मोहल्ले के रोमियो जब घर के चक्कर काट कर परेशान करने लगे तो अपनी जवान होती बेटी को मामा के घर भेज दिया। ये बात और है वो वहाँ मुफ्त की नौकरानी की तरह है। बस पार्वती को यही डर है कि मीडिया में उसकी बेटी के बारे में न पता चले, नहीं तो उससे शादी कोई नहीं करेगा। जैसे पार्वती के गरीब बाप ने मजबूरी में अपनी बेटी की शादी अधेड़ पंडित से कर दी थी। और जब बेटी शुभांगी के बाद लड़का पैदा हुआ तो उसका पति कुछ समय तक बहुत खुश रहा कि बुढ़ापे का सहारा मिल गया लेकिन जैसे-जैसे बेटा बड़ा होता गया और उसकी बीमारी के बारे पता चला तो पार्वतीको दोनों बच्चो के साथ घर से बाहर निकाल दिया। तब से अकेले पार्वती अपने दोनों बच्चों के पास रह रही है। बेटे को हर सरकारी प्राइवेट हॉस्पिटल में दिखाया। लेकिन कोई सुधार नहीं हुआ, बेटा और बेटी बाँस की

तरह बढ़ते रहे, बेटी उसकी हर काम में मदद करती लेकिन बेटा सिर्फ एक मेरूदंड हीन प्राणी मात्र की तरह जमीन पर पड़ा रहता, भरपेट खाना खाता, साँसे लेता, सोता जागता, हगना मूतना सब करता। अकेली दुबली पतली-सी पार्वती उसका सारा काम करती, घर पे उसको अकेला छोड़ कर ताला मार कर बाहर जाकर दुकानों में घूम-घूम कर साड़ियाँ लाती और रात-रात भर बैठ कर उन पर फॉल्स लगाती। फिर अगले दिन जाकर उनको दुकानों पर देकर आती। जब अशोक जी ने उससे पूछा कि उस दिन दुकान में क्या हुआ था? तब उसने बताया, "सर जी, रोज की तरह उस दिन भी मैं दुकान पे साड़ियाँ लेकर गई थी, महांती बाबू से हिसाब करके एक सौ दस रुपये लिए। महांती बाबू बोले, "इतनी मेहनत करती हो इतना थोड़ा कमाती हो अपनी बेटी को क्यों नहीं बुला लेती हो, मैं उसको काम पे रख लूँगा, अच्छी तनख्वाह भी मिलेगी, तुम्हारे सारे कष्ट भी दूर हो जाएँगे।

सर जी मैं एक औरत हूँ, आदमी की नजर और उसकी बातों का मतलब खूब समझती हूँ। उस दिन गुस्से में मैने भी जवाब दे दिया, "काम की बात करो बाबू, गरीब हूँ कमजोर नहीं, आगे से मेरी बेटी का नाम भी जुबान पर लिया तो पुलिस बुला लूँगी।" बस फिर क्या था वो तो भड़क उठा और बोला, "पुलिस का डर दिखाती है साली, छोटी जात, तुमको दया करके काम देता हूँ और मेरे को आँख दिखाती है, ये अपना थैला यहीं रख। सारा माल वापस कर, इधर रुक, आज ही सारा हिसाब करता हूँ, चोर कहीं की, अरे ओ कुन्ना देख थैले में क्या-क्या रखा है दुकान से कई बार समान चोरी हुआ लेकिन मैने हर बार अनदेखा किया। सोचा गरीब है जरूरतमंद है, देखियो कहीं स्वेटर तो नहीं चुराए? कब से अपने बेटे के लिए मांग रही थी।" फिर न जाने किसको फोन लगाया। मुझे दुकान पे रोक कर रखा, आसपास वाले लोग भी आ गए। डर के मारे मैं भाग भी न पाई, पुलिस आई, मेरे थैले से स्वेटर भी मिला, मैं बहुत बहुत रोई लेकिन किसी ने मेरी बात नहीं सुनी। थाना प्रभारी को भी कहा, "मेरा बेटा घर पे अकेला है

वो ख़ुद कोई काम नहीं कर सकता है, आप जा के देख लो, वो मेरे बिना मर जाएगा, उनके पैर भी पड़ी, लेकिन पता नहीं क्या क्या लिखते रहे। फिर एक कागज पर साइन करा लिया और मुझे पुलिस वैन में बिठाकर कोर्ट ले आए। मेरी किसी ने नहीं सुनी। और आज सब मीडिया वाले जेल के बाहर खड़े हैं। बाबूजी मेरी इज्जत तो चली गई। बस मेरी बच्ची की इज्जत बचा लो।"

कोर्ट में मैं भी पहुँच गई। बेल ऑर्डर मिलने के बाद अशोक जी के साथ जेल गई। कोर्ट का ऑर्डर सीधे जेलर साहब को मिलेगा, हम तो बस पार्वती से मिलने गए। मुझे देखते ही पार्वती फिर से लिपट कर रोने लगी। इस बार उसकी आँखों में खुशी के आँसू निकल रहे थे। रोते हुए कहा, "संदीपना दीदी, आप मेरे लिए माँ समान हो, प्रभु आपका मंगल करे, आप बस मुझे यहाँ से बाहर ही नहीं निकल रहे, बल्कि मेरे बच्चे को भी बचाया, ये वकील साब सुबह आए थे, बड़े भले आदमी हैं, लाख-लाख प्रणाम, मैं गरीब आपको कुछ भी नहीं दे सकती।" और फिर जोर-जोर से रोने लगी। मैं वहाँ और नहीं रुक सकी। बस पार्वती से कहा, अपना चेहरा ढककर बाहर जाना, प्रेस के आगे कुछ भी नहीं कहना। जेलर साहब को धन्यवाद देते हुए बाहर आ गई। अशोक जी भी बाहर आ गए। बाहर मीडिया की भीड़ है। उनको भी समझना होगा। पार्वती को घर पहुँचते शाम के सात बज गए। अगले दिन आश्रम में अपने बेटे से मिली फिर आयोग के ऑफिस में आई। पुलिस के विरुद्ध कर्रवाई होनी है। पार्वती का बयान भी रिकॉर्ड करना था। वो एक फटा-सा स्वेटर पहनकर आई थी। एक लिफाफे में कुछ रकम डाल कर दी कहा, रख लो। काम आएँगे, ये दया नहीं कर रही, आज के बाद मेरी सभी साड़ी में तुम ही फाल लगाना, ठीक है हिसाब चुकता करना। "उसने चुपचाप लिफाफा रख लिया। एक स्वाभिमानी औरत भला कैसे मंजूर करे कि ये दया नहीं दिखा रहे। मन तो किया की एक स्वेटर उसके बेटे के लिए दे दूँ। लेकिन हिम्मत नहीं हुई। उसके बाद वो चली गई। और मैं अपने दूसरे

केस में व्यस्त हो गई। जब भी घर से स्वेटर पहनकर निकलती तो पार्वती की याद आ जाती। तकरीबन दस दिन बाद ऑफिस में अशोक जी का फोन आया, उनको केस के लिए पार्वती से मिलना है। लेकिन पता चला कि उसने चुपचाप अपना घर छोड़ दिया है और मकान मालिक को भी नहीं मालूम कि वो कहाँ चली गई है। मकान मालिक को फोन किया तो वो बोला, "हजूर, मैंने इस महीने का भाड़ा भी माफ कर दिया और घर खाली करा दिया, अब आप ही बताइए मैं और क्या करता, पुलिस के विरुद्ध कार्रवाई हो रही है, जाँच चल रही है रोज पुलिस घर आ जाती है। मेरे यहाँ सभी शरीफ आदमी रहते हैं। फिर वो चोर को कौन रखता।" मन एकदम उदास हो गया। उसको बहुत ढूँढा लेकिन वो फिर मुझे कभी नहीं मिली। आश्रम में फोन किया तो उन्होंने बतायाकार्तिक बहुत ही खराब हालत में लाया गया था। उसको हॉस्पिटल में भर्ती करवाया और उसकी वहीं पर दो दिनों के बाद मौत हो गई थी। उसकी माँ ने आकर उसका अंतिम संस्कार किया था। फिर अगले दिन अस्थियाँ लेकर चली गई। हाँ मैडम जी एक बात बताना चाहता हूँ वो औरत कितनी निर्मोही थी। बेटे को अग्नि देते वक्त जरा भी नहीं रोई। ऊफ, अब इन लोगों को कैसे बताएँ कि उस अभागन के सारे आँसू सूख गए हैं। हमारे समाज ने उसका बेटा उससे छीन लिया।

आज भी पार्वती की याद आती है, उसको खोजने की मैंने बहुत कोशिश की लेकिन मुझे उसका पता नहीं मिला। बहुत लोगों से पता भी लगवाया शायद वह कहीं मुझे मिल जाए। पता नहीं उसको समंदर निगल गया या आसमान, आज भी जब जाड़ा शुरू होता है, कभी स्वेटर पहनने लगती हूँ तो मुझे पार्वती की याद आ जाती है। आज भी जब चारों तरफ मेंटली रिटार्डेड बच्चों के लिए जो धनराशि मिलती है उसका उपयोग करते हुए अधिकारियों को देखती हूँ या कमीशन में बैठी हुई मैडम लोगों को देखती हूँ, जब वह हवाई जहाज से सफर करती हुई दिल्ली में विदेशियों के

संग मीटिंग में जाती हैं उन लोगों के अधिकारों के लिए बोलती हैं, पाँच सितारा होटलों में रहती हैं तो कहीं न कहीं मन कुछ कह जाता है। यह सब सरकारी पैसों में ऐश करने वाले क्या कुछ रकम या साथ या प्यार या कुछ भाव उन बच्चों को या उनके माता-पिता को देते हैं। यह प्रश्न आज भी मुझे कचोटता है, जब भी कोई स्वेटर पहनती हूँ न जाने क्यों वह चुभने लगता है। इसका अहसास मुझे उस शाम को हुआ। बाहर इतने बड़े-बड़े, चोर स्मगलर आराम से घूम रहे हैं। कितनी औरतों की इज्जत लूटी जाती है और औरतें रो-रो कर थाने में गुहार लगाती हैं कि बाबू यह शिकायत दर्ज कर लो और इन पुलिस वालों के कानों में जूं भी नहीं रेंगती। बड़ी-बड़ी चोरियाँ हो जाती हैं, चोर पकड़े भी नहीं जाते और एक गरीब दुबली पतली-सी अपाहिज बच्चे की माँ जाड़े के दिनों में एक स्वेटर चोरी करते हुए एक बड़ी दुकान से पकड़ी गई। हमारे देश की पुलिस व्यवस्था पर मुझे गर्व था, काश हर चोरी-चकारी के पीछे, हर धोखाधड़ी के पीछे, हर हत्या के पीछे, बलात्कारों के पीछे पुलिस ऐसे ही पड़ जाती तो कितना अच्छा होता। यह बातें उन सब विषयों पर सोचने की थीं। मुझे नहीं पता उसकी बेटी की शादी हुई है कि नहीं। मुझे यह भी नहीं पता कि उसका बच्चा जिंदा है कि नहीं मुझे यह भी नहीं पता कि वह आज भी साड़ियों में फॉल लगाती है कि नहीं। अगर आप मुझसे कभी वह पार्वती मिल जाए तो मुझे जरूर बताना एक बार सिर्फ एक बार उसके गले से लग के रोना चाहती हूँ। माफी मांगना चाहती हूँ कि एक सरकारी ओहदे में रहकर भी मैं उसके लिए बहुत कुछ नहीं कर सकी।

***

तेल

अर्थशास्त्र शुरू से ही पल्लवी को बहुत पसंद है। वह बारहवीं कक्षा के नतीजे निकलने के बाद, शहर के मशहूर गोयंका कॉलेज से अर्थशास्त्र में ऑनर्स लेकर पढ़ना चाहती है। योजना बोर्ड के उपाध्यक्ष एम. सिंह जब ब्रिटिश इंग्लिश में भारत की अर्थव्यवस्था पर बोलते हैं, तो पल्लवी उन पर एकदम मोहित-सी हो जाती है। उसने एक कार्यक्रम में उनकी पत्नी जो एक बहुत प्रसिद्ध अर्थशास्त्री है, को भी बोलते हुए सुना है। उनका नाम ईशर है। वह तो जैसे जबरदस्त वक्ता हैं। देश-विदेशों की आर्थिक व्यवस्था के आँकड़े तो उन्हें जैसे स्कूल के पहाड़ों की तरह रटे हुए हैं। खूबसूरत इतनी कि चेहरे से नजर ही ना हटे। बालों को शायद उन्होंने कभी डाई नहीं किया। अभिजात वर्ग और बुद्धिजीवी समाज की महिलाओं में यह एक रिवाज या फैशन भी है। हाथ से बुनी हुई महंगी सूती या रेशम की साड़ियाँ पहनो और अधपके खिचड़ी बालों को बेपरवाही से छोड़ दो। ताकि आप जमीन से जुड़ी हुई नजर आएँ। यह बात और है कि सबसे महंगा फाउंडेशन चेहरे पर लगाकर ही वह बाहर निकलती हैं। लिपस्टिक थोड़ी मिडिल क्लास हो जाती है, इसलिए उससे इस तबके की महिलाएँ थोड़ा परहेज ही करती हैं। मगर मोटा काजल, महंगा मस्कारा, चांदी के जेवर के बिना शायद यह महिलाएँ सुबह की सैर पर भी नहीं निकलती।

पल्लवी जिस वर्ग से आती है, वहाँ पर ऐसा पहनावा या फैशन बहुत ही कम देखने को मिलता है। उसके समाज में तो वही व्यक्ति अमीर माना जाता है, जिसकी पत्नी ने अधिक से अधिक जेवर पहने हों। वह भी सोने या हीरे के। अमेरिकन जॉर्जेट या कोटा की साड़ियों

पर भड़कीले धागों से कढ़ाई या कहीं-कहीं पर जरी, गोटा का थोड़ा-सा काम होगा, तो और भी ज्यादा अच्छा माना जाएगा। पल्लवी भी ऐसे ही एक बनिया परिवार के विनोद बाबू की चौथी संतान है। इससे बड़ी उसकी दो बहने और एक भाई है और एक भाई उससे छोटा है। विनोद बाबू के यहाँ भगवान की दया से कुल पाँच बच्चे हैं। पल्लवी वैसे तो अपने घर में खुश ही रहती है, किंतु पहली संतान वाला प्यार, या सबसे छोटे होने का दुलार, वह इन दोनों श्रेणियों में ही नहीं आती।

उसके पिताजी जूट आपूर्ति का काम करते हैं। आमदनी तो अच्छी है, परंतु कलकत्ता में बड़े-बड़े महारथी, सेठ बनिए रहते हैं, उनके सामने विनोद बाबू की हैसियत कुछ भी नहीं है। सब कुछ जोड़-तोड़ कर समझ लीजिए कि उनका परिवार एक मध्यमवर्गीय परिवार ही कहलाएगा। विनोद बाबू ने अपने सभी बच्चों को अपने घर के पास ही एक हिंदी मीडियम स्कूल में पढ़ने के लिए भेजा। पल्लवी की माँ रमा देवी राजस्थान की है। वह बहुत ही पुराने और संकीर्ण खयालात की महिला हैं। उनका मानना है कि लड़कियों को जैसे-तैसे करके दसवीं तक पढ़ाकर, उनके हाथ पीले कर देंगी और फिर अच्छे दहेज के साथ घर पर दोनों बेटों के लिए बहुएँ लाएँगी। यही बस उनके जीवन का एकमात्र लक्ष्य है। वह पूजा-पाठ, तीज-त्यौहार ठीक से कर लेती हैं। और अपने रिश्तेदारों के अलावा, कहीं भी आती-जाती नहीं है। बाजार तो वह एकदम भी जाना नहीं चाहती हैं। तीन-तीन जवान होती बेटियों की माँ है किस-किस के शौक पूरे करेंगी। इसलिए ना ही खुद बाजार जाती हैं और ना ही बेटियों को जाने देती हैं। जरूरत भर के चार जोड़े हर साल बच्चों को बनवा कर देती हैं। और पल्लवी को तो अपनी दोनों बहनों के उतारे जोड़े भी मिल जाते हैं। छोटी है, नखरा क्या करना। उसकी सबसे बड़ी जीजी उमा बहुत ही सरल है। वह तो कभी कुछ मांगती ही नहीं है। बड़ी बेटी होने की जिम्मेदारी का घूँट उसने बचपन में ही पी लिया था। उसे तो कलकत्ता शहर की हवा

भी नहीं लगी है। विनोद बाबू ने उसका ब्याह 16 साल की उम्र में ही असम के डिब्रूगढ़ में बसे एक धनी परिवार में कर दिया था। असम के भीतरी इलाकों में व्यापारियों के पास पैसा तो बहुत है, किंतु कोई बड़े शहर की लड़कियाँ आसानी से यहाँ ब्याहता नहीं है। विनोद बाबू ने बिना कुछ ज्यादा खर्च किए, अपनी प्यारी उमा का ब्याह डिब्रूगढ़ में करवा दिया। अंधे को क्या चाहिए, दो आँखें। इतने पैसे वाले घर की बहू बनकर उमा खुश है। उसे वहाँ भी बाहर निकलना मना है। पर वहाँ वह, हर साल अपनी मर्जी का पहन-ओढ़ लेती है। दो साल में उसका एक बार ही पीहर आना हो पाता है। लेकिन जब वह हवाई-जहाज से आती है, तो सारे भाई-बहन उसे हवाई-अड्डे लेने जाने के लिए उतावले रहते हैं।

दूसरी बहन का नाम अलका है। उसमें ना जाने किस-किस का जींस मिला हुआ है। अपनी दादी का रंग, नानी का कद, माँ का भोलापन, सब कुछ जैसे चुन-चुनकर, उस एक ही पीस में समा गया है। स्कूल में डार्विन की थ्योरी में अपने वंशधरों से प्राप्त डी.एन.ए. के बारे में पल्लवी ने पढ़ा है, । किंतु यहाँ पर तो जैसे सब फेल हो गया है। अलका सिर्फ सुंदर ही नहीं, बल्कि बहुत स्मार्ट लड़की है। पढ़ाई में उसका मन नहीं लगता है। स्कूल जाते समय मोहल्ले के कई मजनुओं को उसके पीछे-पीछे जाते हुए देखा है। सभी पल्लवी को ही अपना दोस्त बनाना चाहते थे, ताकि उनकी बात अलका तक पहुँच सके। बड़े भाई राकेश ने भी शायद भाँप लिया और आकर पिताजी से चुगली कर दी। इसका नतीजा यह रहा किअलका की दसवीं के बाद पढ़ाई बंद करा दी गई। उसके बाद अलका ने अंग्रेजी बोलने का प्रशिक्षण लेना शुरू कर दिया। भारत की अर्थव्यवस्था में वह एक पूँजी थीया बोझ यह तो समय ही तय करेगा। किंतु इतनी सुंदर अलका की शादी भी धनबाद के कोयले के व्यापारी के बेटे अतुल से कर दी गई। अतुल सचमुच कोयले में, हीरा था। वह बहुत ही शांत, सरल, आज्ञाकारी, पढ़ा-लिखा और सभ्य व्यक्ति था। बस उसके एक पैर में

थोड़ा-सा दोष था, वह भी सिर्फ़ चलने के समय ही दिखाई पड़ता था। अलका ने अपने धनी ससुराल में खूब उधम मचाया। शरीफ लोग बहू की नादानियों के ऊपर पर्दा ही डालते रहे। सुनने में आया कि अलका दीदी का कोई चक्कर-वक्कर चल रहा है। विनोद बाबू दौड़कर धनबाद पहुँचे। वहाँ पर क्या बात हुई, यह उन्होंने घर आकर, आज तक किसी को नहीं बताया। लेकिन उसके बाद, पल्लवी के घर से बाहर आने-जाने पर बहुत ज्यादा रोक लगा दी गई। किंतु उसकी पढ़ाई जारी रही, क्योंकि जब तक बिटिया की शादी नहीं हो जाती, तब तक तो उसे पढ़ाना ही पड़ेगा। क्योंकि अब उनके समाज में भी धीरे-धीरे परिवर्तन आ रहा है। आजकल हर लड़के को पढ़ी-लिखी पत्नी ही चाहिए। चाहे फिर बाद में वह उससे घर के बर्तन ही क्यों ना मंजवाए। लेकिन पत्नी ग्रेजुएट तो होनी ही चाहिए।

वे लोग अभी भी बड़ा बाजार के कोलूटोला स्ट्रीट नंबर 6 में दो बड़े कमरों के घर में ही रहते हैं। उसी की बालकनी में रसोई घर बना कर खाना बनता है। और एक तरफ पर्दा लगाकर नहाने का इंतजाम किया गया है। उस बड़ी सात माले की इमारत में हर मंजिल पर आठ-आठ कमरे हैं। और सीढ़ियों के एक तरफ दो गुसलखाने और दो लैट्रिन है। जिनका इस्तेमाल इमारत में रहने वाले लोगों के द्वारा सार्वजनिक रूप से किया जाता है। सबसे निचले तल्ले पर कुछ ऑफिस वालों को किराए पर कमरे दिए हुए हैं। और कुछ में बनिया बाबू लोगों की गद्दियाँ (ऑफिस) है। कुल मिलाकर पूरी इमारत में लगभग 68 परिवार रहते हैं। किंतु निचले तल्लेमें सीढ़ियों के नीचे एक छोटी-सी कोठरी में केवल एक ही परिवार रहता है। रामलाल अग्रवाल जी की गद्दी के साथ ही यह कोठरी है। जो कि उन्होंने अपने दरबान हीरालाल तिवारी को रहने के लिए दे रखी है। इसी इमारत में रहते हुए कुछ लोगों नेव्यापार में बहुत पैसा भी बनाया है। और अच्छे रहन-सहन के लिए, वे लोग अलीशान फ्लैट बनाकर साउथ कोलकाता में जा बसे हैं। किराए के एक-एक कमरे में ताला लगाकर, अपनी

मिल्कियत छोड़ गए हैं। लेकिन जो भी हो, पल्लवी के पिता विनोद बाबूअभी भी उसी बड़ी पुरानी, सस्ते किराए वाली इमारत में ही रहते हैं। उन्होंने अभी तक दो ही बेटियों की शादी की है, बाकी के तीन बच्चों का ब्याह भी अभी करना है। दोनों बेटों को अच्छे धंधे में भी लगाना है। इसी बीच में, पल्लवी ने अपनी ग्रेजुएशन पूरी कर ली। उसने अपने कॉलेज में प्रथम स्थान प्राप्त किया है। उसकी इस सफलता से, बनिया समाज में उसके पिता का नाम रोशन हो गया है।

ऐसा नहीं है किपल्लवी का जीवन स्कूल से कॉलेज तक एकदम नीरस रहा है। किंतु कुछ घटनाएँ ऐसी भी हुई, जिनका असर उस पर काफी लंबे समय तक रहा। जब वह छोटी थी, तो इमारत की और लड़कियों के साथ मिलकर स्कूल जाती थी। तब उसकी माँ, महीने में दो बार उसके हाथ कुछ रोटी-सब्जी या फल की छोटी पुड़िया बना कर देती थी कि जाते हुए हीरालाल दरबान के घर देते जाना। शायद उस दिन एकादशी और संक्रांति हुआ करती थी। हीरालाल दरबान जीबहुत तगड़े पहलवानों की तरह बड़े से डील-डौल वाले इंसान है। आवाज भी रौबदार है। क्या मजाल, कोई बाहर का लड़का मजनूगिरी करते हुए मुख्य दरवाजे तक पहुँच सके। “क्या काम है किस बाबू से मिलने आए हो?” अपनी रौबदार आवाज में ऐसे पूछते कि आगंतुक की आधी जान ही निकल जाती। परंतु उनकी पत्नी ईश्वरी देवी, उनसे एकदम उल्टी है। गोरी सी, दुबली-पतली सी, बहुत ही मीठे स्वभाव की महिला हैं। पल्लवी जब भी माँ की दी हुई, पुड़िया लेकर उनकी कोठरी में जाती है, तो वह बड़े प्यार से उसे गले लगा लेती है। पल्लवी का मन एकदम से तर हो जाता है। ऐसा भोला स्नेह उसे अपने घर पर कभी नहीं मिला है। पल्लवी, बस एक बोझ ही तो है। इस बात का एहसास उसे बचपन में ही हो गया था। माँ-बाबा ने कभी मारपीट कर, दबा कर नहीं रखा। पर अवहेलना की भाषा, चुप रह कर भी समझ आ जाती है। न तो अपनी बड़ी दीदी की तरह उसका भाग्य तेज है और

ना ही मझली दीदी की तरह वह बहुत सुंदर है। उसकी शादी करने में तो शायद विनोद बाबू की लुटिया ही डूब जाएगी।

ईश्वरी देवी उत्तर प्रदेश से हैं। वह भरतपुर गाँव की निपट अनपढ़, किंतु एक समझदार महिला हैं। गरीब बाप ने ब्राह्मण दरबान के साथ बिटिया ब्याह दी। तब से वह कोलकाता में ही एक कोठरी में चैन से रहती है। कभी-कभी उसे अपने देश के खुले खेत बहुत याद आते हैं। पर गाँव में उसकी धाक है कि गरीब भनुआ की बिटिया, कोलकाता बड़ा बाजार में, एक बहुत ऊँचे मकान में रहती है। पति दरबान है तो क्या हुआ, बड़े-बड़े सेठों के साथ उसकी मुलाकात होती है। हीरालाल तिवारी बस जाति के ही ब्राह्मण है। वह संस्कार कार्य, पूजा-पाठ वाले कर्मकांडी पंडित नहीं है। अब भला इनके लिए महानगरों में क्या नौकरी होगी? सो पहलवानी के शौक के कारण दरबान बन गए। और रहने को कोठरी मिल गई थी। अब इतने बड़े शहर में एक ईमानदार ब्राह्मण, जो धर्म के नाम पर किसी को ठग भी नहीं सकता, उसे और क्या काम मिलता। उसने इतनी ज्यादा पढ़ाई-लिखाई भी नहीं। इसीलिए किसी ने उसे मुंशी का काम भी नहीं दिया। इसीलिए उसने अपने मन में ठान लिया है कि वह अपने बच्चों को बहुत पढ़ाएगा, ताकि वह बाबू गिरी वाली चाकरी कर सकें। ईश्वरी देवी जब भी गर्भवती होती, उनकी सास उन्हें गाँव बुला लेती। घर में जचकी होती, नतीजा चार बार बच्चे होकर मर गए। इस बार उसके गर्भवती होने पर हीरालाल ने उसे गाँव नहीं भेजा। कोलकाता के लोहिया मेडिकल में ही बच्चा पैदा हुआ। किसी ने सलाह दी कि "कोई ऐसा नाम रखना, जिससे यमराज भी वापस चले जाएँ। और तेरा लाल भी बच जाए, समझी ईश्वरी।" गरीबों के तो कोई ना होवे, बस एक राम जी हैं, सो ईश्वरी ने राम को प्रसन्न करने के लिए, अपने बेटे का नाम हनुमान प्रसाद रख दिया। जब चारों ओर लोग अपने बच्चों के नाम फिल्मी हीरो के नाम पर रखते थे, तब ईश्वरी ने अपने बच्चे का नाम हनुमान प्रसाद रखा। ताकि यमराज भी उसको छू न सके।

नुस्खा काम आ गया और हनुमान प्रसाद बच गया। हनुमान प्रसाद, हीरालाल और ईश्वरी देवी की आँखों का तारा है। बड़ा होकर वह भी इमारत के दूसरे लड़कों के साथ प्राइवेट स्कूल जाने लगा। अब घर का खर्चा भी बढ़ गया है, हनुमान प्रसाद की किताबे, वर्दी, जूते और ना जाने क्या-क्या। ईश्वरी रोज थैला लेकर मछुआ बाजार को जाती है। सुबह से ही यहाँपर बहुत से ट्रकों की भीड़ लग जाती है। यह कोलकाता की सबसे बड़ी सब्जी और फल की मंडी है। वहाँ पर चारों ओर गंदगी, सड़े-गले फूल पत्ते, बचा हुआ माल इधर-उधर बिखरा रहता है। कई भिखारी, गरीब मजदूर और घूँघट ओढ़े हुए कुछ औरतें, आकर उन्ही ढेरों में से खाने लायक सामान बीन-बीन कर मुफ्त में ले जाते हैं। सब्जी व्यापारी भी सड़े माल का कोई मोल नहीं लेते। उनको उठवाने में ही उनका काफी पैसा खर्च होता है। तो वह भी दयावान बनकर मुफ्त में बाँटने का ढोंग करते हैं। सांड, गाय, कुत्ते और हमारे सभ्य समाज के इंसान सभी एक साथ बाजार में होते हैं। यह लोग अर्थव्यवस्था के किस वर्ग में आएँगे, इसका पता ना राजनेताओं को है और ना ही पढ़े लिखे सरकारी प्रशासनिक अधिकारियों के पास। ईश्वरी देवी, रोज अच्छा खासा साग-पत्ता सब्जी अपने थैले में बीन कर ले आती है। और फिर बहुत मेहनत से सब को साफ करके रसोई बनाकर, अपने पति और पुत्र को खिलाकर, पत्नी धर्म का पालन करती। पल्लवी की माँ वैसे तो पूजा पाठ का दान मिसरानी को देती है, किंतु ईश्वरी देवी कभी-कभी आकर उनके अचार और पापड़ बना देती है, इसलिए एकादशी और संक्रांति में कुछ प्रसाद उसके यहाँ भी पहुँच जाता है। ईश्वरी देवी ने आज तक किसी के सामने हाथ फैला कर कुछ नहीं मांगा है, वह उसकी मेहनत की कमाई है। हमारा पुराना बार्टर सिस्टम, जहाँ पैसे नहीं दिए जाते, वहाँ एक-दूसरे की सेवाओं का मोल सामान से आदान-प्रदान होता है। पल्लवी को ईश्वरी देवी की कोठरी में बैठना ज्यादा पसंद है। साफ-सुथरी लोहे की संदूक में सामान रखा हुआ, उस पर दरी बिछाई हुई, एक ओर लकड़ी की

चौकी, उस पर गद्दा और साफ चादर बिछी हुई, घर का दूसरा सामान चौकी के नीचे ही रखा रहता है। सीढ़ी के बाहर के कोने में अंगीठी जलाकर वह रसोई करती थी, अब तो हीरालाल ने रामबाबू से उधार लेकर ईश्वरी को एक गैस भी लाकर दे दी है। किंतु अभी भी वह आधे से ज्यादा खाना स्टोव पर ही बनाती है। हनुमान प्रसाद अपनी माँ की तरह ही गोरा चिट्टा और अपने पिता की तरह लंबा है। इमारत के सभी लड़कों में से वह एकदम अलग हीरो की तरह लगता है, इसीलिए कई लड़के उससे चिढ़ते भी हैं। पल्लवी का अपना बड़ा भाई विमल उसे एकदम भी पसंद नहीं करता। उसके नाम से इतनी खिल्ली उड़ाते हैं कि हनुमान बेचारा चुपचाप ही रहता है। पल्लवी ने जब कॉलेज जाना शुरू किया, तब हनुमान प्रसाद किसी के कार्यालय में हिसाब-किताब का काम देखता था। वह शाम के कॉलेज में भर्ती होकर, अपनी पढ़ाई कर रहा था। कभी-कभी दोनों का आमना-सामना हो जाता, लेकिन दोनों ही अपनी सीमाएँ और वर्ग जानते हैं। एक दूसरे को बस मुस्कुरा कर और देखकर चले जाते हैं।

पल्लवी के बड़े भाई का नया धंधा अब जमने लगा है। घर में पैसे भी आने लगे हैं और नई-नई चीजें भी आने लगीं है। बाबा ने एक नया फ्लैट, बालीगंज में आरक्षित कर लिया है। उसके पिता बहुत हिसाबी है, उनकी सोच है कि अगर अच्छे इलाके में घर होगा तो बड़े घर की बेटी को बहू बना कर ला सकेंगे। और दहेज भी ज्यादा आएगा। यहाँ भी वह अर्थशास्त्र को ही देख रहे थे। वही हुआ, विमल भैया की शादी रांची के एक बड़े धनी परिवार में हो गई। ईश्वरी देवी ने आकर माँ के साथ शादी के काम में हाथ बँटाया और सुहाग के गीत गाए। माँ ने भी इस बार बड़ा दिल करके उन्हें दो साड़ियाँ दी। भाई का सारा इंतजाम हनुमान प्रसाद को करना पड़ा। क्योंकि बाबूजी को वही लड़का सबसे शरीफ लगा, तो उन्होंने उस पर पूरा भरोसा करके, उसी को शादी से संबंधित सारी जिम्मेदारी दे दी। पल्लवी ने पहली बार अपने भाई की शादी में हनुमान को ध्यान से देखा और

उसे दिल दे बैठी। लेकिन वह चुप ही रही, उसने इस बारे में हनुमान से भी बात नहीं की। भाभी ने आते ही घर को संभाल लिया। अब पल्लवी का रहन-सहन सब कुछ बदल गया है। घर पर बड़े घर की बेटी की चलती है। पल्लवी के लिए कोई अच्छा रिश्ता भी नहीं आ रहा है। पल्लवी ने भी कलकत्ता विश्वविद्यालय से एम कॉम में दाखिला ले लिया है। और अब वह पूरी तरह से पढ़ाई में ही रम गई है। कभी-कभी उसकी बात फोन पर हनुमान प्रसाद से हो जाती है। किंतु घर के आस-पास मिलना नहीं हो पाता। जब भी ईश्वरी देवी की कोठरी में जाती है, तब बहुत देर तक वहीं बैठकर, उनसे बातें करती रहती है। लेकिन हनुमान प्रसाद तो उस समय काम पर गया होता है, इसलिए उस समय भी उससे मिलना नामुमकिन ही होता है। एक दिन बहुत हिम्मत करके दोनों ने चौरंगी में मिलने का कार्यक्रम बनाया। दोनों लाइट हाउस के सामने घूमते हुए, जूस पीते हुए और अगली बार मिलने का वादा करके, बस से घर आ गए। उनके बीच प्यार की अभी कोई बात शुरू नहीं हुई है। पल्लवी डर के कारण और हनुमान प्रसाद शर्म के कारण ऐसी कोई बात करना ही नहीं चाहता। उस दिन जब वह वापस घर आई, तो उसने महसूस किया कि जैसे वह एक अलग ही ग्रह पर आ गई हो। बाबा-माँ और भाई-भाभी सब उसे ऐसी हिकारत भरी नजरों से देख रहे थे कि जैसे वह किसी का खून करके आ रही हो।

"कहाँ गई थी?" पहली बार बाबूजी ने कड़क आवाज में उससे प्रश्न पूछा।

"जी, जी, वो विश्वविद्यालय"

"अच्छा तो अब कॉलेज में झूठ बोलना भी पढ़ाया जाता है।" वह सिर्फ इतना ही बोले।

लेकिन माँ तो एकदम भड़क उठी, "झूठ बोलना ही नहीं पढ़ाया जाता, बल्कि माँ-बाप के मुँह पर कैसे कालिख पोतनी है, यह भी डिग्री देकर बताते हैं।"

पल्लवी समझ गई कि वह पकड़ी गई है। पर कैसे? इसका उत्तर उसे तीन साल बाद मिला। उस समय घर में यह निर्णय लिया गया कि वह अब कभी हनुमान प्रसाद से नहीं मिलेगी। तभी उसे विश्वविद्यालय में पढ़ने की इजाजत मिलेगी। पल्लवी के पास और कोई चारा भी नहीं है, फिर उसमें यह साहस भी नहीं है कि वह अपने जीवन के निर्णय स्वयं ले सके। और न ही वह अपनी अलका दीदी की तरह वह दबंग है। एक महीने के अंदर ही सारा परिवार आनन-फानन में, बिना नए फ्लैट की साज-सजावट किए ही, वहाँ जाकर बस गया और कोलूटोला को अलविदा कह दिया।

बालीगंज से पल्लवी को रोज कॉलेज स्ट्रीट विश्वविद्यालय में बस या मेट्रो पकड़ कर जाना पड़ता है। कभी-कभी उसका अपनी पुरानी सहेलियों से मिलने का मन तो करता है, किंतु शर्म के कारण वह अपने पुराने घर नहीं जा पाती। घर में भी वह ज्यादातर चुप ही रहती है, उसने अपना सारा ध्यान पढ़ाई पर ही लगा दिया है। इस बार उसने बुद्धिजीवी बंगाली विद्यार्थियों को भी मात दे दी और अर्थशास्त्र में फिर से प्रथम स्थान हासिल किया।

इसके आगे अब वह पीएच.डी. करना चाहती है। उसका घर में रहने का बिल्कुल भी मन नहीं है। उसके पिता जी जोर-शोर से उसके लिए वर की तलाश में है। बनिया समाज में लड़की यदि 25 पार कर जाए और उसका ब्याह न हो सके, तो यह अत्यंत शर्म की बात मानी जाती है। उसने माँ की कसम खाकर, आज तक हनुमान प्रसाद से फोन पर भी बात नहीं की है। राम अंकल-आंटी, जब भाभी के दूसरे बेटे के जन्मदिन पर आए थे, तभी सभी के बारे में बता रहे थे। कितने लोग अभी भी उसी इमारत में रहते हैं कितने लोगों ने नया घर बनवाकर, उस जगह को छोड़ दिया है। राम अंकल अच्छी रकम देकर, सभी जाने वालों के कमरे अपने अधिकार में ले लेते हैं। ताकि बड़ी रकम पेशगी में लेकर, वह उन घरों को नए किराएदारों को दे सके। असली मकान मालिक को तो अभी भी केवल एक सौ अस्सी से

एक सौ नब्बे रुपए ही एक कमरे का किराया मिलता है। मकान मालिक भी इसके खिलाफ कचहरी में गया है, परंतु हमारे देश का कानून बड़ा महान है। दीवानी मुकदमे सदियों तक चलते रहते हैं। और फिर मकान मालिक भी अब एक नहींहै। पैतृक संपत्ति में सभी भाई-बंधुओं का बराबर का हक होता है, इसलिए कचहरी में पहले यह फैसला होना बाकी है कि असली दावेदार कौन है। इसी बात का फायदा कलकत्ते के तकरीबन सभी पुराने किराएदार उठाते हैं। रामबाबू के पास पैसा है, इसीलिए वह लोकल कॉरपोरेटर से लेकर राजनीतिक दल के नेता तक और क्लब के लड़कों से लेकर म्युनिसिपालिटी के वरिष्ठ बाबू, तक उनकी बात मानते हैं। "माया को माया ही खींचे कर-कर लंबे हाथ।" तुलसीदास अर्थशास्त्री तो नहीं थे, पर उक्त दोहा वह सदियों पहले ही गा चुके हैं, जो आज के संदर्भ में भी एकदम सटीक बैठता है। रामबाबू आज की तारीख में चार बड़ी-बड़ी इमारतों के एक तरह से मालिक ही हैं। वह आज भी यक्ष की तरह फन फैलाकर वहीं रहते हैं। उनके बेटे-बहु, सभी बंगला बनाकर अब साउथ-सिटी में रहते हैं। वही बता रहे थे कि हीरालाल अब बूढ़ा हो गया है। मैंने उसेकोठरी खाली करने के लिए भी कह दिया है। उसका बेटा हनुमान किसी कंपनी में नौकरी करने लगा है। मैंने उससे कह दिया है, "देखो बेटा या तो अपने माँ-बाबू जी को गाँव भेज दो, या फिर इस कोठरी को छोड़कर, साथ वाली इमारत में, दूसरे तल्लेपर एक बड़ा कमरा पर खाली है, वहाँ शिफ्ट हो जाओ। मैं बाहर के लोगों से पेशगी में छह लाख रुपए लेता हूँ, तुम्हारे पिता ने हमारी बहुत सेवा की है, इसलिए तुम चार लाख ही दे देना। तुम्हारा काम ही बन जाएगा और तुम्हारे माता-पिता को भी बुढ़ापे में कोई तकलीफ नहीं होगी।"हनुमान प्रसाद ने सूद पर पैसा उठा कर वह रकम, उन्हें नकद ही दे दी। अब उनका सारा परिवार पोद्दारबिल्डिंग में ही रहने के लिए चला गया है। सुना है, हनुमान की तनख्वाह का एक बड़ा हिस्सा सूद और मूल चुकाने में ही चला जाता है। बेचारा बड़ी मुश्किल से अपना गुजारा

करता है। लेकिन अपने माता-पिता के सिर की छत को उसने मजबूत बना दिया है। यह सब सुनकर पल्लवी का मन खट्टा हो जाता है। वह सोचती है कि कैसे मध्यम वर्ग और ऊँचाई की तरफ जाता जा रहा है और यह मध्यमवर्ग, निचले वर्ग को कैसे नीचे और नीचे धकेलता जा रहा है। काफी पैसा हीरालाल की बीमारी में भी खर्च हो जाता है। लेकिन उनके यहाँ आ जाने से बाहरी दुनिया को लगता है कि उनके रहन-सहन का स्तर कितना बढ़ गया है। एक कोठरी में रहने वाले दरबान जी अब पोद्दार बिल्डिंग के दूसरे तल्ले में बालकनी वाले कमरे में रहने लगे हैं। जबकि कोई नहीं जानता कि उनके पास तो घर चलाने के पैसे भी कम पड़ते हैं। वह रकम, वह सूद कोई बैंक में नहीं जाता, बस यहीं घूमता रहता है। कभी-कभी पल्लवी सोचती है कि डिप्टी चेयरमैन एम. सिंह जी, आमर्त्य सेन या अरुण जेटली जैसे नेताओं के पास, क्या इन शोषित लोगों का ब्यौरा नहीं है। गरीबी के नीचे तबके वाले लोगों के लिए मजदूर कार्ड है, मेडिकल कार्ड है। आदिवासी और अनुसूचित जाति के पास भी कई योजनाएँ हैं। उनके बच्चों की पढ़ाई भी मुफ्त है। बस्ती में रहने वालों के लिए कई गैर सरकारी संस्थाएँ आगे आकर मुफ्त सेवाएँ देने का काम करती हैं। किंतु इसके बाद भी हीरालाल दरबान जैसे लाखों परिवार है, जिनकी पत्नियाँ आज भी बुढ़ापे में थैला लेकर मंडी में बची हुई सड़ी-गली सब्जियों से अपने लिए साग-पत्ता चुनकर लाती हैं। उसे मुफ्त के इंटरनेट से कोई मतलब नहीं है। रामबाबू ने विनोद बाबू के नाती को सोने का सिक्का शगुन में देकर अपना पड़ोसी धर्म और बिरादरी भाईचारे का धर्म निभाया। घर पर सभी खुश है। पल्लवी का मन उस दिन हनुमान की स्थिति पर सहानुभूति से भरा आया। बेचारा कैसे गुजारा करता होगा?

केरला यूनिवर्सिटी के प्रोफेसर नैयर राजी हो गए हैं, पल्लवी अब उनकी छात्रा बनकर, उनके अधीन पीएच.डी. करेगी। पल्लवी, कोलकाता से विदाई लेकर तिरुअनंतपुरम चली गई है। उसने पहली

बार घर से बाहर आकर, अपने हॉस्टल के कमरे में चैन की साँस ली। यहाँ जरूरत का सब सामान मौजूद है, किंतु विलासिता का कोई सामान नहीं है। पल्लवी को भी ऐशो-आराम की जिंदगी नहीं चाहिए। उसका सपना बड़ा होता जा रहा है। वह अब पीएच.डी. की डिग्री लेने के बाद एन.ई.टी. की परीक्षा देकर अध्ययन के क्षेत्र में ही आगे बढ़ना चाहती है।

विनोद बाबू के सबसे छोटे बेटे अमल के लिए भी रिश्ते आने शुरू हो गए हैं। विनोद बाबू बहुत ही दुविधा में है। पल्लवी बड़ी हैऔर लड़की है, अगर उसकी शादी के पहले अमल की शादी कर दी तो बिरादरी में बड़ी किरकिरी होगी। हो सकता है, भविष्य में पल्लवी की शादी ही ना हो। बेटी का कन्यादान किए बिना वह मरना नहीं चाहते। चारों ओर पल्लवी के लिए वर की खोज जारी है। बनिया समाज की लड़कियाँ आजकल माँ-बाप के विरुद्ध जाकर, दूसरी जाति में भी शादी करने लगी हैं। कई लड़कियाँ तो घर से भागकर कोर्ट मैरिज भी करने लगी है। और अब उनके घर के लोग भी अपने को बड़ा उदारवादी और आधुनिक बताकर अनुमति देकर बाजे-गाजे के साथ बच्चों की शादियाँ करने लगे हैं। इससे एक फायदा यह जरूर हुआ है कि दहेज की मांग में थोड़ी कमी आ गई है। दोनों ही पक्ष खुश है, वर पक्ष को मालदार पक्ष की बेटी मिल रही है। क्योंकि पिता दहेज में कुछ ना कुछ तो देगा ही। और वधू पक्ष को इतना ज्यादा खर्च करने के रीति-रिवाज से थोड़ी राहत मिल गई है। समय अब बदलने लगा है, पुराने रीति-रिवाज बाजार में बढ़ते उतार-चढ़ाव की तरह बदलने लगे हैं। पल्लवी अब ना उस उम्र में है कि वह प्रेम विवाह करें और ना ही उसे, उस लायक कोई लगता है। अपने विवाह का निर्णय, उसने अपने माता-पिता के ऊपर ही छोड़ रखा है। उसे अब स्वतंत्र और अकेले रहने की आदत पड़ चुकी है। अनुभवी माँ को भी यह पता है कि यदि लड़की ज्यादा दिन अकेली रहकर नौकरी करने लगेगी, तो घर परिवार में खपने में उसे बहुत दिक्कत आएगी। इसलिए वह कई पंडितों से

पूजा करवाने लगी हैं, जिससे कि बेटी के विवाह का योग बन जाए। अंत में बड़ी भाभी ने कमान संभाली। उनके दूर के रिश्ते के भाई, जो कि सीमेंट के ठेकेदार हैं। कोरबा जैसे छोटे से कस्बे में रहते हैं। पैसा तो काफी है, परंतु अभी तक विवाह नहीं हुआ है। क्योंकि उसने कसम खाई थीकि सभी बहनों की विदाई करने के बाद ही घर में बहू लेकर आएगा। किसी तरह से उसने प्राइवेट से बी.ए. किया है। अपने पिता के साथ ही वह घर का व्यापार संभालता हैं। रिश्ता तो बेमेल है, परंतु उम्र, जाति, बिरादरी, घर-बार सब कुछ मेल खा रहा है। और फिर सब चीजें तो एक साथ नहीं मिलती। इसलिए बहू के दबाव मेंविनोद बाबू ने भी हामी भर दी। कोरबा से सारा परिवार कोलकाता आया। पल्लवी को भी तिरुअनंतपुरम से जबरदस्ती बुलवा लिया गया। अब वह हवाई जहाज से ही सफर करती है। जो कि उसे बहुत उबाऊ लगता है, किंतु समय की बहुत बचत हो जाती है। और एक पीएच.डी. अनुसंधान करने वाली छात्रा के लिए समय बहुत महत्वपूर्ण होता है। होटल में दोनों परिवारों में आपस में बातचीत होती है। पल्लवी को इस रिश्ते में ना तो कोई दिलचस्पी हैऔर ना ही भावी पति से किसी प्रकार की बातचीत करने में उसकी कोई उमंग है। राजेश भी देखने में ठीक ठाक ही है, स्वभाव से भी थोड़ा शर्मीला ही जान पड़ता है। बस वह तो केवल बी.ए. पास है। यह बात पल्लवी को कहीं ना कहीं खटक रही है। राजेश के माता-पिता को भी पल्लवी के परिवार की अच्छी आर्थिक स्थिति का आभास है। और फिर वह एक बड़ी उम्र की लड़की, हालांकि उनके बेटे की उम्र के बराबर ही है। फिर भी 28 साल की लड़की को अपनी बहू बनाने जा रहे हैं, उन्हें मालूम है कि रकम भी उतनी ही बड़ी मिलेगी। पूरा हिसाब किताब उन्होंने पहले ही जोड़ लिया है। वहीं पर रिश्ता पक्का हो जाता है।

घर आकर पल्लवी बस एक बार अपनी माँ से कहती है, "अम्मा क्या यही शादी करना जरूरी है?"

माँ, बेरुखी से उत्तर देती है, "क्यों कोई और चौकीदार या क्लर्क का बेटा पसंद किया हैक्या, बाहर जा कर?"

पल्लवी, वहीं निरुत्तर हो जाती है। घर में आकर झगड़ा करने का उसका एकदम भी मन नहीं है। वह अगर शादी के लिए ना भी कहेगी, तो घर में एक और नाटक शुरू हो जाएगा। वैसे भी, इस घर में उसके लिए कुछ विशेष हैभी नहीं। शायद उस घर में जाकर कुछ प्यार और सम्मान मिल जाए। शादी के लिए अगस्त के महीने की तारीख निकली है। शादी को अभी चार महीने बाकी है। राजेश रोज वीडियो कॉल करके उसका काफी समय बर्बाद करता है। उसे जून में मलेशिया जाना है। वहाँ पर विश्व आर्थिक मंच की बैठक है। बड़े-बड़े अर्थशास्त्री वहाँ आएँगे। यह उसकी थीसिस के लिए कुछ सीखने और पाने का सुनहरा मौका है। प्रोफेसर नैयर अपने चारों विद्यार्थियों के साथ जाने की तैयारी कर रहे हैं। जैसे ही राजेश को यह बात पता चली, तो वह आग बबूला हो गया। सीमेंट की बोरियों की कालाबाजारी करने वाला, भला कैसे समझ सकता है कि पल्लवी का वहाँ जाना क्यों जरूरी है? फिर पल्लवी अब उसकी मंगेतर है। शादी से पहले भला कैसे वह बिना उसकी सहमति के, लड़कों के साथ विदेश जा सकती है। दोनों के बीच बहुत बहस हुई। रूठने-मनाने का लंबा सिलसिला चला। अंत में पल्लवी ने किसी तरह से राजेश को समझा बुझा दिया। नहीं तो, बात शादी टूटने तक पहुँच गई थी। शादी टूटने से पल्लवी को तो कोई खास फर्क नहीं पड़ता, क्योंकि वह तो हॉस्टल चली जाती। किंतु सारा दोष उसके माँ-बाबा के सिर पर मढ़ दिया जाता। राजेश की माँ भी बहुत सयानी है, छोटे शहरों में हर बात का बतंगड़ बनता है। लोग कई तरह की बातें बनाएँगे। फिर तीन-तीन बेटियों के ससुराल वालों को भी जवाब देना पड़ेगा। उन्होंने हिसाब करके देखा, तो उनके परिवार को ही ज्यादा नुकसान हो रहा था।

तो उन्होंने प्यार से बेटे को ही समझाया, "जाने दे बेटा, पढ़ी लिखी है। अपने को संभालना उसे आता है। एक बार यहाँ शादी होकर

आ जाने दे, यहीं पर किसी छोटे-मोटे कॉलेज में नौकरी करा देंगे। अभी उसे ज्यादा कुछ मत बोलो। बस समय का इंतजार कर।"

राजेश भी अपनी स्थिति समझता है। शुरू से ही वह पल्लवी के सामने, अपने को बहुत ही छोटा और हीन महसूस करता है। वह तो बस, सही मौके के इंतजार में है कि कैसे और किस तरह से पल्लवी को दबाकर रखेगा। अंत में उसकी समझ में आ गया किमाँ की बात मानने में ही उसकी भलाई है।

खैर, पल्लवी मलेशिया चली गई। इंग्लैंड के मशहूर अर्थशास्त्री ए.बनर्जी, वैसे तो वह बंगाल के मूल निवासी हैं, किंतु अभी इंग्लैंड के ही नागरिक हैं। गरीबी को कैसे दूर किया जा सकता है, इस विषय पर उन्होंने जबरदस्त भाषण दिया। केवल भाषण ही नहीं, अपनी सोच, अपने शोध के विषय, नतीजे और प्रतिकार, सभी पर वह ऐसा बोले जैसे लगा किवही एकमात्र व्यक्ति हैं, जो दारिद्रय को दूर करने में सक्षम है। पल्लवी लंबे अर्से से अर्थशास्त्रियों को सुनती और उनके शोध पढ़ती आ रही है। लेकिन आज वह जितनी प्रभावित हुई है, उतनी कभी किसी से नहीं हुई। उसने सुना है किउनका नाम नोबेल पुरस्कार के लिए भी नामांकित होने वाला है। वह अपने से आधी उम्र की उनकी दूसरी पत्नी के साथ मिलकर शोध कर रहे हैं। सचमुच पत्नी ऐसी ही होनी चाहिए, 'एक दूसरे के पूरक'।

पल्लवी के एक शोधकर्ता साथी, दीपंकर ने उन पर टिप्पणी करते हुए कहा कि"यहाँ भी हिसाब पक्का है। घर कामार्गदर्शक, घर का ही शोधकर्ता, घर में बनी थीसिस, सब कुछ अपने ही घर का। आधी उम्र की पत्नी की शैक्षिक गुणवत्ता के साथ खुशनुमा शादीशुदा जिंदगी, असली मायने में अर्थशास्त्र का सदुपयोग तो इन्होंने ही किया है।"

यह सुनकर, उसके सभी साथी हँसने लगे। पल्लवी ने मलेशिया अकेले घूमा। उसने अब राजेश के वीडियो कॉल लेना बंद कर दिया है। उसने उसे बहाना बना दिया है कि नेटवर्क नहीं है। झूठ बोलना

पल्लवी की प्रकृति में नहीं है, किंतु राजेश का इतना हस्तक्षेप, उसको कभी-कभी दम-घोंटु-सा लगने लगता है।

मलेशिया से वापस आकर फिर राजेश ने वही बाजार बीन बजाना शुरू कर दी। "कहाँ घूम रही थी?कौन-कौन साथ में था? क्या खाया, क्या पहना? मेरी मम्मी को दिन में एक बार कॉल जरूर कर लिया करो", आदि।

पल्लवी में इस शादी को तोड़ने की हिम्मत नहीं हो रही है। नहीं तो वह मन ही मन इस रिश्ते से एकदम परेशान हो चुकी है। जो भी हो शादी होनी थी, सो हो गई। जैसा कि सबको अनुमान था, वैसा ही हुआ। कभी न थमने वाला तर्क, छोटी-छोटी बातों पर तू-तू, मैं-मैं। सास की तानाकशी, ससुर की बेरुखी से चुप्पी और राजेश का अपने मन में जमा सारा हीन-भावना का मैल। राजेश, पल्लवी को नीचा दिखाने का एक भी मौका नहीं छोड़ता था। सास ने भी जितनी आशा रखी थी, उतना माल उसे नहीं मिला, इसलिए वह भी असंतुष्ट रहती है। पल्लवी घर के किसी भी काम में सुघड़ नहीं है, बस काम चलाऊ कर लेती है। यह भी उसकी सास के गुस्से का एक बहुत बड़ा कारण बना। कुल मिलाकर कोई भी खुश नहीं है। और धीरे-धीरे किसी छोटी-सी बात पर भी राजेश उस पर हाथ उठाने लगा। पल्लवी इस सबसे एकदम निराश हो चुकी है। अब वह अपना ससुराल छोड़कर, फिर से हॉस्टल में रहकर, अपना शोध पूरा कर रही है। माँ-बाप, भाई-भाभी, सास-ससुर, राजेश सभी ने बहुत कोशिश की कि वह वापस आ जाए।

लेकिन पल्लवी ने कह दिया, "कि शोध पूरा होने के बाद ही वह ससुराल जाएगी।" उसने सोचा कि शायद तब तक परिस्थितियाँ भी सामान्य हो जाएँगी। राजेश हर हालत में पल्लवी को वापस लाना चाहता है, क्योंकि अगर वह उसको छोड़ कर चली गई, तो यह उसके अहम की सबसे बड़ी हार होगी। राजेश अपनी माँ और बहन सभी का लाडला है। उसकी मर्जी के बिना उसके घर में कभी कुछ नहीं हुआ। बस पत्नी को ही वह अपने काबू में नहीं कर सका। वह भी अब

उसके शोध के पूरा होने का बेसब्री से इंतजार करने लगा है। बिरादरी में यदि कोई पूछता है, तो घमंड से कह देता है कि "पत्नी को उच्च शिक्षा के लिए केरल में भेजा है।" सभी के सामने, उसने अपनी छवि एक आदर्श पति की बना रखी है। छोटे से कस्बे की पढ़ी-लिखी गृहणियाँ आहें भरकर अपनी किस्मत को कोसती हैं। सभी राजेश जैसा सुलझा हुआ पति ही चाहती हैं। वह एक आदर्श पति और उसकी माँ एक आदर्श सास मानी जाती है।

पल्लवी अपने शोध के कागज विश्वविद्यालय में दाखिल करके, वापस कोलकाता आ जाती है। घर पर भी सभी उसे दांपत्य जीवन के उतार-चढ़ाव के बारे में अनेको पाठ पढ़ाते हैं। पल्लवी ने स्वयं भी महसूस किया कि शादी के बाद अकेले रहने से उसी के साथियों के नजरिए में भी उसके लिए काफी परिवर्तन आ गया है। उसने मन बना लिया कि चलो जैसे ही एन.इ.टी. की परीक्षा के नतीजे आएँगे, तो वह नौकरी करने के लिए बाहर चली जाएगी। किंतु राजेश के साथ अपनी शादी नहीं तोड़ेगी। राजेश भी उससे मिलने कोलकाता आ गया। इतने तनाव में भी सभी थोड़े खुश हैं। भाभी ने दिन के खाने के लिए दोनों को ग्रैंड होटल भेज दिया। सोचा कि बाहर खा-पीकर, घूम-फिर कर आएँगे, तो मन भी हल्का हो जाएगा और एक दूसरे के समीप भी आ पाएँगे। दोनों ने बड़े आराम से खुशी-खुशी खाना खाया। राजेश, पहली बार इतने बड़ेपाँच सितारा होटल में आया है। पल्लवी तो इससे पहले भी सेमिनार वगैरह में काफी होटलों में जा चुकी है। विदेशों में तो इससे भी बड़े-बड़े, अलीशान और सुंदर होटल होते हैं। खाना खाते-खाते ही वह योजना बनाने लगी कि नौकरी लगते ही दोनों विदेश यात्रा पर चले जाएँगे। खाना खाकर, जैसे ही वे दोनों बाहर निकले, तो एक साढ़े छह फुट ऊँचे, लंबे, उम्र दराज दरबान ने दरवाजा खोला और बड़ी अदब से दोनों को सलाम किया। पल्लवी के भाई ने उन्हें ड्राइवर के साथ गाड़ी दे दी थी। उनके बाहर निकलते ही दरवाजे के पास रखे पोडियम से एक बैरे ने उनकी गाड़ी का नंबर बुलाना शुरू कर दिया।

जब तक पोर्टिको में गाड़ी आती, तब तक अनायास ही पल्लवी ने अपना बटुआ खोलाऔर सौ-सौ रुपए की टिप दोनों को दे दी। विदेशों में सर्विस देने वालों को टिप देना अनिवार्य भी होता है और शिष्टाचार भी। दरबान ने मुस्कुराते हुए, बड़े अदब से सिर झुका कर, उसका शुक्रिया अदा किया। कोलकाता में बहुत कम लोग उन्हें टिप देते हैं। यह देखकर राजेश का चेहरा, जैसे विकृत-सा हो उठा। पल्लवी के पास जाकर जैसे बरसों से मन में दबा गुबार फट कर बाहर निकल ही आया। पल्लवी की भाभी, जो कि राजेश की दूर की रिश्ते की बहन है। उसने कभी कसम देकर, उसे हनुमान प्रसाद की घटना के बारे में बताया था। और कहा था कि कभी भी इसका जिक्र किसी के सामने मत करना। कसमें तो तोड़ने के लिए ही खाई और खिलाई जाती है।

राजेश ने पल्लवी की ओर देखकर कहा, "दरबान लोगों से प्यार करना अभी तक भूली नहीं हो, छोटे छोटे लोगों के बीच में ही रहने के लायक होतुम। मुझे अब समझ में आयाकि हमारा घर तुम्हें क्यों नहीं अच्छा लगता। कोठरीनुमा कमरे ही तुम्हें ज्यादा भाते हैं।"

इसके आगे राजेश क्या बोला, क्या नहीं, उसे और कुछ नहीं सुनाई दे रहा है। पल्लवी को लगा, जैसे सारी दुनिया के सामने राजेश ने उसे नंगा कर दिया है। वह कहाँ पर जा कर छुपे, उसका दिमाग एकदम सुन्न हो गया है। जैसे ही ड्राइवर गाड़ी लेकर आया, गाड़ी में बैठ कर उसने जोर से दरवाजा बंद कर दिया। राजेश की ओर बिना देखे ही उसने ड्राइवर को कहा, सेंट्रल-एवेन्यू चलो। ड्राइवर भी अभी नया ही है। वह भी गाड़ी घुमा कर सेंट्रल एवेन्यू की तरफ चल पड़ा। इतने में उसके पर्स में रखे फोन की घंटी बजने लगी। राजेश, भाभी, बाबा, भाई, सभी के फोन लगातार एक के बाद एक करके आ रहे हैं। शायद राजेश ने सबको बता दिया हैकि पल्लवी उसे होटल के बाहर अकेला छोड़ कर कहीं चली गई है। उसने गुस्से में आकर फोन को ही बंद कर दिया। थोड़ी देर बाद ड्राइवर के फोन पर भाई का फोन आया। शायद उससे पूछ रहे हैंकि कहाँ जा रहे हो? रास्ता भी बहुत जाम है।

सेंट्रल एवेन्यू तक पहुँचने में अभी एक घंटा और लगेगा। न जाने क्या सोचकर पल्लवी ने ड्राइवर को बोला, "तुम वापस घर चले जाओ, मैं बाद में टैक्सी करके आ जाऊँगी।"

वह सोचती हैकि ड्राइवर भी मुझे ही पागल समझ रहा होगा। गाड़ी को अब अगले ट्रैफिक सिग्नल से ही घुमाकर लाना होगा, जिसमें आधा घंटा और लग जाएगा। लेकिन तब तक वह गाड़ी से उतरकर बाईं तरफ की पटरी पर सीधा चलने लगी। कोलटल्ला का रास्ता उसे पूरा रटा हुआ है, क्योंकि उसका पूरा बचपन तो वहीं बीता है। वह ट्रैफिक चौक से बाईं गली में मुड़ गई। मछुआ से चलती हुई, 'पोदार बिल्डिंग' तक जाने का यह छोटा रास्ता है।

दोपहर के 3:00 बजे हैं, तेल से भरे बैरल वाले ट्रक आकर खड़े हैं। मिस्त्री उन बैरल से कनस्तरों में सरसों का तेल भर रहे हैं। पास ही खड़ा मैनेजर गिन-गिनकर कनस्तरों को ठीपी से सील करके दूसरी ठेला गाड़ी में चढ़ा रहा है। चारों ओर गर्मी, उमस, नंगे बदन कई मजदूर, तेल की लॉरियाँ और लाखों करोड़ों का तेल का कारोबार। वहीं पर कुछ बच्चे, हाथ में डिब्बे लिए हुए, ट्रक और ठेले के बीच में खड़े होकर, जो तेल की धार से तेल छिटक कर बाहर गिर रहा था, उसे इकट्ठा कर रहे थे। ज्यादातर तेल कनस्तर में डालते हुए नीचे भी गिर जाता है। बच्चे उसी तेल को झट से अपनी हथेलियों से ऊपर-ऊपर वाला तेल सड़क से उठाकर अपने डिब्बों में भर रहे हैं। वहीं पर उनके साथ कुछ औरतें भी हैं। जो अपने बच्चों के साथ यह तेल पोंछ कर इकट्ठा कर रही हैं। पल्लवी के पैर वहीं थम गए। उन्हीं औरतों में से एक अधेड़ उम्र की गोरी, दुबली-पतली सी, चेहरा ढके हुए, पीतल के डोल में, कनस्तर के नीचे रिसते तेल को भर रही है। पल्लवी दूर मोड़ पर खड़ी होकर, गौर से उसे देखती रही। फिर उसका दिल धक से रह गया, यह तो अपनी ईश्वरी चाची है। चाची को बूंद-बूंद तेल इकट्ठा करने में आधा घंटा लग गया। तेल इकट्ठा करके उन्होंने कमर से एक कपड़ा निकाल कर, अच्छे से हाथ पोंछ कर, डोलची को भी बाहर से

साफ किया। फिर डोलची को ढक्कन लगाकर उस मैनेजरलड़के को आशीर्वाद देती हुई आगे बढ़ गई। आखिर यदि मैनेजर सहमति नहीं देता, तो वह भला कैसे कनस्तर के नीचे गिरते तेल के नीचे अपना बर्तन रख सकती है। जब कोई दूसरा मैनेजर आता है, तो वह सबको डाँट कर भगा देता है। तब यह लोग ट्रक और ठेला गाड़ी जाने के बाद सड़क के ऊपर गिरे तेल को ही हाथों से उठाकर ले जाते हैं। वह तेल बहुत गंदा होता है, इसलिए घर जाकर उसे जलाकर उसकी गंदगी निकालते हैं। कुछ भले मैनेजर यह काम करने देते हैं, ईश्वर उन्हें सौ-सौ आशीर्वाद देकर धीरे-धीरे चलती हुई अपने घर पहुँचती है। पीछे-पीछे पल्लवी भी चली आती है। लेकिन वह उसे यह अहसास नहीं होने देतीकि उसने चाची को बहते-गिरते तेल को इकट्ठा करते देख लिया है। जैसे ही वह बिल्डिंग के पास पहुँचती है, चाची को पीछे से आवाज देती है। ईश्वरी भी झट से पल्लवी को पहचान जाती है।

उसे गले लगा कर बोली, "अरे बिटिया, कब आई? सुना है, तुम्हारी शादी बहुत बड़े घर में हुई है। अच्छा है। घर पर सब ठीक है, ना? इतने दिनों बाद क्या राम बाबू के घर आई हो? चलो बिटिया, हमारे घर चलो। तुम्हारे चाचा भी तुम्हें देखकर बड़े खुश होंगे।"

वह बड़े प्यार से उसका हाथ पकड़ कर, उसे अपने घर ले गई। सीढ़ी चढ़ने में उसे बहुत तकलीफ होती है, पर वह वह शाक-सब्जी आदि के लिए नीचे-ऊपर होती ही रहती है। पल्लवी ने देखा कि अबकी बार उसका कमरा बड़ा-सा है। साफ-सुथरा, चौकी पर बूढ़े चाचा लेटे हैं। वह भी उसे देखकर बहुत खुश हुए। दीवार पर हनुमान की तस्वीर एक सुंदर-सी लड़की के साथ लगी हुई है। वह उसकी पत्नी है। चाची ने उसे बताया कि कैसे उसके बेटे ने इतनी कम कमाई में भी यह घर उनको लेकर दिया है।

ईश्वरी चाची ने उसे बताया कि उन्होंने अपने गाँव की ही एक गरीब सहेली की बेटी से अपने बेटे को ब्याहा है। दहेज में उन्होंने एक रुपया भी नहीं लिया। अभी बहू पेट से है। डॉक्टर ने उसे आराम करने

को बोला है। अगले महीने घर को ताला लगाकर वह लोग भी बेटे के पास ही चले जाएँगे। बहू की सेवा करनी है। वह बेचारी अकेली है, कैसे सब काम करेगी। मुझे ही जाकर सब संभालना है। यहाँ तो जैसे-तैसे करके हम दोनों गुजारा कर लेते हैं। वहाँ तो सब का ध्यान रखना होगा। मैं तो बच्चे को लेकर यहीं आ जाऊँगी। यही कोलकाता में उसे पालूँगी। बहु-बेटा वहीं चाकरी करके कुछ पैसा बना ले, फिर आराम से रहे।" ईश्वरी चाची अपने भविष्य के सपनों के बारे में बोलती जा रही है और बीच-बीच में उसके सिर पर हाथ फेरती जा रही है। उन्होंने पल्लवी से पूछा, "बिटिया पकोड़े खाओगी?" पल्लवी ने हाँ में सिर हिला दिया। उन्होंने झट से बेसन घोलकर, आलू काटकर कढ़ाई चढ़ा दी। वही पीतल की डोलची वाला तेल डाला। जब तक तेल खौलने लगा, तब तक वह अपनी लोहे की अलमारी से दस, बीस और पचास के मुड़े-तुड़े नोट निकालकर गिनने लगी। पल्लवी पहली बार शादी होकर उनके घर आई है, शगुन तो देना ही है।

फिर उन्होंने सौ रुपए उसकी मुट्ठी में जबरदस्ती पकड़ा दिए और बोली, "रख ले मेरी बिटिया, मना मत करना। तेरी चाची बस यही शगुन दे सकती है। भगवान तुझे बहुत खुश रखे। बड़ी अफसर बनो। तेरे जैसी मेरी पोती हो जाए, तो बस मैं गंगा नहा लूँ।

अचानक कितने दिनों से दबा दुख, ग्लानि, क्रोध, घृणा और ना जाने क्या-क्या भरा हुआ था, उसके दिल में सब कुछ जैसे, बाँध की तरह टूट गया। पल्लवी फफक-फफक कर रोने लगी। ईश्वरी देवी ने झट से उसे गले लगा लिया। हीरालाल तिवारी चाचा की आँखें भी नम हो गईं। पल्लवी का रोना बंद ही नहीं हो रहा है। ईश्वरी चाची ने हनुमान और पल्लवी की बात, एक बार पल्लवी की माँ के मुँह से सुनी थी। और उनसे वादा किया था कि उसका बेटा फिर से ऐसी गलती कभी नहीं करेगा। ईश्वरी चाची को उसके रोने की वजह पता है, किंतु वह कुछ भी नहीं कहती। पल्लवी उसे शुरू से ही अच्छी लगती है।

पल्लवी आज रो रही है, उस ममता के लिए, जो उसकी सास से उसे नहीं मिली। और जो उसे अपने परिवार वालों से मिलनी चाहिए थी। हनुमान प्रसाद के आदर्शों के लिए, जो कि वह अपने पति में चाहती थी। वह सरकार, शोधकर्ता, नोबेल पुरस्कार विजेताओं आदि के सिद्धांतों के बारे में सोचती है, जिनके शोध में ईश्वरी चाची और हीरालाल चाचा जैसे वर्ग के लोगों के लिए कोई योजना ही नहीं होती। इतने अभाव की जिंदगी में बिना कुछ कहे, बिना कुछ मांगे, यह लोग जीते रहते हैं। काश बड़े बैरल कनस्तर तक बहती हुई, तेल की धार से गिरती हुई बूंदों को इकट्ठा कर जीने वाले, इन समाज के लोगों के लिए भी कोई कुछ बोलता और सोचता। आज उसका मन सिर्फ रोने को कर रहा है। ईश्वरी उसे चुप करा रही है। और फिर उन्होंने पकोड़े छानकर तश्तरी में उसके सामने रख दिए। उसने अपना मोबाइल खोल कर देखा, बारह मिस कॉल है और इनबॉक्स में कई मैसेज भी है। उसने बिना पढ़े ही सब कुछ डिलीट कर दिया। इंटरनेट खोल कर अपनी वापस जाने की टिकट बुक कर ली। यहाँ से वह सीधा हवाई अड्डे जाएगी। ईश्वरी चाची से उसे जीने की नई रोशनी मिली है। वह बीच-बीच में आँसू पोंछते हुए पकौड़े खाने लगी। ईश्वरी चाची उसे ढेरों आशीर्वाद देते हुए उसके पास ही बैठ जाती है।

***

फ्लैट

कन्नूर जिले में एक छोटा-सा कस्बा है, मट्टनूर। बहुत साल पहले वी.विकास कुमार के पिता अपनी पढ़ी-लिखी, भोली-सी पत्नी को एक चार साल के छोटे से बच्चे के साथ अकेला छोड़कर त्रिवेंद्रम भाग गए थे। तब उन्हें नहीं मालूम था कि यह शहर भविष्य में केरल की राजधानी बनेगा। जब वह गाँव में थे, तो ताड़ के पेड़ों पर चढ़कर उनसे रस निकाला करते थे, यही उनकी तोड़ी जाति के लोगों के जीवन यापन का जरिया है। गाँव में मिशनरी स्कूल खुल जाने से वहाँ के सभी लड़के-लड़कियाँ उसमें पढ़ने जाने लगे। विकास कुमार के पिताजी भी थोड़ा बहुत पढ़-लिख गए। उन्हें अपना खानदानी काम पेड़ों पर चढ़कर ताड़ी निकालना जरा भी नहीं भाता था, वे तो कुछ अलग करना चाहते थे। अपने कस्बे से बाहर निकल करअपनी नई दुनिया बसाना चाहते थे। इसलिए घर से भाग आए। कई दिनों तक इधर-उधर घूमने के बाद, कॉफी के बीज उगाने वाले एक व्यापारी 'रामबाबू' के यहाँ नौकरी करने लगे और हमेशा अपने मालिक के वफादार बने रहे। फिर कुछ दिनों के बाद दूसरी शादी कर वहीं बस गए। लेकिन दूसरी पत्नी से उन्हें कोई औलाद नहीं हुई।

जब त्रिवेंद्रम शहर को राजधानी बनाने की घोषणा हुई, तब उसके मालिक ने कम दामों में काफी जमीन खरीद ली, ताकि बाद में ज्यादा दाम देने से बच सके। कुछ साल बाद राजधानी बनने के बाद शहर में काफी बदलाव हुआ। वहाँ हवाई-अड्डा, बड़े-बड़े कार्यालय और अस्पताल बनने लगे। उसके मालिक की कोठी भी त्रिवेंद्रम के एक सभ्रांत इलाके

'विक्टोरिया लेन' में थी। इस इलाके में अंग्रेजों के जमाने के बंगले बने हुए हैं। यहाँ सिर्फ कॉफी स्टेट मालिक, फिल्मी कलाकार, राज-परिवार या फिर उद्योगपतियों के ही बंगले हैं। उसके मालिक ने वामपंथी सरकार की नीतियों के डर से अपनी कुछ बेनामी संपत्ति अपने वफादार सेवकों के नाम कर दी। उसके मालिक ने एक बड़ा प्लॉट विजय कुमार के नाम भी कर दिया, वह मुफ्त में ही उसका मालिक बन गया। जब वह बूढ़ा होने लगा, तब अचानक उसे मट्टनूर में रह रही अपनी पत्नी और इकलौते बेटे की याद आने लगी। आज मट्टनूर से कई युवक दुबई, कतर, ओमान और मिडिल ईस्ट नौकरी करने जाते हैं। सभी ने बाहर जाकर खूब दीनार कमाए हैं। पैसा आने से वहाँ के लोगों के रहन-सहन में भी बहुत बदलाव आया है। कस्बा अब पूरी तरह बदल गया है। मुंबई और चेन्नई से भी ज्यादा आधुनिक हो गया है। उसका बेटा विकास भी एम.ए. और बी.एड. की पढ़ाई पूरी कर सरकारी स्कूल में पढ़ाने लगा है। दुबई का पैसा उनके घर तक नहीं पहुँचा है। उनका रहन-सहन अभी भी सीधा-सादा है।

विजय को जब अपने इकलौते बेटे की याद सताने लगी तब उसने अपने बेटे और पत्नी को अपने पास शहर में आकर रहने के लिए कहा, लेकिन उसके बेटे ने मना कर दिया, क्योंकि उसने बचपन से ही अपनी माँ को अकेले सारी जिंदगी काम करके गुजारा करते देखा है। उसके पिता का कोई भी पश्चाताप या कितनी भी दौलत उन कीमती सालों को वापस लाकर नहीं दे सकती। उसके पिता ने अपना कुछ पैसा जमा करके चित्रांजलि फिल्म स्टूडियो के पास एक जमीन भी खरीद रखी है।

मलयाली लड़के-लड़कियाँ शहर जाकर नौकरी करने के लिए तरसते हैं, लेकिन विकास को शहर जाकर नौकरी करने का कोई लालच नहीं है। जब विकास शहर आकर उसके साथ रहने के लिए नहीं माना, तब हारकर विजय खुद ही गाँव वापस आया। गाँव वापस आकर उसने अपनी पत्नी से माफी मांगी और बेटे को भी सब

गिलाशिकवा भूल जाने को कहा। विकास ने उनकी बात मानकर, उन्हें माफ तो कर दिया, लेकिन फिर भी वह अपने पिता के साथ त्रिवेंद्रम जाकर रहने के लिए तैयार नहीं हुआ। विजय बाबू ने सोचा बेटा उनके साथ नहीं आया तो क्या, बेटा तो उन्हीं का है, वंश तो उन्हीं का आगे बढ़ेगा।

उसकी पहली पत्नी उसके साथ शहर आ गई और अब वह अपनी दोनों पत्नियों के साथ शहर में रहने लगा। पैसा आदमी के बड़े से बड़े ऐब छुपा देता है। दोनों सौतनें आराम से बिना लड़ाई-झगड़े के खुशी-खुशी एक साथ रहतीं। किसी चीज की कोई कमी नहीं थी।

विकास कुमार अपने ही साथ काम करने वाली एक स्कूल अध्यापिका 'सुजाता' से शादी करना चाहता है। लेकिन सुजाता के पिता को यह रिश्ता मंजूर नहीं है। वे अपनी बेटी का रिश्ता कतर में नौकरी करने वाले एक इंजीनियर से पक्का कर देते हैं। सुजाता में अपने पिता के विरुद्ध जाने की हिम्मत नहीं है। शादी की बात पक्की होने पर सुजाता आखिरी बार विकास के घर उससे मिलने आईऔर उसके गले लगकर खूब रोई और बोली-"मैं तुम्हें कभी नहीं भुला पाऊँगी।"यह भी एक विडंबना ही है कि औरत के मन को कोई नहीं समझ पाता, या शायद यूँ कहें कि वह खुद भी नहीं समझ पाती कि उसको क्या चाहिए। कुछ दिन बाद सुजाता शादी करके अपने पति के साथ कतर चली गई। सुजाता के बिना उसका जीवन एकदम सूना हो गया। वह सुजाता के बाप को सबक सिखाना चाहता था। माँ अपने बेटे के मन का हाल समझ गई और छुट्टियों में उसे अपने पास शहर बुला लिया।

विजय के नाम काफी जमीन है, उसके बाद उसका बेटा ही उस जमीन का मालिक होगा। यह जमीन अपने ही कब्जे में रहे, यह सोचकर विकास की सौतेली माँ ने अपनी छोटी बहन की बेटी करुणा के साथ उसकी शादी की बात चला दी। करुणा बहुत ही सुंदर और आजाद ख्याल की लड़की है। वह लड़के-लड़कियों के संग उठती-बैठती

है, घूमती है, कभी-कभी थोड़ी शराब भी पी लेती है। करुणा के पिता बहुत अमीर तो नहीं हैं, परंतु फिर भी उनका रहन-सहन अच्छा है। सामान्यतः मलयाली लोगों में जो सादगी होती है, वह उनके जीवन से कोसों दूर है। अपने तीज-त्यौहार मनाना भी वे अपनी शान के खिलाफ समझते हैं। यह वह पीढ़ी है, जो व्यक्ति केंद्रित है, संयुक्त परिवार, परंपराएँ सब ढकोसला लगते हैं। ऊपर से वामपंथी सोच, करुणा एकदम स्वतंत्र लड़की है। उसने साफ शब्दों में अपने पिता से कह दिया है "अणा, नो मैरिज प्लीज़।" शादी-ब्याह जैसे पारिवारिक अनुष्ठानों को गालियाँ बकने वाला, करुणा का बाप, 60 साल पार होते ही उसकी शादी की बात सोचने लगा। उसे अंदेशा है कि अकेली, आजाद खयाल लड़की का क्या हाल होता है। जब उसकी साली ने करुणा की शादी विकास के साथ करने का प्रस्ताव उसके सामने रखा, तो वह तुरंत राजी हो गया। उसने सोचा पढ़ा-लिखा लड़का है, करुणा यदि मट्टनूर जाने को राजी नहीं हुई, तो वह विकास को ही शहर ले आएँगे। विकास भी पढ़ी-लिखी, सुंदर, बिंदास लड़की से शादी करके सुजाता के बाप का घमंड तोड़ना चाहता है। विकास ने सुजाता के पिता का घमंड तोड़ने के लिए करुणा से शादी करने के लिए हाँ करके अपना सिर खुद ही ओखली में दे डाला। दोनों की शादी त्रिवेंद्रम में ही हुई। लेकिन शादी के बाद दोनों मट्टनूर जाकर रहने लगे।

विजय बाबू ने अपनी वह जमीन जो उसके मालिक ने वामपंथी नीतियों के डर से उसके नाम कर दी थी, बिल्डर को दे दी। मालिक तो अब रहे नहीं, लेकिन उसने जमीन का सौदा करने से पहले एक बार मालिक के बेटों से पूछा तक नहीं। क्योंकि कोर्ट और कानून तो सबूत देखता हैऔर कागजातों में तो विजय बाबू ही उस जमीन के मालिक हैं। उस जमीन पर विक्टोरिया लेन में शहर के सबसे महंगे और सुंदर अपार्टमेंट बनेंगे। अपार्टमेंट में चार बड़े-बड़े फ्लैट उन्हें मिलेंगे। उन्होंने सोचा कि एक फ्लैट वह अपने पास रखेंगे और दूसरा अपने बेटे को दे देंगे। बाकी के दो फ्लैट अच्छा मोल लगा कर बेच

देंगे। फ्लैट बेच कर आए पैसे को या तो बैंक में रखेंगे, या फिर किसी व्यापार में लगाएँगे। वह मानते हैं कि उनके बेटे का भविष्य सुनहरा एवं सुरक्षित है। शुरू में कुछ दिनों तक तो करुणा और विकास कुमार के बीच सब कुछ ठीक-ठाक रहा, नई-नई शादी, नया प्यार का जोश, नई भूख। लेकिन धीरे-धीरे करुणा का मन मड्नूर से उचटने लगा। यहाँ न तो पास में समुद्र है, न ही कोई क्लब और न ही उसका कोई संगी साथी। कभी-कभी वह पब में जाकर दो-चार पैग लगा लेती है, लेकिन वहाँ के लोग उसे ऐसे घूरते हैं, जैसे वह कोई अजूबा हो। उसे बिल्कुल अच्छा नहीं लगता। वह घर आकर उन लोगों को बहुत बुरा-भला कहती। कहती-"डर्टी कंट्री पिपल, एकदम गँवार हैं, पढ़े-लिखे बेवकूफ।" विकास कुमार उसे समझा कर चुप करा देता। नशे में धुत्त पत्नी के साथ सहवास करने में उसे आनन्द तो बहुत मिलता, लेकिन अगले दिन नशा उतरने पर उसकी खरी-खोटी गालियाँ सुनने का कलेजा उसमें नहीं था। वह अपना मन मसोस कर रह जाता है। एक दिन रोज-रोज के झगड़ों से तंग आकर करुणा वापस शहर आ गई। उसकी मौसी और सास ने उसे बहुत समझाया, लेकिन उसने किसी की एक न सुनी। शादी के बाद वह सेक्स के मामले में और खुल गई। अब वह अपने दोस्तों के साथ बिना किसी रोक-टोक या अपराधबोध के मिलती है। यहाँ तक कि कई-कई दिनों तक उनके साथ बाहर भी चली जाती है। विकास कुमार सब कुछ जानते हुए भी अपनी पत्नी करुणा को अनैतिक संबंध रखने से रोक नहीं पाता और यही सोच-सोच कर वह मड्नूर में अकेला कुढ़ता रहता है।

अपार्टमेंट के पूरा होते ही उसके पिता ने बेटे-बहू के हाथ में घर की चाबी थमा दी। शहर के सबसे महंगे इलाके में आलीशान घर ने जैसे उनकी टूटती बिखरती शादी-शुदा जिंदगी में सीमेंट का गाढ़ा लेप लगाकर, दरारें मिटा-सी दी हों। एक साल घर को सँवारने, फर्नीचर बनाने और सजाने आदि में गुजर गया। इसी बीच विकास मड्नूर से अपनी नौकरी छोड़कर शहर आ गया और यहाँ आकर एक इंटरनेशनल

स्कूल में नौकरी करने लगा। जब तक वह छुट्टियों में कुछ दिन के लिए शहर आता था, तब तक तो करुणा और उसके बीच सब कुछ ठीक रहा, लेकिन जब वह स्थाई रूप से शहर आ गया, तब फिर से दोनों के बीच घर में लड़ाई-झगड़े शुरू हो गए।

आजकल 'दानिश' करुणा का एक खास दोस्त बन गया है। वह मलयालम फिल्मों में पैसा भी लगाता है। वह फिल्मों के निर्माता, निर्देशक या फिर छोटे-मोटे कलाकारों को करुणा के फ्लैट में ही पार्टी देता है। करुणा का चार बड़े-बड़े बेडरूम वाला होटलनुमा घर बड़े ही सलीके से सजा हुआ है। बड़े-बड़े कीमती गमलों में सजे हुए फर्न, पौधे, लताएँ, सामने दिखता गहरा नीला समुंदर का किनारा और दीवान कक्ष में कलात्मक ढंग से सजा हुआ बाँस का फर्नीचर उसे और आकर्षक बनाते हैं। ऐसी सुंदर जगह पर तो कोई भी छोटी-मोटी पार्टी करना चाहेगा।

करुणा को फिल्मों का शौक नहीं है, पर वह कला तथा नाटक में वह बेहद रूचि रखती है। चमक-दमक से भरी दुनिया के लोगों के बीच बैठकर राष्ट्रवाद की चर्चा करना उसे बेहद पसंद है। उसके यह सारे शौक उसका दोस्त दानिश पूरे करता है।

दानिश को करुणा का घर बहुत पसंद है, परंतु उसकी कीमत करोड़ों में है। वह बैंक से कर्जा लेकर भी इतनी महंगी जगह नहीं कर सकता। वह सोचता है कि करुणा बहुत भाग्यशाली है कि उसके ससुर ने उसे ऐसी जायदाद बना कर दी है। विकास को अब करुणा का इतना खुलापन बर्दाश्त नहीं होता। अब वह खुलकर इसका विरोध करने लगा है। इन्हीं सब बातों को लेकर दोनों के बीच आए दिन झगड़े होते। जब भी उनके बीच झगड़ा होता, घर के बड़े झगड़ा सुलझाने के लिए आते। लेकिन दोनों ही एक-दूसरे पर आरोप मढ़ते हैं। करुणा कहती है, "मास्टर वाला दिमाग है, छोटी सोच, सबको अपना विद्यार्थी समझता है।" विकास को समझाने पर वह भी अपना पक्ष रखते हुए अपनी मातृभाषा की सीखी हुई, सभी अलंकृत उपमाओं

का प्रयोग करके, करुणा के चरित्र का बखान करता है। दोनों ही सौतनें उनके दोनों के रोज-रोज के झगड़ों से परेशान हैं। करुणा की मौसी ने विवाह का प्रस्ताव रखते समय इस बात की कल्पना भी नहीं की थी। रोज-रोज के झगड़ों से परेशान होकर करुणा भी अब घर छोड़कर जाना चाहती है। लेकिन दानिश उसे सलाह देता है कि इतनी अच्छी जगह छोड़कर तुम मत जाओ, इस घर पर तुम्हारा भी पूरा अधिकार है। दानिश मन ही मन योजना बना रहा हैकि तलाक की मांग करते ही करुणा, विकास से यह घर मांग लेगी। और विकास को देना ही पड़ेगा। करुणा की हरकतें देखकर, उसके ससुर भी परेशान हैं। उन्होंने घर आकर अपनी दूसरी पत्नी को साफ शब्दों में कह दिया है कि "समझाओ, तुम्हारी भानजी को, अगर वह नहीं सुधरेगी, तो मैं तुम्हें घर से निकाल दूँगा।" करुणा की मौसी के कोई औलाद नहीं है, इसलिए वह करुणा और विकास को अपने बुढ़ापे का सहारा बनाना चाहती है। यही सोचकर उन्होंने करुणा का विवाह विकास से करवाया था, लेकिन करुणा ने सब गड़बड़ कर दिया। वहीं दूसरी तरफ विकास भी सुजाता के पिता को सबक सिखाने के चक्कर में खुद ही इस चक्रव्यूह में आ फँसा था और अब किसी भी कीमत पर इस बंधन से बाहर निकलना चाहता था। करुणा को अपने अधिकारों का पूरा ज्ञान है। उसका दोस्त दानिश, उसे पुलिस थाने लेकर गया। थाने में उसने विकास और उसके माता-पिता पर मुकदमा दायर कर दिया। विकास के माता-पिता वरिष्ठ नागरिक हैंऔर फिर आजकल इतने झूठे दहेज-उत्पीड़न के मामले दाखिल हो रहे हैंकि अब कोर्ट माँ-बाप को हिरासत में नहीं लेने की सलाह देता है। अब पुलिस ज्यादातर कार्यवाही केवल पति पर ही करती है। विजय बाबू ने मुकदमे को रफा-दफा करने के लिए थाने में अच्छी रकम भेजी है। वहीं दानिश भी पुलिस वालों पर दबाव बनाने के लिए किसी फिल्मी हीरो से थाने में फोन करवाता है। अदालत का मानना है कि औरत का घर पर अधिकार है, इसलिए करुणा मुकदमा करने के बाद भी उसी घर में ही रहती है।

दानिश शहर की मशहूर सामाजिक कार्यकर्ता 'मिस मरियम' को जानता है। वह औरतों की सहायता के लिए हरदम तैयार रहती है। वैसे तो मिस मरियम केवल गरीब जरूरतमंद और बेसहारा औरतों की ही मदद करती हैं। क्योंकि उनका मानना हैकि पैसे वालों की मदद करने सभी आ जाते हैं। लेकिन दानिश के अनुरोध करने पर वह उसे मना नहीं कर सकी, क्योंकि दानिश उनके पति के दोस्त का बेटा है। करुणा ने भी उनके पास जाकर, रोते हुए उन्हें अपने ऊपर होने वाले जुल्मों की कहानी सुनाई। करुणा के मुँह से सारा मामला सुनकर, वह उसके और उसके पति के बीच सुलह कराने उनके घर पहुँची। वहाँ जाकर उन्होंने सारी बात समझने की कोशिश की। वहाँ उन्हें करुणा की मौसी उम्र के आखिरी पड़ाव पर एकदम असहाय-सी लगी। वैसे तो उन्हें विकास से कोई खास हमदर्दी नहीं हुई, लेकिन अब वह करुणा और दानिश की चाल अच्छी तरह से समझ गई थी। वह भी जानती हैं कि विकास की अपनी तो कोई संपत्ति नहीं है, यह घर भी उसे उसके पिता ने दिया है। यदि वह भी करुणा ले लेगी, तो वह कहाँ जाएगा। मिस मरियम करुणा को बहुत समझाने की कोशिश करती हैं, लेकिन वह तो दानिश की बातों में इस तरह से मोहित हो चुकी हैकि उसे किसी की सलाह अच्छी हीं नही लगती। वह सोचती हैकि कचहरी में मुकदमा कर देने से सारी संपत्ति उसे मिल जाएगी। विकास भी बहुत परेशान है, वह उसके साथ रहना भी नहीं चाहता, लेकिन उसे घर भी नहीं देना चाहता। मिस मरियम ने विकास के पिता से बात कीऔर उन्हें सलाह दी कि वह अपनी सारी जायदाद अपनी पत्नी के नाम कर दें। जिस पत्नी को उन्होंने छोड़ दिया था, अब समय का चक्र ऐसा घूमा कि उसी के नाम अपना घर करना पड़ रहा है। वह सोचते हैं कि ऐसा करने से तो दूसरी पत्नी भी अपना अधिकार मांगेगी। वैसे तो वह कानूनन उनकी पत्नी नहीं है, लेकिन फिर भी वह इतने साल उनके साथ पत्नी बन कर रह रही है।

ईरान में भी युद्ध छिड़ गया है। सभी भारतीय नौकरी छोड़कर अपने वतन वापस आ रहे हैं। सुजाता भी अपने परिवार के साथ फिर से केरला रही है। वह थोड़ी चिंतित भी है कि पता नहीं उसके पति को यहाँ कौन-सी नौकरी मिलेगी। आजकल दानिश करुणा के घर में कोई पार्टी भी नहीं देता, क्यों कि वह सारा दिन कोर्ट कचहरी के चक्कर ही लगा रहता है। विकास के माता-पिता भी अब उसके साथ, उसी के घर में आकर रहने लगे हैं। चारों ओर सिर्फ और सिर्फ अशांति है। विकास के पिता ने घर, उसकी माँ के नाम पर हस्तांतरित कर दिया है। और उसे आधे घर की मालकिन बना दिया है।

करुणा को वैसे तो पैसों का कोई लालच नहीं है, परंतु अब वह जिद में आ गई है। अब आए दिन वह किसी न किसी बात को लेकर कचहरी चली जाती है। विकास के पिता ने जो कमाया है, अब वह कचहरी में लुटा रहे हैं। उधर विकास की माँ इस घर की मालकिन बनकर भी खुश नहीं है। खैरात में मिले घर में उसे शांति नहीं है। वह अपने पुराने दिनों को याद करके सोचती है किजब वह अकेली काम करके विकास का पालन-पोषण कर रही थी, तब वह कितनी सहज, शांत और खुश थी। वहीं आज़ाद ख्यालों वाली, बिंदास लड़की करुणा, अब अपने ही जाल में कैद-सी होती जा रही है।

***

बैण्डवाला

डमरू बहुत ही भोला और प्यारा-सा गबरू जवान होता जा रहा है। वह स्वभाव से बहुत ही स्नेही है। वह बुनकर जाति का है। उसके बाबा भेड़ों की खाल से बनी ऊन की शालें, दुशालें बुनते हैं। उनका भरा-पूरा बड़ा परिवार है। भोलेनाथ की कृपा से उसका जन्म दो लड़कियों के बाद हुआ, इसलिए उसका नाम डमरू रख दिया गया। डमरू की माँ एक और बेटे की आस में फिर से गर्भवती हुई, लेकिन डमरू के बाद भी लड़की ही पैदा हुई। बस उसके बाद उसने जिले के अस्पताल में जाकर अपना ऑपरेशन करवा लिया। गरीब परिवार है। डमरू घर में सब का लाडला है। ज्यादा पढ़ा-लिखा भी नहीं है, लेकिन लूम पर बुनाई का काम उसे जरा भी पसंद नहीं है। उसे हिंदी फिल्मों के गाने सुनना बहुत पसंद है स्कूल की आठवीं कक्षा में मास्टर जी ने उसे एनसीसी में भर्ती कर दिया। दूसरों की तुलना में उसका कद थोड़ा ज्यादा लंबा है और वह परेड में गाना सुना बैंड बजाने लगा।

दसवीं की परीक्षा में फेल होने के बाद उसने पढ़ाई छोड़ दी। फिर कमोली गाँव के बाहर ही एक छोटे से होटल में काम करने लगा। लेकिन उसकी माँ को एकदम पसंद नहीं था किउनका लाडला होटल में मुसाफिरों की जूठी प्लेटें उठाए और धोए। इसलिए उन्होंने उसे गाँव वापस बुला लिया और फिर उसे उसके मामा के घर चंबा भेज दिया। वहाँ शादियों में आजकल बैंड बाजा बहुत बजता है। उसे बैंड में नौकरी मिल गई, उसकी पसंद का काम और लाल सुर्ख रंग की सुनहरे गोटे वाली बैंड की यूनिफार्म में काले चमकदार जूते पहनकर, वह किसी

"

फिल्म का हीरो ही लगता था। जब उसने अपनी बैंड की यूनिफार्म वाली फोटो अपनी माँ को भेजी, तो माँ ने घर पर उसकी फोटो की नजर उतारी। शादी-ब्याह के सीजन में ही उसकी कुछ कमाई होती थी, बाकी समय में वह वहीं टेंट वाले के पास काम करने लगा। आजकल पहाड़ों में भी गाँव-कस्बों के लोग छोटे-मोटे घर की खुशी-गमी में घर के बाहर टेंट लगवा देते हैं। जमाना बदल रहा है, दिखावे की बीमारी हिमाचल प्रदेश के दूरदराज के गाँवों में भी छूत की तरह फैल रही है। ज्यादातर लोग सीधे-साधे भोले-भाले हैं लेकिन पढ़े-लिखे सरकारी चाकरी वालों में शहरीपन वाली चालाकियाँ आ गईं हैं। पढ़े-लिखे समाज के लोग तो अपने को किसी राजा से कम नहीं समझते।

पंडित लक्ष्मीकांत जोशी स्कूल के हेड मास्टर हैं। उन्होंने बेंत से मार-मार कर बच्चों को पढ़ाया है। कठोर, अनुशासन प्रिय, प्रेम रस का उनके जीवन में सदा अकाल ही रहा है। इसलिए वे सदा चिड़चिड़ा असंतुष्ट भाव लिए रहते हैं। उनकी पत्नी बहुत सुंदर थी। वह कन्नौज इलाके की पहाड़न थी। वह पढ़ी-लिखी होने के साथ-साथ हँसमुख स्वभाव की थी। उसके पिता बहुत गरीब थे। पहाड़ों पर वैसे भी कोई खास रोजगार के साधन नहीं होते। उनकी जमीनें तो थीं लेकिन उसके भाई काम नहीं करते थे। सभी को शिमला जाकर नौकरी करनी है। पिता ने अपनी बेटी का नाम प्यार से चंद्रिका रखा है किंतु घर पर सभी चंदा बुलाते हैं। उस गरीब की सुंदर कन्या को ब्याहने कई हाथ आगे आए। पंडित लक्ष्मीकांत के गुस्सैल स्वभाव के बारे में उसके गाँव और धामण बिरादरी सभी को पता है। इसलिए उनकी माता ने चतुराई से दूर कस्बे से चंद्रिका के साथ विवाह करा दिया। उसने सोचा घर में यदि पति-पत्नी में झगड़ा भी होगा, तो दूरी के कारण वह मायके नहीं जा सकेगी। पहाड़ों पर वैसे भी कुछ मीलों का सफर तय करने में महीनों लग जाते हैं। शुभ मुहूर्त में दोनों का विवाह कर दिया गया। शक मिजाज पति हमेशा अपनी खूबसूरत पत्नी चंदा को शक की नजर से देखता था। स्कूल के दूसरे मास्टर यदि घर पर आ

जाते और चंदा उनका स्वागत हँस कर करती या उनके लिए चाय-नाश्ता बनाती और उन लोगों के साथ बैठकर बातचीत करती, तो उनके जाते ही उसका पति अपना विकराल रूप उसे दिखाता था। पहले तो डाँट-डपट तक ही बात थी, लेकिन फिर धीरे-धीरे पिटाई करना आम बात हो गई। लक्ष्मीकांत चंदा की जितनी पिटाई करता, चंदा उतनी ही और जिद्दी होती गई। वह मार तो खा लेती, लेकिन पति को सबक सिखाने के लिए वह गाँव के हर दूसरे मर्द से बातचीत करने लगी। उसकी सास को उसके यह लक्षण एकदम नहीं सुहाते। शादी के दूसरे ही साल में चंदा ने बेटी को जन्म दिया। वह जब भी पिटाई खा कर रोती, तो कहती माता रानी तेरे घर बेटी दे, वही तेरा गुरूर तोड़ेगी। बेटी होने पर सभी खुश थे, लेकिन चंदा को तो जैसे सुकून मिला। उसने सोच रखा है कि वह अपनी बेटी को कभी ऐसे घर में नहीं ब्याहेगी, जहाँ उसकी कदर न हो। वह अपनी बेटी को बड़े प्यार से पालती है। बच्चे होने के बाद भी मास्टर जी के स्वभाव में बिल्कुल भी बदलाव नहीं आया। उन्हें अपनी नौकरी और रुतबे का बहुत घमंड है।

एक बार कुल्लू से चंदा के दूर के रिश्ते का भाई चंदा से मिलने आया। उसका तबादला शिमला में हो गया है। वह शिमला जाने से पहले चंबा में शाम को चंदा के घर पहुँचा। चंदा ने उसकी बड़ी खातिरदारी की। रात को रुकने के लिए भी कहा क्योंकिजाड़ों में रात को ज्यादा बसें नहीं चलतीं। वह रात को रुक तो गया, लेकिन अगले दिन सुबह-सुबह मास्टर जी ने घर में क्लेश डाल दिया। स्कूल भी नहीं गए। वह अपने कमरे में ही पत्नी को जोर-जोर से कहने लगे, तूने मेरा घर वेश्यालय बनाकर रख दिया है, अब तेरे यार यहाँ तक आने लगे हैं। भाई तो इतना सुनते ही चुपचाप बिना नाश्ता किए ही बस स्टैंड चला गया। उस दिन चंदा ने भी खूब लड़ाई की। मास्टर जी ने उसकी ऐसी पिटाई की, जैसी डंगरों की करते हैं। सास भी बहू को सबक सिखाना चाहती थी, बस दिखावे भर के लिए बीच-बचाव के

लिए आई। मास्टर जी चंदा पर सारा गुस्सा उतार कर मंदिर चले गए। माता रानी के चरणों में उन्हें शांति मिलती है। अपमानित चंदा नदी में कूदने के लिए निकल पड़ी, लेकिन पानी का बहाव देखकर वह हिम्मत नहीं कर सकी। बड़ी देर तक नदी के किनारे बैठे-बैठे यूँ ही रोती रही। मायके जाने के लिए भी पैसे चाहिए और फिर उसे घर पर सो रही अपनी बेटी की याद आ गई। बेटी की याद आते ही वह अपने घर की तरफ दौड़ी। रात हो चुकी थी, गाँव की पगडंडियों में वैसे भी रोशनी नहीं होती। वह अपने घर का रास्ता जानती थी, इसलिए चल पड़ी। घर के सामने कुछ ससुराल वाले लोग खड़े होकर बातें कर रहे थे। कैसी माँ है, छोटी बच्ची और भोलेनाथ जैसे मास्टर पति को छोड़ अपने यार के साथ भाग गई, उसके कीड़े पड़ेंगे। गाँव की सारी औरतों को खराब कर देगी। मास्टर जी अब आप उसे अपने साथ मत रखना। यही पंचायत का फैसला है। मास्टर जी ने खुद अपनी माँ के साथ मिलकर यह बातें अपनी बिरादरी में कही थीं। चंदा के चरित्र पर कलंक लग चुका था, उसे अब कोई नहीं मिटा सकता था। रात को ठंड में ठिठुरते हुए वह वहाँ से चुपचाप वापस चली गई। रात भर बस स्टैंड पर बैठी रही। सुबह की बस पकड़कर माँ के पास चली गई। दूसरे दिन अपने घर पहुँची। उसकी माँ ने मास्टर जी को कई संदेश और माफीनामे लिखकर भेजे, लेकिन मास्टर जी ने तो जैसे अपने जीवन से चंदा का नाम ही मिटा दिया था। बेटी भी माँ के पास नहीं भेजी। कुछ सालों के बाद चंदा ने दूसरी शादी कर ली। ऐसा सुनने में आया कि तलाक के लिए कोर्ट में दोनों ही पक्ष नहीं गए। वैसे भी कुछ सालों पहले तक बिरादरी के लोग ही बैठकर तलाक का फैसला करा देते थे। कोर्ट कचहरी तो शहर के नामी-गिरामी लोग ही जाते थे।

मास्टर जी अपनी पत्नी की बेवफाई का दर्द अपनी बेटी पर उतारते हैं। वैसे तो उसका नाम सुलक्षणा है, लेकिन घर पर सभी उसे गुड़िया कह कर बुलाते हैं। गुड़िया स्कूल से सीधे घर आती है किसी सहेली के घर जाने की उसे अनुमति नहीं है। उसे घर पर ही रह कर

पढ़ना है। स्कूल में नाच-गाना, पीटी किसी में वह भाग नहीं ले सकती। उसे पड़ोसियों के घर तक नहीं जाने देते। वह सारा समय अपनी दादी के साथ ही रहती है लेकिन दादी के और भी पोते हैं। दिल से कोई भी गुड़िया के साथ नहीं जुड़ा है। पिता के साथ उसे अपना ही घर अधूरा लगता है।

जरा-सी गलती होने पर मास्टरजी उसे भी पीट देते। दादी जरूर आकर छुड़ातीं और बेटे को भी डाँटती थीं। गुड़िया के कानों में भी अपनी माँ के बारे में कुछ-कुछ बातें पड़ती रहतीं। उसने मन ही मन माँ की बहुत खराब छवि बना ली है। दूसरों की माँ उसे बहुत अच्छी लगती हैं। वह अकेले में सब समय सपने देखती है किशादी के बाद उसका बहुत बड़ा ससुराल होगा। प्यार और लाड़ करने वाले सास-ससुर होंगे। ढेर सारे देवर-ननद और पलकों पर बिठा कर रखने वाला पति।

गुड़िया को अपने पिता की तरह बहुत तेज दिमाग और माँ की सुंदरता मिली थी लेकिन उसका मन पढ़ाई में नहीं लगता था। मास्टरजी ने उसे कभी कोई फैशन वाला कपड़ा पहनने-ओढ़ने नहीं दिया। वह तो सिर्फ सीधा-सादा सलवार-कमीज, दुपट्टा, स्वेटर पहनती और तेल लगाकर एक लंबी चोटी करती लेकिन उसमें भी स्कार्फ लपेटकर जब वह बाहर निकलती तो गजब की सुंदर लगती।

गुड़िया ने अपने ताया जी की बेटी की शादी में पहली बार बारात देखी। उसने देखा जीजाजी का चेहरा तो सेहरे से ढका हुआ था। दूसरी सालियाँ सब मिलकर आपस में मजाक करने लगीं। गुड़िया बस सारी रस्में यूँ ही चुपचाप देखती रही। थोड़ी देर बाद बाराती भोजन करने बैठ गए। बैंड वालों को बाहर से ही विदा कर दिया गया। तभी उसने डमरू को देखा था। बेचारे सारे बैंड वाले बिना खाए-पिए बाजार के होटल में खाना खाने चले गए। गुड़िया चुपके से शादी के घर से खिसक आई और डमरू को देखने लगी। डमरू में उसे अपने सपनों का साथी दिखा।

उसे अपने घर के लोगों पर बहुत गुस्सा आया। वह सोचने लगी, क्या वे लोग इंसान नहीं हैं? इतने लोगों के लिए भोजन बना है, क्या पंद्रह-सोलह बैंड पार्टी वालों को खाना खिलाने का दिल नहीं है? कंजूस कहीं के, उसे डमरू पर भी दया आने लगी। डमरू ने भी बाहर बेंच पर खाना खाते हुए एक सुंदर लड़की को अपनी ओर घूरते हुए देखा लेकिन उससे बात करने का उसे कोई मौका ही नहीं मिला।

दो दिन बाद शादी का सभी काम निपट गया। गुड़िया फिर स्कूल जाने के लिए तैयार हो गई, रास्ते में उसे डमरू खड़ा मिला। आज वह बैंड वाले कपड़ों में नहीं था, सिर पर वह बैंड वाली कैप भी नहीं थी। फिर भी बहुत ही सुंदर लग रहा था। काले-नीले रंग का पूरी बाजू वाला स्वेटर पहने, एकदम हीरो जैसा लग रहा था। गुड़िया मुस्कुराकर स्कूल चली गई। यह लोग उम्र के उस दौर में थे, जहाँआँखों के इशारे ही हजार बातें कह देते हैं। सारा दिन डमरू स्कूल के बाहर ही खड़ा रहा। गुड़िया भी पेट दर्द का बहाना करके आधी छुट्टी लेकर बाहर आ गई। वह अपने घर के रास्ते पर चल पड़ी और उसके साथ-साथ डमरू भी चलने लगा।

डमरू ने उससे पूछा, "क्या नाम है तुम्हारा?" "गुड़िया" डमरू बोला, "सचमुच गुड़िया ही हो।" "तुम्हारा नाम?" "मेरा नाम डमरू, स्कूल में विश्वनाथ है।" डमरू और गुड़िया जोर-जोर से हँसने लगे। डमरू ने कहा, "चलो थोड़ा दूसरे रास्ते से चलते हैं। यहाँ सब तुमको जानते होंगे।" सचमुच गुड़िया को ख्याल ही नहीं आया किमास्टर जी के आने जाने का यही रास्ता है।

उसका गाँवयहाँ से थोड़ी ही दूरी पर है। कहीं रास्ते में कोई उन्हें देख न ले इसलिए दोनों ही रास्ते के दूसरी और बनी कच्ची सड़क से उल्टी तरफ चलने लगे। रास्ते में चलते-चलते दोनों के बीच ढेर सारी बातें हुईं।

फिर अचानक गुड़िया बोली, "घर जाती हूँ। दादी ताई सभी इंतजार कर रहे होंगे।" डमरू बोला, "कल आओगी ना।" "रोज-रोज पेट

दर्द होता है क्या? बुद्धू कहीं के, कल कैसे आधी छुट्टी लूँगी। ऐसा करती हूँ कि स्कूल के बाद यहीं मिलूँगी। "

डमरू को तो ऐसे लगा जैसे सारे जहान का खजाना ही मिल गया हो। गुड़िया जैसी सुंदर लड़की उससे बात करेगी, यह तो उसने कभी सोचा भी नहीं था। उधर गुड़िया को भी पहली बार किसी से प्यार हुआ था। पहला प्यार और वह भी कितना मधुर। डमरू का परिवार भी बहुत बड़ा है, बस वह उसी से शादी करके जल्दी से इस घर से चली जाएगी। अगले दिन उसका पढ़ाई में जरा भी मन नहीं लगा फिर भी छुट्टी खत्म होने तक स्कूल में तो रहना ही है। स्कूल की छुट्टी होते ही वह जल्दी से बस्ता उठाकर कच्ची सड़क वाले रास्ते की ओर भागी। आज सिर्फ दस मिनट ही बात कर पाए, समय से घर पहुँचना है। मास्टर जी लड़कों के हाई-स्कूल के हेड-मास्टर हो गए हैं। वह थोड़ी देर बाद ही घर पहुँचते हैं, पर दादी समय का पूरा ध्यान रखती हैं। अगले दिन वह अपनी एक लाल कमीज और दुपट्टे को बस्ते में डालकर ले आई। सुबह स्कूल न जाकर, मंदिर चली गई। आजकल मंदिरों में भी जनाना गुसल खाने बाहर की तरफ बन गए हैं। सफेद स्कूल की सलवार और सफेद जूते, ऊपर की आसमानी यूनिफॉर्म वाली कमीज उतारकर लाल कमीज पहन ली और सिर पर स्टाइल से ऊनी स्कार्फ बाँध लिया। डमरू उसका यह रूप देखकर दंग रह गया, दोनों बस स्टैंड गए। डमरू उसे बस से अपने घर ले आया। उसकी माँ पहले तो लड़की को देखकर हैरान हो गई फिर खुश भी हुई। गरीब जुलाहे के घर देवी खुद चलकर आई है। बहुत प्यार से उसने गुड़िया को गले लगाया, खाना बना कर खिलाया और बीच-बीच में उससे उसके परिवार के बारे में भी पूछती रही। डमरू की छोटी बहन भी आज घर पर ही थी। वह तो जैसे गुड़िया से चिपक ही गई। गुड़िया जैसे परिवार की तमन्ना करती थी, डमरू का परिवार बिल्कुल वैसा ही है। वापस जाने का उसका मन तो नहीं है, पर चंबा जाने वाली बस अगर निकल गई, तो वह समय से घर नहीं पहुँच पाएगी।

डमरू की माँ ने जाने से पहले उसका माथा चूम लिया। न जाने क्यों गुड़िया की आँखें भर आईं, इतना प्यार और ममता उसे आज तक कभी ही मिला था आँखेंपोंछते हुए वह वापस आ गई। डमरू उसे चंबा तक छोड़ कर अपने टेंट हाउस चला गया। गुड़िया घर तो आ गई लेकिन वह कपड़े बदलना भूल गई थी। यह तो अच्छा था किउसने लंबा वाला वाला स्वेटर पहना हुआ था। नीचे सफेद सलवार और स्कूल वाले ही जूते पहने थी। दादी को भी कोई शक नहीं हुआ। अब वह अक्सर स्कूल न जाकर डमरू से मिलने चली जाती। कच्ची उम्र का कच्चा प्रेम। उसे डर था किकहीं घर वाले मना न कर दें, इसलिए एक दिन घर के मंदिर से माता रानी की कुमकुम की डिबिया ले आई और डमरू से बोली, "मेरी मांग भर दो, आज से हम दोनों पति-पत्नी।" इसके बाद दोनों माता के मंदिर में माथा टेकने गए। मंदिर का पुजारी उनको जानता है। वह गुड़िया को देखकर हैरान रह गया। स्कूल की वर्दी में लड़के के साथ और सिर पर चुन्नी के सामने कुमकुम चमक रहा है। पहाड़ों में वैसे भी सुहागनें जब शृंगार करती हैं तभी सिंदूर लगाती हैं। पुजारी को मामला गड़बड़ लगा, तो उसने फौरन गुड़िया के पिता को खबर कर दी। उस रात मास्टर जी ने गुड़िया को अपने कमरे में बुलाया और बिना कुछ पूछे ही अपनी बेल्ट से उसकी खूब पिटाई की। मोटे स्वेटर के बावजूद उसके शरीर पर नीले निशान पड़ गए। उसके पिताजी उसकी पिटाई करते हुए चिल्लाते रहे, पढ़ाई बंद, घर से निकलना भी बंद, माँ के नक्शे कदम पर चल रही है। लड़की को मार-मार के सुधारना पड़ेगा। उन्होंने उसकी दादी को भी डाँटा कि कैसे इतने दिनों तक वह उनकी आँखों में धूल झोंकती रही। किसी ने प्यार से बैठा कर गुड़िया के मन की बात नहीं पूछी, नहीं तो वह सब कुछ सच-सच बता देती। वह सारी रात वह यूँ ही रोती रही। उसने निश्चय कर लिया है कि वह अब और इस घर में नहीं रहेगी। उसे आज अपनी माँ की बहुत याद आ रही है। काश! वह

अपने साथ उसे भी इस नर्क से ले जाती, अगली सुबह स्कूल तो जाना नहीं था।

उधर टेंट वाले के यहाँ भी मास्टर जी ने खबर पहुँचा दी है। उसने भी डमरू का हिसाब-किताब करके उसे चंबे से बाहर कर, उसके घर विदा कर दिया। गुड़िया के पास मोबाइल नहीं है। घर पर लैंडलाइन तो है, लेकिन दादी के सामने फोन कैसे करे? जैसे ही दादी अपना दिन का खाना खाकर बड़ी बहू के पास किसी काम से गईं, गुड़िया अपने पलंग पर तकिया रखकर, उस पर रजाई ओढ़ाकर, घर से भाग गई। सीधे बस स्टैंड से बस पकड़कर, वह डमरू के गाँव उसके घर पहुँच गई। उसका दिमाग बहुत तेज है। उसे डमरू के घर का रास्ता और पता सब अच्छी तरह से याद है। जब गुड़िया उसके घर पहुँची डमरू भी घर पर उदास बैठा था। उसके बाबूजी भी आज घर पर ही हैं। गुड़िया को देखकर सभी हैरान हो गए। उन्होंने सपने में भी कभी नहीं सोचा था किदसवीं कक्षा में पढ़ने वाली तकरीबन सोलह साल की लड़की, यूँ ही घर से भाग कर आ जाएगी।

डमरू की माँ बोली, “बिटिया, यह अच्छी बात नहीं है। तुम्हारे बाबा परेशान होंगे। अभी तुम छोटी हो, बस दो बरस रुक जाओ, उसके बाद मैं खुद तुम्हारे घर आकर, तुम्हारा हाथ मांगकर, यहाँ गाजे-बाजे के साथ लेकर आऊँगी। मेरी बच्ची माता रानी की कसम, घर लौट जा। नहीं तो हमारी बहुत बदनामी होगी।”

डमरू के बाबा को इसका अंजाम मालूम है। लड़की के बाप ने यदि केस कर दिया, तो बेटे को जेल भी हो सकती है। फिर उनके अपने घर भी जवान बेटियाँ हैं। जात-बिरादरी, रहन-सहन कुछ भी तो उनका चंदा के खनदान से मेल नहीं करता।

उन्होंने डमरू को साफ-साफ कह दिया है, “इसके बाप को फोन करके बता दो किलड़की यहाँ है, आकर ले जाएँ। पपरोले में हमारी थोड़ी बहुत जो इज्जत है, नहीं तो वह भी नहीं रहेगी। मिट्टी में मिल जाएगी।”

फिर ना जाने क्यों रहम दिल डमरू के पिता ने प्यार से चंदा के सिर पर हाथ फेरकर कहा, "बेटा नादान मत बनो। इस उम्र में गलती हो जाती है। घर जाकर माफी मांग लेना। खूब पढ़ो-लिखो, देवी माँ की मर्जी हुई, तो यहाँ बेटी बन कर आना, अभी चली जाओ।"

इतने प्यार से कोई पिता अपनी बेटी को समझा सकता है, ऐसा तो कभी गुड़िया ने कभी जाना ही नहीं था। उसने तो अपने घर में पिता का रौद्र रूप ही देखा है। वह इस घर में सिर्फ डमरू के पीछे ही नहीं आई है, बल्कि वह बेचारी तो ममता और प्यार की भूखी, पूरे परिवार को पाने के लिए आई है। वह रोती रही और कहती रही किमैं वापस नहीं जाऊँगी। लेकिन डमरू के पिता ने कुछ पैसे देकर डमरू से कहा, "टैक्सी लेकर इसे इसके घर छोड़ आओ। बस में जवान लड़की के साथ शाम को अकेले जाना ठीक नहीं होगा।"

गरीब आदमी ने न जाने कब से जोड़े हुए कुछ रुपए बेटे की जेब में रख दिए। पत्नी से बोला, "जल्दी से रोटी सब्जी बनाकर इन दोनों को खिला दो। रात को घर पहुँचते हुए देर हो जाएगी।" यानी कि तय हो गया कि चंदा यहाँ नहीं रुक सकती। डमरू अपने माँ-बाप की बहुत इज्जत करता है। वैसे तो उसका मन भी गुड़िया को अपने घर में रखने का ही है, लेकिन सोचता है किबड़े लोग ठीक ही कर रहे हैं। वह भी बस बरस दो बरस में कुछ अच्छा कमाने लायक हो जाएगा। गुड़िया पढ़े-लिखे अमीर घर की लड़की है। गुड़िया का मन रो रहा है। वह इस प्यार की छाँव को छोड़कर जाना नहीं चाहती। डमरू की माँ ने बड़े लाड़ से घी डालकर दाल बनाई, परांठे बनाए, गुड़ की चूरी कूटकर, थाली में सजाकर गुड़िया को दी। फिर उसके जाते समय अपने लूम पर बुने सुर्ख दुशाले को उस पर ओढ़ा दिया। यही उसकी पूँजी है और संकेत भी किवह इस घर में मंजूर है।

उधर घर पर गुड़िया की दादी का भी रो-रो कर बुरा हाल है। मास्टर जी भी माँ को डाँट रहे हैं, कह रहे हैं कि लड़की को सबक तो सिखाना ही होगा। घर पर लाते ही जहर दे देंगे। उन्होंने थाने जाकर

रिपोर्ट भी लिखवा दी है। दादी ने लाख मना किया कि"थाने मत जा बेटा, बदनामी होगी। गुड़िया को ढूँढ कर ले आएँगे। लड़का पपरोले में रहता है। हम खुद जाकर ले आते हैं, घर की बात घर में ही रहेगी नहीं तो गुड़िया बिन ब्याही ही रह जाएगी।" लेकिन मास्टर जी ने अपनी माँ की एक भी बात नहीं सुनी और टाउन थाना जाकर अपनी बेटी के अपहरण की रिपोर्ट लिखवा आए। नाबालिग लड़की के अपहरण का मामला है। सात से 10 साल तक की सजा हो सकती है, क्योंकि यह कानून की नजर में संगीन जुर्म है।

रूपेश सिंह अभी-अभी तबादला होकर अपने ही कस्बे के थाने में नियुक्त हुआ है। हिमाचल प्रदेश पुलिस विभाग में परीक्षा देकर उत्तीर्ण होकर 5 साल बाद यहाँ उसका तबादला हुआ है। उसने ऐसे कई मामले देखे हैं। उसका अनुभव बताता है किऐसे मामलों में लड़कियाँ अपनी मर्जी से भागती हैं, लेकिन 18 साल से कम होने पर उसकी मर्जी की कोई अहमियत नहीं होती। वह हेड मास्टर जी से 10 वीं कक्षा तक पढ़ चुका है। गुरुजी के क्रोध और अनुशासन से भलीभाँति परिचित है। उन्हीं की बदौलत वह एक अच्छा विद्यार्थी बनकर दसवीं की कक्षा प्रथम श्रेणी में पास कर पाया था। उसने गुरुजी को समझाया कि डायरी लिख लेते हैं, फिर लड़की को जाकर ले आते हैं। लेकिन मास्टर जी अड़ गए कि"लड़की के गुमशुदा होने की रिपोर्ट के साथ-साथ उस लड़के पर अपहरण और बलात्कार का मामला भी डालो।" उसे तो फाँसी पर लटकाना ही पड़ेगा। जैसे ही एफआईआर दाखिल हुई, चंबा से पुलिस की गाड़ी पपरोले के लिए निकल पड़ी। जब वह डमरू के घर पहुँचे, तो उसके माँ-बाप ने हाथ जोड़कर सारी बात बता दी। पुलिस वालों को टैक्सी का नंबर और बेटे का मोबाइल नंबर भी दे दिया। उसके बाद बेटे को भी फोन करके बता दिया किआगे मत जाओ। जहाँपहुँचे हो वहीं इंतजार करो। पुलिस की गाड़ी आ रही है। रूपेश सिंह को सारा मामला समझ आ गया। डमरू की माँ ने बताया कि"लड़की अपनी मर्जी से आई थी। बेटे के

साथ उसे घर वापस भेज दिया है।" रूपेश बोला, "सर जी लोग शरीफ लगते हैं। चलिए लड़की को रास्ते से ले लेंगे।" करीब दो घंटे बाद पुलिस की गाड़ी टैक्सी के स्थान पर पहुँच गई। लड़के को पुलिस की गाड़ी में बैठा दिया गया और मास्टर जी अलग से टैक्सी में लड़की को लेकर बैठने लगे, तभी गुड़िया हाथ छुड़ाकर बेतहाशा भागने लगी और चिल्ला-चिल्ला कर कहने लगी, "मैं घर वापस नहीं जाऊँगी, वह मेरा घर नहीं है। कसाई खाना है। मुझे मेरे ससुराल भेजो।" लेडी कॉन्स्टेबल ने दौड़कर उसे पकड़ा, लेकिन गुड़िया जमीन पर लोट कर कहने लगी कि"टैक्सी में अपने बाप के साथ घर नहीं जाऊँगी।" रास्ते में कई लोग तमाशा देखने के लिए इकट्ठे हो गए। गुड़िया को टैक्सी में जबर्दस्ती बैठाना मुश्किल हो गया। तभी मास्टर जी ने वहीं पर उसके मुँह पर छह-सात चाँटे जड़ दिए। इसके बाद तो वह जैसे पागल-सी हो गई। "देखो बच्ची पर हाथ उठाते हैं" फिर दुशाला हटाकर, कमीज उठाकर दिखाने लगी, "देखो कैसे बेल्ट से पीटते हैं" कई लोग वीडियो बनाने लगे। रूपेश सिंह के पास अब कोई और चारा नहीं था। उसे लड़की को अपनी जीप में बैठाकर थाने लाना पड़ा। रूपेश सिंह जानता है कियह सब वीडियो वायरल होंगे और बाल-अधिकार के कार्यकर्ता सौ सवाल पूछेंगे। उसने मास्टर जी को समझाया, "सर आप थाने चलें, वहीं से गुड़िया आप को सौंप दूँगा।" मास्टर जी गुस्से में अकेले ही गाड़ी में बैठकर, पुलिस की गाड़ी के साथ-साथ चलने लगे। सारे रास्ते गुड़िया रोती रही। थाने में जाकर कागजों पर पूरी कार्यवाही करके डमरू को हवालात में डाल दिया गया। उसके माता-पिता को यह भी नहीं बताया किउनके लड़के को कल कोर्ट में पेश करके जेल भेज रहे हैं।

थाना अधिकारी रूपेश सिंह भी सच्चाई जानता है। लेकिन फिर भी वह अपने गुरु की बात टालना नहीं चाहता, इस तरह वह अपने गुरु को गुरु दक्षिणा देना चाहता है। पुलिस वालों ने डमरू के हाथ से मोबाइल छीन कर रख लिया। लेकिन तब तक थाने में चंदा ने इतना

शोर मचाया किसभी उसे संभालने में लग गए। तभी मौका देखकर डमरू ने अपने पिता को फोन करके बता दिया किपुलिस उसे घर वापस नहीं भेजेगी, बल्कि उसने उसे नाबालिग लड़की को भगाने के जुर्म में गिरफ्तार कर लिया है। बेचारे सीधे-साधे दंपति, रिश्तेदारों से रुपया उधार लेकर डमरू को बचाने चल पड़े। रूपेश सिंह ने मास्टर जी को समझाया कियदि बलात्कार की दफा लगाते हैं, तो लड़की का डॉक्टरी मुआयना कराना पड़ेगा। तब जाकर मास्टर जी थोड़ा शांत हुए। वैसे भी गुड़िया ने कह दिया था किकहीं किसी तरह का संपर्क स्थापित नहीं हुआ है। लेकिन मुश्किलें बढ़ने लगीं, गुड़िया अपने पिता के साथ किसी भी शर्त पर जाना नहीं चाहती थी। उसकी दादी और चाचियों ने उसे बहुत समझाया, लेकिन उसने किसी की भी बात नहीं मानी। कुछ क्षण के लिए तो उसकी दादी को लगा किजैसे गुड़िया स्वयं लक्ष्मीकांत जोशी का जनाना रूप हो। वैसा ही हठीलापन, क्रोध, निर्ममता, सब कुछ जैसे उसने अपने पिता से ही लिया है। उधर रास्ते वाला वीडियो भी वायरल हो चुका है। नाबालिग लड़की को उसकी इच्छा के विरुद्ध उसके घर पर नहीं भेजा जा सकता। हार कर उन्होंने शिशु कल्याण समिति वाली मैडम को फोन किया। नाबालिग गुड़िया अधिकारिक तौर पर उनके सुपुर्द कर दी गई और उन्होंने उसे सरकारी कन्या आश्रम भेज दिया। डमरू की माँ ने गुड़िया को जो दुशाला दिया था, वह पूरा गंदा हो चुका था फिर भी वह उसी को ओढ़कर शिशु समिति के लोगों के साथ कन्या आश्रम चली गई। डमरू को देख कर रोते हुए बोली, "तुम ही मेरे सुहाग हो, मैं तुम्हारा इंतजार करूँगी, तुम जेल से छूटकर मुझे लेने आना। गुड़िया के कहे हुए शब्द पूरे फिल्मी ही थे, पर वह उसके दिल से निकले थे। कानून प्रेम नहीं देखता, उसके विधान के मापदंड अलग होते हैं। अगले दिन डमरू को बिना किसी दोष के जेल भेज दिया गया। डमरू की माँ ने भी हेडमास्टर को जी भरकर बद्दुआएँ दीं।

डमरू की बेल के लिए वकील किया गया, लेकिन जिला कचहरी में उसकी बेल खारिज हो गई। अब हाई-कोर्ट में अपील करने के लिए शिमला जाना पड़ेगा। वहाँ के लिए बड़ा वकील करना पड़ेगा, जिसकी फीस भी ज्यादा होगी। गरीब माँ-बाप ने अपनी बेटी की शादी के लिए जो गहने बनाए थे, सब बेच दिए। डमरू पूरे 35 दिन जेल में रहने के बाद घर वापस आया। वह अब एकदम बदल चुका है, हर समय गुमसुम-सा रहता है। किसी से कोई बात नहीं करता। टेंट वाले ने भी उसे खबर भेजी है कि फिर से आकर काम पर लग जा। क्योंकि शहर में सबको पता चल गया है किडमरू बेवजह हेडमास्टर के गुस्से और क्रोध का शिकार हुआ है। डमरू घर तो आ गया, लेकिन कचहरी में अभी लंबी लड़ाई बाकी है। वह मायूस-सा सारा दिन गुड़िया को याद करता रहता है। डमरू की माँ ने साफ कह दिया है, जिस आदमी ने हमारी इतनी इज्जत उछाली है, उसकी बेटी किसी भी हालत में इस घर में बहू बनकर नहीं आएगी। उसका बाप नाक रगड़ेगा, तब भी नहीं। हेड-मास्टर जी भी अब गुड़िया को अपने घर नहीं लाना चाहते। पत्नी की तरह उन्होंने उसे भी अपने मन से ही त्याग दिया है। स्कूल में सभी लोग तरह-तरह की बातें करते लेकिन हेड-मास्टर जी के सामने चुप ही रहते।

गुड़िया कन्या आश्रम में रह रही है, शिमला से बाल विकास कमीशन की अध्यक्षा चंबा में कन्या आश्रम का निरीक्षण करने आई हुई हैं। कन्या आश्रम में कई तरह के केस वाली लड़कियाँ रहती हैं। किसी के माँ-बाप नहीं हैं, तो किसी के माँ-बाप ने उन्हें छोड़ दिया है। लेकिन उनमें से उनको गुड़िया ही सबसे होनहार लगी। हेमलता मैडम ने बड़े प्यार से उससे बातचीत की। उसे उसके घर वापस जाने की सलाह भी दी। लेकिन गुड़िया ने साफ मना कर दिया, बोली, "मैं पढ़ना चाहती हूँ किताबों का इंतजाम करवा दो, यहीं रह कर पढ़ूँगी। हेमलता मैडम ने भी किताबों का इंतजाम करने का निर्देश दे दिया। गुड़िया ने आश्रम में रहकर ही दसवीं की परीक्षा दी और फर्स्ट क्लास

पास हो गई। 11वीं में उसने प्राइवेट दाखिला लिया, 12वीं की परीक्षा देने तक वह 18 साल की हो जाएगी और नियम के अनुसार, उसके बाद उसे कन्या आश्रम से जाना ही होगा। एक साल बाद फिर हेमलता मैडम चंबा के कन्या आश्रम आकर गुड़िया से मिलीं। गुड़िया वहाँ बहुत ही अनुशासित ढंग से रह रही है। वहाँ की सुपरिटेंडेंट मैडम भी उसकी बहुत प्रशंसा करती हैं। गुड़िया वहाँ दूसरी लड़कियों को भी पढ़ाती है। अभी वह 12वीं कक्षा में कॉमर्स लेकर पढ़ रही है, सरकार सारी सुविधाएँ देती है।

मास्टर जी ने एक सूटकेस में उसके सारे कपड़े ठूँसकर कन्या आश्रम भिजवा दिए हैं। वह वही पुराने कपड़े ही पहनती है। कभी-कभी अपने सुर्ख लाल दुशाले को लेकर, ओढ़कर, रोने लगती है। हेमलता ने फिर से उससे पूछा, "12 वीं पास करने के बाद कॉलेज में पढ़ोगी? फिर 18 साल की होने के बाद तुम यहाँ से कहाँ जाओगी? तुम्हारे पिताजी को पत्र लिख दिया है, वह आकर तुम्हें ले जाएँगे। तुम पढ़ने में बहुत अच्छी हो। घर पर जाकर पढ़ाई पूरी करना।" गुड़िया ने बड़ी आस के साथ हेमलता मैडम को देखा और फिर बोली, "आप एक बार डमरू के घर संदेशा भिजवा दो। यहाँ से सीधे ससुराल ही जाऊँगी। देखना वह मुझे लेने जरूर आएगा।" परिपक्व, अनुभवी और दयालु हेमलता मैडम गुड़िया के भोलेपन और विश्वास से जैसे मुग्ध ही हो गई। उन्हें पता है किडमरू गुड़िया को लेने कभी नहीं आएगा। डमरू के घर वाले चंदा को कभी नहीं अपनाएँगे लेकिन इस भोली को कैसे समझाएँ। उन्होंने डमरू का पता मंगवाया, उसको आकर गुड़िया से मिलने को कहा।

कोर्ट में वह कई बार पेशी के लिए जाता है। केस लगभग अब खत्म ही हो जाएगा। चंदा भी कोर्ट में बयान दे चुकी है किवह अपनी मर्जी से ही डमरू के घर पर उसके परिवार वालों से मिलने गई थी। डमरू के जेल जाने के कारण उसकी बड़ी बहन का रिश्ता भी टूट चुका है। उस घर का कोई भी सदस्य अब गुड़िया को रत्ती भर भी

पसंद नहीं करता और गुड़िया को बहू बनाकर अपने घर में लाना नहीं चाहता। इधर गुड़िया तो बस अपने ससुराल ही जाना चाहती है। हेमलता मैडम ने एक बार डमरू से मिलकर, फिर से उसको समझाने की कोशिश की। वह एक आखिरी कोशिश और करना चाहती हैं, सिर्फ उस गुड़िया के लिए जो आज भी दुशाला ओढ़े डमरू का इंतजार करती है।

***

थाना

वृंदावन जब केवल 13 वर्ष का था, तभी वह अपने चाचा के साथ, अपना गाँव छोड़कर, छत्तीसगढ़ में जाकर बस गया था। वहाँ पर कुछ साल चाचा-भतीजे ने मजदूरी की और फिर धीरे-धीरे दोनों वहाँ की बोली भी सीख गए। कुछ दिनों के बाद वे दोनों छत्तीसगढ़ के आखिरी जिले के पास, बालाघाट में आकर बस गए। वैसे तो बालाघाट मध्यप्रदेश में आता है, किंतु पहले छत्तीसगढ़ और मध्य प्रदेश एक ही राज्य थे। जगदलपुर से इतनी दूर वे दोनों अच्छी जिंदगी की तलाश में आए थे। उन्हें किसी ने बताया था किवहाँ तांबे की खदानें है, जो सोना उगलती हैं। वहाँ अच्छा काम मिलेगा। जब तक वृंदावन ने बालाघाट में अपने पैर जमाने शुरू किए, तब तक उसकी उम्र 20 साल हो गई थी। उसके चाचा बड़े आशिक मिजाज थे, उन्होंने बालाघाट में एक छोटा-सा होटल खोला और नाम रखा 'दिलरुबा'। होटल में वह दिल से खाना बनाकर परोसते थे किस्मत ने भी उनका साथ दिया और उनकी दिलरुबा चल निकली। कई ट्रक ड्राइवर वहाँ पर खाना खाने आते थे, इसलिए चाचा ने वहीं पर कुछ कमरे भी बनवा लिए ताकि तांबा कंपनी में काम करने वाले ठेकेदार और ट्रक ड्राइवर, वहाँ पर कुछ दिन रह कर आराम से काम कर सकें। वैसे तांबा कंपनी ने मलाज-खंड की वादियों में अपने कार्यालय के पास ही बहुत बड़े इलाके में अपने यहाँ काम करने वाले लोगों के लिए कॉलोनी बनाई हुई है। उनके अपने बहुत बढ़िया और आधुनिक सुविधाओं वाले गेस्ट हाउस भी हैं, किंतु वह केवल कंपनी के अधिकारियों के लिए या फिर

बाहर से आए कंपनी के लिए काम करने वाले मेहमानों के लिए ही हैं। बाकी किसी के लिए वहाँ पर दूर-दूर तक रहने की कोई व्यवस्था नहीं है। इसीलिए दिलरुबा में बने कमरों की मांग आजकल बहुत बढ़ गई है। वह वहाँ बड़ा होटल बना बनाने की सोच रहा है, लेकिन उसके लिए उसे बहुत पैसे चाहिए। कंपनी के कुछ अधिकारी हैं, जिन्होंने अपनी नौकरी में तनख्वाह के अलावा भी बहुत-सा ऊपरी पैसा कमाया है। काला धन बैंक में भी कितना रखेंगे, इसलिए उन्होंने अपना पैसा वृंदावन को सूद पर दे दिया है। इसमें दोनों का ही फायदा है। अब दिलरुबा होटल कुछ बड़ा बन गया है। चाचा अब ट्रक ड्राइवर और ठेकेदारों के साथ उठते-बैठते हैंऔर उन्होंने उन्हीं के जैसे शौक भी पाल लिए हैं। आसपास के कई गाँवों में अभी भी काफी गरीबी है, जहाँ से लड़कियाँ आसानी से मिल जाती हैं। शाम के समय खूब सारा पाउडर मुँह पर लगाकर, सस्ते नकली हार-झुमके पहनकर, बालाएँ झुंड में घूमने आती हैं। सीधी-सादी गाँव की अनपढ़ लड़कियाँ हैं। इनके सपने और जरूरतें, सब कुछ बहुत थोड़ी और छोटी होती हैं। हरियाणा और पंजाब से आए ट्रक ड्राइवर की जवानी पर यह लड़कियाँ झट से फिदा भी हो जाती हैं। वह लोग भी रास्ते से आते समय, शहर से इन लड़कियों के लिए काफी सारा शृंगार का सामान ले आते हैं। बस इसी लालच में ये लड़कियाँ आराम से इनके पास चली जाती हैं। चाचा को भी कोई गैरकानूनी धंधा नहीं करना पड़ता, वह तो बस प्रेमी जोड़ों को कमरा दे देते हैं, बदले में ठेकेदार और ड्राइवर अच्छी खासी रकम देते हैं और जब वह वापस चले जाते हैं तो पीछे रह गईं उदास और अकेली प्रेमिकाओं को वह वहीं सहारा देते हैं। इससे उनका अपना शौक भी पूरा हो जाता है।

एक बार किसी ने कोतवाली में उनके इस धंधे की खबर कर दी। गलत धंधे की खुशबू पुलिस सबसे पहले सूँघ लेती है। उस धंधे को कितनी मात्रा में आगे बढ़ने देना है, यह उनकी भूख पर निर्भर करता है। जो उनका पेट और जेब दोनों भर सके वही टिक पाता है। चाचा

को भी मर्दों के शौक अच्छे से पता हैं। कोतवाली के कर्मचारियों के साथ काम करते हुए वे उनके रहन-सहन, सोच और माँग सब कुछ इशारों-इशारों में ही समझ जाते हैं। यह कोतवाली के कर्मचारी पानी के बड़े-बड़े घड़ियालों के समान हैं, इनसे दोस्ती तो ठीक है, परंतु दुश्मनी आम आदमी के बस की बात नहीं है। इसलिए चाचा कोतवाली की सारी माँगे पूरी कर देते हैं। चाचा ने अभी तक शादी नहीं की है, क्योंकि गृहस्थी बसाना उनके बस की बात नहीं है। वह एक अच्छे भविष्य की तलाश में, भरी जवानी में ही गाँव से यहाँ आकर बस गए थे। घर पर माँ, बाबूजी, बहनें, बड़े भाई-भौजी, भतीजे-भतीजी पूरा कुनबा था। वैसे तो वह सभी से प्यार रखते थे, किंतु उनका ज्यादा लगाव हमेशा से वृंदावन से ही रहा। वह भी बचपन से ही अपने चाचा का दुम-छल्ला बनकर घूमता रहता है। उसने गाँव के स्कूल में थोड़ी-बहुत पढ़ाई की, किंतु जब उसके चाचा जाने लगे, तो वह भी जिद कर बैठा कि उनके साथ में ही जाएगा। उसके माँ-बाप ने उसे रोकने की बहुत कोशिश की, लेकिन उनके और भी चार बच्चे हैं, सोचा अगर एक बाहर जाकर कुछ कमा कर बड़ा आदमी बन जाता है तो परिवार के लिए भी अच्छा ही होगा। उसके उज्जवल भविष्य की कामना करते हुए, थोड़ी बहुत नाराजगी के बाद, उन्होंने उसे उसके चाचा के साथ, उसकी किस्मत के सहारे छोड़ दिया। वह 13 साल की उम्र से ही अपने चाचा के साथ उनके बेटे की तरह रहता आ रहा है। लेकिन उसे यह औरतों वाले शौक एकदम नहीं है। वह अपने पिता की तरह चरित्रवान युवक बना है। दिलरुबा में कई तरह की लड़कियाँ आती हैं। हाट-बाजार में भी कईयों से उसका सामना होता है, लेकिन उसका अपना एक सपना है कि प्रेम वह सिर्फ अपनी ब्याहता पत्नी से ही करेगा। चाचा घर पर भी हर महीने अच्छी खासी रकम भेजते हैं, ताकि गाँव का कच्चा मकान, पक्का करा करउसे दो मंजिला बना सकें। उन्होंने सोचा है कि 22वाँ साल लगते ही, वृंदावन की शादी यहीं का किसी अच्छी लड़की से कर देंगे। अब वृंदावन की दुल्हनियाँ को

लेकर ही गाँव जाएँगे। वृंदावन भी अब शादी के लिए तैयार हो चुका है। वह सोचता है कि कैसे ठेकेदार और ड्राइवर कई-कई दिनों तक अपने परिवारों से दूर रहते हैं। यह सब वृंदावन को एकदम भी अच्छा नहीं लगता, लेकिन यही तो उनका धंधा हैऔर इसी कारण से तो 'दिलरुबा' ने इतनी तरक्की की है। 'दिलरुबा' का नाम और शान, सब कुछ इन्हीं लोगों के शौक और मेहरबानियों का ही तो नतीजा है। उसने मन ही मन कसम खाई है कि शादी के बाद अपनी लुगाई को कभी भी पीहर अकेला नहीं भेजेगा, हर समय अपने साथ ही रखेगा।

बालाघाट में बसंत पंचमी का बड़ा मेला लगता है। वहाँ अलग-अलग समाज के लोग, अपनी बिरादरी में ब्याहने लायक लड़के-लड़कियों के लिए जीवनसाथी का चुनाव इसी समय कर लेते हैं। धोखाधड़ी की संभावना भी कम ही होती है। गाँव में अपनी जात-बिरादरी से ठगी करने का रिवाज नहीं होता, यहाँ के लोग सीधे-सादे ही हैं। शहरी चालाकियाँ अभी इन सीधे-सादे लोगों को नहीं आतीं, लेकिन यह शहरी चालाकियाँ वैश्वीकरण होने के बाद से अब धीरे-धीरे अपनी जड़ें गाँव के संस्कारों में भी पसर रही हैं। मुकुंद बाबू की छह लड़कियाँ हैं, उन्होंने बेटे की आस में यह चमत्कार किया है और सातवीं बार जब बच्चा पेट में ही मर गया, तब जाकर उन्होंने हार मानकर बेटे की आस छोड़ी। उन्होंने जैसे-तैसे अपनी दो बड़ी बेटियों की शादी कर दी, लेकिन बाकी चारों बेटियाँ, अब उन्हें बोझ की तरह लगती है। कोई भी बूढ़ा, गरीब, दुहाजू, जो भी मिले, उनसे अपनी बेटियों की शादी कर, अपने सिर से बोझ उतारना चाहते हैं। उन्होंने अपनी तीसरी बेटी के लिए वृंदावन के चाचा के यहाँ पर प्रस्ताव भेजा है। गाँव का सरपंच अक्सर जिला कार्यालय आता है। 'दिलरुबा' में बैठकर ही वह अधिकारियों के साथ पैसों का हिसाब-किताब करता है। उस समय चाचा की उम्र लगभग 45 साल की होगी। सरपंच चाचा से कहता है, "मर्द की शादी की कोई उम्र नहीं होती, भैया आप इस पंचमी पर हाँ कर दो, एक से एक हूर लाकर आपके सामने रख

दूँगा।" चाचा सुनकर हँस दिए, बोले अरे हमारे लिए नहीं, हमरे बिटवा के लिए कोई छोरी हो, तो बताओ। उसका लगन कर देंगे। देखो, पैसे नहीं चाहिए, बस छोरी भली होनी चाहिए। सरपंच ने फटाफट अपने दिमाग का घोड़ा दौड़ाया। उसकी लुगाई कहती है, राजनीति के साथ-साथ अपनी जात-बिरादरी के लिए भी कुछ पुण्य का काम करना चाहिए। किसी गरीब की लड़की का लगन करवाओगे, तो भगवान तुम्हें आशीर्वाद देंगे। मुकुंदराय की तीसरी बेटी भी जवान है, वह अभी सत्रह-अठारह साल की होगी। उन्होंने चाचा से वादा किया कि कल शाम को गाँव वापस जाकर, मैं उनसे रिश्ते की बात करूँगा।

मुकुंदराय बहुत ही गरीब है, उसके घर में बैठने लायक एक कुर्सी भी नहीं है। सरपंच को उन्होंने बाहर ही चारपाई पर आदर से बिठाया और फिर कैसे इंदिरा आवास योजना के अंतर्गत उसे घर मिलेगा, उस की गुहार लगाने लगा। सरपंच बोले, अरे पगले इंदिरा आवास योजना में तेरा नाम तो डाल दिया है, जब बीडीओ बाबू मंजूरी देंगे तब मिलेगा। पहले तेरी लड़की के लगन की चिंता कर। उसके लिए बहुत अच्छा प्रस्ताव लाया हूँ। मेरी तो दोनों बेटियों का लगन हो गया है, नहीं तो मैं ही उसे अपना जमाई बना लेता, लड़का हीरा है, उसका अपना होटल है, उसके चाचा ने उसे गोद लिया है। तेरी बेटी वहाँ राज करेगी। अंधे को क्या चाहिए, दो आँखें। मुकुंद राय अपनी पत्नी और चारों बेटियों के साथ शहर पहुँच गए। वह अपनी तीसरी बेटी कमलेश्वरी को पड़ोस की भौजी से साड़ी मांग कर, पहना कर, तैयार करके ले गए। बाकी तीनों बेटियाँ अभी छोटी है, चौथे नंबर की हितेश्वरी की उम्र यही कोई 14 साल की होगी। उसने अभी-अभी तरुणाई में कदम रखा है। माँ विमला देवी की अति कृपा है। वह सुकुमारी-सी, दुबली-पतली, गोरी-सी और बहुत ही सुंदर है कि सभी उसे पहली नजर में ही पसंद करने लगते हैं। गरीबी और अभाव ने उसे कुछ ज्यादा ही शर्मीला बना दिया है। वह बहुत ही धीमा बोलती है, सिर पर तेल लगा कर दो चोटी की हुई, पतली-सी उठी हुई नाक

में चांदी की नथनी पहने, वह किसी कवि की नायिका से कम नहीं लगती। उसकी माँ को उसके सौंदर्य का पूरा आभास है, ज्यादा जवान न लगे, इसीलिए वह उसे ढीली-ढाली फ्रॉक ही पहना कर रखती है। एक बार उसने अपने स्कूल के कार्यक्रम में अपनी सहेली की चूड़ीदार कमीज पहनी थी, जिसमें वह गजब की सुंदर दिख रही थी। स्कूल के लड़के तक उसे उसके पीछे पड़ गए थे। वैसे भी गाँव के स्कूलों में आठवीं कक्षा के बाद सलवार-कमीज ही पहननी पड़ेगी, लेकिन पुरानी बदरंग, दूसरों की उतरन में गरीब माँ अपनी जवान होती सुंदर बेटी के यौवन को ढाँकने का असफल प्रयत्न करेगी। कमलेश्वरी दसवीं पास है, दुबली-पतली, साँवली सी, नैन-नक्श भी ठीक-ठाक ही हैं। उसने इतना बड़ा होटल पहले कभी नहीं देखा है। वह आँख बंद करके देवी माँ से वर मांगने लगी, "हे मैया इसी घर में मेरा ब्याह करा दो, सारा जीवन हर मंगल शनि उपास रखूँगी।" मुकुंद का पूरा परिवार ढाबे के बाहर ही चारपाई पर बैठा है। कमलेश्वरी की वेशभूषा देखकर चाचा समझ गए कि यही लड़की है, जिसका प्रस्ताव आया था। उसे भी वह जँच गई। हितेश्वरी इधर-उधर टहलते हुए चापाकल के पास जाकर पानी से अपना हाथ-मुँह धोने लगी। उसके साथ में उसकी आठ बरस की, सबसे छोटी बहन भी है। उसकी छोटी बहन पूरी ताकत लगाकर चापाकल को दबाकर उछल-उछल कर पानी निकाल रही है। हितेश्वरी फ्रॉक पहने हुए, जमीन पर नीचे बैठकर, अपने दोनों पैर पानी की धार के नीचे रखकर, पैरों को धोने में मशगूल है। कभी-कभी वह ठंडे पानी के छींटे अपने मुँह पर भी मार लेती है। जाड़े की मीठी धूप, सूरज की नरम किरणें उसके चेहरे पर पड़कर जैसे चमकने लगी हों। मुँह से सारा पानी गिर कर उसके गले से होता हुआ, फ्रॉक पर गिर गया जिसके कारण उसका फ्रॉक गीला होकर, उसके बदन से चिपक गया। उसी समय वृंदावन बाहर से आया। हाथ-पैर धोने वह भी चापाकल के पास पहुँच गया। हितेश्वरी इन सब बातों से बेखबर, जाँघों तक अपनी फ्रॉक उठाए, गोरी टांगों को फैला कर पानी से पैर

धो रही है। फ्रॉक गीला होने के कारण पूरा बदन से चिपक गया है। चौदह वर्ष की कम उम्र, उभरती हुई छोटी-छोटी गोलाइयाँ, पतली-सी नाक जिसमें उसने चांदी की नथ पहनी हुई है, बादाम जैसी आँखें, निखरा रंग, तेल से चिपकी माथे के दोनों तरफ दो काली चोटियाँ बंधी हुई, गोरी हथेलियों से अपने ही पैरों को रगड़ती हुई। ऐसा रूप और सौंदर्य वृंदावन ने पहली बार देखा है। ढाबे में कितनी तरह की लड़कियाँ आती हैं, हँसती-खिलखिलाती हुई, सजी-धजी हुई, परंतु वे सभी उसे भद्दी-सी लगती थी। इसके चेहरे पर न तो पाउडर है और न ही बदन पर कोई असली-नकली गहने, बस चांदी की पतली-सी तार है, जो कि छोटी-सी नथनी की तरह नाक के बाएँ तरफ झूल रही है। वृंदावन वहीं उसी पल उसे अपना दिल दे बैठा। कितनी ही देर तक वहीं खड़ा उसे निहारता रहा। जैसे ही हितेश्वरी की नजर वृंदावन पर पड़ी, वह एकदम से सकपका गई। बिना अपनी पुरानी-सी चप्पल पहने, नंगे पैर ही अपनी बहन का हाथ थामकर, फ्रॉक को सीधा करते हुए, अपनी अम्मा के पास जाकर चारपाई पर बैठ गई। वह अपने अम्मा-बाबू की पीठ के पीछे बैठी, ताकि कोई उसकी गीली फ्रॉक को न देख सके। ढाबे के पास ही उनका दो कमरों का घर बना हुआ है, वृंदावन भी पैर धोकर वहीं चला गया। चाचा और भतीजा दोनों वहीं रहते हैं। वहीं खिड़की से वह हितेश्वरी को देखने लगा। हितेश्वरी सिर झुकाए चुपचाप बैठी है। कुछ देर बाद उसने अपनी छोटी बहन को बुलाकर उसके कान में कुछ कहा और वह दौड़ कर उसकी चप्पलें उठाकर ले आई। हितेश्वरी ने चारपाई पर बैठे-बैठे ही पैरों में चप्पल पहन ली। उसकी गीली फ्रॉक अभी भी ऊपरी हिस्से से चिपकी हुई है, शायद उसके पास नीचे पहनने के लिए शमीज नहीं होगी। गीली फ्रॉक में दुबली-पतली-सी हितेश्वरी उसे बहुत ही भा गई है। चाचा ने आवाज देकर वृंदावन को बाहर बुलाया। मुकुंद बाबू और उनकी पत्नी तो जैसे लड़के को देखकर विश्वास ही नहीं कर पा रहे हैं कि उनकी बेटी के लिए उन्हें ऐसा वर मिलेगा। वह तो चाचा के साथ ही कमलेश्वरी को

ब्याहने का मन बना बैठे थे। वृंदावन आया और सब को नमस्ते करके, वापस अंदर चला गया। बस चाचा के कहने पर उसने एक नजर भर कमलेश्वरी की ओर देखा, लेकिन साड़ी पहनी नवयौवना उसे जरा भी आकर्षित नहीं कर पाई। शाम होने से पहले ही सारा परिवार अपने गाँव लौट गया। रास्ते भर मुकुंद बाबू सरपंच को ढेरों आशीष देते रहे। वह सोचते हैं कि इस बार सरपंच को चुनाव जिताने में पूरी जान लगा देंगे। कमलेश्वरी भी अब अपने ही सपनों की दुनिया में है। अगली सुबह ही वह मंदिर में जाकर माँ गौरी के दर्शन किए, उस दिन संयोग से शनिवार ही था, उसने तुरंत अपना पहला व्रत आरंभ किया। कमलेश्वरी अपनी बात की पक्की है। वैसे तो उसे अपना व्रत विवाह होने के बाद ही आरंभ करना था, लेकिन देवी माँ से किया गया अपना वादा, वह अभी से पक्का कर लेना चाहती है, क्या पता कोई बुरी बला आकर अपना जादू न चला जाए।

उनके जाने के बाद चाचा ने वृंदावन से पूछा, "और बता बिटवा, छोरी पसंद आई।" भले घर के हैं, तेरा घर बसा दूं, तो देश घूमने निकल पड़ूंगा। चाचा कहते हैं कि नए कोतवाल बाबू भोपाल से तबादला लेकर आए हैं। बता रहे थे कि भोपाल बहुत बड़ा शहर है। एक बार सारा देश घूमना चाहता हूँ। मुझे तो लड़की पसंद है।" वृंदावन एकदम चुप है, वह चाचा को अपने मन की बात नहीं बता पा रहा है, क्योंकि वह अपने चाचा को अपने पिता के समान मानता है। और उनकी बात टालना नहीं चाहता। चाचा ने भी सोचा, चलो बात तो पक्की ही है। शायद लड़का शरमा रहा है। अगले दिन वृंदावन शहर जाने का बहाना बनाकर, मोटर साइकिल लेकर सीधे सरपंच के गाँवपहुँच गया। शनिवार को स्कूल की आधी छुट्टी होती है। स्कूल के बाहर ही वह एक पेड़ के नीचे खड़ा रहा। दो घंटे बाद स्कूल से सारे लड़के-लड़कियाँ शोर मचाते हुए निकलने लगे। लेकिन वृंदावन की आँखें तो सिर्फ अपनी प्राण प्यारी को ही ढूँढ रही थीं। थोड़ी ही देर में उसे वह भी दिखाई पड़ गई, हाथ में सस्ता-सा बस्ता लिए, पैरों में

वही पुरानी चप्पल, दो चोटियाँ की हुई, चमकीली-सी आँखों वाली एकदम दुबली-पतली हितेश्वरी अपनी दो सहेलियों के साथ सामने से चली आ रही थी। उसे आता देख, अचानक वृंदावन के दिल की धड़कन बढ़ गई। वह हिम्मत करके, छुपकर वहाँ आ तो गया लेकिन अब उसे घबराहट हो रही है। हितेश्वरी भी कुछ दूर जाकर, दूसरे मोड़ से अकेली ही अपने घर की ओर बढ़ने लगी। वृंदावन दौड़ कर गया और पीछे से उसकी पीठ पर हाथ रख दिया। हितेश्वरी के मुँह से डर के कारण चीख निकल गई। उसकी अम्मा हमेशा समझाती हैं कि अकेले कहीं आना-जाना नहीं चाहिए लेकिन शनिवार को उसकी छोटी बहनों की छुट्टी होती है, इसलिए ज्यादातर वह भी शनिवार को छुट्टी ही करती है। लेकिन कमलेश्वरी जब सुबह तैयार होकर मंदिर जाने लगी, तो वह भी स्कूल के लिए निकल पड़ी। अपने सामने वृंदावन को देखकर हितेश्वरी के तो जैसे होश ही उड़ गए। वह सोचने लगी किगाँव में यदि किसी ने देख लिया, तो बहुत बदनामी होगी। इतनी छोटी उम्र में भी हितेश्वरी को यह बात मालूम है। आनन-फानन में वृंदावन उसका हाथ खींचकर, रास्ते के दूसरी तरफ एक टूटी हुई दुकान की दीवार के पीछे लगभग घसीटते हुए ले गयी। डर और शर्म के कारण हितेश्वरी के मुँह से एक शब्द भी नहीं निकला। उसे तो बस कहीं, कोई देख न ले, यही चिंता खाए जा रही है। वह सोच रही है कियदि अम्मा को पता चलेगा, तो वह तो स्कूल ही बंद करा देंगी। स्कूल ही एकमात्र ऐसी जगह है, जहाँ हितेश्वरी खुलकर साँस ले पाती है। हालांकि वह पढ़ाई में बहुत अच्छी नहीं है, किंतु अपने मीठे और शर्मीले स्वभाव के कारण, वह सभी गुरुजनों की प्रिय है। वृंदावन के मुँह से भी कुछ बोल नहीं निकले। अधकच्ची उम्र का पहला प्रेम, वह बस उसे अपनी बाँहों में जोर से भींच कर बेहताशा चूमने लगता है। हितेश्वरी भी शर्म और खुशी के कारण कोई प्रतिवाद नहीं करती, बस चुपचाप सब कुछ होने देती है। तभी दूर से किसी के आने की आवाजें सुनाई देती हैं। वृंदावन झट से उसे और जोर से भींच कर कहता है-

"घर जाओ, मैं चाचा से बात करूँगा। शादी तो मैं तुमसे ही करूँगा, अगले शनिवार फिर से आऊँगा, " और फिर मुश्किल से उसे छोड़ता हुआ, दौड़कर रास्ता पार करके, अपनी मोटर साइकिल के पास चला जाता है। हितेश्वरी को तो अपने कानों पर भरोसा ही नहीं होता। यह सब कुछ इतना अचानक हुआ कि वह सोच ही नहीं पा रही कि उसके साथ क्या हुआ है। उसे तो बस वृंदावन की बाँहों में समा जाने वाला पल ही याद है। वह घर तो आ जाती है, लेकिन चोरों की तरह मुँह छुपाकर, घर के काम करती रहती है। माँ और कमलेश्वरी से आँखें मिलाने की उसमें हिम्मत ही नहीं है। माँ-बेटी दोनों शादी की तैयारी की बातें कर रही है। उधर घर पहुँचकर वृंदावन भी सारी रात सो नहीं सका। उसके जीवन में आने वाली पहली लड़की, वह तो आज उसे छोड़ना ही नहीं चाहता था। पहली बार उसको भींचना, चूमना, वह तो उसे बहुत प्यार करना चाह रहा था, किंतु यह सब वहाँ कैसे संभव होगा। वह सोचता है, क्या उसको किसी बहाने से ढाबे में बुला लूँ?" उसे सारी रात यही ख्याल परेशान करते रहे। सोचता है, छिः, वह तो मेरी पत्नी बनेगी, मैं ऐसा नहीं करूँगा। यही सोच-सोच कर वह दो रातों तक सो नहीं सका। उसके होटल में तो फोन है, पर हितेश्वरी के घर पर फोन नहीं है। क्या करें? फोन पर भी उससे बात नहीं हो सकती। चाचा भी वृंदावन को बेचैन होते देख सोचता है, भूखे को खाने की थाली सजा कर दिखा दो और खाने को न दो, शायद वृंदावन का यह हाल उसी अतृप्त भूख की जलन से हो रहा है। चाचा वृंदावन से मजाक में कहते हैं, "सब्र कर बेटा, बसंत-पंचमी पर उसे लगन करके, लिवा लाएँगे।" वृंदावन ने कहा-"चाचा मुझे कमलेश्वरी से नही, उसकी छोटी बहन से लगन करना है। मुझे तो बस वही चाहिए, नहीं तो मैं मर जाऊँगा।" उसने इतनी बड़ी बात चाचा से किसी तरह जोश-जोश में कह दी। यह सुनकर चाचा भी सकते में आ गए। वह बोले, "भला यह भी कोई बात हुई, एक बहन को देखा और दूसरी को पसंद किया।" वह सोचते हैं, मुकुंद बाबू क्या सोचेंगे, फिर भी एक बार

सरपंच से इस बारे में बात करेंगे, क्योंकि आखिर यह उनके बेटे, वृंदावन के भविष्य का सवाल है। लेकिन भला मुकुंद बाबू ने क्या खराब सोचना है। जब यह खबर कमलेश्वरी के घर पहुँची तो सभी हैरान-परेशान रह गए। लेकिन फिर भी माता-पिता ने चैन की साँस ली, उन्होंने सोचा, तो क्या हुआ कमलेश्वरी को मना कर दिया, हितेश्वरी को तो पसंद किया है न! बस हमारे घर की लड़की बड़े घर जानी चाहिए। जिससे औरों को ब्याहने में आसानी हो जाएगी। उनकी तो बेटी, इस घर में बहू बनकर आनी चाहिए, फिर वह चाहे कमलेश्वरी हो या हितेश्वरी। उनका मानना है कि इस घर में एक भी बेटी अगर दुल्हन बन कर चली गई, तो उनके घर में सभी की नैया पार लग जाएगी। सबसे बड़ा धक्का कमलेश्वरी को लगा, वह अपनी छोटी बहन को ऐसे देखने लगी जैसे कि उसे कच्चा ही खा जाएगी। इसी दुख में कमलेश्वरी ने रात को न जाने कब उठकर, खेतों में डालने वाली कीटनाशक पी ली। जिस कारण उसकी तबियत बिगड़ गई और उसे बहुत उल्टियाँ होने लगीं। उसे लेकर बड़े अस्पताल जाना पड़ा। चाचा और वृंदावन भी उसे देखने गए। पुलिस केस बनने वाला था, लेकिन चाचा की नए कोतवाल बाबू के साथ अच्छी पटरी बैठी हुई है। चाचा ने जब उन्हें सारी कहानी सुनाई, तब वह वृंदावन की ओर देख कर मुस्कुराने लगे और बोले "तुम्हारा छोरा तो बड़ी तेज़ नजर रखता है।" वह बोले "चलो तुम हमारे यार हो, अब तुम्हारे लिए इतना तो करना ही पड़ेगा।" तब जाकर मामला रफा-दफा हुआ। वृंदावन को भी इस घटना से बहुत ग्लानि हुई। वह कमलेश्वरी को दुख नहीं पहुँचाना चाहता था किंतु उसके मन में तो हितेश्वरी ही राज करती है। अस्पताल में चाचा की नजर भी हितेश्वरी पर पड़ी, पर उन्हें उसमें ऐसा कुछ खास नहीं दिखाई पड़ा कि जिसके लिए वृंदावन इतना पागल हो रहा है। लेकिन वह उसका अपना खून है, उसके लिए वह कुछ भी कर सकते हैं। कमलेश्वरी अब अस्पताल से घर आ गई है। उसे लेकर सारे गाँव में तरह-तरह की बातें होने लगी हैं। कमलेश्वरी

अब जैसे एकदम बुत ही बन गई है, वह अब किसी से कोई बात नहीं करती। बस शनिवार और मंगलवार का उपवास रखती है। क्योंकिवह मन ही मन वृंदावन को अपना पति मान चुकी है। अस्पताल में एक दो बार चाचा और कोतवाल बाबू के सामने वृंदावन और हितेश्वरी का आमना सामना हुआ लेकिन कोई बात नहीं हो सकी और उसके घर जाने का तो कोई प्रश्न ही नहीं उठता। परिवार वालों ने तय किया कि हितेश्वरी अभी बहुत छोटी है। सोलह साल की होते ही उसका लगन वृंदावन से करा देंगे। स्कूल से उसका ज्यादा आयु का प्रमाण पत्र निकलवा लेंगे। वैसे भी इन अंचलों में कोई कानून काम नहीं करता, सब अपने रीति-रिवाजों से ही चलते हैं। वृंदावन हितेश्वरी से ब्याह करने के लिए बहुत अधीर हो उठा है। उससे अब और इंतजार नहीं होता। वह अक्सर घर से गायब हो जाता है। वह हितेश्वरी से छुप-छुप कर मिलने के बहाने ढूँढता है। चाचा भी समझते हैं, वह उसे कहते हैं, चलो अगले साल ही तुम्हारा लगन कर देंगे। चाचा ने मुकुंद से कहा कि बिटिया को छोटी बहनों के साथ शहर भेज देना, वहाँ से वह अपने लिए साड़ी-लहंगा आदि की सामान ले आएगी। मुकुंद हितेश्वरी और अपनी सबसे छोटी बेटी को साथ लेकर शहर पहुँच जाते हैं। लेकिन जब वे वहाँ से वापस आए, तो उनके साथ में सिर्फ उनकी छोटी बेटी ही होती है। गाँव में किसी को पता नहीं चला कि हितेश्वरी कहाँ गई। उन्होंने सभी को यही बताया कि वह शिप्रा नदी में गिर गई थी, डूब कर मर गई। गाँव-बिरादरी में कई तरह की बातें फैली कि अपने यार के साथ भाग गई होगी। खैर, जो भी हो, अब कमलेश्वरी की शादी वृंदावन से हो गई है। मुकुंद बाबू भी अब गाँव से आकर कस्बे में बस गए हैं। उन्होंने भी 'दिलरुबा' के पास ही दो कमरों का घर बना लिया है और अब वह अपने परिवार के साथ वहीं रहने लगे हैं। गाँव वाले उनके लिए अब क्या बोलते हैं, उनको इस बात की कोई परवाह नहीं है। अब उनके परिवार को वृंदावन और उसके चाचा का सहारा है। और फिर पैसे वालों के मुँह पर कोई कालिख नहीं पोतता।

मुकुंद कभी-कभी अपनी बेटी हितेश्वरी के लिए उदास हो जाता, सोचता है, आखिर क्यों वह सब कुछ छोड़ कर चली गई। वृंदावन को तो अब औरत जात से ही जैसे घृणा-सी हो गई है। उसने तो बस चाचा का मन रखने के लिए ही कमलेश्वरी से शादी की है। वैसे तो कमलेश्वरी में कोई खोट नहीं है, परंतु उसके मन का प्रेम, संवेदना, सब हितेश्वरी के भाग जाने के बाद खत्म-सी हो गई है। वह सोचता है, "कैसे इतनी छोटी उम्र में ही उसकी बाँहों में चली आई थी, मना भी नहीं किया। जब उसको पहली बार चूमा, तो हिचकिचाई भी नहीं, वह शुरू से ही रंडी थी।" बस, उसने अपने मन को यही समझा कर, अपनी गृहस्थी बसा ली है।

भोपाल के सदर थाने में किसी ने गुप्त सूचना दी है कि शिव नगर के एक बड़े गेस्ट हाउस में 'सेक्स रैकेट' चल रहा है। सदर थाने के दरोगा को, सभी गेस्ट हाउस वाले हफ्ता पहुँचाते हैं इसलिए वह पहले से ही मैडम लोगों को खबर कर देता है, ताकि वह दबिश पड़ने से पहले ही उस जगह को खाली कर दें। लेकिन इस बार 'मानव तस्करी' को लेकर कई गैर सरकारी संस्थाएँ काम कर रही है। पुलिस आयुक्त महोदया भी अभी-अभी तबादला होकर, उज्जैन से यहाँ आई हैं। वह कब कहाँ छापा डालेंगी, यह स्थानीय थाने में भी नहीं बतातीं। ताकि पुलिस की मिलीभगत के कारण, कोई अपराधी छूट न जाए। कोतवाली में कुछ पुलिस वाले बहुत अच्छे हैं, जो ईमानदारी से अपना काम करते हैं और पुलिस आयुक्त महोदया सुमिताको अपना आदर्श मानते हैं। वह उनको पूरा सहयोग भी करते हैं। अच्छे और बुरे लोग हर विभाग में होते हैं। पुलिस आयुक्त महोदया हरदम चौकन्नी रहती हैं। शिव नगर कॉलोनी का बोलकर, पुलिस का सारा दस्ता सिविल लाइन की ओर मुड़ गया। इस इलाके में बड़े-बड़े रुतबे वाले लोग रहते हैं। यहाँ पर सेक्स रैकेट के लिए छापा पड़ने का मतलब है कि राज्य की राजनीति के गलियारों में गूंज उठेगी ही! वही हुआ, कोठी नंबर पाँच जो कि किसी पूर्व मंत्री के साले के नाम है, वहाँ पर एक मैडम

शालिनी अपना गेस्ट हाउस चलाती हैं। पुलिस आयुक्त महोदया ने अपनी पूरी टीम के साथ वहीं छापा मारा। अंदर और बाहर से अलीशान तीन मंजिला बंगला और पीछे की तरफ ड्राइवर और नौकरों के लिए छोटा दो मंजिला मकान। बंगले में सामने की तरफ सुंदर फूलों भरा बगीचा, जिसमें एक झूला भी लगा हुआ है। बगीचा के दाहिने तरफ लगभग छह-सात गाड़ियाँ एक साथ खड़ी रह सकें, उतनी बड़ी गैराज। वह सोचती हैं, मैडम शालिनी इतने बड़े बंगले का न जाने कितने लाख रुपए किराया देती होंगी। गेस्ट हाउस भी पता नहीं, पूरी तरह आरक्षित होता भी होगा या नहीं। सुमिता मैडम की नियुक्ति अपनी पुलिसिया नौकरी में, भारतीय पुलिस सेवा का प्रशिक्षण खत्म होने के बाद सिर्फ छोटे छोटे जिलों में ही हुई। भोपाल में आने के बाद वह वहाँ के शानो-शौकत और अमीरी रहन-सहन से वाकिफ हुईं। वैसे पुलिस आयुक्त सुमिता राजस्थान से हैं, किंतु वह बहुत ही पिछड़े हुए गाँव से आती हैं। उच्च शिक्षा के लिए वह दिल्ली गई थीं। लेकिन वहाँ उनका सारा समय पढ़ाई में ही बीता, दिल्ली शहर की अमीरी भी चकाचौंध करने वाली है। भारतीय पुलिस सेवा का प्रशिक्षण खत्म होने के बाद वह अपने पूरे समूह के साथ भारत दर्शन के लिए गई थीं। सरकारी यात्रा थी, इसलिए रहने की व्यवस्था भी सरकारी विश्राम गृह में ही की गई थी। बाद में मध्यप्रदेश आने पर उनकी नियुक्ति छोटे जिलों में ही होती रही है। वह एक किसान परिवार में जन्मी हैं, भूख अभाव और दिक्कतें सभी कुछ उन्होंने बचपन में झेला है। लेकिन उनके मन में तमन्ना थी कि मेज के उस तरफ बैठकर काम करना है। वह बचपन से ही भारतीय प्रशासनिक अधिकारी बनना चाहती थीं, लेकिन दूसरी बार की कोशिश में वह पुलिस आयुक्त बन गई। वह दिखने में जितनी कोमल और सादगी से भरी हुई हैं, अंदर से उतनी ही कड़क हैं। वह बेईमानी और झूठ एकदम बर्दाश्त नहीं कर सकतीं। शहर में आते ही उसका यहाँ से ऊपरी वर्ग के लोगों से धीरे-धीरे परिचय होने लगा, लेकिन वह किसी को भी बढ़ावा नहीं देती हैं।

उसे एक जबर्दस्त गुप्त सूचना मिली है कि सिविल लाइंस में हाई-फाई सेक्स रैकेट चलता है। बहुत बड़े नामी-गिरामी लोगों का वहाँ आना-जाना है इसीलिए उसने छापा मारने तक जगह का और कोठी नंबर की जानकारी किसी को भी नहीं लगने दी। उन्होंने देखा तो नजारा कुछ और ही है। भीतर की सजावट बहुत शानदार है, विदेशों से लाई गई कीमती संगमरमर की मूर्तियाँ, घड़ियाँ, फूलदान, गलीचे, रेशमी पर्दे, सब कुछ बहुत सुंदर है। हर मंजिल पर एकदम नए डिजाइन का रसोईघर है। बड़े-बड़े सोफे, डाइनिंग टेबल, विदेशी शराब की बोतलें सजी हुई बार, होम थिएटर सब कुछ है। हर कमरे में एसी लगे हैं। किसी होटल के कमरे की तरह सजे हुए कमरे, हर कमरे में एक लड़की कुल मिलाकर उन्हें वहाँ26 लड़कियाँ और 38 आदमी मिले। किसी-किसी कमरे में तो एक लड़की के साथ दो लड़के भी थे। किसी कमरे लोग गानों पर नाच रहे थे, तो किसी में वीडियो शूटिंग की जा रही थी और कहीं अधेड़ अधेड़ अधनंगे लोग मालिश करा रहे थे, तो किसी कमरे में चार-पाँच लड़के नशा करके एक-दूसरे पर गिरे पड़े थे। अय्याशी का पूरा एक उच्च स्तर वाला अड्डा है।

मैडम शालिनी बहुत ही सुंदर और पढ़ी-लिखी महिला हैं। अचानक पुलिस के धावे से वह एकदम नहीं घबराईं बल्कि उन्होंने बेबाकी से सबका स्वागत किया। उन्हें यह मालूम है कि उन्हें कोई छू भी नहीं सकता क्योंकि बंगला मंत्री के साले के नाम है। वेश्यावृत्ति का अगर केस बन भी जाए तो मकान मालिक के नाम पर ही पुलिस शिकायत दर्ज करेगीऔर सरकार ऐसा होने नहीं देगी। मीडिया वालों को भी न जाने कहाँ से खबर लग गई और सभी अपनी टीआरपी बढ़ाने के चक्कर में पास के बंगलों की छतों पर जाकर, भीतर के सीन की रिकॉर्डिंग करने लगे। लगभग 15 मिनट में ही पूरे देश में इस छापे का सीधा प्रसारण शुरू हो गया। विपक्षी दलों का हमला बोल, दूरदर्शन पर चर्चा, सब कुछ एक साथ शुरू हो गया। मैडम शालिनी ने चुपचाप अपना महंगा काला चश्मा लगाया, बाटिक सिल्क

के स्कार्फ़ से अपना सिर और मुँह ढका, कीमती फोन को पर्स में डाला, बड़ी शालीनता से पुलिस की गाड़ी में जाकर खुद ही बैठ गई। उन्हें पता है कि वह जितना भागने या छुपने की कोशिश करेगी, उतनी ही दूरदर्शन पर ज्यादा दिखाई देगी। आदमी लोगों को अपना चेहरा छुपाने में मुश्किल हो रही है। हाथों से अपना मुँह ढक कर बाहर आ रहे हैं। पुलिस ने और भी गाड़ियाँ मंगवा ली हैं, लड़कियाँ भी अपने चेहरे नीचे किए, या फिर उन्हें दुपट्टे से ढक कर बाहर आ रही हैं। देह व्यापार या तस्करी के कानून में पिछले कई वर्षों में सुधार आया है।अब इन लड़कियों को पीड़िता की तरह लिया जाता है। उन्हें जेल नहीं होगी, बल्कि किसी महिला सुधार गृह में रखा जाएगा। फिर उन्हें उनकी मर्जी से किसी प्रशिक्षण कार्यक्रम में शामिल किया जाएगा, जिससे कि वह देह व्यापार का धंधा छोड़कर, कोई और सम्मानजनक काम सीख कर अपना जीवन यापन कर सकें। लेकिन पुलिस आयुक्त महोदया को लड़कियों के पहनावे को देखकर ऐसा नहीं लग रहा है, उनमें से कि कोई भी पीड़िता होगी। कुछ लड़कियाँ तो कॉलेज की छात्राएँ लग रही हैं, जो अपनी मर्जी से इस काम में आई हैं। कुछ लड़कियाँ इस काम में इतनी पुरानी हो चुकी हैं कि घर वापस जाने की कोई गुंजाइश ही नहीं है। पाँच-छह गृहणियाँ भी हैं, जो अपने घर पर बिना बताए, यहाँ सिर्फ पैसा कमाने आती हैं, वह अपना चेहरा छुपाने की भरपूर चेष्टा कर रही हैं, क्योंकि वह बाल-बच्चेदार हैं। और कहीं यदि दूरदर्शन पर किसी बच्चे या परिवार वालों ने देख लिया, तो शादी टूटने तक की नौबत आ सकती है। खैर, जो भी हो, ऐसी औरतों के लिए सुमिता के मन में कोई सहानुभूति नहीं है। पहले जब वह कस्बों में छापे डालती थीं, तो कितनी गरीब घर की लड़कियों का उद्धार होता था। बेचारी दूसरे शहरों और गाँवों से नौकरी की तलाश में आकर दलालों के चंगुल में फंस जाती थीं। ऐसी लड़कियों के लिए तो सुमिता के मन में अपार पीड़ा है। कई लड़कियों को तो वह खुद उनके घर वापस छोड़ कर आई हैं जबकि कई लड़कियों ने तो घर जाने से

मना ही कर दिया था। किस मुँह से जाएँगी, घर वालों को पता होता है कि दूसरे शहर से बेटी इतना पैसा कैसे कमा कर घर कैसे भेज देती है। लालच को मजबूरी का नाम देकर माँ-बाप भी चुप ही रहते हैं। छह साल की नौकरी में सुमिता ने बहुत कुछ देखा है। अब वह झूठी भावनाओं या आँसुओं में जल्दी से नहीं बहती। सबको थाने तो लेकर जाना ही पड़ेगा, क्योंकि सब का रिकॉर्ड रखना होगा। इतनी देर में शालिनी मैडम ने पता नहीं किस को फोन लगा दिया कि कमिश्नर ने तत्काल सुमिता को हेड क्वार्टर तलब किया है। लेकिन सरकार की जो दुर्गति होनी थी, वह आधे घंटे में हो चुकी है। राजनीति के नेता एक दूसरे पर कीचड़ उछाल रहे हैं। कई लोगों के वकील तक थाने में उनकी जमानत करवाने के लिए पहुँच चुके हैं। कुछ के दलाल उनके भाई बनकर आ रहे हैं। उच्च स्तर पर छापा पड़ा है, तो खेल भी उच्च स्तर पर ही होगाऔर खिलाड़ी भी उच्च स्तरीय होंगे। कमिश्नर और सुमिता महोदया के बीच उनके कमरे में क्या बहस हुई, यह बाहर बैठे लोग सिर्फ अटकलें ही लगा सकते हैं। सुमिता महोदया अचानक ही पूरे शहर में प्रसिद्ध हो गई हैं, किंतु कुछ लोगों की आँखों का काँटा भी बन चुकी हैं। पुलिस विभाग खुद भी नहीं समझ पा रहा है कि इस स्थिति से कैसे निपटा जाए क्योंकि कुछ पुलिस अधिकारियों के बेटे भी इस गिरफ्तारी में पकड़े गए हैं। अंदर ही अंदर गुप्त रूप से निर्देश आ गए कि सिर्फ कुछ लोगों की गिरफ्तारी करके ही फाइल को बंद कर दो। सभी लड़कियों को उनके घरों में पहुँचा दो। शालिनी मैडम पर जरा-सी भी आँच नहीं आनी चाहिए। उनकी जगह, उनके यहाँ रसोई का काम करने वाली नौकरानी और व्यक्तिगत कामों में सहायता करने वाली पार्वती को देह व्यापार की 'मुख्य मैडम' बनाकर मीडिया के सामने प्रस्तुत कर दो। यही तथ्य दोऔर पार्वती को तस्करी की दफा लगाकर, कचहरी में पेश करके जेल भेज दो। थोड़े दिनों में मामला ठंडा पड़ ही जाएगा, तब तक दो-चार लड़कियों को सुधार गृह में पुनरुत्थान कार्यक्रम के तहत भेज दो। पुलिस आयुक्त सुमिता का

माथा भन्ना गया। उसे छापेमारी में इतनी बड़ी सफलता मिली हैऔर उसके अधिकारी उसी से नाराज हैं। उसे अपनी स्थिति इस समय बड़ी दयनीय लग रही है, जैसे वह किसी दलाल के चंगुल में फँसी हुई, स्वयं ही शिकार हो। उसे आज पहली बार अनुभव हुआ कि यह नौकरी, यह रुतबा, सब अर्थहीन है। असली सत्ता और क्षमता तो राजनीति में ही फलती-फूलती है। इन सब कामों को निपटाते-निपटाते रात के दो बज गए। सदर थाने में एक बहुत ही वरिष्ठ हेड कॉन्स्टेबल है, उमा देवी। अगले ही साल और वह सेवानिवृत्त होने वाली हैं। स्वभाव से एकदम शांत है, पता नहीं कैसे उन्होंने इतने साल पुलिस की नौकरी में काट लिए। वह कभी ज्यादा नहीं बोलती, बस अपने साहब लोगों का हुकुम मान लेती है। उनसे कोई ज्यादा सवाल-जवाब नहीं करता, सभी अधिकारी उन्हें पसंद करते हैं। उनकी उम्र का सभी लिहाज करते हैं। नए भर्ती हुए अधिकारियों के लिए वह एक माँ स्वरूप ही हैं।

उन्होंने धीरे से एक कप चाय लाकर मैडम सुमिता के सामने रखीऔर बोली "मैडम, चाय पी लीजिए, यह सब काम दारोगा संभाल ही लेगा। प्रेस वाले भी दो-तीन दिन तक रेला करेंगे, फिर चुप हो जाएँगे, क्यों परेशान होती हैं? इन लड़कियों के लिए, यह तो समाज की बहुत ही गंदी नालियाँ है। अपने साथ सारी गंदगी बहाकर ले जाती हैं, इन्हें रोक के रखोगी, तो बदबू मारने लगेंगीं। नालियाँ बहती ही रहनी चाहिए, बंद या रुकनी नहीं चाहिए।"

पुलिस आयुक्त सुमिता महोदया को पहली बार अनुभव हुआ कि क्यों यह पेशा सभ्यता के साथ आरंभ हुआ और सबसे पुराना पेशा है। कानून को कितना भी कड़ा कर लो, यह नालियाँ कभी ऊपर, कभी जमीन के नीचे बहती ही रहेंगी। ठीक है, पर इन सभी को ठिकाने पर पहुँचा कर ही तो घर जा पाऊँगी। तभी उमा देवी की नजर सबसे आखिर में बैठी, मध्यम कद-काठी की, कंधे तक बाल कटे हुए, स्लीवलैस टी-शर्ट और पाजामा पहनी हुई लड़की पर पड़ी।

उमा देवी जोर से बोली, "अपना पूरा नाम और ठिकाना बताओ, आश्रम जाना चाहोगी या घरवालों को बुलाऊँ?" वह रुआँसी होकर बोली, "मैडम जी, मुझे तो जेल ही भेज दो, कहीं किसी होम में नहीं जाना, सब जगह कंजर खाना ही तो है, घर में कोई नहीं है, मुझे तो जेल में ही डाल दो।" पुलिस आयुक्त सुमिता महोदया बोलीं, "अब यह क्या नई मुसीबत खड़ी हो गई।" पुलिस आयुक्त बोलीं, "ज्यादा ड्रामा मत कर, अपना नाम और ठिकाना बता।" पास में ही बेंच पर बैठी शालिनी बोली, "मैडम इसे कुछ मत कहिए, बेचारी बीमार रहती है। इसको मेरे साथ ही छोड़ दीजिए।"

उमादेवी बोली, "क्यों, तेरी बेटी हैक्या? बेटी से रंडीपना करवाती है?" लड़की थोड़ी हिम्मत करके उठी, पुलिस आयुक्त सुमिता को देख कर बोली, "मैडम, आप मेरी छोटी बहन की तरह हैं, मुझे इस नर्क से छुटकारा दिलवा दो, बस जेल में भर्ती कर दो। फिर थोड़ा रुक कर बोली, मुझे पता है, आप सब बिके हुए हैं। आपने इस शालिनी को छोड़ दिया हैऔर पार्वती दीदी को जेल भेज रही हैं। मैं कहीं भी जाऊँगी, यह लोग मुझे फिर से इसके पास छोड़ देंगे। आप इनका कुछ नहीं बिगाड़ सकतीं। मुझे तो बस जेल भेज दो, या गोली मार दो, मुझे अब और नहीं जीना।" और यह कह कर वह जोर-जोर से रोने लगी।

सुमिता गुस्से में अपनी सीट से उठी और एक झन्नाटेदार चाँटा, उस लड़की के मुँह पर जड़ दिया। वह एक तो असफलता के कारण गुस्से में बैठी हुई थी, दूसरे यह कहती है कि हम सब लोग मिले हुए हैं। उन्होंने अपना सारा गुस्सा आक्रोश और हताशा उस लड़की पर ही निकाल दी। लड़की का गालचाँटा पड़ने से एकदम लाल हो गया। वह भी चाँटा खाकर जैसे पागल-सी हो गई, जोर-जोर से चिल्लाने लगी। ऑफिस में पड़ी कुर्सी, टेबल, पानी का ग्लास, पेपर वेट, जो भी सामान उसके हाथ में आया, उठा कर इधर-उधर पटकने लगी और

बोले जा रही है, "अब तो मुझे जेल में बंद कर दो, देखो मैंने सरकारी कार्यालय में तोड़फोड़ की है। अब तो जेल में डालोगी।"

तब तक बाहर से होमगार्ड दौड़कर आ गई, वह लड़की को काबू में करने की कोशिश करती है। लेकिन लड़की को जैसे कोई भूत चढ़ गया है, उसे काबू में कर पाना सभी के लिए बहुत मुश्किल हो रहा है। फिर भी चार-पाँच होमगार्ड ने मिलकर, लात और घूँसों से उसकी अच्छी तरह से पिटाई की। इतनी मार खाकर, वह बेहोश होकर वहीं गिर गई। सुमिता ने भी किसी को नहीं रोका, वह मार खाने लायक बात जो कर रही थी।

बस उमादेवी बोली, "बस करो, यहीं मर गई, तो हम सब मुश्किल में पड़ जाएँगे।" तब जाकर सब शांत हुए। शालिनी को लेने उसका वकील आ गया है। वह पुराने एडवोकेट जनरल का कनिष्ठ है। पुलिस में उसकी काफी जान-पहचान है। अब सुमिता और किसी झमेले में नहीं पड़ना चाहती। उसने अपने अधिकारी से कहा, "कागजात जाँच लीजिए, फिर छोड़िएगा और हाँ मैडम आप शहर छोड़कर नहीं जा सकतीं।" यह कह कर उसने घृणा से मुँह मोड़ लिया। लड़की अभी भी बेहोश पड़ी है, सुमिता सोचती है कि यह लड़की कुछ देर पहले मुझे अपनी बड़ी बहन जैसा बता रही थी, सच ही तो बोल रही थी। हम किसी का कुछ नहीं बिगाड़ सकते। थोड़ी देर के बाद, सुमिता का गुस्सा और हताशा सब खत्म हो चुकी है। अचानक उसे अपने स्वभाव पर ग्लानि होने लगी। एक गैरकानूनी धंधे में लिप्त पीड़िता के साथ उन्होंने कितना बर्बर व्यवहार किया है, छिः! अब अगर वह उस नर्क में नहीं जाना चाहती, तो क्यों हम उसे जबर्दस्ती वहाँ भेजें। बेचारी अनाथ लगती है। उमादेवी से बोलीं, जरा इसे होश में लाइए, दवा लगाएँ, कुछ खिलाएँ-पिलाएँ। फिर देखते हैं कि इसका क्या करना है? उमा देवी को भी उस पर दया आ गयी। कुछ देर बाद उसे होश आया, फिर से बोली, "आपके पैर पड़ती हूँ, मुझे जेल भेज

दो।" सुमिता ने कहा ठीक है, "तुम्हारा नाम क्या है?" दिलरुबा, उसने उत्तर दिया।

"क्या कहा, 'दिलरुबा' अरे! यह तो तुम्हारा धंधे वाला नाम है, अपना असली नाम बताओ, कागज बनाने होंगे।" लड़की चुप ही रही, तब सुमिता उसके पास जाकर, उसके कंधे पर हाथ रखकर बोली, "देखो मैं तुम्हारी मदद करना चाहती हूँ। डरो मत, तुम्हें न्याय मिलेगा। पर जब तक तुम पूरी बात नहीं बताओगी, तब तक मैं कुछ नहीं कर पाऊँगी। ठीक है, तुमको शालिनी मैडम के पास नहीं छोड़ेंगे। लेकिन अगर उसने कुछ गलत किया है, तो बताओ। उस को फिर से हिरासत में ले लिया जाएगा। मेरा भरोसा करो, तुमने मुझे अपनी छोटी बहन जैसा माना है न?" प्यार और विश्वास के दो शब्द सुनते ही 'दिलरुबा' के दिल में वर्षों से बंधा दुख का बाँध टूट गया और वह हिचकियाँ लेकर रोने लगी। उसकी छोटी, पतली-सी नाक एकदम लाल हो गई। आँखें हैं कि थमने का नाम ही नहीं ले रही हैं, लगभग आधे घंटे तक तक लगातार रो-रोकर, थककर वह वहीं चुपचाप सो गई। रात के 3:30 बज चुके हैं, बाहर अभी भी कुछ मीडिया वाले कैमरे लेकर खड़े है। कुछ वापस भी चले गए हैं, क्योंकि उनके मालिक इस केस को और ज्यादा अपने चैनल पर नहीं दिखाना चाहते। सुमिता के छापे की गूंज बहुत ऊपर तक गई है। मुजरिमों को पकड़ना आसान होता है, किंतु उनके जुर्म पर पर्दा डालना और मामले को घुमा कर पेश करना मुश्किल काम होता है। यहाँ तो सारे मामले को ही रफा-दफा करना है। बस छोटे-मोटे चार्ज लगाकर, दो-चार लोगों को ही अंदर कर के, केस खत्म करना है। सुमिता अभी भी इसी आस में है कि कहीं से कुछ पक्के सबूत और सुराग मिल जाएँ तो वह एक बार के लिए शालिनी को अंदर जरूर करेगी। उसके अपने विभाग के अधिकारी ही उसका साथ नहीं दे रहे हैं। और फिर उन्हें 'दिलरुबा' को भी किसी ठीक जगह पर पहुँचाना है। एक घंटे बाद 'दिलरुबा' उठी, उमा देवी ने उसे कुछ खाने को दिया। थोड़ा-सा खाना खाकर वह पहले

से कुछ ठीक लग रही है और बातचीत करने लायक भी हो गई है। सुमिता ने उसे गौर से देखा और पूछा, "क्या उम्र है तुम्हारी?" जी 30 साल की हूँ, पर दिखती 25-26 साल की हूँ, दुबली पतली जो हूँ। "ठीक नहीं बोली तुम, मैं 32 साल की हूँ, तुम से दो साल बड़ी। तुम मेरी छोटी बहन की उम्र की हो, हिसाब में पूरी कच्ची हो।" "जी मैडम, हिसाब में पूरी कच्ची हूँ।" "क्या नाम है तुम्हारा?" "जी हितेश्वरी" "क्या हितेश्वरी, बड़ा सुंदर नाम है। दिलरुबानाम क्यों रखा?" "जी मैडम, चौहान सर ने यह नाम दिया था, जब वह मुझे पहली बार शालिनी के घर ले गए थे। बस तभी से मेरा यही नाम है।" "यह चौहान सर कौन हैं?" "जी, हमारे थाने के कोतवाल साहब।" "कौन-सा थाना?" बस फिर सिलसिला लंबा चलता ही गया। सुबह 5:00 बजे तक हितेश्वरी अपनी आपबीती सुनाती रही। उमा देवी और सुमिता मैडम उसकी कहानी सुनती रहीं। ऊपर से तो दोनों ने कुछ भी जाहिर नहीं होने दिया, परंतु औरत अपने मन के भाव लाख छुपाने की कोशिश करें, दूसरी औरत समझ ही जाती है। सुमिता का मन हितेश्वरी के लिए रोने लगा। कुछ देर पहले कैसे उसको चाँटा मारा था। वह पल याद आते ही, उसे सिहरन-सी होने लगी। उसने निश्चय कर लिया है कि हितेश्वरी को तो न्याय दिलवाना ही है, चाहे ऊपर से कितना भी दबाव क्यों न हो। उन्होंने सदर थाने में फिर से फोन किया और कहा कि जाओ शालिनी को अभी के अभी उठाकर थाने में ले आओ। किसी का कोई भी फोन क्यों न आए, जब तक मैं न पहुँच जाऊँ, वहाँ उसको बैठा कर रखना। उमा देवी को सारी बातें समझा कर, सुबह के 5:30 बजे वह अपनी टीम के साथ सदर थाने पहुँच गई। आगे की लड़ाई बड़ी लंबी और मुश्किलों से भरी होने वाली थी। लेकिन हितेश्वरी को भी न्याय दिलवाना है और यही न्याय उस चाँटे का पश्चाताप होगा।

हितेश्वरी ने ही बताया, कैसे 14 साल की उम्र में जब वह दूसरी बार कंपनी के बाग में वृन्दावन से मिलने गयी थी। वृंदावन उससे

थोड़ी देर के लिए ही मिला था। जैसे ही वे दोनों घर वापस जाने लगे, कोतवाल बाबू 'चौहान साहब' ने उन दोनों को एक साथ देख लिया था। और वहीं उसी क्षण, छोटी-सी हितेश्वरी उनके मन को भा गई थी। वैसे भी वह घर पर अपनी झगड़ालू पत्नी से बहुत तंग आया हुआ था। अपने शौक पूरे करने के लिए, वह शालिनी के पास पहले से ही जाता था। लेकिन किसी वैद्य ने उसे कह दिया था कि कम उम्र की कुँवारी लड़की से सहवास करेगा, तो जवानी बरकरार रहेगी और कोई रोग भी नहीं होगा। हितेश्वरी कुँवारी भी थी और मुश्किल से 14 साल की थी, वृंदावन बस उसे दो बार ही मिला था। वह भी उसे सिर्फ गले से भींच लेता था, या चूम लेता था। इस से ज्यादा कुछ करने का उसे मौका नहीं मिला और वह कुछ करना भी नहीं चाहता था। क्योंकि उसे पता था कि जल्दी ही उन दोनों का लगन हो जाएगा। उस दिन कोतवाल साहब उसे जबर्दस्ती अपनी गाड़ी में बैठाकर अपने क्वार्टर ले गए थे। उन्होंने उसके साथ कुकर्म भी किया, डरा-धमका कर उसे गाँव के पास ही छोड़ गए। हितेश्वरी तो खुद ही चोरी से वृंदावन को मिलने गई थी, इसलिए डर के कारण वह घर में भी किसी को भी कुछ नहीं बता पाई। कोतवाल बाबू भी पूरे दरिंदे ही थे। ऐसा भयानक होता है, पुरुष-मिलन, यही सोच-सोच कर हितेश्वरी डर के कारण काँप जाती थी। चौहान बाबू ने अपने पूरे जीवन काल में कई स्त्रियों के साथ संपर्क रखा है किंतु छोटी-सी हितेश्वरी से एक बार संभोग करके, वह जैसे पागल ही हो उठे। उनके अंदर के दरिंदे को अब सिर्फ वही चाहिए। क्योंकि वह उस पर हर तरह की जोर आजमाइश कर सकते हैं और वह उन्हें डर के कारण कुछ कह भी नहीं पाती। अब उन्हें वह कभी-कभी के लिए नहीं, बल्कि हमेशा के लिए चाहिए। उन्होंने वृंदावन के चाचा से कहा कि वृंदावन का लगन किसी और से करा दें और हितेश्वरी को उसके लिए छोड़ दें। चाचा को उनकी बात सुनकर बहुत गुस्सा आया, किंतु चौहान बाबू ने उन्हें अपना कोतवाली का रौब दिखाया कि अगर उन्होंने उसकी बात नहीं

मानी, तो वह ढाबा बंद करा देंगे। छोटी उम्र की लड़की से लगन कराने के अपराध में सब को जेल में डाल देंगे और वृंदावन पर भी बलात्कार का केस ठोक देंगे। जो भी हो, चाचा अपने धंधे को बचाने के लालच में या वृंदावन की भलाई के लिए चौहान बाबू के आगे झुक गए। चाचा शहर में हितेश्वरी को ले जाकर जेवर और कपड़ा खरीद कर देंगे, यह बोलकर वह हितेश्वरी को शहर ले गए। वहीं से चौहान बाबू की प्रिया शालिनी, उसे अपने घर ले गईं। बस उसके बाद हितेश्वरी को किसी ने नहीं देखा। चाचा और कोतवाल बाबू ने कहा कि वह अपने किसी यार के साथ भाग गई है। हितेश्वरी के माँ बाप ने भी इज्जत बचाने के लिए कह दिया कि वह नदी में डूब कर मर गई है। वृंदावन सिर्फ दो ही बार हितेश्वरी से मिला है, चाचा से बोला, "कितनी बड़ी छिनाल थी, अब किसी से शादी न करि।" चाचा असलियत जानते हैं, परंतु चुप ही रहे। कहीं जवान खून गुस्से में चौहान बाबू से भिड़ ही न जाए। वह ठहरा कोतवाल बाबू और वृंदावन है ढाबे का व्यापारी, वैसे भी उनसे जीत नहीं पाएगा। फिर हितेश्वरी का सर्वनाश तो हो ही चुका है, अब अगर वह वापस आ भी जाए, तो वृंदावन उसे कैसे स्वीकार करेगा। बस वह वृंदावन से बोले, "सब नारी एक जैसी न होवे, देख कमलेश्वरी तेरे खातिर जहर पी ली थी। मैंने तो तेरे लिए वही पसंद की थी, तू ही उसकी बहन पर मर मिटा था।" इसके बाद वृंदावन की शादी कमलेश्वरी से हो गई। अब चौहान बाबू अड्डा मारने 'दिलरुबा' नहीं आते, किंतु अनावश्यक रूप से उन्हें तंग भी नहीं करते। सब अपने-अपने जीवन में रम गए।

केवल नया अध्याय तो हितेश्वरी का ही शुरू हुआ है। शालिनी ने जब पूछा, "डियर इस बच्ची का क्या नाम है?" चौहान बाबू बोले, 'दिलरुबा'। बस उसी दिन से उसका नाम दिलरुबा पड़ गया। तबसे दिलरुबा, शालिनी मैडम के घर पर ही रहती है। उनका एक बेटा इंजीनियर बनकर अमेरिका में रहता है और दूसरा बेटा दिल्ली में पढ़ाई कर रहा है। उनका घर छोटा जरूर है, पर तब भी बहुत शानदार

है। हफ्ते में दो बार तो चौहान बाबू, उससे मिलने शालिनी के घर आ ही जाते थे। वह दो दिन हितेश्वरी के लिए सबसे ज्यादा कष्टदायक होते थे। शालिनी मैडम भी कुछ नहीं कहती थीं, जैसे उन्हें कोई फर्क ही नहीं पड़ता हो। बस उन्होंने उसे ब्यूटी पार्लर ले जाकर, उसके बाल कटवा दिए। नाक की चांदी की तार खुलवा कर फेंक दी और उसकी जगह एक छोटी-सी हीरे की लौंग पहना दी। उसे कुछ नए शहरी कपड़े खरीद कर दे दिए। छोटे-छोटे बालों में दुबली पतली, गोरी-सी हितेश्वरी, नाक में हीरे की लौंग में और भी सुंदर और आधुनिक लगने लगी है। उसे हिंदी और अंग्रेजी की शिक्षा देने के लिए, एक शिक्षिका घर पर पढ़ाने आती है। हितेश्वरी कई बार कोशिश करती है कि शिक्षिका को ही सब कुछ बता दे। लेकिन शालिनी देवी ने उसे बड़े प्यार से समझा दिया है कि यदि किसी को कुछ भी बोला, तो गाँव में बैठी बाकी की बहनों को भी उठा कर, इसी देह व्यापार में लगा देंगी। हितेश्वरी पूरी तरह से हार गई है। वह चुपचाप बिना शिकायत किए, जो चौहान बाबू उससे करवाते, सारे काम करती है। धीरे-धीरे चौहान बाबू उसे अपने साथ बाहर भी ले जाने लगे। वह बड़े-बड़े वकील, राजनेता और अधिकारियों से उसे मिलवाते। उसे रात-रात भर उन्हीं के पास छोड़ देते। सभ्य समाज का सभ्य पुरुष अपने घर की औरतों से जो असभ्यता नहीं कर पाता, वह सब कुछ वह इसके साथ करते। उन्हें जैसे कोई गुड़िया मिल गई हो। और वह उनके अंदर की दमित, क्रूर, घिनौनी वासनाएँ पूरी करने का एक जरिया हो। हितेश्वरी ने इन सालों में क्या नहीं देखा, क्या नहीं भोगा। चौहान बाबू, बहुत लोगों के चहेते भी हैं। जल्दी-जल्दी उन्हें तरक्की मिलती गई। कभी-कभी वह शालिनी से कहते हैं, "दिलरुबा मेरे लिए बहुत लकी है, इसका पूरा ध्यान रखा करो।" अभी पिछले एक साल से उनकी नियुक्ति सेंट्रल रेंज में हो गई है। अगले ही साल वह सेवानिवृत्त हो जाएँगे। अब उनका शालिनी मैडम के घर आना थोड़ा कम ही हो होता है। लेकिन उनके खास लोगों के पास खबर मिलने से शालिनी उसे

भेजती रहती है। उसे इस नरक में रहते हुए 16 साल हो गए। अब बस वह मर जाना चाहती है। पर मन में एक ही आशा है कि एक बार चाचा के सामने जरूर जाएगी और वृंदावन से एक बार गले मिलना चाहती है। बस उसकी और कोई ख्वाहिश नहीं है। शुरू-शुरू में उसे चौहान बाबू से गाँव की खबर मिल जाती थी। वृंदावन ने कमलेश्वरी से शादी कर ली है, कमलेश्वरी ने जहर खाया था, जिसका असर उसके गर्भाशय पर पड़ा है, इसलिए वह अब कभी माँ नहीं बन सकती। इस कारण मुकुंद ने अपनी पाँचवीं बेटी जानकी की शादी वृंदावन से करा दी। और जानकी और वृंदावन की एक लड़की है। चाचा अब बीमार ही रहते हैं। वृंदावन ने अब अपने ढाबे पर लड़कियों का आना बंद करा दिया है। अब ढाबे के चारों ओर कई अच्छे और बड़े आधुनिक होटल खुल गए हैं। 'दिलरुबा' अब उतना खास नहीं चलता, फिर भी वह सारे ढाबे का भार आसानी से संभाल लेता है।

पुलिस आयुक्त सुमिता ने एक अच्छी-सी एफआईआर बनवाई है। हितेश्वरी को जिन-जिन लोगों के नाम और पते याद थे, उसने उन सब का जिक्र एफआईआर में किया है। चौहान साहब के खिलाफ तगड़ा और मजबूत केस बनाया गया, इस बार शालिनी को कोई माई का लाल भी नहीं बचा सकता। अगले ही दिन बिना किसी को बताए, उमा देवी को साथ लेकर, हितेश्वरी को गाड़ी में बैठा कर नौ घंटे का सफर करके मलाजखंड के बाहर पहुँची। रास्ते भर सुमिता फोन पर अपने अधिकारियों को निर्देश देती रही, वहाँ भोपाल में एफआईआर से सनसनी फैल गई है। कमिश्नर खुद सुमिता से मिलकर बात करना चाहते हैं। सुमिता को भी आभास हो गया है कि उसे इस केस पर और काम नहीं करने को मिलेगा इसीलिए उसने भोर 5:30 बजे ही एफआईआर दर्ज कर दी। हर थाने में क्राइम रिपोर्टर होते ही हैं। दिन में ही यह खबर पूरे शहर में आग की तरह फैल जाएगी। बाकी का काम महिला संगठन और विपक्षी दल के नेता कर ही लेंगे। इसीलिए वह जितनी जल्दी हो सके, एक बार हितेश्वरी को वृंदावन से

मिलवाना चाहती थी। जब वह लोग ढाबे पर पहुँचे, तब लगभग दिन के 12:30 का समय था। दोपहर के खाने का समय होने में अभी थोड़ी देर है। होटल में कुछ लड़के काम कर रहे हैं, इक्का-दुक्का ग्राहक भी हैं। अचानक ढाबे के सामने पुलिस की गाड़ी को देखकर, चाचा खुद ही अंदर से निकल कर बाहर आ गए। मैडम लोगों को सलाम करके, उन्होंने एक लड़के को, उनके लिए बाहर ही कुर्सियाँ बिछाने का आदेश दिया। सुमिता उमा देवी के साथ वहीं पर कुर्सी पर बैठ गईं। हितेश्वरी अपनी जगह पर ही खड़ी रही। चाचा अब बूढ़े हो चुके हैं, बालों में पूरी सफेदी है, आँखों में ऐनक लगी है। वह हितेश्वरी से बोले, "बिटिया आप भी बैठ जाओ।" फिर सुमिता मैडम की तरफ रुख करके बोले, "मैडम हुकुम कीजिए, क्या सेवा करूँ? आमिष, निरामिष दोनों भोजन तैयार हैं।" मैडम ने कहा, कोई बात नहीं, कुछ भी दाल, सब्जी, रोटी भिजवा दें। हम लोगों को जल्दी वापस जाना है, यह आपकी पहचान वाली है, आपसे मिलकर बात करना चाहती है। उसके बाद में चौहान साहब के बारे में आपसे बातचीत करूँगी। चाचा अभी भी असमंजस में हैं, हितेश्वरी को वह पहचान नहीं पा रहे हैं लेकिन चौहान बाबू का नाम सुनकर, वह थोड़ा सतर्क हो गए। क्योंकि वही एक ऐसे कोतवाल बाबू हैं, जिसे वह आज तक नहीं भूल पाए हैं। हितेश्वरी ने खुद ही बात शुरू की, "प्रणाम चाचा, मैं हितेश्वरी।" चाचा तो जैसे आसमान से गिरे। क्या बोलें, क्या आशीर्वाद दें, एक दिन हितेश्वरी इस तरह उनके सामने आकर खड़ी हो जाएगी, यह तो उन्होंने सपने में भी नहीं सोचा था। सुमिता ने चाचा को कुर्सी पर बैठाकर, हितेश्वरी की सारी कहानी सुनाई। वह चाचा को इस केस का सरकारी गवाह बनाना चाहती है। सुमिता मैडम जैसे-जैसे हितेश्वरी की जीवन-गाथा सुनाती गईं, चाचा शर्म से सिर झुका कर बैठे रहे, बीच-बीच में ऐनक उतारकर आँसू पोंछ लेते। वह हाथ जोड़कर हितेश्वरी से माफी मांगने लगे। फिर बोले, "भला हो मैडम आपका, जो आप इसे मेरे सामने ले आईं। मैं कितने सालों तक पाप की आग में जला हूँ।

शायद अभी तक इसीलिए जिंदा था, ताकि इस से माफी मांग सकूँ। बिटिया मैं मजबूर था, मुझे माफ कर दे, जो सजा देनी है दे दे, पर माफ कर दे।" बूढ़े आदमी को इस तरह से विलाप करते हुए हितेश्वरी ने पहली बार देखा है। वह भी रोने लगी। मैडम सुमिता ने कहा, "पुलिस अधिकारी पर केस हो रहा है, बड़ा दबाव रहेगा। आप गवाह बनने को तैयार हैं। जान का खतरा है।" चाचा बोला, "शायद यही करके मेरी गलतियों की माफी मिलेगी। अब और क्या करूँगा जी कर, जहाँ बोलेंगी, जब बोलेंगी, हाजिर हो जाऊँगा। बस बिटिया से माफी दिलवा दो।" हितेश्वरी भी बूढ़े चाचा के साथ रोने लगी। उसकी आँखें अभी भी वृंदावन को ही ढूँढ रही हैं। चाचा ने उसे आवाज देकर अपने ऑफिस से बाहर बुलाया। वृंदावन के लिए सभी अपरिचित ही हैं। चाचा को रोते उसने पहली बार देखा है। चिंतित होते हुए उसने पूछा, "क्या हुआ, कुछ हुआ है क्या? पुलिस यहाँ क्यों आई है चाचा?" चाचा ने बस इतना ही कहा, "बेटा मुझे माफ कर दे, यह देख हितेश्वरी आई है।" यह सुनकर वृंदावन एकदम से सकते में आ गया। इतने दिनों की मन की भड़ास, दुख, घृणा सब कुछ जबान के रास्ते बाहर निकल आया। हितेश्वरी का रूप एकदम बदल चुका है। वह बोला, "यह छिनाल अब और क्या तमाशा करने यहाँ पर आई है चाचा। इस रंडी को यहाँ से निकालो।" फिर मैडम की ओर देखकर बोला, "आप इस रंडी को लेकर अभी यहाँ से चली जाओ, नहीं तो मेरे हाथों इसका कत्ल हो जाएगा।" सुमिता सोचती है कि वृंदावन इस बेकसूर हितेश्वरी के लिए अपने मन में इतनी नफरत पाल कर बैठा है। यह सब सुन मैडम सुमिता ने उसे जोर से फटकार लगाई, "औरत से ऐसे बात करता है, तमीज नहीं है, अंदर कर दूँगी।" हितेश्वरी भी चुपचाप नीचे किए, रोते हुए, सब सुन रही है। किसको क्या सफाई दे? चाचा ने खींचकर वृंदावन को एक ओर ले जाकर पता नहीं रो-रो कर क्या बताया कि वापस आकर वृंदावन भी एकदम बेचैन होकर हितेश्वरी को देखने लगा। मैडम ने कहा, "कहने-सुनने का समय नहीं है। मैंने पास

के थाने से थानेदार को बुलवा लिया है, चाचा का बयान दर्ज करना है, फिर वापस भी जाना है। तभी ऑफिस से खबर आई कि सुमिता मैडम का तबादला ट्रैफिक सिग्नल पर कर दिया गया है और आदेश की कॉपी उन्हें अपने कार्यालय पहुँचकर ग्रहण करनी है। उससे पहले ही सुमिता ने केस की छानबीन की शुरूआत कर दी है, उधर चौहान बाबू के घर के बाहर, महिला संगठनों ने धरना प्रदर्शन शुरू कर दिया है। वह अपने वकील से बात करने के लिए पागल हुए जा रहे हैं। अगले महीने ही उनकी बेटी की शादी है, उन्हें अपनी नजरों के सामने सब कुछ जैसे खत्म होता हुआ नजर आ रहा है। सुमिता को अपने तबादले का पहले से ही अंदेशा था, इसीलिए वह खुद हितेश्वरी को लेकर यहाँ आई है। बाद में उसका पता नहीं क्या हाल होगा, उसे अभी सरकारी सुधार गृह में सुरक्षित रखना है। बड़े-बड़े महारथियों का नाम इस केस में शामिल है। हितेश्वरी की जान को भी खतरा हो सकता है। फिर इसकी पहचान भी छुपानी है। सुमिता ने आखिरी दाँव खेला। भोपाल की स्पष्टवादी महिलाओं के अधिकारों के लिए लड़ने वाली संस्था में फोन करके कहा, "मैडम आप क्राइम ब्रांच या सीबीआई को केस सौंपने की मांग क्यों नहीं रखतीं?" बस अब इस केस में चौहान डीआईजी भी कुछ नहीं कर पाएँगे। साथ में और भी जो दोषी होंगे लपेटे में आ जाएँगे।

हितेश्वरी को अब वापस जाना है, आगे उसे लंबी लड़ाई लड़नी है। पता नहीं, फिर कभी यहाँ पर आ भी सकेगी या नहीं। परिवार में और किसी से भी उसकी मिलने की इच्छा नहीं है। वह खुद को इतना गंदा समझती है कि चाह कर भी वृंदावन के गले नहीं लग पा रही है। बस रोती हुई वापस जा रही है, उसे तो बस इसी बात का संतोष है कि वृंदावन अब उसे खराब लड़की नहीं समझेगा। वह जैसे ही उमा देवी के साथ गाड़ी की तरफ बढ़ती है, वृंदावन दौड़ कर उसे अपनी वाँहों में भींच लेता है। "अबकी बार न जाओ, मैं तुमको नहीं छोड़ सकता" और न जाने क्या-क्या बड़बड़ाने लगा। वृंदावन के आँसुओं में

हितेश्वरी के तन-मन पर लगी गंदगी जैसे धीरे-धीरे धुलने लगी है। वह चुपचाप उससे अलग होकर, गाड़ी में आकर बैठ गई। सुमिता और उमा देवी की आँखें भी नम हैं। चाचा हाथ उठाकर हितेश्वरी को आशीष दे रहे हैं, कभी ऐनक उतारकर आँखें पोंछ रहे हैं। हितेश्वरी भी रोए जा रही है क्योंकि उसकी एकमात्र हसरत आज पूरी हो गई है। पहली बार लगा कि वह जिंदा है, उसे अपनी लड़ाई के लिए जिंदा रहना ही है।

***

बर्तन

शोभा देवी बहुत कड़क स्वभाव की महिला हैं। वह छह बेटों की माँ हैं। दो बेटे तो बड़े भाइयों ने गोद ले लिए हैं। बाकी चार बेटे उनके पास ही हैं। पहला बेटा बहुत होनहार और निडर है। उसने वायु सेना में अपना हुनर आजमाया और अभी विशाखापट्टनम में नियुक्त होकर गया है। अभी तक उसे वहाँ क्वार्टर नहीं मिला है, इसलिए उसकी पत्नी और दोनों छोटी बेटियाँ शोभा देवी के पास ही टाटानगर में रह रही हैं। शोभा देवी वैसे तो राजस्थान की हैं, किंतु ससुराल वाले तीन पीढ़ियों से बिहार में ही आकर बस गए थे। फिर बाद में झारखंड राज्य बना तो उनका शहर भी उसमें आ गया जिसके कारण अब वह झारखंड की निवासी कहलाती हैं। ससुर जी टाटानगर में कपड़ों के बड़े व्यापारी थे। शोभा देवी उनकी इकलौते पुत्र किशोरी लाल की धर्मपत्नी हैं। इकलौती पुत्रवधू होने के कारण ससुराल में उन्हें काफी प्यार मिला। फिर एक के बाद एक छह बेटों को जन्म देने से पूरे परिवार में ही उनका बोलबाला हो गया।

शोभा देवी के पीहर में दो भाई हैं। एक भाई के सिर्फ दो बेटियाँ हैं और दूसरे भाई के कोई संतान नहीं हुई। उन्होंने सोचा, बाहर का खून क्यों घर लेकर आएँ, यही सोचकर दोनों भाइयों ने अपनी इकलौती बहन के तीसरे और चौथे नंबर के बेटों को गोद ले लिया। शोभा देवी के ससुर को भी कोई एतराज नहीं है, वह बड़े व्यापारी हैं। घर में चार पोते हैं, उनका बढ़ता व्यापार भी संभालेंगे और बाकी दोनों बहू के मायके पर भी अधिकार जमाएँगे। गोद कोई भी ले, वंशधर तो

उनके ही कहलाएँगे। शोभा देवी का बड़ा बेटा पढ़ाई में शुरू से ही अच्छा रहा है। सेना में भर्ती होना उसका बचपन से ही सपना रहा है। जब उसे वायुसेना से प्रशिक्षण के लिए चिट्ठी आई, तो घर पर सभी ने इसका विरोध किया लेकिन उसने नौकरी वहीं की। बेटे के सेना में जाते ही उनके परिवार के रुतबे और रहन-सहन में काफी परिवर्तन आ गया। बेटे के लिए बड़े घरों से अच्छे रिश्ते भी आने लगे। लेकिन बेटे ने किसी बनिए की लड़की से नहीं, बल्कि अपनी जाति से बाहर की लड़की से शादी की। लड़की उसके अधिकारी की बेटी है। वह कॉन्वेंट स्कूल की पढ़ी-लिखी सुंदर और शालीन लड़की है। शोभा देवी उसे बहू बना कर घर तो ले आईं, पर गोरी-चिट्टी, गढ़वाली बहू उन्हें मन से कभी पसंद नहीं आई। उसका बाप वायुसेना का बड़ा अधिकारी है। शादी तो उन्होंने बड़ी शान से की, लेकिन बनियों की तरह नकद और जेवर इत्यादि ज्यादा कुछ नहीं दिया।

शोभा देवी ने सोचा कि वह अपने अधूरे अरमान बाकी के बेटों से पूरा कर लेगी। बहू भी कभी-कभी ससुराल आती है। वह ज्यादातर अपने पति के साथ ही जहाँ उसका तबादला होता है, वहीं रहती है। उसका नाम चित्रा है। वह ससुराल की सभी जिम्मेदारियाँ बड़ी लगन से निभाती है। भगवान के आशीर्वाद से वह दो बेटियों की माँ बन गई है। शोभा देवी उसे कभी-कभी कह ही देती हैं, "वंश तो बेटों से ही चलता है।" चित्रा भी मुस्कुरा कर उत्तर देती है, "हमारा नाम तो बेटियाँ ही रोशन करेंगी। दोनों बड़ी होकर सेना में अफसर बनेंगी, सारा देश उन पर नाज़ करेगा।" जब से उसके पति का तबादला विशाखापट्टनम हो गया है, तभी से चित्रा आकर टाटानगर में रहने लगी है। उसकी दोनों बेटियाँ हॉस्टल में रहकर पढ़ रही हैं। चित्रा अपने पति की नौकरी के सिलसिले में हर प्रांत में रही है। पिता के साथ भी उसे कई शहरों में रहना पड़ा है इसलिए उसकी सोच बड़ी स्वतंत्र है। हर तबके के लोगों के साथ वह बड़ी इज्जत से पेश आती है इसीलिए चित्रा की भी सभी बहुत इज्जत करते हैं। व्यापार, फायदा,

नुकसान यह सब उसकी समझ से परे है। वह जरूरत पड़ने पर, दिल खोल कर दूसरों की सहायता करती है। यहाँ तक कि घर का सामान भी दे देती है। शोभा देवी को वैसे तो चित्रा से कोई खास शिकायत नहीं है, परंतु उन्हें चित्रा का सबके साथ इतनी सहजता से मिलना-जुलना एकदम भी पसंद नहीं है। चित्रा को भी ससुराल में एक महीना बिताने के बाद मालूम पड़ गया कि दूर के ढोल कितने सुहावने लगते हैं। फिर भी बड़ों का लिहाज करते हुए वह रह रही है।

शोभा देवी ने अपने दूसरे बेटे की शादी अभी ही की है। वहाँ से भी वह पूरी तरह संतुष्ट नहीं है, किंतु अपनी बिरादरी की लड़की है, बीकानेर से, समाज के सारे रीति-रिवाज जानती है। चित्रा से कम होते हुए भी वह शोभा देवी को अधिक प्रिय है। चित्रा को भी पता है कि वह यहाँ थोड़े दिन की ही मेहमान है। कुछ दिन बाद तो वह अपने पति के पास ही चली जाएगी, इसीलिए वह कई बातों को अनदेखा कर देती है। "एक चुप सौ सुख", सुखी गृहस्थी का मंत्र है। शोभा देवी मकर संक्रांति को गंगासागर गई हुई हैं। चित्रा जाड़े में बाहर बैठकर धूप सेंक रही है। नौकर ने बगीचे में ही कुर्सियाँ डाल दी हैं, ससुर ने बंगला बहुत बड़ा और अलीशान बनाया है। बगीचे में दो माली सारा साल काम करते हैं। कटी-छटी क्यारियाँ, मौसम के रंग-बिरंगे खिलते फूल, मखमली घास और चारों ओर अशोक के लंबे-लंबे पेड़, घर के बगीचे में बैठने से ही उसे नैसर्गिक आनंद मिलता है। शोभा देवी ने अपने चारों बेटों के भविष्य को ध्यान में रखते हुए यह बंगला बनवाया है। बड़ा बेटा तो नौकरी के सिलसिले में बाहर चला गया है, लेकिन उसका कमरा अभी भी सजा धजा रहता है। चित्रा को यहाँ रहने में कोई कठिनाई नहीं होती। दूसरे देवर की पत्नी गर्भवती है। उसके लिए अलग से कामवाली की खोज जारी है। वैसे भी यहाँ आदिवासी औरतें, घरों के काम के लिए सहजता से मिल भी जाती हैं।

उसी समय चित्रा के बंगले के सामने एक बंजारिन सुंदर-सी औरत रंग-बिरंगी साड़ी पहने आवाज लगाने लगती है। सिर पर बड़ा-

सा तरह-तरह के स्टील के बर्तनों का टोकरा है। कंधे पर एक तरफ कपड़ों की गठरी टांगी हुई है। उसका पेट थोड़ा-सा आगे की ओर निकला हुआ है। शायद बेचारी पेट से है। इस हाल में भी वह इतना भार उठाए, दर-दर घूम रही है। साथ में एक बहुत ही प्यारी-सी बच्ची चल रही है। उसकी गोद में एक और छोटी-सी बच्ची है। गरीबी इंसान से क्या-क्या नहीं कराती। चित्रा ने उसे इशारे से अंदर बुला लिया। बर्तन बेचने वाली खुशी-खुशी अंदर आ गई। वैसे भी पुराने कपड़े देकर स्टील के बर्तन ज्यादातर मध्यम वर्ग की महिलाएँ ही खरीदती हैं। बंगले में रहने वाली तो कभी उस पर ध्यान भी नहीं देतीं। बर्तन वाली अपनी बेटियों के साथ चित्रा के सामने आकर खड़ी हो गई। चित्रा ने उसे गौर से देखा, एकदम पतले-पतले नैन-नक्श, साफ चेहरा, नुकीली ठुड्डी और उस पर गड्ढा, वह सोचती है कि उसे तो फिल्मों में होना चाहिए। बड़ी वाली बेटी ने झट से अपनी छोटी बहन को गोद से उतार कर घास पर छोड़ दिया। शायद वह बच्ची दो बरस की होगी, घास पर पैर पड़ते ही इधर-उधर दौड़ने लगी। बर्तन वाली ने बड़ी वाली के सिर पर चाँटा मारते हुए कहा, "पकड़ उसको गिर जाएगी। मेम साहब के फूलों को तोड़ देगी, चल उठा उसको गोदी में।" मायूस-सी बड़ी बेटी अपनी छोटी बहन के पीछे दौड़ पड़ी। जाड़ों का महीना है और उनके तन पर फटे हुए, शायद मांगे हुए बड़े-बड़े स्वेटर हैं। छोटी लड़की के पैरों में मोजे भी नहीं हैं। बड़ी लड़की के पैरों में भी बड़ी-बड़ी चप्पल है, जो उसके नाप से बहुत बड़ी है। बर्तन वाली ने खुद भी बस एक आधी बाजू वाला स्वेटर पहना हुआ है। उसने पॉलिस्टर की सस्ती-सी साड़ी, सीधे पल्लू में बांधी है। थोड़ा-सा पेट जो निकला हुआ है, जिसको वह अपने पल्लू से ढक लेती है। पैरों में सस्ती-सी चप्पल, साथ में रंगीन काँच की चूड़ियाँ, माथे के बीचो-बीच लंबी लाल बिंदी और सारे बाल खींच कर, पीछे एक लंबी चोटी बनाई है। सिर से टोकरी उतार कर नीचे रखी और कंधे से बड़ी-सी कपड़ों की गठरी कोउतार कर पास में हीरख लिया। मेहनत के कारण सर्दी

में भी, माथे पर पसीने की कुछ बूंदें चमक रही हैं। वह हाँफ भी रही है, उसकी आँखें काली, चंचल और चमकदार हैं। चित्रा सोचती है कि शुक्र है, खूबसूरती अमीरी की मोहताज नहीं होती। उसकी सुंदरता को देख चित्रा भी हैरान रह गई। जैसे ही वह नीचे घास पर बैठने लगी, चित्रा ने कहा, "अरे यह क्या करती हो, इस हाल में नीचे बैठ पाओगी क्या? कुर्सी पर बैठो।" शायद इतने वर्षों में पहली बार शहर की किसी मेम साहब ने उससे इतनी इज्जत से बात की थी। वह तो चित्रा की बात सुनकर थोड़ी सकपका-सी गई। चित्रा के चेहरे की ओर देखकर अनायास ही दोनों हाथ जोड़कर बोली, "मैडम नमस्ते, हम ठीक हैं। लो हम इस गठरी पर बैठ जाते हैं।" और फिर हँसते हुए गठरी पर ही बैठ गई। घर के नौकर को उन तीनों माँ-बेटियों का घर के अंदर आना बिल्कुल भी पसंद नहीं आया। वह चित्रा से कुछ कह तो नहीं सका, लेकिन उसकी देह-भाषा और मुख-मंडल की रेखाएँ सब कुछ चुगली कर देती हैं। चित्रा ने उसे कहा, "जाओ अंदर से बिस्कुट और फल ले आओ, इन बच्चियों को देने हैं।" फिर बर्तन वाली की ओर देखकर पूछा, क्या नाम है तुम्हारा? "जी मैडम जी झिलमिल, वह शरमाते हुए बोली।" लेकिन यहाँ पर सभी मुझे झिलारी बाई ही कहते हैं। चित्रा बोली, "अरे वाह कितना प्यारा नाम है झिलमिल" रामबाबू झिलमिल के लिए एक गिलास दूध भी ले आना। अब तो रामबाबू के चेहरे का भाव और भी बिगड़ गया। झिलारी बाई ने उसके चेहरे की नफरत को पढ़ लिया और बोली, "रहने दो मेम साहब, कोई पुराने कपड़े हों तो दे दो, अच्छे मोल में स्टील के बड़े बर्तन दे दूँगी। अभी तक बोहनी भी नहीं हुई। तुम्हारे हाथों से ही बोहनी करूँगी। हमको चाय-बिस्कुट कुछ नहीं चाहिए, बस कुछ सौदा ले लो, भगवान तुम्हें रानी बनाए।" चित्रा भी दो बेटियों की माँ है, गर्भधारण की पीड़ा समझती है, फिर वह स्वभाव से भी बहुत दयालु है। पहाड़ों पर ही पैदा हुई और पली-बढ़ी है, उसने सब-कुछ बहुत करीब से देखा है कि कैसे उसके क्षेत्र में गरीब औरतें अपने सिर पर सामान रखकर

पगडंडियों पर चलती हैं, मर्द तो बस पीने में ही लगे रहते हैं। वह अपने खान-पान का भी पूरा ध्यान नहीं रखतीं। चित्रा को याद है कि जब भी उसकी माँगाँव आती थीं, तो कैंटीन से सभी जान पहचान वालियों के लिए मक्खन, पनीर और जाम की बोतलें भर-भर कर लाती थीं और उन्हें बाँटती थीं। "औरतों को ज्यादा पौष्टिक खुराक चाहिए, यह कह कर वह सब को यह सामान देती थीं।" वही गुण चित्रा में भी हैं। वह भी किसी जरूरतमंद औरत को देखती है, तो बड़ी इज्जत से उसके साथ पेश आती है और उन्हें बहुत प्यार से खिलाती-पिलाती है। इतने अमीर ससुराल में उसके इसी स्वभाव को कोई ज्यादा पसंद नहीं करता। शोभा देवी को तो उसका यह स्वभाव बिल्कुल भी पसंद नहीं है। नौकर शोभा देवी के विश्वसनीय हैं, लेकिन चित्रा मैडम का यह स्वभाव उन्हें भी भीतर तक छू जाता है। जो भी हो, रामू को तो चित्रा का आदेश मानना ही पड़ेगा।

"अच्छा झिलमिल टीका लिया है, क्या?" "नहीं मैडम जी, हम तो कभी टीका नहीं लिए, बस पीड़ा उठने पर सरकारी अस्पताल चले जाते हैं। झूलेलाल की कृपा से दोनों बच्चियाँ ठीक से हो गईं। चित्रा का मन दया से भर उठा। वह बोली, "झिलमिल इतना भार उठाकर मत घूमा करो। अपने मर्द को बोलो, वह काम करे, तुम कुछ आराम करो। अच्छा, बेटियों को स्कूल भेजा। छोटी वाली तो अभी बहुत छोटी है, बड़ी वाली स्कूल जाती है, क्या?" बस झिलारी बाई उखड़-सी गई और बोली, "देखो मेम साहब, आपको अपना पुराना कपड़ा देकर कुछ बर्तन लेना है, तो बोलो। धंधे के समय यह सब बात मत बोलो। हम गरीबों का तो पेट भी नहीं भरता, बेटी को कौन से स्कूल में पढ़ाएँगे। आज इस नगरी, तो कल उस शहर। हमारा तो अपना कोई पक्का ठिकाना भी नहीं है। हमारा मर्द यदि काम का होता, तो क्या हम आठ माह में ऐसे मजदूरी करते?" यह सुनकर चित्रा भी थोड़ी शर्मिंदा हो गई। बोली, "अच्छा मैं कपड़े लाती हूँ, पर पहले तुम कुछ खा लो।" रामू एक प्लेट में कुछ बिस्कुट और फल के नाम पर कुछ ज्यादा पके

केले और एक गिलास दूध ले आया था। बड़े ही बेमन से, बगीचे में पड़ी टेबल पर रखकर चला गया। उसकी बेअदबी का हिसाब तो चित्रा बाद में लेगी, अभी वह झिलारी बाई के सामने कोई नाटक नहीं करना चाहती। बच्चियाँ केला और बिस्कुट देख दौड़ कर चली आईं। छोटी बेटी ने झपट कर बिस्कुट उठा लिए। माँ ने दूध का गिलास उसके मुँह में लगा दिया। बिना देरी किए वह सारा दूध गटक गई। जैसे महीनों बाद दूध पी रही हो। बड़ी बेटी शरमाई-सी खड़ी है, चित्रा ने प्यार से उसको केला दिया। उसने 'थैंक्यू' बोल कर ले लिया। अरे! यह तो बड़ी समझदार है, अंग्रेजी भी बोलती है। झिलारी बाई बोली, "इधर-उधर, घर-घर जाकर सामान बेचते हैं। यह जल्दी भाषा सीख जाती है, दिमाग बहुत तेज है, बस तकदीर ही खराब है क्योंकि मेरे पेट से जन्मी है। यदि आप जैसे किसी बड़े घर में पैदा होती, तो हाकिम बनती।" चित्रा ने देखा कि झिलारी बाई एक भी घूँट दूध नहीं पी पाई। वह बोली, "अच्छा बैठो, अंदर से कपड़े लेकर आती हूँ। जब चित्रा अंदर से आई तो उसके हाथ में बहुत कुछ खाने का सामान था। सारा सामान झिलारी बाई को देते हुए बोली, "यह सब तुम ले जाओ, तुम जरूर खाना। तुम्हें ताकत की जरूरत है।" एक शॉल, उस पर ओढ़ाते हुए बोली, "इसे ले जाओ, कल पुराने कपड़े निकाल कर रखूँगी।" झिलारी बाई बहुत स्वाभिमानी औरत है। वह बोली, "मेम साहब आप बड़ी भली हो, रानी वाला दिल है आपका। यह सब सामान ले जाऊँगी, फिर टोकरे में उलट-पुलट कर के कई बर्तन बाहर किए, फिर एक हल्का-सा स्टील का कटोरा देकर बोली, इस शॉल का यही दूँगी। धंधा खराब नहीं करना, यह रख लो मेम साहब, ज्यादा कुछ मत मांगना। कल अगर कपड़े दोगी, तो आपका मनपसंद बर्तन दूँगी।" तब तक दोनों बच्चियों ने सारे बिस्कुट और केले खा कर खत्म कर दिए। दूसरा खाने का सामान बड़ी बेटी जल्दी-जल्दी गठरी में बाँध रही है। फिर सिर उठाकर बोली, "थैंक यू मैडम, आप बहुत अच्छे हो, बहुत प्यारे हो। हमसे कोई प्यार से बात भी नहीं करता, अम्मा से तो सभी

मोलभाव करते हैं। बापू भी रात को उसे मारता है। आपने तो कुछ मोलभाव भी नहीं किया। मैं, अम्मा को कल फिर लेकर आऊँगी, आप ढेर सारे बर्तन हमीं से खरीदना। तभी अम्मा को कुछ पैसे मिलेंगे और वह हमारे लिए रसोई बना पाएगी। अचार खाती हो आप, कल आम का छुंदा लेकर आऊँगी। अम्मा ने बहुत बढ़िया बनाया है।" चित्रा का मन जैसे रोने को हो आया। वह सोचती है, लड़की माँ से भी ज्यादा स्वाभिमानी है, मुफ्त में कुछ भी नहीं रखना चाहती। झिलारी बाई बहुत कष्ट से खड़ी हुई। बेटी ने सहारा देकर उसके सिर पर टोकरा रखवा दिया और कंधे पर गठरी धर दी। फिर छोटी बहन को गोदी में उठाकर, छोटी वाली गठरी को कंधे पर टांग कर, फिर से 'थैंक यू' बोल कर वह तीनों निकल पड़ीं।

उनके जाने के बाद चित्रा ने रामू की अच्छे से खबर ली। रामू भी माता जी की वापसी की प्रतीक्षा करने लगा, वापस आकर वही बहूरानी की खबर लेंगी। अगले दिन अपनी नई-पुरानी साड़ियाँ, पेटीकोट-ब्लाउज, नाइटी आदि सब कपड़े वह इकट्ठे करने लगी ताकि वह सारे कपड़े झिलारी बाई पहन सके। जाड़े का समय है, एक-दो कंबल और रजाई भी अलग कर दिए। उसने सोचा, जब तक अम्मा नहीं हैं, पेटी से सामान निकाल कर दे देगी।

चित्रा सारी रात उन्हीं के बारे में सोचती रही और अगले दिन का इंतजार करती रही। अगले दिन ठीक 11:00 बजे फिर से तीनों आ गईं। इतना सारा सामान वे कैसे उठाएँगी। सामान उठाने के लिए उसने बेटी के बाप को बुलवा लाने के लिए भेजा ताकि वह कंबल, रजाई आदि सब सामान उठाकर ले जा सके। उसकी बड़ी बेटी, छोटी बहन को उठा गोदी में उठा कर, बाप को लिवाने चली गई। जाने से पहले वह एक काँच की बोतल में आम का छुंदा (आम का मीठा अचार) देकर बोली, "मैडम यह आपके लिए।" चित्रा ने प्यार से रख लिया और उसके सिर पर प्यार से हाथ फेर कर पूछा, "क्या नाम है बेटा आपका?" वह हँसते हुए बोली, "मैडम मैं बेटा नहीं, बेटी हूँ। मेरा

नाम वर्षा है। मेरी छोटी बहन का नाम बिजली है और जब भाई आएगा, तो उसका नाम बादल रखेंगे। चित्रा बोली, "झिलमिल तुम्हारे पास तो पूरा मौसम विभाग है।" झिलारी बाई बोली, "मैडम मेरा पति आ जाएगा। आपको जो बर्तन पसंद है, ले लो। आपसे कोई मोलभाव नहीं।"

चित्रा और झिलारी बाई अब अकेली हैं। झिलारी बाई चित्रा से कहती है, "मैडम मुझे पता है, यह सारा सामान आप मेरे लिए दे रहे हो। लेकिन घर जाते ही, मेरा मरद सारा सामान दलाल को बेच देगा। हमको तो बस थोड़ा-सा ही मिलेगा।" चित्रा बोली, "यह भी कोई बात हुई, तुम कंबल और रजाई बच्चों के लिए रख लेना। तुम्हारा पति कैसा बाप है, जल्लाद है क्या?" तब झिलारी बाई बोली, "हाँ, मैडम, वह जल्लाद ही है। वह इन दोनों बच्चियों का सौतेला बाप है।" चित्रा बोली, "मैं उससे बात करूँगी।" इतना सुनकर झिलारी बाई रोने लगी, बोली, "मैडम, उसे कुछ मत कहना। नहीं तो वह मेरी बड़ी बेटी को बेच देगा। मैं इस हाल में कहाँजाऊँगी? पुलिस भी हम जैसी औरतों की बात नहीं सुनती।" चित्रा को लगा कि झिलारी बाई काफी परेशान है। उसने आज उसे गर्म दूध पिलाया। थोड़ी शांत होकर झिलारी बाई ने चित्रा को अपनी आप-बीती सुनाई।

झिलमिल अपने माँ-बाप की पहली बेटी थी। वह गुजरात में कच्छ के भुज जिले से है। कच्छी लोगों में और गुजरात के पूर्वी भाग के लोगों के रहन-सहन और खान-पान में बड़ा फर्क होता है। झिलमिल अपने माँ-बाप की पहली बेटी थी। भुज वैसे तो एक ऐतिहासिक छोटा-सा नगर है लेकिन इस कस्बे के आसपास के गाँवों बहुत गरीबी है। वहाँ पर एक नदी बहती है, 'दुखी नदी'। यहाँ के लोग अपनी बेटियों का नाम नदियों के नाम पर नहीं रखते, उन्हें लगता है कि ऐसा करने से उनका जीवन भी दुखी न हो जाए। भोले माँ-बाप यह भूल जाते हैं कि गरीब लड़कियों का तो दुख से न टूटने वाला रिश्ता होता है।

झिलमिल के माता-पिता का छोटा-मोटा मसाले-मिर्ची का व्यापार था। झिलमिल से छोटे उसके चार और भाई-बहन हैं। झिलमिल शुरू से ही अपनी माँ के साथ मसाले सुखाने और कूटने आदि का काम करती थी। अपने छोटे भाई-बहनों को भी संभालती थी और साथ ही घर में झाड़ू, पोंछा, बर्तन भी करती थी। वह पीतल और काँसे के बर्तनों को चूल्हे की राख से घिस घिस कर मांजती थी। उस समय तक घरों में स्टील के बर्तन व्यवहार करने का चलन शुरू नहीं हुआ था।

विश्वेश्वर वड़ोदरा से कपड़े का व्यापार करने के लिए जगह-जगह घूमता रहता था। वह अपने मामा के साथ मिलकर व्यापार करता था। वह गोरा, दुबला-पतला-सा लड़का, शहरी पैंट-कमीज पहनकर हर कस्बे में कपड़ों का सौदा करने जाता था। मामा ने ही बताया कि"स्टील के बर्तन सस्ते और फैशन में है। शहरी लोग स्टील के बर्तनों में ही खाना खाते हैं। आजकल गाँवों और कस्बों में भी इसकी बहुत मांग है, गाँव में व्यापार करने से बहुत फायदा होगा।" स्टील के बर्तनों का बोरा लेकर जब विश्वेश्वर पहली बार गाँव आया, तो सब ने उसे घेर लिया। झिलमिल ने अपने पड़ोस की शीला मौसी के घर पर टीवी पर कई हिंदी फिल्में देखी हैं। विश्वेश्वर उसे पूरा हीरो की तरह ही लगता था। कच्छ के लड़के, बड़ी पगड़ी और मूंछों वाले उसके मन को कभी नहीं जँचे। स्टील के चमकते भगौने को देख उसका मन भी, उसे लेने के लिए ललचा गया। विश्वेश्वर ने कहा, "ले जा, आधे दाम में दे दूँगा।" बेचारी झिलमिल के पास इतने पैसे भी नहीं थे। अम्मा ने भी साफ मना कर दिया, कहा, "लोहा है बावरी, लोहे के बर्तन में खाना खावेगी।" फिर धीरे-धीरे झिलमिल और विश्वेश्वर की दोस्ती हो गई। दोनों ही कम उम्र के थे। दोनों के बीच प्यार से ज्यादा, देह का आकर्षण ही था। माँ-बाप के पास इतना पैसा नहीं था कि ढंग से बिटिया की विदाई करें। विश्वेश्वर को किसी भी हालत में झिलमिल

का साथ चाहिए था क्योंकि छुप-छुपकर मिलने से उसके अरमान अधूरे ही रह जाते थे।

एक रात झिलमिल, विश्वेश्वर के साथ भाग ही गई। दोनों ने मंदिर में जाकर शादी कर ली। सोलह साल की झिलमिल, सत्रह साल की होते-होते, एक बच्ची वर्षा की माँ बन गई थी। वह वड़ोदरा शहर के बाहर, शाहपुरा में, एक छोटे से कमरे में, अपने पति के साथ रहती थी। उसके घर पर स्टील के ही बर्तन थे। बाद में मामा ने ही गज्जूमल से पुराने कपड़ों के बदले नए बर्तन बेचने का ठेका ले लिया। विश्वेश्वर भी बर्तन बेचने के लिए फेरी लगा-लगाकर थक जाता था, लेकिन कोई ज्यादा फायदे का सौदा नहीं हो पाता था। कुछ दिन बाद झिलमिल को भी यह काम शुरू करना पड़ा। झिलमिल बातचीत में बहुत होशियार थी, दिखने में भी भली-सी लगती है। औरतें आसानी से उससे सौदा कर लेती थीं और घर में जमे ढेरों नए-पुराने कपड़ों के बदले में बर्तन खरीद लेती थीं। गोद में वर्षा, कंधे पर कपड़ों की गठरी और सिर पर स्टील के बर्तनों का टोकरा लिए, वह दिन भर धूप में घूम-घूमकर, दर-दर भटक कर, एक-एक बर्तन के लिए सौदा करती थी, अब बस यही उसकी दिनचर्या रह गई थी। फिल्मी हीरो-सा दिखने वाला उसका पति, रात को जब शराब पीकर उसे बुरी तरह पीटता, तो झिलमिल चुपचाप मार खा कर रह जाती। अपनी बेटी को अपनी छाती से चिपका कर सो जाती। फिर अगले दिन तीनों काम पर निकलते। मिर्च-मसालों के बढ़िया अचार, चटनी बनाने वाली को अब सभी बंजारिन ही समझते हैं। वापस गाँव भी नहीं जा सकती, क्योंकि अब उसे समाज स्वीकार नहीं करेगा। विश्वेश्वर ने जिस भगौने में कभी प्यार से पानी भरकर उसे पिला अपना बनाया था, आज उन्हीं बर्तनों को सिर पर ढो कर उसका सौदा करती है। पाँच साल तक यही सिलसिला चलता रहा। अब बेटी गोद में नहीं, बल्कि साथ में चलती है। कुछ कपड़ों की छोटी गठरी का बोझ भी उठा लेती है। झिलमिल को शांति नहीं है, इतनी मारपीट,

लड़ाई और नफरत के बीच भी दूसरा बच्चा उसके पेट में आ जाता है। वर्षा का जन्म तो बड़ोदरा में ही हुआ था, दूसरे बच्चे के समय वह लोग पुणे में थे। दूसरी लड़की जब हुई, तब वह उसी दिन अस्पताल से घर आ गई थी। दुधमुही बच्ची को लेकर, कमजोर-सी झिलमिल, मुश्किल से सात दिन ही घर पर रही। उसका पति अपनी बड़ी बेटी वर्षा के साथ ही फेरी पर निकल जाता था। रात को पीकर घर लौटता। दिन भर वर्षा को कुछ खाने को भी नहीं देता था। बीमार झिलमिल बस थोड़े से थेपले खाने के लिए साथ में बाँध देती थी। वर्षा उसी को खा कर, सारा दिन बाप के साथ फेरी लगाती। शराब पीकर, सात दिन की दुधमुही बच्ची के साथ लेटी झिलमिल को लातों से मारता। झिलमिल रोज देवी मैया से, उसके मरने की दुआ मांगती है। और जल्दी ही उसकी दुआ कबूल भी हो जाती है, जब छुटकी सिर्फ पन्द्रह दिन की ही थी, तभी एक दिन पुणे में फेरी लगाते समय, विजय नगर कॉलोनी में एक मोटरसाइकिल से टक्कर खाकर, उसने वहीं रास्ते में दम तोड़ दिया। झिलमिल को यह खबर रात को मिली। बेचारी छह साल की वर्षा, सारा दिन बाप की खून से लथपथ लाश के पास रोती रही लेकिन कोई भी उसकी सहायता के लिए आगे नहीं आया। दुर्घटना के कारण टोकरी के सारे बर्तन छिटक कर इधर-उधर बिखर गए। वर्षा ने रोते-रोते एक-एक बर्तन को उठाकर वापिस टोकरे में रखा। कुछ बर्तन तो नाली में गिर गए थे। बेचारी ने सारे बर्तन नाली से उठाकर अपनी फ्रॉक से पोंछ-पोंछ कर टोकरे में रखे। छोटी-सी उम्र में ही वह जानती थी कि अगर एक भी बर्तन कम हुआ, तो एक दिन का उपवास करना होगा। उसने गठरी के कपड़ों से भी गंदे बर्तनों को नहीं पोंछा, क्योंकि उसे पता है कि गठरी के कपड़ों का सौदा होता है। फिर मैले, गंदे, फटे-पुराने कपड़ों का दाम भी नहीं मिलता इसलिए अपनी ही फ्रॉक से नाली की गंदगी को साफ किया। कुछ देर बाद किसी भले मानस ने पुलिस को इत्तिला कर दी। करीब दो घंटे बाद पुलिस आई, फिर वर्षा ने ही उन्हें अपने घर का रास्ता

बताया। बचपन से ही उसने अपनी माँ के साथ, शहर की सड़कें, अपने नन्हे-नन्हे पैरों से नापीं थीं। घर में झिलमिल, पन्द्रह दिन की बच्ची के साथ बैठी, उन दोनों का इंतजार कर रही थी। विश्वेश्वर की मौत ने उसे पूरा बेसहारा कर दिया। झिलमिल, उससे तंग आकर उसकी मौत तो चाहती थी, लेकिन देवी माँ ने उसकी सिर्फ यही दुआ कैसे कबूल कर ली, उसे यह बात आज तक समझ नहीं आई। उसने पड़ोसियों के साथ मिलकर, पति का दाह-संस्कार किया। पुलिस ने भी शायद कुछ ले-देकर मामले को पहले ही रफा-दफा कर दिया होगा, क्योंकि कोई बीमा का पूछने तक नहीं आया। पुलिस ने अपने खाते में लिख लिया कि विश्वेश्वर बंजारा था। इंस्पेक्टर ने जाते समय, एक हवलदार के हाथ झिलमिल के घर चार हजार रुपए भेज दिए। वह बड़ा दयालु आदमी था। झिलमिल कमरे का किराया चुका कर, बाकी की रकम के साथ, दोनों बच्चियों को लेकर बड़ोदरा वापस मामा के घर चली गई। मामा को भी विश्वेश्वर के जाने का बहुत दुख हुआ। उन्होंने तीनों को अपने छोटे-से घर में आसरा दे दिया। झिलमिल को लगा, अब जीवन थोड़ा पटरी पर आ जाएगा। विश्वेश्वर को मरे अब दो महीने हो चुके हैं। झिलमिल भी अब पहले से स्वस्थ हो गई थी। एक रात जब वह अपनी बच्ची को दूध पिला रही थी, तभी मामा रात को पेशाब करने के लिए उठा। शायद वापस आते समय मामा ने झिलमिल को घुटनों से ऊपर साड़ी किए बेखबर सोते हुए देखा जो अपनी बच्ची को दूध पिला रही थी। उस समय उसे माँ की ममता नहीं दिखी और न ही अपने भांजे की विधवा बहू दिखी बल्कि उस समय अंधेरी कोठरी से बाहर आती हल्की-सी रोशनी में, वह उसे किसी अप्सरा के समान दिखाई दे रही थी। उस समय उसका ब्लाउज़ खुला हुआ था, एक स्तन पर बच्ची मुँह लगाकर आँखें मूंदे दूध पी रही है और दूसरा स्तन, जैसे उसको अपनी ओर निमंत्रण दे रहा हो। मामा तो जैसे अपने होश ही खो बैठा। बस उस पर झपट पड़ा, झिलमिल अचानक मामा की इस हरकत से सकपका-सी गई। जैसे ही

वह चिल्लाने लगी, तो मामा बोला, "चिल्लाना मत, नहीं तो आधी रात को, इसी समय घर से बाहर निकाल दूँगा। बाहर सब वहशी बैठे हैं, तुम माँ बेटी को नोंच खाएँगे। रंडी बनाकर कोठे पर भेज देंगे, यहाँ पर चुपचाप इज्जत से रहो।" झिलमिल ने भी बस नाम मात्र के लिए ही विरोध किया। सच्चाई उसे भी पता है कि इन दो बच्चियों के साथ वह कहाँ जाएगी। उसने सोचा, बाजारू बनने से अच्छा है रखैल बन के रहना। उसके बाद तो वह हर रात मामा की भूख मिटाने का काम करती और उसके बदले में तीनों माँ-बेटियों को दो वक्त की खुराक मिलती। अब उसे रास्ते में भटक-भटक कर फेरी भी नहीं लगानी पड़ती। फिर मामा की नीयत भी धीरे-धीरे उससे भरने लगीऔर वह और बेशर्म और दुस्साहसी हो गया। दो साल बाद जब वह फिर पेट सेहुई, तो मामा ने उसे बच्चा गिराने को कहा। झिलमिल खुद भी पाप की निशानी नहीं रखना चाहती थी। उसने भी बच्चा गिराने का मन बना लिया। लेकिन उस रात तो गजब ही हो गया। उल्टियाँ कर-कर के जब झिलमिल बेसुध-सी हो रही थी, तब मामा ने उसके पास जाना ठीक नहीं समझा। तभी उसकी नजर झिलमिल के बगल में सोई, फ्रॉक पहने आठ साल की बच्ची वर्षा पर पड़ी और वह उसी पर झपट पड़ा वर्षा जोर-जोर से चिल्लाने लगी। आवाज सुनकर झिलमिल की भी आँखखुल गई। गुस्से में उसने पास में पड़े सिलबट्टे के पत्थर को मामा के सिर पर दे मारा। मामा वहीं गिर पड़ा। बदहवास-सी झिलमिल, अपना थोड़ा-सा सामान बाँधकर दोनों बच्चियों को लेकर स्टेशन भाग गई। उसका दिमाग एकदम सुन्न पड़ गया था। उसने सोचा मजबूर और आश्रित औरतों का घर भी रंडी खाना ही बन जाता है। उसने निश्चय कर लिया कि अब वह किसी पर आश्रित नहीं रहेगी, छुटकी को स्टेशन पर ही छोड़ देगी और बड़ी को लेकर यहाँ से कहीं दूर चली जाएगी। वहाँ जाकर सबसे पहले पेट में पल रहे बच्चे को गिरा देगी। न जाने क्या-क्या ख्याल उसके दिमाग में आते रहे। छुटकी को जैसे ही वह पीने के पानी के नल के पास बैठा कर वापस

आई, तो उसका मन बहुत बेचैन हो उठा। पता नहीं उस नन्हीं बच्ची के साथ, रात को स्टेशन पर कोई दुर्गति न कर दे, दौड़कर वह फिर से उसे गोदी में उठा लाई। उसे याद ही नहीं है कि वह कौन-सी गाड़ी में बैठी। बस सुबह होते ही वह मुंबई पहुँच गई थी। वहाँ पर कच्छी, गुजराती बहुत हैं। चार-पाँच दिन सड़कों पर घूम-घूमकर उसकी मुलाकात अपने धंधे वालों से आखिरकार हो ही गई। गौरी भी पुराने कपड़ों के बदले बर्तनों का धंधा करती थी। वह बहुत बूढ़ी हो चुकी थी। झिलमिल घर से भागते समय बेहोश मामा के गले से सोने की चेन उतार कर ले आई थी, वही चेन उसने गौरी को दे दी और बदले में उसका धंधा लेकर, पहले रांची और फिर टाटानगर पहुँच गई।

जमशेदपुर एक छोटा-सा शहर है। लगता है कि भारत का ही सूक्ष्म रूप है। यहाँ हर जाति, धर्म और क्षेत्र के लोग रहते हैं। कंपनी वालों के लिए यहाँ बढ़िया घरों की कॉलोनी है। बड़े-बड़े पार्क, अस्पताल, स्कूल और चारों ओर बड़े-बड़े उद्योगपतियों के बंगले हैं। झिलमिल को यहाँ भी अपनी कच्छी बिरादरी के लोग मिल गए थे। बड़े शहरों में लोग बहुत स्वार्थी होते हैं, छोटे और गरीब लोगों की परवाह ही नहीं करते। वह सोचती है, बस किसी तरह से इस बच्चे का जन्म ठीक-ठाक हो जाए, फिर वर्षा के लिए कुछ इंतजाम करेगी। चित्रा को झिलमिल की आपबीती सुनकर बहुत दुख पहुँचा। उसने, उसे सलाह दी कि "तीसरे बच्चे के पैदा होते ही ऑपरेशन करा लेना। वर्षा या छुटकी(बिजली) में से किसी एक को मुझे दे दो। मैं एक बच्ची की जिम्मेदारी ले सकती हूँ। मैं, उसे मेरी माँ के घर गढ़वाल भेज दूँगी। वहीं पर रहकर वह पढ़-लिख लेगी और कुछ काबिल बन जाएगी। बाद में यदि उसका मन चाहा, तो वह मेरे साथ रहने लगेगी। सोच लो झिलमिल, तुम्हारी बेटी है।"

झिलारी, सहारे के लिए सुरेश से बिना शादी किए ही उसके साथ रहती है। सुरेश भी कोई ढंग का आदमी नहीं है। कई बार उसने देखा है कि वह प्यार करने के बहाने या फिर किसी और बहाने से

वर्षा को इधर-उधर छूता रहता है। वर्षा भी अब छुअन का अहसास समझने लगी है, वह भी छिटक कर दूर हो जाती है। अब आठवें महीने में वह इन दोनों को लेकर कहाँ जाए। वह वर्षा को कभी भी सुरेश के साथ घर पर अकेला नहीं छोड़ती। उसके दोस्त भी सारे शराबी और जुआरी ही हैं। आजकल वह वर्षा के लिए बहुत परेशान रहती है। अगले दिन वह फिर से चित्रा के घर के सामने आई। चित्रा ने उससे पूछा, "बोलो क्या सोचा है, तुमने?" झिलमिल बोली, "ले लो मेम साहब, मेरी अमानत है, लेकिन सुरेश को पता न चले। नहीं तो वह मुझे ही मार डालेगा। आप तो बाहर चले जाओगे, पर मैं अपनी बिटिया का हाल-चाल पूछने कभी-कभी यहीं आऊँगी, बस उसे कभी यहाँ मत लाना। एक बार मेरा काम जम जाए, फिर मैं उससे मिलने के लिए आपके पास आऊँगी।" वर्षा चुपचाप खड़ी है, शायद उसकी माँ उसे रात भर समझाकर यहाँ लाई है। उसे माँ को छोड़ने पर इतना गम नहीं है, बस छुटकी में उसकी जान बसती है। फिर वह भी एक अच्छी जिंदगी की तलाश में है। उसे चित्रा मेम साहब बहुत अच्छी लगीं। उसकी माँ तो जिस भी मर्द के साथ, जिस घर में भी रही, वही उसे खराब करने पर तुला हुआ था। वह भी अब इस नर्क से छुटकारा चाहती है। वह अपने साथ में एक पुराने से बैग में कुछ फ्रॉकें लेकर तैयार ही खड़ी है। चित्रा जानती है कियहाँ वर्षा को रखना मतलब, मुसीबत को बुलावा देना। उसकी सास तो उस बच्ची को गर्भवती देवरानी की नौकरी में लगा कर ही दम लेंगी। अभी उसका पति भी विशाखापट्टनम में कार्यरत है। उन्हें वहाँ अभी सरकारी घर भी नहीं मिला है, मेस में ही रहते हैं। उसने वर्षा को अपने मायके, गढ़वाल में छोड़ना ही उचित समझा। चित्रा के मम्मी-पापा वायुसेना से सेवानिवृत्त अधिकारी हैं। उसने सोचा, वर्षा वहाँ उनकी देखरेख में रहेगी, तो अच्छी तरह पल-बढ़ जाएगी। वर्षा को चित्रा के पास छोड़ते समय, झिलमिल उससे गले लगकर बहुत रोई। वर्षा भी अपनी छोटी बहन छुटकी को भींच कर खूब रोई और बोली, "अम्मा बड़ी होकर मैं

तुम दोनों को अपने साथ ले जाऊँगी, बस तुम छुटकी का ख्याल रखना।" बस वर्षा ने अपनी अम्मा से यही आखिरी बात बोली थी। चित्रा ने सोचा कि बाद में छुटकी का भी किसी आश्रम में इंतजाम करा देगी। एक कागज पर अपना फोन नंबर लिखकर उसने झिलमिल को दे दिया, हाथ में कुछ रुपए भी दिए। अपनी एक सहेली का फोन नंबर भी दे दिया और कहा कि वह किसी अस्पताल में तुम्हारा सारा इंतजाम करा देगी। बाद में किसी घर में तुम्हें काम पर भी रखवा देगी। झिलमिल ने कहा, "मेम साहब अगर सुरेश यहाँ आए, तो उसे वर्षा का पता-ठिकाना मत बताना। चित्रा ने कहा, "तुम चिंता मत करो, यह हमारा घर है। अगर वह यहाँ पर कोई हंगामा करेगा, तो मैं उसे पुलिस में दे दूँगी।" फिर वर्षा को लेकर चित्रा घर के अंदर चली गई। वर्षा के लिए सब कुछ नया और अनोखा है। घर की शान-शौकत के आगे वह नौ-दस बरस की बच्ची कुंठित-सी हो गई। अपनी पुरानी साफ-सुथरी फ्रॉक में खड़ी, वह अपने को एकदम भिखारी-सा समझने लगी। चित्रा ने बड़े प्यार से उसे अपने ही कमरे में रखा। शर्म के कारण वह बाथरूम तक नहीं गई। चित्रा जब रात को थाली में खाना लेकर उसके सामने आई, तो खाना देखकर वह झपटी नहीं, बल्कि फूट-फूट कर रोने लगी। उसे रोता देख चित्रा ने पूछा, "क्या हुआ बेटा? यहाँ सब कुछ नया है, इसलिए शायद तुम्हें अच्छा नहीं लग रहा। धीरे-धीरे सब ठीक हो जाएगा। नानी के घर जाकर तुम वहाँ स्कूल में पढ़ना। फिर थोड़े दिनों के बाद, मैं तुम्हें अपने पास ले जाऊँगी। तुम बड़ी होकर बहुत बड़ी डॉक्टर बनना। सब का इलाज करना।" वर्षा हिचकी लेते हुए बोली, "मैडम मैं आपके मम्मी-पापा की बहुत सेवा करूँगी और बड़ी होकर माँ और छुटकी का भी ध्यान रखूँगी।" चित्रा बोली, "अरे वाह! तुम तो बड़ी सयानी हो, फिर रो क्यों रही हो?" वर्षा बोली, "छुटकी की याद आ रही है। पता नहीं, उसने खाना खाया भी होगा या नहीं। उसे रोटी बहुत पसंद है। हमने कभी थाली भरकर भरपेट नहीं खाया ना, इसलिए छुटकी की याद आ गई।" चित्रा के

पास और कुछ सुनने की शक्ति नहीं है। उसने मन ही मन निश्चय कर लिया है कि जैसे भी करके वह छुटकी का भी कुछ न कुछ अच्छा इंतजाम करवाएगी। वर्षा के घर में रहने से जैसे घर में शीत युद्ध आरंभ हो गया है। परिवार में किसी को भी यह मंजूर नहीं है कि किसी फेरी लगाने वाली की लड़की, इतने बड़े उद्योगपति के घर में बेटी बनकर रहे। शोभा देवी भी खबर पाकर आ गईं। चित्रा को कूटनीतिज्ञ की तरह समझाया गया, वर्षा को यहीं रख लेते हैं। यहीं किसी स्कूल में दाखिला करा देंगे, पढ़ाई भी करेगी और बहू के बच्चा होने पर उसकी देखभाल भी कर लेगी। चित्रा जानती है कि अगर वर्षा यहीं रही, तो बस वह फेरी ही नहीं लगाएगी, लेकिन घर की नौकरानी बनकर ही रह जाएगी जो वह उसे नहीं बनाना चाहती। झिलमिल ने जीवन में बहुत दुख झेले हैं। कम से कम उसका एक बच्चा लायक हो कर कुछ बन जाएगा, तो वह पूरे परिवार को संभाल लेगा। चित्रा ने सिरे से ही इस प्रस्ताव को मानने से इनकार कर दिया। घर में सास के द्वारा दिए गए प्रस्ताव को न मानने पर, उसे घर की सबसे खराब, घमंडी, अनुशासनहीन और न जाने क्या-क्या खिताब दिए गए। उसने वर्षा को लेकर अपने मायके में छोड़ दिया। चित्रा के पापा सेना के बड़े अधिकारी थे इसलिए गाँव में उनका बहुत दबदबा है। वर्षा को पास के ही एक प्राइवेट स्कूल में बिना कागज पत्र के भर्ती करा दिया ताकि दो साल बाद, पुराने स्कूल से टीसी लेकर, चित्रा उसका दाखिला नए केंद्रीय विद्यालय में करा देगी।

वर्षा ने सालों तक अपनी माँ का शोषण होते देखा है। अपने पर पड़ती बुरी नजरों का, न थमने वाला सिलसिला भी उसने भुगता है। समय से पहले ही 8 साल की बच्ची बहुत सयानी हो गई है। चित्रा के मम्मी पापा को वह नाना-नानी कहने लगी है। कुछ महीने उसकी पढ़ाई घर में ही हुई, ताकि स्कूल में जाकर उसे कोई तकलीफ न हो। वर्षा ने मन लगाकर घर पर पढ़ाई की। फिर प्राइवेट स्कूल में जब दाखिला लिया, तब उसे पता चला कि दुनिया कितनी खूबसूरत है।

पहाड़ों पर छोटा-सा स्कूल, चारों तरफ हँसती खेलती पहाड़ी बच्चियाँ, स्नेह भरी स्कूल की शिक्षिकाएँ, सब कुछ उसके लिए बड़ा अनोखा और सुंदर है। उसके लिए यह एकदम नया अनुभव है। स्कूल में भी सब ब्रिगेडियर रावत सर की नातिन है, बोलकर उसका बड़ा ख्याल रखते हैं। वर्षा ने कभी किसी चीज की फरमाइश नहीं की। जो खाना मिलता, वह खा लेती, जो कपड़े नानी देतीं वह पहन लेती। अपनी पसंद के बारे में उसने कभी किसी को कुछ नहीं बोला। वैसे भी यहाँ उसको कल्पना से ज्यादा, बहुत ज्यादा, प्यार और इज्जत मिल रही है। अब उसका सिर्फ एक ही लक्ष्य है कि बड़ी होकर नौकरी करके, छुटकी और अम्मा को अपने साथ रखेगी। रोज रात को सोने से पहले वह छुटकी के लिए दुआ मांगती है। चित्रा की देवरानी ने बेटे को जन्म दिया है। घर में खुशी का माहौल है। चित्रा भी बच्चे के नामकरण की पूजा में शामिल होने गई थी। लेकिन शोभा देवी उससे रूठी ही रहीं। चित्रा ने अपनी सहेली से भी पूछा कि झिलमिल का कोई फोन आया या नहीं? झिलमिल तो जैसे शहर से गायब ही हो गई है। अपने लोगों को भिजवा कर, उसने उसे ढूँढने की बहुत कोशिश की, पर उसका कोई पता नहीं मिला। चित्रा ने तो अपना नंबर झिलमिल को दिया था, फिर भी न जाने क्यों उसने कभी उसे फोन नहीं किया। चित्रा निराश होकर वापस विशाखापट्टनम अपने पति के पास रहने चली गई। वर्षा भी अब अच्छे से पढ़ रही है। वह नाना-नानी के पास रहकर ही पढ़ना चाहती है, ताकि बुढ़ापे में उनका ख्याल रख सके। वर्षा का नाम स्कूल में वर्षा भारती लिखाया गया है। चित्रा के तीनों देवरों की शादी हो गई है, सभी के घर बेटे ही पैदा हुए हैं। शोभा देवी चित्रा की ओर अक्सर दर्प से दमकते हुए देखती हैं। चित्रा को मन ही मन अब अपनी सास की मनःस्थिति पर दया आती है। वह जब भी अपने ससुराल जाती है, तो झिलारी बाई का पता जरूर पूछती है, इस बार रामू ने उसे बताया कि फेरी वाली अपनी जवान होती बेटी के साथ पिछले दो साल से यहाँ आकर आपके बारे में

पूछती है बहूरानी, मैंने उसे आपका फोन नंबर नहीं दिया और न ही उसे बताया कि आप दिल्ली में रहती हैं। उसका क्या भरोसा, वहाँ पहुँच जाए। यह लोग चोर-डकैत के गैंग के होते हैं। चित्रा का मन खराब हो गया।

चित्रा की दोनों बेटियाँ अब नौकरी करने लगी हैं। बड़ी वाली आईएएस अफसर है। वह तमिलनाडु के शिवगंगा जिले में कलेक्टर बन गई है। दूसरी वायु सेना में फाइटर पायलट है। उसके ससुर और सारा खानदान बड़े गर्व से अपनी पोतियों के बारे में बखान करते रहते हैं। शोभा देवी भी अपनी पोतियों के लिए बहुत खुश हैं लेकिन चित्रा के सामने, थोड़ा अपने को शर्मिंदा महसूस करती हैं। वर्षा भारती ने उत्तराखंड के हायर सेकेंडरी स्कूल में अव्वल स्थान प्राप्त किया है। उसे मेडिकल एम्स में दाखिला मिल गया है, अब वह दिल्ली में चित्रा के पास ही रहकर डॉक्टरी की पढ़ाई कर रही है। यह उसका डॉक्टरी की पढ़ाई का आखिरी साल है। वह भी जानती है कि चित्रा माँ छुटकी और उसकी माँ को ढूँढने की कितनी कोशिश कर रही हैं। पिछली बार वह रामू को पूरी ताकीद देकर आई थी कि इस बार यदि फेरी वाली आकर उसका ठिकाना पूछे, तो तुम उसका ठिकाना भी जरूर रखना और मेरा नंबर भी उसे याद से दे देना।

नए साल के जश्न के लिए चित्रा अपने पति और वर्षा के साथ तैयार होकर, आर्मी क्लब के लिए निकल ही रही थी कि तभी उसका फोन बज उठा। दूसरी तरफ झिलमिल थी, बोली, "मेम साहब मैं झिलमिल" बस इतना सुनते ही चित्रा एकदम खुश हो गई और बोली, "झिलमिल कितने सालों से मैं तुम्हें ढूँढ रही हूँ। मैं आजकल दिल्ली में हूँ। तुम जहाँ कहीं भी हो, बस दिल्ली आ जाओ। मेरा पता लिख लो। वर्षा भी हमारे साथ ही है। छुटकी (बिजली) को जरूर लेकर आना। तुम बताओ, तुम किस शहर में हो? मैं ट्रेन का टिकट करा कर भेज दूँगी।" झिलमिल फोन पर ही रोने लगी, बोली, "मैडम जी, आप का भला हो। मुझे पता चल गया है कि वर्षा आपके ही पास है

और डॉक्टर बन गई है। मैं टाटानगर में ही हूँ, बस रेल से हम आ जाते हैं। आपके चरणों की धूल जो लेनी है, बेटी तो ठीक ही होगी। चित्रा ने नए साल की शुरूआत में ही यह खुशखबरी का तोहफा वर्षा को दिया। वह भी माँ और छुटकी से मिलने के लिए बेचैन हो उठी। उसने फोन पर उनसे दिन में न जाने कितनी ही बार बात की। तीन दिन बाद पहाड़गंज स्टेशन पर झिलमिल और एक प्यारी-सी छोटी-सी चौदह-पंद्रह साल की लड़की को देखते ही वर्षा पहचान गई। वैसी ही पहले की तरह पतली-दुबली, बस रंग थोड़ा मुरझा-सा गया है। बालों में भी काफी सफेदी आ गई है। दोनों दौड़ कर एक दूसरे से ऐसे गले मिलीं, जैसे सदियों बाद मिल रही हो। छुटकी भी वर्षा से गले लग कर जोर-जोर से रोने लगी। आजकल अपनी भावनाओं को कोई बाहर नहीं दिखाता और जो दिखाता है, लोग उसे पागल ही समझते हैं। वर्षा की वेशभूषा एकदम आधुनिक, सभ्य लड़की की तरह है। नीली जींस-पैंट, ऊपर हलके नारंगी रंग की कुर्ती और पीछे की तरफ बाल बाँधकर लंबी-सी चोटी, कानों में छोटी-छोटी चांदी की बालियाँ। वह पूरे आधुनिक रूप में दुबली-पतली, छरहरी गोरी, सुंदर कच्छ की बाला लग रही है। आँखों पर लगा चश्मा, उसकी खूबसूरती को और बढ़ा रहा है। झिलमिल कमजोर-सी, सीधे पल्लू की सिंथेटिक साड़ी में और साथ में छुटकी लड़की चटकीले रंग का सलवार सूट पहने हुए। छुटकी भी सुंदर है, पर वर्षा जैसी नहीं। उसका रंग भी थोड़ा साँवलापन लिए हुए है। वर्षा बोली, "माँ, छुटकी बचपन में कितनी गोरी थी, अब क्या धूप में बहुत घूमती है।" माँ ने हँसकर कहा, "बहुत मेहनत करती है, हॉस्टल में पढ़ती है। सरकारी स्कूल है, खाना पीना भी कुछ खास नहीं मिलता। इसलिए मुरझाई-सी है।" बातें करते-करते तीनों प्लेटफार्म से बाहर आ गईं। वर्षा, सेना की गाड़ी में उन्हें लेने आई थी। ड्राइवर ने झिलमिल को देखकर 'जय हिंद' बोलकर उसे सलाम किया। झिलमिल को पहली बार लगा कि उसकी भी कोई इज्जत है। छुटकी भी खुशी से 'जय हिंद' बोली, देशभक्ति तो उसके रग-रग में है। स्कूल में भी

राष्ट्रगान, 'जन-गण-मन' वही गाती है। हिंदी मीडियम स्कूल का हॉस्टल है। उसकी पढ़ाई का सारा खर्चा उसके बाबा ही उठाते थे। दो साल पहले लंबी बीमारी के बाद उनका देहांत हो गया। छुटकी दिल्ली का ट्रैफिक, सुंदर सड़कें, बड़ी-बड़ी इमारतें, सब कुछ बड़ी हैरानी से देख रही है। वह राजधानी में पहली बार आई है। वैसे तो किताबों में ऐतिहासिक स्थलों के बारे में उसने बहुत पढ़ा है। नेट पर भी काफी कुछ देखा है। इंडिया गेट के पास की कॉलोनी में सेना के अधिकारियों के बंगले हैं। घर पहुँच कर झिलमिल जैसे शर्म से सिकुड़-सी गई। चित्रा को देखते ही वह उसके पैरों को छूने के लिए झुक गई, चित्रा ने बीच में ही उसकी बाँहों को थाम लिया। झिलमिल बहुत कमजोर-सी लग रही है। फिर चित्रा को देख, वह उसके एहसान से और दब-सी गई। बस नम आँखों से उसका शुक्रिया अदा करने लगी। छुटकी ने भी चित्रा माँ को प्रणाम किया। "अरे! यह तो इतनी बड़ी हो गई है, खुश रहो बेटी, वर्षा तो तुम्हें गोदी में उठाकर घूमा करती थी। तब तुम एकदम छोटी-सी हुआ करती थीं। क्या नाम है तुम्हारा?" जी मैडम, "बिजली", "अरे हाँ याद आया।" फिर उन्हें घर के अंदर ले गई। वर्षा अपनी माँ और छुटकी को अपने कमरे में ले गई। साफ सुथरा बड़ा-सा कमरा। सुविधा का सारा सामान, ढेरों किताबें और वर्षा की अपनी दोनों दीदियों और नाना-नानी के साथ ढेरों फोटो दीवारों पर लगी हुई हैं। चित्रा ने कहा कि इन्हें मेहमानों के कमरे में ठहरा दो, पर वर्षा इतने सालों बाद अपने खोये परिवार से मिली है इसलिए वह चाहती है कि उसकी माँ और छुटकी रात को उसी के साथ उसके कमरे में ही रहें। रात को झिलमिल जिद करके मेहमानों के कमरे में अलग से सोने चली गई। दोनों बहनें रात भर बातें करती रहीं। रात को जब चित्रा, झिलमिल के कमरे में उससे बात करने गई कि बीच में इतने सालों तक वह कहाँ गायब हो गई थी? झिलमिल ने दरवाजा बंद करके उसे सब कुछ बताया।

उस रात जब सुरेश ने वर्षा को कमरे में नहीं देखा, तो वह आग बबूला हो गया। अगले दो दिनों तक वह चित्रा के बंगले के सामने चक्कर लगाता रहा लेकिन दरबान ने उसे घर में घुसने नहीं दिया। झिलमिल ने भी उससे झूठ कह दिया कि वर्षा कहीं भाग गई है। दो दिन बाद वह शराब पीकर आया और फिर बिजली को उठाकर ले जाने लगा, जब झिलमिल ने उसे रोका, तो वह उसके पेट में जोर से लात मारकर बिजली को लेकर वहाँ से चला गया। आठ महीने का गर्भ, वह भयानक पीड़ा, वह सारी रात दर्द से चीखती-चिल्लाती रही। पड़ोसियों ने उसे अस्पताल में भर्ती कराया। बच्चा पेट में ही खराब होने का डर था। इसलिए तुरंत ऑपरेशन करके बच्चे को बाहर निकाला गया। उसे ठीक होने में पंद्रह दिन लग गए। ठीक होने के बाद वह अपनी छोटी-सी बच्ची को गोद में लेकर बिजली को ढूँढने के लिए दर-दर भटकती रही। उसने बिजली को कहाँ-कहाँ नहीं ढूँढा। आखिर में हारकर उसकी गुमशुदगी की शिकायत थाने में दर्ज करा दी लेकिन गरीबों की बच्चियों को कौन-कौन ढूँढता है? वह तो पैदा ही होती हैं, खो जाने के लिए। तभी उसे पता चला कि चित्रा मैडम भी वर्षा को लेकर जा चुकी हैं। घर के नौकरों ने उसे उनका नंबर भी नहीं दिया। सच मानो तो झिलमिल ने कुछ खास कोशिश भी नहीं की। वह खुद इतने बड़े हादसे से गुजर रही थी। तभी एक महीने बाद रामपुरा के नाले के पास दो वर्ष की बच्ची की लाश मिली। जिसका सिर बुरी तरह कुचला हुआ था। पुलिस ने पंचनामा कियाऔर पता चला कि मारने से पहले बच्ची के साथ बड़े ही वहशियाना तरीके से यौन-अत्याचार हुआ है। उसके दाएँ पैर में बंधे काले धागे से ही झिलमिल ने बिजली को पहचाना था। फिर भी उसकी डीएनए जाँच कराई गईऔर रिपोर्ट से पता चला कि अभागिन बच्ची छुटकी ही है। इसके बाद सुरेश की खोजबीन शुरू हुई। यह मामला पूरे राज्य में बहुत सुर्खियों में आया। सरकार की भी बहुत थू-थू हुई। झिलमिल को सहारा देने उस समय कई लोग आगे आए। लेकिन गिद्धों से झिलमिल

अपने को कहाँ-कहाँ और कब तक बचाती। फिर एक दिन सुरेश पकड़ा गया। आजकल हजारीबाग जेल में है। उसके ऊपर कई सालों तक मुकदमा चला, फिर उसे उम्र कैद की सजा हो गई।

जब सुरेश पर मुकदमा चल रहा था, उसी समय कचहरी में झिलमिल की मुलाकात सिंह साहब से हुई। उन्होंने उसे बताया कि वह काफी बीमार रहते हैं। उनकी पत्नी की मृत्यु हो चुकी है। बीमारी के कारण बेटे-बहू ने भी उन्हें घर से निकाल दिया है। वह अपने दो कमरों के घर में अकेले ही रहते हैं। जब वह झिलमिल से मिले, तब उन्होंने बिना कोई भूमिका बाँधे उसके सामने प्रस्ताव रखा कि "क्या तुम मेरे घर पर मेरे साथ रहोगी, मैं बीमार रहता हूँ। शायद ज्यादा जी नहीं पाऊँगा। मैं तुम्हें खाना-पीना, छत, सब कुछ दूँगा। तुम्हारी बच्ची की पढ़ाई की व्यवस्था भी करा दूँगा, बस तुम्हें मेरी सेवा करनी होगी। मेरे पास जो थोड़े बहुत बैंक में पैसे हैं, वह भी मैं तुम्हारे नाम कर दूँगा।" झिलमिल ने भी पहली बार खुलकर सौदा किया। वह बोली, "पूरे हक़ की छत दोगे, तो हर हाल में सेवा करूँगी। नहीं तो फिर से पहले की तरह ही फेरी लगाऊँगी।" सिंह साहब ने कहा, "मुझे एड्स है, परिवार वाले मेरे साथ रहने से कतराते हैं। एक तरह से रिश्ता ही काट दिए हैं। क्या तुम मुझसे शादी करोगी?" झिलमिल सोचती है, पुरानी उतरन में एक बर्तन ही तो मिलता। झिलमिल को भी एक छत चाहिए थी और अपनी बेटी की सुरक्षा भी। फिर बिना शादी के वह किसी की वासना का शिकार बने, इससे अच्छा तो बीमार ही सही, कवच तो रहेगा। सिंह साहब ने उसे इज्जत भी दी और प्यार भी। बेटी को आर्य कन्या स्कूल में डाल दिया। और कचहरी जाकर घर और पैसा भी झिलमिल के नाम पर कर दिया। उसकी अम्मा ने बचपन में एक बार उसे समझाया था कि "पीतल या काँसे के बर्तन को मांज कर, पॉलिश करके फिर से चमका सकते हैं। उसका मोल भी मिलता है, लेकिन यह तो लोहा है, इसका कोई क्या दाम देगा? बस इस्तेमाल करो, फिर पुराना हो जाए तो फेंक दो।"

झिलमिल भी उसी स्टील के भगोने की चमक के लालच में ही तो यहाँ तक पहुँची थी। तीन बरस पहले सिंह साहब का देहांत हो गया। उनके घर से कोई उनके अंतिम संस्कार में भी नहीं आया। वैसे भी पुश्तैनी जायदाद तो बच्चों को ही मिलती। झिलमिल को विरासत में मिले, उस छोटे से घर और चार लाख रुपए के लिए सिंह साहब के बेटे भी उसके साथ लड़ने नहीं आए। सिंह साहब, उसके जीने के लिए कुछ पैसा छोड़ गए हैं और साथ में दे गए हैं, उसे वही बीमारी। तीन साल पहले जब उसकी तबीयत बहुत खराब रहने लगी, तब उसके खून की परीक्षा से पता चला कि उसे भी एड्स है। इसीलिए वह पिछले दो साल से रोज चित्रा के ससुराल के चक्कर काटती थी। बस किसी तरह से वर्षा और चित्रा मैडम मिल जाएँ, तो छोटी बेटी को उनके हवाले कर के चैन से मर सके। चित्रा ने हैरान होकर पूछा, "तो यह बच्ची छुटकी नहीं है, बिजली मार दी गई।" झिलमिल बोली, "हाँ, मेमसाहब, बिजली बड़ी बेदर्दी से मार दी गई। मैं वर्षा को क्या मुँह दिखाऊँगी, इसलिए इसका नाम ही बिजली रख दिया। आपको मेरी कसम है, आप यह बात वर्षा को मत बताना। उसे अपनी बहन के साथ रहने देना। बाप अलग है, तो क्या? मेरे ही पेट से दोनों पैदा हुई हैं। मैं क्या मुँह लेकर बेटी को दिखाऊँगी। बस, एक एहसान और करो। यह बात उसे कभी मत पता चलने देना। मैं कल ही चली जाऊँगी, मैं अब और किसी के साथ रहना नहीं चाहती। मजबूरी में आई हूँ, फिर आपको भी देखना था। मेरी सारी जिंदगी में, मुझे बस आप ही एक अच्छी महिला मिलीं। आप वर्षा को नहीं ले जातीं, तो पता नहीं उसका क्या होता। मेरे मरने के बाद, आप उस घर को गरीबों की बेटियों के भले में लगाना। आप तो बहुत अच्छे-अच्छे काम करती हो। आप मेरी बीमारी के बारे में वर्षा को नहीं बताना। मेरे कारण उसका सिर नहीं झुकना चाहिए।"

चित्रा, झिलमिल की ओर देख रही है। कल वह चली जाएगी। और सोच रही है कि उसके पति सेना में देश की रक्षा बाहरी दुश्मनों

से करते हैं लेकिन देश के भीतर फैले, छुपे बैठे शैतानों से बेटियों की रक्षा कौन करेगा? कभी कंस ने बच्ची का सिर दीवार से पटक कर उसे मार डाला थाऔर वह बिजली बन गई थी। आज भी न जाने कितनी बच्चियों का भोग कर रहे हैं राक्षस। चित्रा का मन रुआँसा-सा हो उठा। झिलमिल वहीं सिर झुकाए उसके सामने रो रही है।

***

एयरपोर्ट

वीर पटवर्धन के यहाँ जमीन-जायदाद की कोई कमी नहीं थी। उनके दादा परदादा जर्मींदार रह चुके थे। उनके हल्दी के खेत थे, जिनमें अच्छी पैदावार होती थी, लेकिन खाने-पीने और मौज-मस्ती के शौक ने इस जर्मींदार परिवार की सारी धन दौलत बर्बाद करके रख दी। इन सबके बाद भी वीर पटवर्धन की अकड़ अभी भी वैसी की वैसी ही है। सांगली जिले के वेदपुरा गाँव में उनका विशाल घर कई सालों से मरम्मत के लिए तरस रहा है। जमीन तो उनके पास बहुत है, लेकिन उनके खानदान में किसी ने मेहनत नहीं की। उन्होंने अपनी खेती की सारी जमीन बटाई के लिए दे दी है। किसान भी अपने हिसाब से खेती करता और मालिक के भाग की हल्दी उन तक पहुँचा देता। बिलासपुर, रायपुर, गुंटुर, जयपुर से व्यापारी आकर थोक में हल्दी ले जाते। पैसा हाथ में आते ही पटवर्धन सीधे मुंबई रेस कोर्स चले जाते, सारा पैसा लुटा कर ही घर वापस लौटते। घर पर उनकी पत्नी सोनाक्षी देवी चिढ़ती रहती, उनकी बूढ़ी माँ को व्यापार के घाटे-नुकसान से कोई फर्क नहीं पड़ता। वह तो बस अपनी पूजा पाठ में ही लगी रहती हैं। वीर पटवर्धन के दो बेटे और एक बेटी है।

अश्विनी, जर्मींदार घर की इकलौती बेटी है। अच्छे स्कूल में पढ़ने जाती है। घर की माली हालत के बारे में वैसे तो घर के सभी सदस्यों को ही पता है, लेकिन शान से रहना उनकी आदत बन चुकी है। अश्विनी वैसे तो पढ़ाई में ठीक-ठाक है, किंतु स्वभाव से थोड़ी नरम है। किसी से फालतू झगड़ा करना उसे पसंद नहीं है, लेकिन

उसके दोनों बड़े भाई घर के नौकरों पर ऐसे रौब झाड़ते रहते हैं, जैसे ब्रिटिश राज के साहबजादे हों। अश्विनी का स्वभाव अपनी दादी पर गया है, उसे किसी चीज का कोई लालच नहीं है, लेकिन वह जिंदगी अपने ढंग से जीना चाहती है।

वीर पटवर्धन के बड़े भाई सांगली छोड़, कोल्हापुर जाकर बस गए। वीर पटवर्धन अपनी पुरानी हवेली को बेचना चाहते हैं, लेकिन उनके बड़े भाई घर के कागजातों पर हस्ताक्षर ही नहीं कर रहे हैं। इतनी बड़ी हवेली के खरीदार तो बहुत मिल रहे हैं। कई व्यापारी हवेली खरीदने के लिए तैयार बैठे हैं, लेकिन पुश्तैनी हवेली है, तो दोनों भाइयों के हस्ताक्षर के बिना बेची भी नहीं जा सकती। उनकी पत्नी ने एक ज्योतिषी को सब की कुंडली दिखाई, ज्योतिष आचार्य ने कहा कि अगले माघ मास तक सारी समस्याएँ मिट्टी में मिल जाएँगी। उसके बाद कोई परेशानी नहीं होगी, आप सुख और ऐश्वर्य का भोग करेंगे।

इंसान सुनहरे भविष्य की आशा में कई साल और जी लेता है। ज्योतिष आचार्य ने उन्हें पुण्य कार्य करने की सलाह दी। सोनाक्षी ने अपने पति वीर पटवर्धन से कहा कि “इतना पैसा रेस कोर्स के घोड़ों पर हारते हो, एक बार हमें तीर्थ ही करा दो।” अश्विनी की दादी भी सबके साथ तीर्थ पर जाना चाहती हैं, लेकिन वह बहुत बूढ़ी हो चुकी हैं, इसलिए उन्हें अपने साथ तीर्थ पर ले जाना मुश्किल था। तीर्थ सपरिवार ही करना चाहिए, इसलिए वीर पटवर्धन अपनी पत्नी और दोनों बेटों के साथ जाने की तैयारी करने लगे। उन्होंने तय किया किपहले बड़ी गाड़ी से सड़क के रास्ते मुंबई तक जाएँगे। फिर वहाँ से जहाज में रामेश्वरम जाएँगे। बेटी अश्विनी दादी के साथ घर पर ही रहेगी। वैसे भी परिवार की प्रथा के अनुसार, कुँवारी लड़की तीर्थ पर परिवार के साथ नहीं जाती। उनका मानना था किलड़कियाँ विवाह के बाद, अपने पति के साथ ही तीर्थ करने जाती हैं क्योंकि घूमने-फिरने और तीर्थ करने में अंतर होता है। माघ का महीना बीतते ही, मार्च के

महीने में सारा परिवार तीर्थ पर निकल पड़ा। उनके बेटों का उनके साथ जाने का एकदम मन नहीं था, परंतु आई ने उन्हें किसी तरह कसम खिलाकर मना ही लिया। उनके घर से निकलने के छह घंटे बाद ही पुलिस का फोन आ गया। हाईवे पर उनकी गाड़ी जबर्दस्त तरीके से दुर्घटनाग्रस्त हो गई थी। ड्राइवर सहित पटवर्धन परिवार के चारों सदस्यों की घटनास्थल पर ही मृत्यु हो गई थी। दादी को खबर मिलते ही दिल का दौरा पड़ा और जब उन्हें होश आया, तो उन्हें लकवा मार चुका था। बड़े ताऊ जी अपने बच्चों के साथ घटनास्थल पर पहुँच गए। सभी लाशों का पंचनामा हुआ, फिर सभी शवों को पोस्टमार्टम के लिए ले जाया गया। दो दिनों के बाद घर के लोगों को शव मिले। अश्विनी का तो रो-रो कर बुरा हाल था। उसे तो कुछ समझ ही नहीं आ रहा था। वह बेटी है, इसलिए उसके ताऊ जी के छोटे बेटे ने उसके माता-पिता और दोनों भाईयों का दाह-संस्कार किया। तेरह दिनों तक सभी क्रिया कर्म का पालन किया गया। अश्विनी के ताऊजी पूजा-पाठ बहुत मानते हैं। पितृदोष न लगे, इसलिए हवेली में शुद्धिकरण के लिए पंद्रहवें दिन हवन भी कराया गया। अश्विनी की दादी को लकवा मार गया है, उन्हें कभी भी, कुछ भी हो सकता है। यही सोचकर उसके ताऊजी, उसे और उसकी दादी को अपने साथ कोल्हापुर ले आए। उन्होंने अपनी माँ को एक छोटे से नर्सिंग होम में भर्ती करा दिया, ताकि वहाँ की नर्सें उनकी देखभाल कर सकें।

अश्विनी पहली बार अपनी हवेली को छोड़कर दूसरे शहर में आई है। उसके ताऊ जी का बंगला तो बहुत सुंदर है, पर हवेली जैसा जितना बड़ा नहीं है। अश्विनी को वैसे तो वहाँ किसी चीज की कमी नहीं है, परंतु जिस लड़की के खानदान के सभी सदस्यों की मौत एक ही दिन में हो जाए, उसका क्या हाल होगा। वह भरे-पूरे परिवार में भी अपने को अनाथ ही महसूस करती थी। उसे अपनी आई, अक्का, दादा, सभी लोग हरदम याद आते रहते। यहाँ पर ताऊजी और बड़े

भैया-भाभी उसका पूरा ध्यान रखते। वह रोज अपनी दादी को देखने नर्सिंग होम जाती, घंटों उनके पास वही बैठी रहती। दादी बस बेबसी से उसकी ओर देखती रहती। आँखों से आँसू निकलकर किनारों से होते हुए कानों तक पहुँच जाते। अश्विनी रुमाल से आँसू पोंछती रहती। वह दादी को लाकर, अपने पास अपने कमरे में रखना चाहती है। लेकिन उसकी बड़ी माँ ने यह कह कर टाल दिया किघर पर मेडिकल सुविधाएँ नहीं मिल पाएँगी। तीन महीने के बाद, दादी भी भयंकर यंत्रणा से मुक्ति पाकर, अपने पथ पर चली गईं। अश्विनी अब एकदम अकेली और गुमसुम हो गई। बस जीने भर के लिए खाती है, जो मिल जाए वही कपड़ा पहन लेती है।

उसके ताऊजी और चचेरे भाइयों ने गाँव जाकर हवेली और जमीनों को बेचने का फैसला कर लिया। उसे अब किसी भी चीज में कोई रुचि नहीं रह गई है। वह जहाँ बोलते अश्विनी वहीं हस्ताक्षर कर देती। उसके भाई उसे तीन-चार बार अपने साथ सांगली लेकर गए। वहाँ भी उसे सभी की आँखों में अपने लिए दया का भाव ही देखने को मिला। अब वह अपने को और भी असहाय-सा महसूस करने लगी। वह शर्म के कारण किसी के सामने भी नहीं जाती थी। सांगली की हवेली में रहती, तो उसे उसके घर के लोगों की और ज्यादा याद आने लगती। दिन का सारा समय तो कचहरी और तहसील के काम में ही कट जाता।

कोल्हापुर के घर में सारा दिन बैठे-बैठे उसे अचानक लगने लगा किचारों तरफ सिर्फ गंदगी ही गंदगी है। उसने अपनी दादी को गंदगी में सोते देखा था। वह जाकर कई बार उनकी चादर बदल आई। उसके मन मस्तिष्क पर कई बार रास्ते में खून से लथपथ अपने घर वालों की पड़ी लाशों का दृश्य आ जाता। अब वह सारा दिन बस रसोईघर, बाथरूम, आँगन धुलवाती रहती है। अगर नौकर बार-बार धोने को मना करते हैं, तो खुद ही धोने लगती है। एक तरह से कहा जाए तो, वह सफाई के मामले में सनकी-सी हो गई है। वीरपुर की जमीन

जायदाद बिकने के बाद से ही घर पर उसकी शादी की बात चल रही है। पुणे में उन्हीं की जाति के 'सुकांत भवे' के साथ उसकी शादी करवा दी गई। वह जेवरों से लदी, ससुराल आ गई। सुकांत कोई खास काम-काज नहीं करता था। सुकांत की माँ ने बड़ी सोच-समझकर अश्विनी से उसकी शादी करवाई थी। उन्होंने सोचा था किकरोड़ों की दौलत की अकेली मालकिन है, पुश्तें बैठकर खाएँगी। जब सुकांत ने अश्विनी से जायदाद के बारे में पूछा, तो उसने बताया कि "जायदाद तो बेच दी है।" वह बोला, "कितने में और पैसा कहाँ है?" अश्विनी के बैंक खाते में उसकी आई ने कभी दो लाख रुपए रखे थे। उसके पास बस सूद के साथ वही रकम ही है। यह सुनकर सुकांत का माथा ठनक गया। अश्विनी को बोला, "जा जाकर अपने हिस्से का पैसा लेकर आ।" अश्विनी ने कहा, "किससे, उन्होंने मेरी शादी कराई है, जेवर भी तो दिए हैं, मैं उनसे और क्या मांगू?" सुकांत गुस्से से बोला, "अरे बेवकूफ औरत, तेरी जमीन-जायदाद करोड़ों में बिकी होगी। चंद जेवरों में उन्होंने तुझे घर से विदा कर दिया। अपने घर जा और अपना हिस्सा लेकर आ।" वह अश्विनी को कोल्हापुर उसके ताऊ जी के घर छोड़कर आ गया। अश्विनी किस मुँह से अपने ताऊ जी से अपना हिस्सा मांगती। जब एक महीने तक सुकांत उसे लेने नहीं आया, तब उसके ताऊजी ने उसे बुलाकर पूछा, क्या बात है, ससुराल में कुछ हुआ है क्या? अश्विनी ने धीरे से सुकांत की कही सारी बात अपने ताऊ जी को बता दी। ताऊ जी तमतमा कर बोले, "उसे पता नहीं है, क्या? तेरे बाप पर कितना कर्जा था? सारा रुपया कर्ज उतारने में ही खर्च हो गया। बाकी माँ के इलाज में। तुम्हारी आई के जेवरों के साथ, हमने भी कितने जेवर दिए हैं। तुम्हारी शादी में खर्च किया। उस लालची से कह दो किऔर कोई रकम नहीं मिलेगी।" उसके बाद से ही घर पर सभी मिलकर उसे पागल ही कहने लगे। सुकांत रोज उसे पीटता, गालियाँ देता, ताकि वह अपना हिस्सा मांग कर लेकर आए। सास ने चालाकी से समझाया कि"वकील कर लो, यह अपने ताऊ जी

से, अपना हिस्सा मांग सकती है।" अश्विनी ने कचहरी जाने से भी मना कर दिया। उसकी सास ने उसके सारे जेवर अपने पास अपनी बेटियों की शादी में देने के लिए रख लिए। अश्विनी जहाँ भी थोड़ी गंदगी देखती, झाड़ू लेकर साफ करने लगती, हाथ-पाँव धोने लगती। अब तो पूरा परिवार उसे पागल साबित करने पर ही तुल गया, ताकि किसी तरह उससे पीछा छुड़ाया जा सके।

उसे सरकारी अस्पताल में दिखाया गया, फिर फर्जी कागजात बनवाकर कोर्ट में केस कर दिया। अश्विनी घर पर बस दिन भर नौकरों की तरह काम करती। रात को पति की पिटाई खाती, जिस दिन डॉक्टर ने उसके पागल होने का प्रमाण पत्र उसके पति के हाथ में दिया, उसी दिन उसे एक पहने हुए जोड़े में ही घर से बाहर निकाल दिया गया। अश्विनी घंटों तक रास्ते पर यूँ ही चलती रही। फिर एक बस स्टैंड पर बैठकर सोचने लगी कि कहाँ जाए? हिम्मत करके उसने अपने चचेरे बड़े भाई को फोन किया। तलाक वाली बात बता कर रोने लगी। दूसरी तरफ से बिना किसी उत्तर के उन्होंने लाइन काट दी। अश्विनी को आज पता चला किज्योतिषी की बात कितनी सच्ची थी। अगर वह भी सबके साथ तीर्थ पर चली जाती, तो सारे कष्टों से उसे भी मुक्ति मिल जाती। रात होते ही बस स्टैंड पर दो-चार आदमी आकर उसे अजीब-अजीब नजरों से देखने लगे, वह भी डर गई। भूखी-प्यासी बस स्टैंड पर वैसे ही बैठी रही। रात को पुलिस की वैन वहाँ से चक्कर खाते हुए जा रही थी। जब उन्होंने उसे वहाँ बैठे देखा, तो डाँट कर उससे पूछा, यहाँ क्या कर रही हो? चलो घर जाओ। धंधा अभी तक खत्म नहीं हुआ। पटवर्धन खानदान की बेटी, जब सुकांत और उसके घर वाले उसे पागल कह कर बुलाते थे, तब भी उसे बुरा तो लगता था फिर भी वह सब कुछ सहन कर लेती थी। अब जब पुलिस वाले ने उसे धंधे वाली कहा, तो उसके दिल को गहरी चोट लगी। उसने पास आकर, उसके मुँह पर एक जोरदार चाँटा जड़ दिया। एक तो सरकारी मुलाजिम ऊपर से पुलिस की गश्त लगाने

वाला कांस्टेबल, जिससे सभी डरते हैं। एक औरत ने सड़क के बीचों-बीच सारे सहकर्मियों के सामने उसे चाँटा मार दिया। उसका पारा तो मानो सातवें आसमान पर चढ़ गया। वह अश्विनी को उसकी चोटी से घसीटते हुए ले गया। उसके पेट और पीठ में बेतहाशा लात-घूँसे मारते हुए जोर-जोर से चिल्लाने लगा। "साली रंडी, पुलिस पर हाथ उठाती है, देख मैं तुझे कैसे सबक सिखाता हूँ।" दूसरे कांस्टेबल ने आकर बड़ी मुश्किल से काबू किया। फिर उसने उसे चोटी से घसीट कर, यह सोच कर पुलिस की गाड़ी में डाल दिया कि उसे थाने ले जाकर फिर से पीटेगा। अश्विनी तब तक आधी बेहोश हो चुकी थी। मार का असर इतना नहीं हुआ, जितनी की पुलिस वाले की गालियाँ, उसे अंदर आत्मा तक चोट पहुँचा रही थीं। जब पुलिस वाला उसे लेकर थाने पहुँचा, तो थाने में डीसीपी मैडम किसी केस के सिलसिले में आई हुई थीं। अश्विनी को देख कर बोली, "कौन है यह?" कांस्टेबल बोला, "मैडम धंधे वाली है, बस स्टैंड पर धंधा कर रही थी। मना किया तो मेरे को मारी, तभी यह हाल हुआ है।" डीसीपी शाहीन भी बहुत गरीब परिवार से हैं। बड़े कष्टों से पढ़ाई करके आईपीएस की परीक्षा पास करके, यहाँ तक पहुँची हैं। औरतों पर होती बेइन्साफी उन्हें कतई बर्दाश्त नहीं होती। वह बोलीं, "लेकिन धंधा करना गैरकानूनी तो नहीं है, फिर आपने इसे इतनी बुरी तरह क्यों पीटा? उसे सीधा थाने लेकर आते, शिकायत दर्ज करके, कोर्ट भेजते। जाइए, जल्दी से फर्स्ट एड का इंतजाम कीजिए।" फिर वह महिला होमगार्ड से बोली, "आप इन्हें दवाई लगाओ, फिर इससे बात करते हैं। थाना इंचार्ज भी डीसीपी शाहीन मैडम के तेवर देखकर समझ गया किमामला उलटा पड़ रहा है। वह भी कांस्टेबल को डाँटने लगा। थाने के सभी लोग अश्विनी के इलाज में लग गए। उसे पानी पिलाया, गर्म चाय पीने के लिए दी। दो घंटे बाद, जैसे ही शाहीन बाहर निकली, अश्विनी उनके सामने आकर रोने लगी। "मैडम मैं पटवर्धन खानदान की बेटी हूँ। जमींदार घराने से हूँ। मेरे घर के सभी लोग मर गए हैं। संपत्ति सब रिश्तेदारों ने हड़प

ली है। पति ने पागल कह, तलाक देकर आज ही घर से निकाल दिया है। लेकिन यह बोला कि मैं धंधे वाली हूँ। इसलिए मैंने इसे चाँटा मार दिया। सॉरी मैडम, मुझे जेल में डाल दो। वहाँ कोई मुझे पागल नहीं कहेगा, कोई नहीं पीटेगा। आप बस मुझे अंदर कर दो। मुझे बाहर की दुनिया में रहना ही नहीं है। चारों और बहुत गंदगी है।" शाहीन ने महिला कांस्टेबल को कुछ पैसे दिए और कहा कि "इसे खाना खिलाकर रात भर यहीं रखो। सुबह हेड क्वार्टर में मेरे पास लेकर आना। कल इसका कुछ इंतजाम करते हैं।" उस रात अश्विनी खाना खाकर थाने की बेंच पर ही चैन से सो गई। सुबह पुलिस की गाड़ी में ही उसे हेड क्वार्टर ले जाया गया।

शाहीन ने फोन करके नौकरी देने वाली एक एजेंसी के मैनेजर सावंत बाबू को थाने बुलाया। वह उसे कॉलेज के दिनों से ही जानती है। पुणे शहर में कामवाली बाई से लेकर नर्स तक वह सब तरह का काम करने वाले लड़के-लड़कियाँ सप्लाई करता है। आसपास के जिलों की पढ़ी-लिखी लड़कियाँ, नौकरी की तलाश में आती है। वह उन्हें ट्रेनिंग देकर, अपना कमीशन रख कर, उनको नौकरी के करार पर रखता है। उसका काम अच्छा-खासा चल रहा है। वह दो नंबर का या गैरकानूनी धंधों में नहीं पड़ता, इसलिए सरकारी संस्थाएँ भी कर्मचारियों के लिए सावंत बाबू से ही संपर्क करती हैं। शाहीन ने कहा, "सावंत बाबू यह अश्विनी है। अच्छे परिवार से है। इसे कोई काम दे दीजिए, आज से ही चाहिए। इसके पास रहने का ठिकाना भी नहीं है। अभी कुछ दिनों के लिए तो इसका इंतजाम महिला छात्रावास में हो जाएगा, लेकिन नौकरी आज ही दिलाइए।" सावंत बाबू सोच में पड़ जाते हैं कि इतनी जल्दी वह काम कहाँ से दे सकता है, लेकिन वह डीसीपी अश्विनी मैडम की बात भी टालना नहीं चाहता। सावंत बाबू ने अश्विनी की ओर देखकर पूछा, " खाना बना लेती हो?" वह बोली, "हाँ, लेकिन परिवार में नहीं रहना चाहती।" तब सावंत बाबू बोले, "तो फिर एयरपोर्ट पर एक काम है। वहाँ पर सफाई करने वाली बाइयों में

से एक जन छुट्टी पर गई है। अगर सफाई करने में परहेज न हो, तो आज ही आई कार्ड बनाकर शाम की ड्यूटी में लगा दूँगा।" शाहीन थोड़ा गुस्सा होकर बोली, "अच्छे घर की लड़की है, पढ़ी-लिखी है। कोई और अच्छा काम बताओ।" अश्विनी बीच में ही बोल उठी, "नहीं मैडम जी, मुझे मंजूर है, मुझे सफाई करना अच्छा लगता है।" फिर वह बोली, "बस आप एक साफ-सुथरी जगह पर मेरा रहने का इंतजाम भी करा दें। महीने भर की तनख्वाह से काट लेना। फिर उसने गले में पड़ा मंगलसूत्र उतार कर टेबल पर रख दिया और बोली, "जब मुझे घर से निकाला था, तब यह मेरे गले में ही रह गया था लेकिन अब यह मेरे किसी काम का नहीं है। दादा, इसे बेचकर जो पैसे मिले, उनसे मेरे रहने का बंदोबस्त करा दो।" सावंत ने दुनिया देखी है, छह सालों से वह नौकरी दिलाने वाली एजेंसी चला रहा है। हजारों लड़कियों से उसका रोज पाला पड़ता रहता है। भोली-भाली दूर-दराज गाँवों से आई लड़कियाँ शहर में दो महीने रहकर ही कैसे कैसे अपना रंग बदल लेतीं हैं। उसको मालूम है किअच्छी जिंदगी जीने की चाह में कितने ही अनचाहे समझौते वे जान बूझकर करतीं हैं। अश्विनी को एयरपोर्ट पर सफाई का काम देते हुए उसको भी झिझक महसूस हो रही थी। अश्विनी पढ़ी-लिखी तो थी, लेकिन उसने कंप्यूटर या सिलाई, ब्यूटीशियन, बेकरी आदि का कोई भी कोर्स नहीं किया हुआ था। फिलहाल शाहीन मैडम के आदेश अनुसार उसके पास चौबीस घंटे के अंदर अश्विनी को देने के लिए सिर्फ यही काम है। व्यक्ति के हालात उसे जीवन की वास्तविकता का पाठ पढ़ा ही देते हैं। अश्विनी ने भी सफाई के काम के लिए कोई नाराजगी नहीं जताई। शाहीन ने मंगलसूत्र उठाकर उसे वापस दे दियाऔर बोली, पहन लो इसे, इतने बड़े शहर में तुम्हें अकेले रहना पड़ेगा। काम आएगा, गले में पड़ा रहेगा, तो कम से कम कुछ लोगों की गंदी नजरों से तो बच ही जाओगी। फिर वह लेडी होमगार्ड को तीन हजार रुपए देकर बोली, इसे

कुछ जरूरत का सामान लेकर दे देना। अश्विनी की ओर देख कर बोली, "यह दया नहीं है, उधार है। धीरे-धीरे करके वापस कर देना।"

अश्विनी ने उत्तर दिया, "भगवान ने आपको ठीक जगह पर नौकरी दी है, पुलिस वाले क्या औरतों को ऐसे पीटते हैं? आप ही कुछ सुधार लाओ, इस व्यवस्था में। आपको बहुत अच्छे काम करने हैं। मैं हर महीने आकर आपको थोड़े-थोड़े पैसे वापस करूँगी, ताकि हिसाब चलता रहे। इसी बहाने मेरा आपसे मिलना भी होता रहेगा।"

सावंत नेकामकाजी महिलाओं के छात्रावास के एक कमरे में उसका नाम लिखवा दिया। शाम तक फोटो वगैरह खींच कर पहचान पत्र भी बनवा दिया। लेडी होमगार्ड सारे रास्ते डीसीपी मैडम की तारीफ करती हुई जा रही थी। लेडी होमगार्ड ने उसे दो सूट और कुछ खाने का सामान भी ला कर दे दिया। फिर बोली "तुम बहुत तकदीर वाली हो जो तुम डीसीपी मैडम के सामने पड़ गईं। नहीं तो हवलदार किसी भी जुर्म में जेल में डाल देता। अगर छोड़ भी देता तो, शहर में कोई न कोई जरूर धंधे पर लगा देता। भगवान का शुक्रिया अदा करो कि तुम्हारी तकदीर इतनी अच्छी है। जब मैं गाँव से आई थी, तब मैंने कितने ही धक्के खाए। फिर जब हमारे विधायक ने लिखकर दिया, तब बड़ी मुश्किल से यहाँ होमगार्ड में भर्ती हुई। उससे पहले तो मैं सेल्सगर्ल बन कर एक घर से दूसरे घर घूमती रहती थी। पूरा शहर देखा है। शहर के लोग भी देखे हैं। अनपढ़, पढ़े-लिखे सभी एक जैसे होते हैं।अश्विनी सब चुपचाप सुन रही है। हवेली में रहने वाली, जहाजों में उड़ने वाली, आज एयरपोर्ट की सफाई कर्मचारी का काम करेगी और सचमुच वह भाग्यशाली है। भाग्य स्थिति और राग्य जो लेकर अपना मापदंड बदलता रहता है। वह कभी किसी एक का होकर नहीं रहता।

अश्विनी के कमरे में एक और औरत भी रहती है। एक कमरे में दो लोग एक साथ रहने से कमरे का किराया भी कम पड़ता है। लकड़ी की खाट के पास एक लोहे की अलमारी रखी है। उसमें उसी औरत का

सामान भरा पड़ा है। वैसे तो अलमारी दोनों के लिए है। अश्विनी के पास तो कुछ थोड़े से ही कपड़े हैं। कोई और सामान तो है ही नहीं। वह तो बस एक शेल्फ में ही गुजारा कर लेगी। उसे रात की ड्यूटी करनी है। आठ-आठ घंटे की तीन शिफ्ट हैं। नया-नया एयरपोर्ट बना है, रात को भी फ्लाइट आती रहती हैं। ज्यादातर औरतें रात की शिफ्ट नहीं करना चाहतीं, इसलिए हर हफ्ते ड्यूटी के घंटे बदले जाते हैं, ताकि किसी को भी शिकायत का मौका न मिले। फिर नौकरी की है, तो शर्म कैसी है? तनख्वाह लेनी है, तो शर्तें भी मंजूर करनी ही पड़ती हैं। रात 10:00 बजे से सुबह 6:00 बजे तक की उसकी ड्यूटी है। अश्विनी का नौकरी पर आज पहला दिन है, वैसे तो वह अपने परिवार के साथ दिल्ली, मुंबई, अहमदाबाद के एयरपोर्ट पर पहले भी गई हुई है। पिछले कुछ सालों से सभी एयरपोर्ट बहुत सुंदर और सुविधाजनक बन गए हैं। ग्रेनाइट के चमकते फर्श, शेड वाली छतें, पूरा का पूरा एयरपोर्ट सेंट्रल एयर कंडीशन्ड, बड़े-बड़े ब्रांड के शोरूम, बैठने के लिए आरामदायक सोफे और कुर्सियाँ, काँच की दीवारों से बने पार्टीशन, सब कुछ साफ-सुथरा आर-पार दिखाई देने वाला, खाने-पीने के स्टॉल किताबों की दुकानें, बाथरूम में आदमकद के शीशे, बड़े-बड़े कई सारे एक ही लाइन में हाथ धोने वाले वॉश बेसिन, विदेशी स्टाइल में शौचालय, कहीं कुछ भी गंदा नहीं है। हैंडल से लेकर फर्श तक सब कुछ चमकता हुआ है। एयरपोर्ट पर सुरक्षा जाँच भी अब बढ़ा दी गई है। इसलिए सावंत बाबू ने उसके बिना किसी प्रमाण पत्र को देखे ही उसके लिए अपनी एजेंसी का आई-कार्ड बनवा दिया है। यह कोई कम बात है। एयरपोर्ट पर तैनात सुरक्षा बल के अधिकारी ने एजेंसी का आई-कार्ड देखा तथा सावंत और अश्विनी को भीतर आने दिया। वहाँ फ्लोर की सुपरवाइजर पार्वती ताई है। वह थोड़ी पढ़ी-लिखी है। अश्विनी को उसने एक्स-रे मशीन की तरह ऊपर से नीचे तक घूरते हुए देखा। फिर नीले रंग की चेक वाली यूनिफॉर्म लाकर पकड़ा दी। साथ में गाढ़े नीले रंग की पैंट और हाथ में पहनने के लिए

प्लास्टिक के दस्ताने भी दिए। अश्विनी ने सब कुछ चुपचाप ले लिया। फिर सावंत ने पार्वती ताई से कहा, "देखो ताई, यह हमारी डीसीपी मैडम के गाँव की है। उन्होंने ही इसे यहाँ भेजा है। ध्यान रखना, इसको कोई तकलीफ न हो। बाकी सब तुम संभाल लेना और सिखा देना। जब तक कोई दूसरा इंतजाम नहीं हो जाता, तब तक यह यही काम करेगी। मैडम हर हफ्ते रिपोर्ट मांगेंगी।" सावंत ने अश्विनी की ओर देखा, अभिजात्य वर्ग की आभा अभी भी उसके चेहरे से झलक रही है। सौम्य, सुंदर, दुखी-सा भाव लिए हुए यूनिफॉर्म हाथ में लेकर खड़ी है। उसके चेहरे पर कहीं भी शिकायत वाले हाव-भाव नहीं है। अश्विनी सावंत की ओर देखकर बोली, "थैंक्स।"पार्वती ताई बोली, "अरे देवा, इसे तो बढ़िया अंग्रेजी भी बोलनी आती है। यह क्या काम करेगी।"सावंत ने कहा, "एकदम पूरा ख्याल रखना, तुम्हारे बेटे का काम पुलिस में पड़ता ही रहता है। मैडम के गाँव की है।" बस यही इशारा काम आया। पार्वती का सुर गुड़ की चाशनी जैसा मीठा हो गया। अश्विनी ने बाथरूम में जाकर कपड़े बदल लिए। गाढ़े नीले रंग का पजामा, नीले रंग की चेक वाली कमीज, बालों को उसने पीछे की ओर बाँधा हुआ है और गले में पड़ा आई-कार्ड वाला पट्टा, शीशे में जब उसने अपने आपको देखा, तो वह एकदम अलग ही दिख रही थी। उसने अपने कपड़े पॉलीथिन बैग में डालकर, बाथरूम के कोने वाली अलमारी में रख दिए। वहाँ ढेरों फिनाइल की बोतलें और बाथरूम क्लीनर आदि पड़े हुए हैं। बाहर ही बड़े-बड़े डंडे वाले पोंछे रखे हुए हैं। पार्वती ताई ने एक पोंछा उसके हाथ में पकड़ाकर कहा, "सफाई करना, पोंछा लगाना आता है न? बाहर पोंछा लगाना सहज है, लेकिन बाथरूम साफ करने में पहले-पहल तकलीफ होगी। यह सब पैसे वाले लोग, बन-ठन कर जहाजों में घूमते हैं। काले चश्मे लगाए मैडम, टाइट जींस पहनी हुई लड़कियाँ, बूढ़ी औरतें सब बाथरूम में हगने-मूतने ही आतीं हैं। कोई नीचे बैठकर पेशाब करके चली जाएगी तो कोई अपना माहवारी वाला खून से सना पैड बाहर ही रखकर चली

जाएगी। कोई-कोई तो टंकी को फ्लश भी नहीं करेगी। सब बदबूदार काम हमें ही करना है और अगर बाथरूम जरा-सा भी गंदा रह गया, तो बिगड़ैल राजकुमारी की तरह चिल्लाने लगती है, ये चुड़ैलें!"

अश्विनी को भी पता है किकैसे उसकी माँ कभी भी अंग्रेजी बाथरूम में नहीं जाती थीं। अगर जाती भी तो नीचे ही बैठकर करती थी। अश्विनी ने देखा, उन्हीं पीछे वाले डंडों के पास स्टील के टिफिन, पानी की बोतलों के थैले पड़ेहुए हैं। पार्वती ताई ने कहा, "बस हम यहीं कोनों में बैठकर ही खाना खाते हैं। खाना पानी सब घर से ही लाते हैं। यहाँ का खाना बड़ा महंगा है। कूलर का पानी भी बहुत ठंडा होता है। मैं तो पीकर बीमार हो जाती हूँ। तुम कल से अपना खाना साथ लेकर आना। रात की ड्यूटी में तो चाय ही ले आना आज मेरे साथ ही पी लो।" अश्विनी ने पोंछा उठाया और बाहर जाकर गेट नंबर पाँच से 15 तक के कॉरिडोर में पोंछा लगाने लगी। रात का समय है, ज्यादातर लोग अपने गेट के सामने वाली सीटों पर बैठे हुए ऊँघ रहे हैं। कोई-कोई बच्चा इधर उधर दौड़ रहा है और पीछे-पीछे उनके पिता चल रहे हैं। उनकी मांए आराम से कोई नॉवल पढ़ रही हैं। एयरपोर्ट पर सभी के हाथ में तकरीबन अंग्रेजी की किताब ही होती है। रात के 2:30 बजे दुबई से फ्लाइट आकर रुकी। निकास गेट से यात्री दूसरी ओर से बाहर की ओर बढ़े। वहाँ के शौचालय में जाने वालों की भीड़ लग गई। दो घंटे बाद यही फ्लाइट फिर से उड़ान भरेगी। एक घंटे के बाद एक और विमान को उड़ान भरनी है। एयरपोर्ट पर उसकी घोषणा हो रही है और यात्री लोग सुरक्षा जाँच के बाद भीतर आ रहे हैं। महिला शौचालय में फिर से भीड़ हो गई है। महिलाएँ एक के बाद एक अंदर बाहर हो रही हैं। बाहर के बेसिन में हैंडवाश से हाथ धोकर, बालों को कंघी कर, लिपस्टिक लगाकर, एकदम बन-ठन और तरो-ताजा बनकर बाहर जा रही हैं। अंदर कोई शौचालय में गंदगी फैला कर चुपचाप चली जाती है, तो कोई फ्लश करके जाती है। यह महिलाएँ धन्यवाद देना तो दूर की बात है, एक बार भी बाथरूम को

साफ करने का काम करने वालियों को देखकर मुस्कुराती भी नहीं हैं। क्या इनको शिष्टाचार सिखाया नहीं गया हैया फिर यह हमें सिर्फ एक अदद गुलाम समझते हैं। किसी को भी धन्यवाद के काबिल नहीं समझते। अश्विनी को बाथरूम साफ करने में पहले-पहल थोड़ी हिचकिचाहट हुई, लेकिन फिर अच्छी तरह से धोकर पोंछा लगाया। पहला सारा हफ्ता उसकी रात की ड्यूटी रही। दिन में कमरे में आकर कपड़े बदल कर स्नान करके वह अपने बिस्तर पर चुपचाप सो जाया करती। पहले कुछ दिनों तक बाहर से पाव लेकर केले के साथ खा लेती थी। फिर उसने अपना नाम कैंटीन में लिखवा दिया। उसके हॉस्टल में दाल-भात व तरकारी की थाली मिलती है। वह दिन में एक बार ही भरपेट खाना खाया करती। रात को दिन में थाली से बचाकर लाई हुई दो रोटियाँ अचार के साथ निगलकर, पानी पीकर, हॉस्टल में ही अपनी यूनिफॉर्म पहनकर, ऑटो से एयरपोर्ट आ जाती। फिर एक हफ्ते बाद उसकी सुबह की शिफ्ट में ड्यूटी हो गई, तब थोड़ा काम ज्यादा रहता है।वह किसी से कोई बात न करके चुपचाप मन लगाकर अपना काम करती।

दूसरे आदमी भी सफाई का काम करते हैं। जब वह अकेले होते हैं, अपने साथियों के साथ बैठकर एयरपोर्ट पर स्टाइल से आने वाली लड़कियों पर कई बार आपस में मजाक भी करते हैं। लेकिन काम करते वक्त किसी पर गलत नजर भी नहीं डाल सकते। यदि किसी ने शिकायत कर दी, तो नौकरी भी जाएगी और जेल भी होगी। घर से पत्नी भी चली जाएगी। मराठी और हिंदी में कुछ-कुछ कोड वर्ड से बात करते हैं। पुरुष शौचालय में साफ-सफाई की उनकी ड्यूटी रहती है। बाहर की सफाई करते समय भी वह सचेत रहते हैं। सभी के अपने-अपने गुट बने हुए हैं। एक साथ मिलकर आने-जाने से पैसों की भी बचत होती है। लगभग सभी लोग किसी एक ही जगह से आते हैं। अश्विनी ने अभी तक किसी बस्ती में घर नहीं लिया है। उसने सोचा है किदो-चार महीने पैसा इकट्ठा करने के बाद, फिर वह भी

बस्ती में ही एक घर ले लेगी। क्योंकि उसकी आधी से ज्यादा कमाई तो हॉस्टल के किराए में ही चली जाती है। शादीशुदा औरतें तो अपने परिवार के साथ घर में ही रहती हैं।

आप जब अच्छा काम करते हो, तो वह लोगों की नजर में भी पड़ता है। अश्विनी का काम एयरपोर्ट मैनेजर, सुरक्षा अधिकारी, सभी को बहुत पसंद आता था। बिना बातचीत किए, बिना रुके आठ घंटे वह लगातार काम करती है। कोई बच्चा चिप्स के पैकेट फ़ेंक देता, तो कोई उल्टी कर देता, चाय तो न जाने कितने पलट देते, साथ के साथ सफाई होती, पोंछा लगता किसी को उससे कोई शिकायत नहीं है। ड्यूटी खत्म करके वह हॉस्टल जाकर आराम से सोती। अब न पिटाई करने वाला पति है और न ही गालियाँ और ताने देने वाली सास। न ही धोखा देने वाला परिवार। वह अब बिल्कुल अकेली है और अकेले ही जीना चाहती है। उसने एक बार भी सावंत बाबू से नहीं कहा किमेरी किसी दूसरी जगह नौकरी लगवा दो। बस उसने किश्तों पर पैसा देकर एक पुराने मोबाइल फोन का इंतजाम करने के लिए सावंत बाबू से जरूर कहा है। सावंत ने अपना ही एक पुराना फोन चार्ज करा कर अश्विनी को दे दिया। अश्विनी ने दो सौ रुपए की पहली किश्त उसे दे दी। वह दो बस बदलकर, पुलिस हेड क्वार्टर में जाकर शाहीन मैडम को दो सौ रुपए देकर आई। डीसीपी शाहीन ने भी पैसे चुपचाप रख लिए। वह औरत के स्वाभिमान को तोड़ना नहीं चाहती थीं। उस दिन उन्होंने अश्विनी को अपने ऑफिस में खाना खिलाया। वह पहले से बहुत दुबली हो गई है, लेकिन अब उसके चेहरे पर अलग तरह की चमक और शांति है। वह दिन में तीन बार नहाती है। कमरे में उसके साथ रहने वाली सुनीता भी सोचती है किशायद उसे छुआछूत का रोग है। फिर भी उसे वह बहुत भली लगती है। कमरे की सफाई भी अश्विनी ही करती है। अलमारी को लेकर भी कोई लड़ाई-झगड़ा नहीं करती।

एयरपोर्ट अथॉरिटी के डायरेक्टर सुबोध कुमार ने सूचना जारी की है किइस बार महिला दिवस सुरक्षाकर्मी, सफाईकर्मी महिलाओं को लेकर मनाया जाएगा। सभी को एक-एक पैकेट नाश्ते का दिया जाएगा और एक टिफिन बॉक्स और एक छाता उपहार में दिया जाएगा। पुणे में फिल्म उत्सव चल रहा है।प्रख्यात थिएटर और फिल्मों की कुछ नामी-गिरामी हीरोइनें जो औरतों के मुद्दों पर हमेशा से बुलंद आवाज में बोलती हैं, को अतिथि के रूप में बुलाया जाएगा। उस साल आठ मार्च, महिला दिवस रविवार के दिन पड़ा है। अब केंद्रीय सरकारी बाबू लोग अगर रविवार को काम करेंगे, तो देश का कितना बड़ा नुकसान हो जाएगा। इसलिए इस बार अगले दिन सोमवार को महिला दिवस का आयोजन किया जाएगा। दिन में 2:30 से 3:30 बजे का एक छोटा-सा आयोजन किया गया जिससे सुबह से दोपहर तक की और दोपहर से रात तक की ड्यूटी वाली सभी महिला कर्मचारियों की उपस्थिति रह सके। रात की शिफ्ट में काम करने वाली महिला कर्मचारियों से भी कहा गया किवह भी दोपहर को इस कार्यक्रम में शामिल हों। अलग-अलग कंपनियों की एयर होस्टेस, ग्राउंड पर काम करने वाली महिला स्टाफ, सभी कुछ देर के लिए वहाँ उपस्थित रहेंगी। सारे एयरपोर्ट को गुलाबी और सफेद रंग के रिबन और गुब्बारों से सजाया गया है। मौजूदा सरकार में महिला विभाग की मंत्री, सिनेमा के कलाकार, एयरपोर्ट प्राधिकरण के निदेशक महोदय, यांत्रिकी विज्ञान की विभाग की महिला टेक्नीशियन, सभी को अतिथि के रूप में बुलाया गया है। वैसे तो एयरपोर्ट पर एक साल तक काम करने में ही कर्मचारी अनेक बड़ी-बड़ी हस्तियों के दर्शन कर लेता है किंतु इस आयोजन की बात ही अलग है। सिनेमा के पर्दे पर बाहुबली जैसे दिखने वाले हीरो सामने से एकदम अलग ही दिखते हैं। कुछ तारिकाएँ तो जबर्दस्त सुंदर, ट्यूबलाइट की तरह दमकती-चमकती होती हैं लेकिन कुछ नकली पलकों और मस्कारे में लिपटी हुई आती है। कई एकदम सफेद बाल बिना डाई के खादी के कुर्ते और जींस पहनकर, तो

कई सस्ते चालू ब्रांडेड कपड़ों की बेहूदगी से नुमाइश करती हुई दिखती हैं। लोगों के हवाई जहाज में सफर करने और बस या ट्रेन में सफर में उनके शारीरिक संवाद और भाषा संकेतों में अपने-आप ही बहुत परिवर्तन आ जाता है। एयरपोर्ट पर आकर उनके सामाजिक स्तर अचानक से महंगाई की भाँति आकाश छूने लगते हैं। जहाँ से काम करने वाले कर्मचारी उनके लिए छोटे, हीन और अनदेखे ही रह जाते हैं। सुरक्षा जाँच के पहले वाले कॉरीडोर में प्लास्टिक की कुर्सियाँ लगवाकर कार्यक्रम का इंतजाम किया गया है। कलाकार शबनम और महिला मंत्री को छोड़कर सभी अतिथि समय पर आ गए। वैसे भी राजनेता और अभिनेता अगर समय से किसी कार्यक्रम में शामिल हो जाएँ, तो उनके भाव लोग कम ही आँकते हैं। परंतु यहाँ परिस्थिति दूसरी है, केवल एक घंटे के अंदर कार्यक्रम पूरा करना है, क्योंकि सभी को अपनी-अपनी ड्यूटी पर भी वापस जाना है। सुब्रत सर, इंजीनियर मैडम, लेडी पायलट सभी बेसब्री से मेहमानों का इंतजार करने लगे। जब तक मुख्य अतिथि और सम्मानित अतिथि नहीं आते, तब तक अनौपचारिक रूप से कार्यक्रम को आरंभ कर दिया गया। महिला पायलट प्रियंका लांबा ने सबको बहुत ही प्यारा-सा संदेश दिया। उन्होंने कोई बहुत लंबा-चौड़ा भाषण नहीं दिया, केवल आत्मविश्वास बढ़ाने के लिए संबोधित किया। सभी उनकी बातों से बहुत प्रभावित हुए। सिविल इंजीनियर मैडम रस्तोगी ने भी बताया किकैसे उन्होंने विषम परिस्थितियों में पढ़ाई की और फिर परीक्षा पास करके यह डिग्री पाई है। औरतों के जीवन में कैसे एक छोटी-सी सोच बड़ा परिवर्तन ला सकती है। उन्होंने भी अच्छा भाषण दिया, परंतु अश्विनी को उनके भाषण में कहीं आंतरिकता अनुभव नहीं हुई। इसके बाद डायरेक्टर सुबोध सर ने भी अपनी उपलब्धियाँ गिनाईं। कितनी सुंदरता से उन्होंने एयरपोर्ट में बदलाव किया है तभी फिल्मी कलाकारों का एक झुंड और सरकारी नुमाइंदगी भी आ गई। उन्हें देखते ही एयरपोर्ट पर मौजूद लोग जो अभी तक बड़ी नीरसता से कार्यक्रम देख

रहे थे, उनमें अचानक से जैसे 440 वोल्ट का करंट पैदा हो गया। सभी अपनी-अपनी जगह से उठकर उन्हें चारों ओर से घेर कर खड़े हो गए। सुरक्षाकर्मियों को आगे आकर उन्हें फिल्मी सितारों से दूर करना पड़ा। सुरक्षाकर्मी अब यात्रियों को अपने सबसे बड़े दुश्मन दिखाई दे रहे थे और फिल्मी सितारे भगवान लगने लगे। किसी को उनके साथ अपने मोबाइल पर फोटो खींचनी है, तो किसी को उनका वीडियो बनाना है। ऑटोग्राफ लेना अब पुराना फैशन हो गया है, लेकिन फिर भी इक्का-दुक्का लोग अपने पर्स में कागज के टुकड़ेढूँढ रहे हैं। फिर पेन का जुगाड़ करके ऑटोग्राफ लेने की कोशिश कर रहे हैं। फिल्मी सितारों को भी भीड़ का उमड़ना अच्छा ही लगता है। यह उनकी जीने की लाइफ लाइन होती है। इनके बिना सितारों का कोई वजूद ही नहीं है। शबनम जी ने आते ही माफी मांगी। महिला विधायक दवे मैडम ने भी अपनी व्यस्तता जताई। यहाँ पर उसकी गरिमा कुछ फीकी-सी ही पड़ गई है। सभी फिल्मी कलाकारों को ही देख रहे हैं। शबनम जी के साथ और छह मशहूर कलाकार भी आए हैं। सुबोध सर ने आनन-फानन में सभी के लिए कुर्सियाँ लगवा दीं। कुछ तो एयरपोर्ट के अंदर भी काला चश्मा लगाकर ही बैठे रहे, शायद वह सबको पढ़ना चाहते हैं, लेकिन अपनी पहचान को जग-जाहिर नहीं होने देना चाहते। विधायक महोदया मैडम ने महिला सशक्तिकरण पर लंबा-चौड़ा भाषण देना आरंभ किया। उन्होंने बताया किकैसे उनकी पार्टी और मुख्यमंत्री ने नारी को सम्मान देने के लिए कितनी ही योजनाएँ लागू की हैं। शबनम जी के चेहरे पर बेचैनी के भाव साफ झलक रहे हैं। वह ज्यादा देर नहीं रुक सकतीं। सुबोध सर ने विनम्रता के साथ हाथ जोड़ते हुए विधायक का मैडम जी को अभिभाषण समाप्त करने का संदेशा भेजा। विधायक जी भी समझदार हैं, उन्होंने अनुरोध का पालन किया। उसके बाद शबनम जी ने भी हिंदी में ही अपना भाषण दिया। सभी महिलाओं को महिला दिवस की बधाई दी। सिर उठा कर जीने की सलाह दी और सभी को हम कामकाजी महिलाओं की इज्जत करने

की सलाह दी। उसके बाद सभी ने मिलकर केक काटा, फिर महिला कर्मचारियों को उपहार बाँटे गए। अश्विनी ने देखा सभी लोगों को केक के टुकड़े कर खिला रहे हैं, लेकिन अतिथियों में से किसी ने भी केक नहीं खाया क्योंकि सभी अपनी सेहत का ध्यान रखते हैं और फिर निदेशक महोदय ने उन्हें कह भी दिया है, "मैडम प्लीज आप सब के नाश्ते का इंतजाम वीआईपी लाउंज में है। प्रोग्राम खत्म होते ही हम वहाँ जाएँगे।"

धन्यवाद प्रस्ताव के लिए अश्विनी को रखा गया है, क्योंकि वह मराठी के साथ-साथ हिंदी और अंग्रेजी भी जानती है। अश्विनी ने इससे पहले कभी भी पब्लिक में नहीं बोला है इसलिए वह पहले तो बहुत घबरा रही थी लेकिन फिर भी एक कागज के टुकड़े पर सभी का नाम लिखकर धन्यवाद प्रस्ताव लिखकर लाई थी। सावंत भी उस कार्यक्रम को दूर से देख रहा था, आखिर उसकी एजेंसी की औरतों के लिए यह प्रोग्राम आयोजित किया गया है। अश्विनी धीरे से अपनी जगह से उठी और आगे आकर हाथ में माइक पकड़ कर उसने बोलना शुरू किया, "यह एयरपोर्ट बहुत सुंदर, विशाल और सुविधाजनक बनाया गया है। सबकी जरूरतों का ध्यान रखकर सभी एयरपोर्ट बने हैं। हम यहाँ शौचालय साफ करती हैं। बिना शिकायत के सबकी फैलाई हुई गंदगी को साफ करके आपके लिए साफ-सुथरी जगह बनाती हैं। हमारे लिए कोई रेस्ट रूम या खाने के लिए मेज टेबल नहीं है। वहाँ की गंदगी साफ करके, वहीं छुपकर हम खाना भी खाते हैं ताकि कोई हमें खाता हुआ भी न देख सके। आप सभी लोग कितने बड़े हैं, हम सब के लिए बस यही एक छोटी-सी व्यवस्था करा दें। आप सभी को हमारा धन्यवाद, आपके प्रति कृतज्ञता ज्ञापित करते हैं।" चारों ओर खड़े यात्री इधर-उधर छिटक कर वापस अपने स्थानों पर लौटने लगे। सुबोध बाबू से लेकर मुख्य-अतिथि, सम्मानित अतिथि और साथ में आए कलाकारों, सभी के चेहरे पर कई रंग आए और चले गए। खिसियानी बिल्ली जैसी हँसी लिए झूठी मुस्कुराहट में

शर्मिंदा-सी विधायक जी और शबनम जी "जरूर-जरूर हम इस पर चर्चा करेंगे, आपकी बातें ऊपर तक पहुँचाएँगे" कहते हुए सुबोध सर के साथ वीआईपी लाउंज की ओर बढ़ गईं। सारी महिला कर्मचारियों ने ज़ोर-ज़ोर से ताली बजाकर अश्विनी को धन्यवाद दिया। पायलट प्रियंका मैडम की आँखें नम हो गईं। वह भी सोचने लगीं किइतने दिनों की नौकरी में वह क्यों यह कभी नहीं सोच पाईं कि टॉयलेट में बैठकर यह लोग कैसे खाती होंगी या फिर आराम करती होंगी? उनके लिए तो फाइव स्टार होटलों में रहने का इंतजाम होता है। फिर भी इन कर्मचारियों के बारे में उसने पहले कभी क्यों नहीं सोचा? वह आगे बढ़कर अश्विनी के पास आई और उसे गले लगा लिया। सारी औरतें आकर, पायलट मैडम के पास खड़ी हो गईं। पहली बार लेडी पायलट को लगा कि उसे अभी और ऊँची उड़ान भरनी है। जब तक वह इनके साथ नहीं खड़ी होगी, तब तक वह ऊँचाइयों को नहीं छू सकेगी।

सावंत बाबू शादीशुदा हैं। घर पर अच्छी बीवी और दो बच्चे भी हैं फिर भी न जाने क्यों अश्विनी से उसे उस समय प्रेम-सा हो गया। लेकिन उसे यह भी पता है किशायद आज की इस हरकत के बाद सुबोध सर उसे यहाँ काम न करने दें। अश्विनी कोई यूनियन तो बना नहीं रही है और न ही यूनियन लीडरों के संपर्क में है। वैसे भी ठेके पर मिली अस्थाई कर्मचारी की औकात भी क्या होगी। कल तक जो औरतें अश्विनी को घमंडी कहा करती थीं, वह सभी आज उसे ढेरों आशीर्वाद दे रही हैं। पार्वती ताई ने भी कहा, "मन की बात कह दी, जुग-जुग जियो। चाहे हमारा काम हो या न हो, पर तुमने सब को सोचने पर जरूर मजबूर कर दिया कि हम भी इंसान हैं। हमारी भी इज्जत है। हमको भी एक अच्छी जगह मिलनी चाहिए, ताकि हम भी इज्जत से बैठकर रोटी खा सकें।"

अश्विनी सब कुछ सुन रही है और शांत-सी खड़ी है। सैंडविच, पेस्ट्री, पेटीज़ और एक छोटी-सी जूस की बोतल वाला पैकेट सभी

महिला कर्मचारियों को दिया गया। एक घंटे से ऊपर हो चुका है। सबको अपनी-अपनी ड्यूटी पर वापस जाना है। सभी अपना-अपना पैकेट और स्टील के टिफिन, जो उपहार में मिले हैं, को ले जाकर अपने थैलों में, जो शौचालय की ही अलमारी में रखे हुए हैं, में रख रही हैं। कुछ घर पर इंतजार करते बच्चों के लिए, कोई अपने छोटे भाई-बहनों के लिए लेकर जाएगी और कोई वहीं पर खोलकर खाने लगी है। तकरीबन आधे घंटे में सारे अतिथि वीआईपी लाउंज में खा-पीकर, फोटो खिंचवाकर, अपनी-अपनी गाड़ियों में वापस चले गए।

अश्विनी की ड्यूटी दोपहर के 2:00 बजे से रात के 10:00 बजे तक की है। वह रात को यही पैकेट वाला नाश्ता खाएगी। सावंत ने आकर उसे बधाई दी और धीरे से कहा, "चाहो तो मैं तुम्हारे लिए एक घर का इंतजाम कर सकता हूँ। तुमको यहाँ काम भी नहीं करना पड़ेगा। मैं तुम्हारी सारी जिम्मेदारी उठा लूँगा, लेकिन मेरा परिवार है। मैं झूठ नहीं बोलना चाहता, शादी तो मैं तुमसे नहीं कर सकता, पर तुमको एक अच्छी जिंदगी दे सकता हूँ। सोच कर बताना, फैसला तुम्हारा ही है।" अश्विनी ने उसे गौर से देखा और फिर शौचालय की ओर बढ़ गई। इस गंदगी से निकलकर वह और दूसरी गंदगी में कैसे चली जाए। उसे मालूम है किकल क्या जवाब देना है। उधर सुबोध बाबू ने सावंत को अपने ऑफिस में मिलने के लिए बुलाया है, उन्हें उससे कोई जरूरी बात करना है।

***

कश्मीर

कृतिदास अपने दादा के साथ आकर बचपन में ही गोलाघाट में बस गया था। असम से दूर, छोटे से कस्बे में नगर-निगम के स्कूल में उसका दाखिला करा दिया गया। उसके माँ-बाप बचपन में ही मर गए थे। दादा अपने दूसरे बहू-बेटे के साथ काम के लिए गोलाघाट में आ बसे। वह, वहाँ एक मारवाड़ी व्यापारी की दुकान में काम करने लगे। बेटा-बहू चाय-बागान में मजदूरी करने तराई इलाके में चले गए। कृतिदास को दादा घर में कालिया कह कर पुकारते हैं। इसी बहाने वह अपने ईष्ट देव जगन्नाथ का भी स्मरण कर लेते हैं। घर में उस पर अंकुश लगाने वाला कोई नहीं था। दादाजी सारा दिन दुकान में ही रहते हैं। वह सुबह 8:00 बजे दुकान चले जाते हैं और रात को 7:00 बजे के बाद ही घर वापस आते हैं। दिन का भोजन मालिक के घर पर ही खाते हैं। दाल-भात, रोटी, थोड़ी-सी सब्जी और अचार जैसे-तैसे वही खाकर गुजारा करते। थाल भर भात-मछली खाने वाले गाँव के आदमी को भला पतली-पतली रोटियाँ, दो चम्मच सब्जी और थोड़ी-सी दाल-चावल से कहाँ तृप्ति होती है। इसलिए वह अपने साथ गमछे में अपने लिए मूड़ी-मुआ बाँध कर ले जाते हैं। घर पर कालिया के लिए मूड़ी-मिक्सचर और भात में पानी डाल कर पखाल बनाकर काँसे के कटोरे में रख जाते हैं। कालिया स्कूल से आकर शाम को वही खाता और दोपहर में सरकारी स्कूल में दाल-भात और तरकारी मिलती है,

बेस्वाद होते हुए भी भूखे पेट को भरने के लिए एकदम सरल माध्यम थी।

कालिया असमिया, बांगला औरओड़िआ मिलाजुला कर तीनों भाषाएँ बोल लेता है। दशहरे की छुट्टियों में वह अपने चाचा-चाची के पास जलपाईगुड़ी चला जाता है। जैसे-जैसे कालिया बड़ा होने लगा, उसके दादा कमजोर और बूढ़े होने लगे। अब उनकी नजर भी कमजोर हो गई है। मारवाड़ी मालिक महेश्वरी, पंडितों को बहुत दान दक्षिणा देता है। दयालु मालिक ने दादा को नजर का चश्मा भी लगवा दिया है। और इस साल दीवाली में बोनस के साथ दस हजार रुपए देकर दादा की नौकरी का खाता सदा के लिए बंद कर दिया। दादा भी अब और काम नहीं कर पा रहे थे। गरीब के हाथ में थोड़ी रकम आ जाए, तो उसकी आस बढ़ जाती है। वह अपना बोरिया-बिस्तर बाँध कर, अपने बेटे के पास जलपाईगुड़ी जाने के लिए तैयार हो गए। तभी उनके मालिक ने कहा, "श्यामू, मैंने तेजपुर में एक कारखाना खोला है, तुम वहीं पर रहो। वहाँ रहकर चौकीदारी करना। मैं तुम्हें वहाँ रहने का कमरा भी दूँगा। अपनी रसोई खुद बनाना या दूसरे काम करने वालों के साथ खा लेना। तुम मेरे पुराने वफादार हो, बाद में कृतिदास को भी वहीं कारखाने में लगवा दूँगा।" दादा ने फौरन हामी भर दी। वैसे भी वह सारी जिंदगी खानाबदोशों की तरह अपना गाँव छोड़कर इधर-उधर भटके हैं। सिर छुपाने के लिए एक कमरा तक भी नहीं बना पाए। बुढ़ापे में घर मिल रहा है, यही सोचकर वह हामी भर देते हैं। वैसे भी 65 साल के बाद आदमी चौकीदार ही बनकर रह जाता है। बेटा-बहू भी बड़ी मुश्किल से ही अपना गुजारा कर रहे हैं। कालिया ही उनका एकमात्र सहारा है। बड़ा होकर कोई काम धंधा करके कुछ कमा लेगा, तो यहीं बस्ती के पास, एक सस्ती-सी जमीन लेकर घर बना लेंगे। मालिक को भी अपने कारखाने के लिए एक वफादार आदमी चाहिए, क्योंकि तेजपुर इतनी दूर, घर के लोग तो अभी फिलहाल जाकर रहेंगे नहीं। कारखाना चल पड़ा तो वह भी कस्बे को छोड़कर,

शहर में जाकर बस जाएँगे। मालिक को श्याम दास की नीयत पर पूरा भरोसा है। उन्होंने तेजपुर में कारखाने के भीतर ही मेन गेट के पास, उसके लिए एक छोटा-सा केबिन बनवा दिया है। उसे सारा दिन वहीं बैठना है। माल आने पर या कर्मचारी आने पर ही गेट खोलना और बंद करना है। पानी की मोटर चलाना, गाड़ियों के नंबर को रजिस्टर में लिखवाना, आदि काफी मेहनत का काम उन्हें यहाँ करना होता है। कारखाने के पीछे ही चार कमरे बनवा दिए हैं। हर कमरे में तीन-तीन काम करने वाले ड्राइवर, मैकेनिक आदि लोग रहते हैं। चौथे कमरे में श्याम अकेला अपने पोते, कालिया के साथ रहता है। उम्र के लिहाज से सभी उसकी इज्जत करते हैं और फिर मालिक का सबसे पुराना मुलाजिम होने की खातिर भी उसका सब पर थोड़ा रौब चलता है। कालिया तेजपुर आकर एकदम बदल-सा गया है। गोलाघाट जैसे छोटे से दूर-दराज के कस्बे से तेजपुर आते ही, उसके सपनों को जैसे पंख लग गए हैं। शहर की ओर जाते रास्ते में भारतीय सेना के हेड क्वार्टर, अलीशान रास्ते, उनके घर, क्लब, ग्राउंड देखकर वह भौचक्का-सा रह गया। पूर्वोत्तर राज्यों के धनी व्यापारियों की कोठियाँ, बड़ी-बड़ी गाड़ियाँ देखकर उसमें भी पैसा कमाने की इच्छा जागने लगी। कालिया लंबे-लंबे हाथ-पैर वाला एकदम दुबला युवक है लेकिन कमजोर नहीं है। वह बुद्धिमान तो है, परंतु ज्यादा पढ़ा-लिखा नहीं है। उसके गुणों के मुताबिक उसे कोई काम नहीं मिल रहा है। तभी उसकी मुलाकात कमल लोचन साहू, बंगाली एजेंट से हुई। वह बड़ी-बड़ी कंपनियों में मजदूर सप्लाई करता है। उसका आर्मी के कई बड़े अफसरों के साथ उठना-बैठना है। आर्मी वालों को भी कई बार मजदूरों की जरूरत पड़ती है, जिसकी आपूर्ति साहू बाबू ही करते हैं। साहू बाबू वैसे तो मिदनापुर जिले के हैं, परंतु वह 20 साल से असम में ही काम करते हैं। यहीं की एक कंपनी को जम्मू-कश्मीर में हाईवे बनाने का ठेका मिला है। उन्हें उसके लिए चार सौ मजदूर चाहिए। साहू बाबू की तो जैसे लॉटरी ही निकल गई। वह मजदूरों की आपूर्ति

के लिए कंपनी से हर आदमी पर पाँच टका कमीशन लेता है। यह परियोजना दो साल तक चलेगी। उसके पास असमी, ओड़िआ, बंगाली और थोड़े बिहारी मजदूरों का नाम, पता, ठिकाना है, उसने तुरंत उनसे समझौते के कागजात पर हस्ताक्षर करवा लिए। पचास-पचास के आठ जत्थों में मजदूरों को श्रीनगर भेजना है। सभी लोग बहुत जरूरतमंद और लेकिन बहुत कम पढ़े-लिखे हैं। कालिया थोड़ा बहुत पढ़ा-लिखा है और वह तीन भाषाएँ भी बोल लेता है। जवान और तंदुरुस्त है। उसने एक-दो महीना ठेके पर काम भी किया हुआ है। ईमानदारी उसे उसके दादा से विरासत में मिली है। कमल लोचन ने उसे एक जत्थे का सुपरवाइजर बना दिया है। सभी लोग शायद पहली बार पहाड़ों पर काम करने जा रहे हैं। वहाँ की ठंड के बारे में उन्होंने सिर्फ सुना ही है, लेकिन किसी को भी उसका अनुभव नहीं है। फिर भी सभी की भलाई के लिए उसने उन्हें बोल दिया है। सभी अपना स्वेटर, कंबल, रजाई, गरम कपड़े आदि सब लेकर चलना, वहाँ पर बर्फ पड़ती है। किसी ने हँसकर पूछा, "बर्फ की ठंड में रात को बस अगर उन्हें बोतल मिल जाए, फिर बर्फ की माँ की ऐसी की तैसी।" इस पर कमल लोचन ने उन्हें चेताते हुए बताया कि हमें सेना के साथ मिलकर काम करना है, हमेशा अनुशासन में रहना। नहीं तो सीधा बोरिया बिस्तर बाँध कर वापस भेज देंगे। तुम्हें पूरा पैसा मिलेगा। रात को आर्मी कैंट से पीने के लिए रम भी मिलेगी। यह सब सुनकर गरीब मजदूरों की रगों में खून तेजी से दौड़ने लगा। परिवार से भले ही वे लोग नौ महीने तक दूर रहेंगे, लेकिन यही तसल्ली है कि कुछ पैसा भी जुड़ जाएगा। गरीबी में भी मन में जीने की कितनी आस रहती है। आठों जत्थे एक-एक करके जम्मू की ओर रवाना हो गए। कहीं ट्रेन के जनरल डिब्बे में, तो कहीं ट्रकों में बैठकर वे लोग जम्मू पहुँचे। दाना-पानी इंसान को कहाँ से कहाँ ले जाता है। लिट्टी-चोखा, परवल-भात, खाने वाले दाल-रोटी खाने वाले परदेस में जा पहुँचे। जम्मू के बाद आर्मी के बड़े-बड़े ट्रकों में बैठकर, वह लोग नगर से भी और आगे

किश्तवार पहुँचे। वह लोग पूरे चार दिनों का सफर तय करके, पहाड़ों के बीच आर्मी क्वार्टर के सामने पहुँचे। रास्ते भर का थकान भरा सफरऔर रोटियाँ खा-खाकर लगभग सभी तंग आ चुके हैं। जम्मू के बाद ऊधमपुर पार करते ही, इतनी सुंदर वादियाँ और पहाड़, यह सब उन्हें पहली बार देखने को मिला है। उन्हें यहाँ आकर मालूम पड़ा कि दुनिया इतनी भी सुंदर है। यहाँ चारों ओर चीड़, चिनार के लंबे-लंबे पेड़, कहीं झील, तो कहीं झरने, ऊँची-ऊँची दूर तक फैली बर्फ से ढकी घनी हरियाली वाली घाटियाँ, पतली टेढ़ी-मेढ़ी सड़कें। वे सोचते हैं, पता नहीं ऐसे टेढ़े-मेढ़े रास्तों पर ड्राइवर कैसे गाड़ी चला लेते हैं। वे सभी कुछ पैसा कमाने की चाहत की इच्छा के कारणऔर भूख से परेशान होने के कारण, अपने परिवार से इतनी दूर आए हैं। इतनी सुंदर जगह देखकर वे अपने आधे दुख भूल गए। बिहारी ने कह ही दिया "सचमुच हमारे भोले बाबा का घर है, कैलाश पर्वत। पुण्य किए हैं, जो यहाँपहुँचे। एक बार वापस जाकर अम्मा और बाबूजी को लेकर आई।" बाकी सभी ने भी उसकी हाँ में हाँ मिलाई। किश्तवार पहुँचते-पहुँचते शाम हो गई।

फरवरी का महीना है। सड़क परियोजना पर काम बस फरवरी से जुलाई तक ही होगा। उसके बाद, फिर बारिशों के बाद अक्टूबर से दिसंबर के पहले हफ्ते तक काम होगा। दिसंबर के दूसरे हफ्ते से वहाँ बर्फबारी शुरू हो जाती है, इस के कारण फिर तीन महीने काम बंद रहेगा। फरवरी में ही सबकी कंपकंपी छूटने लगी। रात को सभी को टेंटों में बाँट दिया गया। एक टेंट में 20 लोग, बदन की गर्मी में ही आपस में ठसकर सोएँगे, तो ठंड कम लगेगी। साहू बाबू गए और कर्नल सूरी से मिलकर आए। कर्नल सूरी साहब बड़े दिल के मालिक हैं, उन्हें जवानों से काम लेना बखूबी आता है। उन्होंने एक बड़ी पेटी रम की कमल लोचन को थमा दी और बोले, "जाओ बेटा ऐश करो, कल से काम पर लगना है। ठंड अभी गई नहीं है, लेकिन दिन में बढ़िया धूप निकलती है।" कमल लोचन ने पेटी कालिया को पकड़ा दी

और कहा, "सभी में बराबर बाँटना।" कालिया ने हुकुम माना और टेंट में जाकर सभी मजदूरों में रम बाँट दी। सभी रम पर टूट पड़े, लक्ष्मण सिंह बोला, "सच्ची भोले बाबा ने अमृत बनाया है और खुद जहर पीकर हम भक्तों के लिए कैलाश पर्वत पर अमृत छोड़ गए।" अमृत पीकर सब अपने दुख, कष्ट, गरीबी, परिवार वालों से दूरी का गम भूल कर भोले की नगरी में सो गए। कमल लोचन अपने साथ कालिया को कर्नल सूरी के कमरे में ले गया। उसने वहाँ पहली बार उनको तेज बल्ब की रोशनी में देखा। लंबी नाक, गोरा रंग, चौड़ा माथा, दर्प से दमकता चेहरा, एकदम फिट-फाट, छह फुट ऊँचे, कंधे के पास के बालों में थोड़ी-सी सलेटी सफेदी लिए उनके बाल, उनके चेहरे को और भी सुंदर बना रहे हैं। कालिया को वह किसी हिंदी फिल्मी हीरो की तरह लग रहे हैं। उन्होंने कालिया की ओर देखा और बड़ी गर्मजोशी से अपना हाथ आगे बढ़ा दिया। इतना बड़ा आदमी, हड़बड़ा कर कालिया ने बायाँ हाथ उठाकर सलाम किया फिर दाएँ हाथ को माथे पर लगाकर सलाम किया। कर्नल सूरी हँसते हुए गर्व से बोले, "जय हिंद" और कालिया को सलाम देते हुए उससे हाथ मिलाया। जीवन में पहली बार कालिया को अपने इंसान होने पर गर्व महसूस हुआ। आज तक किसी ने उसे इतनी इज्जत नहीं दी। आज तक वह सिर्फ एक बिना रीढ़ की हड्डी वाले रेंगते हुए प्राणी की तरह ही जीता आया है। रोटी, कपड़ा, मकान से ऊपर कुछ पाने का उसने कभी सोचा भी नहीं। सभी को आज तक सिर झुका कर प्रणाम ही करता आया है, सिर उठाकर न तो कभी सलामी दी और न ही किसी ने उसे सेल्यूट मारा है। इसी खुशी में वह कमरे के बाहर मेज़ के पास कुर्सी पर दो घंटे तक बैठा रहा। कर्नल साहब ने उसके लिए बाहर एक बोतल रम, एक ग्लास और भुना हुआ मुर्गा भेज दिया है। और वह अंदर कमल लोचन के साथ पीते हुए कामकाज की रूपरेखा तैयार कर रहे हैं। कुछ शराब का नशा, कुछ वादियों का ठंडा मौसम और कुछ देश की सेना के साथ काम करने के गर्व ने उसे उस रात राजा बना

दिया। कालिया वापस टेंट में आकर बहुत झूमा और भूपेन हजारिका के गीत गुनगुनाने लगा। उसे देख दूसरे भी भोजपुरी, संबलपुरी, बंगाल के बाउल गीत, सुर बेसुरों में गाने लगे। उन सभी की पहली रात कश्मीर में स्वर्ग जैसी कटी। अगले दिन सुबह सूरज की किरणों के उजाले में सभी ने कश्मीर की सुंदरता को निहारा। ऐसे ही तो किसी ने नहीं कहा कि"दुनिया का स्वर्ग यहीं है।" सभी लोग चार भागों में बँट गए। ट्रक से उन्हें उनके काम की जगह ले जाया जाएगा। उन्हें राशन-पानी सब मिलिट्री वालों की तरफ से ही मिलेगा लेकिन ठंड में मोटे जूते और गर्म कपड़े पहन कर, काम करना मीठी नदी और समुद्र का पानी, पीने वालों के लिए बहुत चुनौतीपूर्ण था। फिर भी पेट के लिए आदमी को बहुत कुछ करना पड़ता है। काम शुरू होने से पहले कर्नल सूरी अपनी मिलिट्री की वर्दी में सबके सामने आकर आधे घंटे का भाषण दिया। एक तरह से कहा जाए कि उन्होंने सभी मजदूरों को काम के और साथ ही साथ वहाँ रहने के नियम बताए। उन्होंने कहा, "किसी भी स्थानीय आदमी से बहस या पंगा नहीं करना औरतों की और देखना भी नहीं। अगर कोई कश्मीरी महिला सामने पड़ जाए, तो इज्जत से नमस्ते करना और यदि वह मुश्किल में हो, तो सहायता करना लेकिन उनसे कम से कम बातचीत करना और किसी पर भी कभी कोई टिप्पणी या भद्दी भाषा का प्रयोग नहीं करना। समय पर खाना खाकर काम खत्म करना है। आपस में कोई लड़ाई-झगड़ा नहीं। आप लोग सैनिक नहीं हैं, इसलिए हम आप पर अपना हक नहीं जमा सकते। लेकिन आप हमारी जिम्मेदारी पर यहाँ पर आए हो। यदि आप कोई गलती करोगे तो हमें सरकार को जवाब देना होगा। किसी को कोई शक?" इतना लंबा भाषण और कानून सुनने के बाद तो सबकी घिग्घी ही बंध गई। कमल लोचन ने सभी ग्रुप के सुपरवाइजर बना दिए हैं। सभी अलग-अलग जगह पर काम करने पहुँच गए। हाईवे के काम के लिए बड़ी-बड़ी मशीनें बाहर से आई हैं। ज्यादातर काम मशीनें करती हैं फिर भी मानव संसाधन का कोई विकल्प नहीं

है। कुछ गोरे-चिट्टे कश्मीरी अपने खच्चर जैसे घोड़ों पर समान ढ़ोते हुए उधर से गुजरते समय, काम करते हुए मजदूरों को बड़ी अजीब-सी नजरों से देखते हैं।

सेना के टैंकर सुबह-सुबह पानी लेकर, गाँव-गाँव जाकर, घर के बाहर रखी टंकियों में पानी भर कर आते हैं। राशन की दुकानों में राशन पहुँचाने का काम भी आर्मी ही करती है। कर्नल साहब ने बताया था कियहाँ देश का कानून नहीं चलता, अगर कुछ जुर्म हो गया तो कड़ी सजा मिलेगी।

जो भी हो कालिया यहाँ काम करके पैसा कमाने आया है। फिर वापस जाकर शादी रचा लेगा। एक-दो लड़कियों से उसे प्यार भी हुआ था लेकिन फकीर को कोई अपनी बेटी नहीं देता। काम-धंधा जमने के बाद ही वह शादी करेगा। फिलहाल रिंकी से रिश्ता टूटे भी छह महीने हो चुके हैं। नेपाली रिंकी ने गैंगटोक के भूटिया से शादी कर ली है। उसकी सिलीगुड़ी में छोटी-सी चाय-नाश्ते की दुकान है। वहाँ पर उसे उसका भविष्य ज्यादा सुरक्षित लगा। कालिया का कुछ दिन तो मन खराब रहा, पर धीरे-धीरे वह जान गया कि लक्ष्मी पास होने पर ही घर में लक्ष्मी आती है।

कश्मीरी लोगों की खूबसूरती के बारे में उसने बहुत सुना है, परंतु उसे कर्नल सूरी की कड़ाकेदार चेतावनी याद आ जाती है। वैसे कमल लोचन ने धीरे से सबको ऐसे बाजार के बारे में बता कर रखा है कि अगर पैसा खर्च करो तो वहाँ पर पसंद का माल मिल जाता है। लेकिन हफ्ते भर की कमाई चंद मिनटों के सुख पर लुटाने की हिम्मत सिर्फ कुछ शेर दिल लोग ही कर सकते हैं। बाकी तो बस मन मार कर काम ही करते रहते हैं। सुंदर कश्मीर की घाटियों में सिर्फ राजनेता और सरकारी नौकरी पेशा लोग ही अमीर हैं, बाकी तो ज्यादातर लोग बहुत गरीब हैं। ठंडे मौसम के कारण उनके तन ढके रहते हैं। सेना फ्री में सस्ता राशन पहुँचा देती है। इसलिए किसी को इनकी गरीबी दिखाई नहीं देती। वहाँ रहने के बाद, कालिया ने हिंदी

जुबान भी बोलनी सीख ली है। काम खत्म होने के बाद, वह अक्सर अकेला ही किश्तवार की घाटियों में घूमने चला जाता है। नरुल नाले के पास एक छोटा-सा झरना बहता है, दोनों तरफ बर्फीली पहाड़ियों और उनके बीच से कहीं दूर से पथरीली टेढ़ी-मेढ़ी राहों से होता हुआ, यह छोटा-सा झरना बहता है। इस झरने का पानी बर्फ की तरह ठंडा होता है। दिसंबर और जनवरी के महीने में तो इस झरने का पानी जमकर बर्फ ही हो जाता है। होली के बाद धीरे-धीरे बर्फ पिघल कर वापस झरने का रूप ले लेती है। झरने के उस पार, लगभग दो कोस दूर एक छोटा-सा गाँव है, मीरपुर। यहाँ बहुत दूर-दूर, छोटे-छोटे लकड़ियों के घर बने हुए हैं। गाँव के बाहर ही एक, दो मंजिला छोटी-सी इमारत है। वह वहाँ की मस्जिद है। जुमे के दिन वहाँ थोड़ी चहल-पहल रहती है। वहाँ के लोगों को जरूरी सामान लेने के लिए झरने के बहते पानी पर बने लकड़ी के पुल को पार करके तीन किलोमीटर चलकर किश्तवार आना पड़ता है। वहीं सेना के हेडक्वार्टर के पास ही बस अड्डा है। वहाँ पर सुंदर कश्मीरी आदमी और औरतें, अपने बच्चों के साथ दिखाई पड़ते हैं। कालिया दिनभर बहुत सारे मजदूरों के साथ काम करता है। शाम ढलते ही वह अपना मन बहलाने और थकान मिटाने के लिए झरने के किनारे चला जाता है। अंधेरा होने तक वहीं बैठा रहता है। वहाँ अकेले बैठना उसे बहुत अच्छा लगता है।

पिछले कुछ दिनों से वह देख रहा है किवहाँ कभी-कभी एक बहुत हसीन औरत, एक छोटे से बच्चे को शॉल में लपेटकर आती है। काफी देर तक वहीं बैठी रहती है। कश्मीरी में ही कुछ-कुछ बड़बड़ाती रहती है फिर अपने आप रोने लगती है। थोड़ी देर बाद आँसू पोंछ कर वापस चली जाती है। कालिया सोचता रहता है कि इतनी सुंदर औरत को भला क्या दुख हो सकता है। जिस शाम वह औरत उसे नहीं दिखती, कालिया परेशान-सा हो जाता। एक दिन उसने देखा कि उसके आने से पहले ही वह औरत बच्चे को गोद में लिए झरने के उस पार बैठी है। उसका मन किया कि वह लकड़ी की पुलिया पार करके, उसको और

नजदीक से जाकर देखे और उससे बात करें। जब तक वह उसके पास जाता, उससे पहले ही एक आदमी, लंबा-सा चोंगा पहने हुए वहाँ आया और जोर-जोर से उस पर चिल्लाने लगा। फिर उसे बालों से घसीटता हुआ गाँव की तरफ ले गया। कालिया जब तक दौड़कर पुलिया पार करता, तब तक वे दोनों वहाँ से आगे जा चुके थे। उसका मन उनका पीछा करने को हुआ, लेकिन रास्ते में पूरा अंधेरा था और फिर कर्नल सूरी की सख्त हिदायत भी उसे याद आ गई, "कभी भी अकेले किसी रिहायशी इलाके में नहीं जाना।" वह वहाँ से वापस तो आ गया, लेकिन रात भर सो न सका। वह सोचता है कि देवी जैसी सुंदर स्त्री को कोई इतनी निर्ममता से कैसे पीट सकता है। अगले पूरे हफ्ते उसे वह औरत दिखाई नहीं दी। अब तो कालिया, जैसे उस औरत को देखने के लिए बावला-सा होने लगा। जल्दी काम निपटा कर वह दौड़ कर पुल के पास पहुँच जाता। वह औरत पूरे एक हफ्ते के बाद शनिवार को फिर से वहीं बैठी हुई मिली। उस दिन वह बहुत हिम्मत करके, उससे थोड़ी दूर जाकर बैठ गया। वह भी एक अजनबी मर्द को अपने से थोड़ी दूरी पर बैठते देखकर थोड़ा सकपका गई। जैसे ही वह जाने को उठी, कालिया ने उसे हाथ जोड़कर नमस्ते की और बैठने के लिए बोला। वह वहीं बैठी रही, फिर हिम्मत करके उसका नाम पूछा, 'नाजिमा' बस यही कहा उसने। उसके थोड़ी देर बाद वह चली गई। नाजिमा को शायद पहली बार किसी ने हाथ जोड़कर नमस्ते की थी, वह भी घर जाकर, खाना पकाते हुए उस अजनबी के बारे में ही सोचती रही।

यह सिलसिला न जाने कैसे शुरू हो गया। हर एक दिन छोड़कर नाजिमा वहाँपहुँच जाती और कालिया दूर बैठा उसे निहारता रहता। बस जुमे के दिन वह नहीं आती थी, क्योंकि तब वहाँ थोड़ी चहल-पहल रहती थी। एक महीने में ही उसे पता चल गया कि नाजिमा के तीन बच्चे हैं, क्योंकि कभी वह अकेली होती, तो कभी किसी एक बच्चे के साथ होती। कभी वह रोती रहती, कभी उदास रहती, तो कभी

गुमसुम-सी बैठकर, बस बहते झरने की आवाज सुनती रहती। कालिया पहले तो नमस्ते करता, फिर हाथ हिलाकर पूछता, "ठीक हो न?" वह भी धीरे से सिर हिला कर हाँ कर देती। कभी बच्चे का नाम पूछता, तो बता देती। उसका बड़ा लड़का आठ साल का था, जिसका नाम हाशिम था। वह वहाँ ज्यादा देर नहीं बैठता था, अपनी अम्मी का हाथ खींच कर जल्दी ले जाता था। दूसरी लड़की आयशा, पाँच साल की थी। वह चुपचाप अपनी मम्मी के पास सहमी से बैठी रहती थी। सबसे छोटा यासीन, वह कभी-कभी चलते-चलते कालिया की गोद में आकर बैठ जाता थाऔर जाते हुए उसे टाटा करके जाता। कालिया को उनसे एक अजीब-सा लगाव हो गया था। नाजिमा चेहरे से बहुत उदास दिखती थी, उसका गुलाबीपन लिए गोरा रंग, पतली नाक जरा-सा रोने से एकदम लाल हो जाती है। उसकी काली आँखें हर समय एकदम उदास-सी लगतीं, उसने बीच में सीधी मांग निकालकर पीछे की तरफ एक लंबी चोटी बाँधी थी। शायद सिर पर शॉल को बाँध कर रखती है। वह गाढ़े रंग के, लंबे से चोंगे जैसी कढ़ाई वाली सलवार-कमीज में एकदम देवी जैसी लगती है।

लगभग एक महीने के बाद धीरे-धीरे कालिया ने, उनसे हिंदी में बात करनी शुरू की। वह भी टूटी-फूटी उर्दू और कश्मीरी मिलाकर जवाब देती। उसका पति कुछ कामकाज नहीं करता था, बस सारा दिन अपने चाचा के बगीचे में पड़ा रहता था। घर का राशन पानी खत्म होते ही वह नाजिमा को रिश्तेदारों के पास राशन मांगने के लिए भेज देता था। अगर वह मना करती, तो वह बेरहमी से उसकी पिटाई करता। नाजिमा की मदद के लिए, कई मददगार गाँव में तैयार बैठे हैं। नाजिमा को मालूम है कि मुफ्त में कुछ नहीं मिलता। जब कोई रोज-रोज मदद करना चाहे, तो उसके बदले में वह कुछ कीमत भी चाहेगा। नाजिमा, आखिर कब तक अपने को बचाएगी। उसके शक्की शौहर को लोगों की मदद भी चाहिए, पैसा भी चाहिए और बीवी की वफाई भी चाहिए। नाजिया का पति दढ़ियल, कालिया को

किसी शैतान से कम नहीं लगता था। उसका मन करता कि कर्नल साहब की पिस्तौल चोरी करके, सारी गोलियाँ नाजिमा के शौहर की छाती में दाग दे। तीन महीने के अंदर ही दोनों में सहानुभूति का गाढ़ा लेप लगी दोस्ती-सी हो गई। कभी-कभी यदि नाजिमा पूरा हफ्ता नहीं आती, तो कालिया पागल-सा हो जाता। लेकिन फिर भी वह उसके गाँव जाने की हिम्मत नहीं जुटा पाया। उसके रंग-रूप से ही उसे बाहर वाला जानकर, गाँव वाले उससे सौ तरह के सवाल पूछेंगे। शाम को नाजिमा पूरे दस दिन बाद उसे दिखाई दी, बहुत ही कमजोर-सी हो गई है। वह बदहवास-सी दौड़ती-दौड़ती आई और कालिया के आगे रोते-रोते बोली, "चलो मुझे यहाँ से ले चलो, अभी चलो।" और किश्तवार के रास्ते की ओर दौड़ने लगी। कालिया भी उसके पीछे-पीछे दौड़ा। उसने उसे ले जाकर बस अड्डे पर बिठा दिया। वह बोली, "वापस नहीं जाना, बचा लो हमको, वह कमीना कत्ल कर देगा।" नाजिमा शॉल से अपना चेहरा ढक कर बैठ गई। कालिया दौड़ कर कमल लोचन के पास गया और उससे बोला, "दादा मुझे कुछ पैसा पेशगी दे दो, जरूरी चाहिए।" कमल लोचन ने उसे चार हजार रुपए दे दिए। कमल लोचन को बिना कुछ कहे, वह अपने कुछ कपड़ेबाँधकर, बस अड्डे पहुँच गया। वहाँ जाकर उसने श्रीनगर की बस की दो टिकटें ख़रीदीं।

कश्मीरी लड़की, बाहर वाले लड़के के साथ बैठेगी, तो सभी को शक हो जाएगा। रात को वह अलग से बैठा, नाजिमा एक और महिला के साथ जनाना सीट पर बैठ गई। कालिया रात भर दिमाग दौड़ाता रहा कि श्रीनगर से कहाँ और कैसे जाएगा और श्रीनगर बस अड्डे पर जाकर उसने गौर से नाजिमा की ओर देखा, दुख के कारण उसका चेहरा सूखा हुआ है और रो-रोकर उसकी आँखें भी सूज गई हैं, हाथों पर भी नील के निशान हैं। कालिया, नाजिमा के हाथ में कुछ रुपए पकड़ा कर, श्रीनगर से जम्मू की टिकट लेने चला गया। नाजिमा जनाना शौचालय जाकर, हाथ-मुँह धो कर आई। बाहर चाय वाले से

चाय-नाश्ता कर, एक बेंच पर बैठकर कालिया का इंतजार करने लगी। वह पहली बार गाँव से बाहर आई है। इतना बड़ा शहर देखकर वह हैरान है। यहाँ लोग एक दूसरे को नहीं घूरते। कोई किसी से ज्यादा मतलब नहीं रखता। लेकिन फिर भी मन ही मन वह बहुत डरी हुई है। उसे डर है कि कहीं अब्दुल अपने भाइयों के साथ यहाँ न पहुँच जाए। वह अल्लाह से दुआ मांग रही है। इतने में कालिया जम्मू की बस टिकट लेकर आ गया। इस बस में ज्यादातर जम्मू के ही लोग बैठे हैं। दोनों पास-पास एक ही सीट पर बैठकर जम्मू पहुँचे। वहाँपहुँचकर, फिर से नाजिमा ने जनाना प्रतीक्षालय में रात गुजारीं। कालिया रात भर टिकट बनाने में लगा रहा। फिर थक कर प्लेटफार्म की बेंच पर ही सो गया। जम्मू में अभी भी इतनी गर्मी पढ़नी शुरू नहीं हुई है लेकिन बर्फीले देश की नाजिमा की हालत जम्मू में ही खराब हो गई। शौहर का डर, पहली बार इतना लंबा बस का सफर, ऊपर से तराई की गर्मी, नाजिमा उल्टियाँ करने लगी। जैसे-तैसे कालिया ने दुकान से कुछ गोलियाँ खरीद कर उसको खिलाईं और जम्मू से कोलकाता की ओर रवाना हो गए। रास्ते भर नाजिमा की हालत बिगड़ी ही रही। कालिया, उसकी बिगड़ती तबीयत को देखकर बहुत परेशान है। लेकिन जब भी वह नाजिमा के पास बैठकर बात करता, तो दूसरे मुसाफिर उसे बड़े शक की नजर से देखने लगते।

गाड़ी जैसे-जैसे हावड़ा की ओर बढ़ने लगी, गर्मी और पसीने के कारण नाजिमा का बुरा हाल होने लगा और उसे अपने तीनों बच्चों की याद भी आने लगी। हावड़ा पहुँचकर कालिया ने गुवाहाटी के लिए ट्रेन की टिकट बुक कर ली। उन्हें तेजपुर और जलपाईगुड़ी होकर जाना पड़ेगा। हावड़ा से टैक्सी में सियालदह गए। कोलकाता शहर तो श्रीनगर से भी बड़ा और निराला है। चारों ओर की बड़ी-बड़ी इमारतें, सड़कों पर अलग-अलग तरह की गाड़ियाँ और हजारों की भीड़ देखकर नाजिमा हैरान हो गई। कोलकाता शहर की भीड़ देखकर नाजिमा थोड़ा घबरा-सी गई लेकिन थोड़ी आश्वस्त भी हो गई है कि हजारों कोस दूर

अब अब्दुल या उसके खानदान वाले उसे ढूँढ नहीं पाएँगे। जलपाईगुड़ी से फिर से बस में बैठकर वे दोनों तेजपुर अपने दादा की फैक्ट्री में पहुँचे। दादा कालिया के साथ में नाजिमा को देखकर खुद ही भाँप गए कि पोता इसे भगा कर लाया है। चुपचाप उन्होंने नाजिमा को कमरे में रख दिया। जब सारे कर्मचारी फैक्ट्री चले गए, तब उसे गुसलखाने भेजा। दूर-दूर तक फैक्ट्री में एक भी औरत जात नहीं है। दादा भी अब बूढ़ा हो चुका है। सोचता है कि कालिया अकेले इतने मर्दों के बीच इस जवान, सुंदर औरत की रक्षा कैसे करेगा। मर्द जाति का क्या भरोसा? यदि एक साथ मिलकर, उन्होंने उसके साथ कुछ बुरा करने की कोशिश की, तो कालिया अकेले क्या कर सकेगा।

नहा-धोकर नाजिमा को शांति मिली। दादा ने घर में पकाया हुआ माछ-भात उसे खाने को दिया। तीन दिनों के बाद नाजिमा ने पेट भर कर खाना खाया। कालिया हाट से जाकर उसके लिए साड़ी, ब्लाउज और पेटीकोट ले आया। नाजिमा को तो साड़ी ठीक से पहनना भी नहीं आता। उसने बहुत मुश्किल से किसी तरह अपनी कमर के चारों ओर साड़ी को लपेटा। दादा जाकर दूसरी फैक्ट्री के दरबान की लुगाई को बुलाकर ले आए, "पोता बहू लाया है, बाहर की है, साड़ी पहना दो।" लाजवंती की उम्र पचास के पार हो चुकी है। उसके सब बच्चे ब्याह कर, दूसरे शहर में काम करने के लिए चले गए। उसने झट से आकर नाजिमा को साड़ी पहना दी। इतनी सुंदर लुगाई देखकर वह हैरान हो गई। लाजवंती उसकी कमर मेंसाड़ी खोंसते समय ही जान गई कि यह लड़की नहीं औरत है। ब्लाउज बिना ब्रा के पहने, नाजिमा उसके सामने खड़ी थी। पल्लू को आगे से लेकर कैसे ओढ़ना है, यह लाजवंती उसे समझाकर बताने लगी, लेकिन वह यह भी जान गई कि यह बाल-बच्चेदार औरत है। शायद मर्द मर गया होगा, क्योंकि मांग तो एकदम सुनी है, हाथ में शंखा चूड़ी भी नहीं है। गोरे-गोरे पैरों में बिछिया भी नहीं है। लाजवंती ने दादा को बधाई दी। दादा ने कहा, "लाजवंती कुछ रोज तुम इसे अपने घर में ही रख लो, कालिया घर

का इंतजाम करते ही इसे ले जाएगा। यहाँ तो सभी मर्द लोग हैं। तुम तो समझती ही हो। लाजवंती बड़ी स्नेही और घरेलू औरत है, वह भी बात समझ गई। जवान औरत, अकेली फैक्ट्री में रहेगी, आस-पास सभी आदमी लोग हैं, जो सालों से अपनी औरतों से भी दूर हैं।

लाजवंती के पति की फैक्ट्री में चार-पाँच परिवार बीवी-बच्चों के साथ रहते हैं। वह वहाँ ठीक से रह सकेगी। एक-दो दिन में कालिया कमरा लेकर, इसे ले ही जाएगा। "आखिर मानुस ही मानुस के काम आता है, परदेस में।" यह बोल कर वह नाजिमा को अपने घर पर ले कर चली गई। इधर दादा की फैक्ट्री में सब को भनक लग गई है कि उनके यहाँ कोई लड़की रहने आई है। दादा ने भी कहा, "कालिया के साथ आई है, जल्दी ही लगन करा देंगे।" यह सुनकर सभी मन मार कर रह गए औरत के दर्शन भी नहीं हो पाए। लाजवंती, नाजिमा को अपने घर ले गई। कालिया ने उसे पहले ही समझा दिया था कियहाँ अपना नाम नाजिमा नहीं बताना। यहाँ के लोग हिंदू हैं, अपना नाम गौरी बोल देना। नाजिमा ने हाँ में सिर हिला दिया। लाजवंती चाची को जैसे मन बहलाने के लिए कोई गुड़िया मिल गई हो। उन्होंने नाजिमा की खाली मांग में, मोटी-सी सिंदूर की लकीर भर दी और माथे पर बिंदिया लगा दी। पाँव में महावर रचा दिया और अपने पास पड़े बिछिया पहना दिए। कानों में नाजिमा ने बड़े चांदी के झुमके लटका कर रखे थे। सूती की सस्ती-सी रंग-बिरंगी साड़ी में वह पूरी लक्ष्मी का रूप लग रही थी। लाजवंती जितना भी बोलती, वह बस हाँ या न में जवाब देती। ज्यादा हिंदी तो उसे आती भी नहीं थी। पर यहाँ उसे जी भरकर लाड़-प्यार मिल रहा था। शाम को जब कालिया बाजार से साग-सब्जी, राशन आदि लाकर लाजवंती चाची के यहाँपहुँचाने आया, तो नाजिमा को देखकर हैरान रह गया। सिंदूर और बिंदिया लगाकर वह एकदम अलग-सी लग रही है। कालिया को अपनी माँ का चेहरा याद आ गया। अचानक से ही उसकी आँखें नम हो गई। नाजिमा ने कालिया की नम आँखें देखी, तो उसे उस पर बड़ा रहम-सा

आ गया। "यह अपनी जान जोखिम में डालकर मुझको यहाँ पर लाया है कितना मददगार इंसान है। या मेरे अल्लाह इसको खैरियत से रखना।" यह दुआ मन ही मन करने लगी। लाजवंती ने सारा सामान कमरे में ही रख लिया। उसका पति तो चौकीदार है। रात को बाहर ही सोएगा। गौरी लाजवंती चाची के साथ रात को उनके घर में ही सोई। कालिया ने एक कमरा देखा है। पेशगी की रकम का जुगाड़ करके, उसके मालिक को देने के बाद ही उसको कमरे की चाबी मिलेगी। रात को कमल लोचन का फोन बजा। वह गुस्से में बोला, "साले कहाँ पर है तू? यहाँ पूरी आफत आई हुई है कितनी तबाही मची है। तुमको नहीं मालूम। किस से इश्क कर के तीन बच्चों की अम्मा को भगा ले गया?" साले कमीने, कोई और नहीं मिली। जहाँ रोजी-रोटी मिली, उन्हीं की इज्जत पर हाथ डाला है तूने, कुत्तों की तरह सूँघकर यहाँ आए थे। तेरे गाँव तक भी पहुँच जाएँगे। साले, तेरे लफड़े के कारण हमारा चार दिन से काम बंद हो गया है। कर्नल सूरी तो तेरे को देखते ही गाली मार देंगे।" पूरे दस मिनट कमल लोचन उसे गालियाँ देता रहा। कालिया ने उसे बहुत समझाया कि वह उसे भगा कर नहीं लाया है, बल्कि नाजिमा खुद जान बचाकर भाग कर आई है। कमल लोचन ने उसकी एक भी बात नहीं सुनी। उस समय मोबाइल फोन की एक मिनट की बात दस रुपए में होती थी। कमल लोचन ने पूरे डेढ़ सौ रुपया खर्च कर दिए। कालिया ने लोकल बूथ पर जाकर उसका नंबर घुमाया। बड़ी मिन्नतों के बाद साहू बाबू ने उसे कर्नल साहब का फोन नंबर दिया। कर्नल साहब ने भी फोन पर उसे खूब खरी-खोटी सुनाई। पेट भर कर गाली खाने के बाद कालिया बोला, "साहब, माँ की कसम, मैंने उसे नहीं भगाया, मैंने तो बस भागने में उसकी मदद की है। वह लोग उसे मार देंगे। साहब, मुझे बचाइए, आप ही हमारे माई-बाप हो। आप ही कुछ करो। "

कर्नल ने बताया, "अब्दुल के साथ, पुलिस यहाँ से निकल चुकी है। दो दिन में वह, वहाँपहुँच जाएँगे। अब और कहीं मत भागना।

लोकल थाने में खबर पहुँच गई है, वह लोग तुम्हारे पास आने वाले ही होंगे। नाजिमा को कहना चुपचाप पुलिस के साथ चली जाए, नहीं तो बहुत बुरा होगा। मैं कोशिश करता हूँ कि तुम पर कड़ी कार्रवाई न हो।" कालिया ने कभी सोचा भी नहीं था कि इतनी जल्दी पुलिस उस तक पहुँच जाएगी। इतनी रात को लाजवंती चाची के घर कैसे जाएँ? लेकिन नाजिमा को भी बताना है। वह रात को 11:00 बजे के आसपास फैक्ट्री में फिर से पहुँचा। दरबान चाचा उसे देख कर मुस्कराए और बोले, "क्या बात बिटवा, उसके बिना नींद नहीं आ रही, बड़े बेचैन हो मिलने को।" कालिया ने शर्म से सिर झुका दिया, बोला, "एक बार गौरी को बुला दो। उससे एक बात कहनी है, बाहर से ही चला जाऊँगा। बस एक बार, पाँव पड़ता हूँ, चाचा।" चाचा भाँप गए की बात गंभीर है, भीतर जाकर लाजवंती के साथ गौरी को बाहर आने को कहा। इतनी रात साड़ी का पल्लू ठीक करती हुई मुश्किल से चलती हुई गौरी, चाची के साथ बाहर हाजिर हो गई। कालिया ने उसे बस इतना ही कहा, "वहाँ पता चल गया है। अब्दुल, पुलिस को लेकर आ रहा है। यहाँ पर थानेदार कभी भी आ सकता है, मुझे गिरफ्तार करने।" नाजिमा का तो जैसे किसी ने सारा खून ही निचोड़ लिया हो, वह एकदम से चक्कर खाकर गिर गई। चाची ने थोड़ी-सी बात सुनी, पुलिस, अब्दुल, यह सुनकर ही वह समझ गई कि बड़े झंझट में फँसने वाली है। साथ के साथ कालिया से बोली, "जा ले जा इस मुसीबत को यहाँ से, अब बुढ़ापे में हमें जेल भेजेगा क्या?" तूने हमारा धर्म नष्ट कर दिया है, तेरे को पाप लगेगा। इस कलमुँही को भी पाप लगेगा, नर्क में जाएगी, अभी ले जा इसे। थाने में हमारा नाम मत लेना।" जमीन पर बेहोश पड़ी नाजिमा को उठाने लगा, इतने में ही दादा ने आवाज लगाई कि थाने से लोग आए हैं। नाजिमा को झकझोर कर उठाया, फिर दोनों फैक्ट्री के बाहर आकर, रात को सुनसान सड़क पर खड़े हो गए। पुलिस आकर दोनों को जीप में बैठाकर सदर थाने ले गई। महिला पुलिस सब-इंस्पेक्टर ने नाजिमा

का बयान लियाऔर दो महिला सुरक्षा कर्मियों के साथ महिला सुधार गृह भेज दिया। यह महिला सुधार गृह, सरकारी अनुदान से प्रिया महोदया चलाती हैं क्योंकि जब तक जम्मू-कश्मीर की पुलिस नहीं आती, उसे वहीं रहना होगा। नाजिमा रोते-रोते कहती रही कि "अल्लाह के वास्ते इसे छोड़ दो, महोदया मैं खुद आई थी। यह भला आदमी है।" लेकिन किसी ने उसकी एक भी बात नहीं सुनी।

कालिया को हवालात में डाल दिया गया। सुबह उसे चाय-नाश्ता दिया गया। फोन पर पुलिस ने, जम्मू-कश्मीर पुलिस को, दोनों के मिल जाने की खबर दे दी है। दादा बेचारा रात भर थाने के बाहर बरामदे में ही बैठा रहा। सुबह यह खबर चारों ओर फैल गई।

प्रिया महोदया बहुत स्नेह करने वाली महिला हैं, उन्होंने नाजिमा की पूरी कहानी सुनी। नाजिमा ने उन्हें अपनी पीठ वाली चोंटे भी दिखाईं। प्रिया महोदया ने पत्रकार सम्मेलन बुलाकर, नाजिमा को मीडिया के सामने प्रस्तुत कर दिया। लोगों ने उसकी कहानी दूरदर्शन पर देखी और अखबारों में पढ़ी। कई औरतों ने तो नाजिमा को ही दोषी बताया। "तीन बच्चों की माँ, अगर शौहर मारता भी था, तो उससे तलाक ले लेती। उम्र से कम लड़के से इश्क क्यों चलाया? वहाँ पर भी ऐसा ही कुछ करती होगी इसीलिए तो आदमी पीटता था।"

जितने मुँह उतनी बातें, आदमी लोग कहते हैं, "अरे! इतनी खूबसूरत बीवी को कभी कोई पीटता है, यह तो प्यार करने की चीज है।" उनकी पत्नियाँ बाहर जाकर यह भी नहीं बता पा रही हैं कि कैसे यही लोग बात-बात पर अपने घर की लक्ष्मी को पीटते हैं। कश्मीर से अब्दुल, दो पुलिस अधिकारियों एवं एक महिला पुलिस कांस्टेबल के साथ वहाँपहुँचा। बस और ट्रेन के लंबे सफर से वह काफी थक चुका है।

महिला सुधार गृह से जब नाजिमा को बुलाकर, उसके सामने पेश किया गया, तो उसका यह रूप देख कर उसकी आँखों से अंगारे निकलने लगे। वह अपनी बोली में उसे गंदी-गंदी गालियाँ देने लगा।

पुलिस अधिकारी ने उसे डाँट कर चुप कराया। कालिया का तो जैसे वह कत्ल ही कर देगा। कालिया को अपहरण के मामले में कचहरी में पेश किया गयाऔर वहीं से उसे जेल भेज दिया गया। जब वह कचहरी जा रहा था तब नाजिमा जोर-जोर से रोने लगी। सबको कहने लगी, "इसे छोड़ दो, मैं अपनी मर्जी से आई हूँ।" यह सुनकर अब्दुल, वहीं कोर्ट परिसर में ही अपनी बीवी को पीटने के लिए उतारू हो गया। बड़ी मुश्किल से उसे काबू में किया गया। जब कालिया पुलिस जीप में बैठा, तो नाजिमा को रोते हुए देखता रहा। नाजिमा को भी कहीं न कहीं यह अंदेशा हो गया है कि यह उसकी कालिया के साथ आखिरी मुलाकात है। और अब वह सारी जिंदगी कालिया को नहीं देख पाएगी। प्रिया महोदया ने अब्दुल को कहा, "तुम अपनी बीवी को इतना पीटते हो, तुम्हारे ऊपर वह मुकदमा दायर करेगी।" अब्दुल बोला, "हमारे देश में तुम्हारा कानून नहीं चलता। तुम अपनी औरतों को संभालो, हमको अपनी औरतों को संभालना आता है।" फिर एक नफरत भरी नजर उसने नाजिमा पर डाली और बोला, "इसको तो घर जाकर आजाद करूँगा, हरामजादी। "

पुलिस के लिए अगले दो-तीन दिन बड़ी मुश्किल भरे हैं। उन्हें, इन दोनों को साथ ले जाकर किश्तवार छोड़ना है। अब्दुल ने नाजिमा से गुस्से में कहा, "पहले अपने कपड़े बदल।" प्रिया महोदया ने अपनी संचालिका को भेजकर दादा के कमरे से नाजिमा का जोड़ा मंगवाया। माथे का सिंदूर धुलवाकर, उसे उसका जोड़ा पहनने के लिए दिया। अपने जोड़े में नाजिमा, पुलिसवालों और अब्दुल के साथ वापस अपने नरक की ओर चल पड़ी।

कर्नल साहब ने सदर थाने में फोन करके पुलिस से बात की, कालिया का आरोप पत्र जब बने तो कड़े आरोप न लगाएँ। सभी को पता है कि कालिया की कोई गलती नहीं है। दादा ने बड़ी मुश्किल से मालिक से एडवांस लेकर कालिया की जमानत कराई।

उधर नाजिमा मीरपुर पहुँच तो गई, पर उसके घर पहुँचने के बाद गाँव में कई सभाएँ हुईं लेकिन उस दिन के बाद से नाजिमा को किसी ने नहीं देखा। उसका क्या हुआ औरवहाँकहाँ गायब हो गई, यह किसी को नहीं पता।

***

नर्स

केरल की नर्सें सारी दुनिया के अस्पतालों में काम करती हैं। वे अपने काम में बहुत ही कर्मठ और दक्ष होती हैं। मिडिल ईस्ट और अमेरिका आदि देशों में इनकीबहुत मांग है। आजकल दूसरे राज्यों में भी कई नर्सिंग कॉलेज खुल गए हैं। कुछ थोड़े पढ़े-लिखे, बेकारी के मारे लड़कों ने कोचिंग सेंटर या फिर नर्सिंग ट्रेनिंग कॉलेज खोल लिए हैं। बड़े शहरों में प्राइवेट अस्पताल बारिश में खिलते कुकुरमुत्तों के छातों की तरह यहाँ-वहाँ खुल गए हैं। सरकारी अस्पताल में काम करने वाला तकरीबन हर डॉक्टर अपना एक निजी क्लीनिक या अस्पताल जरूर खोल लेता है। फिर छोटे-छोटे शहरों और दूर-दराज के कस्बों में यह प्राइवेट अस्पताल चलते भी खूब हैं। गरीब बेचारा, अच्छे इलाज के लिए इन्हीं जगहों पर शरण लेता है। अस्पतालों के खुलने से नर्सों की मांग भी बहुत बढ़ गई है। उनकी अच्छी खासी कमाई हो जाती है, फिर ड्यूटी के घंटे भी बंधे होते हैं।

बारहवीं पास लड़कियाँ नर्स के कोर्स में दाखिला लेती हैं, तो फिर उनकी नौकरी पक्की ही समझो। एक समय था, जब नर्स की नौकरी करने वाली लड़कियों के लिए लोग नाक-भौं सिकोड़ते थेऔर मुश्किल से उन्हें अपने घर की बहू बनाना चाहते थे लेकिन जब से वे अच्छी कमाई करके घर लाने लगीं हैं तब से बाहर मरीज तो उन्हें इज्जत देते ही हैं अब उन्हें उनके घरवाले और ससुराल वाले भी इज्जत देने लगे हैं। लोग अपने बेटों के लिए नर्स बहू ढूँढने लगे हैं। केरल की नर्सों ने सारी दुनिया में अपनी काबिलियत का सिक्का जमाया है।

रमेश बाबू पांडिचेरी का निवासी है। उसकी माँ, श्री माँ के आश्रम में सफाई का काम करती थीं। वह बहुत ही भक्ति और श्रद्धा वाली महिला थीं। श्री माँ के आश्रम में सदैव विदेशी भक्तों की भीड़ लगी रहती है। देश के कोने-कोने से बड़े-बड़े धनी परिवारों के लोग यहाँ आकर ठहरते हैं। श्री माँ और श्री अरबिंदो के अनुयाई यहाँ पर आकर आश्रम के नियमों के अनुसार बड़ी सादगी से रहते हैं। उनके साथ आए उनके बच्चे, पांडिचेरी के होटलों में रहते हैं। समुद्र की सैर करते हैं और फ्रेंच होटलों में खाने का लुत्फ उठाते हैं। रमेश बाबू ने बीएससी तो पास कर ली है, लेकिन उन्हें अभी तक कोई नौकरी नहीं मिली है। एक बार त्रिपुरा से एक बड़े मशहूर डॉक्टर साहा पांडिचेरी आए थे। वह उसे अपने साथ अगरतला भी लेकर गए। वहाँ के गोविंद वल्लभ पंत अस्पताल में वह दिल के सीनियर डॉक्टर थे। उन्होंने फैसला किया है कि वह सेवानिवृत्त होने के बाद गुड़गाँव के एक बड़े कॉरपोरेट अस्पताल में काम करेंगे। उन्होंने रमेश से कहा, आजकल ज्यादा पढ़-लिख कर भी नौकरी मिलना मुश्किल हो गया है। तुम एक नर्सिंग कॉलेज खोलो, जरूरतमंद लड़कियाँ जरूर दाखिला लेंगी। एक बार ट्रेनिंग के बाद प्राइवेट अस्पतालों में उनकी नौकरी लगभग पक्की समझो। तुम्हारे कॉलेज में पैसा मैं लगाऊँगा। रमेश ने वापस आकर पांडिचेरी में ही एक प्राइवेट नर्सिंग कॉलेज खोल लिया। पहले तो उसे दौड़-दौड़ कर गाँव-गाँव घूमकर लड़कियाँ लानी पड़ती थीं परंतु जब दो साल के डिप्लोमा के बाद सभी लड़कियों को तमिलनाडु, कर्नाटक, आंध्रप्रदेश आदि पास के ही राज्यों में नौकरियाँ मिल गईं तो कॉलेज अच्छा चल पड़ा।

कॉलेज को चलाने के लिए दिल्ली सरकार से एफिलियेशन अर्थात् स्वीकृति प्रमाण पत्र होना जरूरी है नहीं तो राज्य सरकार कभी भी उनका कॉलेज बंद कर सकती है। दिल्ली में कॉलेज का काम कराने में डॉक्टर साहब ने उसकी सहायता तो की लेकिन विभागीय कर्मचारियों से निपटने के लिए तीन साल तक रमेश को रोज

कार्यालयों के धक्के खाने पड़े फिर भी बात नहीं बनी। तीन साल तक धक्के खाने के बाद रमेश ने दिल्ली के एक दलाल नेगी साहब का दामन पकड़ा। काफी पैसों के लेन-देन के बाद अधिकारियों ने आखिरकार उसे कॉलेज के लिए स्वीकृति दे ही दी। रमेश बाबू ने अब पांडिचेरी के बाहर दूसरे शहरों में भी अपने पैर फैला लिए हैं।

उन सालों में अमरावती, प्रदेश की नयी राजधानी बनने की संभावना पर चर्चा हो रही थी तो रमेश ने अमरावती में ही सस्ती जमीन खरीदकर, वहाँ भी एक नया नर्सिंग कॉलेज खोल लिया। कॉलेज में आंध्र प्रदेश और तेलंगाना की लड़कियों और मेल नर्स के लिए लड़कों ने भी दाखिला लेना शुरू कर दिया।

महबूब नगर की अनीता ने भी अमरावती के नर्सिंग कॉलेज में दाखिला लिया है। वह बहुत गरीब परिवार से है। उसने अपनी सोने की चेन और कान की बालियाँ बेचकर कॉलेज में दाखिला लिया है। वैसे भी नर्सिंग कोर्स में गहने पहनकर कक्षा में आना मना है। फिर भी लड़कियाँ चेन, बूंदे और हाथ में दो चूड़ियाँ पहन कर आ ही जाती हैं। लड़कियाँ तो प्रिंसिपल के कई बार मना करने पर भी, संक्रांति और पूर्णिमा में बालों में फूल लगाकर आती हैं। अनीता इस मामले में बहुत ही सीधी है। उसे बालों में मोगरे के फूल लगाने का शौक बचपन से ही है। उसने पहले से ही सोच रखा है कि जब वह नौकरी करेगी, तो अपने लिए बहुत सारे जेवर बनवाएगी। वह बहुत ही होनहार व मेहनती है और उसने थोड़ी बहुत अंग्रेजी बोलना भी सीख लिया है। कोर्स के आखिरी साल में उसे बेंगळूरु के एक नए बड़े कॉर्पोरेट अपोलो हॉस्पिटल में नौकरी मिल गई। वहाँ उसे दो साल के लिए करार साइन करना पड़ा जिसके मुताबिक वह दो साल तक नौकरी छोड़कर किसी और जगह नहीं जा सकती थी। बड़ी-बड़ी संस्थाएँ आज भी अपने कर्मचारियों को गुलाम बनाकर रखने वाली नीति पर ही चल रही हैं। गुलामी की परिभाषा इस वैश्वीकरण के युग में सुंदर रूप से बदली है लेकिन सतह के नीचे इनकी नीतियाँ अभी

भी शोषक-शासकों व व्यापारियों के फायदे के लिए ही बनी हुई हैं। अनीता बेंगलूरु में जाकर बहुत ही खुश है। अस्पताल में ही उसे रहने के लिए घर भी मिला है। वह और दो नर्सों के साथ, उस छोटे से घर में दो साल तक रही। वह अपनी सारी तनख्वाह घर पर भेज देती थी, ताकि गाँव में बारिश में टपकती कच्ची छत को अण्णा पक्का करा सकें। उसकी दोनों छोटी बहनें भी अभी पढ़ रही हैं। धीरे-धीरे घर भी पक्का हो गया। वह अपने बड़े भाई की शादी में छुट्टियाँ लेकर ही घर गई थी। अब उसके लिए भी शादी के प्रस्ताव आने लगे हैं लेकिन बेंगलूरु जैसी नौकरी और तनख्वाह उसे छोटे शहर में नहीं मिलेगी फिर उसने अपनी दीदी का हाल भी देखा है, शादी के हर चौथे महीने वह घर आ जाती थीं। अण्णा यहाँ-वहाँ से रकम लेकर, उसे देकर दामाद के साथ विदा करते थे। यदि वह भी नौकरी करती, तो उसकी यह दुर्दशा कभी नहीं होती। अनीता के पिता उसकी शादी सोच-समझ कर करना चाहते हैं। अपोलो अस्पताल ने उसके करार को और दो साल के लिए बढ़ा दिया है। वह अपना काम अच्छे से करती है, समय पर अस्पताल आती है। मरीजों के साथ भी उसका व्यवहार बहुत अच्छा है। किसी मेल स्टाफ या डॉक्टर के साथ भी उसका कोई लफड़ा नहीं है। मैनेजमेंट भी उसके काम से काफी खुश है। प्रमोशन करके उसकी तनख्वाह भी थोड़ी बढ़ा दी गई है ताकि वह अस्पताल छोड़कर किसी दूसरी जगह न जाए। अब वह हर महीने कुछ पैसे घर भेजती है और कुछ पैसे उसने एक ज्वेलर के यहाँ किश्तों में बाँध दिए हैं जिससे कि 11 महीने पैसे भरेगी और 12 वें महीने में वह अपने ही पैसों से अपनी मनपसंद की ज्वेलरी खरीद सकेगी। इस योजना का नाम है, "धनलक्ष्मी।" गरीब ग्राहक बेचारा एक साथ इतने महंगे जेवर नहीं खरीद सकता है। इसलिए हर महीने की किश्तों से वह साल के आखिर में अपनी पसंद का कोई गहना खरीद लेता है। लगभग सभी छोटे-बड़े ब्रांड ने यह योजना चला रखी है। "धनलक्ष्मी योजना" सुनार लोगों पर ही कृपा करती है। उन्हें बंधे-बंधाए ग्राहक

मिल जाते हैं और सूदखोरों की तरह महाजनी भी चलती रहती है। ग्राहकों की कमाई का एक बड़ा भाग खुद चलकर उनकी दुकान की तिजोरी में जमा हो जाता है। अनीता ने भी अगले दो सालों में अपने लिए कुछ अच्छे जेवर बना लिए।

एक दिन अचानक उसके घर से फोन आया किउसकी छोटी बहन रूपा किसी लड़के के साथ भाग गई है। उसके पिता ने परिवार की इज्जत के लिए उसी लड़के के साथ उसका विवाह तय कर दिया। 20 साल की रूपा की शादी पिता ने कुछ कर्जा लेकर कर दी। शादी के लिए जेवर अनीता को भेजने पड़े। सोने की आसमान छूती कीमतों में भला गाँव में रहता गरीब व्यक्ति कहाँ से खरीदे। अनीता ने अपने खरीदे हुए, सोने के जेवर भाई के हाथ गाँव भिजवा दिए। वह खुद शादी में नहीं गई, क्योंकि कोई अगर पूछ लेगा कि बड़ी बहन अभी तक कैसे बिन ब्याही है, तो फिर अनीता किस-किस को जवाब देती रहेगी। उसके साथ रहने वाली दोनों नर्सें कांताबाला और शुभलक्ष्मी बहुत ही प्यारी हैं। वे दोनों भी गाँव से ही हैं लेकिन अस्पताल की ड्यूटी खत्म करने के बाद वे दोनों घूमने जाती हैं। मॉल में जाकर खरीदारी भी करती हैं, ब्रांडेड कपड़े पहनती हैं और महंगे पार्लर में भी जाती हैं। हर इतवार को बाहर खाना खाकर आती हैं।

अनीता ने फिर से "धनलक्ष्मी योजना" में बड़ी रकम किश्तों में बाँध दी है। उसकी बड़ी दीदी के भी बच्चे हो गए हैं। उनकी जरूरत का हर सामान मामा के घर से ही जाता है। अण्णा हर बार फोन करके बैंक में पैसे मंगवा लेते हैं। भाभी के भी बच्चा होने वाला है और अब माँ भी अक्सर बीमार ही रहती है। सबसे छोटी बहन भी अब कॉलेज जाएगी। कभी न खत्म होने वाली जरूरतें हैं। अनीता को सभी कंजूस समझते हैं, या फिर सादगी की मूरत। लेकिन मन ही मन वह भी अपनी साथी नर्सों कांता और शुभलक्ष्मी की तरह पैसे खर्च करके, अपनी पसंद की जिंदगी जीना चाहती है। उसकी जिम्मेदारियाँ उसे जकड़ कर रख लेती हैं। एक बार वह भी हिम्मत करके आईनॉक्स में

फिल्म देखकर आई, रात को सहेलियों के साथ अच्छे होटल में खाना खाया। कमरे में आकर, जब वह पलंग पर लेटी, तो उसने शाम के खर्चे का हिसाब लगाया। पूरे सत्रह सौ रुपए, उसने एक शाम में, बस अपनी थोड़ी-सी खुशी के लिए खर्च कर दिए थे। गाँव में तो इतनी रकम में सारे महीने का बिजली का बिल जमा हो जाता है। वह स्वयं ही अपराध बोध से सारी रात सो नहीं सकी।

रमेश बाबू का अस्पताल में काम के सिलसिले में चक्कर लगता ही रहता है। हर बैच की नर्सों की नियुक्ति के लिए उसे हर छोटे-बड़े अस्पताल में आना-जाना पड़ता है। उसे इस काम के लिए कमीशन भी अच्छा मिल जाता है। अनीता उसकी संस्था की सबसे होनहार नर्स है। कतर के अस्पतालों से नर्सों की काफी बड़ी मांग आई है। मलयाली लड़कियाँ विदेश जाने में संकोच नहीं करतीं लेकिन दूसरे राज्यों की नर्सें अपने घर के आस-पास ही रहना चाहती हैं। रमेश बाबू ने अनीता को बताया किवहाँ पर सैलरी डॉलर में मिलेगी। रहने को घर और खाना सब कुछ अलग से, यदि वह पाँच साल भी वहाँ काम कर लेगी, तो उसकी जिंदगी बन जाएगी। अनीता ने अपने घर पर बात की, उसने सोचा कि शायद उसके माता-पिता अपनी कुँवारी बेटी को घर से इतनी दूर भेजने के लिए मना कर देंगे, परंतु ऐसा कुछ भी नहीं हुआ क्योंकि वहाँ, यहाँ के अस्पताल से आठ गुना अधिक पैसा मिलने वाला था। माँ-बाप ने थोड़े से आँसूपोंछते हुए उसे विदा कर दिया। पहले-पहल तो वह साल में एक बार जरूर अपने घर आ जाती थी लेकिन अब वह दो साल बाद ही अपने घर जा पाती है। गाँव में अण्णा ने पास की ही जमीन खरीदकर, बैंक से कर्जा लेकर पक्का बड़ा घर बना दिया है। बैंक में कर्ज अनीता के नाम पर ही है, क्योंकि विदेशों में काम करने वालों को जल्दी कर्ज मिल जाता है। गाँव में उसके घर में भी अब सुख-सुविधा की सभी चीजें धीरे-धीरे आने लगी हैं। कतर में अपनी ड्यूटी पूरी लगन के साथ करनी पड़ती है। घर, अस्पताल सभी जगह ए.सी. लगे हैं। सुख-सुविधा तो बहुत है, परंतु

वहाँ कानून भी बहुत कड़े हैं। अस्पताल में जब भी किसी गर्भवती औरत के बच्चा होता, अनीता उस बच्चे को साफ करके चादर में लपेटकर माँ के पास देती तो माँ की आँखों की चमक देखकर उसके पेट भी कुछ कुलबुलाने लगता। बच्चा जब अपनी माँ का दूध पीता है, तो उसे महसूस होता है कि जैसे उसकी अपनी छातियाँ दूध से भर आई हों। वह भी एक साथी, एक परिवार के लिए तड़पने लगती। प्रेम करने वाली उम्र तो वह पार कर चुकी है, फिर भी अभी सिर्फ 32 साल की ही है। घर पर भी उसकी शादी की कोई बात ही नहीं चलाता। वह खुद भी बेशर्म होकर कह नहीं पाती कि मेरी शादी करवा दो। कतर में सभी जगह भारतीय, पाकिस्तानी और बांग्लादेशी ही काम करते हैं। अब उसने सोच लिया है कि कोई भी प्रांत का क्यों न हो, वह यहीं किसी भारतीय को पसंद करके शादी कर लेगी। एक दो जगह बात भी चली, लेकिन लड़कों ने नौकरी छोड़ने को कहा। अनीता के ऊपर गाँव वाले घर का कर्ज भी अभी बाकी है इसलिए वह नौकरी नहीं छोड़ सकती। वैसे वह खुद भी अपनी नौकरी कभी नहीं छोड़ना चाहती।

उसकी मुलाकात अमरावती के ही तेली परिवार के एक लड़के से हुई। राजाराम इंजीनियर है और काम के सिलसिले में कंपनी की तरफ से छह महीने के लिए कतर आया हुआ है। उसकी उम्र 35 के कुछ ऊपर की ही है। वह अपने माता-पिता का इकलौता बेटा है। वह काम करके बहुत पैसा कमाना चाहता है, उसने डिप्लोमा किया है। कतर में ही डॉक्टर शर्मा ने राजाराम से अनीता की बात चलाई। राजाराम डॉक्टर शर्मा के अस्पताल के इलेक्ट्रिक के काम के लिए ही छह महीने के लिए कतर आया है। डॉ शर्मा अनीता से बहुत स्नेह रखते हैं, वह चाहते हैं कि समय रहते उसकी शादी हो जाए। उन्होंने अपने ही घर पर छुट्टी के दिन दोनों को आपस में मिलवाया। राजाराम को भी नौकरी पेशा पत्नी ही चाहिए लेकिन नर्स तो उसकी पहली पसंद एकदम नहीं थी। अनीता उसे बुरी भी नहीं लगी। फिर धीरे-धीरे छुट्टी

के दिन वे दोनों आपस में मिलने लगे। राजाराम को जब से पता चला किअनीता की तनख्वाह उस से दोगुनी है, तब से वह उसे और ज्यादा पसंद करने लगा। अनीता ने भी राजाराम को पहले से ही बता दिया है किअगले दो साल तक उसकी तनख्वाह में से कर्ज की किश्तें कटती रहेंगी। उसके बाद पूरी तनख्वाह घर पर ही आएगी। छह महीने बाद राजाराम वापस अमरावती चला गया। अमरावती में उसके माँ-बाप उसके लिए धनवंती, गुणवंती, नौकरी करने वाली लड़की की तलाश कर रहे थे, लेकिन कहीं भी बात जम नहीं सकी। राजाराम की अनीता के साथ कभी-कभी फोन पर बात हो जाती है।

अनीता का पाँच साल का करार भी पूरा होने को है। वह अब अपने देश वापस आना चाहती है। डॉक्टर शर्मा ने भी अस्पताल बदल दिया है। वह दुबई जा रहे हैं। वह अनीता को भी अपने साथ दुबई ले जाना चाहते हैं। उनकी पत्नी भी चाहती है कि अनीता दुबई में ही काम करे। दुबई के अस्पताल में उसे दोगुनी तनख्वाह के साथ, मेट्रन की नौकरी मिल रही थी। वैसे भी अब उसके लिए भारत में कुछ नहीं था, इसलिए उसने दुबई में नौकरी के लिए हामी भर दी। वह सिर्फ दो महीने के लिए गाँव में रहने को आई। राजाराम को दुबई की नौकरी की खबर पहले ही लग गई थी। उसके माता-पिता अनीता के घर रिश्ता लेकर पहुँच गए। अनीता ने उसी समय हामी भर दी, परंतु उसके बूढ़े होते पिता ने उसे समझाया कि तुम्हारा उसका कोई मेल नहीं है। माना कि लड़का पढ़ा-लिखा है लेकिन वे लोग तुम्हारे पैसों के लिए शादी कर रहे हैं। अब अनीता को भी यह बात मालूम है कि उसके अपने घर वाले पैसों के लिए उसकी शादी नहीं करना चाहते। अनीता अब इतनी बड़ी हो गई है कि अपने निर्णय वह स्वयं ले सकती है। अनीता ने अपने माता-पिता के विरोध के बावजूद भी राजाराम से ही शादी की। वह पूरा एक महीना अपने ससुराल में रही। ससुराल में उसकी खूब खातिरदारी हुई। फिर वह दुबई आ गई। तीन महीने बाद उसने राजाराम को भी टूरिस्ट वीजा पर दुबई बुलवा लिया।

यह सिलसिला इसी तरह दो साल तक चलता रहा। राजाराम, हर छठे महीने, चार हफ्तों के लिए दुबई आता। अनीता के साथ रहता, घूमता-फिरता, खाता-पीता और वापस जाते समय घर के लिए ढेर सारा सामान खरीद कर ले जाता। शादी के तीसरे साल अनीता गर्भवती हो गई। बड़ी उम्र में गर्भवती होने के कारण डॉक्टर ने उसे शुरू से ही पूरी तरह आराम करने की सलाह दी है। इस कारण वह अस्पताल से छुट्टी लेकर अमरावती आ गई। अस्पताल में जैसे भी हो एक साल से ज्यादा छुट्टी पर नहीं रह सकते। दुबई में अकेले रहकर वह बच्चे को जन्म नहीं दे सकती थी इसलिए उसे तीसरे महीने ही घर वापस आना पड़ा। जब वह अपने ससुराल पहुँची, तो उसने देखा किउसका पूरा घर दुबई से लाए हुए सामान से सजा हुआ है। रमेश बाबू ने शहर के ही डॉक्टर से बातचीत कर ली है। अनीता को भी अपनी हालत के बारे में पूरी जानकारी है, इसलिए वह कोई खतरा मोल नहीं लेना चाहती। जैसे-तैसे बच्चा सातवें महीने में, समय से पहले ही हो गया। बड़ी मुश्किल से बच्चे को ऑपरेशन करके बाहर निकाला गया। 10 दिन के बाद अनीता को अस्पताल से छुट्टी मिली। माँ का दूध बच्चे के लिए अमृत होता है। अनीता का बच्चा अभी बहुत कमजोर है, इसलिए डॉक्टरों ने उसे सिर्फ माँ के दूध और दवाइयों पर ही रखा है। अनीता को खुद भी बच्चे संभालने का तजुर्बा है। फिर भी अपने बच्चे को संभालते हुए न जाने कैसे बहुत कमजोर पड़ जाती है। अपनी सास के देसी नुस्खों से बचाते हुए, वह अपने बेटे का पालन पोषण करने लगी। 21वें दिन उसके बेटे का नामकरण संस्कार हुआ, जिसमें उसका नाम रखा गया, "राजाराम का पुत्र, भरत कुमार" पिता ने अपने पुत्र का नाम 'भरत कुमार' घोषित कर दिया, लेकिन अनीता उसे प्यार से गुलु बुलाती थी। उधर धीरे-धीरे अस्पताल में काम पर जाने का समय भी नजदीक आ रहा था। अगर समय से अस्पताल नहीं पहुँची, तो दुबई के अस्पताल से उसे पूरी तरह छुट्टी दे दी जाएगी। उसने सोचा है कि जैसे-तैसे करके छह महीने और जाकर

काम करेगी। तभी उसे तीन महीने की छुट्टी और मिल सकेगी। अभी तो वह चाह कर भी नौकरी नहीं छोड़ सकती क्योंकि ससुराल वालों ने सोसाइटी में चार कमरों वाला बड़ा घर बुक कर दिया है। अब उसे फिर से, उस घर के लिए बैंक से लिए हुए कर्ज की किश्तें भरनी हैं। राजाराम, सिर्फ नाम के ही राजा है। अनीता के सिर से मायके के घर की किस्तें खत्म हुईं, तो ससुराल के घर की शुरू हो गईं। अपने तीनमहीने के गुलु को सास के पास छोड़कर जाने में जैसे उसके प्राण निकलने लगे। उसे चिंता है कि छोटा-सा गुलु डिब्बे का दूध कैसे पचा पाएगा। किसी तरह बिना तनख्वाह के एक महीने की छुट्टी उसने और बढ़वा ली है। वह एक महीना उसका ससुराल में बस यही सुनते-सुनते कटा कि "कैसे नए घर में जाएँगे, घर ही नहीं बुक करना चाहिए था, पुराने मकान में ही ठीक था। इंडिया में नौकरी करके ही जैसे-तैसे गुजारा कर लेंगे। जैसे उनके रहन-सहन का ठेका अनीता ने ही ले रखा हो। चार महीने के बच्चे को अपनी सास के पास छोड़कर, वह अमरावती से ट्रेन से हैदराबाद गई। वहीं से उसकी दुबई के लिए उड़ान थी। उसका पति उसे हैदराबाद हवाई अड्डे तक छोड़ने आया था। ट्रेन में ही उसकी छातियों से दूध की धारा बहने लगी। किसी तरह से उसने ब्रा में पैड लगाकर उसे रोकने की कोशिश की। उसकी दुबई की उड़ान तीन घंटे बाद की थी। हवाई-अड्डे पर ही उसकी कमीज पूरी गंदी हो गई। उसने बाथरूम में जाकर दूसरी कमीज और ब्रा सब कुछ बदल लिया। दीवार पर लगे बड़े से शीशे में वह अपने आपको देखने लगी और सोचने लगी कि कैसी माँ है वह, पैसा कमाने की खातिर दूधमुँहे बच्चे को दादी के पास छोड़कर विदेश जा रही है। गुलु को याद करते ही वह फफक-फफक कर रोने लगी। जनाना बाथरूम में खड़ी सभी औरतें उसे हैरान होकर देखने लगीं। बाथरूम साफ करने वाली एक 40 वर्षीय महिला उसके कंधे पर हाथ रखकर, उसकी पीठ सहलाने लगी। तेलुगु भाषा में बहुत प्यार से उसे हिम्मत रखने की बात कहने लगी। उसकी अनुभवी आँखें उसकी हालत समझ गईं थीं।

उसने सोचा किशायद इसका बच्चा पैदा होकर मर गया है। इसीलिए दूध से भरी छातियों से ममता की धारा बीच-बीच में फूट पड़ती है। "बालाजी तेरा भला करें बेटी किसी दूसरे बच्चे को दूध पिला दिया करो, नहीं तो गांठें पड़ जाएँगी और तू बीमार हो जाएगी।"वह सब कुछ चुपचाप सुनती रही। उसे भी नर्सिंग कोर्स में पढ़ाया गया है किजिन औरतों के बच्चे दूध पीने लायक नहीं रह जाते, वह खुद ही ब्रेस्ट पंप से उनका दूध निकालती थीं। तब उन मांओं को कितनी तकलीफ होती होगी, यह उसे आज महसूस हो रहा था। पानी से आँखें धोकर, अपना बैग लेकर वह झाड़ूवाली को धन्यवाद देती हुई, बाहर सुरक्षा जाँच के लिए चली गई।

हवाई अड्डे पर चारों ओर लोग इधर-उधर घूम रहे हैं। छोटे-छोटे बच्चे अपनी माँ की गोद में सो रहे हैं। कुछ तो अपने नन्हें-नन्हें कदमों से चहकते हुए दौड़ रहे हैं। उसकी नजर हवाई अड्डे पर आए हुए सिर्फ बच्चों पर ही पड़ रही है। उसने तय कर लिया किजाते ही वह टूरिस्ट वीजा पर गुलु और राजाराम को बुला लेगी ताकि एक महीना वह और उसके पास रह सके। फिर बच्चे के साथ रहने की अनुमति मिलते ही, वह गुलु को अपने साथ दुबई ले आएगी। उसके लिए एक आया रख देगी। बजट अगर बिगड़ता है, तो बिगड़े पर अब वह गुलु के बिना नहीं रह पाएगी। बस गुलु को याद करके जैसे-तैसे दुबई पहुँची। डॉ शर्मा और उनकी पत्नी को उसके इतनी जल्दी वापस आ जाने पर हैरानी भी हुई। आखिर छह महीने तक बिना सेलरी के वह भारत में रह सकती थी। फिर एक ही बार बच्चे का पासपोर्ट बनाकर, उसे अपने साथ लेकर आती। अब अनीता उन्हें कैसे बताए कि किन हालात में वह फिर से दोमहीने के लिए आई है। अस्पताल के सारे स्टाफ ने उसे बहुत बधाइयाँ दीं और बच्चे के लिए ढेर सारे उपहार भी दिए। अनीता ने फिर से अपनी इयूटी जॉइन कर ली। उसका दूध उतरना बंद ही नहीं हो रहा था। वह सोचती है किवहाँ जरूर गुलु को भूख लगी होगी।

मेटरनिटी वार्ड में एक भारतीय महिला ने बेटी को जन्म दिया है। उसे अभी दूध पिलाना ठीक से नहीं आ रहा है। बच्ची थोड़ी-थोड़ी देर में रोती रहती है। अनीता भी ब्रा के अंदर पहने पैड को गीले हो जाने के कारण दिन में तीन-चार बार बदलती है। उसे रोता देखकर, अनीता अपने आप को रोक न सकी और एक दिन वह चुपचाप उस बच्ची को केबिन से बाहर लाकर, उसका मुआयना करने के बहाने, उसे निरीक्षण कक्ष में ले जाकर अपना दूध पिला देती है। तब जाकर उसके शरीर और आत्मा को शांति मिलती है। दो दिन तक तो यह सिलसिला यूँ ही ठीक-ठाक चलता रहा लेकिन फिर एक दूसरी नर्स ने उसे ऐसा करते हुए देख लिया। उसने जाकर अस्पताल के मैनेजर को उसकी शिकायत कर दी। अब तो यह एक बहुत बड़ी और जटिल समस्या हो गई। शुक्र है किबच्ची भारतीय माँ से पैदा हुई थी। अगर किसी शेख या दुबई वासी महिला की बच्ची को वह दूध पिला देती, तो कम से कम उसे 100 कोड़ों की मार के साथ 10 साल की जेल की सजा होती। मिसेज़ डॉक्टर लता शर्मा मेटरनिटी वार्ड की हेड हैं। अनीता की ऐसी दुर्दशा होते वह नहीं देख सकती थीं। उन्होंने बच्चे की माँ को समझाते हुए कहा, "बेबी इज वेरी वीक" उसे ठीक से निप्पल चूसना नहीं आता। कृत्रिम निप्पल से इंफेक्शन हो सकता है, इसलिए बेबी को दूसरी मदर के पास दूध पीने के लिए छोड़ा था, ताकि उसे प्रैक्टिस हो जाए।" किसी तरह से उन्होंने यह मामला अपने ऊपर ले लिया और सारी बात रफा-दफा हो गई। अस्पताल का सारा स्टाफ अब अनीता को बड़ी हिकारत भरी नजरों से देखने लगा। अब अनीता चुपचाप अपने कमरे में जाकर दो बार सक्शन पंप से दूध निकालकर, बेबी मिल्क बैंक में जमा कर देती है। फिर वीडियो के सामने बैठकर सूनी आँखों से दूर भारत में बैठे अपने नन्हें गुलु को कैमरे में देखती है। उसने तय कर लिया है किअपनी सोने की दोनों चूड़ियाँ, चेन, बालियाँ, बड़ा हार सब कुछ बेचकर, दो महीने का खर्चा

तो वह उठा ही लेगी, लेकिन कैसे भी करके, अगले महीने वह भारत वापस चली जाएगी।

अभी भी वापस जाने में 25 दिन बाकी हैं। उसे अपने गाँव महबूब नगर की गाय याद आ गई। उसके अण्णा बछड़े को सामने बाँधकर गाय का सारा दूध निकाल लेते थे। कुछ भाई बहनों के लिए घर पर रख देते थे और बाकी का दूध गाँव में मिठाई वाले को बेच देते थे। बछड़ा बेचारा कुछ ही घूँट दूध पीता था, तो उसे छुड़ाकर सामने ही बाँध देते थे, ताकि गाय उसे देख-देखकर दूध देती रहे। जब वह गाय बूढ़ी हो गई, तो गाँव में लावारिस घूमती रहती थी। तब उसे चारा वगैरह कुछ भी नहीं देते थे। वह गलियों में जूठा कूड़ा खाकर बीमार होकर शायद मर गई या फिर अण्णा ने उसे कसाई को बेच दिया था। उसे यह बात आज तक नहीं समझ आई।

वह भी तो अपने घर में दूध देने वाली गाय ही है, उसके बच्चे का दूध कहीं और जा रहा है। वह यहाँ पर बस एक नर्स है, समय पर मुस्कुराते हुए, निपुणता के साथ काम करने वाली दक्ष नर्स। उसके सामने कई डिलीवरी हो रही हैं, लेकिन मैनेजर ने उसकी ड्यूटी अब मेटरनिटी वार्ड से हटाकर इमरजेंसी वार्ड में लगा दी है। शायद उसे भी मालूम है कि कहीं अनीता ममता में बहकर, फिर से कोई गलती न कर बैठे। मिडिल-ईस्ट देशों के कानून बहुत सख्त होते हैं। सभी उससे हमदर्दी भी रखते हैं और उसे सजा से बचाने के लिए बच्चों वाले वार्ड से दूर ही रखते हैं। वह रोज दिन में न जाने कितनी बार अपनी छातियों का दूध निकाल कर रखती है। अब वह एक-एक दिन, एक-एक घंटा वापस जाने के लिए गिन रही है। वह रमेश बाबू से बात करती रहती है कि भारत में ही कहीं बड़े अस्पताल में नौकरी देखो लेकिन रमेश बाबू हमेशा एक ही बात कहते कि दुबई जैसा पैसा यहाँ नहीं मिलेगा। वह मन मार कर बैठ जाती। फिर इसी आशा में जीती है कि चलो कम से कम दो महीने तो अपने बच्चे के साथ गुजार ही लूँगी।

***

स्कूल

प्रेम आंटी को दूसरे शहर में रहकर नौकरी करने का बड़ा खतरनाक तजुर्बा है। प्रेम खुराना वैसे तो बहुत सुंदर, गोरी-चिट्टी हैं, उनका लंबा-चौड़ा शरीर दूर-दूर तक उनकी पंजाबियत का परिचय देता है लेकिन उनकी शादी समय रहते नहीं हो पाई।35 साल की उम्र तक वह सेंट्रल स्कूल में शिक्षिका की नौकरी करती रहीं। वहाँ उन्हें अच्छी तनख्वाह भी मिलती है और फिर वह अंग्रेजी की टीचर थीं। पंजाब में वैसे भी लोगों का हाथ अंग्रेजी में थोड़ा तंग ही रहता है, फिर सत्तर-अस्सी के दशक तक लोगों केबीच, अपने बच्चों को अंग्रेजी मीडियम स्कूलों में भेजने का रिवाज भी इतना जोर नहीं पकड़ा था। प्रेम आंटी अंग्रेजी भाषा की अच्छी जानकारी रखती थीं, उन्होंने ऑक्सफोर्ड विश्वविद्यालय से अंग्रेजी में एम.ए. किया था। जिस शहर में भी उनका तबादला होता, कुछ दिनों में ही उनके स्कूल में पढ़ने वाले बच्चों के अभिभावकों को उनकी शिक्षा, बोलचाल, ज्ञान आदि के बारे में पता चल जाता और ट्यूशन के लिए लोगों की लाइन लग जाती। दूसरे स्कूल में पढ़ने वाले बच्चों के माता-पिता भी खासकर अपनी लड़कियों को उनके पास अंग्रेजी सीखने के लिए भेजते ताकि आसानी से उनकी बेटियों की शादी विदेशी लड़कों से हो सके। वैसे भी पंजाब और हरियाणा में कनाडा, अमेरिका, इंग्लैंड जाने की बीमारी-सी है। यहाँ तक कि नाइजीरिया, फिजी, मलेशिया जैसी जगहों पर भी यहाँ के लोग अपनी बेटियों की शादी करने को आतुर रहते हैं। प्रेम आंटी के कंधों पर अपने पूरे परिवार की जिम्मेदारी थी। जब वह मिशनरी

स्कूल में दसवीं कक्षा की छात्रा थी, तभी उनके पिताजी का देहांत हो गया। पाँच भाई-बहनों में वह दूसरे नंबर पर थी, उनकी बड़ी बहन की शादी जल्दी हो गई थी और शादी के तीसरे साल में ही उनकी मृत्यु भी हो गई। प्रेम से छोटे उसके तीन भाई-बहन और थे लेकिन किसी में भी इतनी हिम्मत ही नहीं थी कि बड़ी बहन की रहस्यमयी मौत के केस की सुनवाई पर बार-बार कोर्ट-कचहरी के चक्कर लगा सके। पिताजी ने बहुत कर्जा लेकर अपनी बड़ी बेटी की शादी की थी। उनके मरने पर माँ बहुत रोई, लेकिन दीदी की मौत से ज्यादा उन्हें शादी में हुए खर्च की चिंता थी। बहुत समय के बाद प्रेम मैडम को यह बात पता चली कि पुलिस ने हत्या का मामला अपनी मर्जी से आत्महत्या में नहीं बदला था, बल्कि उनकी माँ और दीदी के ससुराल वालों के बीच आपस में समझौता हुआ था। दीदी के जेवर, कपड़े और कुछ कैश के साथ माँ ने मुकदमा वापस ले लिया था, ताकि दीदी के ससुराल वालों को कोई सजा न हो। उन्हीं पैसों से उन्होंने अपने स्वर्गीय पति का कर्जा उतारा था। प्रेम जवानी के दिनों में बहुत ही सुंदर हुआ करती थी। दसवीं कक्षा की परीक्षा के बाद से ही वह धीरे-धीरे पूरे घर की जिम्मेदारी संभालने लगी। उसके मामा जी ने थोड़ी बहुत आर्थिक सहायता तो की, लेकिन महंगाई के जमाने में चार भाई-बहन और माँ, पाँच लोगों का परिवार चलाना आसान नहीं था।

मंडी में उनका ननिहाल था और गुरदासपुर में दादा के परिवार के लोग सियालकोट (पाकिस्तान) से आकर बस गए थे। उसके पिता अपने परिवार से अलग अमृतसर में बस गए थे और वहीं एक बड़ी घड़ियों की दुकान में वे मैनेजर की नौकरी कर रहे थे। प्राइवेट नौकरी थी, इसलिए उनके मरने पर कोई पेंशन भी नहीं मिली। प्रेम खुराना ने जब उच्च विद्यालय में दाखिला लिया, तो पैसों की कमी के कारण उन्होंने विज्ञान विषय न चुनकर आर्ट्स विषय चुना, ताकि घर पर रहकर कोई और काम कर सकें। माँ ने एक बार रात को रोते हुए अपनी चुन्नी उसके सामने फैला कर कहा था, "पुत्तर अब इस घर

की जिम्मेदारी तुझे ही लेनी है। तू ही मेरी बेटी है और तू ही बेटा। बस कुछ साल सब्र कर के, अपने छोटे भाई-बहनों को उनके पैरों पर खड़ा कर दे। वाहेगुरु तेरा भला करेंगे, बस तू ही मेरा सहारा है।"

प्रेम उसी दिन से एक लड़की से औरत बन गई। वह अपनी पढ़ाई के साथ-साथ ही अपने छोटे भाई-बहनों को भी पढ़ाती और बाहर के बच्चों को ट्यूशन भी देती थी। वैसे तो ट्यूशन में बहुत कम पैसे मिलते थे, लेकिन जिनके बच्चों को वह पढ़ाने जाती थी, उनकी माताएँ उस पर बहुत दया रखतीं और प्रेम को अपने नए पुराने सूट दे देतीं। प्रेम भी चुपचाप ढीले-ढाले, बिना माप वाले, नापसंद कपड़े पहन लेती। उसने सालों तक अपने लिए कोई नया सूट नहीं सिलवाया। बच्चों को बचपन से पढ़ाते-पढ़ाते वह एक शिक्षिका के साथ-साथ अच्छी विद्यार्थी भी बनी। उच्च-विद्यालय की परीक्षा में उसने प्रथम स्थान प्राप्त किया। माँ ने पूरे मोहल्ले में मिठाई बाँटी, सबसे बोली, "प्रेम मेरा पुत्तर है।" वैसे भी पंजाब में लड़की और लड़कों के नाम एक जैसे ही होते हैं। भारत के अन्य राज्यों में 'प्रेम' लड़कों का ही नाम रखा जाता है। उसके बाद प्रेम ने पंजाब के गुरु नानक विश्वविद्यालय से इंग्लिश ऑनर्स में बीए किया। वहाँ भी वह प्रथम आई और स्वर्ण पदक विजेता बनी। अपनी पढ़ाई के साथ-साथ वह अपने दोनों छोटे भाइयों और छोटी बहन गीत को भी पढ़ाती रही। घर का सारा कामकाज माँ ही करतीं।

प्रोफेसर रामदयाल के कहने पर उसने ब्रिटिश काउंसिल में एक विशेष परीक्षा दी, जिसमें उसका चयन हो गया और उसे इंग्लैंड के ऑक्सफोर्ड विश्वविद्यालय से एम.ए. करने का बुलावा आ गया। साथ ही वहाँ रहकर पढ़ाई करने के लिए वजीफा भी मिला लेकिन इंग्लैंड में उसके ऊपर भी बहुत खर्च होंगे, यही सोचकर वह बहुत परेशान थी। उस समय प्रोफेसर रामदयाल एक सच्चे गुरु की तरह हमेशा उसके साथ रहे। उन्हीं से कुछ रकम उधार लेकर वह इंग्लैंड चली गई औरवहाँ उसने दो साल तक पढ़ाई की।

प्रेम इंग्लैंड जाकर कई दिनों तक, दिन में सिर्फ एक बार ही खाना खाती थी और इतवार को गुरुद्वारे जाकर, पेट भरकर लंगर में दाल-रोटी खाती और रोटियाँ मांग कर प्रसाद को घर ले आती। मिडिलसेक्स में उसने चार लड़कियों के साथ मिलकर एक पुरानी-सी इमारत में कमरा किराए पर लिया। एक सप्ताह दो लड़कियाँ पलंग पर सोतीं और दूसरे सप्ताह दूसरी दोनों लड़कियाँ, अपनी बारी आने पर पलंग पर सोतीं। वहाँ प्रेम की पढ़ाई ठीक से नहीं हो पाती थी।

माँ ने कितनी कोशिशों के बाद दूर के रिश्ते की चाची का पता लगाकर उनका ठिकाना भेजा था। एक इतवार को जब उनके घर मिलने गई, तब पता चला कि उनके बच्चे अब बड़े हो चुके हैं और अलग रहते हैं। घर पर बूढ़े सास-ससुर की सेवा के लिए नर्सें बहुत ज्यादा पैसे मांगती हैं और फिर एक व्यक्ति के लिए एक ही नर्स मिलती है। एक नर्स दोनों बुजुर्गों का काम नहीं करती। चाची की सेहत भी इतना साथ नहीं देती। तब प्रेम ने खुद ही यह प्रस्ताव दिया, "चाची अगर आप अपने बच्चों के कमरे में मुझे रहने की इजाजत दे दो, तो मैं आपके पास पर रह कर पढ़ लूँगी। सुबह जाने से पहले और रात को आकर दादा-दादी का सारा काम कर दिया करूँगी।" चाची ने फौरन हाँ कर दी, इंग्लैंड जैसे शहर में इतनी विश्वसनीय, पढ़ी-लिखी मुफ्त की सेवादार मिलना, छुपा हुआ खजाना मिलने के समान है। दोनों के बीच एक अलिखित समझौता हो गया। प्रेम बूढ़ी दादी और लकवा मारे दादा की सेवा करेगी और चाची उसके बदले उसे अपने साथ घर में रहने देगी। प्रेम तीन महीनों के बाद, उस कमरे से चाची के फ्लैट में आ गई। आज वह बहुत दिनों के बाद कमरे में अकेली पलंग पर सो सकी थी।

इसके बाद उसकी जिंदगी लंदन स्क्वॉयर पर लगी घड़ी की सुइयों की तरह हो गई। तड़के चार बजे उठ कर, नहा-धोकर, कमरे में ही पाठ करती, उसके बाद दादा-दादी के कमरे में जाकर, रात के गंदे कपड़ों को हाथ से धोकर, वॉशिंग मशीन में डालती। रसोई में जाकर

अपना नाश्ता-चाय बना कर खाती और सारे परिवार का नाश्ता बनाती, जो कि ज्यादातर परांठे ही होता था। फिर दिन के लिए एक सब्जी बनाकर और आटा गूंथ कर रख जाती। वैक्यूम क्लीनर से सारा घर साफ करतीऔर ठीक सात बजे की बस पकड़ कर मेट्रो स्टेशन जाती, फिर मेट्रो ट्रेन से विश्वविद्यालय पहुँचती। दिनभर कक्षा और पुस्तकालय में ही रहती। कई प्रवासी भारतीय विद्यार्थी उससे दोस्ती करना चाहते थे, लेकिन वह बड़ी ही शालीनता से सब को टरका देती। चाची भी उससे खुश रहतीं, पका-पकाया खाना, साफ-सुथरा घर, बड़ों की सेवा के झंझट से छुटकारा, भला और क्या चाहिए। चाची के बच्चे अगर छुट्टियों में उनसे मिलने, उनके घर आते, तो प्रेम बैठक में दूरदर्शन के सामने पड़े सोफे पर ही सो जाती। चौबीस घंटों में से उसे मुश्किल से चार-पाँच घंटे ही आराम मिल पाता। चाची के पोते-पोतियों ने ही सबसे पहले उसे आंटी बुलाना शुरू किया और धीरे-धीरे उसका नाम प्रेम आंटी ही पड़ गया। प्रवासी भारतीय लड़के भी उसका गंभीर स्वभाव देखकर उसे आंटी जी ही कह कर बुलाते। प्रेम केवल मुस्कुरा कर रह जाती। वह गजब का सब्र लेकर पैदा हुई थी, या परिस्थितियों ने उसे ऐसा बना दिया, यह तो रब ही जाने।

चाचा-चाची कई सालों के बाद, एक महीने के लिए हिंदुस्तान गए। प्रेम को उन्होंने अपने घर में रहने के लिए जगह दी है, इसका जिक्र बीबीसी की खबर की तरह हर रोज होता है। इंग्लैंड में रहकर प्रेम बहन जी से आंटी बन गई। उसने कड़ी मेहनत से ऑक्सफोर्ड विश्वविद्यालय में एमए की परीक्षा में भी प्रथम स्थान प्राप्त किया। भारतीय विद्यार्थी वैसे भी विदेशों में जाकर उनसे उन्हीं की भाषा सीख कर, पंडित बन जाते हैं। स्वर्ण पदक विजेता बनकर प्रेम आंटी जब भारत वापस आईं, तो उन्होंने नौकरी के रूप में शिक्षिका बनने का ही चुनाव किया। बीएड की पढ़ाई करते हुए, वह अंशकालिक रूप से कोचिंग सेंटर में भी पढ़ाती हैं। कोचिंग सेंटर वाले भी उसके नाम के आगे 'ऑक्सफोर्ड यूनिवर्सिटी रिटर्न' लिखवा कर सेंटर का नाम

चमकाते हैं। दोनों छोटे भाई भी अब कुछ सयाने हो गए हैं, दीदी की देखा-देखी वह भी अच्छा पढ़ते हैं। गीत अभी दसवीं में ही है। सभी को पता है कि जब तक दीदी चाहेगी, वह आगे पढ़ सकेंगे। जब प्रेम आंटी की नौकरी केंद्रीय विद्यालय में लगी, तो कई रिश्तेदारों ने उसे शिक्षिका की नौकरी न करने और कोई दूसरी सरकारी नौकरी करने की सलाह दी। प्रेम आंटी के पास और ज्यादा पढ़ने के लिए न तो पैसे थे और न ही समय। उनकी पहली नियुक्ति मद्रास में हुई थी। वहाँ पर उन्होंने एक सस्ते से किराए के घर में रहकर पाँच साल बिताए। मद्रास में रहते हुए उन्होंने थोड़ी-बहुत तमिल भी सीख ली। जब वह साड़ी पहनकर, पीछे की तरफ कसकर बाल बाँध कर लंबी चोटी करके स्कूल जाती, तो रास्ते में ऑटो वाले, सब्जी वाले, फल वाले, उसे आश्चर्य से देखते। अभिभावक-शिक्षक बैठक के दिन विद्यार्थियों के माता-पिता उसके चेहरे को देखते ही रह जाते। न बालों में फूलों का गजरा और न हाथों में चूड़ियाँ, माथे पर एक छोटी-सी नाम मात्र की बिंदी भी नहीं, फिर भी प्रेम आंटी कितनी सुंदर दिखती हैं। स्कूल में अक्सर उसके गोरे रंग को लेकर कोई न कोई उससे कुछ न कुछ पूछ ही लेता है, "महोदया आप कौन-सी क्रीम लगाती हैं?" प्रेम आंटी भला कैसे बताएँ कि सारी जवानी उन्होंने दूसरों की उतरन पहनकर निकाली है। वह भला कौन-सी क्रीम, कहाँ से और कैसे खरीदेगी। वह तो एक-एक पैसा जोड़कर घर भेजती है।

उसके छोटे भाई बलवंत ने बैंक की परीक्षा पास कर ली है और उसकी नौकरी बैंक में लग गई है। वह प्रशिक्षण के लिए मैसूर गया और फिर उसकी पहली नियुक्ति हरियाणा के रोहतक शहर में हुई। वह वहाँ एक कमरे का घर लेकर किराए पर रहने लगा। माँ ने भी थोड़ी चैन की साँस ली। छोटे भाई सत्य प्रकाश ने भी तक्नीशियन का डिप्लोमा कोर्स किया है। वह थोड़ा होशियार भी है, जल्दी ही उसकी नौकरी भी लग जाएगी, तो घर के लिए अच्छा होगा।

प्रेम आंटी अब तीस की उम्र पार कर चुकी हैं। शादी के लिए बड़े अच्छे-अच्छे घरों से प्रस्ताव आए, लड़की सुंदर, शिक्षित, कमाऊ और केंद्रीय विद्यालय में शिक्षिका हैं। हर लिहाज से वह एक आदर्श बहू होने की मांग पर उचित बैठती है। जब भी उसके लिए कोई रिश्ता आता, तो उसकी माँ कह देती, "प्रेम अभी राजी नहीं होगी, वह तो इस घर का बड़ा पुत्तर है, शादी करना ही नहीं चाहती।" यह बात और है कि प्रेम से उसकी माँ ने कभी पूछा ही नहीं। प्रेम जब कभी अपने सहकर्मियों की शादी या उनके बच्चों के जन्मदिन पर जाती, तो उनके परिवार को देखकर उसका मन भी चाहता कि यदि अपनी बिरादरी में कोई अच्छा लड़का मिल जाए, तो वह भी शादी कर के अपना घर बसा ले।

इधर पाँच साल के बाद प्रेम का तबादला राजस्थान में हो गया। अपने जीवन काल में प्रेम आंटी हमेशा दूसरों के घर में रहकर ही पढ़ाई कर रही थीं। मद्रास में वह पहली बार अपनी पूरी कमाई के साथ अकेली रहीं। हालांकि वह अपनी तनख्वाह का बड़ा हिस्सा घर पर भेज देती थी, लेकिन फिर भी कुछ पैसे उनके हाथ में रह जाते थे। मद्रास का नाम बाद में चेन्नई पड़ गया। चेन्नई के स्कूल में सभी शिक्षिकाएँ साड़ी पहन कर आती थीं, इसलिए वह भी पहली बार, अपनी सहेली ललिता के साथ जाकर तीन सूती साड़ियाँ खरीद लाई। ललिता ने ही उन्हें अच्छे से साड़ी बाँधना सिखाया। पहली बार प्रेम ने सस्ती ही सही, अपनी पसंद की साड़ी खरीद कर पहनी। चटकीले, गहरे रंगों वाले बॉर्डर की साड़ी में वह एक देवी की तरह लगती थी। श्रीनिवास उन्हीं के स्कूल में भौतिकी विज्ञान के शिक्षक थे। वह एक कट्टरपंथी ब्राह्मण परिवार से ताल्लुक रखते थे। उन्होंने अपने जीवन में पहली बार जाति से बाहर जाकर, कन्या से विवाह करने की बात सोची। उनकी धर्म परायण माता जी भी प्रेम आंटी से इस हद तक प्रभावित हुईं कि उन्होंने भी रिश्ते के लिए स्वीकृति दे दी। लेकिन प्रेम आंटी अभी और चार साल तक शादी नहीं कर सकतीं और फिर शायद

इस रिश्ते के लिए उनके परिवार वालों की रजामंदी भी नहीं होगी। इसलिए वह बात वहीं की वहीं दब गई। छुट्टियों में वह सारे मंदिरों में घूमी। पंजाब में उसने कभी समुद्र नहीं देखा था, चेन्नई का 'मरीन ड्राइव' उसे बहुत आकर्षित करता है। समुद्र की उमड़ती लहरों को देखकर उसका मन शांत हो जाता है। चेन्नई छोड़ने का उसे बहुत दुख हुआ। यहाँ का खान-पान, सीधा-सरल, रहन-सहन उसे बहुत भा गया था। पंजाब में तो केवल दिखावा बाजी ही है। आडंबर और दिखावे से उसे सख्त नफरत है।

बलवंत की नियुक्ति रोहतक में हुई और तनख्वाह भी पहले से थोड़ी बढ़ गई है लेकिन फिर भी उसने एक कमरे का घर ही किराए पर लिया। वह बहुत कम पैसे ही घर भेज पाता है, क्योंकि उसने किस्तों में मोटर साइकिल ली है ताकि बैंक समय से पहुँच सके। वैसे भी बैंक अपने कर्मचारियों को बहुत कम ब्याज पर कर्ज देते हैं। छह महीने के बाद उसे बैंक की ओर से दो कमरों वाला क्वार्टर भी मिल गया। अब घर में सब कुछ चाहिए टीवी, फ्रिज, माइक्रोवेव आदि। वहाँ भयंकर गर्मी पड़ती है, इसलिए उसने किस्तों पर अपने कमरे के लिए ए.सी. और ड्राइंग रूम के लिए कूलर भी ले लिया। माँ भी अब बेटे के पास ही आ गई है। उन्होंने अमृतसर में अपना किराए का घर छोड़ दिया है। फालतू में किराया जाएगा और फिर बेटे का घर भी बसाना है। उन्होंने सोचा कि बच्चों की शादी भी बैंक वाले क्वार्टर से ज्यादा शान से हो सकेगी। बलवंत खुराना की लगभग सारी तनख्वाह किस्तों को भरने में ही चली जाती थी। घर में नकद के नाम पर मात्र कुछ पैसा ही आ पाता है। मुश्किल से रोटी-पानी का खर्च निकलता है।

गीत, स्नातकोत्तर के आखिरी साल में है। उसकी पढ़ाई और सत्य प्रकाश के कोर्स की फीस अभी भी प्रेम आंटी की तनख्वाह से ही जाती है। जयपुर की गर्मी में बिना एसी वाले कमरे में वह कैसे रहती है, यह बात उनका रब ही जानता है। सर्दियों में भी गीज़र खरीदने की हिम्मत नहीं कर पाती, कड़ाकेदार सर्दी में गैस पर ही पानी गर्म

करके नहा लेती है। बिना नहाए वह आज तक कभी पाठ करने नहीं बैठी है।

जयपुर के स्कूल का वातावरण, चेन्नई से बिल्कुल भिन्न है। पढ़ाई के पीछे पागल विद्यार्थी और शिक्षक दोनों की ही थोड़ी कमी-सी है। अंग्रेजी माध्यम होते हुए भी सभी बातचीत और पढ़ाई हिंदी में करना पसंद करते हैं। प्रेम आंटी वहाँ ताजी हवा के झोंके की तरह पहुँची। लंबी, सुंदर, सादगी से भरपूर, राजस्थान वाला कोई साज-शृंगार नहीं और न ही कढ़ाई वाली साड़ियाँ। अंग्रेजी में स्पष्ट बात करने वाली, कोई विशेष शैली न होते हुए भी वह सभी से अलग दिखती हैं। प्रथम श्रेणी पेशा, विदेशी शिक्षा यही सोच-सोच कर आधे से ज्यादा सहकर्मी हीन भावना के शिकार हो गए। किसी ने भी मन से उनका स्वागत नहीं किया। दिल्ली से राष्ट्रपति भवन में होने वाले कार्यक्रम में उन्हें बुलाया जाता या विशिष्ट साहित्य का अनुवाद करने के लिए उन्हें दिया जाता, यह सब उनके सहकर्मियों को बिल्कुल पसंद नहीं आता। कहते हैं न कि इंसान की ख्याति जैसे-जैसे बढ़ती जाती है, उसके सहकर्मी उससे दूर होते जाते हैं। ऐसा ही कुछ प्रेम आंटी के साथ भी हुआ। कुछ एक उनसे छोटी शिक्षिकाएँ, प्रेम महोदया को अपना आदर्श मानकर, उनको अति सम्मान देतीं। बाकी सभी के लिए वह ईर्ष्या का विषय है। उनके विद्यालय में इतिहास के एक शिक्षक गोपाल कुमार हैं। वह पिछड़ी जनजाति से हैं। उनके समाज से वह पहले स्नातकोत्तर हैं। वे आईएएस बनना चाहते थे। लेकिन आरक्षण होने के बावजूद वे परीक्षा में सफल नहीं हो सके। फिर विद्यालय में शिक्षक बन गए। उन्होंने विद्यालय के बाहर अपनी एक अकादमी भी खोली है, जहाँ वे अपने समाज के बच्चों को शिक्षा देते हैं किंतु गरीब बच्चों को वह मुफ्त में शिक्षा देते हैं। विद्यालय एवं उसके बाहर उनका बहुत सम्मान है। सभी उन्हें गुरु जी कहते हैं। वैसे तो उनका विषय इतिहास है, किंतु वह हिंदी साहित्य में भी विशेष रुचि रखते हैं। वे अंग्रेजी ठीक से बोल तो लेते हैं, लेकिन उनका

व्याकरण बड़ा ही कमजोर है। प्रेम मैडम पर वह पहली ही दृष्टि में मोहित हो उठे थे। उन्होंने उनके बारे में सुन रखा था कि वह बहुत ही घमंडी हैं, कोई आदमी उन्हें पसंद नहीं आया, इसीलिए वह अभी तक अविवाहित हैं। हमेशा अपने ज्ञान का ही बखान करती रहती हैं। इसलिए गुरु जी ने भी शुरू से ही उनसे दूरी बनाए रखी। इसी बीच प्रेम मैडम की प्रमोशन भी हो गया और अब वह यूनिट -1 विद्यालय की उप-प्रधानाचार्य बन गईं। इतने कम समय में प्रमोशन मिलने पर एक दो शिक्षिकाओं ने कानाफूसी भी की, जरूर दिल्ली में जाकर अंग्रेजी में अधिकारियों को रिझाया होगालेकिन कुछ ही महीनों में गुरु जी को समझ आ गया कि प्रेम खुराना कितनी प्रतिभाशाली और समझदार हैं। वह विद्यार्थियों को कभी भी ढील नहीं देतीं, लेकिन उन्हें विद्यार्थियों के साथ कभी सख्त होते भी किसी ने नहीं देखा है। वे अंग्रेजी साहित्य इतने रोचक और सरल तरीके से समझातीं कि सभी विद्यार्थी उनकी कक्षा में अनुशासन बनाकर रखते। एक बार गुरु जी ने हिम्मत करके उन्हें अपनी अकादमी में निमंत्रित किया। प्रेम मैडम बिना किसी हिचक के वहाँपहुँच गईं। बच्चों से बातचीत के बाद फिर खुद ही बोलीं, "यहाँ तो मैं अकेली रहती हूँ, विद्यालय के बाद खाली समय में, मैं आकर बच्चों को अंग्रेजी व्याकरण की शिक्षा दे दिया करूँगी। प्रतियोगी परीक्षाओं में बहुत सहायता मिलेगी।" गुरुजी बोले, "लेकिन आप इसके लिए महीने का कितना पैसा लेगीं।" वह मुस्कुरा कर बोलीं, "बस मेरा आने-जाने का रिक्शे का किराया।" गुरुजी, मुस्कुरा दिए और बोले-"आई एम डैम सीरियस अबाउट दिस।" गुरुजी उनकी सरलता पर और भी अधिक मोहित हो गए। अब प्रेम सप्ताह में चार दिन, स्कूल के बाद अकादमी जाकर बच्चों को शिक्षा देने लगी। ज्यादातर बच्चे तेज दिमाग के हैं, लेकिन अंग्रेजी में कमजोर हैं। प्रेम मैडम ने उन्हें शुरू से पढ़ाना शुरू किया। वौवल, टेन्स, नाउन आदि। कुछ बच्चे बिगड़ कर बोले, "मैडम हम बेवकूफ नहीं हैं, हमने यह सब सालों पहले स्कूल में पढ़ा है।" प्रेम मैडम बहुत

प्यार से कहतीं, "ठीक है फिर से पढ़ लो। आप की व्याकरण एकदम ठीक हो जाएगी। एण्ड प्लीज स्पीक इन इंग्लिश इन माय क्लास, ओके।" एक महीने में छात्रों ने भी महसूस किया कि अब वह ढंग से अंग्रेजी बोलने लगे हैं और उनकी लिखने में भी अब कम गलतियाँ होने लगी हैं।

प्रेम मैडम ने सब को कहा, "इंग्लिश सीखनी है, तो रोज़ दो बार अंग्रेजी खबरों को सुनो। अंग्रेजी अखबार पढ़ो, रोज़ एक पेज इंग्लिश के किसी उपन्यास या कहानी को उतार कर अपनी लिखावट में अपनी कॉपी में लिखो। एक पन्ने में रोज अंग्रेजी के पाँच नए शब्द लिखो।" गुरुजी भी धीरे-धीरे चुपके से प्रेम मैडम की दी हुई हिदायतों के अनुसार पढ़ते रहे। बच्चे प्रेम मैडम को बहुत सम्मान देते। आजकल मुफ्त में कौन पढ़ाता है! महीना खत्म होते ही गुरु जी ने पूछा, ऑटो का किराया कितना हुआ? मैडम बोलीं, पूरे महीने आने-जाने के आठ सौ रुपए हुए। गोपाल कुमार जी ने तुरंत आठ सौ रुपए निकाल कर उन्हें दे दिए। मैडम ने भी बिना हिचकिचाये उनसे वह पैसे ले लिए। गोपाल जी ने उस दिन अनुभव किया कि प्रेम जी कितनी सहज और सादगी से भरी हैं। फिर एक दिन हिम्मत करके वह प्रेम जी से बोले, "आप तो बड़े-बड़े साहित्यकारों की रचनाओं का अनुवाद करती हैं, मुझे भी कविताएँ लिखने का शौक है, क्या आप उनका अनुवाद कर देंगी?" प्रेम ने कहा, "जरूर, लेकिन कविताओं का अनुवाद करने में काफी समय लगता है, चलेगा।" गुरुजी ने झट से सिर हिला दिया। जो बातें वह प्रेम मैडम से सामने कहने का साहस नहीं कर पा रहे थे, वह सब वे अपनी कविताओं के साथ कभी-कभी पर्ची पर लिखकर भेज देते। प्रेम मैडम भी किसी-किसी पर्ची का उत्तर दे देतीं। कई बार इंसान अपने मन की गहरी बातें सामने कहने में सहज महसूस नहीं करता, तब वह उन्हें लिखकर, आसानी से कह देता है। यह सिलसिला बहुत धीमी गति से चलता रहा।

उधर माँ बलवंत की शादी करके उसका घर बसाने की सोच रही हैं। सत्य प्रकाश की नौकरी भी दूरदर्शन में लग गई है। प्रशिक्षण के बाद उसकी नियुक्ति पूर्वोत्तर भारत में अरुणाचल प्रदेश के इटानगर में हुई है। वहाँ उसे रहने की सुविधा भी मिलेगी और तनख्वाह भी बीस प्रतिशत ज्यादा मिलेगी क्योंकि अरुणाचल प्रदेश, गुवाहाटी आदि इतनी दूर की जगह पर कोई नहीं जाना चाहता। लेकिन सत्य प्रकाश खुशी-खुशी राजी हो गया। सत्य प्रकाश के इतनी दूर नौकरी पर जाने से पहले माँ ने कहा, "सभी भाई-बहन रोहतक आ जाओ, बलवंत के निवास पर, कुछ समय एक साथ गुजारेंगे। "

दशहरे की छुट्टियों में प्रेम आंटी भी पहुँच गईं। बलवंत का रहन-सहन देखकर वह हैरान भी हुई और खुश भी। चलो, अब माँ और गीत अच्छी तरह से रह सकते हैं। जब कभी भी लस्सी बनाने का मन करेगा, फ्रिज खोलकर बर्फ और दही निकालकर, झट से मिक्सर से बना लेती हैं। उन्हें याद है कि अमृतसर में तो पहले बाजार से दही, साथ में बर्फ लाकर, फिर जग में चरखी से मथना पड़ता था। गर्मी के दिनों में शाम को ही बाल्टी भर पानी छत पर छिड़क देते थे, ताकि छत ठंडी हो जाए और फिर वहाँ सोते थे। बारिश के मौसम में, बूंदे पड़ते ही, बिस्तर लपेटकर नीचे कमरे की ओर दौड़ते और उमस भरी रात कैसे तड़प कर काटते। यहाँ तो कूलर है, ए.सी. है, शांति से सो सकते हैं।

माँ ने रात को ही कह दिया कि भगवान की मर्जी रही, तो इसी साल एक को डोली में विदा करूँगी और दूसरी की डोली घर लेकर आऊँगी। लेकिन प्रेम के लिए अब अच्छे और काबिल रिश्ते आने कम हो गए हैं। उसकी उम्र भी अब पैंतीस के ऊपर हो चली है। अभी तक गोपाल कुमार ने भी खुलकर कोई प्रस्ताव नहीं दिया है। फिर भला वह लड़की होकर कैसे पहल करे। उसने घर पर भी कह दिया है, आप लड़का देखो। बलवंत की नौकरी बैंक में लगते ही, उसके लिए काफी रिश्ते आने लगे। उन्होंने वापिस जयपुर आकर गोपाल जी को भी बता

दिया किमाँ मेरे लिए रिश्ता देख रही हैं। गुरुजी भी इशारा समझ गए, रात को उन्होंने संदेशभेजा, "कल अपने घर पर बात करूँगा, आपको कोई एतराज तो नहीं। मैं कालिदास पढ़ने वाला, आप शेक्सपियर की चहेती। मुझे रसखान भाये और आपको विलियम वर्ड्सवर्थ।" प्रेम ने संदेश पढ़ कर उत्तर दिया, "प्यार की अभिव्यक्ति किसी भी भाषा में की जा सकती है, यह तो प्यार करने वाले पर निर्भर करता है, गुड नाइट!" अगले दिन गोपाल जी ने अपने घर में प्रेम और उनके विषय में बात की। बात शुरू होते ही घर में महाभारत छिड़ गई। पिता जी बोले, "तू हमारे समाज का इकलौता सरकारी शिक्षक है। अब जात से बाहर मत जा। तेरी बहनें भी हैं, उनसे कौन शादी करेगा।" माँ भी बोल उठी, "वह तेरी उम्र की है, भला इतनी उम्र तक कोई लड़की कुँवारी रहती है, जरूर कोई खोट होगी! फिर अंग्रेजी बोलने वाली, अपने घर को देख, उसको देख, पंजाबी लोग बहुत झगड़ालू होते हैं। बिटवा अपने माँ-बाप को जहर देकर ही उसको लाना, आगे तेरी मर्जी।" गुरुजी आदर्श पुत्र हैं, उन्होंने वहीं हथियार डाल दिए। उनमें अपने माता-पिता का विरोध करने का साहस नहीं था। अगले तीन-चार दिनों तक उन्होंने कोई संदेश नहीं भेजा और न ही कोई कविता की पंक्तियाँ अनुवाद के लिए नहीं भेजीं। मैडम भी चुपचाप अकादमी जाकर अपनी कक्षा लेकर आ जातीं। उसे भी ज्ञात हो गया कि घर पर मंजूरी नहीं मिली होगी। खैर, उनके बीच न तो कोई प्यार वाली बातें हुई थीं और न ही कोई वादा, तो रूठने मनाने की प्रक्रिया भी नहीं हुई। बस मन के भीतर कुछ मर-सा गया।

गीत को स्नातक के बाद आगे नहीं पढ़ना है, वह किसी आर्मी ऑफीसर को पसंद करने लगी है जो अभी प्रशिक्षण में है। साल भर के बाद दोनों शादी कर लेंगे। कितने साहस के साथ उसने घोषणा कर दी। लड़का अपनी बिरादरी का है, इसलिए बलवंत और सत्य प्रकाश भी मान गए। फिर माँ भी इस बार लड़की की शादी में देर नहीं करना चाहती, क्योंकि बड़ी बेटी की शादी में देरी करने का नतीजा वह भुगत

रही हैं। प्रेम आंटी के लिए अब तलाकशुदा, विधवा का फिर कम पढ़े-लिखे व्यापारी परिवार से रिश्ते आने लगे हैं। प्रेम आंटी को वह रिश्ते एकदम भी मंजूर नहीं हैं।

चेन्नई के विद्यालय की स्वर्ण जयंती के दिन सारे कार्यक्रम की घोषणा उन्होंने ही की थी। ललिता ने उसे अपनी नारंगी रंग की कांजीवरम साड़ी पहनने के लिए दी थी। उसने पहली बार बालों में मोगरे के फूलों का गजरा लगाया था, सभी ने उनकी बहुत तारीफ की थी। श्रीनिवास ने आकर धीरे से कहा था, "मीनाक्षी लग रही हो।" प्रेम बोली, 'वो हीरोइन?' श्रीनिवास बोला, "नहीं-नहीं मीनाक्षी देवी।" यानी की एकदम देवी। वह जब भी मंच पर घोषणा करने के लिए आती, श्रीनिवास उसी को देखता रहता, वह झेंप कर इधर-उधर नजर घुमाकर घोषणा करती। तब प्रेम सोचती है, काश हिम्मत करके उसी से शादी कर लेती। जब वह पैदल स्कूल जाती थी, तो जग्गू हलवाई का बेटा साइकिल लेकर रोज उससे पूछता था, "मेरे साथ चल, जल्दी स्कूल पहुँच जाएगी।" वह कैसे सिर नीचे करके, उसे बिना देखे, तेज कदमों से स्कूल चली जाती थी। तीन सालों तक तो वह उसके पीछे आया, लेकिन उसने कभी उसका फोन नंबर तक नहीं लिया। कितना शरीफ लड़का था, उसने कभी प्रेम की किसी दोस्त या सहेली तक को उसके बारे में नहीं पूछा। गोपाल जी की भी अपनी मजबूरी है, वह अगर थोड़ी हिम्मत दिखाएँगे, तो प्रेम उनके साथ चल पड़ेगी लेकिन ऐसा कुछ नहीं हुआ। प्रेम अब भी बच्चों को पढ़ाने अकादमी जाती है, परंतु गुरुजी से ज्यादा बातचीत नहीं होती।

इधर माँ ने भी जैसे भी हो, इस साल बलवंत की शादी करने की ठान ली है। उन्होंने नवंबर के महीने में ही उसकी शादी चंडीगढ़ के फलों के व्यापारी कन्हैयालाल जी की बेटी से कर दी। प्रेम आंटी भी दो दिन की छुट्टी लेकर अपने छोटे भाई की शादी में गईं। गीत ने हर रीत में अलग-अलग पूरे फैशन वाले जोड़े बनवा कर पहने। सत्यप्रकाश भी शादी में शामिल होने आया है, वह अपनी दीदी से ज्यादा जुड़ा

हुआ है। सारी शादी में वह दीदी के साथ ही रहा कि प्रेम को कहीं अकेलापन न महसूस हो। माँ ने एक बार आँसू पोंछते हुए, प्रेम के रिश्ते की बात कहीं पक्की न होने का दुख भी जताया, लेकिन ज्यादातर समय वह चेहरे से अत्यंत खुश और सुखी ही दिखाई दे रही थीं। उनका चश्मा भी अब सुनहरी फ्रेम का हो गया है। सिल्क वाले सूट और रेशमी हल्के सलेटी रंग के दुपट्टे में, वह एक संभ्रांत महिला लग रही है। सभी के चेहरों से वह गरीबी वाली रेखाएँ मिट-सी गईं है। प्रेम सोचती है कि पैसा आदमी में आत्मविश्वास पैदा करने का दम रखता है। बलवंत की पत्नी बबीता चंडीगढ़ की स्मार्ट और तेज स्वभाव की लड़की है। वह एक प्राइवेट कंपनी में नौकरी करती है। उसने आते ही घर में अपने प्रभुत्व की बिसात बिछा दी। उसे भी पता है कि प्रेम के सामने उसकी दाल नहीं गलने वाली। और फिर प्रेम की सुंदरता, शिक्षा और सब्र के सामने हर कोई स्वयं को बौना-सा महसूस करता है। वह प्रेम से नाम मात्र की ही बात करती है। उनसे बिगाड़ कर वह अपना भविष्य खराब नहीं करना चाहती थी, लेकिन वह माँ और गीत पर रौब जमाने में कामयाब हो गई। उसने माँ को समझा दिया कि आने वाले साल तक गीत की शादी ठाट से कर देंगे। प्रेम दीदी बैंक से कर्ज ले लेंगी। माँ, रोहतक में उनके साथ ही रहेगी। सब कुछ बबीता की योजना के अनुसार ही हुआ। बलवंत की किस्तों की रकम ही इतनी ज्यादा है कि उसे बैंक से और कर्ज नहीं मिल सकता, इसलिए प्रेम दीदी ने ही गीत की शादी के लिए अपने नाम पर बैंक से कर्जा लिया। थोड़ी-बहुत मदद सत्यप्रकाश ने भी की। उसकी नई-नई नौकरी थी, इसलिए उससे ज्यादा की उम्मीद भी नहीं की जा सकती थी। गीत की शादी पूरे पंजाबी रिवाज से ठाट-बाट के साथ हुई। प्रेम दीदी ने ढेरों आशीर्वादों के साथ उसे विदा किया। बबीता ने भी शादी में प्रेम दीदी के पैसों का भरपूर उपयोग किया। उधर गुरु जी की शादी उनके ही समाज की एक प्राइवेट स्कूल की शिक्षिका से हो

गई। विद्यालय के सभी सहकर्मी उनके विवाह में गए, लेकिन प्रेम छुट्टी लेकर चेन्नई अपनी सहेली ललिता के पास चली गई।

ललिता के दो बच्चे हैं, अपनी शादीशुदा जिंदगी में वह बहुत खुश नहीं है, परंतु फिर भी ठीक से निभा रही है। एक दिन वह प्रेम से बोली-" पता है, प्रेम तुम्हारी आजादी देख कर मुझे जलन होती है, न किसी का अंकुश, न रोक-टोक, न सास-ससुर और पति की जिम्मेदारी, न बच्चों के कैरियर की चिंता। काश मैं भी अकेली रहती, तुम्हारी तरह।" प्रेम बस सुन कर मुस्कुरा देती है, वह सोचती है कि पुराने जमाने की कहावतें कितनी सटीक बैठती हैं। हर मनुष्य को नदी के दूसरे पार की दुनिया लुभावनी लगती है। श्रीनिवास का तबादला कर्नाटक में हो गया है, उसकी एक बहुत प्यारी-सी बेटी है। ललिता ने बताया, "फेसबुक पर जा, सभी पुराने साथी वही मिल जाएँगे, वहीं उनसे जुड़ जाओ।" श्रीनिवास ने अपनी बेटी का नाम मीनाक्षी रखा है। प्रेम का मन उदास होते हुए भी, अचानक से खुश हो गया। वह सोचती है कि किसी की यादों में वह अभी भी जिंदा है। दुनिया में वह अकेली नहीं है, कहीं न कहीं कोई उसे हर समय याद करता है। पहली बार वह बाजार जाकर अपने लिए ढेरों साड़ियाँ खरीद कर ले आई। ललिता भी उसके इस परिवर्तन को देख कर हैरान हो गई। बोली, "चलो अच्छा है, तुमने अपने पर खर्च करना शुरू तो किया। आखिर कब तक दूसरों के लिए जीती रहोगी। ललिता उसे समझाते हुए कहती है कि अपने लिए एक घर जरूर खरीद लेना औरत के पैरों के नीचे अपनी जमीन होनी चाहिए।" ललिता सुब्रमण्यम की यह बात उसके मन में बैठ गई। जयपुर वापिस आकर वह सिर्फ घर खरीदने की बात ही सोचती रही।

सत्यप्रकाश ने भी ईटानगर में, नागालैंड की निशि आदिवासी संप्रदाय की लड़की पसंद कर ली है। पहले चर्च में शादी होगी और फिर हिंदू रीति-रिवाज से आर्य समाज मंदिर में भी शादी होगी। बड़ी बहू बबीता गर्भवती है, उसका नौवाँ महीना चल रहा है, इसलिए माँ

और बबीता शादी में नहीं शामिल हो सके लेकिन प्रेम, गीत और बलवंत विवाह में शामिल होने पहुँचे हैं। आलिमा बहुत ही सुंदर, प्यारी-सी छोटे से कदवाली, छोटी-छोटी चमकदार आँखें, सीधे घने चमकीले कंधे तक कटे बाल, मनमोहक-सी मुस्कान वाली कोहिमा की लड़की है। उसके माता-पिता उससे नाराज हैं, क्योंकि उनकी बेटी ने जाति से बाहर का लड़का पसंद किया है। उनके समाज के लोगों ने भी शादी का बहिष्कार किया है। अब पता चला कि हिंदुस्तान देश के हर कोने में खाप-पंचायतें, अलग-अलग नाम और रूप से अपना काम करती हैं। सभी का मकसद एक ही होता है, अपने समुदाय, जाति और धर्म की रक्षा करना। खुद ही कुछ रसूखदार लोग ठेकेदार बन कर अपना फरमान जारी करते हैंऔर कमजोर लोग इस फरमान को मजबूरन मानते हैं। लेकिन शक्तिशाली लोग ऐसे फ़रमानों की कोई परवाह नहीं करते, सचमुच पैसे में बहुत दम होता है।

आलिमा, असम के उच्च न्यायालय में काम करती है। वह कोहिमा से आकर गौहाटी में पली-बढ़ी है। उसे फिल्में देखने का बहुत शौक है। वह अपने जीवन साथी के रूप में हिंदी फिल्मी हीरो जैसा लड़का ही चाहती थी और सत्य प्रकाश किसी फिल्मी हीरो से कम नहीं दिखता। छह फुट लंबा, गोरा, लंबी नाक, सिर पर घुंघराले छोटे-छोटे बाल, हँसमुख स्वभाव। इधर माँ का मन भी बहुत परेशान है, क्योंकि सत्य प्रकाश के लिए उनकी अपनी बिरादरी से बहुत अमीर घर की लड़कियों के रिश्ते आ रहे थे। और फिर उन्होंने यह भी सुन रखा है किवहाँ जाकर शादी करके लड़के घर जमाई बन जाते हैं। गीत और बलवंत को आलिमा पसंद नहीं आई, किंतु प्रेम को वह बहुत प्यारी लगी। आलिमा में कहीं कोई छल-कपट नहीं, कोई दिखावा नहीं, उसने एक भी सोने का जेवर नहीं खरीदा। बस चर्च में पहनाने के लिए, सत्य ने उसके लिए सिर्फ एक डायमंड लगी, सोने की अंगूठी खरीदी। प्रेम आलिमा के लिए सोने का एक हल्का सेट ले गई थी। आलिमा ने हर चीज को बड़ी ही आत्मीयता से स्वीकार किया। सफेद

ब्राइड गाउन में आलिमा पूरी गुड़िया लग रही थी और सत्य काले सूट में पूरा हीरो। आलिमा प्रेम दीदी की बहुत इज्जत करती है। वैसे भी पढ़े-लिखे आदिवासी समाज अपने मेहमानों की खातिरदारी भी बहुत करता हैऔर यह सीधे-सादे लोग सभी की इज्जत करते हैं। आलिमा ने सत्य से 'पैरी पैना' कहना भी सीख लिया है। छह महीने बाद जब वह आकर माँ, बबीता व बलवंत से मिली और 'पैरी पैना' कहकर झुकी, तो सब निहाल हो गए। बलवंत के चार साल में दो बेटे हो गए हैं, बच्चों को माँ ही संभालती है। बैंक की तरफ से अब उसे बड़ा घर भी मिल गया है। बबीता को अभी चार-पाँच साल तक, अपने बच्चों की परवरिश के लिए अपनी सास की जरूरत है। माँ को भी पता है कि बाद में उनकी जरूरत बलवंत के यहाँ नहीं रहेगी। माँ मांसाहारी बहू के साथ भी बुढ़ापे में नहीं रह पाएगी। गीत अपने पति के साथ, जहाँ उसका तबादला होता है, वहीं रहती है। माँ कुछ दिनों के लिए गीत के घर में रह तो सकती है, पर अपना बुढ़ापा शांति से काटने के लिए उनके पास प्रेम ही सबसे मजबूत सहारा है। शायद माँ भी दिल से यही चाहती है कि प्रेम की शादी न ही हो तो अच्छा है। दोनों माँ-बेटी आराम से रहेंगी। प्रेम को बीच-बीच में कोई मिल ही जाता है, लेकिन बात शादी तक कभी भी नहीं पहुँच पाती। शायद प्रेम आंटी को अपनी शर्तों पर रहने वाला कोई ढंग का या अपने पसंद का मिला ही नहीं।

अब उनकी नियुक्ति श्रीनगर में हो गई है। वहाँ मरीन बीच की तरह समंदर की लहरें तो नहीं हैं, लेकिन शांत डल झील है। वहीं पर काम करने वाले केंद्रीय सरकारी कर्मचारियों ने मिलकर एक सहकारी संस्था बनाकर द्वारका में जमीन खरीदी है। वैसे तो वह करोड़ों की जमीन है, परंतु कश्मीर में सरकारी नौकरी करने वालों के लिए सरकार ने उन्हें वह जमीन काफी कम दामों में बेच दी है। प्रेम आंटी ने भी उसी में एक तीन कमरों वाला घर आरक्षित कर लिया है। वैसे तो अभी उन्हें सेवानिवृत्त होने में आठ साल और हैं, फिर भी अपना

घर होगा तो सब ठीक है। बबीता भी खुश है कि बूढ़ी होती सास, प्रेम के पास चली जाएगी और फिर प्रेम के बाद, घर तो उस के बच्चों को ही मिलेगा। और आलिमा यह सोच कर खुश है कि दीदी अपनी जिंदगी अपने तरीके से जिएँगी। उनकी नौकरी भी तबादले वाली है, राजधानी में अपना एक घर होना फायदे का सौदा है। गीत भी खुश है कि दो भाइयों के अलावा एक और मायके जैसा ठिकाना हो गया। वैसे भी माँ को लेकर मायका होता है। माँ यदि दीदी के साथ रहेगी, तो दीदी का घर ही उसका स्थाई रूप से मायका बन जाएगा।

आजकल विद्यालयों में छठी कक्षा से ही यौन शिक्षा देना शुरू हो गया है। बच्चे आजकल किशोरावस्था में ही एक दूसरे से घुलमिल जाते हैं। हर दूसरे दिन कोई न कोई प्यार का लफड़ा लेकर, प्रधानाचार्य के पास शिकायत आ ही जाती है। जवान होते बच्चों पर नियंत्रण करना, एक युद्ध लड़ने के समान होता जा रहा है। शिक्षक उन्हें समझाने के लिए उन पर हाथ उठा नहीं सकते, गलती करने पर उन्हें सजा भी नहीं दे सकते, क्योंकि उनके माता-पिता बिना मुद्दे को समझे ही, शिक्षक को कोर्ट में खींच कर ले जाने के लिए तत्पर रहते हैं। बच्चों के हाथ में मोबाइल है, इंटरनेट पर पोर्न फिल्में देखते हैं। कुछ तो मौका पाते ही व्यवहार में भी कर के देख लेते हैं और पकड़े जाने पर सभी के माता-पिता आकर विद्यालय की ही गलती बताते हैं। काउंसलर ऐसे मामलों में बड़े धैर्य के साथ काम करते हैं। लगभग सभी शिक्षक भी, घर पर अपने बच्चों के साथ इसी तरह की परेशानी से जूझ रहे हैं। आजकल बच्चे किशोरावस्था से पहले ही यौन संबंध के बारे में इतना कुछ जान लेते हैं कि यौन शिक्षा की कक्षा में वह ऐसे हँसते है, जैसे कोई पंडित के सामने मूर्ख व्याख्यान कर रहा हो। आए दिन लड़के-लड़कियों के वीडियो वायरल हो रहे हैं और इधर-उधर की शिकायतों की संख्या भी लगातार बढ़ती जा रही है।

साकेत 12 वीं कक्षा में पढ़ता है और उसके विद्यालय की इमारत भी अलग है। एक दिन वह मेरे ही विद्यालय की 11वीं कक्षा की छात्रा

अंकिता के साथ विज्ञान की प्रयोगशाला में पकड़ा गया। अंकिता उसके कंधे पर सिर रखकर रो रही है और वह उसे धीरे-धीरे चूम रहा है। प्रयोगशाला में ही छिपे दो और लड़कों ने उनका वीडियो बना डाला। दोनों लड़के अच्छे परिवार से हैं। साकेत होनहार है, उसके पिताजी एजी ऑफिस में चपरासी हैं। अंकिता किसी बड़े सरकारी अधिकारी की बेटी है। दोनों लड़के अब अंकिता को ब्लैकमेल कर रहे हैं। कह रहे हैं कि कक्षा के बाद अंकिता को लेकर उनके बंगले में आओ, नहीं तो वीडियो वायरल कर देंगे। दोनों लड़कों ने अपने दोस्तों को भी घर बुलाकर अंकिता के और वीडियो बनाने की योजना बना रखी है। साकेत ने जब उन्हें ऐसा करने से मना कर दिया, तो उन्होंने उसकी जमकर पिटाई कर दी। वैसे तो उन लड़कों ने उसकी पिटाई विद्यालय परिसर के बाहर की थी, लेकिन सभी विद्यार्थी श्रीनगर के केंद्रीय विद्यालय के ही थे, इसलिए बात बहुत फैल गई। स्थानीय लोग आकर सरकारी स्कूल बंद न कर दें, इसलिए प्रेम मैडम ने तीनों लड़कों को अपने कक्ष में बुलाकर, उप प्रधानाचार्य नौशाद सर के सामने कड़ाई से पूछताछ की। दोनों लड़कों ने बताया, “साकेत लड़कियों को फँसाता है, फिर उनके वीडियो बनाकर इंटरनेट पर छोड़ देता है, इसीलिए हमने उसकी पिटाई की।” बच्चे अभी से इतने शातिर अपराधी बन रहे हैं। वह बाहर से किसी काउंसलर को बुलाकर मामला उछालना नहीं चाहती थीं। फिर विद्यालय जैसी जगह सरकार की इज्जत भी दाँव पर थी। दोनों लड़कों से बात करने के बाद उन्होंने साकेत को बात करने के लिए बुलाया। वह बोला, “ मैडम यह झूठ बोल रहे हैं, वह मेरी दोस्त है, मैं तो उसको इनसे बचा रहा था, इसलिए चिढ़कर इन्होंने मेरी पिटाई की। आप आईटी सेल के सर से जाँच कराएँ। रिकॉर्डिंग इन के फोन से ही हुई है, वह उसको ब्लैकमेल करके और भी बहुत कुछ करना चाहते थे।” इतना सुनते ही प्रेम मैडम का गुस्सा सातवें आसमान पर चढ़ गया। प्रेम मैडम ने उन्हें डाँट कर कहा, “मैं तुम सबको स्कूल से निकाल दूँगी, कोई भी वार्षिक परीक्षा नहीं दे पाएगा। पुलिस में भी मामला दर्ज करूँगी। तुम लोगों के माता-पिता को पता चलना चाहिए कि उनके बच्चे विद्यालय में

क्या-क्या करते हैं।" सभी लड़कों की उम्र 18 से कम या उसके आसपास की ही है। सभी लड़के डर गए, क्योंकि उनके भविष्य का सवाल था। तुरंत उन्होंने मोबाइल से वीडियो हटा दिया और माफीनामा भी लिख कर दिया, लेकिन साकेत ने अंकिता का नाम जाहिर नहीं होने दिया। उप-प्रधानाचार्य नौशाद सर ने वीडियो हटाने से पहले ही अंकिता का वीडियो देख लिया था। वह बोले, "मैडम कार्यवाही करने से पहले लड़की से भी पूछताछ कर लें, वह 11वीं की छात्रा अंकिता है। माता-पिता दोनों बड़े सरकारी अधिकारी हैं। कहीं कोई स्कैंडल न हो जाए।" उसके बाद प्रधानाचार्या ने अंकिता को बात करने के लिए अपने पास बुलाया। अंकिता लगभग 17 साल की होगी। उसमें गजब का आत्मविश्वास है। कहीं कोई डर नहीं, कोई खौफ नहीं। उसमें साकेत और उन दूसरे लड़कों से ज्यादा परिपक्वता झलक रही थी। यह शायद उसके परिवार की ताकत की छाप है। लड़कियाँ वैसे भी जल्दी परिपक्व हो जाती हैं। प्रेम मैडम ने नौशाद सर को बाहर जाने के लिए कहा। उसके बाद अंकिता से पूछा, "किसी ने तुम्हारे साथ कोई जबरदस्ती तो नहीं की? तुम आराम से बैठो और सच-सच बताओ। मैं किसी की गलती तो माफ कर सकती हूँ, पर अपराधियों को नहीं। तुम सब कुछ सच-सच, बिना डरे, आराम से बताओ।" अंकिता बोली, "नहीं मैडम, साकेत बहुत अच्छा लड़का है। वह तो मुझे प्यार से समझा रहा था। उसने मेरे साथ कोई जबरदस्ती या बदतमीजी नहीं की।" प्रेम मैडम ने फिर पूछा, "तो फिर प्रयोगशाला में खुलेआम क्या चल रहा था?" अंकिता शायद भरी बैठी थी, या फिर अपने मन का सारा आक्रोश उगल देना चाहती थी। पता नहीं उसे क्या हुआ, वह हिस्टीरिया के मरीज की तरह चीखने लगी। प्रेम मैडम ने उससे दोबारा प्यार से पूछा, "तुम्हारे साथ कोई जबरदस्ती तो नहीं हुई?" वह बिना डरे, चिढ़कर बोली, हाँ हुई है, बहुत बार हुई है। क्या आप में उन सब को जेल भेजने की हिम्मत है? प्रेम मैडम से प्यार मिलने पर, वह उन्हें बचपन से लेकर अभी तक की सारी आपबीती सुनाती है। मैडम, मैं तो बचपन से ही आया के पास सोती हूँ। मम्मी-पापा सारा दिन अपने

कार्यालय के काम में ही व्यस्त रहते हैं। हर हफ्ते बंगले के लॉन में दावतों का आयोजन होता है। कोई-कोई अंकल आंटी बीच में ही उठकर, एक कमरे में जाकर छुपकर, एक-दूसरे को प्यार करने लगते हैं। शायद वह उनकी अपनी बीवी नहीं होती होगी! क्योंकि अगर उनकी अपनी बीवी होती, तो फिर वह छुपकर क्यों आते। कुछ अंकल तो बाथरुम जाने के बहाने अंदर आते और बिस्तर पर मुझे अकेला सोते देखकर मुझे ही चूम कर चले जाते। फिर धीरे-धीरे वह मेरी फ्रॉक उठाकर, सहला कर जाने लगे। धीरे-धीरे मुझे भी यह सब अच्छा लगने लगा। मैं किसी से कुछ भी नहीं कहती, बस आँखें मूंदे लेटी रहती। आप ही बताओ, क्या, बारह-तेरह साल की लड़की को इतना भी पता नहीं चलता कि कोई उसे किस मतलब से छू रहा है। नशे में धुत अंकल लोग बस मुझे चूम कर, सहला कर चले जाते। एक-दो अंकल लोग तो मेरे साथ जबरदस्ती भी करना चाहते थे, पर उन्हें मौका ही नहीं मिला। एक बार बचपन में मैंने हिम्मत करके अपनी मम्मी को सारी बात बताई। लेकिनउन्होंने भी मुझे ही डाँट दिया। तब से सब कुछ चुपचाप वैसे ही चलता रहा, लेकिन अब मैं समझदार हो गई हूँ, अब मुझे वह लोग अच्छे नहीं लगते और मुझे उन लोगों से नफरत होने लगी है। 'आई हेट देम ऑल'। मुझे साकेत अच्छा लगता है, अब मैं साकेत से प्यार करती हूँ। उस समय मैं उसको सारी बात बता रही थी, तब उसने मुझे चुप कराते हुए चूम लिया, तो आपकी नजर में वह गुनहगार हो गया। किसी को चूमना कोई गुनाह है, क्या? किसी को प्यार करना अपराध है क्या और वह घटिया लोग, जो नींद में सोई हुई बच्ची के साथ अनुचित व्यवहार कर रहे थे, वह क्या था? 'आई वांट देम ऑल बिहाइंड जेल'। इतना कह कर वह जोर-से रोने लगी। प्रेम मैडम भी पूरी बात सुनकर सन्न रह गईं और सोचने लगीं कि अब वह क्या करे? अंकिता को मनोवैज्ञानिक चिकित्सक की जरूरत है। वह अपनी जगह से उठी और उन्होंने अंकिता को गले लगा लिया। वह सोचती है कि बेचारी लड़की कितने अपराध बोध के बीच जी रही है। अंकिता हिचकियाँ लेते हुए बोले जा रही है, "मैडम आई एम वेरी डर्टी गर्ल, मेरे मम्मी-पापा मुझे

कभी पसंद नहीं करेंगे"। मैं कैसे उन्हें सब कुछ चुपचाप करने देती थी, कैसे इंजॉय करती थी। कभी-कभी मुझे खुद पर ही शर्म आने लगती है। प्रेम ने जोर से भींच कर, उसे गले लगा लिया। अगर प्रेम की शादी समय पर होती, तो शायद उतनी ही बड़ी उसकी अपनी बेटी भी होती। बारह-तेरह साल की बच्ची अपने ऊपर होते शोषण को समझ ही नहीं पाई। उसने कहा, नहीं बेटा, इसमें तुम्हारी कोई गलती नहीं है। तुमको भी प्यार करने का हक है, लेकिन यदि वह बदमाश अंकल लोग तुम्हारे साथ गलत करते थे, तो इसका मतलब यह नहीं कि तुम भी गलती करो। तुम जिसको मर्जी प्यार करो, पर स्कूल के कुछ नियम होते हैं, उन्हें नहीं तोड़ना चाहिए। मैं तुम्हारे माता-पिता से बात करूँगी। दोनों एक-दूसरे के गले लग कर काफी देर यूँ ही खड़ी रही, पता ही नहीं चल रहा था कि कौन किस को सहारा दे रहा है। बाद में अंकिता को घर भेज दिया। नौकरशाह माता-पिता की इकलौती बेटी। वैसे तो माता-पिता पूरे राज्य को संभालते हैं, पर अपनी ही बेटी के लिए उनके पास समय नहीं है। जब उन्हें सारी बात बताई गई, तो सुनकर चौंके भी और कुछ शर्मिंदा भी हुए। परंतु उन्होंने साफ कह दिया, हम अपनी बेटी की बातों को यहीं खत्म करना चाहते हैं, हमें कोई स्कैंडल या ड्रामा नहीं चाहिए। हम अपनी बेटी का किसी अच्छे मनोचिकित्सक से नियमित परामर्श करवाएँगे। हम इस बात को और आगे बढ़ाना नहीं चाहते, इतना कहकर वह लोग वहाँ से चले गए।

इस घटना के बाद, प्रेम मैडम को अपने जीने का मकसद मिल गया। उन्होंने मन ही मन यह तय कर लिया कि सेवानिवृत्ति के बाद, वह दिल्ली जाकर बच्चों के लिए यही काम करेगी। जब इतने पढ़े-लिखे परिवारों की यह समस्या है, तो बस्ती में जो बेचारी माताएँ, अपने बच्चों को सारा-सारा दिन, घर पर अकेले, दूसरों के सहारे छोड़ कर काम पर जाती हैं। उनकी बच्चियों के साथ न जाने क्या-क्या होता होगा। छोटी उम्र में वह समझ भी नहीं पाती होंगी। अब विद्यालय खत्म होते ही, वह मुफ्त में गरीब बच्चों को ट्यूशन देती

हैं। और बस्तियों में जाकर माँ लोगों के साथ बैठकर बच्चों के बारे में बातचीत करती है। रात को जब वह अकेली अपने बिस्तर पर होती है, तो अक्सर कभी साइकिल वाला वह लड़का श्रीनिवास, तो कभी गुरु जी उसे याद आ जाते हैं। फेसबुक पर कुछ दिन पहले ही गुरुजी जुड़ गए हैं। उनका एक बेटा 14 साल का है और बेटी 10 साल की। गुरुजी ने अपने बेटे का नाम 'प्रेम कुमार' रखा है। यह जानकर, प्रेम आंटी भाव विह्वल हो उठीं और उस रात अकेले में बहुत रोईं।

***

खबर

शुमिता अपने स्कूल के जीवन से ही बहुत होशियार रही है, एकदम स्वाधीन। जब सारी लड़कियाँ अपने पापा की गाड़ी में बैठकर स्कूल जाती थीं, तब वह अपनी साइकिल से रोज छह किलोमीटर पैडल मारकर स्कूल जाती। उसके पापा बिजली विभाग में प्रथम श्रेणी के अधिकारी हैं। सामान्यतः सरकारी अधिकारियों को मिली सरकारी गाड़ियाँ ज्यादातर समय अधिकारियों की बीवी और बच्चों की खिदमत में ही लगी रहती हैं, लेकिन इंजीनियर पटवर्धन इस तरह की कार्यशैली के सख्त खिलाफ हैं। वह अपने कार्यालय की गाड़ी का इस्तेमाल केवल ऑफिस के कामों के लिए ही करते हैं। उनके ससुर ने बहुत आशा के साथ अपनी सबसे सुंदर छोटी बेटी का रिश्ता पक्के रंग वाले पटवर्धन साहब से किया था किदामाद बेटी के साथ ससुराल वालों की नैया भी पार लगा देगा। लेकिन हुआ उसका उल्टा ही, इतने ईमानदार अधिकारी की सीमित तनख्वाह में उनकी बेटी का गुजर-बसर होना मुश्किल होने लगा और वह अपने पिता के घर वापस आ गई। शुमिता की पढ़ाई शहर के सबसे अच्छे और महंगे स्कूल में हो रही थी, इसलिए उसे वह उसके पिता के पास ही छोड़ आई। सुमिता की देखभाल उसकी दादी ही करती हैं। शुमिता को भी अपने पिता की तरह ईमानदारी की जीवनशैली ही पसंद है और खूबसूरती उसने अपनी माँ से पाई है। उसकी माँ ने भी कभी किसी परिस्थिति में सिर नहीं झुकाया। शुमिता में ईमानदारी के साथ-साथ सादगी और समझौता नहीं करने वाला गुण भी आया है। इंटर की पढ़ाई करने के बाद

शुमिता ने आर्ट्स् में ही ग्रेजुएशन किया। फिर दिल्ली के राष्ट्रीय पत्रकारिता अनुष्ठान से जर्नलिज्म का कोर्स किया। जहाँ वामपंथियों की चिंतन धारा कूट-कूट कर पिलाई जाती है। उसके पिता भी कॉलेज के जमाने में आरएसएस के सक्रिय कार्यकर्ता रह चुके हैं। उनके जीवन में इस विचारधारा ने बहुत प्रभाव डाला है। शुमिता भी अपने पिता की विचारधारा से सहमत है। अब उसने नेशनल अखबार में काम करना शुरू कर दिया है। वह वहाँ छह महीने के ट्रेनिंग काल में है, उसका काम देख कर उसकी नौकरी पक्की होगी। वह समाज में चारों तरफ फैली हुई भुखमरी, भ्रष्टाचार, अलगाववाद, सरकारी उदासीनता जैसी बीमारियों को जड़ से उखाड़ कर फेंकना चाहती है। उसने बड़े-बड़े सपनों को लेकर अपने लिए यह पेशा चुना है। उसने निश्चय किया किवह बुरे लोगों का पर्दाफाश करेगी, सत्य और सही खबर ही लोगों तक पहुँचाएगी। लेकिन जल्दी ही उसे अहसास हो गया कि वह सिर्फ एक रिपोर्टर है। कौन-सी खबर कितनी बड़ी या कितनी छोटी या सुर्खियों में छपेगी, यह सब तो प्रबंधन में बैठे लोग ही निर्धारित करते हैं। अखबार के मालिकों के भी अपने माई-बाप होते हैं और आज्ञाकारी संतानों की तरह वह उनके सभी हुकुम मानते हैं। शुमिता को अपराधिक घटनाओं को देखने का विभाग मिला है। उसे अपने वरिष्ठ संवाददाता सूर्य बाबू को रिपोर्ट करना पड़ता है। सूर्य बाबू बहुत ही बुद्धिमान और स्पष्टवादी हैं। मीडिया जगत में उनका बहुत नाम और शोहरत है। वह भिन्न-भिन्न कॉलेजों में पत्रकारिता में स्पष्टवादिता पर पढ़ाने भी जाते हैं। शुमिता को उनकी बोलने की शैली, लेखन शैली ने बहुत अधिक प्रभावित किया।

शुमिता को रांची आए अभी एक ही महीना हुआ है। रांची बहुत ही सुंदर शहर है। मौसम भी यहाँ बहुत अच्छा रहता है। यहाँ के स्थानीय लोग सरल स्वभाव के हैं। मिशनरी स्कूलों में अच्छे स्तर की पढ़ाई-लिखाई ने आदिवासी अंचल की लड़कियों को बहुत ही समझदार और लायक बना दिया है। यहाँ पर आसपास के अंचल की लड़कियाँ

पढ़-लिख गई हैं, लेकिन लड़के उनकी तुलना में कम ही पढ़े लिखे हैं। जिस कारण पढ़ी-लिखी आदिवासी लड़कियों की शादी करने में उनके माता-पिता को थोड़ी समस्या आती है। उन्हें अपने समुदाय से बाहर जाने पर सामाजिक बहिष्कार का सामना भी करना पड़ता है। बाहरी अंचल के लोगों ने यहाँ पर अपना अच्छा खासा व्यापार जमाया हुआ है। सरकार भी इस क्षेत्र के विकास के लिए नए इंस्टीट्यूशन लाना चाहती है, परंतु पड़ोस के राज्य बंगाल के कुछ जिलों के नक्सलवाद का प्रभाव यहाँ पर दिखता है। जिस कारण कंपनियाँ यहाँ पर निवेश करने में थोड़ा हिचकती हैं। रांची शहर कभी बहुत सस्ता हुआ करता था, परंतु अब यहाँ पर किराए काफी बढ़ गए हैं।

शहर की पूर्वी सीमा पर स्थित राजपुरा मार्ग की शहीद नगर कॉलोनी में शुमिता ने एक कमरा किराए पर ले रखा है। मकान मालिक पटना के हैं। बिहार के विभाजन से पहले ही उन्होंने यहाँ पर जमीन जायदाद खरीद ली थी। नौकरी से छुट्टी होने के बाद वे यहीं आकर बस गए हैं। यहाँ की ताजी सब्जियाँ, फल, साफ हवा-पानी उनको व उनकी पत्नी को बहुत सुहाता है। उनके बच्चे बाहर नौकरी करते हैं। किसी जमाने में उन्होंने अपने भरे पूरे परिवार के लिए एक बड़ा-सा बंगला बनवाया था, परंतु अब यहाँ दोनों बुजुर्ग ही रहते हैं। घुटनों में दर्द रहने के कारण वे दोनों नीचे के हिस्से में ही रहते हैं और ऊपर का हिस्सा बैंक को किराए पर दे दिया है। उन्होंने गैरेज के ऊपर वाले हिस्से में एक सुंदर-सा कमरा और बाथरूम बनवाया है। वह कमरा अतिथि गृह के समान है। कमरे में जरूरत का सारा सामान और फर्नीचर उपलब्ध है। बंद पड़े-पड़े सामान कहीं खराब न हो जाएँ, इसलिए उन्होंने उसे भी किराए पर लगा दिया है। शुमिता को भी बालकनी वाला यह कमरा बहुत पसंद आया। घर के भीतर बगीचे में उगे कृष्णचूड़ा पेड़ की डालें उसकी बालकनी में आकर झुकती हैं। कुछ ही समय में सूर्य बाबू, अपनी पुरानी सहेलियोंएवं काम में व्यस्तता के चलते शुमिता का मन यहाँ लग गया। उसे अब यहाँ काफी लोग

जानने भी लगे हैं। क्राइम रिपोर्टर से सभी संपर्क रखना चाहते हैं, फिर सुंदर, जवान, तेज दिमाग वाली अकेली रहती लड़की का सानिध्य कई लोग पाने की चाहत रखते हैं। कोई न कोई अक्सर शनिवार शाम को क्लब में मिलने या चर्चा करने के बहाने उसे बुला ही लेता है। ब्रिटिश लोगों के दिमाग की भी दाद देनी चाहिए। वह जहाँ-जहाँ पर कॉलोनी बना कर रहे, उन्होंने वहीं पर अपने मनोरंजन के साधनों का आकर्षक ढंग से निर्माण भी कर लिया। फिरंगी तो वापस अपने देश चले गए लेकिन हमारे अपने देश के ही कुछ प्रशासनिक अधिकारी, राजनेता, बड़े-बड़े नामी-गिरामी व्यक्ति अपने को फिरंगी समझते हैं। उन्हीं की तरह सूट-बूट पहन कर क्लब में आते हैं, छुरी काँटे से खाते हैं, विदेशी शराब पीते हैं, बिलियईस खेलते हैं और देश की गरीबी पर, आदिवासियों के अधिकारों की पूरे मन से चर्चा करते हैं। ऐसा माहौल तकरीबन भारत के हर छोटे-बड़े शहर में देखने को मिल जाता है। अंग्रेजों वाले शौक हम भारतीय आज भी पूरी अंग्रेजी तहजीब के साथ ही पालन करते हैं, बल्कि शायद अंग्रेजों से भी ज्यादा।

चोरी, डकैती, बलात्कार के केस आते हैं, तो थाने में सभी रिपोर्टरों ने अपने खबरी रखे होते हैं। जिससे घर बैठे-बैठे ही वारदातों की खबर मिल जाए। जुर्म यदि गरीब व पिछड़े वर्ग के किसी व्यक्ति ने किया है, तो ठीक-ठाक कहानी बनती है और अगर अपराध में किसी रसूख वाले का हाथ हो, तब कहानी और मसालेदार बनती है। सनसनी की तलाश हर अखबार और चैनल को रहती है। यदि किसी बड़ी शख्सियत का अपराध में हाथ होता है, तो सनसनी भी उतनी ही बड़ी होती है और कहानी भी कई रोज तक चलती रहती है। कहीं कहीं तो बदनामी का डर दिखाकर पैसा भी ऐंठा जाता है। शुमिता का पुलिसवालों और सामाजिक कार्यकर्ताओं के साथ काफी उठना-बैठना है। उसे आदर्शवादी लोग बहुत पसंद आते हैं। उनकी सहायता के लिए शुमिता कभी-कभी अपनी सीमा क्षेत्र से बाहर जाकर भी उनकी सहायता करती है। पूरा राज्य ही प्राकृतिक रूप से इतना सुंदर है कि

वह हर रविवार को कहीं न कहीं घूमने निकल जाती है। नहीं तो सरकारी अधिकारी भी उसका घूमने का इंतजाम कर देते हैं। उसने कुछ ही दिनों में लोहारदंगा, बिशुनपुर, दुमला आदि कई जिले घूम लिए हैं। उसे शहरों में हुए विकास और दूरदराज के गाँवों में आज भी दिख रहे पिछड़ेपन पर हैरानी होती है। नक्सली और माओवादी कभी गरीबों के अधिकारों के लिए अपनी जान पर बाजी लगाकर लड़ते हैं। वे छुप-छुप कर जंगलों में रहते हैं तो कहीं उन्हीं का कोई संगठन ठेकेदारों से दलाली कर लेता है। उनके दमन के लिए अर्ध-सैनिक जवानों का दल भी सदा तैनात रहता है। विचारधारा की लड़ाई, अमीर-गरीब की लड़ाई अब पुलिस और माओवादियों की लड़ाई हो गई है। गरीब भोले-भाले आदिवासी इन दोनों के आपसी संघर्ष में पिसते हैं। इन बेचारों की सुनवाई के लिए कोई शहरी आवाज नहीं उठाता। कुछ बुद्धिजीवी आवाज तो उठाते हैं, लेकिन अपनी पसंद से, अपने मन मुताबिक। किसी एक विशेष राजनीतिक दल के विपक्ष में बोलना ही उनका एकमात्र लक्ष्य रह जाता है। सत्ताधारी और विपक्षी नेता भी आपस में कई मुद्दों पर अलिखित रूप से मिले हुए ही रहते हैं। उनको कोई फर्क नहीं पड़ता कि किस संगठन के कितने लोग शहीद हुए या मारे गए। सुमिता अभी पत्रकारिता के क्षेत्र में नई-नई है। इतने गहरे दाँव-पेंच वह थोड़ा-थोड़ा ऊपरी स्तर पर ही समझ पाती है।

इस बार की छुट्टी में उसने "नेत्रहाट" जाने का कार्यक्रम बनाया है। उसने सुना है किलोग वहाँ सूर्योदय का दृश्य देखने जाते हैं। घने जंगल की पहाड़ी घाटी से वह दृश्य बड़ा ही सुंदर दिखाई पड़ता है। उसे एक दिन पहले जाकर डाक बंगले में रहना होगा क्योंकि वह भोर में उठकर हीसूर्योदय का पूरा दृश्य देखना चाहती है। दोपहर के दो बजे ही वह अपनी एक सहेली के साथ "नेत्रहाट" के लिए रवाना हो गई। उसी रास्ते पर एक झरना भी पड़ता है, वह शाम होने से पहले वहाँपहुँचकर कुछ तस्वीरें भी लेना चाहती है। ड्राइवर भी बहुत भरोसेमंद है। दूर के पहाड़ी सफर के लिए ड्राइवर का भरोसेमंद होना

पहली शर्त होती है। शुमिता ने अपने साथ खाने-पीने का काफी सामान भी रख लिया है। उसकी सहेली मशहूर वकील की बेटी है। उसकी सगाई की बात चल रही है। उसी के पापा ने अपने किसी मुवक्किल से कह कर गाड़ी, डाकबंगला आदि का इंतजाम करवा दिया है। वकील और मीडिया के दोस्त भी खूब खास तबके के लोग होते हैं। शुमिता, एकता और घासीराम ड्राइवर टेढ़े-मेढ़े रास्तों की हरियाली का आनंद लेते हुए जा रहे थे किअचानक उन्होंने देखा, सामने कई गाड़ियाँ रुकी हुई है, रास्ता बंद है। आगे गाँव के लोग जोर-जोर से नारे लगाते हुए शोर मचा रहे हैं। घासीराम ड्राइवर ने कहा, "मैडम जी लगता है, आगे कोई एक्सीडेंट हो गया है।" और वह गाड़ी को पहाड़ी की ओर वाले रास्ते पर रोककर गाड़ी से उतरकर नीचे चला गया। शुमिता भी उसके पीछे-पीछे गाड़ी से उतरकर भीड़ की ओर बढ़ गई। लेकिन एकता थोड़ी सहम-सी गई। वह गाड़ी में ही बैठी रही। शुचिता ने सोचा किघाटी में कोई दुर्घटना हो गई है। वह यह खबर कवर करके, फोन से ही ऑफिस भेज देगी।

मेंडलीगाँव में करीब तीन सौ लोग रास्ता रोके जोर-जोर से इंकलाब जिंदाबाद के नारे लगा रहे हैं। उनकी आँखें ऐसे चिंगारियाँ उगल रही हैं किजैसे चारों तरफ आग लगा देंगे। शुमिता ने गाड़ी से उतर कर कहा, "देखो मैं अखबार से हूँ, आपकी सारी शिकायत को लिखूँगी, लेकिन पुलिस को अपना काम करने दो।" शुमिता की बात सुनकर एक-दो छुटपुट नेता टाइप आदमी सामने आए और बोले, "मैडम जी यह अत्याचार नहीं चलेगा। हमारी बेटियों की इज्जत जवान लूटेंगे और क्या हम चुप रहिं। नहीं मैडम, आप वापिस जाओ, रास्ता बंद कर दिन्हीं हैं। टीवी को बुलावो, हम सब अपना बात कहिंगे। जवान लोगों को दुनिया के सामने नंगा करेंगे। सरकार को जवाब देना पड़ेगा।" चारों तरफ फिर से जोर-जोर से नारे लगने लगे। शुमिता की सहेली एकता थोड़ा डर-सी गई। शुमिता ने वैसे तो अपराध वाली जगह पहुँचकर, पहले भी कई बार रिपोर्टिंग की है। किंतु ऐसा

मंजर उसने पहले कभी नहीं देखा। पहाड़ी रास्ते पर सभी आने-जाने वाली गाड़ियाँ रुक गई हैं। गाँव के गरीब लोगों के हाथ में भी मोबाइल फोन है। आधे से ज्यादा लोग बस वीडियो बना रहे हैं। गाँव के लोग पुलिस को गंदी-गंदी, भद्दी गालियाँ दे रहे थे, लेकिन पुलिस कोई जवाब नहीं दे रही थी क्योंकि पुलिस को पता है किअगर अभी कोई प्रतिक्रिया की या फिर एक छोटा-सा गलत कदम भी उठाया, तो फिर दंगा शुरू हो जाएगा। उन्होंने भी खबर देकर एसपी साहब को बुला लिया और साथ में दो 'प्लैटून फोर्स' को भी बुलवा लिया है। चारों तरफ यह खबर आग की तरह फैल गई है। अब वह पुराना जमाना तो रहा नहीं किकोई आदिवासी लड़कियों की इज्जत लूट कर चला जाएगा और शहर तक यह आवाज नहीं पहुँच पाएगी। अब तो इंटरनेट का युग है। कोई भी बात पुलिस स्टेशन तक बाद में पहुँचती है, लोगों तक पहले पहुँच जाती है। हर कस्बे, जिले तहसील में मोबाइल पकड़े सभी रिपोर्टर बन जाते हैं। घर पर बेकार बैठे लोग भी फेसबुक पर कमेंट देने लगते हैं। कोर्ट में केस पहुँचने से पहले ही मीडिया ट्रायल शुरू हो जाता है। शुमिता ने भी अपने साथियों को खबर भेज दी है। फोन से ही सारे काम हो रहे हैं। एकता वहाँ रुकना नहीं चाहती। उसके पापा कानून के बड़े खिलाड़ी हैं। वह अपनी बेटी को किसी भी वारदात में गवाह नहीं बनाना चाहते। उसकी शादी के बाद भला कैसे बाहर तारीख पर वह कोर्ट में जाएगी फिर केस भी सेना के जवानों के विरुद्ध है। एकता के पापा को बार काउंसिल का चुनाव भी लड़ना है। वह किसी भी कीमत पर सरकारी मशीनरी के खिलाफ नहीं जा सकते। घासीराम को उन्होंने फोन पर ही ऑर्डर दे दिया है, "तुरंत गाड़ी वापस ले आओ।"

घासीराम भी आदिवासी है। बचपन से ही शहर में जाकर गाड़ी चलाकर अच्छा ड्राइवर बन गया है। वह बहुत ही भरोसेमंद है, लेकिन अपने समाज की बेटी की इज्जत से खिलवाड़ की बात सुनकर वह भी भीड़ में शामिल होना चाहता है। घासीराम ने मन ही मन ठान लिया

किएकता बेबी को घर छोड़कर वह वापस अपनी मोटरसाइकिल से यहाँ जरूर आएगा। शुमिता ने उनके साथ वापस जाने से मना कर दिया। वह रात को गाँव में ही रहेगी। घासीराम का मन शुमिता मैडम के लिए इज्जत से भर गया। शुमिता ने देखा, थोड़ी ही देर में बहुत सारे मीडिया वाले वहाँपहुँच गए। बस अब तो टीवी के आगे बोलने की होड़-सी लग गई। पुलिस चालाकी से लड़की के भाई और बाप को लेकर थाने से दूर चली गई। लड़की अभी सिर्फ 14 साल की बच्ची है। कानूनन उसका नाम, चेहरा, पता, कुछ भी मीडिया में नहीं दिखाया जा सकता। एक महिला पुलिस अधिकारी ने लड़की को थाने में अपने साथ बैठा कर रखा है। बाहर एसपी और दूसरे अधिकारी भी पहुँच गए हैं। अर्ध-सेना बल के जवानों ने थाने को चारों ओर से किले की तरह घेर लिया है। अब कोई भी अंदर नहीं जा सकता। मीडिया वालों को बस दो शब्द बोलकर पुलिस अधिकारियों ने पीछे जाने को कहा है। एसपी ने कहा, "छानबीन चल रही है। एफआईआर लिखी जा रही है। पीड़िता नाबालिग है, इसलिए उसे घर नहीं भेजा जा सकता। वह बाल आश्रम जाएगी।" फिर किसी को पता भी नहीं चला किकब पुलिस की जीप पीछे के रास्ते से अपनी पूरी सुरक्षा घेरे के बीच लड़की को लेकर दूसरे जिले के बाल आश्रम में छोड़ आई। सारी रात थाने की पुलिस लड़की के भाई और बाप को बैठाकर पूछताछ करती रही जैसे वही अपराधी हों। सवेरे तक सारे देश में यही केस सुर्खियों में छा गया।"आदिवासी नाबालिग लड़की के साथ सामूहिक बलात्कार, वो भी सेना के जवानों द्वारा।" नारी संगठनों की महिलाएँ तैयार होकर सड़कों पर आकर नारे लगाने लगीं। नारी संगठन भी हर दल के अलग-अलग हैं। औरतें एक साथ मिलकर अत्याचार के खिलाफ कभी आवाज नहीं उठातीं, इसीलिए उनकी आवाजें भी दब जाती हैं। नारी संगठनों में भी आधिपत्य स्थापित करने की होड़-सी लगी रहती है। किसने कितने टीवी चैनल पर कितनी बार बोला, फेसबुक पर संवेदना से भरी हुई अपील को कितने लाइक मिले। यह सब नारी संगठनों के

लिए बहुत मायने रखता है। ये लोग अखबार में छपे अपने हर फोटो की कटिंग सहेज कर रखती हैं और इन सब चीजों को वो जितनी सुंदरता से फाइल में पेश करती हैं, उतनी ही देश-विदेश से मिलने वाली अनुदान की राशि भी ज्यादा हो जाती है। फिर यह उनका पारिवारिक पेशा भी तो है। घर के लोगों को ही संस्थान में नौकरी पर रखकर कई संस्थाएँ खूब पैसा भी बनाती हैं। कुछ तो मन लगाकर काम करती हैं, तो कुछ सरकार को खुश रखकर काम करती हैं। गरीबों के लिए काम करने वाली तकरीबन हर संस्थाओं के बड़े-बड़े ऑफिस और बड़ी गाड़ियाँ हैं। शिक्षा के लिए काम करने वालों के बच्चे सबसे महंगे स्कूलों में पढ़ते हैं। गरीबों के स्वास्थ्य पर काम करने वाली संस्थाओं के मालिक 'कॉरपोरेट हॉस्पिटल' में अपना इलाज करवाते हैं। किंतु दावा सभी समाज के निचले तबके के लोगों के उत्थान का करते हैं। जो लोग बीस साल पहले साइकिल पर बैठकर शहर-शहर घूम कर सेवा किया करते थे, सभी आज बड़ी महंगी गाड़ियों में घूमते हैं। पाँच सितारा होटलों में खाना खाते हुए अंचल की गरीबी की आलोचना बड़ी शिद्दत के साथ करते हैं। सरकार का आधा काम यही लोग करते हैं, इसलिए सरकारों को इन पर निर्भर होना ही पड़ता है। सामाजिक कार्यकर्ता और महिला संगठनों में भी अपनी एक अलग राजनीति चलती है। यह दोनों ही एक-दूसरे को कतई पसंद नहीं करते। जिन संस्थाओं व संगठनों को किसी फंडिंग एजेंसी से अनुदान मिलता है, बस वही एक साथ मजबूरन काम करती हैं। वरना इनके अपने-अपने क्षेत्र बँटे हुए होते हैं और यह एक-दूसरे के कामों में दखल कम ही देते हैं। महिला संगठनों में कुछ नेत्रियाँ जो खादीधारी होती हैं, आश्रम स्कूल आदि चलाती हैं, उनमें कुछ नई फसल एनजीओ की उग आई है। कानूनी लड़ाई लड़ने वाले, पढ़े-लिखे, प्रखर, तेज समाज-सेवक आगे बढ़ रहे हैं। कई जगह तो पति-पत्नी दोनों अलग-अलग संस्थाएँ चलाते हैं। एक ही भवन से काम करते हैं, कर्मचारी भी मिलजुल कर रख लेते हैंऔर अनुदान की राशि से

मिलजुल कर कुछ काम करके दिखाते हैं, बाकी की बची राशि अपने व अपने परिवार के विकास के काम में लगा लेते हैं। यदि किसी सार्वजनिक स्थल पर इन लोगों का आमना-सामना होता है, तो एक दूसरे से 'ईद मुबारकबाद' की तरह गले मिलते हैं। किंतु पीछे से छुपकर एक-दूसरे के कार्यकलापों की पोल खोलते रहते हैं। शुमिता ने कुछ ही महीनों में यह भाँप लिया है।

एक बार उसने सूर्य बाबू से पूछा भी था। यह सब सादगी और विद्रोह का इतना ड्रामा क्यों? आप अपने अखबार में इनके विचार क्यों छापते हैं? तब सूर्य बाबू ने हँसकर कहा था, "यह सिस्टम की रखैल है। कब किससे, क्या और कहाँ कितना बुलवाना है, यह हमको सोचना पड़ता है। जनता का इन पर भरोसा होता है।" फिर रुक कर बोले, "पक्ष-विपक्ष की बात इनसे बेहतर कोई नहीं कह पाता। अखबार को असली मसाला इन्हीं से तो मिलता है।" शुमिता भी अब धीरे-धीरे परिस्थितियों को समझने लगी थी। लेकिन आदिवासी लड़की पर इतना बड़ा अत्याचार हो गया, वह चुप कैसे बैठे। सभी ग्रुप में खबर को भेज दी है। सोए हुए शांत राज्य के सभी लोगों में जैसे नई जान आ गई हो। अगले 15 दिन तो कम से कम यही खबर सुर्खियों में रहेगी। मीडिया, विपक्ष, सामाजिक-कार्यकर्ताओं सभी ने झट से अपनी कमान संभाल ली है। जैसे उन्हें कोई बड़ा युद्ध जीतना हो। शुमिता सारी रात मुंडेली गाँव में ही रही, किंतु वह फिर भी पीड़िता बच्ची से नहीं मिल पाई। पीड़िता बच्ची की चाची आँगनवाड़ी केंद्र में काम करती है, वह हिंदी भी ठीक-ठाक बोल लेती है। नौकरी ने उसे थोड़ा समझदार और चालाक भी बना दिया है। शुमिता ने चाची से ही बात करना ठीक समझा। उसने सोचा, उसी से पीड़िता का सारा इतिहास ठीक-ठीक मिल पाएगा। शुमिता ने धीरे से चाची के पास जाकर कहा, "दीदी आप थोड़ा अलग आकर मुझसे बात करो। अंग्रेजी पेपर से हूँ। आपका नाम भी छपेगा और अखबार में फोटो भी आएगा।" चाची तुरंत राजी हो गई। अपनी जाति में वह पहली महिला है, जिसने

दसवीं पास की है। इसीलिए उसे यह नौकरी भी मिली है। उसकी अपने समाज में बहुत इज्जत और नाम है। उसने सोचा, अगर अखबार में फोटो छपा, तो बढ़िया रहेगा। यही सोचकर वह अपनी साड़ी का पल्लू, जो उसने कमर में खोंसा हुआ था, उसे उसने निकालकर अपने कंधों को ठीक से ढक लिया क्योंकि शहर की मैडम लोग ऐसे ही साड़ी पहनती हैं। शुमिता उसे गाँव के बाहर के मंदिर के पास पड़े एक पत्थर पर बैठाकर बात करने लगी। टीवी और अखबार वाले अभी भी भीड़ के फोटो ही खींच रहे हैं। कुछ मीडिया और अखबार वाले थाने के बाहर खड़े होकर एसपी की प्रेस कांफ्रेंस का इंतजार कर रहे हैं। भीड़ भी अब धीरे-धीरे पीछे की ओर खिसक रही है, क्योंकि कोई एक गलत कदम किसी भी बड़े हादसे को जन्म दे सकता है। आदिवासी लड़की की इज्जत का मामला है, सभी फूँक-फूँक कर कदम रख रहे हैं। शुमिता बेकार में वहाँ समय नष्ट नहीं करना चाहती, इसलिए वह चाची से बात करके ही पक्की खबर ले लेना चाहती है। उसने चाची से पूछा, "आपका नाम?" "सुमेरी इक्का" वह बोली, "अरे वाह! नाम तो बहुत बढ़िया है।" "उसका नाम क्या है?" सुमेरी बोली, "घर में तो चुटकी बुलाते हैं। स्कूल में शाश्वता नाम लिखा रखा है।" शुमिता थोड़ी-सी हैरान हो गई, शाश्वता तो बड़ा साहित्यिक नाम है। शहर के पढ़े-लिखे लोग ही रखते हैं। चाची शायद उसके मन का भाव समझ गई, वह बोली, "चुटकी को हमारे जेठ पहले स्कूल नहीं भेज रहे थे। उसकी माँ बचपन में ही मर गई थी। चुटकी अपने भाई और बाबा के लिए घर में ही काम करती थी। फिर मेरा चाकरी लग गया, तो उसका भी स्कूल में दाखिला करा दिया। नौ बरस की लड़की प्रथम श्रेणी में नहीं पढ़ेगी, इसलिए दीदी मैडम ने तीसरी कक्षा में उसे दाखिला दे दिया। उन्होंने उसकी मुस्कान को देखकर उसका नाम 'शाश्वता इक्का' रजिस्टर में डाल दिया।" चाची ने कहा, "वह बहुत सुंदर है न, नाम भी पूरा वैसा। हमको तो बाद में मालूम पड़ा कि शाश्वता मायने 'पवित्र होता।" इतना कह कर वह फिर

जोर-जोर से रोने लगी। "देखो मैडम, हमारी देवी जैसी लड़की को खराब कर दिए ये पुलिस वाले, उनको फाँसी हो, वह नरक में जाएँ। "

शुमिता को अपनी खबर के लिए वह सब बातें पता चल गई थीं, जो कि अन्य किसी रिपोर्टर को नहीं पता चली थीं। शुमिता ने धैर्य से काम लिया। उसे पता है किसनसनीखेज खबरों के सुराग में जल्दबाजी करने से कोई काम ठीक से नहीं होता। उसने चाची को थोड़ी देर रोने दिया। फिर उसके कंधे पर हाथ रखकर जब सहानुभूति जताई, तो वह थोड़ा संभली और आगे बताने लगी, "चुटकी स्कूल भी जाती हैऔर घर का काम भी करती है। मेरी तो बेटी जैसी ही है। मेरे दो बेटे हैं। हम तो उसे बड़ा लाड़ करी। उसका बाप तो सब समय शराब पीकर घर पर ही पड़ा रहता है। भाई एक सरकारी ठेकेदार के पास रोड का काम करता है। वही कमाता है। बस इस पूर्णमासी को माघ के मेले में वह अपनी दुल्हन ले आएगा जो उसने पहले से पसंद करके रखी है। अगले बरस चुटकी की भी शादी कर देगा। वह स्कूल जाती हैतो कईयों की नजर में है। लंबी है, थोड़ी गोरी भी है। फिर शादी से पहले अगर किसी के साथ ऊँच-नीच कर ली, तो उसके बाप और भाई को समाज से बाहर कर देंगे। मुझे तो उसे लेकर जगना ही पड़ता है। मैं उसे अपने साथ ही स्कूल लेकर जाती हूँ और साथ ही वापस लेकर आती हूँ। कभी-कभी वह महुआ के फूल तोड़ने जंगल भी जाती थी, पर मेरे छोटे बेटे के साथ ही जाती थी लेकिन आज न जाने कौन-सी पाप की घड़ी थी किअकेली चली गई और उन जानवरों ने उसे लूट लिया। उनका नाश हो, कीड़े पड़ें, सरकार उन्हें सजा नहीं देगी, तो हमारा समाज पूरे जंगल में आग लगा देगा।" शुमिता सब कुछ नोट करती जा रही है। उसने अपने मोबाइल में चाची की फोटो भी खींच ली है। उसने आगे चाची से पूछा, "पढ़ाई में कैसी थी?" "अरे मैडम, बहुत अच्छी। हम लोग तो थोड़ा भी पढ़ लें, तो दीदी लोग बहुत शाबाशी देती हैं। हमारे समाज में लड़कियाँ पढ़ रही हैं, लेकिन लड़के नहीं पढ़ते। बचपन से ही ताड़ी पीकर इधर-उधर घूमते रहते हैं। स्कूल

में मास्टर या दीदी चाहे हफ्ते में दो बार आएँ, लेकिन लड़कियाँ मन लगाकर पढ़ती हैं। कितनी मैडम लोगों ने समाज की सेवा के लिए यहाँ ऑफिस बनाए हैं। एनजीओ वाली मैडम खूब साफ-सफाई से रहना, खेलना आदि सिखाती हैं, भला हो उनका।" शुमिता ने अपना नंबर चाची को दिया और चाची का नंबर भी अपने मोबाइल में रख लिया। और उनसे कहा "बीच-बीच में मैं आपको फोन करूँगी, जवाब देना। आप बहुत बहादुर हो, अच्छी हो। वह जब अस्पताल से आए, तो उसका खूब ख्याल रखना। कोई फोटो है क्या उसका?" चाची ने मोबाइल से एक ग्रुप फोटो दिया। आसमानी रंग की कमीज, सफेद चुन्नी और सलवार, स्कूल की वर्दी पहने अपने दोनों छोटे भाइयों के साथ एक प्यारी-सी लड़की मुस्कुराकर बीच में खड़ी है। उसने अपने बाल तेल लगाकर पीछे की तरफ बांधे हुए हैं। चाची ने उम्र तेरह-चौदह साल बताई है, लेकिन वह कुछ सत्रह-अट्ठारह साल की लग रही है। लंबी, भरा हुआ बदन, पर चेहरे पर बच्चों वाली शाश्वत-सी मुस्कान। स्कूल की मैडम ने उसका नाम ठीक ही रखा था। उसका फोटो अपने फोन में रखने के बाद शुमिता का मन उदास-सा हो गया। इतनी प्यारी बच्ची के साथ दरिंदों ने पता नहीं क्या किया होगा? पुलिस किसी को भी पीड़िता तक पहुँचने नहीं दे रही है। 20-30 पुलिसकर्मियों के बीच बैठे भोले-भाले आदिवासी बाप और भाई की क्या हालत हो रही होगी, इसकी कल्पना करते ही शुमिता सिहर उठी। उत्तेजना और गुस्से में वहीं बैठकर उसने अपने लैपटॉप पर पूरी कहानी लिखकर ऑफिस में भेज दी। लेफ्ट विंग के नेता आकर माहौल को और भी ज्यादा गर्माने लगे।

अगले दिन सुबह कई अखबारों में कई तरह की कहानियाँ छपीं। लेकिन शुमिता की खबर सबसे ज्यादा पढ़ी गई। कानूनन पीड़िता बच्ची का फोटो, नाम, पता, कुछ भी नहीं दिखा सकते, लेकिन उसका नाम बदलकर, फोटो को धुंधला दिखाकर, चाची के बयान के साथ, पहले पृष्ठ पर "शाश्वता की पवित्रता को कमांडो जवानों ने लूट लिया"

करके लिखा गया। मोबाइल से जो वीडियो लिया गया, वह भी टीवी पर खूब चला। अखबार के मुख्य संपादक ने शुमिता को बधाई दी। वकील बाबू ने भी व्यक्तिगत रूप से फोन करके कहा कि "बहुत बढ़िया काम किया है। लेकिन तुम एकता के साथ गई थी, यह कहीं मत कहना।" शुमिता भी इस बात पर सहमत हो गई। सुमेरी एक ही खबर से कहानी की मुख्य स्रोत बन गई। अब हर टीवी और अखबार वाले को उसी का इंटरव्यू चाहिए। उदासीन सरकार की मशीनरी हरकत में आ गई। एक अदना-सी आँगनवाड़ी की महिला कर्मचारी की यह मजाल कि सरकारी तंत्र लेकर सरकार के विरुद्ध बोले। शिशु महिला विभाग की सेक्रेटरी ने बीडीओ बाबू को ताकीद दी है कि उसका मुँह तुरंत बंद कराओ। बेचारे बीडीओ बाबू की शामत आ गई। तत्काल गाड़ी लेकर दुर्गम गाँव पहुँचकर, उसने सुमेरी से कहा, "तुम खबरों में कुछ मत बोलो, नहीं तो तुम्हारी नौकरी चली जाएगी।" यह तो गरीब के मुँह से निवाला छीनने वाली बात हो गई। अब सुमेरी मीडिया के सामने कुछ नहीं बोलती। वैसे सरकार भी अभी उसे नौकरी से नहीं निकाल सकती क्योंकि विपक्षी दल पूरी तैयारी के साथ निशाना साध रहा है।

नायक बाबू और उनकी सहकर्मी ममता मैडम आदिवासियों के लिए जंगलों में जाकर काम करते हैं। वे उनके साथ बहुत आत्मीयता का व्यवहार करते हैं और उनके दुख-दर्द को सोशल मीडिया के माध्यम से सारी दुनिया तक पहुँचाते हैं। नायक बाबू और ममता मैडम ने सरकार की पोल खोलने के लिए कमर कस ली है। वह लोगों को बताते हैं कि किस तरह सरकारी योजनाएँ उनके असली हकदारों के पास तक पहुँच ही नहीं पा रही हैं। ऊपर से सामूहिक बलात्कार का मामला, वह भी एक नाबालिग लड़की का, जो कि आदिवासी समुदाय से है। नायक बाबू की पूरी टीम ने सरकार व उसकी प्रशासनिक मशीनरी पर धावा बोल दिया है। शुमिता के काम से वे भी काफी खुश हैं। उन्होंने शुमिता से कहा, "मैडम आप जैसे पत्रकारों के कारण ही

हम सफेदपोश भ्रष्टाचारियों को पब्लिक के सामने नंगा कर पाते हैं। आपने सुमेरी चाची से बात करके बहुत अच्छा किया। बच्ची उसी के पास रहेगी। हमें उसे सुरक्षा भी देनी पड़ेगी। न जाने यह साले कब उसका काम तमाम कर दें। जवानों पर इल्जाम है, वह किसी को नहीं पहचानती। सब साले यूनीफॉर्म की धाक जमाते हैं, अब निकालूँगा उनकी गर्मी। केंद्र सरकार भी उन्हें बचाने की पूरी कोशिश करेगी, पर हमारे साथ मीडिया है।" शुमिता को भी एफआईआर की कॉपी मिल गई है। एक पृष्ठ की सादी-सी कॉपी। जिसमें यही लिखा है किमैं जंगल में घूम रही थी। कहीं से चार-पाँच कमांडो वर्दी में आए और उन्होंने एक-एक करके मेरे साथ जबरदस्ती की और मुझे जंगल में छोड़ कर चले गए। जाते-जाते बोले किअगर किसी को बोला तो, तेरे को और तेरे खानदान को मार देंगे। देखो हमारे पास बंदूकें हैं। अब इस एफआईआर में और कुछ नहीं है। नायक बाबू ने प्रेस कांफ्रेंस में कहा, "वैसे भी लड़की को एफआईआर लिखना तो आया नहीं होगा। थाने के अंदर बैठा कर जबरदस्ती यही लिखाया गया है, उस बेचारी के भाई और बाप को पुलिस स्टेशन में सब ने घेर कर बिठाया है। वह बेचारी और क्या लिखती। यह सब केस को खराब करने की उनकी चाल है।" शहरों में जुलूस निकले, सरकार को गालियाँ दी जाने लगीं। सभी महिला संगठन अलग-अलग दलों में अपनी टीम के साथ बैनर लगाकर, अपना स्वयं का वीडियो ग्राफर लेकर राजमार्ग पर प्रदर्शन करने लगे। आने वाला पूरा हफ्ता बस इन्हीं विरोध और रैलियों को रोकने में ही बीत गया। पूरे जिले को सील बंद कर दिया गया। ऐसा बंदोबस्त किया गया किसरकारी अधिकारियों के अलावा और कोई भी चुटकी के पास न जा सके। शुमिता को सिर्फ उस लड़की की चिंता थी, बेचारी को अभी किसी अच्छी काउंसलर की जरूरत है। पुलिस, मीडिया, परिवार, समाज सभी के प्रश्नों का उत्तर उसे ही देना है। चाची ने भी अब इस केस में अपना महत्व समझ लिया है। बड़े-बड़े नेता उससे आकर मिलते हैं, उसे भी सुरक्षा प्रदान की गई है। अब

वह नाप-तोल कर बोलती है क्योंकिउसके एक-एक बयान की गूंज दिल्ली तक पहुँचती है। राज्य के मुख्य पुलिस अधिकारी ट्रेनिंग के लिए दिल्ली गए हुए थे, वह इस मुद्दे पर वहीं से फोन के माध्यम से आईजी और एसपी से बातचीत करते रहते हैं।

जैसे-जैसे दिन बीत रहे हैं, कई और तरह की बातें सामने आ रही हैं जो मीडिया वाले इस केस से अभी तक मधुमक्खी की तरह शहद के छत्ते पर चिपके हुए थे, धीरे-धीरे अब इससे दूर होने लगे हैं। दो-तीन मीडिया हाउस को छोड़कर बाकी सब बस थोड़ा-सा ही केस के बारे में चर्चा करते हैं। नायक बाबू और ममता मैडम अभी भी वामपंथी और विपक्षी नेताओं के साथ मिलकर उस केस की लड़ाई जारी रखे हुए हैं। शायद इससे उन्हें सरकार गिराने में मदद मिलेगी। जवानों को सभी देशभक्त सम्मान की दृष्टि से देखते हैं। उन पर केंद्र की मीडिया भी ज्यादा चर्चा नहीं कर रही है। शुमिता फिर दूसरी बार चुटकी के जिले में जाकर एसपी से मिली। एसपी साहब शुमिता के साथ बहुत भद्रता से पेश आए। वैसे कई दिनों से उन्होंने मीडिया से बात करनी बंद कर दी थी। फिर भी शुमिता ने जिस समझदारी से उनसे अनुरोध किया और सूर्यबाबू से एसपी की पुरानी दोस्ती के कारण, वह शुमिता से बात करने को राजी हो गए। शुमिता ने जब रिकॉर्डिंग के लिए अपना फोन खोला, तो उन्होंने पूरी औपचारिकता के साथ सारे प्रश्नों के उत्तर दिए। "केस चल रहा है, मेडिकल टेस्ट अभी नहीं हुआ है, क्योंकि लड़की अभी राजी नहीं है। फॉरेंसिक वाले लड़की का सलवार-कमीज़ सीज़ करके लैब ले गए हैं। छानबीन जारी है। कमांडो अधिकारियों से जवानों के आने-जाने की लॉग बुक मंगाई गई है, जिससे कि उस समय कौन-कौन गश्त पर था, पता लगाया जा सके। लड़की का कहना है किसिर पर टोपी की वजह से वह उन लोगों को पहचान नहीं पा रही है। और स्केच ठीक से नहीं बना पा रहे हैं। बच्ची की सलवार या पेन्टी में भी कोई 'सीमेन्स' के अवशेष अभी तक नहीं मिले हैं। जाँच-पड़ताल जारी है।" शुमिता ने पूरी बात रिकॉर्ड

कर ली, उसे शाम तक पूरी कहानी लिखकर ऑफिस में मेल करनी है। रिकॉर्डर बंद करके उसने एसपी से पूछा, आपको क्या लगता है, कब तक गिरफ्तारी होगी? तब एसपी ने कहा मैडम, "मैं उस बच्ची को बचाने की पूरी कोशिश कर रहा हूँ। यह माओवादी इलाका है। यहाँ पर कमांडो या अर्ध-सुरक्षाकर्मियों को निर्देश है किवह लोग वर्दी में जंगल नहीं जाएँगे क्योंकि नक्सलियों का सीधा निशाना बन जाते हैं। गाँव वाले खबरी ही नक्सलियों को खबर कर देते हैं तो यूनीफॉर्म में कमांडो जंगल में उस दिन आए, यह सवाल ही नहीं उठता। फिर उनकी पूरी लॉग बुक की छानबीन की, गाड़ी में या कैंप से बाहर कौन-कौन इस इलाके में आया था। कुछ भी नहीं मिला। लड़की के कपड़े भी एकदम सही सलामत हैं। प्राथमिक जाँच रिपोर्ट में भी लड़की के शरीर पर कोई जबरदस्ती सेक्स या यौन उत्पीड़न के निशान नहीं हैं। बाकी की विस्तृत रिपोर्ट कुछ दिनों में आएगी।" शुमिता ने हैरान होकर पूछा, "तो फिर इतना बड़ा हंगामा कैसे हुआ? कुछ तो हुआ ही होगा।" एसपी ने बोला, "नहीं मालूम क्या हुआ लेकिन हमारे खबरी ने बताया कि"लड़की किसी अपने दोस्त के साथ जंगल में अक्सर घूमने जाती थी। उस दिन उसकी जाति के किसी आदमी ने शायद उन्हें पकड़ लिया और फिर बचने के लिए उसने यह सब कह दिया। लड़का अभी भी गायब है। कोई पक्का सबूत तो नहीं है, पर जाँच अधिकारी यही बता रहे हैं। अब मामला इतनी दूर तक पहुँच गया है किकोई भी अपना मुँह नहीं खोल रहा। लड़की भी सहमी हुई है, डर और शर्म के मारे किसी से कुछ नहीं बोल रही है। शायद इसीलिए दूसरे मीडिया वाले धीरे-धीरे पीछे हट रहे हैं। "

शुमिता डाक बंगले में आकर रुक गई। वहाँ पर शाम से जैसे बड़ा मेला लगा हुआ है। चारों ओर से महिलाओं की खिल-खिलाती हुई हँसी की आवाजे आ रही हैं। दिन में सुनसान, भुतहा-सा पड़ा डाक बंगला शाम तक एकदम चहल-पहल से भर उठा है। आर्मी और पुलिस की गाड़ियाँ आकर खड़ी हो गई हैं। वहाँ का रसोईया और केयरटेकर

बहुत ही व्यस्त हो गए हैं। राजधानी से बहुत सारी मैडम लोग मामले की पूछताछ करने के लिए आई हुई हैं। बाल विकास कमीशन, महिला कमीशन और स्वास्थ्य विभाग की सेक्रेटरी सभी को अलग-अलग कमरे दिए गए हैं। रात का खाना भी शाही भोज की तरह तैयार किया जा रहा है। भोर में उठकर सभी 'नेतरहाट' घूमने के लिए जाएँगी। उनका ऐसा मानना है कि "सूर्योदय के दर्शन करने से सभी का भाग्य उदय होना निश्चित है।" ऐसा लग रहा है कि जैसे वे लोग किसी केस की तहकीकात के लिए नहीं बल्कि सरकारी खर्चे पर यहाँ पिकनिक मनाने आई हुई हों। किसी के चेहरे पर कोई दुख, पीड़ा या सहानुभूति के भाव दूर-दूर तक दिखाई नहीं पड़ रहे हैं।

शुमिता अगले दिन सुबह-सुबह ही वापस आ गई। दिल्ली से आई मैडम लोगों की हरकतें देखकर उसका मन खट्टा-सा हो गया। किसी को भी पीड़िता की चिंता नहीं है। अगर पुलिस की बात को सच भी मान लिया जाए, तब भी उसने कोई पाप नहीं किया है। किशोरावस्था में बच्चियाँ छुप-छुपकर मिलने जाती ही हैं और पकड़े जाने पर सजा के डर से झूठ-मूठ की कहानियाँ भी गढ़ देती हैं। उसे अगर कोई प्यार से सही ढंग से समझाए, तो सच का पता भी चल जाएगा। गलती तो बच्चों से ही होती है, कोई गुनाह तो किया नहीं है। सरकारी खर्चे पर सब कुछ हुआ, लेकिन शिशु विभाग में नियुक्त 'बाल मनोवैज्ञानिक' को बुलाकर लड़की की काउंसलिंग कराने की व्यवस्था अभी तक नहीं हुई है। शुमिता ने मन बना लिया है कि वह इसी पर अपनी स्टोरी बनाएगी। शुमिता जैसे ही वहाँ से वापस आई, अगले ही दिन सुबह उसने देखा, सभी टीवी चैनल पर रिपोर्ट चल रही है। चुटकी का चेहरा धुंधला करके, उसकी आवाज सुनाई जा रही है। "मुझे धमकाने दो मैडम आई थीं। वो बोलीं कि पुलिस तुम्हें जेल भेज देगी। तुमने झूठ बोला है। डीजी साहब ने अस्सी हजार रुपए भेजे हैं, अपना मुँह बंद रखो।" जैसे एक बड़ा बम का धमाका हुआ। सारी सरकार फिर से हिल-सी गई। लड़की के घर के चारों ओर नाकेबंदी

कर दी गई है ताकि कोई मीडिया वाले उस तक न पहुँच सके। यह वीडियो रिकॉर्डिंग सुमेरी ने नायक बाबू को भेजी थी। वह भी बहुत सयानी हो गई है। जो भी उनके घर चुटकी से बातचीत करने या पूछताछ करने आता है, वह पास में बैठकर चुपके से सब कुछ रिकॉर्ड कर लेती है और नायक बाबू को भेज देती है। विभिन्न कमीशन की अध्यक्षाएँ और सदस्याएँ भी बस खाना-पूर्ति के लिए ही आती हैं। ऊपरी तौर पर थोड़ी-सी बातचीत करके, पुलिस अधिकारियों से मिलकर, फिर प्रेस के सामने वही तोते की तरह रटे-रटाए दो-चार शब्द बोल कर चली जाती है। ताकि सरकार के मंत्रियों को लगे कि उनके द्वारा इन सम्मानित पदों पर बैठाई गई यह महान नारियाँ, अपने क्षेत्र में कुछ काम कर रही हैं। अब मीडिया का सारा ध्यान डीजीपी पर है, किंतु डीजी भार्गव तो उस समय दिल्ली में थे। वह तो घटना वाले स्थान पर गए ही नहीं, पीड़िता ने सरासर झूठ बोला है। किंतु पीड़िता बार-बार यही कह रही है किपुलिस धन-बल के जोर पर दबाव डाल रही है किकेस को वापस लो। चाची ने भी वीडियो की थोड़ी-सी ही क्लिप भेजी है किकैसे कोई सामाजिक सेविका आकर उनको धमका रही है। अब तो यह केस दो खेमों में बँट गया है। एक पक्ष जवानों को हिरासत में लेने की बात कर रहा है तो दूसरा पक्ष सामने आकर, खुलकर तो कुछ नहीं बोल रहा, पर कानाफूसी करते हुए 'विस्पर कैंपेन' चला रहा है कि यह इल्जाम सरासर झूठा है। लोग भी थोड़े से असमंजस में हैं।

राजश्री एक प्रसिद्ध संस्था की डायरेक्टर हैं। वह खादी की साड़ी पहनने वाली समाजसेविका नहीं हैं। बाल कटाकर, रंगीन साड़ियाँ पहनकर, गाढ़ी लिपस्टिक लगाकर, वह समाज सेवा के लिए निकलती हैं। चेहरे पर दंत-मंजन का विज्ञापन देती हुई, खुली मुस्कान लिए सभी से मिलती हैं। हर साल अपनी संस्था में बड़ी-बड़ी नामी हस्तियों को अवार्ड दिलवाती हैं ताकि सरकारी स्तर पर एनजीओ वाले ठेके उसे आसानी से मिल सकें। औरतों के दुखों में घड़ियाली आँसू बहाने में

वह माहिर है लेकिन सरकारी प्रशासनिक अधिकारियों के हक में ही काम करती है। एक पंक्ति में कहें तो वह एक सफल धनी प्रसिद्ध महिला सामाजिक कार्यकर्ता हैं। उसका पति विश्वजीत 'बाल अधिकारों' का विशेषज्ञ है। उसने जेएनयू से कानून में पीएचडी की है। प्रतिष्ठित और बुद्धिमान है। बाल-बालिकाओं के अधिकारों पर अद्भुत भाषण देता है। उसका ज्ञान भी बहुत खूब है। उसकी अपनी एक प्रतिष्ठित संस्था है। उसकी संस्था में विदेशों से काफी मात्रा में अनुदान आता है। सारे परिवार का बेड़ा पार उसी पैसे से हुआ है। पिछले दो-चार सालों से अनुदान में कुछ कमी आई है। इसलिए अपनी पत्नी राजश्री की संस्था के लिए भी काम करने लगा है।

शुमिता जिस सुबह वापस आई, उसी सुबह राजश्री, हेमबाला मैडम के साथ अपनी इनोवा गाड़ी में मेंडलीगाँवपहुँच गईं। हेमबाला मैडम बहुत ही बड़ी हस्ती हैं। वह बच्चों के लिए आश्रम, चाइल्ड हेल्पलाइन नंबर, आदि चलाती हैं। 1999 में एक गैंग रेप केस हुआ था, उसमें उन्होंने पीड़िता के साथ खड़े होकर पूरा केस लड़ा था। सरकार भी पलट गई थी। तब वह विपक्ष में थी। अब तो उसकी अपनी सरकार है। उन्हें भी मालूम है किएक साथ मिलकर अगर काम करेगी, तो केंद्र सरकार द्वारा प्रचालित जिले के प्रोजेक्ट उन्हें ही मिलेंगे। दोनों के लालच ने उन्हें एक ही नाव में सवार कर दिया है। दोनों आकर चुटकी से मिलीं और उसे प्यार से समझाया, पुलिस पर झूठा आरोप लगाने पर कितनी भयंकर सजा हो सकती है। उसे बहुत ही चाशनी भरी बातों से धमकाया कि केस वापस ले लो। "देखो हमको पुलिस ने ही भेजा है। तुम अगर हमारी बात मानोगी, तो हम तुम्हें बचा लेंगे। नहीं तो तुम्हारा सारा खानदान जेल में सड़ेगा।" सुमेरी चाची ने सारी बात रिकॉर्ड कर ली। हेमबाला मैडम ने गाड़ी में बैठते हुए राजश्री को आवाज दी, "राजश्री चलो, हमें पुलिस से

भी बातचीत करनी है। आगे इनकी किस्मत, हम तो इनका भला ही चाहते हैं ताकि बच्चे को कोई परेशानी न हो।" हेमबाला ने जब यह बोला, तो चाची और चुटकी को पता चला किशहर से आई पर-कटी मैडम राजश्री है। सारी रिकॉर्डिंग नायक बाबू के पास पहुँच गई। और यह बात आग की तरह फैल गई किपुलिस अब अपने साथ काम करने वाले संगठनों की महिलाओं को धमकाने के लिए भेज रही हैं। सभी ने दोनों महिलाओं की खूब भर्त्सना की। फेसबुक पर भी मामला काफी उछला। नायक बाबू ने रिटायर्ड जज, पुलिस डीजीपी और दिल्ली के वरिष्ठ संपादकों को बुलाकर रांची में एक जन-सुनवाई रख दी। पीड़िता अपनी चाची-चाचा और भाई के साथ शहर पहुँची। दिल्ली से कई संगठनों के कार्यकर्ता भी वहाँपहुँचे हैं। शाश्वता की यह शहर में पहली यात्रा थी। इतनी भीड़-भाड़ देखकर वह घबरा-सी गई। अंबेडकर हॉल में इतने सारे लोग, कैमरा, पत्रकार सब मौजूद थे। उस ने कल्पना भी नहीं की थी किउसका यह केस इस मोड़ तक पहुँच जाएगा। कुछ लोगों के अलावा पीड़िता को कोई नहीं पहचानता था। शुमिता को भी नायक बाबू ने बुलाया था किपीड़िता मुँह ढककर सब को अपनी व्यथा सुनाएगी। शुमिता ने उसकी फोटो देखी हुई थी, इसलिए झट से उसे पहचान गई। उस दिन उसने हरे रंग की कमीज वाला सूट पहना हुआ था। उसका चेहरा भी बहुत ही मुरझाया हुआ-सा था। उस दिन उसके चेहरे से वह शाश्वत मुस्कान भी गायब थी। शुमिता को पता है किएक पीड़िता जिसके केस की छानबीन अभी चल रही है। चार्जशीट भी अभी दाखिल नहीं हुई है। उसकी इस प्रकार से जन-सुनवाई हो, यह गैरकानूनी है। वह वापस जाने से पहले चुटकी के पास गई। प्यार से बोली, "चुटकी तुम बहुत प्यारी लड़की हो, हिम्मत से काम

लो। आगे तो कोर्ट में भी जाना पड़ेगा। किसी की बातों का बुरा मत मानना, बस हिम्मत रखो।" इतना सुनते ही चुटकी फफक-फफक कर रोने लगी। कई दिनों बाद उसके साथ किसी ने प्यार और इज्जत से बात की थी। बाकी लोग तो उसे सिर्फ केस की पीड़िता की नजर से ही देखते थे। बस अपनी जरूरत के हिसाब से मीडिया भी उसके साथ बात करता है लेकिन सांत्वना कोई नहीं देता। पुलिस धमकाती है, महिला संगठन वाली भी धमकाती हैं तो कई लोग उसे मजबूर करते हैं कि"पुलिस के खिलाफ अपने बयान पर काबू रखो। हम तुम्हें इंसाफ दिला देंगे।" उसके मन के भीतर उठते द्वंद को कोई नहीं समझना चाहता। कोई भी दो पल उसके पास बैठकर बात नहीं करता। आज शुमिता की निष्पाप, साफ नियत से बात का ढंग देखकर, वह उसके गले लग कर रोने लगी। शुमिता को भी अनुमान हो गया किइसे मानसिक सहारे की जरूरत है। वह कुछ नहीं बोली, सिर्फ उसकी पीठ पर हाथ फेरती रही। कुछ मीडिया वालों ने फोटो उठानी चाहिए, लेकिन शुमिता ने कड़ककर फटकार लगाते हुए हिदायत दी कि"इसका चेहरा कहीं नहीं दिखना चाहिए।" शायद उसकी बात में सच्चाई थी, या आदेश का लहज़ा, उन लोगों ने फिर रिकॉर्डिंग नहीं की। शुमिता को हैरानी हुई किइतने संवेदनशील केस में पुलिस ने जन-सुनवाई के लिए इसको यहाँ आने की अनुमति कैसे दे दी। फिर वह चुटकी का हाथ पकड़कर उसे ऑफिस में ले गई। वहाँ पर कोई नहीं था। सुमेरी भी साथ में अंदर आ गई। शुमिता ने बड़े प्यार से चुटकी को कुर्सी पर बैठाया, पानी पिलाया। फिर पूछा, "कैसी हो? तुम्हारी चाची से लेकर फोटो देखी थी, तुम तो फोटो से भी ज्यादा सुंदर हो।" चुटकी यह सुनकर शरमा गई, सिर नीचे करके बैठी रही। शुमिता ने पूछा, "सुबह से यहाँ पर आई हो, कुछ खाया है

कि नहीं?" चुटकी बोली, "हाँ होटल में जहाँ हमें रखा है ना, वहीं पर नाश्ता दिया था, आलू भाजी और पूरी।"शुमिता बोली, "कौन-सी क्लास में हो?" "जी दीदी, आठवीं में।""अच्छा बहुत बढ़िया। बड़ी होकर क्या बनोगी?" "मैं अब पता नहीं बन भी पाऊँगी कि नहीं।" क्यों? शुमिता धीरे-धीरे बातें करके फिर सच्चाई तक पहुँचना चाहती थी किसचमुच उस दिन वह अपने साथी के साथ जंगल में गई थी, या फिर जवानों ने उसका सामूहिक बलात्कार किया था। चुटकी अभी बहुत छोटी उम्र की है। पिछले कुछ दिनों में उसने बहुत कुछ भोगा और सहा है। शुमिता ने सोचा है किवह उससे धीरे-धीरे पूछेगी, लेकिन शुमिता उस प्रश्न तक पहुँच भी नहीं पाई थी किछुटकी फिर से जोर-जोर से रोने लगी। रोते हुए हिचकियों के बीच कहने लगी, "दीदी मैं क्या करूँ? कोई बोलता है, यह बोलो, कोई बोलता है, वह बोलो। कोई बोलता है, हम तुम्हारे खानदान को न्याय देंगे। कोई कहता है, सबके सब जेल जाओगे। मेरे स्कूल की सहेलियाँ भी मुझसे बात नहीं करतीं। स्कूल में मुझे जाने से मना कर दिया है। मेरे समाज के लोग हमारे घर भी नहीं आते। चाची सारा दिन इधर-उधर फोन पर जवाब देती रहती हैं। क्या मैं इतनी बड़ी पापिन हूँ।" शुमिता के पास कोई उत्तर नहीं है। वह फिर कहने लगी, "मैडम लोग आकर बोलीं, तुम्हें तो कोर्ट भी नहीं बचा सकेगा।" शुमिता का दिल भी रो पड़ा, इतनी-सी उम्र में चुटकी ने कितना कुछ देख लिया है। अब वह सच बोले या झूठ, वह तो फँस चुकी है। सभी ने अपने-अपने स्वार्थों के जाल बिछाकर रखे हैं। वह एक जाल से निकलेगी, तो दूसरे में फँस जाएगी। चुटकी फिर कहने लगी, "आप मुझे यहाँ से दूर ले चलो। सब मेरे चेहरे को न जाने कैसे-कैसे घूरते हैं। मैं किसी को अपना मुँह भी नहीं दिखाना चाहती।" शुमिता ने

कहा, "नहीं बेटा ऐसा नहीं कहते, तुम तो बहादुर बच्ची हो। सब ठीक हो जाएगा। सिर उठा कर जियो, देखो सभी लोग तुम्हारे साथ हैं।" इतना सुनते ही वह फिर से शुमिता के गले लग कर रोने लगी।

इतने में नायक बाबू ऑफिस में आए और बोले, "ज्यूरी मेंबर्स आ गए हैं। बस थोड़ी ही देर में हम जनसुनवाई शुरू करेंगे।" उन्होंने कहा, "मैडम आप भी रुकिए, कितना महत्वपूर्ण केस है।" फिर शाश्वता से बोले, चलो शाश्वता चलो, चुन्नी से अपना मुँह ढक लो।" शाश्वता ने शुमिता की ओर बड़ी आस भरी नजरों से देखा और फिर चाची के साथ, चुन्नी सिर पर लपेट कर, नायक बाबू के पीछे चल दी। सुमिता का मन एकदम खिन्न-सा हो गया। उस ने वहीं से एसपी को फोन लगाकर पूछा कि"अभी तक बाल मनोवैज्ञानिक को बुलाकर शाश्वता की काउंसलिंग क्यों नहीं की गई।" पुलिस के पास हर बात का जवाब तैयार ही होता है। उधर से सपाट-सा उत्तर मिला किपीड़िता का परिवार नहीं चाहता। फिर भी यदि आप कहती हैं, तो जिला शिशु अधिकारी से बात करके उसका बंदोबस्त कर आता हूँ।

शुमिता ने नायक बाबू और ममता मैडम से कहा, "अगर आपके पास सबूत है किराजश्री और हेमबाला अनधिकारिक तौर पर जाकर पीड़िता को धमकाते हैं, तो आप पुलिस के पास क्यों नहीं जाते?" नायक बाबू बोले, "पुलिस तो हमें पहले ही अपना दुश्मन मानती है।" शुमिता ने कहा, "तो आप मीडिया में सारी बात कह दो, ताकि लोगों को पता चले।" नायक बाबू बोले, "यह सब कार्यक्रम खत्म हो जाए, उसके बाद जरूर दूँगा।" शुमिता वहाँ से उठकर वापस आ गई और सोचने लगी कि सभी को अपने-अपने फायदे की पड़ी है। कोई उस आदिवासी बच्ची की मनःस्थिति को क्यों नहीं समझ सकता। सूर्यबाबू ने कहा, "चिंता मत करो हम कल मीडिया में यह स्टोरी छापेंगे।" फिर पता नहीं संपादक महोदय को क्या हुआ, अगले दिन ऐसी कोई कहानी अखबार में नहीं छपी। अखबार में सिर्फ यही खबर छपी

कि"नायक बाबू ने गैरकानूनी ढंग से जनसुनवाई की है। उन पर कानूनी कार्रवाई होगी।" जैसे ही नायक बाबू को पता चला किराजश्री मैडम के साथ काम करने वाली प्रतिमा मैडम नायक बाबू की संस्था के खिलाफ शिकायत दर्ज करवाने वाली है, ठीक उसी समय ममता मैडम और नायक बाबू ने राजश्री और हेमबाला मैडम की बातों के वीडियो का सिर्फ एक ही अंश इंटरनेट पर छोड़ दिया। बस फिर क्या था, सारे सामाजिक कार्यकर्ता आपस में तू-तू मैं-मैं करने लगे। यह खबर भी उस खेमे में पहुँच गई किउनके पास सबूत है। फिर दोनों खेमों के बीच आपस में गुप-चुप एक अलिखित समझौता हो गया किएक दूसरे के खिलाफ और ज्यादा नहीं बोलेंगे।

शुमिता को शनिवार को अपने बाबा से मिलने दिल्ली जाना है दिल्ली से वापस आकर वह शाश्वता के लिए कुछ पक्का इंतजाम करेगी। केस सच साबित हो या झूठा, लेकिन शाश्वता को वह मुँह छुपाकर नहीं जीने देगी। एयरपोर्ट पर बैठकर वह अपने अगले हफ्ते के कार्यक्रम की सूची बना रही है किमहिला शिशु विभाग को मेल में लिखेगी किशाश्वता को सारी सुविधाएँ दी जाएँ। बच्चों की मानसिक सुरक्षा के लिए लाखों का बजट है। यह लोग अगर ठीक से काम करें, तो कोई नाबालिग क्यों परेशान हो। सुरक्षा जाँच हो चुकी है, प्लेन में बोर्डिंग शुरू होने में अभी पन्द्रह मिनट बाकी हैं। छोटे शहरों के एयरपोर्ट पर हरदम जाने पहचाने चेहरे दिख ही जाते हैं।

शुमिता हाथ में लैपटॉप का बैग लिए चेयर पर बैठकर बोर्डिंग का इंतजार कर ही रही थी कितभी सूर्य बाबू का फोन आया। "वन सैड न्यूज़! चुटकी ने फाँसी लगाकर आत्महत्या कर ली है।" पता नहीं उसके बाद वह और क्या बोले, शुमिता एकदम सन्न-सी रह गई। उसने और कुछ नहीं सुना। उसकी आँखों से अचानक आँसू टपकने लगे। वह दौड़कर लेडीज टॉयलेट की ओर भागी, अंदर जाकर बेसिन के सामने खड़े होकर जोर-जोर से रोने लगी। जैसे उसकी अपनी छोटी बहन ने आत्महत्या कर ली हो। बाथरूम में काम करने वाली औरतें

उसे हैरानी से देख रही हैं। प्लेन से कई बार दुखी लोग भी सफर करते हैं। जब उन्हें अपने प्रियजनों की मौत पर जाना होता है। उनमें से एक महिला ने टिशू पेपर लाकर शुमिता को दिया और बोली, "मत रो बेटा, क्या कोई मर गया है?" शुमिता ने हाँ में सिर हिलाया। "परमात्मा उसकी आत्मा को शांति दे। उसकी इतनी ही साँसें लिखी थीं। बस तुम मत रो, जाने वाले की आत्मा को दुख होगा।" शुमिता और जोर-जोर से रोने लगी।

वहाँगाँव में फिर से जुलूस निकला। पुतले जलाए गए, पोस्टमार्टम के लिए आई पुलिस पर पथराव हुए। शहर में फिर से कई सामाजिक संगठनों ने रास्ता रोका दिया। नारेबाजी चल रही है, हाईकोर्ट ने भी केस की जाँच के लिए विशेष जाँच दल का गठन कर दिया है। शुमिता सिर्फ यही सोच रही है किआखिर एक चौदह साल की बच्ची को इतना क्या सहना पड़ा किउसे अपनी ही चुन्नी से फाँसी लगानी पड़ी।

***

कलाकार

रामचंद्र बोरो ठाकुर के परदादा आज से सवा सौ साल पहले असम के गाँव से आकर सुंदरबन में बस गए थे। उनके पास अच्छी खासी संपत्ति थी। कुछ समय बाद वे पानी के जहाज से अंडमान चले गए। वहाँ पर मछली पकड़ने के लिए बड़े-बड़े जहाज खरीदे और खूब व्यापार किया। भारत की स्वाधीनता की लड़ाई में आजाद हिंद फौज के सैनिकों के लिए अंग्रेजी सरकार से छुपकर रामचंद्र जी के दादा ने बहुत सहायता की थी। रामचंद्र ने भी अपने परदादा का जमाया हुआ व्यवसाय तो बहुत किया, परंतु उनके रोम-रोम में देशभक्ति बसती थी, इसलिए बाद में उनके बेटे ने भी सरकार के साथ मिलकर कई स्वास्थ्य केंद्र, अस्पताल और मछली सुखाने का बड़ा-सा कारखाना भी बनाया।

उसके परदादा के पाँव में शायद चक्कर था। वह कहाँ ब्रह्मपुत्र से यात्रा करते-करते बंगाल की खाड़ी को पार कर अंडमान में आकर बस गए। उनके बेटे ने भी उनकी धरोहर को आगे बढ़ाया, फिर उनके पोते तक सब कुछ ठीक-ठाक चला लेकिन जब पोते रासबिहारी ने मलयाली लड़की से शादी कर ली, तब उसे संपत्ति से बेदखल कर दिया गया। रासबिहारी ने संपत्ति त्याग दी, लेकिन केरल वासी सुशीला कुमारी का हाथ नहीं छोड़ा। सभी भाई-बहन पोर्टब्लेयर में ही बसे रहे। रासबिहारी अपने मछुआरे ससुर के साथ दिगोलपोर तहसील में जाकर बस गया। मछली पकड़ने के लिए बड़े-बड़े ट्रॉलर खरीदे। मलयाली समाज का पूरा साथ पाकर मछली सुखाने की फैक्ट्री तक डाल दी। दो कोल्ड स्टोरेज

बना दिए। वह अपने खानदान का सबसे सफल और धनी व्यवसायी बन गया।

अंडमान वैसे भी छोटे-छोटे द्वीपों का समूह है। केरल और बंगाल से कई लोग आकर यहाँ बसे हुए हैं। आजादी से पहले तक सभी लोग शादी-ब्याह अपनी ही जाति समूह में करते थे, परंतु धीरे-धीरे प्रेम विवाह की संख्या बढ़ने लगी और बहुत विरोध के बावजूद कई धनी परिवारों में दूसरी जाति में विवाह का प्रचलन बढ़ गया।

रासबिहारी के एक बेटी और एक बेटा हुए। बेटी की शादी उन्होंने अपने ही समाज के ब्राह्मण लड़के से की और वह ऑस्ट्रेलिया में जाकर बस गई। बेटा रामचंद्र दिखने में भी मलयाली लगता था। हष्ट-पुष्ट, गठा हुआ शरीर, रंग भी गहरा अपनी माँ की तरह, सुंदर नैन-नक्श। उसका मन घर के व्यापार में नहीं लगता था। दिगोलपोर तहसील में वे लोग राजा की तरह रहते थे, लेकिन रामचंद्र को वह कस्बा बहुत छोटा लगता था। रामचंद्र स्वयं गहरे पानी की बड़ी मछली की तरह था। छोटे तालाब में उसका गुजारा मुश्किल था। वह अपने एक मामा के साथ केरल चला आया। वहाँ की फिल्म इंडस्ट्री ने उसे बहुत आकर्षित किया। रामचंद्र के लाख मना करने के बावजूद, वह फिल्म उद्योग में बड़ा पूँजी निवेश करने लगा। चेन्नई और मुंबई में उसका खूब आना-जाना लगा रहता। वह हिसाब का भी बड़ा पक्का था। होटलों में रहने की बजाय उसने मुंबई, चेन्नई और हैदराबाद में एक-एक करके फ्लैट खरीद लिए ताकि अपने प्रोड्यूसर और फिल्मी लोगों की खातिरदारी वह अपने घर पर ही कर सके। दो-तीन साल में जब कभी वह अपने घर दिगोलपोर जाता, तो उसके पिता रासबिहारी उसे अपने इतने बड़े व्यवसाय का वास्ता देते, पर अब वह वापस नहीं आना चाहता था। मलयाली और तमिल फिल्मों में कई हीरोइने देश के दूसरे हिस्सों से भी काम करने आती हैं। हीरो चाहे जैसे भी हो, हीरोइन सब सुंदर ही होनी चाहिए। जो कामयाब हो जाती, उसकी जय-जयकार होने लगती। उनके चाहने वाले उनके नाम पर मंदिर तक

बनवा डालते और जो नाकामयाब हो जाती, वह या तो शादीशुदा आदमियों की रखैल या गर्लफ्रेंड बन कर मुंबई, चेन्नई, हैदराबाद, पुणे में बस जाती या फिर अपने-अपने शहरों में लौट कर गुमनाम जिंदगी जीने लगतीं।

इंदौर की रहने वाली अर्चना बहुत ही सुंदर थी। घर से भागकर वह मुंबई में एक फोटोग्राफर के साथ कुछ दिन रही। वहाँ उसे कोई खास काम नहीं मिला। तमिल की एक-दो फिल्मों में भी काम किया, लेकिन वहाँ भी चली नहीं। अर्चना देखने में हेमा मालिनी, श्रीदेवी जैसी हीरोइनों से भी लाख गुना ज्यादा सुंदर थी, लेकिन फिल्मों में उसकी तकदीर ने उसका साथ नहीं दिया। एक बार वह रामचंद्र के साथ उसके पुश्तैनी गाँव दिगोलपोर भी घूम कर आई थी। इतनी संपत्ति पैसा दौलत देखकर वह हैरान रह गई। रामचंद्र भी चाहता था कि उसकी पत्नी हीरोइन जैसी हो, तो दोनों ने शादी करने का निर्णय ले लिया। अर्चना ने फिल्मों की झूठी शान-शौकत की दुनिया बहुत करीब से भोगी है और वहाँ मिली असफलता ने उसे फिल्मों से और विमुख कर दिया है। वैसे भी वह इतने पैसे वाले घर से नहीं थी। फिल्मों में आने के लिए वह किस-किस रास्ते से गुजरी थी, उन सब को वह अब याद भी नहीं करना चाहती। वह तो अब बस एक अच्छी पत्नी बन कर ऐश की जिंदगी जीना चाहती है। रामचंद्र उसकी यह अभिलाषा पूर्ण करने में पूरी तरह सक्षम था। दोनों ने बड़ी धूमधाम से शादी कर ली। रामचंद्र ने फिल्मों में खूब पैसा कमाया, लेकिन हर नई फिल्म में और ज्यादा पैसों की जरूरत होती और फिर बड़े शहरों के खर्चे भी बड़े होते हैं। अर्चना जब गर्भवती हुई, तो उसने ससुराल जाकर रहना चाहा। रासबिहारी और सुशीला देवी की खुशी का ठिकाना न रहा। घर से दूर हो गए बेटे की पत्नी स्वयं आकर उनके पास रहना चाह रही है, यह तो किसी चमत्कार से कम नहीं है। वहाँ पर अर्चना की खूब सेवा हुई, घर पर कई नौकरानियाँ थीं। बड़ा-सा बंगला, बगीचे, मछली प्लेटफार्म, फैक्ट्री इन सब की वही तो अकेली मालकिन

थी। वहीं पर उसने बेटे को जन्म दिया। पूरे दिगोलपोर में सात दिनों तक भोज चलता रहा। बोरो ठाकुर परिवार के लोग पोर्ट ब्लेयर से आए, पूरा केरल समाज हाजिर हुआ। बहू इतनी सुंदर और फिर हीरोइन तेलुगू, तमिल समाज की औरतें सज-धज के बड़े चाव से रामचंद्र की अर्चना को मिलने आतीं। दादी सुशीला ने पोते का नाम अजय रखा। कुल छह महीने तक अर्चना वहाँ रानियों की तरह रही। दो बार रामचंद्र भी आकर उससे मिल गया। वह भी बहुत खुश है, "अपने बेटे को वह हीरो बनाएगा।" ऐसा उसने अभी से घर पर कह दिया है। सुशीला और उसके पति ने न जाने किस मुहूर्त में एक बड़ा फैसला ले लिया। सारी संपत्ति उन्होंने अपने पोते अजय के नाम कर दी और उसकी माँ अर्चना को उसका अभिभावक बना दिया। बिना कोर्ट कचहरी के अर्चना सारी संपत्ति की एक तरह से अकेली मालकिन बन गई। वह सब से आशीर्वाद लेकर मुंबई लौट आई। रामचंद्र अपने माता-पिता के इस फैसले से कोई ज्यादा खुश नहीं हुआ, लेकिन नाराज भी नहीं हुआ, आखिर बेटे के पास ही सब कुछ आया है। कुछ सालों के बाद रासबिहारी बाबू चल बसे। अर्चना एक महीने के लिए अंडमान गई। वापस आते समय अपनी सास सुशीला देवी को सारी संपत्ति बेचने की सलाह दे आई। अब इतनी दूर आकर कौन काम संभालेगा। सुशीला देवी ने बंगला छोड़कर सब कुछ बेच दिया। सारा पैसा अजय के नाम ही हो गया। कागज पत्र पर हस्ताक्षर करने के लिए रामचंद्र को आना पड़ा। छोटे से कस्बे में सभी लोग उन्हें जानते हैं, इसलिए महीनों में होने वाला काम हफ्ते भर में ही निपट गया। अर्चना ने अपने जीवन का शादी से लेकर अब तक का सफर बड़ी होशियारी से एक-एक कदम धीरे-धीरे आगे रखकर, अपनी मंजिल की ओर बढ़ाया है। रामचंद्र बाबू फिल्मों में पैसा लगाते हैं। आए दिन सुंदर मॉडल या हीरोइन बनने की इच्छुक नारियों से उनका वास्ता पड़ता ही रहता है, लेकिन पत्नी को उन्होंने कभी शिकायत का कोई मौका नहीं दिया। उनकी धमनियों में ब्रह्मपुत्र की घाटी के पानी

वाला रक्त बहता है, घर की औरतों को इज्जत देना उन्हें खूब आता है। कभी-कभी उनके प्रेम-प्रसंग आगे तो बढ़ते हैं, लेकिन वह उन्हें घर तक नहीं पहुँचने देते। अर्चना एक तरह से उनकी पूरी संपत्ति की मालकिन बन गई है।

उसकी सासू माँ उसके पास शहर आकर बसना नहीं चाहती थीं। मलयाली होने के बावजूद उनकी पैदाइश दिगोलपोर की है, फिर असमिया ससुराल में छोटे से कस्बे में वह शुरू से ही रानी की तरह रही हैं। अब बड़े शहर में बेटे के पास जाकर रहना उन्हें नहीं सुहाता। अर्चना के हाव-भाव से भी उन्हें पता चल जाता कि वह उनके यहाँ मेहमान हैं। उम्र के आखिरी पड़ाव पर वह किसी की रहमत पर नहीं जीना चाहती। इसलिए धीरे-धीरे उन्होंने अपने बेटे के घर जाना एकदम बंद कर दिया। अर्चना और रामबाबू आखिरी बार अंडमान सुशीला देवी की मृत्यु पर ही गए थे। पूरी तहसील के लोग आए थे, ग्यारहवें दिन के श्राद्ध की भोजन संध्या में जैसे लोगों की भीड़ ही उमड़ पड़ी थी। माँ हमारी पूरी देवी थीं, लक्ष्मी का रूप थीं, बड़ी दयावान थीं, बहुत ममतामयी थीं। यही सब बातें कानों में पड़ती रहीं। तेलुगु, बंगाली, आसामी, केरली, निकोबारी तक श्रद्धा के साथ संध्या भोज में शामिल हुए थे। अर्चना लाल पाड़ की टस्सर की, घी रंग की साड़ी पहने, हाथ जोड़कर सबका स्वागत करती रही। परंतु आत्मीयता और नाटक में अंतर होता है। यह शायद दिखाई न भी पड़े, किंतु अनुभव किया जा सकता है। स्थानीय-वासियों के प्रति अर्चना का न तो कुछ लगाव हैऔर न ही कोई आकर्षण। रामबाबू सारी संपत्ति बेचकर पहले ही बाहर जाकर बस चुके हैं। बस पिता का बड़ा-सा बंगला है जिसे वह नौकरों के हवाले कर, उन्हें देखरेख की जिम्मेदारी देकर अपने बेटे अजय के साथ वापस शहर आ गए।

अजय की आवाज में गजब का जादू है। वह असमिया लोकगीतों को आधुनिक धुन में डालकर गिटार पर खूब अच्छा गाता है। उसके पिता उसे फिल्मों में ले जाना चाहते हैं किंतु नाच-गाने, कराटे-कसरत

आदि का उसको एकदम भी शौक नहीं है। उसके पिता ने उसके लिए बड़े-बड़े अच्छे ट्रेनर रखे, लेकिन सब बेकार गया। मीठी बोली वाला अजय सिर्फ गीत की धुनों में ही रमता जोगी है। अर्चना की तरह सुंदर नैन-नक्श हैं किंतु उसने सरल हृदय अपने दादा-दादी वाला पाया है। अर्चना ने रामबाबू से कह दिया, "ठीक है, फिल्मों में हीरो नहीं बनना चाहता तो न सही, एल्बम में गीत रिकॉर्ड कराकर रॉक स्टार बन सकता है।" जब प्रतिभा के साथ धन मिल जाए, तो सपनों को साकार करना बहुत आसान हो जाता है। अजय के गाए हुए गीत बहुत पसंद किए जाते हैं। उसके साथ गाना गाने वाली लड़कियाँ भी रातों-रात प्रसिद्ध हो जाती हैं और सभी उस पैसे वाले और सुंदर सूरत वाले गायक का साथ भी चाहती हैं। कोशिश तो कईयों ने की, उसके दिल में बसने की लेकिन कामयाबी सिर्फ़ नीली आँखों वाली अलिशा को ही मिल सकी।

अलिशा के पिता कोंकड़ी लोक संगीत के मशहूर गायक थे। उसकी माँ के पूर्वज तो पुर्तगाली थे, लेकिन वह गोवा में ही पैदा हुई थीऔर एक होटल में गाना गाती थी। अलिशा के माँ-बाप की शादी भी काफी विरोधों के बाद हुई थी। दोनों का धर्म, रहन-सहन, खान-पान, एकदम अलग था, लेकिन प्रकाशनाथ ने मिनिका से शादी की और वह शादी मुश्किल से दो साल ही चल सकी। मिनिका अपने पति से अलग होने के बाद, अपनी एक साल की बेटी को लेकर गोवा के वास्कोडिगामा कस्बे में, अपने माँ-बाप के पास आकर रहने लगी। उन्होंने वहीं के एक होटल में फिर से गाना गाना शुरू कर दिया। अलिशा को आवाज, सुर, नीली आँखें सब कुछ अपने पिता का ही मिला था। वह बचपन से ही बहुत बिंदास और हिम्मती लड़की थी। उसके सपने भी बहुत ऊँचे थे। पूरी तरह से अंग्रेजियत माहौल में पली-बढ़ी, बचपन से दोस्तों के साथ अकेले म्यूजिकल टूर पर जाती, कभी-कभी नशा भी ले लेती। गोवा में आजकल रेव पार्टियों का चलन भी बहुत बढ़ गया है। अपने बैंड पार्टनर मिंडो के साथ वह ऐसी

पार्टियों में गाना गाने जाती है। दोनों मिलकर नशा भी करते हैं। सेक्स पार्टनर बदलने में भी उसे कोई परहेज नहीं है। एक बार पणजी के संगीत महोत्सव में वह अपने पिता से मिली थी। उसके पिता अभी भी छोटे-मोटे स्टेज प्रोग्राम में लोकगीत गाते हैं। उनका बहुत नाम और सम्मान है। उसके पापा ही उसकी सफलता की पहली सीढ़ी बने। प्रकाश नाथ को उसका रहन-सहन कभी भी पसंद नहीं आया, परंतु थी तो उनकी अपनी ही संतान और फिर उन्हीं की तरह गायकी की धनी। औलाद में कोई भी खोट क्यों न हो, माँ-बाप उन्हें अपनाकर ही रखते हैं। अब अलिशा ज्यादातर समय अपने पापा के साथ कार्यक्रमों में जाती। देशी-विदेशी गानों को मिक्स कर जब वह अपनी पश्चिमी शैली में झूमकर गाती, तो श्रोता मुग्ध हो जाते। मुंबई की एक म्यूजिक कंपनी 'सिंफोनी' ने, अजय के साथ सुंदर और ग्लैमर से भरपूर अलिशा को लेकर एक एल्बम बनाना चाहा। "रास्ते प्यार के" नाम की इस एल्बम में पुराने क्लासिकल गीतों को हिंदी-अंग्रेजी में मिक्स करके असमिया मछुआरों की धुन में गाया गया और अजय, अलिशा पर ही फिल्माया गया। उनके गाने रातों-रात हिट हो गए। दोनों की जोड़ी को लोगों ने बहुत पसंद किया। जवान जोड़ों में वह बहुत लोकप्रिय होने लगे। मिंडो को अलिशा ने पूरी तरह से छोड़ा नहीं, पर अजय की दौलत देखकर वह दंग रह गई। एक-एक गाना पाने के लिए उसे किन-किन रास्तों से गुजरना पड़ा, यह बात तो सिर्फ वह ही जानती है। उसके सपने और आशाएँ बहुत बड़ी-बड़ी हैं। "अजय उसे बहुत ऊपर तक ले जा सकता है। फिर उसके बाप के पास भी बहुत पैसा है। वह उसके एल्बम में पैसा जरूर लगाएगा। आई विल मैरी टू अजय" यह बात उसने अपनी माँ से कहकर मुंबई शिफ्ट हो गई। उसकी माँ ने भी अब होटलों में गाना गाना बंद कर दिया है। वह भी अब बूढ़ी हो चुकी हैऔर चाहती है कि उसकी बेटी उसकी तरह कोई गलती न करे। अजय अच्छे खानदान का है, पैसे वाला है, प्रतिभाशाली है, उसके साथ अगर घर बसा लेगी, तो माँ-बेटी दोनों का

भविष्य सुरक्षित हो जाएगा। अजय भी अलिशा को पसंद करने लगा है। उसका बिंदास अंदाज, सीधी स्पष्ट बातें, सुंदरता, सब कुछ उसे बहुत ही पसंद है। एक दिन अलिशा को अपनी मम्मी से मिलवाने वह घर ले जाता है। पापा से तो काम के सिलसिले में वह कई बार मिल चुकी है। उसने सुन रखा है कि अजय की माँ बहुत मार्डन है, साउथ की फिल्मों की हीरोइन भी रह चुकी है। शादी के बाद उसके कैरियर को लेकर कोई अड़चन नहीं होगी। फिर वह तो चेन्नई में अलग रहती है और भी अच्छा है। अजय ने अलिशा से मिलवाने के लिए अपनी मम्मी को मुंबई ही बुला लिया है। अर्चना मुंबई से चेन्नई आती-जाती रहती है। अजय पुश्तैनी संपत्ति का मालिक बन चुका है। अर्चना पेपर हस्ताक्षर के सिलसिले में दोनों शहरों में ही आती जाती रहती है। अजय केवल हस्ताक्षर करता है, एक तरह से सारी मिल्कियत आज भी पूरी तरह से अर्चना के हाथ में ही है। अर्चना को भी सभी की डोरी अपने हाथ में रख कर जीने की आदत-सी पड़ चुकी है। अजय उसकी आँख का तारा है। उसी पर उसकी साँसें टिकी रहती हैं। जब अजय ने उसे बताया किवह उसे अलिशा से मिलवाना चाहता है, तो वह समझ गई थी कियहाँ पर मामला गंभीर है। एल्बम में उसने अलिशा को देखा है, बहुत ही सुंदर और टैलेंटेड है। थोड़ा-सा कहीं उसके अहम को ठेस तो जरूर पहुँची। परंतु बेटे की पसंद अच्छी है और वह अपनी माँ की ही बात मानता है। यही सोचकर उसने अपने डूबते मन को सांत्वना दी।

इतवार की शाम को अलिशा उनके घर आई। वह बड़े प्यार से रामबाबू और अर्चना से मिली। हल्के नीले फूलों वाली शिफॉन की फ्रॉक में वह एकदम गुड़िया-सी लग रही थी। उसकी आँखों की पुतलियों का रंग, फ्रॉक के फूलों से एकदम मेल खा रहा था। उसके कान में डायमंड के चमकते रिंग के लशकारे में उसकी आँखें और भी चमकदार लग रही थीं। एकदम सादगी लिए हुए भी वह बहुत ग्लैमरस लग रही थी। कपड़ों के चयन का शौक अलिशा को बचपन

से ही है। अर्चना ने जैसे पहली नजर में ही उसका अंदर तक एक्सरे कर लिया हो। औरतें वैसे भी दूसरी औरत के हाव-भाव देखकर अंदर की बात जान लेने में सक्षम होती हैं। और इसी जगह आदमी मात खा जाता है। जिस तरह वह घुल मिलकर अजय से बातें कर रही थीऔर राम बाबू को अंकल कहकर जिस इज्जत से संबोधित कर रही थी, यह देखकर अर्चना उसकी चाल को पहचान गई। वह, उसे एकदम उस चालाक लोमड़ी की तरह लगने लगी, जो अपने से बड़े शिकार को बड़ी चालाकी से मात देकर समय से मारकर खाती है। कभी-कभी शिकार अगर उसकी ताकत से ज्यादा बड़ा हो, तो वह घात लगाकर शिकार करती है। अलिशा की चमकदार आँखें, अर्चना को लोमड़ी की आँखों जैसी, जो अंधेरे में भी चमकती हैं, के समान लगने लगीं। लेकिन फिर भी अर्चना उसके साथ बड़े ही प्यार से पेश आई। अभिनय केवल अभिनेत्रियाँ ही नहीं करतीं, अपितु हर औरत समय और स्थिति के साथ अपने चेहरे के भावों को नियंत्रित करने में माहिर होती है और अर्चना तो असल की अभिनेत्री रह चुकी है। चारों ने मिलकर एक साथ डिनर किया। डिनर से पहले अलिशा अपना वाइन का गिलास लेकर अजय के म्यूजिक रूम में उसके साथ काफी समय बिता कर आई थी। तब तक रामबाबू भी अपने कुछ पर्सनल कामों में लग गए। उन अकेले पलों में अर्चना को सिर्फ अलिशा ही नजर आई। अलिशा भी झूठ-मूठ के दिखावे के लाड़-प्यार को भाँप गई है। फिर डिनर के बाद वह सबको बाय करते हुए बोली, "अजय आई लव योर फैमिली कितने अच्छे लोग हैं। तुम कितने लकी हो, जो तुम्हें ऐसे पेरेंट्स मिले हैं। यही मेरी ड्रीम फैमिली है। तुम मुझे जल्दी ले आओ, यहाँ।" अजय ने खुशी से हामी भरते हुए कहा, "मेरे मम्मी-पापा को मेरी पसंद के बारे में पता है। हम जल्दी ही तुम्हें लेने आएँगे, तैयार रहना।" अर्चना के सामने ही उसका लाड़ला उससे बिना पूछे शादी का वादा कर रहा है। राम बाबू भी खुश है, अर्चना के पास भी हाँ करने के अलावा कोई चारा नहीं है। अलिशा ने खुलेआम,

परिवार की सहमति लेते हुए, उसे प्रपोज किया है। भयंकर चालाक है। उस सारी रात अर्चना सो नहीं पाई। सोचती रही किआखिर अलिशा उसे क्यों पसंद नहीं आई। सुंदर, स्मार्ट, प्रतिभाशाली, सभी खूबियाँ तो है उसमें। चालाक तो आजकल सभी लड़कियाँ होती हैं। फिर ऐसी क्या बात है, जो उसे चुभ रही है। फिल्म इंडस्ट्री में आने के लिए उसने भी बहुत कुछ किया है। यह तो उसे भी मालूम है। वह भी बहुत साधारण खानदान से है, तो क्या हुआ, सभी कलाकार बड़े घरानों से तो नहीं होते हैं। फिर क्या बात है, जो उसे पसंद नहीं आ रही। पीना पिलाना तो आजकल हर दूसरे शरीफ घर की लड़कियाँ भी करने लगी हैं। शादी से पहले कई-कई बॉयफ्रेंड भी रखती हैं। तो फिर अलिशा में आखिर ऐसी क्या कमी है, जो वह एकदम बर्दाश्त नहीं कर पा रही है। रात भर अर्चना सो नहीं पाई। दो पैग लेने के बाद भी उसे नींद नहीं आ रही थी। सुबह होने को है, बाहर पर्दा हटा कर देखा, तो अभी भी अंधेरा ही था। शायद सूरज अभी उगा नहीं है। वैसे भी चेन्नई में सूरज जल्दी उगता है और मुंबई में देर से उगता है। बाहर के बगीचे में लगे लैंप पोस्ट की रोशनी थोड़ी-थोड़ी उसके कमरे की खिड़कियों में लगे काँच से पार होती हुई, उसके चेहरे पर पड़ने लगी। अचानक दीवार पर सामने लगे शीशे पर उसकी नजर पड़ी, पहले तो शक्ल देख कर डर ही गई, फिर गौर से देखने लगी। खुले बाल, चेहरे पर परिपक्वता की छाप लिए, परेशान-सी आँखों वाली छाया उसी की है। अभी भी वह इतनी सुंदर लग रही है लेकिन माथे पर परेशानी की लकीरें खिंची हुई हैं। धीरे-धीरे वह अपने चेहरे को गौर से देखने लगी। उसे अपना कॉलेज के समय का चेहरा दिखाई दिया। जब वह 'मिस इंदौर' का खिताब जीती थी। फिर कैसे वह एक फोटोग्राफर के साथ भाग आई थी। और फिर उसके बाद न जाने कितनों के साथ सोने के बाद उसे फिल्मों में पहला ब्रेक मिला था। उसे अपनी पहली तमिल फिल्म का पहला शॉट हरीश बाबू, 40 साल के हीरो के साथ मिला। वह उस फिल्म में कॉलेज में पढ़ने वाली बददिमाग, अमीरजादी लड़की

के रोल में थी। पहले शॉट में वह नीले फूलों वाली फ्रॉक, जो कि घुटनों से ऊपर थी, पहनकर कॉलेज से बाहर आ रही थी और हरी बाबू की साइकिल से टकराकर गिर जाती है। उसका पहला ही शॉट ओके हो गया था। सभी ने आकर उसे हाथ मिलाकर बधाई दी थी। आज अलिशा में उसे अपनी ही मूरत नजर आई। वह लोमड़ी उसी का अपना अक्स ही तो था। कैसे उसने दो-तीन फिल्मों के बाद ही, रामबाबू की दौलत के लिए, उनसे शादी कर ली थी। अर्चना का सिर चकराने लगा, इतिहास उसके ही घर में दोहराया जाने वाला है। अर्चना अगले दिन दोपहर तक अपने बिस्तर पर ही लेटी रही। बेटा बस नौकरानी को मम्मी का ख्याल रखना, बोलकर अलिशा के साथ घूमने चला गया। रामबाबू भी सुबह से ही काम पर चले गए हैं। अर्चना अभी सोच ही रही थी कि यह शादी कैसे रोकी जाए और शाम को आकर अलिशा-अजय ने बता दिया किइस इतवार को वे दोनों आर्य-समाज में शादी करेंगे। फिर अगले हफ्ते कोर्ट में रजिस्ट्री करवाएँगे। यह बात अभी मीडिया में नहीं बोलेंगे, नहीं तो एल्बम की प्रमोशन में खराब असर होगा। अगले साल ग्रेण्ड ढंग से पब्लिक में फंक्शन करेंगे। शादी के समय अर्चना, रामबाबू, अलिशा की मम्मी और उसका दोस्त मिंडो रहेंगे। अजय यह सोच कर बहुत खुश है कि अपनी पत्नी के साथ बैठकर सारा दिन अपने स्टूडियो में गाने की धुन बनाएगा। अलिशा की माँ से अर्चना ने चाहते न चाहते हुए भी बस नमस्ते की। शादी में मिंडो जिस नजर से आज अलिशा को देख रहा था, अर्चना को समझने में देर देर नहीं लगी कि यह शादी बहुत दिनों तक टिकने वाली नहीं है। खैर शादी कर के अलिशा उनके घर आ गई और उसने अपनी मर्जी के मुताबिक पूरे घर की सजावट भी बदल दी।

अलिशा को भी अर्चना अपने जीवन में सबसे बड़ा रोड़ा लग रही थी। वह उसकी उपस्थिति की परवाह भी नहीं करती थी। बस अजय के सामने "मम्मी जी" बोलकर, बड़े प्यार से उसके साथ पेश आती

थी। अलिशा, अजय के मम्मी-पापा को इतनी इज्जत और प्यार देती है और भला अजय को क्या चाहिए? लेकिन साथ रहते हुए अजय को धीरे-धीरे उसकी नशे की आदत के बारे में पता चला, फिर उसका, उसके पुराने दोस्तों से अकेले में मिलना यह सब सीधे-सादे अजय को बिल्कुल भी अच्छा नहीं लगता।

एल्बम रिलीज हुई और हिट भी हो गई। अब दोनों मिलकर पब्लिक फंक्शन में जाते और खूब प्यार पाते। अगली एलबम की शूटिंग भी शुरू हो गई। अलिशा अब बाहर दूसरों के साथ भी काम करने लगी। उभरता सितारा है, राम बाबू को कह कर वह अपनी एल्बम में भी पैसा लगवाने लगी है। रामबाबू भी अपने बेटे की खातिर अलिशा की एल्बम को फाइनेंस करने लगे। अर्चना जब भी चेन्नई से मुंबई आना चाहती, अलिशा कोई न कोई बहाना बनाकर टाल देती या फिर अजय के साथ कहीं बाहर का कार्यक्रम बना लेती। माँ की कमी तो अजय को भी खलती थी। लेकिन कामकाज में व्यस्त हैं, कहकर वह चुप रह जाता। अर्चना को लगा शायद दोनों एक साथ खुश हैं, इसलिए वह खुद ही बच्चों से मिलने नहीं जाती। बड़ी जल्दी ही अलिशा को भी पता चल गया कि वह पत्नी बनकर सफल नहीं बन सकती। भविष्य के लिए पैसा भी चाहिए। जब उसने अजय से अलग होना चाहा, तो अजय हैरान रह गया। अजय के खानदान में किसी का भी तलाक नहीं हुआ है। उसने कह दिया कि मैं तलाक नहीं दूँगा, तुम चाहो तो अलग फ्लैट लेकर रह लो। मेरी मम्मी को देखो, वह भी तो फिल्मों से हैं। वह कैसे मेरे दादा-दादी की सेवा करती थीं। मैं तो पैदा भी अंडमान में हुआ हूँ। वह कितना त्याग करके, उनकी सेवा करके, उनके पास रही हैं। तुमको तो ऐसा कुछ भी नहीं करना पड़ रहा। काम करना है करो, चाहे अलग रह लो। अलिशा को सब मंजूर है, पर उससे अपनी सास अर्चना की बड़ाई एकदम सहन नहीं होती।

मिंडो, उसे वकील के पास ले गया। वकील ने कहा, "एक साल तक तलाक की अर्जी दाखिल नहीं की जा सकती। आपसी रजामंदी से

कर लोगे, तो जल्दी हो जाएगा। नहीं तो, मार-पीट के आरोप में 498-ए घरेलू हिंसा का केस कर दो। जब जेल जाना पड़ेगा, तो अपने आप ही राजी हो जाएगा।" अलिशा बोली, प्रस्ताव तो अच्छा है, लेकिन केस करने से मीडिया में भी सारी बात उछलेगी। अभी तक तो शादी की बात भी लीक नहीं की है। फिर भी यदि ऐसा कुछ हुआ भी तो, कह दूँगी कि "अजय ने मुझे फँसा कर शादी की है।" अलिशा ने सीधा जाकर अजय से कह दिया कि "तलाक के कागजात पर या तो तुम अपनी मर्ज़ी से हस्ताक्षर करो और मुआवजे में घर और 5करोड़ रुपए दो। नहीं तो मैं तुम्हारे ऊपर 498-ए के तहत घरेलू हिंसा का केस दर्ज कर दूँगी। अजय अलिशा का यह रूप देखकर हैरान-परेशान हो गया।

मुश्किल की घड़ी में माँ की ही याद आती है। माँ भी बेटे को मुसीबत में देखकर दौड़ी चली आई। उसने भी बड़े वकील से बातचीत की। मन ही मन खुश भी हुई किचलो चुड़ैल से पीछा छूटेगा। लेकिन यह पीछा इतनी आसानी से नहीं छूटने वाला था। अलिशा ने घरेलू हिंसा के केस में अर्चना का नाम भी डाल दिया। उसने सोचा, बेटा अपनी माँ की खातिर मेरे सामने झुक ही जाएगा। वही हुआ, एक दूसरे को कई धमकियों के बाद रामबाबू ने कोशिश करके एक प्रोड्यूसर को बीच में डाला।

फिल्म प्रोड्यूसर ने अलिशा को समझाया, देखो बेबी, तुम्हारा भविष्य बहुत अच्छा है। यह रिस्क मत लो। बदनाम होने पर कोई तुम्हें एल्बम में काम नहीं देगा। केस मत करो, थोड़े बहुत में मान जाओ, नहीं तो कोर्ट-कचहरी के चक्कर ही काटती रह जाओगी। अलिशा के पापा ने भी आकर उसे समझाया। आखिर में वह घर और दो करोड़ के मुआवजे पर मान गई। अर्चना को तो अपने बेटे के लिए सुकून चाहिए, वह भी राजी हो गई। आखिर ससुराल से इतनी संपत्ति मिली थी। माना कि घर की कीमत करोड़ों में है, फिर भी इज्जत तो बच जाएगी। अलिशा भी खुश है कि मुंबई में रहने को बंगला और ढेर सारा पैसा मिल जाएगा। उसने सोचा कि अपनी माँ को भी अपने पास

ही बुला लेगी। मिंडो के साथ नई एल्बम करेगी। सब कुछ उसके मन मुताबिक चल रहा था।

लेकिन बेचारा अजय इतना बड़ा धोखा खाने को एकदम तैयार नहीं था। सीधा-साधा गीतकार, दिल से सबकी इज्जत करने वाला, उसने तो कभी किसी बाहर वाले के साथ भी खराब व्यवहार नहीं किया। फिर अपने दादा की संपत्ति को वह कैसे गलत हाथों में जाने देता। वह रात को अलिशा के घर पहुँचा। उस समय वह मिंडो के साथ बैठकर पी रही थी। उसने, उससे बात करनी चाही लेकिन मिंडो बीच में आ गया। गुस्से में अजय ने मिंडो को धक्का दे दिया। वह बोला, "मैं अपनी बीवी से बात करने आया हूँ। यू स्वाइन गो अवे।" दोनों के बीच धक्का-मुक्की में मिंडो का सिर काँच की टेबल से टकराया और खून निकलने लगा। अलिशा पागलों की तरह चिल्ला-चिल्लाकर अजय से कहने लगी, "गेट आउट, यू मोरोन, मदर फकर।" और फिर उसने अजय को धक्का दे दिया। अजय ने यह गाली सुनते ही अलिशा को भी पीट डाला और घर वापस आ गया। जो मामला अभी तक सिर्फ घरेलू था, वह अब मीडिया में भी आ गया। अलिशा ने मिंडो के कहने पर, अजय पर 458-ए के तहत घरेलू हिंसा का केस कर दिया। और उसमें अर्चना का नाम भी जोड़ दिया। अगले हफ्ते तक अजय को मीडिया ने एक हैवान और अर्चना को चुड़ैल के रूप में खूब उछाला। धीरे-धीरे कुछ मीडिया वाले अलिशा के प्लान पर भी चर्चा करने लगे। उसके पुराने फोटो दिखाने लगे, अब वह भी एक वैंप की तरह पर पेश की जाने लगी। पुलिस स्टेशन में अजय के खिलाफ केस दर्ज हो गया। अर्चना को तो बेल मिल गई, परंतु उसका बेटा बेचारा बिना गलती के सात दिन तक सेंट्रल जेल में रहकर आया। रामबाबू ने अपने बेटे को जेल से बाहर निकालने में एड़ी चोटी एक कर दी। अब मामला कोर्ट में है। अजय ने भी ठान लिया है कि वह एक कौड़ी भी अलिशा को नहीं देगा। उसका मन भीतर से टूट चुका है। अर्चना अभी भी सब कुछ देने को तैयार है लेकिन पैसा अजय के

हाथ में है। अलिशा को गाने मिलने बंद हो गए हैं। वह फिर से पार्टियों में जाकर गाना गाने लगी है। अलिशा ने कचहरी में अपने रख-रखाव की रकम के लिए अजय पर केस किया है। अजय की संपत्ति को देखकर उसे अच्छी खासी रकम मिलने की आशा है। लेकिन कोर्ट में मामले को डेढ़ साल हो गया है। अजय भी अपनी सारी संपत्ति माँ के नाम करना चाहता है ताकि अलिशा को एक रुपया भी न मिल सके। लोमड़ी कितनी भी धूर्त क्यों न हो, लेकिन अपने शावकों के लिए तो वह माँ ही होती है। अर्चना को अब कोई पैसा नहीं, बल्कि सिर्फ अपने बेटे की खुशी ही चाहिए। राम बाबू अब बीमार से रहते हैं। मिंडो और अलिशा में बहुत झगड़ा होता है, क्योंकि पैसा अभी तक हाथ नहीं आया है और पता भी नहीं है कि कितनी रकम मिलेगी। झूठा केस करके कोई भी शांति में नहीं है।

अर्चना भी अब मामला सुलझाना नहीं चाहती। वह अलिशा को सबक सिखाना चाहती है। इसलिए अजय को आपसी रजामंदी से राजी होने के लिए मना कर देती है। वह अपने बेटे का दुख जानती है, पर अपनी चाल इतनी जल्दी हारते नहीं देखना चाहती। अलिशा भी अभी जवान है। कचहरी की लड़ाई लड़ने का दम रखती है। पता नहीं, दोनों में से पहले कौन झुकेगा।

***

तलाश

सोमन्ते हर रविवार को गिरजाघर जाकर प्रार्थना जरूर करती है। शादी के पहले से ही वह मम्मी पापा के साथ हर रविवार की 'मास' में भाग लेती और पियानो पर कैरोल भी गाती थी। जोसेफ से शादी होने के बाद भी यह सिलसिला इसी तरह जारी रहा। आइजोल में 2010 में केंद्रीय सरकार ने केंद्रीय विश्वविद्यालय का काम शुरू किया। सोमन्ते को प्रथम बार में ही सरकार द्वारा कार्यालय में नियुक्त कर लिया गया। वह मिज़ो भाषा के साथ ही अंग्रेजी भी अच्छी तरह जानती थी।

सोमन्ते के चाचा जायलो के. दिल्ली विश्वविद्यालय में प्रोफेसर थे। उन्होंने अपने बड़े भाई से कहा, अगर आप अपने बच्चों से प्यार करते हो तो उन्हें गिरजाघर में कैरोल गाने के साथ ही स्टेनो टाइपिंग और कंप्यूटर की शिक्षा भी दो, भविष्य में यह उनके बहुत काम आएगी। उन्होंने दिल्ली में नौकरी करते हुए सारी दुनिया देखी थी।

मिजोरम में लोग अपने में ही खुश रहते हैं। अपनी जमीन, अपना आसमान, अपने पहाड़, अपने जंगल, अपना कानून, अपना राज और अपना धर्म। वे अपने बच्चों को भी वैसे ही बनाना चाहते हैं, लेकिन दूरदर्शन एक शैतान की तरह उनके जीवन में आया और उसने बच्चों की सोच को ही बदल दिया। फिर इंटरनेट ने तो जैसे अगली पीढ़ी को पूरा अपने कब्जे में ही कर लिया। 'हैंडलूम' हाथ से बुने मेघला पहनने वाली आज ऑनलाइन स्कर्ट और फ्रॉक मंगाकर पहनती है। घर पर सिर्फ माँ-बाप ही मिजो में बात करते हैं, बाकी सब तो

अंग्रेजी ही बोलते हैं। अंग्रेजों की तरह रहना, खाना-पीना सब कुछ धीरे-धीरे बदलने लगा है। जाइलो सर अपने कबीले के मुखिया हैंऔर लोग उनकी बात भी मानते हैं। उन्हें पता है कि केंद्र भविष्य में यहाँ पर काफी संस्थाएँ खोलेगी और यदि स्थानीय निवासी पढ़ाई-लिखाई के साथ दूसरे काम भी सीखेंगे तो उनकी नौकरी लगना लगभग तय होगा। तनख्वाह भी अच्छी मिलेगी। सोमन्ते के पिता थौगजोल में किसान थे। वह गाँव में रहकर खेती करते रहे और उनके दोनों भाई पढ़-लिखकर बाहर चले गए। लेकिन कबीले के लोगों में अपने लोगों के प्रति बड़ा स्नेह होता है। वो चाहे जितने भी अलग-अलग कबीले के क्यों न हों, कोई भी अकेला आगे नहीं बढ़ता, वह अपने साथ कबीले के दूसरे लोगों का भी हाथ थाम कर उन्हें आगे बढ़ाते हैं। जायलो ने अपने भाई की बेटी को विश्वविद्यालय में हेड क्लर्क की नौकरी पर लगवा दिया और उसके पति जोसेफ की नौकरी भी लेखा विभाग में लगवा दी। अब उनकी आर्थिक स्थिति पहले से बहुत बेहतर है।

शादी के 10 सालों में सोमन्ते के छह बच्चे हुए। हर दूसरे साल वह एक बच्चे को जन्म देती परंतु उसका गिरजाघर जाने का सिलसिला पहले की ही तरह जारी रहा। अपने सबसे छोटे बच्चे को पीठ पर बाँध करऔर दूसरों की उंगली पकड़कर वह हर रविवार को गिरजाघर जरूर जाती। जब उसकी नौकरी लगी, तब उसका सबसे छोटा बच्चा सिर्फ छह महीने का था। उसको पीठ पर बाँधकर वह अपने साथ कार्यालय लेकर जाती थी। दिल्ली, राजस्थान और आसपास से आए अधिकारी और व्याख्याता यह देखकर हैरान हो जाते थे।

सोमन्ते रोज़ सवेरे सूअर का मांस और चावल पकाकर, सभी को 8:00 बजे तक खाना खिला देती, फिर कुछ उबले अंडे और डबल रोटी लेकर विश्वविद्यालय आ जाती। जोसेफ घर का बाकी काम समेट कर कार्यालय आता। सोमन्ते थोड़ा जल्दी घर जाती परंतु जोसेफ देर शाम तक कार्यालय का काम खत्म करके घर आता। दोनों बड़ी ईमानदारी से अपना काम करते थे, कामकाज में भी वह कोई कोताही नहीं

बरतते थे। कार्यालय में काम करते-करते वह थोड़ी-थोड़ी हिंदी भी सीख गए।

सोमन्ते और जोसेफ का बड़ा बेटा "पताये" जब पैदा हुआ, तब नर्स ने बड़े ही गोपनीय ढंग से सोमन्ते को बताया कि बच्चे के जननांग ठीक से बने नहीं हैं। किसी डॉक्टर को दिखाकर ऑपरेशन करना पड़ेगा। सोमन्ते ने उसे चुप रहने और कहा कि 'यह यीशु का भेजा बच्चा है, कोई ऑपरेशन नहीं चाहिए, बड़ा होकर अपने आप ठीक हो जाएगा, माय स्वीट बॉय"। पादरी ने उस नवजात शिशु को 'पताये' नाम दिया। पताये बहुत ही सुंदर और हट्टा-कट्टा लड़का था। उसकी छोटी-छोटी बादामी आँखें, गुलाबी होंठ, प्यारी-सी नुकीली छोटी-सी उभरी हुई नाक किसी का भी मन मोह लेती। घर के पहले बेटे के जन्म पर पूरे कबीले को बड़ा भोज दिया गया। भोज में 15 सूअरों का मांस पकाया गया और दो नीलगाय भेंट चढ़ा दी गईं। सोमन्ते के पिता ने भी गाँव से कई बोरे चावल नाती के नामकरण पर उपहार स्वरूप भेजे थे। पताये के बाद सोमन्ते के पाँच बच्चे और हुए। पताये उन सब में बड़ा होने पर भी एकदम शांत रहता हैऔर किसी पर रौब नहीं जमाता। समय आने पर उसका दाखिला आइजोल के सेंट मैरी स्कूल में करवा दिया गया। पाँचवी कक्षा के बाद ही उसके हावभाव में कुछ परिवर्तन आने लगा। वह अपनी छोटी बहन की फ्रॉक देखकर उसे पहनने के लिए लालायित हो जाता। उसकी माँ जब कार्यालय में होती तो वह उनकी मेखला स्कर्ट को कमर में कसकर बाँध लेताऔर कबीले वालों की तरह रंग बिरंगे गहने पहन लेता। छोटे भाई बहन कभी उसे देख कर हैरान होते, तो कभी हँसने लगते और कभी कभी उसको देखकर वैसा ही कुछ वे भी करने लगते।

उनके कबीले के रीति-रिवाज के अनुसार 13-14 साल के लड़के-लड़कियाँ गाँव के बाहर, बांसो के बने सुंदर घर में एक साथ रहते हैंऔर अपना मनपसंद साथी भी चुनते हैं। परंतु शहरों में अब यह प्रथा कुछ कम हो गई है। ज्यादातर बच्चे स्कूल जाते हैंऔर अच्छी

शिक्षा ग्रहण करते हैं। कुछ बच्चे तो बचपन से ही धर्म की शिक्षा लेकर, बाइबल कॉलेज में उच्च शिक्षा लेने के लिए जाते हैं। लेकिन रस्म के अनुसार वह भी साल में दो बार किशोरावस्था में उस घर में रहने जरूर जाते हैं। रस्म के अनुसार पताये भी वहाँ गया। वहाँ कुछ बड़े लड़कों ने उसे अपने साथ बैठाकर मजाक-मजाक में कुछ किया, तो पताये भागकर लड़कियों के झुंड में जाकर बैठ गया और फिर वहाँ से बाहर ही नहीं आया। सोमन्ते को अगले रविवार को चर्च जाने पर लोगों से पता चला, "पताये में कुछ गड़बड़ है"। अब आए दिन स्कूल में उसका मजाक बनता, स्कूल के बड़े लड़के उसे अकेला पाकर घेर लेते और उसकी निकर खुलवाकर मजाक उड़ाते। धीरे-धीरे पताये ने स्कूल जाना ही छोड़ दिया। उसके पिता जोसेफ को जब इस बात का पता चला, तो वह भी उसे डॉक्टर के पास न ले जाकर पादरी के पास लेकर गए। पादरी एक समझदार व्यक्ति हैं, उन्होंने पताये से अकेले में बड़ी देर तक बातें की, फिर जोसेफ दंपति को आकर बताया कि पताये तो अपने आपको लड़का ही नहीं मानता, वह तो लड़कियों जैसे सोचता है, यह बहुत गलत है, इसे तुरंत यहाँ से दूर भेजो, नहीं तो गड़बड़ हो जाएगी। सोमन्ते उस रात बहुत रोई, घर की प्रथम पुत्र संतान, कबीले के लोगों को क्या बताएगी, सभी उसे शैतान का रूप कहेंगे। सोमन्ते ने सोचा की दसवीं की पढ़ाई पूरी होने के बाद वह पताये को उसके नाना के घर भेज देगी परंतु नियति अपनी अलग चाल चलने लगी। शहर के कई बड़े पबो में बाउंसर काम करते हैं, इन पबो में ड्रग्स की सप्लाई भी की जाती है। एक दिन पताये के सभी भाई-बहन स्कूल चले गए थे, किंतु पताये डर के कारण स्कूल नहीं गया और घर में अकेला था। उनमें से एक बाउंसर पताये को बहला-फुसलाकर अपने साथ पब ले गया। वहाँ ले जाकर उसने पहले तो पताये को खूब शराब पिलाई, फिर उसका बलात्कार किया। पताये चिल्लाता रहा, रोता रहा, लेकिन वहाँ उसकी आवाज सुनने वाला कोई नहीं था क्योंकि दिन के समय पब में कोई नहीं आता। और फिर

उसने आधी रात को उसे बेहोशी की हालत में उसके घर के सामने फेंक दिया। माँ ने जब अपने किशोर बेटे को खून से लथपथ हालत में देखा, तो वह उसे अस्पताल लेकर गई। उसके मलद्वार पर आठ टाँके लगे और जननांगों को भी बुरी तरह मसल दिया गया था। डॉक्टर ने उन्हें पुलिस में शिकायत दर्ज करने की सलाह दी लेकिन यदि वह इस क्रूर अपराध के बारे में शिकायत दर्ज कराते, तो पताये का भेदभी जगजाहिर हो जाता। इसी डर से उन्होंने पुलिस में शिकायत दर्ज नहीं की। पताये पूरे 25 दिनों के बाद ठीक से चल-फिर सका और बाथरूम जा सका। जो नारकीय पीड़ा उसने सिर्फ 14 साल की उम्र मेंझेली थी, उसने उसे झकझोर कर रख दिया। उसके कोमल मन को जो अच्छे प्यारे जीवन साथी की तलाश थी, वह शुरू होने से पहले ही खत्म हो गई। आदमियों को देखकर वह डर, सहम जाता और घृणा से मुँह मोड़ लेता। वह उसके बाद फिर कभी स्कूल नहीं गया। जाइलो ने घर आकर उसे बहुत समझाया कि प्राइवेट से ही दसवीं की परीक्षा दे दो, परंतु पताये ने मना कर दिया। सबके घर से चले जाने के बाद वह घर का सारा काम कर देता और फिर खाली समय में बहन का स्कर्ट ब्लाउज पहन कर बैठ जाता। एक दिन उसके पिता जोसेफ ने उसे इस हालत में देख लिया और गुस्से में आकर उसे चाँटा जड़ दिया लेकिन उसके मन की बात को समझने का प्रयास नहीं किया। कोई प्यार से उसके माथे पर हाथ नहीं फेरता। कोई लड़की आकर कानों में कोई बात नहीं बताती। वह अपनी छोटी बहनों के साथ रहना चाहता, परंतु वे भी अजीब-सी शक्लें बना कर उससे दूर ही रहतीं। कभी कोई लड़का प्यार भरी नज़र से उसे नहीं देखता। उसकी अपनी नर्म छातियाँ किसी की छुअन की तलाश में बैचैन रहतीं। जब भी वह घर में अकेला होता कुछ बदमाश लड़के किसी न किसी बहाने से घर में घुस आते और उसे जबरदस्ती चूमकर, खसोटकर चले जाते। उसे बहुत गंदा लगता, वह डर और शर्म के मारे घर में किसी को कुछ नहीं बताता। पताये ऐसे मोड़ पर खड़ा है, जहाँ समाज उसे अपनाने को तैयार नहीं है।

कोई उसे शैतान, कोई बैड बॉय, तो कोई लड़की कहता है। वह अपनी पहचान समझ ही नहीं पा रहा। अच्छे स्वभाव वाले लड़कों पर वह आकर्षित होता, लेकिन वह उसे नफरत की नज़र से देखते और दूर चले जाते। बदमाश लड़के उसे कभी पसंद नहीं आते, लेकिन मौका पाते ही वह उससे छेड़छाड़ शुरू कर देते और 'पताये शी मैन' कहकर उसे चिढ़ाते।

एक दिन वह घर से कुछ पैसे लेकर निकल पड़ा। हवाई जहाज से जाने के लिए पैसे नहीं थे, इसलिए उसने बस से सफर करने का तय किया। पूरी रात बस पहाड़ियों के रास्ते से होते हुए अगले दिन बैराबी स्टेशन पहुँची। पताये पहली बार आइजोल से बाहर निकला था और बस से सफर का भी यह उसका पहला अनुभव था। वह पूरी रात खिड़की से बाहर मुँह रखकर उल्टियाँ करता रहा, जिसके कारण वह अपने को बहुत कमजोर महसूस कर रहा था। बस स्टैण्ड पर खाना ढूँढने पर, उसे घर की भाँति मांस-भात तो नहीं मिला, लेकिन एक मारवाड़ी होटल में पूरी-भाजी मिल रही थी। उसने एक चाय की दुकान से चाय और केक खरीद कर खाया। तब जाकर उसके शरीर में कुछ जान आई। उसके दिमाग में ख्याल आया कि अब घर में उसकी खोज शुरू हो गई होगी। वह अपने कंधे वाले बैग को लेकर ऑटो में बैठकर बैराबी रेलवे स्टेशन पहुँच गया। वहाँ महिला-पुरुष शौचालय को देखकर, वह बिना सोचे महिला शौचालय में घुस गया। कुछ औरतें अंदर थीं, उसे देखते ही चीखने लगीं, वह बोला, 'आंटी प्लीज, आई एम गर्ल'। बाथरूम में जाकर वह अपनी बहन की काली स्कर्ट और हल्के हरे बूटों वाली कमीज़ पहन कर बाहर आ गया। बाल अभी भी छोटे ही हैं, मुँह पर दाढ़ी मूँछ भी नहीं आई है। कपड़े बदल कर वह एक सोलह-सत्रह साल की मिजो युवती लग रहा है। रात भर उल्टियाँ कर-करके उसका चेहरा मुरझा गया था, हाथ-मुँह धो कर वह थोड़ा तरोताजा महसूस करने लगा। बाहर आकर उसने अपने पैरों के जूते निकाल कर, बाथरूम के कोने में रख दिए, सोचा कि कोई भिखारी ले

जाएगा, उसके काम आएँगे और स्वयं घर से लायी हुई अपनी माँ की डिजाइन वाली सैण्डल पहन ली। उसने सोचा कि इतने सारे फ्रॉक या चप्पलों में किसी को घर पर पता भी नहीं चलेगा कि क्या गायब हुआ है? टिकट लेकर वह प्लेटफार्म पर ट्रेन का इंतजार करने लगा। आज वह पूरी तरह से अपने मन मुताबिक वेश में है, स्कर्ट के नीचे खुली टांगें, कमीज के नीचे पहनी पैडेड ब्रा में धड़कता दिल, जो उसे स्वयं के पूरा होने का अहसास दिला रहा है। जवान लड़की यदि अकेली स्टेशन पर बैठी हो, तो सबकी नजरें तो उस पर पड़ेंगी ही। कहावत है कि आदमी ही आदमी को खींचता है और फिर उस जैसे आधे-अधूरे बहुत सारे भरे पड़े हैं, इस दुनिया में। अपने जैसों को इंसान हजारों की भीड़ में भी पहचान ही लेता है। स्टेशन पर पताये के पास दो लड़के आकर बैठ गए। एक चेहरे से मिजोरम का ही लग रहा था, लेकिन दूसरा लंबी-सी नाक वाला कोई भारतीय लग रहा था। मिजो लड़के ने पास बैठते हुए कहा, हाय-'आई एम ज़ो'। पताये ने भी उन्हें अपना नाम बताया। दूसरे लंबी-सी नाक और काली आँखों वाले लड़के ने उसे अपना नाम मधुर बताया। पताये के लिए यह नाम बहुत अजीब था और मधुर को भी पताये बोलना बहुत मुश्किल लग रहा था। वह बोला 'फतेह'। पताये ने हाँ में सिर हिला दिया। गाँव में उसके नाना-नानी भी उसे फताये ही कह कर बुलाते हैं। मधुर वैसे तो उत्तर प्रदेश का है पर शुरू से ही गुड़गाँव में रहा है, इसलिए उसकी बोली में हरियाणवी लहज़ा ज्यादा झलकता है। वैसे भी उसके दादा, उसके पिता के लिए उत्तर प्रदेश से लड़की खरीद कर लाए थे। पहले वह उनके बड़े बेटे की पत्नी बन कर रही, बाद में उसके दादा ने, उसके पिता की शादी दहेज लेकर दूसरी लड़की से करवा दी। तब उनके छोटे बेटे ने उसकी माँ को अपने पास रख लिया। बाद में जब छोटे बेटे की भी शादी हो गई, तब उसके दादा ने उसकी माँ को गुडगाँव में ही एक दलाल को बेच दिया। उस समय मधुर उसकी माँ के पेट में ही था। बाद में उस दलाल ने उसकी माँ को अपने पास ही रख लिया। स्कूल

के खाते में उसके पिता के नाम की जगह भोलानाथ भगत ही लिखा है। हरियाणवी गुण तो वह पेट से ही लेकर आया था। उसके सौतेले पिता ने कभी उसे प्यार नहीं दिया, केवल मारता पीटता था। माँ भी मजबूर थी, गाँव वापस भी नहीं जा सकती थी। बेटे को उसके पिता की मार से बचाने की पूरी कोशिश करती। मधुर को जैसे आदमियों से नफरत ही हो गई थी, वह अपने से कमजोर लड़कों को मारपीट कर अपनी भड़ास निकालता। 15 साल की उम्र में जब मधुर के सौतेले बाप ने उस पर फिर से हाथ उठाया, तो उसने वहीं पड़ी लोहे की छड़ से उसकी पिटाई कर दी और घर से भाग गया। बाद में वह गुड़गाँव में हिजड़ों की टोली में शामिल हो गया। लड़कों के साथ सेक्स करता। वह हिजड़ों की टोली में कईयों का प्यारा साथी बन गया। वे जब शगुन लेने, बधाइयाँ लेने, ढोल बजा-बजाकर, तालियाँ मारकर, नाचते, गीत गा-गा कर घर-घर घूमते, यह भी उनके साथ जाता। दूसरे गुंडों से उनको बचाता, छुरा चलाने तक में उसे कोई झिझक नहीं होती। गुड़गाँव में नया शहर बसने के बाद हिजड़ों की कमाई तो बढ़ी, परंतु साथ ही उन पर होने वाले अपराध और हमले भी बढ़ गए। रात को कोई गाड़ी में उठाकर ले जाता है, तो कोई दुत्कार कर चला जाता है। बाद में बिहार, बंगाल, कर्नाटक, मध्य प्रदेश आदि जगहों से भी हिजड़े आकर अपना डेरा दिल्ली के आसपास डालने लगे। इलाके की कमाई को लेकर आपस में खतरनाक लड़ाइयाँ होने लगीं। मधुर के दल की माँ, लक्ष्मी देवी अब काफी ताकतवर होती जा रही हैं। उसने अपने हकों की लड़ाई के लिए कोर्ट में केस भी डाल दिए हैं। यह लोग छोटी-छोटी बस्तियों में झुंड में मिलकर रहते हैं, क्योंकि एक साथ हैं, तो यह शक्तिमान है। कोई भी हमला करने से पहले दस बार सोचता है। लेकिन अगर यह लोग अकेले रहें, तो तथाकथित सभ्य समाज उन्हें ताने मार-मार कर या फिर नोंच कर खत्म कर दे। मधुर सिर्फ नाम का ही मधुर है, वह पैसा लेकर छोटे-मोटे अपराध भी करता है। पुलिस में भी अब उनका अच्छा जुगाड़ है, पहले पुलिस इनको सबसे ज्यादा

परेशान करती थी। सिग्नल पर खड़े होकर भीख मांगना हो या, रात में धंधा करना इन सब की कमाई में उनका हिस्सा उन्हें पहुँचा दिया जाता है। पिछले महीने लांबा साहब ने मधुर को पचास हज़ार रुपए और एक व्यक्ति की फोटो देते हुए कहा, "इसकी बस अच्छे से पिटाई करना, मरना नहीं चाहिए। और फिर तू एक महीने के लिए गायब हो जाना।" मधुर ने वैसा ही किया। रात को जब वह व्यक्ति कार से वापस आ रहा था, तब महिपालपुर से द्वारका जाने वाले हाईवे पर गाड़ी रोककर उसकी अच्छे से पिटाई की लेकिन उस व्यक्ति के पास पिस्तौल थी, उसने वह निकालकर मधुर पर गोली चला दी। गोली तो मधुर को नहीं लगी, लेकिन गुस्से में मधुर ने लकड़ी के बैट से उसके सिर पर जबरदस्त वार कर दियाऔर उसे रास्ते में मरता छोड़ कर भाग गया। उसने सोचा कि शायद वह व्यक्ति मर गया है। हवाई अड्डे जाकर उसने सबसे पहले उड़ने वाले हवाई जहाज की टिकट खरीदी और वह आइजोल पहुँच गया। वहाँ से उसने लांबा साहब को फोन किया, तो उन्होंने बताया कि "वह आदमी अभी भी कोमा में, अस्पताल में है। पुलिस हमलावर को ढूँढ रही है।" अब फोन मत करना, खतरा है। पुलिस उस पर भी शक कर सकती है। मधुर ने लांबा साहब से पूछा, कौन है वह आदमी? तब उन्होंने बताया कि "हरामज़ादा मेरी बीवी यार है।"

मधुर आइजोल में ही एक छोटे से होटल में रहने लगा। बड़े-बड़े पहाड़, घने जंगल, नदियाँ, बाँस से बने सुंदर घर, कहीं धूल मिट्टी नहीं और पढ़े लिखे लोग, उसे यह प्रांत बहुत ही पसंद आया। बस उसे अंग्रेजी बोलनी नहीं आती और न ही मिजो। एक रात को जब वह होटल वाले से विशेष मांग करने लगा, तब 'जो' से मिला। जो, पढ़ा लिखा ग्रेजुएट है, लेकिन उसे लड़कियों में एकदम दिलचस्पी नहीं है। उसकी असामान्य हरकतों के कारण उसे घर से निकाल दिया गया है। अब वह होटलों में गाना गाता है, वहाँ से उसकी अच्छी कमाई हो जाती है। यदि कोई मनपसंद साथी मिल जाए, तो उसके साथ रात भी बिता लेता है। मधुर उसे पहली नजर में ही पसंद आ गया। मिजोरम में बाहर राज्यों से आए लोगों को इंडियंस कहते हैं, उनकी नजरों में भारतीय पुरुष असभ्य और गँवार होते हैं और मधुर उस परिभाषा में

एकदम सटीक बैठता था। जो बहुत ही शर्मिला, शरीफ और कोमल-सा लड़का था, मधुर और उसकी पटरी, पहली रात में ही बैठ गई। अब हर रात जो मधुर के पास आने लगा। उसने उसे सारा शहर घुमाया, वह एक तरह से मधुर का गाइड बन गया। वह उसे गाँव में लेकर जाता, वहीं का खाना खिलाता। मधुर भी जो का बहुत ख्याल रखता, उसे ढेर सारा प्यार करता, उसकी इज्जत करता, इतना पढ़ा-लिखा हमसफर वह छोड़ना नहीं चाहता था। दोनों एक दिन घूमते-घूमते बस से बैरागी स्टेशन आए थे, वहीं पर उन्हें पताये मिल गया और तीनों में दोस्ती हो गई। पताये मिजो में ही बात करने लगा।

मधुर को वापस गुड़गाँव जाना पड़ेगा, क्योंकि उसका पैसा खत्म हो रहा हैऔर उसका रोजगार गुड़गाँव में ही है। लक्ष्मी देवी अम्मा भी उसे बुला रही हैं। वह जो को अपने साथ गुड़गाँव लेकर जाएगा, पताये भी उनके साथ हो लिया। पताये एक तरह से उन पर बोझ ही था, परंतु फिर भी उन्होंने अपने दोस्त को अकेला छोड़ना ठीक नहीं समझा। पताये को मधुर जब भी फतेह सिंह कहता, तो झल्ला जाता और बोलता, "आइ एम गर्ल, प्लीज डोंट कॉल मी विद दैट नेम।" मधुर ने उसका नाम 'प्रीति' रख दिया। तीनों हवाई जहाज से दिल्ली आ गए। जिस शहर के बारे में अभी तक उन्होंने सिर्फ दूरदर्शन में, खबरों में, या नेट पर देखा था, आज उसे वह अपने सामने देख रहे हैं। इतना बड़ा भीड़भाड़ वाला शहर, न जाने कितनी अलग-अलग तरह की शक्लों वाले लोग। हवा में इतना प्रदूषण, रहने के लिए दिल्ली से दूर गुड़गाँव की बस्ती में गंदा-सा कमरा, ऊपर से इतनी गर्मी, बाहर से आए सीधे-सादे कबीले के दोनों प्राणियों का तो बुरा हाल हो गया। हिजड़ों की टोली भी मधुर पर ताने कसने लगी, "हाय राजा, तू तो अकेला गया था इन दो चीनियों को कहाँ से ले आया, हमारे में क्या कमी थी?" मधुर ने सबको डाँट कर वहाँ से भगा दिया। प्रीति तो हिंदी नहीं समझ सकी, लेकिन जो समझ गया। अपने आप को चीनी बुलाना, जो को बिल्कुल पसंद नहीं आया। उसका मन एकदम खट्टा हो

गया। तब मधुर ने उसे प्यार से समझाया और कहा, "अनपढ़ हैं यार यह लोग, इन्हें मणिपुरी, चीनी, नागा में कोई फर्क ही नहीं पता चलता।" छोड़ो तुम इनकी बातों पर ध्यान मत दो, जब तक मैं तुम्हारे साथ हूँ, तुम्हें चिंता करने की कोई जरूरत नहीं है। मधुर, लांबा साहब से कहकर, जो को किसी होटल या बार के बैंड में शामिल कराना चाहता है। प्रीति बड़े प्यार से मधुर को देखती है, उसने अपने लिए ऐसे ही पुरुष जीवन साथी की कामना की थी। वह उसकी हर बात मानती, दिल ही दिल में वह उसे अपना हीरो मानती, लेकिन मधुर सिर्फ जो को ही प्यार करता।

प्रीति भी तैयार होकर हिजड़ों की टोली में जाने लगी। शेव किए हुए, सांवले रंग वाले, लंबे-चौड़े हिजड़ों के झुंड में वह अलग-सी लगती। सब बहुत भड़कीले कपड़े और जेवर पहनकर निकलते, लेकिन प्रीति पश्चिमी पोशाक में ही जाती। अब उसके बाल भी थोड़े बड़े हो गए हैं, कंधों पर बॉब कट की तरह रहते हैं। एकदम साफ रंग, छोटी-छोटी आँखें, बिना मेकअप के भी वह बहुत सुंदर दिखती। स्कर्ट या फ्रॉक के नीचे से झांकती गोरी-गोरी टांगें, उन सब हिजड़ों की टोली में वह अलग-सी लगती। अंग्रेज़ी बोलकर जब वह किसी बात का जवाब देती तो लौंडे बहुत दूर तक उसकी टोली का पीछा करते लेकिन यहाँ पेट भरने के लिए उसके पास सिर्फ यही एक रास्ता है। फिर मधुर उसकी सुरक्षा का पूरा ध्यान रखता, कभी किसी गलत आदमी को उसके पास फटकने तक नहीं देता। वह कईयों के साथ जाती जरूर है, पर मन ही मन वह सिर्फ मधुर को चाहती है। दिन का ज्यादा से ज्यादा समय वह उसके साथ बिताना चाहती है। जो को भी अब एक होटल में नौकरी मिल गई है, वह वहाँ हिसाब-किताब का काम संभाल रहा है। देर शाम को वह होटल में गाना भी गाता है। जवान लड़के-लड़कियाँ उसका गाना सुनने आते हैंऔर सभी उसे बहुत पसंद करते हैं। नौकरी लगने के बाद अब वह एक कमरे का फ्लैट लेकर अलग रहने लगा है। प्रीति के लिए भी उस गंदी बस्ती में रहना मुश्किल था,

इसलिए वह उसे भी अपने साथ ले आया है। जो और प्रीति के एक साथ रहने पर बहुत लोगों ने मधुर के कान भी भरे कि दोनों एक साथ रहते हैं, लगता है दोनों का कुछ चक्कर है और फिर दोनों एक ही जात के भी हैं। लेकिन मधुर लोगों की बातों पर ध्यान नहीं देता, क्योंकि उसे पता है किजो सिर्फ उसका है। सभी आधे-अधूरे मिलकर, अपनी पूरी दुनिया बसाने की तलाश में है। गुड़गाँव के कुछ स्थानीय लड़कों की नजर प्रीति पर है, वह उसे एक विदेशी लड़की समझते हैं और किसी भी तरह उसे हासिल करना चाहते हैं। जो से उन्हें कुछ लेना देना नहीं है। एक दिन जो देर रात तक होटल में गाना गा रहा था, तब वह तीनों लड़के मिलकर उसके फ्लैट पर आए और अपने को मधुर का साथी बताकर प्रीति को अपने साथ ले गए। प्रीति को हिंदी ठीक से समझ नहीं आती थी, लेकिन मधुर का नाम सुनकर वह उनके साथ चली गई। वह तीनों उसे अपने फार्म हाउस ले गए औरवहाँ जाकर तीनों ने खूब शराब पी। उन्हें शराब पीता देखकर प्रीति को अपने शहर की पब वाली घटना की याद आ गई। वह समझ गई कि अब उसके साथ कुछ बहुत बुरा होने वाला है। किसी एक को संभालना तो उसके लिए मुश्किल नहीं है, परंतु एक साथ तीन-तीन शराबी दरिंदों के साथ वह कैसे लड़ेगी। यही सोचकर, वह बहाना, बनाकर वहाँ से भाग जाना चाहती है लेकिन उन्होंने उसे दबोच ही लिया। जब उन्होंने उसके कपड़े उतारे तो उन्हें पता चला कि वह तो लड़की ही नहीं है। यह देख उनका पूरा नशा उतर गया और वे उसे जोर-जोर से पीटने लगे। उसके पेट में जोर-जोर से लात, घूँसे मारने लगे और गंदी गंदी गालियाँ देने लगे। फिर पता नहीं क्या सूझा, उसे उल्टा लिटाकर उसका बलात्कार करने लगे। उनके दिमाग में जैसे शैतान घुस गया हो, तीनों सारी रात उसके साथ अप्राकृतिक रूप से मैथुन करते रहे। न जाने कितने जमाने की गंदगी, जो उन्होंने अपने दिमाग में जमाई हुई थी, उस पर उड़ेलने लगे। प्रीति रोती रही, चिल्लाती रही, उसे छोड़ देने की गुहार लगाती रही और फिर रो-रो

कर बेहोश हो गई। अगली सुबह उसे एक चादर में लपेटकर उन्होंने फार्म हाउस के बाहर फेंक दिया और तीनों वहाँ से गायब हो गए। सुबह-सुबह खेतों में शौच के लिए आने वाली औरतों ने उस चादर में लिपटे खून से लथपथ शरीर को देखा और डर, घृणा या फिर दुख, पता नहीं क्या वजह थी कि उन औरतों की चीख निकल गई। दौड़कर उन्होंने गाँव में खबर की और किसी ने 100 नंबर डायल कर, पुलिस को भी सूचना दे दी। थोड़ी देर में ही एँबुलेंस आई और उसे सरकारी अस्पताल ले गई। पूर्वोत्तर भारत से आई एक महिला पर हमला हुआ था, यह खबर आग की तरह पूरे शहर में फैल गई। विद्यार्थी उस हमले के विरोध में इकट्ठे होकर नारे लगाने लगे। मधुर और जो को जैसे ही यह खबर मिली, वह भी तुरंत अस्पताल पहुँचे। प्रीति अंदर आईसीयू में अपनी मौत से लड़ रही है। उसके कई ऑपरेशन किए गए, परंतु उसकी हालत अभी भी नाजुक बनी हुई है। वैसे तो लक्ष्मी देवी ने मधुर को उन लड़कों का पता दे दिया है, लेकिन मधुर ने अभी तक पुलिस को कुछ नहीं बताया है। मधुर उन लड़कों से, प्रीति को दी गई यातनाओं का हिसाब-किताब खुद करना चाहता है। जो तो इस घटना के बाद एकदम डर और सहम गया है। दिल्ली और गुड़गाँव में ऐसे कई लड़के असामान्य रूप से झुंड में घूमते हुए मिल जाएँगे। वे भी पहली बार खुलकर समाज के सामने आए हैं। कोई हिंदू है, तो कोई मुस्लिम, या कोई सिख। वे सभी अपने परिवार के लोगों से दुत्कारे हुए हैं। बिना इज्जत और बिना प्यार के समाज में जीते हुए, सिर्फ अपने लिए एक मनपसंद जीवनसाथी की तलाश में इधर-उधर भटक रहे हैं। वे इज्जत से खुल्लम-खुल्ला जीने की तलाश में न जाने कितनी मौतें रोज मरते हैं।

जो को अंदर जाकर प्रीति से मिलने की इजाजत मिली है क्योंकि वह अंदर जाकर प्रीति से अपनी भाषा में बात कर सकेगा और यह पता लगा सकेगा कि उसके साथ यह कुकृत्य करने वाले वह कौन लोग हैं। जो के आवाज देने पर प्रीति ने आँखें खोली और जो को देख

कर रोने लगी। बस धीरे से बोली 'मधु' जो समझ गया कि वह मधुर से मिलना चाहती है। बाहर आकर उसने डॉक्टर की अनुमति से मधुर को अंदर भेजा, पुलिस भी उसके साथ गई। सामने पलंग पर पट्टी में बंधी कोई और ही शख्स है। मुँह पर चोटें, आँखें सूजी हुई, हाथ टूटा हुआ, प्लास्टर चढ़ा। डॉक्टर ने बताया कि गुप्तांगों में भी कई ऑपरेशन होकर टाँके लगे हैं। मधुर उसे इस हालत में देख कर फफक-फफक कर रो पड़ा। जीवन में पहली बार वह रोया है, 'मर्द रोते नहीं', अभी तक उसने यही सुना था लेकिन आज वह मर्द बनकर रहना ही नहीं चाहता।

सुंदर सा, छोटा-सा फतेह सिंह उर्फ 'प्रीति'। उसके सामने क्षत-विक्षत अवस्था में पड़ी है। उसे ठीक होने में महीनों लग जाएँगे। मधुर उसके ऊपर सिर रखकर रोते हुए बोला, "फतेह सिंह तू ठीक हो जा, बस तू ठीक हो जा। फिर हम सब एक साथ रहेंगे। मैं तुझे और कहीं नहीं जाने दूँगा, बस तू ठीक हो जा। मेरा बहादुर फतेह सिंह!वह गुस्से में कहता कहता है, जिसने भी तेरी यह हालत की है, एक-एक को चीर कर रख दूँगा।" प्रीति को उसकी आधी बातें समझ आ रहीं हैं और आधी नहीं। लेकिन मधुर, उसके सपनों का राजकुमार, उसके लिए रो रहा है, यही देख उसका मन शांत हो गया। उसकी स्वयं के लिए एक आदर्श जीवन साथी की तलाश ऐसे पूरी होगी, उसने कभी सोचा भी नहीं था। वह इस समय ज्यादा बोलने की हालत में नहीं है और उसके बचने के आसार भी कम ही हैं। पुलिस बाहर निकलकर मधुर से कड़ाई से पूछताछ करने लगी, ताकि वह अपराधियों तक जल्द से जल्द पहुँच सके परंतु मधुर के मन में कुछ और ही चल रहा है। कुछ ऐसा, जिसे केवल जो ही समझ सकता है।

***

राजा और हाथी

राजलक्ष्मी एक बहुत ही सुलझी हुई महिला हैं। उन्होंने अपने जीवन में कई महिलाओं की सहायता की है। वो मनोवैज्ञानिक परामर्श भी देती हैं क्योंकि यह उनका पेशा भी हैऔर शौक भी। अक्सर उनके पास मध्यमवर्गीय परिवारों की या अमीर घरों की महिलाएँ आती रहती हैं। उनके पास आई महिलाओं के दुख बहुत ही अजीबोगरीब होते हैं। ऐसा दुख कि व्यक्ति सोचने लगता है असली दुख की परिभाषा क्या है? उनके क्या-क्या दुख होते हैं? कभी-कभी राजलक्ष्मी रात को बैठकर जब अपने पास आई औरतों की उलझनों की समीक्षा करती हैं, तो स्वयं पर हँसने लगती हैं। औरतों को कितने तरह के दुख होते हैं?

उनके पास एक सभ्रांत महिला आती हैं, जो एक मुख्य सचिव अधिकारी की पत्नी हैं। उनका पति रात को देर तक किसी महिला से फोन पर बात करता है। बस उनकी पत्नी को इसी बात की पीड़ा है। वह इस बात को लेकर इतनी परेशान हो गईं कि अवसाद की स्थिति में चली गई हैं। बहुत सारे चिकित्सकों को दिखाया, दवाइयाँ भी खाई लेकिन कोई असर नहीं पड़ा। उसके बाद उन्होंने पत्रकार सम्मेलन बुलाकर अपने पति को सबके सामने नंगा किया। इतने पर भी उनके कलेजे में ठंड नहीं पड़ी। दूरदर्शन पर अक्सर बोलते-बोलते वह महिला रो पड़ती और दूरदर्शन देखने वाले दर्शकों की सहानुभूति की पात्र बनती। यह सिलसिला बहुत दिन तक चला, परंतु महिला का व्यवहार यथास्थित बना रहा। फिर एक दिन उस महिला की एक सहेली उन्हें,

राजलक्ष्मी महोदया के पास लाई जिसके बाद उनके मनोवैज्ञानिक परामर्श का सिलसिला शुरू हो गया। इसी तरह से आप आगे जानेंगे कि किस प्रकार की परिस्थितियों में राजलक्ष्मी महोदया द्वारा क्या-क्या परामर्श दिए गए।

ओड़िशा के अत्यन्त पिछड़े जिले कालाहांडी में इसी तरह की एक और महिला हैं। उन्हें भी उनके पति साड़ी खरीदने के पैसे नहीं देतेऔर न ही उन्हें कोई फिल्म दिखाने ले जाते हैं। इसी वजह से यह महिला भी अवसाद की शिकार है। राजलक्ष्मी महोदया के पास अक्सर वो महिलाएँ आती हैं, जिन्हें उनके पति भरण-पोषण नहीं देते और दूसरी औरतों के साथ प्यार भरा संपर्क रखते हैं। यहाँ तक कि ऐसे मर्द अपनी माँ की बात बहुत सुनते हैं और अपनी बहनों पर भी हजारों रुपए लुटाते हैं। लेकिन पत्नी को देने के लिए उनके पास कुछ भी नहीं होता। पत्नी भी अपने हाथ पैर नहीं हिलातीऔर न ही अपनी शिक्षा का पूरा सदुपयोग करती है। वह सोचती है कि उसकी शादी हो गई है, अब उसकी सारी जरूरतों को उसका पति ही पूरी करेगा। पति की पूरी तनख्वाह पर मात्र उसी का अधिकार है। बस इसी बात को लेकर दोनों के बीच बहुत लंबी लड़ाई चलती है। हमारे देश का कानून भी औरतों के हित में है। वह अपने एवम् अपने बच्चों के भरण-पोषण के लिए कचहरी का दरवाजा खटखटा सकती हैंऔर अपने पति की कमाई के एक तिहाई हिस्से की मांग कर सकती हैं। यही कारण है किआज पूरे भारतवर्ष के परिवार न्यायालयों में इसी तरह के लाखों मामले लंबित हैं। अब मुख्य सचिव की पत्नी की ही बात ले लीजिए, वह स्वयं डॉक्टर हैं, अच्छी खासी कमाई है, दोनों बूढ़े हो चुके हैं। प्रेम से बातें करने के अलावा वह एक-दूसरे से और कुछ कर भी नहीं सकते। इतना सब मालूम होने के बाद भी वह महिला अपने पति पर बेहद शक करती है। उसे शक है किउनके पति फोन पर किसी महिला से घंटों बात करते हैंऔर जब काम के सिलसिले में दिल्ली जाते हैं, तो होटल में जाकर उस महिला के साथ रात बिताते हैं। अब उनके

दिमाग का यह फितूर राजलक्ष्मी महोदया दूर तो नहीं कर सकतीं, लेकिन धीरे-धीरे कई दिनों के परामर्श के बाद वह उनके मन को शांत करने में जरूर सफल हुई हैं। दिल्ली से कोई भी टीम यदि महिलाओं की सुनवाई के लिए आती है, तो राजलक्ष्मी महोदया को जरूर याद किया जाता है। वह सभी कार्यवाहियों में उपस्थित रहती हैं। समय पड़ने पर उचित सलाह भी देती हैं।

इस बार की जनसुनवाई ओड़िशा के जिला कालाहांडी में हुई। वैसे ही ओड़िशा कई कारणों से बदनाम है। यहाँ के लोग भूखे हैं, उनको खाने को नहीं मिलता, आम की गुठली खा कर जीवन-यापन करते हैं। करीब 10 साल पहले, एक महिला ने अपनी खुशियों व जरूरतों को पूरा करने के लिएअपना बच्चा बेच डाला था। यह एक राष्ट्रीय खबर बनी। दूरदर्शन पर, अखबारों में और सारी दुनिया में इस बात की चर्चा की गई। जिस कारण से सरकार का सिरशर्म से झुक गया। केंद्र सरकार से भी काफी अनुदान आया, जिससे गरीबों की हालत को सुधारा जा सके। उसके बाद समय के साथ सरकारी योजनाओं में काफ़ी परिवर्तन आया। सरकारी योजनाओं के माध्यम से यहाँ काफ़ी पैसा भेजागया, ताकि गरीबों तक पैसा पहुँच सके, उनके तन पर ओढ़ने को कपड़ा हो, उनके भूखे पेट में भी दो दाने जा सकें और वह भी इज्जत की जिंदगी जी सकें। कालाहांडी में इतना पैसा आया कि सारे सरकारी अधिकारी, जो वहाँ पर अपने कर्तव्य का पालन कर रहे थे, धनी हो गए। अठारह से ज्यादा हेलीपैड बन गए, ताकि मंत्री, अधिकारी, साँसद आसानी से हेलीकॉप्टर में बैठकर जिले तक पहुँच सकेंऔर गाँव के लोगों के साथ फोटो खिंचवाकर कर सारी दुनिया को बता सकें कि देखिए हम गरीबों की सहायता कर कितना महान काम कर रहे हैं। गाँव में सड़कें बनीं, बिजली आई, ठेकेदार और अमीर हो गए। व्यापारी, महाजन जो कभी सूद पर पैसा देकर इन गरीब गाँव वालों का खून चूसते थे, सभी धनी हो गए। व्यापारियों ने अपने बड़े-बड़े बंगले बना लिए। अंग्रेजी मीडियम स्कूल खुल गए, बड़े-बड़े शॉपिंग

मॉल खड़े हो गए। किंतु कालाहांडी के आदिवासियों के जीवन में आज भी कुछ विशेष सुधार नहीं हुआ है। आदिवासी महिलाएँ आज भी अपने हाथों से बुनी हुई सूत की साड़ियाँ पहनती हैं। जेवर के नाम पर वे अपने माथे पर लोहे या पीतल की पिन लगा लेती हैं। आज भी उनकी स्थिति में कोई सुधार नही हो पाया है। सुधार हुआ है, तो बस उन सेठ-साहूकारों, ठेकेदारों और दलालों का हुआ है। ओड़िशा का कालाहांडी जिला प्राचीन समय से ही अपनी खेती-बाड़ी, घने जंगलों व प्राकृतिक खनिज संपदाओं के लिए प्रसिद्ध है।

अगले मामले की सुनवाई में एक दुबली-पतली सी, लंबी, छरहरी औरत अपनी कमर के एक ओर एक सुंदर-सी बच्ची को लटकाए हुए आयोग की महोदया के सामने उपस्थित हुई। वह महिला न तो ठीक से ओड़िआ बोल पाती थी और न ही हिंदी। अंग्रेजी तो उसकी समझ के भी बाहर की बात थी। उस आदिवासी महिला ने अपनी ही भाषा में आयोग की महोदया से अपने मामले की सुनवाई करने का निवेदन किया। दिल्ली से आई हुई महोदया के पेट और कमर पर पड़े हुए टायर उनके शरीर पर बढ़ती चर्बी की चुगली कर रहे थे। उनके साथ जो और दोमहोदया बैठी थीं, सभी का लगभग यही हाल था। चेहरे-मोहरे से ही अच्छे खाते-पीते परिवार की लग रहीं थीं। इस आदिवासी महिला का चेहरा पतला, लंबा बदन और सुंदर काया देखकर सभी आश्चर्यचकित हो गए। जब उससे पूछा गया कि तुम्हारे कितने बच्चे हैं, तो उसने अपनी ही भाषा में जवाब दिया कि महोदया मेरे चार बच्चे हैं। सबसे बड़ी महोदयाहैरानी से बोल उठीं, अरे यह तो कहीं से चार बच्चों की माँ नहीं लगती! यह तो एकदम फिल्म हीरोइन उर्मिला मातोंडकर की तरह दिखती है। देखो चार बच्चों की माँ होते हुए भी कैसे इसने अपनी देह को सुन्दर व सुडौल बनाकर रखाहै। तब राजलक्ष्मी महोदया ने आयोग की महोदया से कहा, यहकहाँ से अपने शरीर का रखरखाव करेगी, यह तो दिन-रात खेतों में मेहनत करती हैं, काम करती हैं। जब बच्चा पैदा करती है, तो दूध-दहीजैसी कोई चीज़

इन्हें खाने को नहीं मिलती, बस आँगनवाड़ी केंद्र से जो सत्तू मिलता है, वही खाकर यह बचती हैं और यही इनकी सुंदरता का राज़ है। यह तो मेहनती औरतें हैं, बच्चा पैदा करने के सात दिन बाद से ही काम पर आ जाती हैं। भला यह कहाँ से अपने शरीर का रख-रखाव करेंगी। यह सब तो अमीरों के चोंचले हैं। यह सुनकर बड़ी वाली महोदया कुछ शर्मिंदा-सी हो गईं। उसके बाद उन्होंने उस आदिवासी महिला से बहुतप्यार से पूछा कि बताओ तुम्हारी क्या समस्या है? इतना सुनते ही वह महिला जोर-जोर से रो-रो कर अपनी बात कहने लगी। आयोग की महोदया उस महिला की भाषा समझने में असमर्थ थीं, अतः उन्होंने अपने पास बैठे ओड़िआ व्यक्ति से पूछा कि यह महिला क्या कह रही है? तब उस व्यक्ति ने आयोग की महोदया को आदिवासी महिला की बात बताते हुए कहा, "इस महिला के चार बच्चे हैं, इसका पति इसको छोड़ कर दूसरी औरत के साथ, दूसरी झोपड़ी में रह रहा है और वह अपने साथ अपने तीन बड़े बच्चों को भी ले गया है।" फिर महोदया ने पूछा, तुम्हें क्या चाहिए? तुम पहली पत्नी हो, कानूनन पति पर तुम्हारा अधिकार है। तुम्हें और तुम्हारे बच्चों को भरण पोषण मिलेगा और अगर तुम्हारा पति तुम्हारी और बच्चों की जिम्मेदारीउठाने से मना करता है, तो तुम उस पर मुकदमा दायर कर सकती हो। हम कार्रवाई कर उसको जेल भेज देंगे। यह सुनकर वह आदिवासी महिला थोड़ा-सा मुस्कुराई और बोली, नहीं-नहीं महोदया मुझे ऐसा कुछ नहीं चाहिए। मुझे तो सिर्फ अपने तीनों बच्चे वापस चाहिए। मेरे हाथों में बल है, मेरे शरीर में जोर है, मैंने चार-चार बच्चे पैदा किए हैं। मैं अभी भी काम करके, मजदूरी करके अपने बच्चों का पेट पाल सकती हूँ। उन्हें कभी भूखा नहीं मरने दूँगी और रही पति की बात, तो वह दूसरी औरत के पास जाए या तीसरी औरत के पास, मुझे उसकी कोई परवाह नहीं। जैसे राजा का हाथी जंगल में कहीं भी घूमे, वह राजा का ही होता है। वैसे ही वह मेरा पति है, जितनी मर्जी औरतों के साथ घूमे, लेकिन मैंने उससे शादी की है और वह मेरे चार

बच्चों का बाप है, इस सत्य को वह चाह कर भी नहीं बदल सकता। उसका यह उत्तर सुनकर वहाँ मंच पर बैठी सभी महिलाएँ हतप्रभ रह गईं। इसके आगे बोलते हुए उस महिला ने कहा किरोते हुए कष्ट में रहना, लोगों के सामने आँसू बहाना, उनकी सहानुभूति लेना, हमें अच्छा लगता है। हम चाहते हैं कि लोग हमारे मन की बात सुनें और हमारे दुख को जानें लेकिन हम भूल जाते हैं किहमअपने जीवन में समस्याएँ खुद ही पैदा करते हैं और उनसे बाहर निकलना ही नहीं चाहते। हमें लगता है कि अगर हम अवसादमें जीते रहेंगे, तो सारी दुनिया हमें पूछेगी। न जाने कितने ही लोग इन अवसाद के क्षणों में कभी-कभी आत्महत्या भी कर लेते हैं। वह भूल जाते हैं कि उनका पूरा परिवार पीछे उनकी याद में कितना दुखी होगा। इतने स्वार्थी हो जाते हैं कि उन्हें अपना जीवन, अपना दुख, अपनी पीड़ा के अलावा और कुछ दिखाई ही नहीं पड़ता। जीवन में अगर कहीं जरा-सी भी असफलता मिलती है, या अपने मन मुताबिक नहीं होता है, कैसे हमारा मन मछली की तरह तड़पने लगता है। हम अपने मन व अपनी आत्मा पर अंकुश लगाना ही नहीं चाहते। हम चाहते हैं कि सब कुछ हमारे मन मुताबिक हो। जैसा हम चाहते हैं, दुनिया वैसे ही चले। हमारे सगे संबंधी-रिश्तेदार सब हमारे नियमों के अनुसार ही चलें।

थोड़ी देर के बाद उस आदिवासी महिला को एक जगह बैठाकर महोदया ने बहुत प्यार से पूछा, तुम्हारा नाम क्या है? उसने मुस्कुराते हुए कहा, महोदया मेरा नाम मणि है। और तुम्हारे पति का क्या नाम है? उसने अपने पति का नाम सुगुना बताया। आयोग की महोदया ने वहाँ पर उपस्थितपुलिस अधीक्षक को आदेश दिया कि तत्काल सुगुना को बुलाकर लाया जाए। तब तक कचहरी में दूसरे मामलों की सुनवाई चलती रही और करीब दो घंटे बाद डरा सहमा सुगुना दोनों हाथ जोड़े आयोग की महोदया के सामने पेश होता है। आदिवासी लोग सरकार याकचहरी के नाम से ही बहुत डर जाते हैं। जब उनको कचहरी में बुलाया जाता है, तो वह घबरा जाते हैं, उन्हें लगता है कि शायद

उनसे बहुत बड़ा अपराध हुआ है, जिसकी उन्हें भयंकर सज़ा मिलने वाली है। सुगुना के कचहरी में उपस्थित होने पर, आयोग की महोदया ने उससे पूछा कि क्या तुम मणि के पति हो? इस पर सुगुना ने कहा, जी हुज़ूर, लेकिन मैंने इसको छोड़ दिया है, क्योंकि यह मेरा ध्यान नहीं रखती, सब समय बच्चों का ही ध्यान रखती है। प्यार से बात नहीं करती, हर समय झगड़ा करती है, इसलिए मैं झूना के साथ रहने लगा हूँ। वह सुंदर भी है और मेरा और मेरे बच्चों का ध्यान भी रखती है। तब महोदया ने कहा, यह तो उचित नहीं कि तुम बच्चे पैदा करोगे और उनकी जिम्मेदारी नहीं लोगे और दूसरी औरत के पास चले जाओगे। सुगुना बोला हुज़ूर, आप ही बताइए कि मैं क्या करूं? महोदया ने आदेश दिया कि तुम जिन तीन बच्चों को अपने साथ लेकर गए हो, उन्हें वापस उनकी माँ को सौंप दो। सुगुना पहले तो थोड़ा हिचकिचाया, पर फिर झूना ने एक ओर ले जाकर उसे समझाया कि अब हम साथ रहते हैं। भविष्य में हमारे अपने बच्चे होंगे। इसलिए तुम मणि को उसके बच्चे वापस दे दो। यह बात सुगुना को समझ आ में आ गयी और वह एक आज्ञाकारी गुलाम की तरह वापस आकर बोला, महोदया आप जैसा कहेंगी, वैसा ही होगा। मैं अपने तीनों बच्चों को लाकर उनकी माँ को सौंप देता हूँ। लेकिन आप उससे कहिए कि जब भी मेला लगेगा, मैं अपने बच्चों को अपने साथ मेला घुमाने ले जाऊँगा। वह इसके लिए मना नहीं करेगी। मणि ने इस पर अपनी सहमति देते हुए कहा कि हाँ क्यूँ नहीं। तुम बच्चों के पिता हो, सिर्फ मेला ही क्यूँ, हर जगह उन्हें अपने साथ लेकर जाना, मैं मना नहीं करूंगी। लेकिन बच्चों को मैंने पैदा किया है, मैं ही उन्हेंपालूँगी, वह सभी मेरे साथही रहेंगे। दोनों की सहमति से मुकदमे का फ़ैसला जल्दी ही हो गया। मामले की सुनवाई खत्म होने के बाद पटनायक बाबूने फैसला छापकर, मणि और सुगुना दोनों को एक-एक प्रतिलिपि दे दी। लेकिन दोनों ही अनपढ़ थे, उन्हें फैसले की प्रतिलिपि नहीं चाहिए थी। बस सुगुना, झूना का हाथ पकड़कर उसके घर चला

गया। मणि के चारों बच्चे, जिसमें उसका बड़ा बेटा पाँच साल का, दूसरा बेटा तीन साल का, तीसरी शायद बेटी है, जो दो साल की है और सबसे छोटा बच्चा दो महीने का है, यही उसकी सच्ची विरासत है। मणि अपनी असली विरासत को साथ लेकर किसी गर्विता की तरह सिर उठाकर वहाँ से चली गई। औरसब औरतों को जीवन का एक सबक सिखा गई की औरत ही वास्तव में सृष्टिकर्ता है। औरत में इतनी शक्ति है कि वह बिना किसी सहारे के अपना एवं अपने परिवार का पालन-पोषण कर सकती है।

देश का कानून क्या कहता है? उसे कोई फर्क नहीं पड़ता। वैसे भी जो बेचारी औरतें कानून का सहारा लेकर कोर्ट कचहरी में मुकदमा दायर करती हैं, उनका हाल क्या होता है, यह तो सबको पता ही है। कचहरी में मुकदमे की सुनवाई चलती रहती है, तारीख पर तारीख पड़ती रहती है, परंतु फ़ैसले की घड़ी नहीं आती। फ़ैसले की घड़ी के इंतजार में कब वे महिलाएँ जवान से बूढ़ी हो जातीं हैं, उन्हें पता ही नहीं चलता। जिन वकीलों का सहारा लेकर वे महिलाएँ अपने पति के खिलाफ़ मुकदमा दायर करती हैं, वे वकील उनका कितना आर्थिक शोषण करते हैं, यह तो कोई जाकर उन महिलाओं से ही पूछे। वकीलों को पैसा देते-देते उन महिलाओं के गहने तक बिक जाते हैं, लेकिन फैसले की घड़ी नहीं आती। फिर आखिर में हारकर दोनों ही पक्ष कचहरी के बाहर ही आपस में समझौता कर राज़ी हो जाते हैं। तब जाकर उन्हें होश आता है कि उन्होंने जीवन में क्या खोया और क्या पाया है, लेकिन सब कुछ लुटाकर होश में आने का भी कोई मतलब नहीं रह जाता। कालाहांडी की यह साधारण-सी नारी जीवन का कितना बड़ा सबक सिखा गई। उसे अपने पति की बेवफाई का कोई दुख नहीं है औरअपनी सौतन से भी कोई जलन नहीं। उसे किसी से कोई शिकायत भी नहीं, वह तोअपने जीवन को सरलता पूर्वक, अपने नियम से जी रही है।

राजलक्ष्मी आज भी जब किसी पढ़ी-लिखी, धनी और समर्थ महिला को मनोवैज्ञानिक परामर्श देती है, तो उसे वह आदिवासी महिला मणि याद आ जाती है। कालाहांडी से सब लोग वापस तो आ गए, पर रास्ते भर सभी केवल उस आदिवासी महिला, मणि के चरित्र का ही विश्लेषण करते रहे। सभी ने उससे बहुत कुछ सीखा। तन और मन को कैसे तंदुरुस्त रखना है, हर विपरीत परिस्थिति में भी कैसे अडिग रहकर, अपने बलबूते पर जीना है। वह हम सबको जीवन का ऐसा सबक सिखा गई, जिसे हम लोग ताउम्र नहीं भूल पाएँगे।

राजलक्ष्मी महोदया को तो जैसे परामर्श देने का एक सूत्र ही मिल गया। वहीं पर बैठी-बैठी वह मणि की तुलना शहर में बैठे उन लोगों से करने लगीं, जिनके पास माँ-बाप का सहारा है, धन-दौलत है। जिनको सब कुछ मालूम है कि अगर उनका पति उन्हें धोखा देता है, तो उसे कैसे सबक सिखाना है। कैसे वकील की सहायता से अपने पति पर कचहरी में मुकदमा दायर करना है, कैसे-कैसे झूठे बहाने बनाने हैं। कब और कैसे ससुराल वालों को फँसाना है, या पति को कैसे तंग करना है। हर दाँव-पेंच वह जानतीं हैं। और यदि कोई सीधी-सादी महिला कचहरी में आती है, जो इस प्रकार के दाँव-पेंच नहीं जानती, तो कचहरी में ऐसे लोगों की कमी नहीं है, जो उन्हें ऐसे दाँव-पेंच सिखाने के लिए सदैव तत्पर रहते हैं। इतना धन-संपत्ति सब कुछ होते हुए भी वह अवसाद में घिरी रहती हैं। छोटी-छोटी बात से दुखी हो जाती हैं, उनका पति किसी दूसरी औरत को देखकर हँस दे, तो भी उनको तकलीफ हो जाती है। और यहाँ पर यह औरत जिसके पास न धन है, न शिक्षा, उसके पास है तो सिर्फ उसका स्वाभिमान और आत्म विश्वास। उसको केवल अपने बच्चे चाहिए, उनका भरण-पोषण नहीं चाहिए। वह स्वयं इतनी सक्षम है कि वह स्वयं मजदूरी कर अपने चार बच्चों को अकेली पाल सकती है। उसे पति का शादी के बाद किसी और औरत से संबंध बनाने का भी दुख नहीं है, वह जानती है कि उसके पति पर सिर्फ उसका ही अधिकार है। जैसे राजा का पालतू हाथी जंगल में कहीं भी जाए, लेकिन वह सदैव राजा की

हुकूमत में ही रहता हैं। वाह! क्या सोच है, काश हर औरत में इस तरह का आत्म सम्मान होता, सोच होती, तो वह छोटी-छोटी बातों से घबराकर अवसाद में नहीं घिरतीं और अपने जीवन को इतना कष्टकारी नहीं बनाती।

हमको सुविधा मिल जाती है, तो हम अपने जीवन को बहुत ही सस्ते में ले लेते हैं। हमें लगता है जीवन में खुशियाँ पाना बहुत महंगा है, लेकिन हम भूल जाते हैं कि जीवन में सुखी रहना, खुश रहना, आत्मनिर्भर रहना यह सब कुछ हमारे अपने ही हाथ में है। कालाहांडी की वह आदिवासी महिला मणि सचमुचएक हीरा ही थी, आत्मविश्वास से परिपूर्ण, निर्भय और साहसी। उसे किसी चीज़ का लालच नहीं। पति से प्रेम तो है, लेकिन वह उसके मोह-माया जाल में नहीं फँसी। उसे पता है, अपनी सीमाओं का, अपने अधिकारों का। वह किसी के सामने रोती, गिड़गिड़ाती नहीं है। पति का प्रेम पाने के लिए वह पति के पीछे-पीछे नहीं जाती। उसे पता है, जब दूसरी या तीसरी औरत से सुगुना का मन भर जाएगा, तो वह उसके पास वापस आ जाएगा और वह अपने चारों बच्चों को उनके पिता से फिर से मिला पाएगी। यह सब अवसाद, दुख, कष्ट, पीड़ा, अकेलापन, यह सब हम अपने ही दिमाग में खुद ही बनाते हैं। अपने चारों तरफ हम खुद ही इस भ्रम को बोते हैं और उसकी खेती करते हैं। हम उस भ्रम से बाहर निकलना ही नहीं चाहते।

***

आश्रम

जो लोग एक बार गंगा के किनारे बस जाते हैं वो दुनिया के किसी कोने में भी जाकर ठीक से बसना चाहते हैं। उनकी जड़ें उन्हें सदा पुकारती हैं। गंगा मैया में बाढ़ आकर चाहे, उनके घर हर साल तबाह हो जाएँ लेकिन कसम वो गंगा मैया की ही खाते हैं और गंगा मैया भी अपनी कृपा सभी पर समान रूप से करती हैं, चाहे वो किसी भी धर्म या जाति के क्यों न हों। लक्ष्मण दास बेगुसराय के भगवानपुर गाँव में अपने परिवार के साथ रहता था। सदियों से उनके बाप दादा लोग राजपूत, ब्राह्मणों की सेवादारी करते रहे, दबते रहे, शोषित होते रहे फिर लाल झंडेवालों ने आकर उन्हें सिर उठाकर जीना सिखाया, आवाज बुलन्द करना सिखाया। कई लोग तो अपनी तकदीर का लिखा मानकर उसी स्थिति में रहना पसन्द करते लेकिन आजादी की पीढ़ी के नौजवानों का खून खौलता है। लाल झंडे के अनुयायी बन गए। कम्युनिस्ट कॉमरेड यहाँ पर आकर और सक्रिय हो गए। बेगुसराय का नाम लेनिनगढ़ ही पड़ गया। प्रभावशाली जमींदार, राजपूत और गरीब दलितों के बीच खून की जंग होने लगी। गंगा मैया के पानी में लाल खून की धाराएँ भी बहने लगीं। हथियारबंद, अपनी जान को हथेली में रखकर अपने अधिकारों के लिए लड़ते। जवाब में राजपूतों का खून भी खौलने लगता। तलवार की पूजा दशहरे में सिर्फ दिखाने के लिए नहीं होती, तलवार के साथ देसी बंदूक, पिस्तौल आदि लेकर अपनी खुद की सेना बना डाली, रण में विदेशी शत्रुओं से लोहा लेने वाले, अपने ही समाज के पिछड़े लोगों के जानी दुश्मन बन गए।

रणबीर सेना भी अपनी जाति का साथ पाकर बलिष्ठ होती गई। इन दोनों की लड़ाई में बेचारे गरीब, शरीफ लोग पिस जाते लेकिन अपने पुश्तैनी घर मकान छोड़कर जाएँ तो जाएँ कहाँ? लक्ष्मणदास की पत्नी जब पेट से थी, तभी दो बार "रणबीर सेना" ने खूनी हमला किया, उसके कई भाई-बंधु मर गए, उन्होंने औरतों को भी नहीं छोड़ा। अब कॉमरेड देबू ने सबको इक्कट्ठा किया है और हमले की तैयारी करने लगा। 14-15 साल के किशोर होते लड़के भी लाल वाहिनी में जुड़ गए, खून का बदला खून। लक्ष्मण दास भी किसी तरह अपनी पत्नी लोई देवी को छुपते-छुपाते डॉल्टनगंज अपनी बुआ के घर छोड़ आया। वापस आकर लाल वाहिनी के साथ जुड़कर खूब खून की होली खेली। कटारी से जैसे बड़े पेड़ की लकड़ियाँ काटते हैं, वैसे ही ठाकुरों को काटा।

भगवानपुर के शीतला माता मंदिर के पुजारी की भी हत्या कर दी गई। शोर मचाते, इंकलाब के नारे लगाते जब अपने ठिकानों पर जाने लगे, पुलिस आने से पहले पुजारी के घर में जलती लालटेन फेंक दी। घर में सिर्फ दो ही कमरे पक्के थे, बाकि रसोई घर और जानवरों, डंगरो का बसेरा घास-फूस का ही था, धू-धू करके घर जला था। सुबह अखबार में खबर छपी थी "नक्सली हमले में रणबीर सेना के छ: लोग मारे गए। गाँव के शीतला मंदिर के पुजारी का घर जलकर खाक हो गया। उसकी बेटी और पत्नी का जला हुआ मृत शरीर मिला।"

पुजारी भला आदमी था, उसकी पत्नी भी बड़ी स्नेहमयी थी, लक्ष्मण दास की गर्भवती पत्नी लोई को रोज मंदिर के चढ़ावे में आई मिठाई, फल, घी, चावल भर-भर कर देती थी ताकि उसे भी खाने को मिल सके। खबर पढ़कर लक्ष्मणदास थोड़ा ठिठका जरूर था लेकिन गेहूँ के साथ घुन भी पिसते हैं, यही सोचकर अपने जमीर को सुला दिया। पुलिस ने कुत्तों की तरह उन्हें ढूँढना शुरू किया। लक्ष्मण दास अपनी बुआ के घर लोई देवी को रखकर, लूट की कुछ रकम देकर, डॉल्टनगंज से भागकर पटना चला गया। शहर में उन्हें छिपानेवाले

कई नेता लोग हैं। पुलिस भी अपनी धौंस सिर्फ गाँव के लोगों पर ही जमाती है। शहर में उनके गिरहबान तक पहुँचना मुश्किल होता है। पाँच साल तक न तो भगवानपुर गया और न ही लोई देवी को देखने डॉल्टनगंज। लोई देवी ने बहुत ही प्यारी बेटी को जन्म दिया। डॉल्टनगंज बहुत ही सुन्दर कस्बा है, कोयल नदी के किनारे बसा छोटा-सा नगर। अंग्रेजी का गढ़ रहा है। मिशनरी स्कूल, चर्च, अस्पताल सब कुछ बढ़िया है। कई आदिवासी और दलित चर्च में जाकर इसाई ही बन गए हैं। वहाँ उन्हें इज्जत मिलती है, एक साथ बैठकर प्रार्थना करते हैं, उनके बच्चे अंग्रेजी स्कूल में पढ़ने लगे हैं, साफ-सुथरा रहना सीख गए हैं। पूर्वजों के धर्म ने उन्हें गंदगी में ही रहने को मजबूर किया और इज्जत की तो वो कल्पना भी नहीं कर सकते। कीड़े-मकोड़े-सी जिंदगी जीते थे। अब तो पढ़ लिख कर अपने अधिकारों के लिए हथियार की जगह कलम उठाते हैं। आरक्षण में नौकरी पाने की संभावना भी बढ़ गयी है। वो एक इंसान हैं, यह बात उन्हें फादर ने बड़े प्यार से समझाई है। लोई देवी ने भी अपनी बेटी को पाँच साल की उम्र में ही मिशन के स्कूल में दाखिला करा दिया है। रात को पैदा हुई थी, इसलिये बुआ सास ने उसका नाम रखा है, निशिप्रभा। प्यार से माँ उसे निशि ही बुलाती है। कोयल नदी के किनारे ही, राजपुरा में माता का मंदिर है। वहीं जाकर पूजा पाठ करती है। लक्ष्मणदास अब पटना में एक नेता के यहाँ माली का काम करने लगा है। वहीं पर एक लोहार की विधवा बेटी को अपने संग सरकारी बंगले के पीछे बने कर्मचारी क्वार्टर में रख लिया है, वो उससे उम्र में काफी बड़ी है। बाल-बच्चा होने की कोई संभावना नहीं है किंतु लक्ष्मण की शारिरीक जरूरतों को पूरा करने में पूरी समर्थ है। दोनों की पटरी भी अच्छी बैठती है। लक्ष्मण छ: साल बाद लोई को मिलने डॉल्टनगंज गया।

लोई को भी खबर मिली है कि लक्ष्मण ने शहर में लुहारिन को रखा है। पति गाँव आया तो खूब खरी-खोटी सुनाई। लक्ष्मण ने

दिलासा दिया, "देख तू म्हारी मेहरारु है। तेरी जगह कोई न ले सके। गाँव का केस ठंडा पड़ जाए, निशि को शहर में पढ़ाई कर दुबे, तू उसको बुआ के साथ चर्च क्यों नहीं भेजत, वो लोग तब तक पढ़ा देई, हमार बिटिया को।"

लोई देवी को पता चल गया है कि पति का मोह सिर्फ संतान में है, उसकी कोई खातिर नहीं। लक्ष्मण के शहर जाते ही वो भी मल्लू के साथ संबंध बना ली, मल्लू जाति का मूसा है लेकिन खेतों में दिहाड़ी में काम करता है। उसको लोई देवी अच्छी लगती है। दिमाग में कई स्कीम एक साथ चलती हैं। थोड़े सालों में लोई देवी जब बूढ़ी हो जाएगी।उसे निशि का चर्च जाना बिल्कुल पसन्द नहीं है। अगर ज्यादा पढ़-लिख गयी तो हाथ तो निकल जाएगी। लेकिन निशि पढ़ाई में बहुत अच्छी है। लोई देवी किसी भी हाल में उसकी पढ़ाई नहीं बंद कराना चाहती और न ही मल्लू मूसा को छोड़ना चाहती है। सिस्टर ग्लोरिया, गाँव में ही एक आश्रम चलाती है, विदेशों से काफी अनुदान आता है। डॉल्टनगंज का सबसे पुराना आश्रम है "दी होप"। कई गरीब अनाथ बच्चे यहाँ से पढ़-लिख कर, अच्छे इंसान बनकर निकले हैं। अब वो भी बड़े होकर कमाने लगे हैं और कुछ-कुछ रकम सिस्टर ग्लोरिया को भेजते हैं। लोई देवी जाकर उन्हीं से मिली। सिस्टर ने कहा "ठीक है स्कूल के बाद निशि को मेरे पास भेज दिया करो, अगर उसे अच्छा लगेगा तो यहाँ रख लेंगे।" दस साल की निशि को आश्रम में जाना बहुत अच्छा लगता है। अब वो धीरे-धीरे बड़ी हो रही है। लोई देवी उसे पूरी तरह से आश्रम में ही रखना चाहती है। अगले साल सिस्टर को फादर गोम्स ने वादा किया है कि वो जब भारत आएँगे, तब यहाँ पर आकर बाकी के बच्चों को बैपटाइस करेंगे ताकि उनका स्वतंत्र नया धर्म, नया परिचय हो सके लेकिन कुछ कारणों से वो अगले साल नहीं आ सके। तब तक आश्रम में कई और बच्चों के माता-पिता ने अपनी इच्छा जताई। सिस्टर ने भी सोचा, "ठीक है, सब अपनी इच्छा से प्रभु की शरण में आना चाहते हैं। आने दिया जाए,

धर्म परिवर्तन की प्रक्रिया फादर गोम्स आने पर पूरी कर लेंगे। लोई देवी भी मल्लू की मार पीट से तंग आकर अब फिर से बूढ़ी बुआ की झोपड़ी में ही रहती है। वो भी दिहाड़ी पर खेतों में काम करती है। निशि बेल की तरह बढ़ रही है, पर आश्रम में सुरक्षित है। रणबीर सेना और दूसरे धार्मिक कट्टर संगठन, मिशनरी आश्रम और स्कूलों को एकदम पसंद नहीं करते लेकिन क्या करें उनके अपने धर्म के बाबा लोग ढोंग, लोभ से बाज नहीं आते। आखिर कौन उनके सनातन धर्म का पथ प्रदर्शक बनेगा, तभी पैंतालीस वर्षीय बाबा विश्वानंद त्रिपुरा से पटना आए। कठोर, तपस्वी। त्रिपुरा के मूल निवासी, जीवन के 30 वर्ष बस गुरु सेवा और शास्त्र ज्ञान में लगाया फिर देश भर घूम-घूम कर धर्म प्रचार किया। लोगों को आचरण में सुधार करने को कहा। कुरीतियों, बुराइयों को दूर करने के लिए सभी जाति के लोगों को मुक्त हस्त से गले लगाया। उनकी शिक्षाओं से कई नौजवान प्रभावित हुए। गरीब पिछड़े तब के लोगों में उनका सम्मान बढ़ा। दक्षिण भारत से लेकर, श्रीनगर तक भ्रमण किया। आखिरकार बौद्ध भूमि बिहार में उनका मन बस गया। सभी जिलों में घूमते-घूमते डॉल्टनगंज के जंगलों में पहुँचे। बहते झरने, घने जंगल, सीधे-सीधे लोग, उन्हें बहुत भा गए। डॉल्टनगंज के रुद्रप्रताप नारायण सिंह ने उनके प्रवचनों से मुग्ध होकर अपनी खेती बाड़ी का चौथा हिस्सा उन्हें दान दे दिया। डॉल्टनगंज के बाहर, जंगलों में सरकारी जगह पर उनके भक्तों ने उनका आश्रम बना दिया। रोज शाम को आने जाने वालों का ताँता लगने लगा। चढ़ावा भी खूब आने लगा। वो लोगों के मन में सुप्त धर्म को जगाते, उपदेश देते, समाज सुधार की बातें करते। नवयुवकों को कहते, "ये टेक्नोलॉजी, फोन, टीवी, पैसा तुम्हें मुक्ति नहीं देगा। अपने धर्म की रक्षा करो, पूजा-पाठ करो, विचारों की शुद्धि करो।"कई नौजवान अपना घर बार छोड़ कर उनके चरणों में आने लगे। लाल वाहिनी तो बैठे-बैठे जीती बाजी हार जाएगी। उधर मंदिर के पंडित भी आश्रम वालों का अपना शत्रु समझने लगे, चढ़ावे की बड़ी हिस्से वाली

रकम अब आश्रम की दान पेटी में जाने लगी है। बाबा कहते हैं, "मंदिरों के दरबार सबके लिए खुले हैं।"भला ऐसा भी कभी हो सकता है जो भी हो बाबा विश्वानन्द के जितनी संख्या में अनुयायी बढ़ने लगे थे, उतनी ही गहरी सतह में गुप्त शत्रु भी। लक्ष्मण जब इस बार गाँव आया तो भेष बदल कर बाबा के आश्रम गया, उसे वहाँ बहुत अच्छा लगा, आखिर सारी जिंदगी उसने इज्जत, सम्मान से जीने के लिए ही इतना खून खराबा किया है, अगर सारी जाति व्यवस्था ही बदलकर समता की ओर जाती है तो अच्छा ही है। वापस आकर अपने ग्रुप में अपने विचार रखे। ऊपर के तबके के खेल रचाने वाले नेताओं को उसके विचारों में बगावत की गंध का आभास होने लगा। हालांकि लक्ष्मण बहुत ही विश्वसनीय कैडर है लेकिन मन को बदलते देर नहीं लगती। कुछ तो करना ही पड़ेगा। उधर चर्च के नुमाइंदे भी बाबा की लोकप्रियता से परेशान हैं। मंदिर के पुजारियों व ब्राह्मणों की हालत भी कोई ठीक नहीं है। जंगलों में सर्दियों की रात को अक्सर लोग कम ही जाते हैं। जाड़े की रातों में जंगलों में जाना ज्यादा खतरनाक होता है। एक दिन भोर-भोर चारों तरफ यह बात आग की तरह फैल गयी, "बाबा की कटारी से गला और धड़ अलग करके उनकी निर्मम हत्या कर दी गई है। उनके तीन चेलों को भी निर्ममता से काटकर मार दिया है।" आश्रम में खाना बनाने वाली का ग्यारह साल की बेटा गोशाला में जाकर गायों के पीछे छुप गया था। उसने बताया कि "बीस-पच्चीस लोगों ने रात को कबाट तोड़ा, सबके मुँह लाल गमछा से ढके हुए थे, सबके हाथों में तलवारें और बंदूकें थीं।" उन्होंने आकर पूछा, "बाबा कौन है? "क्योंकि चेले भी गेरुआ वस्त्रधारी, दाढ़ी रखे हुए थे। लड़के ने बताया, "बाबा ने आगे आकर कहा मैं हूँ, कहो क्या बात है?इतना गुस्सा क्यों हो?बस सभी उन पर टूट पड़े। उनमें से एक दो ने तलवार से काटना शुरू कर दिया, मैं डर कर गोशाला में जाकर छुप गया, बाद में सारे लोगों को काट-काट कर मार दिया। वो लोग इंकलाब जिंदाबाद करके चले गए।"

यह बात मीडिया में आग की तरह फैली। सारा राज्य शोकाकुल हो उठा, कहीं-कहीं छुटपुट दंगे भी हुए, धर्म गुरुओं ने कड़ी आलोचनाएँ कीं, अपने-अपने धर्म के अनुयाइयों को भड़काया।ठीक एक हफ्ते बाद बीस-तीस आदमी चर्च के गेट को तोड़कर, अंदर घुस आए, सारे बेंच-टेबल तोड़ने के बाद चर्च में आग लगा दी। वापस जाते हुए इंकलाब के नारे लगाते हुए "दी होप" आश्रम में घुस गए। पास में चर्च की आग को देखकर सिस्टर और दूसरी नन बच्चों को लेकर पिछले दरवाजे से बाहर शहर की तरफ भागने लगीं। अंदर पहुँच कर आश्रम के बच्चों के बिस्तर किताबें, रसोई के बर्तन सब उलट पलट करके आश्रम में एक बूढ़ा रसोइया और एक लड़की छुपी हुई थी, उनको जिंदा जला कर आ गए। अगले दिन सारे देश-विदेश में इस हमले की बड़ी निंदा की गई। राज्य और केंद्र सरकारों को सफाई देनी पड़ी। पैरा-मिलिट्री फोर्स पूरे जिले में तैनात कर दी गई। बड़े-बड़े चैनल, अखबारों में किशोरी कन्या को जिंदा जलाने की खबरें छपीं। लोई देवी छाती पीट-पीट कर अपनी निशि के लिये रोती रही। रसोइये को अस्पताल के बर्न वार्ड में रखा गया फिर अच्छे इलाज के लिए दिल्ली, हेलीकॉप्टर से भेजा गया। बूढ़ा रसोइया मौत से जंग जीत गया। मृतकों का मुआवजा सरकार ने घोषित किया। निशि रहती तो सिस्टर ग्लोरिया के पास थी पर अभी तक कानूनन, धार्मिक रूप से ईसाई नहीं बनी थी। उसके कागज पत्र में निशि प्रभा हिन्दू ही थी। ईसाई एनजीओ, इंटरनेट, न्यूज एजेंसियों ने इस खबर को और बढ़ावा नहीं दिया। उसके लिए कहीं भी मोमबत्तियाँ जलाकर प्रार्थना सभाएँ नहीं की गयीं। कोई बड़े-बड़े कम्युनिस्ट, लाल वाहिनी, नेता आगे आकर नहीं बोले। सबने बस औपचारिक रूप से दुःख जताया। उधर कट्टरवादी, हिन्दू धार्मिक संगठन वालों ने भी उसकी आत्मा की शान्ति के लिए कोई प्रार्थनाएँ नहीं कीं बल्कि वो तो इस घटना का जिक्र भी नहीं करना चाहते क्योंकि वो शर्मिंदा हैं कि उन्होंने अपनी ही लड़की को जला दिया। दुःख और अफसोस तक नहीं जताया। वो तो चाहते हैं

कि मामला जितना जल्दी ठंडा पड़े अच्छा है। लोई देवी ने अपनी बच्ची के अच्छे भविष्य के लिए उसे "दी होप" में भेजा था, दुनिया की बुरी नजरों से बचाना चाहा था, लक्ष्मण दास पुजारी की पत्नी और बेटी को बरसों पहले जिंदा जलाकर, पुलिस से छुपता फिर रहा था, लोई देवी बच्चे को ठीक से जन्म दे सके, इसीलिए बुआ के पास छोड़ा था, आज उसकी अन्तिम यात्रा में वो सामने भी नहीं आ पा रहा है। चारों तरफ पुलिस, पैरा मिलिट्री फोर्स का पहरा है। डीनए टेस्ट की रिपोर्ट आने के बाद लोई देवी को जली हुई अपनी बच्ची की लाश मिली जो जला हुआ कंकाल ही तो था, कहीं से भी नहीं लग रहा था कि वो दो चोटियाँ बनाई हुई, सांवले रंग की, सुंदर-सी गठीली बाला का शरीर है। लोई कंकाल को देख कर दहाड़े मार-मार कर रोते हुए बेहोश हो रही है। अभागन का पिता भी उपस्थित नहीं है, अंतिम संस्कार के लिए। मल्लू को खबर मिल गयी है कि सरकार उसकी माँ को दस लाख का मुआवजा देने वाली है। वो भी घड़ियाली आँसू बहाता हुआ बेहोश लोई देवी के पास बैठ गया है। भीड़ से दूर एक पेड़ के पीछे खड़े होकर लक्ष्मण मुँह में गमछा दबाये रो रहा है। सिस्टर ग्लोरिया को निशि बहुत पसंद थी। निशि बहुत ही सरल और शान्त स्वभाव की बच्ची थी। ईश्वर में उसकी बहुत आस्था थी। हर रविवार को प्रार्थना के समय, आँख बंद करके, श्रद्धा से प्रार्थना करती, बच्चों की तरह चंचलता नहीं थी। चर्च की सफाई, आया माँ के साथ मिलकर बड़ी मेहनत से करती। सिस्टर के साथ डॉल्टनगंज से दूसरे शहरों में जाती, लोगों की सेवा करने में सभी की सहायता करती। अक्सर सिस्टर से प्यार से बोलती, "सिस्टर मैं बड़ी होकर आप जैसी बनूँगी, ईश्वर और उनके भक्तों की सेवा करूँगी।" सिस्टर प्यार से उसका माथा चूम लेतीं। मन ही मन उसने सोच लिया था कि इसे वो बड़ी होने पर नन बनायेगी, बस इसकी माँ की मंजूरी मिल जाए। उधर निशि जब भी माँ के पास घर पर होती तो उसके साथ सारा काम कराती। दिहाड़ी की कमाई से माँ जब कुछ रुपये देती और

कहती, "हेरी, जा हाट से कान की बालियाँ और मोतीवाला हार लेकर खरीद लेबा, पहिनियो, म्हारी बिटिया राजकुमारी लगेबा।"निशि कभी कोई नकली जेवर नहीं खरीदती, माँ जो फ्रॉक खरीदकर देती, वो ही चुपचाप पहन लेती। कभी कोई चीज की जिद नहीं करती। एक बार गाँव से कई लोग तीरथ पर गए। लोई देवी भी अपने साथ निशि को लेकर देवी पीठ गयी। अघोरी बाबाओं का वहाँ अड्डा था। नंगे, अधनंगे, जटाधारी बाबा लोग शमशान घाट में रहते हैं। गू-मूत्र से कोई परहेज नहीं करते। लोग कहते हैं उनके पास कई तन्त्र शक्तियाँ हैं, वशीकरण मंत्र है, वो जीते जी अपनी देह त्यागकर, दूसरे में प्रवेश कर सकते हैं। लोगों से कम ही मिलते हैं। शक्ति पीठ के दर्शन के बाद औरों के साथ लोई देवी भी शमशान घाट में अघोरी बाबा के दर्शन को गयी। बाबा दूर से ही सभी को आशीर्वाद देकर भेज रहे थे। अचानक बारह साल की निशिप्रभा के चेहरे की कांति देखकर उसे घूरते रहे। निशि ने बड़ी भक्ति से उन्हें प्रणाम किया। अघोरी ने कोई आशीर्वाद नहीं दिया। लोई देवी ने पूछा, "बाबा बड़ी गरीब हूँ, बिटिया ब्याह का पैसा नहीं, सब कैसे होगा?"बाबा जोर-जोर से हँसने लगे। "पैसा चाहती है तो मिलेगा, बिटिया को तो भगवान ने पसंद किया है। तू उसकी चिंता छोड़, वो अपने रास्ते जल्दी निकाल लेगी।"लोई देवी को उनकी कहीं कोई बात समझ नहीं आयी।

***

सीता

बांग्लादेश में एक जिला है फरीदकोट। आजादी के बाद काफी संख्या में हिन्दू जो कि वहाँके मूल निवासी थे, उनका पलायन भारत की ओर हुआ। भारत में आकर वो पश्चिम बंगाल में ही रहने लगे क्योंकि चेहरा-मोहरा, खान-पान सबकुछ समान ही है। भारत की आजादी के बाद बंगाल का वो हिस्सा पूर्वी पाकिस्तान में चला गया था। फिर वहाँ पर बसे हिन्दुओं को काफी मुश्किलों का सामना करना पड़ा। धीरे-धीरे ज्यादातर कलकत्ता और उसके आसपास के इलाकों में आकर बस गए। भुखमरी, गरीबी से तंग आकर मुसलमान भी भारत की सीमा पार करके यहाँ बसने लगे। रोजी-रोटी इंसान को कहाँ-कहाँ नहीं ले जाती। गरीबी का कोई धर्म नहीं होता, जहाँ पेट भरने को अनाज, तन पर कपड़ा, सिर पर छत मिल जाए, उसी छोटी-सी आशा में वो देश विदेश भटकता है। फरीदाबानो, फरीदकोट से कोई बीस कोस दूर आलमडांगा गाँव में रहती थी। गाँव में सबकुछ है बहती पद्मा नदी की धारा, हरे-भरे मैदान, सुन्दर पेड़-पौधे, आधे कच्चे पक्के मिट्टी के घर, खुला नीला आसमान, चहचहाती चिड़ियों का शोर और हर साल तबाही मचाती हुई नदी के पानी में उफान। बाप ने तीन शादियाँ की हैं, कुल मिला कर ग्यारह बच्चे हैं। घर में सदा अन्न का अभाव ही रहता है। पेट भरकर अगर खाने को मिल भी जाता है तो कभी भी मन पसंद पहनने को कपड़े नहीं।

फरीदा के बुआ का बेटा है अतिक, बड़ा होशियार है। ढाका के होटलों में उसके कईयों से ताल्लुकात हैं। ढाका में मध्यम वर्ग की

उपस्थिति न के बराबर ही है या तो एकदम अमीर लोग बसते हैं, पूरा साहबों वाला रहन-सहन, बड़े बंगले, बड़ी गाड़ियाँ, ऐशो-आराम भरी जिंदगी, या फिर निम्न वर्ग के लोग, फलवाले, रिक्शावाले, कामगार, मिस्त्री, कारीगर, दर्जी, मजदूर आदि भयंकर तरह का फर्क है इन दो तबके के लोगों के रहन-सहन में। आतिक गाँव से गरीब लड़कियों को लाकर शहरों में बेचता है। बेचारी बिक्री होने के बाद चार-पाँच साल बुरी तरह से शोषित होने के बाद खुद शिकारी बन जाती हैं और गाँव वापस जाकर दूसरी भोली-भाली बच्चियों को बहला-फुसला कर काम दिलाने के झाँसे में शहर ले आती हैं। फरीदा अभी सिर्फ सोलह साल की है। साँवलीसी, चेहरे पर तरुणाई का नूर टपकता है। गरीब के घर हुस्न, एक अभिशाप बनकर ही आता है। कई अमीर घरों से रिश्ते आये, क्योंकि वो सुन्दर है, लेकिन बाप को थोड़ा ज्यादा लालच आ गया। वो ऐसा दामाद देख रहा था जो कि फरीदा के साथ उसके पूरे परिवार की जिम्मेदारियाँ भी उठा सके। फरीदा की बड़ी दोनों बहनों का निकाह छोटे-मोटे कारखाने में काम करने वाले कारीगरों से हुआ है। फरीदा ने उन दोनों बहनों की गुरुबत भरी जिंदगी देखी है। वो अभी निकाह नहीं करना चाहती। बड़े तीनों भाई भी कुछ खास कमा कर नहीं ला पाते हैं। एक भाई की शादी हुई है, उसकी बीबी नौकरों की तरह खटती रहती है, बाकि के छोटे भाई बहन अभी मदरसे जाते हैं पढ़ने। आतिक के साथ दो बार ढाका घूम आयी है। वहाँ की शान-शौकत देखकर, मन ही मन प्रण की है कि निकाह किसी अमीरजादे से करके यहीं बसूँगी। कितनी बेवकूफ है। आतिक ने उसे बहुत घुमाया, अच्छे होटलों में लेकर गया। कई लड़कों से भी मिलवाया। फरीदा गाँव के मदरसे से पढ़ी है, बांगला भी गाँव की भाषा में बोलती है। अंग्रेजी में कुछ खास नहीं हैं, पहनावा भी एकदम बेढंगा। इसलिये किसी नौजवान की दोस्त या माशूका तो नहीं बन सकी लेकिन आतिक व कुछ अमीर लड़कों की हम बिस्तर जरूर बन गयी। बड़े होटल में रहने की कीमत तो उसे चुकानी पड़ी। शहर से वापस आते

हुए कुछ नये कपड़े, पर्स, चप्पलें जरूर तोहफे में मिल गये। अब आतिक हर दूसरे महीने उसे शहर जाने की जिद करता, वो चली तो जाती लेकिन हर बार कईयों के साथ रहकर वापस आती। रकम सारी आतिक रख लेता। एकबार फरीदा को गाँव के रहमत चाचा ने शहर के होटल में कुछ लड़कों के साथ रहते देख लिया, बस उस बार उसी डर से वो गाँव वापस नहीं गयी। ढाका में उसने हिन्दी फिल्मों को भी खूब देखा है। हिन्दुस्तान जाकर अपनी किस्मत आजमाना चाहती है लेकिन आतिक के चंगुल से निकलना अब नामुमकिन है। ढाका में अब आतिक उसे कई जगह सप्लाई करता है। फरीदा भी अब थोड़ी मॉडर्न हो गयी है। सलीके से तैयार होती है, अंग्रेजी भी बोल लेती है। हिन्दी गानों की धुन पर अच्छा थिरकने लगी है। एकबार उसके कमरे में सूत के कपड़ों का एक छोटा-सा व्यापारी इंडिया से आया था। बस पहली ही नजर में फरीदा को पता चल गया था कि वो ही उसे यहाँ से बाहर निकाल कर दूर दूसरे देश ले जा सकता है। जहाँ आतिक और उसका गैंग न पहुँच सके। जगन गुंटूर का रहने वाला है। केड़ा जाति से है जिनका मूलकाम सुअरों को चराना होता है। ये लोग शहरों से बाहर बस्ती में ही रहते हैं। अपने ही जाति में झुंड बनाकर रहते हैं। दलितों की तरह इनको भी समाज से घृणा और गालियाँ ही मिलती हैं। गंदगी भरे माहौल में रहना इनकी आदत और किस्मत दोनों होती है। जाति से बाहर न तो इनकी शादियाँ होती हैं और न ही कोई दूसरी जाति वाला इनके यहाँ लड़की देना पसंद करता है।

जगन का परिवार एक अच्छे भविष्य की तलाश में गुंटूर से पहले विजयवाड़ा आ गया फिर वहाँ कुछ जमा नहीं तो सिकंदराबाद आकर तारनाका रेलवे कलोनी के बाहर की बस्ती में आकर बस गया। हिन्दी, उर्दू बोलना जल्दी ही सीख ली। जगन की बहन का नाम जानकी है, पढ़ी लिखी नहीं है पर एक बूढ़ी औरत की देखभाल के लिए उसे काम मिल गया। जानकी उसी के बंगले में रहने लगी। गंदा रहन-सहन सब छूट गया। जानकी अम्मा की सेवा करते करते वो

बहुत सयानी, सलीकेदार, मेहनती नर्स की तरह बन गयी। अम्मा का बेटा गोपीनाथ शिव बहुत बड़ा उद्योगपति है, माँ की सेवा कोई भी बहू ठीक से नहीं करती, सो जानकी की सेवा देख, वो उसे ज्यादा तनख्वाह भी देते, अम्मा के साथ वो हर जगह गाड़ी में बैठकर जाती, प्लेन में भी सफर करती, लगभग देश के सारे तीर्थ स्थानों के दर्शन भी हो गए। बड़े भैया से कहकर अपने भाई जगन की नौकरी भी उनकी फ़ैक्ट्री में लगवा दी। जगन भी बड़ा होशियार है। पढ़ा लिखा तो इतना नहीं है और न ही कोई सलीका है लेकिन मालिक के लिए अंगरक्षक की तरह है। गोपीनाथ शिव को भी बहुत यात्राओं पर जाना पड़ता है। उन्हें अपने साथ भरोसेमंद आदमी की जरूरत रहती है। आन्ध्र के उपकूलवर्ती अंचल के लोग काफी होशियार माने जाते हैं। उन्हें कोई बलशाली, हिम्मतवाला वफादार, कम पढ़ा-लिखा आदमी चाहिए था। जगन उसमें फिट बैठता था। जगन भी रेल लाइन के पास टेंटों में, गंदगी भरी जिंदगी बिता कर तंग आ चुका था। जैसे ही बहन की नौकरी गोपीनाथ भाई के घर पर उनकी अम्मा की देखभाल के लिए लगी, उसने एक कमरे का घर किराये पर ले लिया, अपनी माँ के साथ वहीं आकर रहने लगा। माँ अभी भी रात को देसी शराब पीये बिना नहीं सोती। वैसे भी उनके समाज में मर्द-औरतें दोनों ही पीते हैं। लेकिन जानकी शुरू से ही इन सबसे दूर रही, वो बहुत साफ-सुथरी रहती थी। सुअरों को चराने का काम उसने नहीं किया लेकिन तारनाका आकर, महेन्द्रगिरी कलोनी में एक बड़े बंगले में रहने वाले गोपीनाथ शिव के घर उनकी अम्मा की साफ-सफाई की सारी जिम्मेदारी जानकी ने ले ली थी। उनकी पेशाब से भरी चादर तक वो बिना नाक-मुँह सिकोड़े बदल देती थी। रात को सोने से पहले पैरों में तेल लगाना, सुबह उन्हें स्नान करा कर, कंघी करके चांदी जैसे सफ़ेद बालों में फूलों का गजरा जड़ देती थी। जानकी के आने के बाद अम्मा की सेहत में काफी सुधार हुआ। जब भी वो जानकी से उसकी जाति पूछती तो वो कहती कि "तन्ती" (कपड़ा बुनने वाले)हैं। घर के पूजा

घर में उसका प्रवेश निषेध था पर रसोई घर में जाकर अम्मा के लिए दूध-कॉफ़ी वही बनाती थी। दोनों भाभी लोग भी निश्चिंत थीं, बीमार सास की सेवा से जानकी ने ऊबार लिया था। इसलिए वो लोग भी जानकी के कपड़ों और जरूरती सामान का पूरा ध्यान रखतीं। जगन भी बड़े अन्ना के साथ साये की तरह रहता। दो नंबरी काम तक चुपचाप कर देता। तन्ख्वाह भी बढ़ गयी तो एक सस्ता-सा फ्लैट खरीद लिया। हर महीने किस्तें चुका कर घर का मालिक बन जाएगा। उनकी जाति में जगन जैसे आगे कोई नहीं बढ़ा है। जगन भी अपनी जातिवालों से दूर ही रहता है परंतु माँ की आदतें नहीं बदलीं, वही बासी खाना, देसी पीना, चार-चार दिनों तक स्नान नहीं करना। फ्लैट को पूरा बूचड़ खाना बना कर रख दिया है। जब भी हफ्ते में जानकी घर को एक बार आती तो सारे घर की धोकर सफाई करती। बंगले से मिली पुरानी लेकिन अच्छी साफ चादर, तकिये के लिहाफ, पर्दे सब कुछ लाकर घर को सजाती। जगन अपने मालिक के साथ हवाई जहाज में भी कभी-कभी जाता। एक आदमी को साथ लेकर जाने से काफी समान मुफ्त में जहाज से आ जाता है। गोपीनाथ हिसाब का पक्का है। ढाका में वो जगन को कार से ही भेजता है, ताकि कच्चा माल अपने साथ ढो कर ला सके।

जगन की मुलाकात "दिलशाद" होटल में फरीदा से हुई थी। दोनों का दिल बहुत जल्दी मिल गया। फरीदा को आतिक की कैद से मुक्ति चाहिये ही थी और जगन को एक सुंदर स्त्री (पत्नी)। दलाल को पैसे दिलाकर, भारत-बंग्लादेश की सीमा से पार करा कर अपने साथ फरीदा को ले आया। बंगाल में बंगाली जो बंग्ला भाषा बोलते हैं वो पूर्वी बंगाल की भाषा से थोड़ी अलग होती है। स्थानीय लोग बोली सुनकर पहचान जाते हैं कि कौन बांग्लादेशी है। फरीदा की बंग्ला में अपने देशीय भाषा का लहजा है और वैसे भी वो बम्बई में ही जाना चाहती थी। जगन उसे हैदराबाद ले आया किसी एजेंट को अच्छी रकम देकर फरीदा का आधार कार्ड बना डाला। उसका नाम यहाँ

फाल्गुनी रख दिया। फाल्गुनी से मंदिर में शादी करके, बैंक में एकाउंट खुलवा दिया, परमानेंट ठिकाना अपने फ्लैट का दे दिया। सब कुछ करने में रकम खर्च हुई, पर आसानी से सब कुछ हो गया। फाल्गुनी अब अपने को जे फाल्गुनी लिखती है। जानकी उसे पसंद है लेकिन जगन की माँ उसे एक आँख नहीं सुहाती। मजबूरी में जगन के साथ रह रही है। बाहर खाने, होटल में रहने की आदत है, गृहणी का काम करना उसे वाकई में काफी तकलीफ देता है। "कम से चार पाँच साल यहाँ अपने पैर जमा कर फिर कोई दूसरा विकल्प खोजूँगी", ऐसा वो अक्सर सोचती है। जगन उसे प्यार भी करता है और उसका ध्यान भी रखता है। "देखो फाल्गुनी, अगर घर पर मन नहीं लगता तो कुछ काम शुरू कर लो, मन लगा रहेगा।" फाल्गुनी को कोई भी काम नहीं आता है जिससे कोई उसे नौकरी देगा। जानकी की तरह वो न तो मेहनती है और न ही महत्वाकांक्षी। अम्मा को भी अपनी बीमारी की बड़ी चिंता है। कहीं शादी करके जानकी छोड़कर न चली जाये, इसलिए अपने ही ड्राइवर के बेटे से उसका रिश्ता पक्का कर दिया। बंगले के आऊट-हाऊस में रहेंगे। सेवा भी मिलती रहेगी और जानकी उनकी आँखों के सामने भी रहेगी, एक तरह से खरीदी हुई गुलाम। राव परिवार ने अपने खर्च से दोनों की शादी कराई। जानकी स्थायी रूप से बंगले में आ गयी है। दिन भर वो अम्मा के साथ रहती है, पति गाड़ी चलाता है, केवल रात को ही दोनों मिलते हैं। खाना घर से ही मिल जाता है, उधर फ़ैक्ट्री बंद हो गयी है। लालबत्ती दिखा कर दिवालिया घोषित कर दिया है। जगन की नौकरी भी छूट गयी, कभी कभार मालिक बुला लेता है। पहले की तरह पैसे नहीं देता। जगन के एक बेटा भी हो गया। खर्चे बढ़ रहे हैं। फाल्गुनी ने धीरे-धीरे बार में जाकर डांस करना शुरू कर दिया है। पहले तो जगन बड़ा नाराज हुआ, फिर देखा पैसा घर पर आ रहा है। दलाली के पैसे का चस्का उसको भी लग गया। फिर बार डांसर की सुरक्षा के लिये बाऊंसर भी होते हैं।" थोड़े ठुमके लगाकर किसी अधेड़ की गोदी में बैठकर, थोड़े बालों को

उनके फूहड़ चेहरे पर लहराने से अगर कुछ रकम मिल जाती है तो बुरा क्या है।"फाल्गुनी यही तर्क दिया करती है लेकिन अपने बच्चे को सास से दूर रखने की पूरी कोशिश करती है। घर में आये दिन झगड़े होते हैं, हार कर जगन अपनी माँ को तारनाक वाले पुराने कमरे में छोड़ आता है। पड़ोसिनें खूब मुँह बना कर हँसती हैं, उनके दिल को चैन पड़ता है कि चलो चेन्नमा वापस अपनी जगह पर आ गयी। "पैसों के बलबूते पर उड़कर फ्लैट में गयी थी। अब सारी शान निकल गयी। सुन्दरी बहू लायी है, देखो कैसे बेटे ने भी बाहर निकाल दिया, हम इससे भली हैं। अपने ठिकाने पर तो हैं। बेटी ने सुअर नहीं घुमाये, गंदे लगते हैं, देखो मानुष की मल-मूत्र साफ कर रही है। काम तो वही कर रही है न, बस पशु नहीं मानस का।"जगन की अम्मा जी भरकर सबको गालियाँ देती, रात-रात भर शराब पीती। पोते के बिना उसे कुछ अच्छा नहीं लगता। पोते में उसकी जान बसी है। फाल्गुनी एक भी दिन दादी के पास मिलवाने के लिए पोते को नहीं भेजती। कमाऊ पत्नी की बात टालने का साहस जगन में नहीं हैं और दिल से वो भी यही चाहता है कि माँ का साया उसके बेटे पर न ही पड़े। जानकी जरूर हफ्ते में एक बार अपनी माँ से मिलने आ जाती है। इस बार अम्मा को लेकर तिरुपति दर्शन गये थे। पति गाड़ी चला रहा था, अम्मा और वो साथ में ही गये थे। अम्मा ने कहा था, मेरा हाथ पकड़ कर मंदिर में प्रवेश करना है। तेरी माहवारी की तारीख के बाद ही जाएँगे। पूरी तरह से शुद्ध हो जा, जानकी और कैलाश भी बहुत खुश हैं, शादी के बाद एक साथ घूमने निकलेंगे। काम भी होगा, तीर्थ भी होगा और हनीमून भी। जैसे ही जानकी का महीना खतम हुआ, पाँचवें दिन स्नान करके उसने अम्मा को बताया। पूरी तैयारी के साथ एक सप्ताह के लिए तीनों तिरुपति के लिए रवाना हुए। अम्मा का इन्तजाम डीलक्स कमरे में करा दिया। जानकी पति के साथ पास की धर्मशाला में रुकी। वैसे भी दिन रात वो दोनों अम्मा के साथ उनके सूट में ही रहते। रात को अम्मा जब अपने कमरे में सो जातीं तो ये

लोग दोनों बाहर के कमरे में आराम से नीचे करोट पर लेट जाते। ऐसा आरामदेह कमरा उन्हें बाहर कहाँ मिलता। प्रभु के दर्शन भी भी वीआईपी वाले हुए। मालकिन के साथ सेवकों की टिकट गोपीनाथ ने करा दी थी। सात दिन कैसे गुजरे पता ही नहीं चला, जी भर के दर्शन करके, सारे पुण्य बटोर कर अम्मा वापस आ गयीं। जानकी प्रसादलेकर अपनी माँ के पास गयी।

सुलभा मैडम औरतों के लिए हैदराबाद में आश्रम चलाती हैं। उनकी कार्य कुशलता को देखते हुए, सरकार ने उन्हें कई वेलफेयर समितियों की अध्यक्षा नियुक्त किया है। हर तीन महीने में एक बार वो सिकन्दराबाद सेंट्रल जेल के "महिला विभाग" का परीक्षण करने जरूर जाती है ताकि उनको कानूनी सहायता मिल सके और जेल के भीतर वो एक अच्छा जीवन यापन कर पाएँ, उसके लिए सरकार को अपनी रिपोर्टमें सुझाव भी देती हैं। इस बार जेल निरीक्षण में दो महीने की देर हो गई क्योंकि वो स्वयं विदेश गई हुई थीं। जेनेवा से वापस लौटते ही सोमवार को वो अपने दो साथियों के साथ सेंट्रल जेल पहुँचीं। सभी वही पुराने चेहरे बस चार नयी लड़कियाँ आयी हैं। एक अफीम की स्मगलिंग में, एक ने अपने पति की हत्या की है, तीसरी चोरी के केस में दो दिन पहले आयी है। उसकी बेल इसी हफ्ते हो जाएगी, चौथी बाल-अपहरण के मामले में। डेढ़ महीने से है, शायद एक और महीना लग जाएगा बेल मिलने में। बाकी वही पुराने केस, पुरानी कैदी। सुलभा मैडम स्वयं बाल्यावस्था में काफी शोषण का शिकार हुई हैं। इसीलिए बाल-अपराधियों के प्रति उनके मन में कोई सहानुभूति नहीं है, बल्कि दिल के किसी कोने में नफरत की छोटी-सी चिंगारी सुलगती रहती है। चौथी लड़की पर नजरें गड़ा कर पूछा, "क्यों बच्चों का अपहरण करती हो?किसी गैंग से ताल्लुक है क्या?"लड़की सिर झुकाकर खड़ी रही। टप-टप आँसू बहाने लगी। सुलभा अचानक मुड़कर जेलर से पूछी, "मैडम बच्चा मिल गया क्या?"मैडम ने कहा, "येस येस, बच्चा तो उसी दिन इसके घर से मिल गया। इसका अपना

सगा भतीजा था। माँ बेटी ने मिलकर अगवा किया था। यू नो, डोमेस्टिक वायलेंस। इसकी भाभी ने केस किया, भाई ने भी शिकायत की, बट यू नो शी इज़ इनोसेंट।" सुलभा को जेलर की बात सुनकर झटका लगा। बाल अपराधी और मासूम।

"कैसे मैडम, इसने अपने छोटे से भतीजे को चुराया है न?"कोई बात नहीं अगर ये फ्रेम की गयी है तो हम इसकी सहायता करेंगे। वकील देंगे, बेल करायेंगे, इतना सुनते ही वो लड़की पैरों पर गिर कर रोने लगी, "मुझे बचा लो अक्का, मेरा पति बाहर है मेरा इंतजार कर रहा होगा लेकिन अब मुझे वो नहीं अपनायेगा। घर से निकाल देगा। मैं गर्भवती हूँ, वो मेरे पे इल्जाम लगायेगा। वो कहेगा ये मेरा बच्चा नहीं है। मैं जब जेल में आयी, तब मुझे भी नहीं मालूम था कि मैं गर्भवती हूँ।" और यह सब बोलते-बोलते वो जोर जोर से हिचकियाँ लेकर रोने लगी। जमीन पर सिर पटक-पटक रोने लगी, सभी औरतें हैरान होकर उसे देख रही हैं। गार्ड ने जल्दी से उसे उठाकर उसके बिस्तर पर बिठाया, उसे पानी पीने को दिया, पर वो सिर्फ रोती जा रही है। दूसरी औरतें उसे चुप करा रही हैं, "जानकी चुप हो जा, पेट में बच्चे पर बुरा असर पड़ेगा। तू तो माँ बनने वाली है, होश में आ, अपना ध्यान रख।"लेकिन जानकी का रोना बंद ही नहीं हो रहा है। जेलर से सुलभा ने उसके केस की फाइल मंगवाई।

तारनाका में उसके माँ के घर का पता है। बच्चा मल्लापुरम के "अशोक रेज़ीडेंसी" बिल्डिंग से अगुवा किया गया। उसे जबरन तारनाका की एक बस्ती के कमरा नंबर 601 में रखा गया। बच्चे का नाम राजू है, उम्र दो साल। शिकायत फाल्गुनी ने दर्ज करायी है। सुलभा सब कुछ नोट करके वहाँ से चली गयी। उसके पति और भाई जगन को फोन करके बुलाया। पूरी बात जानने के बाद ही वो जानकी की सहायता कर सकेगी। उसके पति ने आकर कह दिया, "मुझे जेल की सजा काटकर आयी हुई पत्नी नहीं चाहिए। कितने हरामी खानदान से है। वो तो मालिक के सामने कुछ नहीं बोला। बिना कुछ पता

लगाए शादी कर ली। इसकी भाभी होटलों में डांस करती है। भाई भड़ुआ है, माँ शराबी है, ऐसी बदजात घर की लड़की को कौन पत्नी बनाएगा। वो बाहर भी आ गयी तो मेरे घर नहीं जाएगी। मैंने साहब की नौकरी छोड़ दी है। वो घर भी छोड़ दिया है।"

सुलभा बोली, "अगर तुम्हें पता चले कि उसके पेट में तुम्हारा बच्चा पल रहा है तब भी छोड़ दोगे?"उसका पति भड़क उठा, "बच्चा, कब पेट में आया? जेल में ही किसी की निशानी होगा?छी: अब तो कुलटा का मुँह भी नहीं देखूँगा।"

"बिना किसी का उत्तर सुने वो निकल गया। जगन की ओर देखकर सुलभा मैडम ने कहा, "पूरी बात बताओ, सच बोलो, देखो मैं तुम लोगों की मदद करूँगी।"जगन बोला, "मेरी पत्नी को पसंद नहीं कि उसका बेटा दादी से मिले। वो काम पर गई हुई थी। जानकी सीधे आयी और बच्चे को उठाकर मेरी माँ के घर ले गयी। मेरी बीबी को गुस्सा आया, उसने थाने में केस कर दिया, पुलिस ने जानकी को जेल भेज दिया।"

सुलभा हैरान है हर साल हजारों बच्चों की मिसिंग की, गुमशुदगी की शिकायत होती है। बच्चे अगवा भी किए जाते हैं। पुलिस भला कब से इतनी फुर्ती दिखाकर इतनी बड़ी अपराधी को झट से पकड़ ली। जगन ने बताया है कि पुरानी मालकिन अम्मा ने जानकी के लिए वकील किया है। अगले हफ्ते तक बेल मिलने की संभावना है। सुलभा को जानकी का रोना याद आया। बेचारी ठीक ही कह रही थी कि पति उसे नहीं अपनायेगा, अगले दिन सुलभा फिर से सेंट्रल जेल के "महिला वार्ड" में पहुँची। उसे देखते जानकी दौड़ कर आकर फिर से पैरों पर गिर कर रोने लगी। सुलभा ने पुचकारते हुए कहा, "देखो रोने से कुछ नहीं होगा, पूरी बात बताओ।" जानकी ने धीरे-धीरे पूरी घटना सुनाई। उस दिन तिरुपति से आकर माँ के घर गयी। माँ अकेली शराब पीकर रो रही थी। पोते से मिलने की जिद करने लगी, "कसम खाती हूँ, कभी देसी नहीं पीऊँगी, मेरे राजू को एक बार मुझसे मिलवा

दे। अरी वो मेरा पोता है। मैं नहीं जी सकती उसकी बगैर, उसकी माँ उसे अकेला छोड़ काम पर जाती है। दादी जैसा प्यार कोई नौकरानी देगी क्या? मेरी रानी जा एक बार राजू को ले आ, कसम से तुम लोगों की हर बात मानूँगी।" भोली जानकी से माँ के आँसू देखे नहीं गए, तुरंत रिक्शा पकड़कर मल्लापुरम पहुँची। भाई फ्लैट को बाहर से कुंडी लगाकर नीचे शायद सिगरेट लेने गया हुआ था। राजू अंदर रो रहा था, जानकी ने दरवाजा खोला और राजू को गोद में उठा लिया। राजू अपनी बुआ को देख चुप हो गया। जानकी फिर से दरवाजे में कुंडी लगाकर, राजू की गोद में लेकर दूसरी मंजिल से नीचे आ गयी। बिल्डिंग कोई खास बड़े लोगों की रिहायशी वाली नहीं थी न तो कोई गार्ड था न कोई कैमरा। नीचे गेट के पास एक पान वाला रहता है। वो ही दरबान का काम भी करता है। उसने जानकी को बच्चा ले जाते हुए देखा। बच्चा भी रो नहीं रहा था। उसे लगा घर की ही कोई रिश्ते में है। ज्यादा ध्यान नहीं दिया, कुछ देर बाद जगन जब ऊपर घर पर पहुँचा तो घर राजू में को न पाकर, उसका दिमाग घूम गया। इधर-उधर के फ्लैट्स में पूछने लगा। कुछ पता नहीं चला, उसने फाल्गुनी को बताया जो अभी एक घंटा पहले ही बार में पहुँच कर मेकअप कर रही थी। फोन पाते ही वहीं से पुलिस को फोन लगा दिया। बार के मालिक की पुलिस से अच्छी दोस्ती है। फाल्गुनी उसकी सबसे सुंदर डांसर है, वो किसी भी तरह का कोई नुकसान नहीं चाहता। बच्चे का जल्दी मिलना जरूरी है। फाल्गुनी घर आने की बजाय सीधा थाने पहुँची, वहीं जगन को बुला लिया। जगन के पहुँचने से पहले ही मोबाइल से अपने बच्चे की फोटो देकर शिकायत दर्ज कराने लगी। जगन के आते ही उस पर गालियाँ बरसायीं, "एक बच्चा तक नहीं संभलता तुमसे, निकम्मे कहीं के।" दो घंटे बाद जब घर वापस आये तो पान वाले ने बताया कि जानकी के साथ राजू को देखा है। जानकी राजू को अपनी माँ से मिलाने ले गयी थी। माँ ने जी भर के राजू को चूमा, गोदी में बिठाया बस फिर उसे वापस भाई के घर छोड़ने ऑटो

में जब जा रही थी, तभी पुलिस ने उसे पकड़ लिया। पुलिस भी थाने पहुँचकर सारा माजरा समझ गयी। लेकिन फाल्गुनी किसी भी शर्त पर शिकायत वापस लेने को तैयार नहीं।

जगन ने समझाया, धमकाया कि वो पुलिस में बोल देगा कि तुम भारतीय नहीं हो, झूठी पहचान से यहाँ पर रह रही हो। फाल्गुनी अब इन सब पैतरों की उस्ताद हो गयी है। वो भी बोली, "जा जाकर बोल, तू भी जेल जाएगा मेरे साथ, तू ही तो भगाकर लाया था न।"जगन डर गया, थाने में फाल्गुनी की भी पहचान है। दु:खी मन से एफआईआर दर्ज हुई। जानकी को कोर्ट में पेश किया गया। बच्चे के अपहरण की दफा लगी है। बिना जानकी की ओर देखे, उसे जेल भेजने का आदेश दिया। जानकी के बचाव के लिए उसका पति भी नहीं आया। जानकी की डॉक्टरी जाँच होने के बाद उसे सेंट्रल जेल भेजा गया। उस समय वो हाल ही में तिरुपति से अपने पति के साथ अच्छा समय बिता कर लौटी थी। गर्भवती होने की पुष्टि जाँच में नहीं हुई। मालकिन को सारी घटना के बारे में बाद में पता चला, बेटे से बोली, "उसको जेल से छुड़ाने का बंदोबस्त करो। वो पेशेवर अपराधी नहीं है, भावना में बहकर यह कर दिया। उसकी भाभी ने जान बूझकर उसे फँसाया है, उसका पति भी हमारा घर छोड़कर चला गया है। चलो अच्छा ही हुआ, सारे सगे-संबंधियों से कम उम्र में ही पिंड छूटा। अब वो पूरी तरह से सारा जीवन हमारे घर पर ही रहेगी।"सास की यह बात सुनकर दोनों बहुओं ने भी चैन की साँस ली। चलो अम्मा के मरने तक की सेवा की जिम्मेदारी कि अब कोई चिंता नहीं। जानकी बेचारी और कहाँ जाएगी। सारी उम्र हमारी ही दासी बनकर रहेगी। ईमानदार और शरीफ तो है। पतियों से बोलीं, "वकील का इंतजाम कीजिए, जानकी

को जल्दी निकालें, अम्मा के लिए सेंटर से नर्स तो आ रही है, पर जानकी जैसी सेवा नहीं करती।"सभी को जानकी चाहिए और एक महीने बाद जानकी को पता चला कि उसके पेट में कुछ पल रहा है। मेडिकल डॉक्टर की अलग परेशानी। सारी जिम्मेदारी उसी पर है। जेल की चहारदीवारी में कोई कैदी अगर गर्भवती होती है तो स्टाफ पर अंगुलियाँ उठेंगी। पहली रिपोर्ट में तो निगेटिव ही थी। सभी के लिए असमंजस की स्थिति है। सुलभा अब पूरी कोशिश कर रही है कि जानकी जल्दी बाहर आए और पति अगर तलाक भी देगा तो बच्चे की पहचान के लिए वो डीएनए टेस्ट तक करवायेगी पर ये तो बहुत लंबी कानूनी लड़ाई होगी। न जाने कितने साल लग जायेंगे, जानकी के माथे से कलंक पोंछने में। जानकी को पता है उसका पति उसे ग्रहण नहीं करेगा। जब माँ सीता को गर्भवती अवस्था में रामचंद्र ने जानबूझ कर छोड़ दिया था, उसके पति को तो मालूम ही नहीं कि वो बच्चा गर्भाशय में तिरुपति की यात्रा में ही आ गया था। जानकी कभी रो-रोकर जल्दी जेल से बाहर आना चाहती है तो कभी यही सोचकर जेलर मैडम से हाथ जोड़ती है कि "मेरी सजा बढ़ा दो, उम्र भर के लिए मुझे जेल में ही रहने दो। इस बच्चे को बिना बाप का नाम दिए, कहाँजाऊँगी, कहाँ रहूँगी, कौन मेरी बात का विश्वास करेगा। मैं प्रमाण पत्र लेने के लिए किस किस कचहरी के कब तक भला चक्कर काट सकूँगी।" और सिर्फ रोती ही रहती है। फाल्गुनी अपने बेटे को लेकर होटल के मालिक के दिए कमरे में रहने को चली गयी है। उसे अपना और अपने बेटे का भविष्य सुरक्षित करना है।

***

प्लेटफार्म

महालिंगपुरा एक छोटा सा, सुन्दर-सा कस्बा है, कर्नाटक में। आबादी भी 45 हजार से ज्यादा की नहीं है। ज्यादातर भिन्न समाज के लोग आपस में एक दूसरे को जानते हैं। वासुदेव अपने परिवार में सबसे बड़ा लड़का है, अप्पा की गुड़ बनाने की फ़ैक्ट्री है। रामकृष्णा गुलबर्गा के पूर्वतन विधायक रह चुके हैं। तब विधायक लोगों मे पैसा बनाने की इतनी मारामारी नहीं होती थी। रामकृष्णा का नाम गुलबर्गा में बच्चा-बच्चा जानता है। पक्के वैष्णवी होते हुए भी सभी धर्मों के अनुयायियों की बड़ी इज्जत करते। गुलबर्गा की सूफी-संस्कृति में ही उनका खानदान पला बढ़ा है। वासुदेव हर गर्मी की छुट्टियों, दशहरे में महालिंगपुरा से गुलबर्गा बस में बैठकर जाया करता था। फिर कभी-कभी अपनी माँ के साथ ट्रेन पर भी जाता लेकिन 18 साल का होते ही अप्पा से जबरदस्ती पल्सर मोटर साइकिल खरीद ली और फिर अपने दोस्तों के साथ पाँच-छह घंटे का सफर तय करके मामा के घर गुलबर्गा में जाने लगा। मामा का घर दिलशाद कलोनी में ही था। उसके मामा, वासुदेव के पिता की तरह धनी व्यापारी तो नहीं है, लेकिन राजनीति में और अपनी जाति के समाज में बड़ी अच्छी इज्जत है। वासुदेव से उनके स्नेह का एक और कारण है। मामा के तीन बेटियाँ हैं लेकिन कोई बेटा नहीं है। अपने भांजे में ही अपना उत्तराधिकारी देखते हैं। वासुदेव अपने दोस्तों के साथ लाडले मसक आलंद दरगाह, हनुमान जी का मंदिर, बुद्ध विहार खूब घूमता, ख्वाजा की मजार पे जाता, सूफी गाने सुनता। जवानी में पूरा मस्त रहता।

कामकाज की कोई ज्यादा चिंता नहीं है। अप्पा का सारा कारोबार उसे ही संभालना है। कॉलेज में बी.कॉम. में दाखिला भी ले लिया है, अनपढ़ लड़कों को कोई गरीब भी अपनी लड़की देना अब पसंद नहीं करते। वासुदेव के घर भी वैष्णवी होने के कारण शाकाहारी खाना खाया जाता है। मामा के घर भी काफी पाबंदियाँ हैं लेकिन गुलबर्गा में मटन मीट-कबाब की बड़ी मशहूर दुकाने हैं। मामा के घर के दोस्त भी अलग हैं। उनके साथ रहकर शराब पीना, मीट-कबाब खाना, लड़कियों के पास जाना, सब कुछ सीख लिया था। मामा को उसकी इन हरकतों की खबर भी न होती। वो या तो अपने कारोबार या फिर राजनीति में ही व्यस्त रहते। वहाँ पर वैसे भी लोग अपना काम निकलवाने के लिए वासु का ही सहारा लेते। इधर महालिंगपुरा में लड़कियों का बाजार इतना अच्छा नहीं है। फिर छोटा-सा कस्बा, हर कोई पहचान लेगा। इसलिए अपने इस शौक को पूरा करने वो अब हर दूसरे हफ्ते मामा के घर आने की कोशिश करता। मामा ने ही सुझाव दिया, "वासु हर हफ्ते इतनी दूर मोटर साइकिल में आने जाने से अच्छा होगा कि यहीं आकर कॉलेज में दाखिला लेकर, यहीं पढ़ाई पूरी करो।" वासु ने अपने माँ-बाप को किसी तरह से मनाया और मामा के घर आ गया। मामा की बड़ी बेटी की शादी बिदर में हुई है। मँझली सरस्वती है, पढ़ाई में कुछ खास नहीं, वासु की हम उम्र है। सारा दिन वीसीआर में तमिल, कन्नड़, हिन्दी फिल्में देखती रहती है। छोटी बेटी सुलक्ष्मी पढ़ाई में अच्छी है। स्वभाव से भी तेज है। लड़कियों से ज्यादा लड़कों वाले हाव-भाव दिखाती है। अपने आप को रामकृष्णा बाबू का बेटा बताती है और बेटों की तरह ही रहती है।

वासु का यहाँ आकर रहना उसे कतई पसंद नहीं। बड़ी दीदी का कमरा वासु को मिल गया है। वो अलग से उसी में रहता है। दोनों बहनों के कमरे भी अलग-अलग ऊपरी मंजिल में बने हैं, नीचे आँगन है, बैठक खाना है, मामा का ऑफिस, पूजा घर, रसोई घर और मामा-मामी का बड़ा-सा कमरा। ऊपर जाने की सीढ़ियाँ बैठक खाने से ही

होकर जाती हैं। छत पर एक बड़ा-सा कमरा और बाथरूम भी है। मामा के यहाँ अनेक क्षेत्र से कोई न कोई आया रहता है। उनके रहने का इंतजाम छत वाले कमरे में ही होता है। पंखा, पलंग, अल्मारी, दर्पण, सोफ़ा सब कुछ है। घर के लोग कम ही छत पर जाते हैं। छत वाले कमरे की एक सीढ़ी बाहर गैरेज के पीछे से होकर सीधे तीसरी मंजिल पर पहुँचती है। वासु वैसे तो दूसरी मंजिल के कमरे में ही रहने लगा लेकिन जब पीने पिलाने का प्रोग्राम होता तो, बाहर की सीढ़ी से दोस्तों के साथ सीधा छत पर ही चला जाता ताकि मामा-मामी को भनक न लगे। ये बात सरस्वती को मालूम चल गयी, लेकिन वासु की हम उम्र होने के साथ-साथ वो उसके साथ ज्यादा घुली मिली है, इसलिए वो चुप ही रहती। धीरे-धीरे वासु रात को देर तक पीकर, दोस्तों को विदा करके नीचे ही नहीं आता। एक बार सरस्वती ऊपर देखने चली गयी कि वो सो रहा है या कहीं बाहर गया है। उसके दोस्तों के जाने की आवाज उसने सुन ली थी। वो खुद टीवी पर फिल्म देख रही थी। रात के ढाई बजे जब छत पर गयी तो देखा कमरे का दरवाजा खुला पड़ा है। वासु लुंगी पहने, नंगे बदन सोफे पर बैठा वीसीआर पर कुछ देख रहा है। नशे में धुत्त अचानक सरस्वती को अपने सामने देखकर सकपका गया। "सरो यहाँ पर क्यों आई हो? बस ऐसे ही पूछ लिया। सरस्वती बोली, "नीचे सोने नहीं आए, अक्का को मालूम पड़ेगा तो बहुत गुस्सा होंगे। क्या देख रहे हो?" इतना कहते ही सोफे पर आकर धम्म से वासु के पास बैठ गयी। वासु सामने टेबल पर रखे टीवी पर कोई ब्लू फिल्म देख रहा था। सरो ने वैसे तो ब्लू फिल्मों के बारे में बहुत सुना है, पर कभी कैसेट लाकर देखी नहीं। पहली बार कुछ पल के लिए देख कर सकपका-सी गयी, फिर इतना ज्यादा आदमी-औरत का नंगापन और हरकतें देखकर उसका मन एकदम खराब हो गया। वो बोली, "छि: यही सब गंदा देखते हो।" और वापस नीचे अपने कमरे में चली गयी। उस रात उसे फिल्म के वो सीन बार-बार आँखों के सामने आने लगे। उसका अपना

शरीर तपने लगा। अगले दिन वासु ने उसे कुछ नहीं कहा। बस चुपचाप अपने कॉलेज चला गया। बड़ी देर रात तक सरस्वती उसका इंतजार करती रही। आज उसके कोई दोस्त नहीं आए हैं फिर अकेला ऊपर क्या कर रहा होगा? वो फिर छत के कमरे में गयी। वासु ने पी तो रखी थी लेकिन नशे में धुत्त नहीं था। सरस्वती का हाथ पकड़कर पास में बिठाकर बोला, "देख ये बात किसी को मत बताना, सभी लड़के-लड़कियाँ देखते हैं। यही तो जीवन की सच्चाई है। अच्छा चल आज अच्छी वाली फिल्म लाया हूँ, इसे देख, अगर पसंद न आई तो चली जाना, देखने में क्या हर्ज है। "कहीं न कहीं भीतर से सरस्वती भी वो फिल्मों देखना चाहती थी। थोड़ा-सा गुस्से का नाटक करती हुई ऐसे बैठी जैसे जबरन उसे बिठाया गया हो। वासु ने कमरे की सारी बत्तियाँ बुझा दी, बहुत धीरे टीवी का साउंड करके एक रोमांटिक-सी ब्लू फिल्म लगा दी। फिल्म में नंगापन तो था लेकिन कल वाली फिल्म जैसा घिनौनापन नहीं। जैसे जैसे लड़का-लड़की एक दूसरे से चिपट समुद्र के किनारे की रेत पर लोटने लगे, वैसे-वैसे वासु और सरस्वती उत्तेजित होते गए। दोनों उम्र के उस दौर से गुजर रहे थे जहाँ पाप-पुण्य, सही-गलत सब कुछ बेमानी-सा लगता है। केवल सच लगता है तो शरीर की चाहत और उसको पूरा करने के लिए कोई भी सीमा पार करना उन्हें बुरा नहीं लगता। ये कोई किशोरावस्था का कच्चापन वाला प्यार नहीं था, वासु काफी पहले से औरतों के पास आता जाता रहा है। सरस्वती का जरूर पहली बार किसी पुरुष से संपर्क होने जा रहा था लेकिन फिल्मों में उसने बहुत कुछ अधपका सीखा है। वासु ने बड़ी चालाकी से उसे धीरे से पकड़ा। "सरो मैं तुम्हारे बिन मर जाऊँगा।"कहकर उसे वाँहों में जकड़ लिया। सरो ने भी पूरा समर्पण किया फिर तो टीवी की फिल्म के सीन वो दोनों खुद करने लगे। वासु ने बड़ी सावधानी और प्यार के साथ सरस्वती से प्रथम संबंध बनाया। उसके बाद उस रात दो-तीन बार पागलों की तरह बस बह से गए। सुबह होने से पहले सरस्वती अपने कमरे में आई। अब

वो लड़की से औरत बन चुकी थी। फिर तो यह सिलसिला रोज का हो गया। छोटी के सोने के बाद, वो देर रात को वासु के कमरे में जाती और दोनों मिलकर फिल्में देखकर, उसकी नकल करके रात बिताते, वासु को अब बाहर कहीं जाने की जरूरत नहीं पड़ती। उसे रोज सरस्वती चाहिए, इसलिये दोस्तों का आना-जाना पूरा बंद कर दिया। सरस्वती को नशे में धुत्त वासु पसंद नहीं, इसलिए वो सिर्फ एक ही पैग शौक के लिए पीता। सरस्वती पूरी तरह से वासु को अपनी कैद में कर ली, लेकिन वो उसकी कैद में हो गयी है ये उसे नहीं मालूम। दोनों को पता है कि यह रिश्ता ज्यादा दिन नहीं चलने वाला, घर, समाज कभी नहीं मानेगा। लेकिन शरीर तड़प के आगे वो सब लाचार हैं। माँ ने भी देखा कि सरस्वती के व्यवहार में ठहराव-सा आया है। वासु भी सुधरा-सुधरा लगता है। यह देख मामा भी खुश हैं, फोन करके उसके बाप को बताया कि गुलबर्गा में आकर उसका बेटा सूफी संत बनता जा रहा है। सरस्वती के रिश्ते की बात चलने लगी, मना करने का कोई सवाल ही नहीं उठता। उसे भी अब पता चल गया है कि वासु केवल उसके शरीर से ही प्यार करता है, मन का लगाव कुछ नहीं। फिर ये रिश्ता उन दोनों ने अपनी जरूरतों को पूरा करने के लिए बनाया है, शिकवे शिकायत करके अपनी रातें क्यों खराब करते।

वासु को कुछ दिनों के लिए अपने शहर महालिंगपुरा जाना पड़ा। अब उसका मन वहाँ एकदम नहीं लगता। उधर सरस्वती भी उसके आने का बेसब्री से इंतजार करने लगी। शादी की बात चल रही है, घर पर बहुत काम रहेगा। अक्सर धनी परिवारों के सुख-दुःख में गरीब रिश्तेदार ही आगे बढ़कर काम में सहायता करते हैं। यह उनकी मजबूरी होती है या जरूरत, समय तय करता है। आरती देवी ने अपने मायके से दूर से रिश्ते की विधवा बहन और उसकी बेटी मालती को अपने यहाँ बुलवा लिया है। पूरे घर की पुताई रंगाई होने के समय माँ-बेटी काम में सहायता करेंगी। माँ-बेटी को छत का कमरा मिल गया है। अगली संक्रांति के बाद ही लड़के वाले आकर रिश्ता पक्का

कर जाएँगे। वासु भी अपनी माँ के साथ मामा के घर वापस आ गया। अब सरस्वती से अकेले रात में मिलना एकदम नामुमकिन। सरस्वती भी शादी की तैयारी में लगी है, कभी-कभी दिन में दोनों की बात हो जाती है लेकिन बुआ अब सरस्वती के साथ ही सोती है। संक्रांति के अगले दिन लड़के वाले आए, बिदर से बड़ी बेटी और दामाद भी आ गए। घर में शादी जैसा माहौल, हँसी खुशी, प्रात: के शुभ मुहूर्त में रिश्ता पक्का हो गया। नारियल, साड़ी, गुड़ की डली, मिठाई और सोने के जेवर चढ़ाकर चन्दन के माता-पिता ने रिश्ता पक्का कर दिया, विवाह चातुर्मास के बाद ही होगा। चन्दन-सरस्वती की जोड़ी लक्ष्मी-नारायण जैसी लगी। दोनों लंबे, गोरे, सुन्दर। वासु बस चुपचाप मामा के साथ हाथ बँटाता रहा। बहनोई का स्वागत भी कन्या के भाई से करवाया गया। सगाई होते ही एक सप्ताह में बड़ी अक्का, दामाद बिदर वापस चले गए। मामा-मामी बेंगळूरू खरीदारी करने चले गए, वहाँ पर जेवर, साड़ियाँ अच्छी मिलती हैं। साथ में उनके सरस्वती और सुलक्ष्मी भी चली गयीं। घर की सारी जिम्मेदारी दूर की बहन रजनी और उसकी बेटी मालती पर देकर। वासु भी माँ को महालिंगापुरा छोड़ने चला गया। नौकरानियाँ तो दिन में आकर काम कर जातीं। मामा के खास आदमी नौशेरा रात को बैठक में सोने आ जाता ताकि घर पर अकेली दोनों स्त्रियाँ डरें नहीं। वासु का मन भी उचाट-सा है, माँ को छोड़कर अगले ही दिन वापस आ गया। पहली बार रसोई घर में काम करती मालती पर उसकी नजर पड़ी। अच्छी-खासी जवान है। जवानी गरीबों पर भी आती है। सस्ती-सी साड़ी में भी बड़ी आकर्षित लगी। उसकी माँ को पता है वासु घर का चिराग है। बड़ी इज्जत और प्यार से खाना खिलाती, उसका पूरा ध्यान रखती, ताकि दीदी को कोई शिकायत का मौका न मिले। मालती भी गाँव से आई है, विधवा माँ की जवान सुन्दर बेटी है। पुरुषों की नजर भी खूब पहचानती है। वहाँ जिस लड़के से प्यार किया, गरीबी के कारण उसने शादी से मना कर दिया। यहाँ मौसा-मौसी ने कहा है कि सरस्वती की

शादी के बाद उसका विवाह करा देंगे। वासु की दृष्टि वो एकदम से पहचान गई। वो उसे पसंद करता है, यह उसके लिए बहुत बड़ी बात है फिर वो गरीब है तो क्या हुआ? एक ही जाति के तो हैं। मौसी अगर चाहेंगी तो शायद बात बन जाए। वो सरस्वती के कमरे में जाकर, उसका सजने का सामान लेकर तैयार होने लगी। सरस्वती की अच्छी साड़ी पहन ली। घर पर अभी कोई नहीं है टोकने वाला। खुद खाना टेबल पर परोसी, माँ ने भी मना नहीं किया शायद उसके मन में भी बेटी को लेकर खिचड़ी पक रही है। वासु का पूरा दिन खयाल रखा जाता, वासु भी मालती को पसंद करने लगा। रात को छतवाले कमरे में जब माँ बेटे सोने को जाने लगे तो नौशेरा ने आकर कहा, "भाई जान अब तो आप आ गए हो, हम अपने घर में सोने को जाते हैं।" वासु ने भी हामी भर दी। रात को पानी लेने नीचे की मंजिल में रसोई में आया तो देखा मालती नाइटी पहने वहाँ कुछ काम कर रही है। इतनी रात गए बेचारी क्या काम कर रही है?जो भी हो मालती ने फ्रिज़ से पानी की बोतल निकाल कर कहा, "आप अपने कमरे में जाओ, मैं वहीं पानी पहुँचा दूँगी, फिर छत पर सोने जाऊँगी, आप बस मेन गेट को लॉक करके जाना।"वासु ने वही किया। अपने कमरे में मालती का इंतजार करने लगा। मालती पानी की बोतल और गिलास लेकर वासु के कमरे में पहुँची। वासु लाइट बंद करके पलंग पर लेटा हुआ था। मालती ने अंधेरे में ही टटोलते हुए टेबल पर पानी की बोतल रख कर कहा, "पानी पी लेना।"वासु ने उसका हाथ खींचकर कहा, "तुम पिलाओ।"मालती ने बोतल बढ़ा दी, गिलास वहीं पड़ा रहा। वासु ने बोतल नीचे फर्श पर रख दी। मालती को झटके से पलंग पर अपने पास खींच लिया। मालती भी झूठमूठ का अपने को छुड़ाने का नाटक करने लगी। माँ छत वाले कमरे में सो रही है, नीचे कोई नहीं है। इस मंजिल में वो दोनों अकेले ही हैं। वासु पागलों की तरह चूमते हुए उसे वाँहों में भरकर "आई लव यू", कहने लगा फिर सारी रात वही होता रहा जो उन दोनों का मन चाहता था। सुबह होने से पहले

मालती छतवाले कमरे में चली गई। माँ सोने का बहाना किए आँखें मूँदे, अपनी बेटी के आने की आहट सुन के भी चुपचाप सोई रही। तीन दिनों के बाद मामा-मामी, सरस्वती वापस आए। सरस्वती अब वासु में कोई खास रुचि नहीं दिखाना चाहती लेकिन चातुर्मास, चार महीने में कभी-कभार वासु के साथ समय बिताना चाहती है। वासु अब छत के कमरे की जगह पास वाले कमरे में है। फिर नीचे से ऊपर के कमरों के दरवाजें दिखाई पड़ते हैं। छुटकी भी पास वाले कमरे में है। मिलना थोड़ा-सा मुश्किल हो रहा था। एक रात हिम्मत करके वासु के कमरे में पहुँच गई। वासु ने भी भरपूर प्यार किया लेकिन सरस्वती को वो अब उतना उतावला नहीं लगा। उसे लगा इतने दिनों बाद मिलेगी तो पागल होकर झूम उठेगा लेकिन ऐसा कुछ नहीं हुआ। वो गर्म जोशी नहीं थी। थोड़ी देर बाद वो अपने कमरे में आ गयी और कसम खायी ये रिश्ता अब यहीं खत्म करेगी। एक अच्छी पत्नी बनकर अपनी नयी शुरूआत करेगी। अगली रात उसने देखा मौसी नीचे बैठक में ही कालीन पर सो रही हैं। छुपते हुए वासु के कमरे में फिर जा पहुँची। कसम तोड़ने में कितना समय लगता है लेकिन वासु अपने कमरे में नहीं था। आज तो कहीं बाहर भी नहीं गया है तो फिर कहाँ गया होगा। न जाने क्या सोचकर छत पर गयी तो देखा कमरा अंदर से बंद है। शायद मालती सो रही है लेकिन दरवाजे के पास जाकर खड़ी हुई तो अन्दर से धीमी-धीमी मालती और वासु की आवाजें आ रही हैं। टीवी पर कोई कन्नड़ सीरियल चल रहा है। दोनों की आवाजों से ही पता चल गया कि अंदर क्या चल रहा होगा। गुस्से में दरवाजा खटखटाया, वासु बाहर आया, चेहरे पर कोई शर्म या घबराहट नहीं। सरस्वती ने गुस्से से चाँटा जड़ दिया। वासु चुपचाप वापस आकर सरस्वती के सामने ही मालती के साथ पलंग पर लेट गया।

मालती तो डर के मारे थर-थर काँपने लगी लेकिन वासु ने उसे बाँहों में भर कर कहा, "डरो नहीं। ये बाहर जाकर कुछ नहीं बोलेगी,

बोल ही नहीं सकती। गुड नाइट सरो, दरवाजा भेड़ कर जाना।"
सरस्वती ने अपने जीवन में इतना अपमान कभी नहीं सहा और न
देखा। अपमानित-सी आहत मन के साथ अपने कमरे में आ गयी।
क्या औरत की यही औकात है? उस रात सरस्वती बदले, घृणा की
आग में जलती रही। अगले दो दिन तक अपने कमरे से बाहर नहीं
निकली। सभी ने सोचा शायद तबियत खराब होगी। दवा के लिए पूछा
तो मना कर दिया। मन के भीतर का बुखार थर्मामीटर में कहाँ
दर्शाता। मालती भी चुपचाप डरी हुई-सी जाकर उसके कमरे में खाना-
नाश्ता पहुँचा देती। सरस्वती ने गौर से मालती को देखा, ऐसा कुछ
खास नजर नहीं आया कि जिसके लिए वासु उस पर दीवाना हो जाए
तो क्या वासु भी उसे इस्तेमाल ही कर रहा है। अगले दो दिनों तक
वो अपनी ही नजरों में गिरी पड़ी सोई रही फिर उसे अहसास हुआ कि
उसका सुनहरा भविष्य उसके इंतजार में है। चार महीने के बाद उसकी
शादी है, उसे अपनी गृहस्थी बसानी है और साथ ही साथ वासु-मालती
को सबक भी सिखाना है। अब वो मालती से बड़े प्यार से पेश आती,
उसे अपने सारे पुराने अच्छे सूट-साड़ियाँ, पर्स दे दी। मालती भी खूब
मन लगाकर सरस्वती की हर जरूरत का ख्याल रखने लगी। उसकी
माँगाँव वापस चली गयी है। मालती शादी तक रुकेगी, मौसी के घर
कई काम में हाथ बँटाने लगी। रात को छत वाले कमरे में फिर से
मामा के लोग आने जाने लगे, मालती अब सरस्वती के कमरे में
उसके पास सोती है। कभी-कभी रात को वासु के कमरे चली जाती है।
सरस्वती भी उसे वहाँ जाने के लिए मना नहीं करती। उसको कहती,
"वासु से कहो अगले शुभ मुहूर्त में विवाह की गांठ बाँध दे।"वासु अभी
सिर्फ 22 साल का है। उसके घर वाले भी राजी नहीं होंगे फिर वासु
मालती को चाहता तो है लेकिन अपनी जरूरतों के लिए। शादी वो
किसी संभ्रांत शरीफ लड़की से ही करेगा। ये सब उसके लिए शरीफ
नहीं हैं। धीरे-धीरे मालती ने अपने मन की बात सरस्वती को बतायी।
"वो शादी अभी नहीं करना चाहता, क्या करूँ? आपकी शादी के बाद

मुझे अपने गाँव वापस जाना होगा, सब कैसे होगा?"सरस्वती बोली, "पेट में उसका बच्चा आएगा तो सबको रिश्ता मानना ही पड़ेगा। "अब मालती पूरी तैयारी के साथ वासु के साथ रात बिताती और जल्दी ही गर्भवती हो गयी। पहले दो महीने तो उसे भी पता नहीं चला लेकिन जब तबीयत खराब होने लगी तो शक हुआ। सरस्वती खुद उसे माँ से छुपाकर डॉक्टर के पास लेकर गयी। वही हुआ जो वो चाहती थी। वो मालती को बोली, "अभी वासु को मत बताना, नहीं तो बच्चा गिराने को कहेगा। थोड़े दिन हो जाने दो। बाद में तो पता चल ही जाएगा।" मालती ने भी यही सलाह ठीक समझी, वासु को काबू करने का यही तरीका है। अक्टूबर में सरस्वती का विवाह हो गया। भाई की सारी रस्में वासु ने ही कीं। मालती की माँ भी गाँव से आ गयी थी। बेटी की हालत देखते ही जान गयी। सिर पीट लिया। वो वासु से उसकी शादी कराना चाहती तो थी लेकिन उसने दुनिया देखी है। गरीब विधवा की गर्भवती बेटी को कोई पुत्रवधू नहीं बनाएगा। उसने बच्चा गिराने पर जोर दिया लेकिन मालती ने अपनी चाल बतायी। माँ ने बहुत समझाया फिर सोचा ये पासा भी फेंक कर देख लेते हैं, इसी में जीत होगी। सरस्वती के जाने के बाद घर सूना-सूना लगने के कारण मौसी ने उसे अपने पास रोक लिया। बहन को कहने लगी "ठीक से समय पर खाती नहीं है सब समय इसकी छाती जलती रहती है, गैस होती है इसे डॉक्टर को दिखाऊँगी। जब तक डॉक्टर के पास गयी पाँचवाँ महीना पार हो चुका था। थोड़ा-थोड़ा पेट भी दिखने लगा। घर में जैसे सब पर बिजली गिरी। वासु के मामा-मामी ने जी भरकर मालती को गालियाँ दीं। वासु ने साफ इंकार कर दिया, "ये मेरा बच्चा नहीं है, ये झूठ बोलकर मुझे फँसा रही है। गाँव से ही पेट में लेकर आयी होगी या फिर आपके जाने के बाद नौशेरा के पास सोई होगी।" यह बात सभी जानते हैं कि वासु झूठ बोल रहा है लेकिन अपनी इज्जत बचाने के लिए उसकी बात मानने के सिवाय और कोई चारा नहीं है। सरस्वती ने फोन पर मालती को कहा, "तुम थाने जाने की

धमकी दो, तो वो डर जाएँगे। " वही हुआ, मालती ने कहा कि वो थाने जाएगी, केस करेगी। एक गरीब आश्रिता की इतनी हिम्मत कि वो अपने सहारा देने वालों के विरुद्ध थाने में जाएगी, यह सुनकर सभी ने गालियाँ देनी शुरू कर दीं लेकिन मन ही मन डर भी है। अगर मालती थाने चली गई तो। वासु के माता-पिता भी आ गए। कोई भी ये रिश्ता एकदम स्वीकार नहीं कर पा रहा। मालती अपने आगे बड़े पेट को छुपाकर उनके सामने खड़े होती तो सभी घृणा से मुँह मोड़ लेते। डॉक्टर से परामर्श किया गया, इतने दिन के गर्भ को कोई भी गिराने के लिए राजी नहीं हुआ। मालती अभी भी उसी घर में रह रही है। मामा-मामी का दिमाग कुछ काम नहीं कर रहा। सरस्वती ने एक देवदूत की तरह वासु को सलाह दी, "झूठमूठ के लिए कुछ दिनों के लिए राजी हो जाओ। फिर घर ले जाने के बहाने कहीं फेंक आना। मर जाएगी तो कौन कोर्ट कचहरी दौड़ेगा।"वासु अब मालती से अच्छे से पेश आने लगा। एक सप्ताह बाद आकर कहा, "चलो, मामा के घर कोई इज्जत नहीं, हम महालिंगपुरा अपने घर चलते हैं। वहीं पर शादी करेंगे लेकिन यह बात अभी किसी को मत बताना, नहीं तो वो तुम्हारे पीछे चले आएँगे। हम शादी करके बाद में तुम्हारे गाँव जाकर माँ के पास चले जाएँगे।" मालती ने सरस्वती को धन्यवाद दिया। उसकी सलाह पर चलकर मालती सफल हो पा रही है।

अगले दिन मामा से यह कह कर विदा ली कि मालती को उसके गाँव छोड़ने जा रहा है। मामा ने भी चैन की साँस ली। मामा शरीफ विधायक रह चुके हैं वो इन पचड़ों में नहीं पड़ना चाहते। मालती को लेकर गुलबर्गा से बाहर एक होटल में रखा फिर मामा के घर आकर कहा उसे गाँव छोड़ आया है। मालती को बोला "पहले घर जाकर सबको राजी कर लूँ, फिर आकर तुमको ले जाऊँगा।"तीन दिनों तक मालती अकेली लॉज में छुपकर रही फिर चौथी रात को उसको फोन करके बोला, "स्टेशन पर आ जाओ।"मालती कमरे को ताला मार कर गुलबर्गा स्टेशन चली गयी। वहाँ हाथ में खाने का पैकेट लेकर वासु

उसका इंतजार कर रहा था। दोनों ने प्लेटफार्म के बेंच पर खाना खाया फिर रात को ग्यारह बजे की ट्रेन में ए.सी. कोच में चढ़ गए। भोर होने से पहले ही मालती को नींद से उठाया कि महालिंगपुरा स्टेशन आ रहा है। नींद में मीठे सपने देखती, अधखुली आँखों से उठकर बैठ गयी फिर स्टेशन आते ही दोनों उतर गए। रात का अंधेरा, छोटा-सा प्लेटफार्म, आदम जात का नामो निशान नहीं। प्लेटफार्म पर चलते हुए एकदम आखिर तक पहुँचे, दूर देखा तो कन्नड़ और अंग्रेजी में प्लेटफार्म के आखिरी छोर के बोर्ड पर लिखा है, "चीनचींली" स्टेशन। वह बोली यह तो महालिंगपुरा नहीं है। वासु बोला, गलती से रात को एक स्टेशन पहले उतर गए। कोई बात नहीं, सुबह होते ही, ऑटो में चले जाएँगे फिर अपनी कमीज के नीचे छुपे चाकू को निकाल सीधा मालती के गले पर वार किया। यह सब इतना अचानक हुआ कि मालती को संभलने का मौका ही नहीं मिला। झट से अपने गले को पकड़कर गिरने लगी। वासु ने पी रखी थी, हैवानियत सिर पर सवार थी, चाकू लेकर उसके पेट में घुसेड़ा और फिर वहाँ से भाग गया। मालती की गले की पाइप कट गयी, जैसे बकरे को हलाल किया जाता है। वो चीख भी नहीं पा रही, पेट में जब छुरी मारने लगा था तो अपना एक हाथ अचानक पेट के सामने रख दिया था जैसे अपने बच्चे को बचाने की आखिरी कोशिश की और चाकू उसके हाथ में गुजर घुस गया। रात भर अधमरी, बेहोश ही गाढ़े बहते खून के साथ वहीं पड़ी रही। सुबह कुत्ते चारों ओर आकर सूँघने लगे, भौंकने लगे जैसे वो उसकी मदद करना चाहते हो, मक्खियाँ उसके कटे गले पर बैठकर भिनभिनाने लगीं। तभी कुछ रिटायर्ड बुजुर्ग सवेरे की सैर पर वहाँ से गुजर रहे थे। स्टेशन के सामने ही पुलिस स्टेशन था, वहाँ खबर दी, सुबह-सुबह ज्यादा स्टाफ भी नहीं था। कांस्टेबल बोला, "प्लेटफार्म पर हमला हुआ है, हमारा केस नहीं है, जीआरपी को खबर करो।" बेचारे वो लोग पुलिस का ऐसा जवाब सुनकर हैरान हो गए। उसी इलाके में अभी नई-नई कालोनी बनी है। वहीं पर आनन्दी मैडम

रहती हैं। बहुत निडर सामाजिक कार्य करती हैं किसी संस्था में काम करती है। उनको घर जाकर बुलाया। वो दौड़कर प्लेटफार्म पर पहुँचीं। पुलिस थाने में जाकर अच्छे से फटकारा और बोलीं, "केस कहीं भी दर्ज हो, पहले एम्बुलेंस बुलवाओ नहीं तो लापरवाही बरतने के कारण अगर ये मर गयी तो आप सब पर मैं केस कर दूँगी। अभी मीडिया को बुलाती हूँ।" कानून के रखवाले सीधे-साधों को तो टरका सकते हैं, पर कानून के जानकारों से वो भी डरते हैं। जल्दी से स्टेशन मास्टर अपने क्वार्टर से दौड़ते हुए आए, एम्बुलेंस आई, हॉस्पिटल ले जाया गया। केस बहुत सीरियस है। बचने के चांस न के बराबर, तबतक छुट-पुट अखबार वाले भी आ गए। छोटे कस्बों में सनसनी वाली खबरें जल्दी फैलती हैं। आनन्दी मैडम ने कलेक्टर को फोन किया। शाम तक मरीज को स्पेशल एम्बुलेंस में बेंगलूरु ले जाया गया और बड़े अस्पताल में भर्ती किया गया। अब ये खबर कस्बे से निकल कर राज्य की राजधानी तक आ गयी। नारी की सुरक्षा को लेकर चर्चे होने लगे। सरकार ने निर्देश दिया कि मरीज का पूरा खर्चा सरकार उठायेगी। डॉ. स्वामी जो कि मशहूर सर्जन हैं, उन्होंने ऑपरेशन करके उसे बचा तो लिया लेकिन आवाज वाली "विंड पाइप" पूरी तरह से कटने के कारण, अब वो कभी बात नहीं कर पाएगी। बाँये हाथ के बाहर से अन्दर तक चाकू घुसाया। पूरे पच्चीस टांके लगे थे लेकिन पेट का बच्चा सुरक्षित रहा। मालती लगभग एक सप्ताह बाद पूरी तरह से होश में आयी। जीआरपी पुलिस ने मामला दर्ज कर लिया है। मालती कुछ बोल नहीं पा रही। आनन्दी मैडम स्वयं बेंगलूरु आईं, उसकी जरूरत का सारा सामान लेकर। उन्होंने एक लिखने वाले स्टेनो को बुलाने को कहा। धीरे-धीरे सबकुछ लिख कर मालती ने बताया। वासु पंद्रह दिनों बाद गिरफ्तार हुआ। उसने सोचा कि पेट में माँ बच्चा दोनों मर जाएँगे। आनन्दी ने मालती से कहा, "आज पता चला कि मारने वाले से बड़ा बचाने वाला है। ईश्वर का धन्यवाद दो।"" मालती सोच रही है मर जाती तो अच्छा होता, इस हालत में कहाँ जाएगी।

माँ भी आ गयी। वासु ने जेल से ही मामा को खबर भिजवाई "मुझे जैसे भी बचाओ, नहीं तो बाहर आकर सरस्वती से उसके संबंधों की बातसबको बता देगा। यह सब उसने सरस्वती के कहने पर ही किया है।"यहाँ तो मामा नहीं बल्कि भांजा ही कंस निकला। घर की इज्जत, विवाहिता बेटी का सम्मान, सबकुछ दाँव पर लगा है। बड़े से बड़ा वकील किया गया। निचली अदालत में बेल खारिज हो गयी। अगर मालती बयान से पलट जाती है तो हाईकोर्ट में बेल मिल सकती है। इसी बीच मालती को महिला आश्रम में रखा गया। माँ उसे लेकर गाँव नहीं जा सकती, बिन ब्याही मातृत्व कलंक होता है। माँ का स्थान भी समाज उसकी स्थिति को देखकर निर्धारित करता है फिर उसी अनुसार उसे सम्मान दिया जाता है और मूर्ख स्त्री उस सम्मान को अपना मान लेती है। मालती की माँ ने फोन करके आनन्दी मैडम को बताया, "मैडम आपकी नातिन हुई है, उसका नाम आनन्दी रखा है।" आनन्दी जानती है कि बेटी ही होगी। लड़कियाँ हर मुश्किल परिस्थितियों में भी बच ही जाती हैं। इन करमजलियों को मारना इतना आसान नहीं होता। वो फिर एक बार बेंगळूरु गयी। मालती से आश्रम में मिली।उसे अपने हक के लिए लड़ने की हिम्मत दी। डीनए टेस्ट से बच्ची के बाप का परिचय साबित होते ही वो उस खानदान में हकदार बन जाएगी। वासु को उसका भरण-पोषण देना ही पड़ेगा। सजा अलग मिलेगी। उससे विवाह का तो प्रश्न ही नहीं उठता। मालती ने सारी जिंदगी तकलीफें ही उठायी हैं। अपने भविष्य को सँवारने के चक्कर में वो खुद ही फँस गयी। वासु के वकील ने आकर साफ-साफ कह दिया है, "बयान वापस ले लो, कोर्ट में कहना किसी ओर ने हमला किया था, बच्ची का सारा भरण-पोषण भी मिलेगा, केस वापस लेने से वो तुमसे शादी भी करेगा।"कितना बढ़िया प्रस्ताव है जिसने धोखा दिया, माँ-बच्चे को जान से मारना चाहा, अब उसी से शादी करनी पड़ेगी। गाँव में भी माँ पर पंचायत ने जुर्माना लगा दिया है। बिन ब्याही माँ के लिए गाँव में कोई जगह नहीं है। उसकी माँ से

सभी ने रिश्ता तोड़ लिया है। वो सबको एक लालची, धूर्त विधवा डायन ही लग रही है लेकिन आनन्दी मैडम ने कहा कि "केस तो वो ही जीतेगी?" लेकिन किस कीमत पर, यह तो उसे ही छुड़ाने पर लगे हैं। सरस्वती भी आश्रम आई थी मिलने, उसे अपना घर बचाना है, वो भी दवाब डाल रही है कि"केस में कुछ न बयान देना। वासु से शादी हो जायेगी, बाद में चाहे उसे छोड़ देना, पर बच्ची को बाप का नाम मिल जायेगा, पाप की निशानी नहीं कहलाएगी, आगे तुम्हारी मर्जी।"मालती चीख-चीख कर रोना चाहती है। वो सबको कहना चाहती है, "हां मेरी भी गलती थी, मैं भी लालच में अंधी होकर उस संबंध में पड़ी थी लेकिन सारी सजा मेरे को, मेरी माँ और बेटी को ही क्यों मिल रही है? सभी अभी भी वासु को ही क्यों बचाना चाहते हैं? लेकिन उसकी आवाज कोई नहीं सुन पा रहा है। कल कोर्ट में सुनवाई है उसे निर्णय लेना है कि क्या करना है?अपनी बच्ची को गोद में उठाकर रोने लगती है।

***

जेल और नारी निकेतन

सोनभद्र जिला एक मात्र ऐसा जिला है जो कि चारों तरफ से चार राज्यों से घिरा हुआ है। मध्यप्रदेश, बिहार, झारखंड और छत्तीसगढ़। इसलिए यहाँ पर भाषा, संस्कृति, रीति-रिवाज परम्पराओं का एक अनोखा समिश्रित-सा मेल रहता है। सोन नदी के किनारे एक गाँव बसा है रामपुरा। शहडोल, कस्बे के पास है। हर साल नदी में बाढ़ आ जाती है। ऊपरी इलाके में धनी लोगों का बोलबाला है, निचले हिस्से में किसान, ग्वाले, जाट और अन्य जातियों के गरीब लोग ही रहते हैं। वैसे भी प्रकृति की मार गरीबों पर ही ज्यादा पड़ती है। नदी के कारण सिंचाई के प्रकल्प तो अच्छे बने हुए हैं लेकिन बाढ़ आने के कारण छोटे व बटाई करने वाले किसानों को लगभग हर साल नुकसान ही सहना पड़ता है। रामपुरा में ही शब्द दास के दो बेटे हैं, बहुत मेहनती और दबंग। उन्हें बटाई में खेत में दूसरों के लिए जुताई करना एकदम नहीं भाता है। मेहनत वे करें और फसल पर अधिकार जमीन के मालिक का। यह बात उन्हें हजम नहीं है। वो हरदम इसी ताक में रहते हैं कि एक बार कमाई की अच्छी रकम हाथ में आ जाए तो बाहर किसी दूसरे राज्य चले जाएँगे। मेहनत करके पैसा कमाकर गाँव में जमीन खरीदकर मालिकों को दिखाएँगे। झारखंड बिहार में हालात उनके जिले से भी बदतर है। बाप ने सलाह दी, दोनों एक साथ मत जाओ, एक पहले जाकर कुछ पाँव जमा लो फिर दूसरे को बुला लेना। यही तय हुआ। शब्द दास की पत्नी रमादेवी ने पहले अपने सबसे बड़े बेटे को भरी आँखों से विदाई दी। रमादेवी ने कभी भी शहडोल से

आगे तक यात्रा नहीं की किंतु परदेश में बेटे को भेजते हुए कुछ आशंकित हैं। जवान बेटा है, शादी करके अगर जाता तो ठीक रहता, बाहर मुंबई में सुना है जादूगरनी जैसी फिल्मों में, नाटकों में काम करने वालियाँ हैं और भी कई तरह की छोकरियाँ हैं जो पैसे के लिए कुछ भी कर देती हैं, कहीं उनका लाड़ला किसी डायन के चक्कर में न पड़ जाए। जाने से पहले भोले बाबा के मंदिर के बाहर बैठे जटाधारी बाबा से एक सुत्ता ले आयी। रंजीत के बाजू में बाँधकर कस ली, "बबुआ तोई अम्मा की कसम किसी भी दूजी जात की छोरी पर नजर मत डालियो, कोई गलत जगह मत जाइयो, भोले बाबा की कृपा रही तो कुछ पैयसा कमा लिन्हों, अगले ही बरस तोरा लगन करा देई।" अपनी प्यारी माँ की सच्ची कसमें खाकर रंजीत मुंबई के लिए रवाना हो गया। दो दिन के लंबे रेल के सफर के बाद पहुँचा था सपनों की नगरी में। वो तो शुक्र है कि रास्ते के लिए अम्मा ने सत्तू अचार बाँध दिया था, नहीं तो रेल में पानी भी बिकता है। कितना मुश्किल से बड़े स्टेशन पर जब गाड़ी ज्यादा देर रुकती तो दौड़कर भरपेट पानी पीकर आ जाता और अपनी बड़ी-सी प्लास्टिक की बोतल में भर भी ले आता। गाड़ी में शौच में जाने से डर ही जाता, चलती ट्रेन में कहाँ बैठे पाखाना के लिए। पहली बार रेल यात्रा और ऊपर से इतनी लंबी। रास्ते भर इतने स्टेशन पर इतनी तरह की वेशभूषा के लोग देखे तो सिर ही चकरा गया। लड़के लंबे बाल रखे हैं, लड़कियाँ छोटे। डब्बे में सामने वाली सीट पर एक सरदार जी सफर कर रहे हैं। वो भाँप लिए कि रंजीत पहली बार मुंबई जा रहे हैं। जब भी कुछ खरीदकर खाते या चाय पीते तो रंजीत को जरूर पूछते। अम्मा ने कहा था कि "रास्ते में किसी से कछु ना खईयो, डकैत लोग अब बंदूक लेकर गाड़ी न लूटें, वो तो बेहोसी दवा देकर लूट ले जावें।"अम्मा ने सारे जहान की खबरें इकट्ठी कर रखी हैं, मंदिर जाती हैं, बहुत लोगों से शहरों की बातें सुनकर आती है। रंजीत भी होशियार है लेकिन जल्दी ही समझ गया कि सरदार जी भले भानस हैं। वो भी उसे रास्ते भर समझाते रहे,

"पुत्तर जब तक रहने का इंतजाम न हो तो गुरुद्वारे जाकर लंगर खा लेना। मुंबई में कोई भूखा नहीं सोता, काम करने को बहुत है, बस मेहनत करना, ईमानदार रहना।" वो भी सिर हिलाकर चुपचाप सुनता रहता। वैसे उसके गाँव से पहले भी कई लोग मुंबई में आकर बसे हुए हैं। उनका पता ठिकाना, फोन नंबर लेकर आया है। वो लोग अपने देशवालों (गाँववालों) के लिए इंतजाम कर देते हैं। गाँव में भले कितनी दूरियाँ हों, गरीबी और मजबूरी इंसानों को विदेश में नजदीक ले आते हैं। वो जानते हैं कि बाहर वो इतनी ज्यादा संख्या में होंगे, उतने ही ताकतवर होंगे। दूसरे क्षेत्र में अकेला अक्सर जंग हार जाता है। रंजीत की किस्मत खराब, जब वो बॉम्बे सेंट्रल पहुँचा तो वहाँ भयंकर बारिश हो रही थी।

मुंबई नगरी फिल्मों में कितनी खूबसूरत लगती है। बारिश में गड्ढों में भरा पानी, चारों तरफ उधड़ी सड़कों में जमा कीचड़, तेज टेढ़ी बारिश, बदरंग उतरे हुए प्लास्टिक बड़ी-बड़ी बिल्डिंग में रहने वालों की आर्थिक परिस्थिति बयान कर रहे हैं। पीसीओ से जाकर राम विलास भाई को फोन किया। रामविलास ने भी रास्ता बता दिया, पता पूरी तरह से समझा दिया। ऑटो रिक्शा ने जब दो सौ रुपया भाड़ा बताया तो रंजीत हैरान हो गया, बड़ी मुश्किल से पैसे सूद पर लेकर गाँव से आया है। महाराष्ट्र में गाड़ी पहुँचते ही कई जगह पोहा-मटर बिक रहा था पर उसने दस रुपये तक का नाश्ता नहीं किया, कैसे मन मारकर, पेट काटकर यहाँ आया है और कलीना कलोनी तक जाने का दो सौ रुपया कैसे दे दे। फिर से राम विलास को फोन किया। रामविलास ने बोला यहाँ तो ऐसे ही किराया लेते हैं। फिर उसको बताया कि कैसे लोकल ट्रेन से कहाँ से आना है और कहाँ उतरना है, फिर वहाँ से बीस मिनट पैदल, ये वाला प्रस्ताव रंजीत को ठीक लगा। अपने सामने आती हुई दो लोकल ट्रेन को छोड़ दिया, इतनी भीड़ में चढ़ने का साहस ही नहीं कर पाया। बारिश भी थम चुकी है, चारों ओर अजीब तरह की उमस छा गयी। इतनी गर्मी लगने लगी मानों उसकी

साँस ही रुक जायेगी। गाँव में भी भयंकर गर्मी पड़ती है परंतु ऐसी पसीने वाली उमस नहीं होती। आखिर कार अपनी अटैची और कंधे का बैग लेकर हिम्मत करके लोकल में चढ़ ही गया फिर सान्ताक्रुज स्टेशन उतर कर, पूछते-पूछते शाम के सात बजे राम विलास के घर के सामने पहुँचा। घर क्या है, एक खोली है। दस बाई 12 फुट की, सामने टीन का दरवाजा और पिछली तरफ एक छोटी-सी खिड़की, जो खोलते ही तंग गली की गंदी बदबू से कमरे को महका देती है। इससे बड़ा तो उनके घर के बाहर बना गाय का घर है, गोबर की गंध और संडास की बदबू में क्या अंतर होता है, रंजीत को आज पता चला। जो भी घर के मालिक का दिल बहुत बड़ा है, पहले ही वहाँ चार लोग रहते हैं, पाँचवें को भी आसरा दिया। राम विलास पर भी किराये का बोझ अब थोड़ा कम हो जाएगा, क्योंकि रंजीत को अपने हिस्से का भाड़ा देना होगा। रंजीत को पाखाना जाना है, जब वो वहाँ गया तो उबकाई-सी आ गयी। ऐसा नहीं कि गाँव में उसके घर में कोई शौचालय है किंतु सुबह-सबेरे खुले खेतों में ही जाते हैं वो लोग। यहाँ के माहौल में शायद रंजीत टिक नहीं पाएगा, पर क्या मुँह लेकर वापस जाएगा, वहाँ भी तो ढोल-डंगरों की तरह खटते हैं और ढोल-डंगरों की ही तरह मर जाते हैं। अगले दिन सुबह-सुबह सभी काम पर चले गए। किसी से ज्यादा बात नहीं हो पाई। राम विलास पीने का पानी घड़े में रख गया है, "बाहर रुक्मणी मौसी नाश्ता बेचती है, वहीं जाकर जो खाना होगा खा लेना, शाम को आ कर काम की बात करेंगे।" यह कहकर राम विलास भी चला गया। इतना लंबा सफर तय करके आया कि दोपहर तक रंजीत सोता ही रहा। जब उठा तो बहुत भूख लगी। अम्मा की याद आते ही आँखें नम हो गयीं। डब्बा में से सत्तू-अचार लेकर खा लिया। खोली के बाहर जाकर थोड़ा घूमने लगा। चारों तरफ ढेरों छोटी-बड़ी खोलियाँ। मर्द ज्यादातर काम पर गए हुए हैं औरतें भी कहीं न कहीं काम पर जाती हैं। घर पर या तो बूढ़ा-बूढ़ी या बच्चे खेलते नजर आते हैं। बस्ती से बाहर की दुनिया एकदम

अलग ही है, आस पास छोटी बड़ी इमारते हैं, दुकानें हैं, शोरूम हैं, कभी न थमने वाला गाड़ियों का शोर गुल है। इतनी तरह की गाड़ियाँ तो उसने सिर्फ फिल्मों में ही देखी हैं। पंचायत के बाबू कभी कभी किसी अधिकारी के साथ सफेद अम्बेसडर में आते हैं। शादी ब्याह में किराये पर मारुति आ जाती है लेकिन इतनी तरह की गाड़ियाँ, डबल डेकर बसें ये सब देखकर खुश हो गया, कलीना का पुल (फ्लाई ओवर) ही कितना बड़ा है, अब यह शहर उसे धीरे-धीरे अच्छा लगने लगा। घूमते-घूमते शाम को छ: बजे खोली वापस पहुँचा। रमेश की पत्नी किसी का चौका-बर्तन करके अभी-अभी वापस आयी है। रंजीत पर निगाहें पड़ते ही वो समझ गयी कि पंछी नया है "किसके भाई हो? कब आये? गाँवकहाँ का है?"कैसी बेशर्म औरत है पहली बार में ही पराये मर्द से कैसे खुलकर बात कर रही है। रुक्मणी के प्रश्नों का उत्तर जैसे तैसे जबरदस्ती देकर अपनी खोली की तरफ जैसे ही मुड़ने लगा, तभी देखा अंदर से एक बहुत ही प्यारी-सी लड़की बाहर आकर बोली, "भाभी खाना मैंने बना दिया है, अब आप भैया के पास बैठो, मुझे सुषमा के यहाँ टीवी देखने जाना है।" रुक्मणी बोली, "चली जाओ, लेकिन देर मत करियो, बस्ती में बेवड़े बहुत घूमते हैं। रात को नौ से पहले आ जाइओ, तुमके भैया बहुत नाराज होवे हैं, जब तुम देर तक दूसरों के घर टीवी देखते हो।"

मुंबई आने के बाद अगर कुछ अच्छी चीज दिखी तो वो लड़की ही थी। गोरीसी, मंझले कद काठी की नैन-नक्श भी साधारण, सलवार कमीज पहने हुए। बाहर शहर में तो कैसी-कैसी मोटी बेढब सी, खुली टांगे दिखाती हुई बड़ी-बड़ी लड़कियाँ भी फ्रॉक पहन कर दिखी हैं। उन सबको देख कर रंजीत चिढ़-सा गया था, कैसे बिना आस्तीन की कमीजें पहनकर घूमती हैं। गले की इतनी बड़ी कटाई कराती है कि कमीज में कुछ छुपता ही नहीं है। फिर मर्द अगर इन्हें घूरते हैं तो मर्दों को सभी दोष देते हैं। रंजीत खुश है कि चलो यह लड़की उसी के पास पड़ोस में रहती है। वो उसे अपनी पत्नी बनाने के सपने देखने

लगा। शाम को आकर राम विलास ने काम के बारे में बताया। "हिन्द माता" कपड़ों की बड़ी मार्केट है। वहाँ से ठेले पर कपड़ों की गट्ठी और पोटियाँ ढो कर ठेले से ही स्टेशन तक माल पहुँचाना है। रंजीत तो किसान है, अन्नदाता है, अब यहाँ ठेला गाड़ी चलायेगा? यही सोचकर उसका मन उदास हो गया। राम विलास ने कहा, "बारिशों के मौसम में बिल्डिंग बनाने का काम थोड़े रुक जाते हैं, नहीं तो मजदूरों की लिस्ट में तुम्हारा नाम लिखा देता फिर तुमको न तो ऑटो चलाना आता है न गाड़ी, देखो भाई यहाँ तो एम.ए. पास चपरासी का काम करते हैं। खोली का भाड़ा, खाना-पीना यह सब के लिए पैसे तो चाहिए, यहाँ तो साहब लोग अपने रिश्तेदारों को भी मुफ्त में घर पे नहीं रहने देते। देख लो, हट्टे कट्टे हो, पैसा भी अच्छा मिलेगा फिर काम न पसंद आया तो दूसरा देख लेंगे, कल से मेरे साथ चलना।" मजबूर की कोई पसंद-नापसंद नहीं होती। रंजीत को रात भर धर्मेंद्र-आशा पारिख की 'समाधि' फिल्म के सीन और गाने याद आने लगे। धर्मेंद्र-आशा पारिख को ठेला गाड़ी में बिठाकर गाना गा रहा है, "जब तक रहे तन में जिया, वादा रहा ओ साथिया, हम तुम्हारे लिए, तुम हमारे लिए।"अगले ही दिन मार्केट चले गए। छोटी-छोटी दुकानें, गोदाम और राम विलास ने बताया ये सभी करोड़पति हैं। ठेला चलाने का कोई अनुभव नहीं है। पहली बारी में ही इतना सामान लाद दिया कि ठेला उठाने में ही पूरा दम लगाना पड़ा। दूसरे साथियों ने मदद की और बताया कि कितनी ऊँचाई तक अगला भाग पकड़ना है और कैसे पैर पर जोर लगाकर रोकना है। अम्मा ने सत्तू खिला-खिला कर और भैंस का दूध पिला-पिला कर जवान किया है, नहीं तो पाव-बटारा खाकर भला कोई इतनी मेहनत का काम कर सकता है। रंजीत के शरीर का जोर चल निकला। पहले तीन चार दिन पैरों में बहुत दर्द हुआ और मुंबई की गर्मी की नमकीन हवा और पसीना, ये उसे ज्यादा तकलीफ देते लेकिन अगर जीना है तो चलना होगा। फिर रात को जब थका हारा आता तो उस लड़की के कभी-कभी दर्शन हो ही जाते

थे। इतवार को छुट्टी होती है, हजाम के पास जाकर बाल कटवा कर आया। कई दिनों बाद ड्रम के पानी से अच्छी तरह से नहाया। राम विलास उसे रुक्मणी के घर ले गया। वो मालकिन के घर खाना बनाने गयी है। उसका पति काफी बीमार है, घर पर ही रहता है। घर का खर्चा रुक्मणी चलाती है। उसकी बहन कुछ सिलाई सीखी हुई है किसी दर्जी से ही घर पर कपड़े आ जाते हैं, फॉल-पीको का काम करती है, रंजीत को यह जानकर और भी खुशी हुई कि लड़की सयानी और सुघड़ है।

रुक्मणी की ननद का नाम पुष्पावती है। रुक्मणी किसी अच्छी जगह इसकी शादी कराना चाहती है ताकि उसकी गरीबी भी दूर हो सके। पुष्पा आकर सबको चाय देती है। चुन्नी गले में अभी भी है, बस "रंजीत के सपनों की रानी", इससे आगे रंजीत का दिमाग काम करना बंद हो जाता है। रुक्मणी भी काम से लौट आयी है। रंजीत उसे पहली नजर में ही भा गया है लेकिन रंजीत उसकी तरफ आँख उठाकर भी नहीं देखता। घर बार की इधर-उधर की बातें होती रहती हैं। रुक्मणी को समझ में आ जाता है कि रंजीत को पुष्पा पसंद है। "पुष्पा दसवीं पास है, सिलाई जानती है, भला रंजीत का उससे क्या मुकाबला"रुक्मणी मन ही मन रंजीत को पाने की कोशिश में लग जाती है। वो रंजीत का खयाल रखने लगती है, कभी-कभी मालकिन के घर से बची हुई सब्जियाँ उसके लिए लाती है। भोजन घूस देने का सबसे सरल माध्यम है। रंजीत को शहर में घर का बना खाना नसीब होने लगता है, वो रुक्मणी भाभी का एहसान मंद होने लगता है और फिर पुष्पा को पाने के लिये रुक्मणी भाभी को तो मनाना ही पड़ेगा। रुक्मणी के पति की तबियत अब और नहीं सुधर रही। वो भी अपनी बोझ भरी जीवन से तंग आ चुका है। एक दिन जहर खाकर उसने आत्महत्या कर ली। पूरी खोली में शोक का वातावरण फैल गया। पुलिस भी आई, आत्महत्या या हत्या इस बात पर चर्चा भी हुई लेकिन तीन मास की छानबीन के बाद आत्महत्या का केस बनकर बंदहो गया। घर में पुष्पा और रुक्मणी दोनों जवान औरतें हैं, अकेली

हैं, सहारा देने वाले अनेक। रुक्मणी ने गाँव से अपने भाई को अपने पास बुलवा लिया। अब सहानुभूति से रंजीत रुक्मणी के और करीब आने लगा लेकिन शादी उसने पुष्पा से ही करनी है। ठेला चलाने का काम अब बंदकर दिया है। उसमें अच्छी खासी कमाई है लेकिन रंजीत को खेती बाड़ी का ही शौक है। रुक्मणी ने मालकिन से कहलवा कर लोखनवाला के फार्म हाऊस में उसे माली का काम दिलवा दिया है। वहाँ पर रंजीत को आराम है, रहने को दो कमरों का घर, पानी-बिजली, स्वच्छ वातावरण और पूरे फार्म हाऊस की मालकियत क्योंकि सेठ कभी-कभी ही आते हैं। बीच-बीच में रुक्मणी उससे मिलने चली आती है। दोनों को शरीर की भूख और अपना-अपना स्वार्थ। रिश्ता बन ही गया फिर भी रंजीत एक दिन हिम्मत करके बोल ही दिया कि "पुष्पा से मेरी शादी करवा दो, तुम्हारा गुलाम बनकर रहूँगा" रुक्मणी ने वादा किया कि "पति की बरसी पूरी होने दो, बात पक्की कर देंगे। तब तक आप भी गाँव में अपने माता-पिता से बात कर लेना।" रुक्मणी को पता है नयी औरत पाकर पुरुष कभी पुरानी औरत का गुलाम नहीं रहता लेकिन कुछ कहकर वो अभी रंजीत को खोना नहीं चाहती। रंजीत का छोटा भाई भी आना चाहता है गाँव से मुंबई। गाँव में न रोजगार है और न ही अच्छी तरह से खेती-बाड़ी हो रही है। रंजीत मुंबई में रहे पहले कुछ महीनों को अभी तक नहीं भूला है। अपने भाई राजेन्द्र से कहता है, "आ जाना राजू, गाँव में ही किसी से ड्राइविंग सीख लो, नौकरी मिलने में आसान होगी। मुंबई ससुरी बड़ी महंगी है"। राजू ने वही किया। एक महीने में लगातार लग कर गाड़ी चलाना सीख लिया। दिमाग का तेज और खुशमिजाज है। सरपंच के बूढ़े ड्राइवर ने बहुत थोड़ी रकम में ही सिखा दिया। जहाँ शौक और जरूरत दोनों हो वहाँ काम सीखना आसान हो जाता है। बढ़िया गाड़ी चलाने लगा। अम्मा बाबूजी को लेकर भाई के पास लोखनवाला फार्म हाउस चला आया। मुंबई में उसे उतनी तकलीफ नहीं झेलनी पड़ी जितनी रंजीत ने झेली थी। रुक्मणी से गुजारिश की गयी कि

मालकिन की किसी सहेली के यहाँ ड्राइवरी पर रखा दे, पैसे भी ज्यादा नहीं लेगा। रुक्मणी ने कुछ ही दिनों में एक ओर सेठ के यहाँ नौकरी पर रखा दिया। नौकरी के सिलसिले में उसे अक्सर रुक्मणी के घर मुंबई जाना पड़ता है। वहीं उसकी मुलाकात पुष्पा से भी होती है। अब या तो यह संयोग था या फिर कोई चाल। अक्सर पुष्पा को भाभी राजेन्द्र के साथ बाजार भेज दिया करती थी। पुष्पा भी इतनी शांत और अच्छे स्वभाव की है कि उसे राजेन्द्र मन ही मन पसंद करने लगा। पुष्पा भी उसे पसंद करने लगी। राजेन्द्र ड्यूटी के बाद जब भी मौका मिलता उसे साहब की गाड़ी में जरूर घुमाता, मुंबई शहर दोनों ने ऐसे ही घूम-घूमकर देखा है। रुक्मणी ने भी चालाकी से पूछा, "पुष्पा तू अपने भैया की लाड़ली थी, तेरी पसंद से ही लगन करूँगी। दोनों भाई अपनी तरफ के ही हैं। ईमानदार हैं, सुंदर हैं, कमाते हैं, दहेज भी न लेंगे। बोल किससे बात चलाऊँ, तू तो थोड़ी पढ़ी लिखी है, सिलाई भी जानती है, शहर में दोनों मिलकर कमाना-खाना घर बसाना।" पुष्पा को लगा भाभी ने जैसे उसके मन की बात जान ली है, बोली, "जैसा आप ठीक समझो, राजेन्द्र शहर में ही रहता है।"अगले दिन अपने भाई-भाभी से दो दिन का शिरड़ी जाने का बहाना कर, रुक्मणी लोखनवाला पहुँच गयी। वहाँ पर पहले से ही रंजीत के अम्मा-बाबूजी से वो मिल चुकी है। उन्होंने भी पुष्पा को देखा है। अम्मा को एक ही दुःख है कि बिन माँ-बाप की बच्ची है, कोई भाई नहीं। शादी में खाली हाथ ही आयेगी फिर इस हालात में बेटों को अभी अच्छी लड़की मिलना भी मुश्किल। गाँव की जमीन का कर्जा भी उतारना है। किसी पैसे वाले की बेटी मिल जाती तो गंगा नहा लेती।

रुक्मणी ने रंजीत को अकेले में बताया, "पुष्पा तुमसे लगन नहीं करना चाहती, उसे शहर में नौकरी वाला लड़का चाहिए, वैसे तुम बुरा न मानना, वो राजेन्द्र को पसंद करती है। उसी से शादी करेगी।"रुक्मणी की बात सुनकर रंजीत आग-बबूला हो गया। उसे अपने भाई पर बड़ा गुस्सा आया और पुष्पा पर उससे भी ज्यादा,

"देखता हूँ वो इस घर में कैसे राजू से व्याह कर आयेगी। "इतना बड़ा अपमान वो हजम नहीं कर पा रहा है। मन किया अभी उसकी खोली में जाकर उसकी सारी गर्मी उतार दे, ताकि किसी की होने के काबिल न रहे। रुक्मणी जानती है, रंजीत इतनी आसानी से हार नहीं मानेगा। उसने अम्मा को बोला, "मौसी दोनों भाई मेरी ननद को पसंद करे हैं। पुष्पा राजू के साथ ही खुश रहेगी, मेरी भौजी की बुआ बहुत पैसे वाली है, बस उसकी बिटिया ठीक ठाक से दिखती है। अगर हाँ बोलो तो रंजीत के लिए बात चलाऊँ, बहुत माल मिलेगा। रंजीत गाँव में अपना खेत खरीद लेगा, घर भी बस जाएगा, सुंदरता का क्या है, उम्र के साथ ढल जाए हैं। पुष्पा तो सुंदरबहू मिल ही रही है। एक लक्ष्मी दूजी सरस्वती।"अम्मा को बात जँच गयी। कई दिनों के रूठने मनाने के बाद रंजीत की शादी कल्पना से हो गयी, ढेर नगद आया। अम्मा-बाबूजी जाकर सारा कर्ज उतार दिए। एक छोटा खेत का सौदा भी कर आए। रंजीत बुझे मन से कल्पना के साथ रहता। साँवलापन से काले की ओर जाता हुआ रंग, शरीर की काया में औरतों वाला कोई रूप नहीं, एकदम सपाट, जैसे किसी बाँस को साड़ी लपेटी हो। कल्पना का पिता तो धन्य हो गया रंजीत जैसे दामाद पाकर। फार्म हाउस में रहता है, कमाता है, हट्टा कट्टा गबरु जवान है। दिल खोलकर राशि दहेज में दी। वैसे भी कल्पना की शादी कहीं हो ही नहीं रही थी, पैसे देकर भी नहीं। किसी ने कल्पना नहीं की थी कि उसे ऐसा वर मिलेगा, स्वयम् कल्पना ने भी सपने में नहीं सोचा था। बाप तो दुहाजु को देने को तैयार थे लेकिन ऐन मौके पर रुक्मणी का प्रस्ताव आया और कल्पना का भाग्य पलट गया। सास-ससुर गाँव चले गये थे। पुष्पा की शादी अगले महीने राजू के साथ होनी तय हुई है, राजू मुंबई में ही राम विलास की खोली में रहने लगा था, अब सेठ ने उसे ऑफिस की छत पर ही एक कमरा दे दिया है। दोनों रोज मिलते हैं, घूमते हैं और रंजीत एक हारे हुए बदकिस्मत तरह अपने भाग्य को गालियाँ देता है। अपनी सारी भड़ास, हताशा वो कल्पना पर निकालता

है। कल्पना उसे जरूरत से ज्यादा कुरूप दिखायी देती है। वो जब भी रात को उसके पास जाता है तब उसे नंगा करके उसे भद्दी गालियाँ देता है, उसकी सपाट छातियाँ, पिंजर जैसे बदन पर लात घूँसे मारता है, जब वो जोर-जोर से रोने लगती, तब जाकर उसके पुरुष अहम् को शान्ति मिलती, फिर पुष्पा का चेहरा याद करके उसका बलात्कार करता। इतनी क्रूरता करता कि कल्पना की रूह तक काँप जाती। सबेरे वो मुँह छुपाये, अपने बदन के घाव को खुद ही मरहम लगाती और स्नान करके काम में लग जाती। "किससे कहे वो अपनी ये दास्तान"। पिता ने सब कुछ देकर विदा कर दिया है। सास-ससुर यहाँ हैं नहीं, देवर भी कभी-कभार ही आता है। दूर-दूर तक फार्म हाउस में कोई नहीं है। बस एक और परिवार है, पर वो दूसरे सिरे पर रहते हैं। दिनभर कई लोग भी आते हैं काम के सिलसिले में, तब रंजीत एकदम शान्त रहता है, पर जैसे जैसे शाम ढलती है कल्पना भगवान से हाथ जोड़ती है कि रात कभी न आए, लेकिन प्रकृति किसी के लिए अपने नियम नहीं बदलती। कल्पना जब शादी होकर आई थी तो कुछ अच्छी ही लगती थी। चेहरे पर एक अलग तरह की मासूमियत झलकती है। साँवली होने पर भी नैन-नक्शा इतने बुरे नहीं है परंतु रंजीत के हैवानियत वाले व्यवहार से वो और सूखकर काँटा होती जा रही है। उसका रंग और गहरा होता जा रहा है। चेहरे की मासूमियत की जगह अब सहमापन आ गया है। बीच-बीच में रुक्मणी आती रहती है। रात को रहकर भी जाती है। वो उसकी सौतन है, यह उसे बहुत जल्दी पता चल गया है लेकिन कल्पना शायद पहली औरत होगी जो कि अपनी सौतन के आने पर खुश होती है। वो उन कुछ दिनों में राहत की साँस लेती है। रंजीत को संभालना रुक्मणी को आता है और फिर रंजीत भले ही रुक्मणी से प्रेम नहीं करता लेकिन प्रथम नारी सहवास उसी के साथ किया था और दोनों एक दूसरे के शरीर की भाषा अच्छी तरह से समझते हैं। कल्पना बहुत अनुरोध करके रुक्मणी दीदी को रोक लेती है। वैसे भी अन्य समय में रंजीत

का व्यवहार कल्पना से ठीक ही रहता है, बस सहवास के समय वो पुष्पा की जगह उसको पाकर अपनी पराजय को देखता है और दरिंदा बन जाता है। महीने बाद गाँव में ही राजू की शादी हो जाती है। गाँव में भी पुष्पा-कल्पना की तुलना होती रहती है। कल्पना काफी पैसा लायी है बोलकर अम्मा-बाबूजी उससे बुरा बर्ताव नहीं करते, लेकिन पुष्पा की तरह मन से भी नहीं चाहते। पन्द्रह दिन रहकर सभी मुंबई आ गये। गाँव में रंजीत को अकेले रहने का मौका नहीं मिला, कल्पना की सेहत भी सुधरने लगी। पुष्पा-रंजीत नयी शादी हुई है, थोड़ा समय अकेले ही रहें, यही सोचकर अम्मा-बाबूजी कल्पना के साथ फार्म में ही रहने लगे। कल्पना सारा दिन उनकी सेवा में ही लगी रहती है। रात वाली बात अब अम्मा-बाबूजी से नहीं छिपी रही, रात को मारना और कल्पना का रोना दोनों ने सुना है। अम्मा ने बेटे को इशारे से समझाया "ठीक से पेश आओ, कहीं मर गई तो मुश्किल हो जायेगी, ऐसी बातें छुपती नहीं हैं।"

माँ-बाबू के आने से थोड़ा-सा अंकुश लगा किंतु जिस दिन राजू-पुष्पा फार्म में घूम कर जाते, दोनों को एक साथ खुश देखकर रंजीत पागल-सा हो उठता। उस रात कल्पना का बुरा हाल करता। पहले तो वो समझ नहीं पायी किंतु धीरे-धीरे उसे भी यह मालूम चल गया कि पुष्पा को न पा सकने के कारण यह सब हो रहा है। रुक्मणी ने भी यह बात उसे बता दी है। पुष्पा अब गर्भवती है। छत वाले कमरे में रहना मुश्किल है, हर छोटे-मोटे काम के लिए नीचे ऊपर करना पड़ता है। सो सात माह होते ही उसे फार्म में ले आए हैं। साथ में हाथ बँटाने के लिए रुक्मणी भी आ गयी है। पुष्पा का पूरा खयाल रखा जाता है। कल्पना बस इन सबकी नौकरानी बन कर रह गयी है। उसे रुक्मणी से ज्यादा पुष्पा पर गुस्सा आता रहता है। रात को रुक्मणी भी उनके कमरे में आ जाती है। अम्मा पुष्पा को लेकर दूसरे कमरे में सोती हैं। बाबूजी बाहर खटिया पर, रुक्मणी और रंजीत अब पूरे बेशर्म हो चुके हैं। पास में सो रही कल्पना के सामने ही सहवास करते हैं। कल्पना

दुःख से, घृणा से मुँह दूसरी तरफ करके सोई रहती है, कभी कभी तो जबरदस्ती रंजीत उसको उठाकर बिठाकर कहता है, "देख, प्यार कैसे किया जाता है।" और दोनों हँसने लगते हैं। कल्पना का धैर्य अब टूटने लगा है। बस किसी दिन चुपचाप वो यहाँ से कहीं दूर चली जाएगी। जहाँ पर उसको कोई नहीं पहचानेगा।

प्रभा देवी सामाजिक शास्त्र की प्रोफेसर है। अपने सभी विद्यार्थियों को लेकर जेल में रहने वाली महिला कैदियों पर एक सर्वे कर रही हैं। महाराष्ट्र, कर्नाटक, आन्ध्रप्रदेश, केरल और गुजरात के जेलों में बंद महिला कैदियों की स्थिति पर रिपोर्ट बनाकर सरकार को देनी है क्योंकि वो स्वयम् महाराष्ट्र से ही हैं, इसीलिए महाराष्ट्र की जेलों में आखिर में आयीं। पहले चार राज्यों की सेंट्रल जेल, सब जेल, स्पेशल जेल वगैरह देख आयी हैं, तथ्य, जानकारियाँ उनके विद्यार्थी इकट्ठा करते हैं। अधिकारियों से लेकर, जेल में उपस्थित अन्तेवासी (कैदियों) सेमिलकर बातचीत करती हैं। प्रभा देवी कभी भी कोई काम अधूरा नहीं करतीं। गूगल से जितनी भी सूचना क्यों न मिले, वो स्वयम् अपने स्टूडेंट्स के साथ हर काम खुद अपनी निगरानी में करती हैं। उनकी रिपोर्ट केंद्र सरकार तक मान्य रहती है। अपराधियों को कारागार में बंद रखना, जेल में भेजना वैसे तो सदियों पुरानी व्यवस्था है, पर कैदियों के अधिकार व जेल के कानून अंग्रेजों ने 1894 में सबसे पहले बनाया और सारे भारत में लागू किया। जेल के भीतर होने वाले जुल्मों की वारदातें अक्सर बाहर सुनाई देती थीं। इसीलिए इस कानून में कई संशोधन होते गए। कई राज्यों में विशेष जेलों का निर्माण किया गया और महिलाओं के लिए अलग से स्वतंत्र जेलें निर्मित की गयीं। फिर भी कई ऐसे मुद्दे रहते हैं जो साधारण लोगों तक नहीं पहुँच पाते। जेल में रहने वाले कैदी भी एक इंसान हैं, उनके साथ मानवीय आचरण होना चाहिए, यह बात समझा पाने के लिए बुद्धिजीवियों को इक्कीसवीं सदी तक संघर्ष करना पड़ा। अब तो काफी सुधार के कार्य सरकारें कर रही है लेकिन महिलाओं की स्थिति

में कोई विशेष सुधार नहीं हुआ है। आज भी वो एचआईवी/एड्स से ग्रसित रोगियों के साथ ही रहती हैं। घर से उनको कोई मिलने नहीं आता और न ही पूछने आता है। ज्यादातर कम पढ़ी-लिखी होती हैं, उन्हें अपने केस के बारे में भी नहीं पता होता, वो ठीक से कोर्ट में अपनी पैरवी भी नहीं कर सकती हैं। गरीब घर से आई औरतें जब सजा खतम होने पर वापस घर जाना चाहती हैं तो कोई परिवार से आकर उन्हें वापस घर में नहीं बसाना चाहता। माहवारी में लगाने के लिये पैड तक नहीं मिलते। इस बार सुपरिंटेंडेंट मैडम रेणुका झारखंड ने प्रभा देवी से अनुरोध किया है कि कुछ सैनिटरी नेपकिन्स, लेडीज पैंटीज और पेटीकोट की व्यवस्था करा दें, कुछेक के बहुत छोटे बच्चे उनके साथ ही रहते हैं। उनके लिये ट्राई साइकिल दिलाने से वो जेल परिसर के भीतर ही खेल सकेंगे। रेणुका जी बहुत नरम दिल की अधिकारी हैं। सभी महिला कैदियों से प्यार से बात करती हैं, उनकी तकलीफें सुनती हैं। बाहर से ब्रह्माकुमारी, क्रिया योग आश्रम इत्यादि की बहनों से "नारी निकेतन" में आध्यात्मिक कार्यक्रम समय-समय पर आयोजित कराती रहती हैं। क्लब की मैडम भी आकर सिलाई मशीन इत्यादि दे गयी हैं। जेल में एक सिलाई सिखाने वाली मैडम की नियुक्ति भी की गयी है ताकि ये सजा काटने के बाद स्वयम् सक्षम होकर बाकी का जीवन काट सकें। अलग-अलग जुर्मों की सजा काट रही महिलाएँ हैं। कुछ का अभी केस कोर्ट में चल रहा है। आज की तारीख में 126 महिलाएँ जेल में उपस्थित हैं। प्रभा देवी ने विद्यार्थियों के छः ग्रुप बना दिए हैं, "आप लोग 20-20 महिलाओं से इंटरव्यू लेकर तथ्य संग्रह करो और हाँ देखो 'बी पोलाइट विद देम', रिस्पैक्ट से बातचीत करना ओके।" विद्यार्थी भी प्रभा देवी के साथ काम करके बड़े समझदार हो गए हैं। अब उन्हें 'ये कैदी महिलाएँ घृणित हैं' सुनने के बाद भी बहुत सहानुभूति पैदा हो जाती है। प्रभा देवी के चेम्बर में बैठकर बातचीत करने लगती हैं, तभी रेणुका देवी उनसे चाय पीने की गुजारिश करती हैं। जेलर मैडम भी वहीं बैठी हैं,

तभी एक लड़की सलवार कमीज पहने चाय की ट्रे लेकर हाजिर होती है। रेणुका देवी कहती हैं, "ये कैदी नंबर 27 है, हमारे महाराष्ट्र की नहीं है। आपके यूपी साइड की है, आपको तो पता है यहाँ पर बाहर की भी औरतें हैं। इसने सिलाई नहीं सीखनी चाही, रसोई का जिम्मा इस पर है। बहुत बढ़िया दाल में छौंक लगाती है, सभी को प्यार से खिलाती है।" प्रभा देवी बहुत प्रभावित हुईं, पूछा, "बेटा कौन जिला से हो?" पर उसने कोई जवाब नहीं दिया। चाय और पकौड़ी रखकर चली गयी। सचमुच पकौड़ियाँ बहुत स्वादिष्ट बनायी हैं, प्रभा देवी को अपनी अम्मा के हाथ की पकौड़ियों वाला स्वाद याद आ गया। मुंबई में कितनी तरह के नाश्ते मिलते हैं पर ऐसी पकौड़ियाँ बहुत दिनों बाद चखी थीं। प्रभा देवी ने पूछा, "सजायाफ्ता (Convicted) है या ट्रायल अभी चल रहा है। "मैडम ने कहा, "सजा हो गयी है, उम्र कैद, हमने यूपी जेल में ट्रांसफर करना चाहा ताकि इसके अपने रिश्तेदार इससे आसानी से भेंट कर सकें, पर इसने मना कर दिया है। चार साल से यहाँ है। पहले साल भर केस चलता रहा, फिर सजा हो गयी, अभागिन है, हाईकोर्ट में अपील भी नहीं करना चाहती।"प्रभा देवी ने समझ लिया कोई जघन्य अपराध ही किया होगा जो कि आजीवन कारावास हुआ है। भारत देश के कानून में सजा तो कम ही लोगों को मिलती है। अधिकतर सबूतों-गवाहों के अभाव में छूट जाते हैं या फिर पुलिस अपनी छानबीन भी लंबे समय तक चलाती है, कभी-कभी तो केस इतना कमजोर होता है कि दोषी भी छूट जाते हैं।

हमारे देश के कानून का एक मंत्र, "हजार दोषी चाहे छूट जाएँ लेकिन निर्दोष को सजा नहीं होनी चाहिए।" और ज्यादातर छूटे हुए दोषी उच्च वर्ग या अमीर तबके के ही होते हैं। सजा भुक्त कमजोर वर्ग, गरीब वर्ग या अनपढ़ ही होते हैं, ऐसा प्रभा देवी के सर्वे की रिपोर्ट कहती है। वैसे भी न्यायालय की प्रक्रिया में कुछ भी बोलना अपराध माना जाता है। इसलिए सामाजिक कार्यकर्ता भी इस मामले में चुप्पी साधे रहते हैं। न्याय की व्यवस्था से कोई पंगा नहीं लेता

लेकिन जब पुलिस ठीक से तथ्य जुगाड़ करके पक्के गवाहों और सबूतों के साथ केस की पूर्ण ठीक चार्जशीट समय से कोर्ट में दाखिल नहीं करेगी तो जज कैसे फैसला दे सकते हैं। जो भी हो लोगों का सामना पुलिस से पड़ता है इसलिए उनके बारे में ज्यादा कमेंट नहीं देते, पीठ पीछे न्यायालय की कारवाई पर गुस्सा निकालते हैं। फिर भी प्रभा देवी ने पूछ ही लिया, "क्या किया था इसने?" अपने देवर, गर्भवती देवरानी को मारकर कुएँमें फेंक दिया था, बेचारी सात माह की गर्भवती थी।"प्रभा देवी का चेहरा वितृष्णा से भर उठा, लेकिन मैडम आगे बोलीं, "पहले तो ये कुछ कहती नहीं थी, चुपचाप रोती रहती थी फिर काफी कांउसिलिंग करने के बाद बतायी कि वो सारी हत्याएँ इसके पति ने की थीं और गवाही उसकी विधवा प्रेमिका जो कि देवरानी की ननद थी, उसने दी थी। घरवालों ने इसको बहला फुसला कर कह दिया कि जुर्म अपने सिर पर ले लो, मैं जेल से बाहर रहूँगा तो पैसा खर्च करके तुझे बाहर निकाल लूँगा।"मूर्ख ने वही किया। उस रात उसका देवर फार्म पर छुट्टी में आया था। गर्भवती पत्नी के साथ कुएँ के पास बैठकर, मोबाइल से उसकी फोटो खींच रहा था, दोनों बहुत खुश थे। बस बड़े भाई को पुष्पा का बढ़ता पेट पहले से आँखों में चुभता था। वो उसके पेट में अपने बीज बोना चाहता था, अब वो उसी के सामने, उसी के छोटे भाई की पत्नी बनकर पेट लेकर खुशी-खुशी घूम रही है। बस बिना आव-ताव देखे पास में रखी ईंट उसके माथे पर जोर से मारकर कुएँ में गिरा दिया, छोटे भाई ने जब इसका विरोध किया तो उसके भी सिर पर ईंट से वार करके कुएँ में धक्का दे दिया। चीख पुकार सुन कल्पना, रुक्मणी, अम्मा सब बाहर आ गए, तब तक दोनों कुएँ में डुबकियाँ लगा रहे थे। जब तक रस्सी से खींचकर उन्हें बाहर निकाला गया, दोनों मर चुके थे, रंजीत का गुस्सा भी शांत हो चुका था, उसे अब जेल जाना था। माँ-बाप अपना छोटा लाड़ला खो ही चुके थे। अपने बड़े बेटे को जैसे भी हो बचाना है। विधवा रुक्मणी को भी सहारा चाहिए। सभी ने हाथ-पाँव जोड़कर

कल्पना को राजी किया कि "झगड़े में पैर फिसल कर दोनों कुएँ में गिर गए, यही बोलना, बस बाकि हम अच्छा वकील करके संभाल लेंगे, तुमको बाहर ले आएँगे।"कोर्ट में केस जाते-जाते पूरी कहानी ही बदल गयी, तहकीकात अधिकारी को कहा गया "कल्पना अपनी देवरानी की सुंदरता और गर्भ से जलती थी, सास-ससुर पर भी अपने बाप के घर से आयी रकम की धौंस जमाती थी। उसी ने ईंट से मारकर दोनों की हत्या की है।" रुक्मणी की गवाही बहुत अहम् रही। पुष्पा गर्भवती थी, जज ने कोई सहानुभूति नहीं दिखायी, वो तो चाहता फाँसी दे देता लेकिन जुर्म अचानक हुआ था।"कल्पना को उम्रकैद की सजा हुई, माँ-बाप आकर बेटी को कोसते हुए चले गए। पति एक बार भी जेल में मिलने नहीं आया, उल्टे कोर्ट में उसी के खिलाफ गवाही दी। बस तभी से कल्पना शांति से अपनी सजा काट रही है, हाईकोर्ट में अपील की इच्छा भी नहीं, बाहर उसका इंतजार करने वाला, उसको प्यार करने वाला कोई नहीं है। इतना सब सुन प्रभा देवी की आत्मा रो उठी। सर्वे की रिपोर्ट तो बनती रहेगी। उसे अभी एडवोकेट जनरल से बात करके, इस केस की फिर से सुनवाई कराने के लिये रिव्यू पिटीशन डालनी होगी। सजा काट रहे केस को खुलवाना मतलब पुलिस की इन्वेस्टिगेशन पर सवाल उठना, जो भी हो ये काम इतना आसान नहीं है पर नामुमकिन भी नहीं। फिर से छानबीन होगी, गवाहों से जिरह होगी, भारतीय दण्ड विधान में "निर्दोष को कभी सजा नहीं होनी चाहिए" इस मंत्र पर प्रभा देवी को पूरा विश्वास है। कल्पना लेकिन सारी आशाएँ खो चुकी है। प्रभादेवी उसको भरोसा देकर गयी हैं, "तुम्हारे पति को दंड अवश्य मिलेगा, उसने तुम पर जो भी जुल्म किए हैं उसकी सजा जरूर मिलेगी।"कल्पना की आँखों के रास्ते उसका दर्द बहने लगा।

***

स्टेशन

कौशल्या देवी का मन आज सुबह से ही खराब है। बहू से खिटपिट आज कुछ ज्यादा ही हो गयी है। घर में चार औरत जात और सिर्फ एक ही मर्द है लेकिन कौशल्या देई को वो भी नामर्द ही लगता है। जिस मर्द की जबान अपनी बीवी के सामने बंद हो जाती हो उसे वो नामर्द ही ती कहेगी। कौशल्या देई की उम्र आज की तारीख में लगभग 62 साल की है। 16 साल की उम्र में अधेड़ श्यामलाल के साथ शादी करके नालन्दा कस्बे में आयी थी। पीहर बख्तियारपुर का है। कौशल्याकेपति रेलवे में लाईन मैन थे। नौकरी भले ही छोटी हो, पर सरकारी थी। कौशल्या देई के पिता ने काफी सामान लत्ता देकर बिटिया को बिदा किया था। सोचा था सरकारी रेलवे में जमाई काम करता है, सारे परिवार को पार लगा देगा। सालों की नौकरी भी कहीं लगवा देगा। सुना है घूस देने से नौकरी पक्की मिल जाती है। शादी के बाद ही अधेड़ के हाथ जवान कौशल्या लग गयी। बस उसने अपने सारे अरमान जवान बीवी से पूरे करने शुरू कर दिए। कौशल्या को उसने रानी बनाकर रखा। घर की खेती से धान, गुड़, तेल आ जाता था। तन्ख्वाह थोड़ी कम थी लेकिन सरकारी क्वार्टर में अच्छी गुजर बसर हो जाती थी। एक-एक करके हर साल बच्चे जमा दिए। 21 साल की उम्र तक कौशल्या चार बच्चों की माँ बन चुकी है। एक के बाद एक, पहले दो बेटे फिर दो बेटियाँ। उसने पहले दो बेटों के बाद ही ऑपरेशन कराने की सलाह स्टी थी। तब श्यामलाल बोले, "अरी ओ कौसल्या, तुम हमरी एक ही लुगाई बा, राम, लच्छमन, भरत और

सत्रुघन चार बेटों की अम्मा तो बनबा ना।" अब छोटी उम्र की कौशल्या और क्या कहे। एक बच्चा गोदी में दूध पी रहा होता तो दूजा पेट में आ जाता। परेशान हाल कौशल्या को कुछ न सूझता। जब तीसरी बार एक बेटी हो गयी तो श्यामलाल से बोली, "अबहूँ और ना करीं, बिटिया भी आ गयी है। अब ओर का चाहे हो?चार बेटों चाहिये तो दूजी लुगाई ले आओ।" श्यामलाल हँसकर उसकी बात उड़ा देता। तीन बच्चों को बड़ी मुश्किल से पाल रही थी, कोई भी बच्चा ठीक से संभलता ही नहीं था। हारकर बड़के नन्दन को बाप के यहाँ ननिहाल भेज दिया। भैया-भौजी अच्छे से रखेंगे। छोटू चन्दन को अपने ही पास रखा। बिटिया अभी बहुत छोटी है प्यार से श्यामलाल उसे शारदा कहकर बुलाते हैं। रेलवे के स्टेशन मास्टर मुखर्जी बाबू हैं, उनके घर और ऑफिस में परमहँस देव व शारदा माँ का फोटो है। बस बिटिया में उन्हें शारदा माँ ही नजर आयी और "दोठो बिटवा होई जाये तो गंगा मैया के दरसन करने हरिद्वार ले के तुमको जईबा।"यही आखिरी बात कही थी। रात को ही नींद में चल बसे। कौशल्या देवी का तो जैसे संसार ही लुट गया। छोटे-छोटे तीन बच्चे, जवान विधवा, कहाँ जाएगी, क्या करेगी। रेलवे कर्मचारी भले मानुस हैं। जब तक कौशल्या देवी के भाई-भौजी नहीं आए, तब तक उसके घर पर ही रहे। दाह-संस्कार का सारा इंतजाम भी करते रहे। कौशल्या देवी बार-बार बेहोश हो जाती, न पानी पीती, न कुछ खाती, सिर्फ होश में आते ही उल्टियाँ करके फिर से बेहोश हो जाती। किसी तरह तेहरवीं करके भाई-भौजी ने कहा, अब क्या करोगी यहाँ, गाँव चलो। मुखर्जी बाबू ने बहुत समझाया बच्चे छोटे हैं। थोड़े दिन अपने गाँव रहकर आ जाओ। तुम्हारी नौकरी यहीं ऑफिस में लगवा देंगे। चपरासिन का काम तो कर ही लोगी फिर श्यामलाल भी तो ड्यूटी में ही चल बसा, युनियन वाले सभी सहायता करेंगे, तुम चाकरी कर लो। नासमझ, कम उम्र की, कोई अनुभव नहीं, क्या करें क्या न करें। बस अपने बच्चों के साथ गाँव चली गयी। भाई ने पट्टी पढ़ाई, "दीदी ये नौकरी हमें दिलवा

दो, तुम्हारे तीनों बच्चों की जिम्मेदारी हम ही लेंगे।"अधिकारियों को पकड़ा-पकड़ी करके, ले देकर भाई रमेश की चाकरी लग गयी लेकिन इस सब में पूरा एक साल लग गया और उसी बीच कौशल्या देवी को पता चला कि श्यामलाल मरते हुए अपनी चौथी संतान का बीज उसके पेट में पनपने को छोड़ गया है। एक तो विधवा, ऊपर से गर्भवती। बिचारी देशी दवाईयाँ खा-खाकर बच्चा गिराने की कोशिश करती रही लेकिन आठवें महीने में ही लड़की पैदा हो गयी। लड़का होता तो शायद गर्भ गिर भी जाता, लड़की की जात कम्बखत जल्दी नहीं मरती।

मनहूसियत लिए वो पैदा हुई, गोल-मटोल, तगड़ी-सी बच्ची, नाम तो कुछ रखना है, सो रख दिया, सरला। सीधी-साधी एकदम, ज्यादा रोती ही नहीं है। हिलती-डुलती भी कम ही है। एकदम चुपचाप लेटी रहती है। माँ भी बेमन ही होकर दूध पिला देती है। बेटे दोनों तो एकदम शैतान का रूप हैं, हरदम हुडदंग मचाते रहते हैं। शारदा भी भाईयों के साथ मिलकर बहुत नटखट हो गयी है किंतु चौथी को जैसे पता है कि वो गलत समय, गलत घर, गलत तरीके से ही पैदा हुई है। इसीलिये जन्म से ही सीधी-सरल है। माँ ने उसका नाम सरला रख दिया है। भौजी के भी दो बेटे हैं, कमल और राजेन्द्र। कौशल्या देवी अभी अपने क्वार्टर में वापस आ गयी है किंतु अब वो यहाँ मालकिन की हैसियत से नहीं बल्कि बिन वेतन की कर्मचारी की तरह। सारा दिन घर के काम करती है। छ: बच्चों को संभालना कोई आसान काम नहीं, परंतुहाव-भाव से जतला ही देती है कि उसके पति की कमाई से ही यह घर चलता है। सरकारी नियम है। भैया, भौजी और उनके दोनों बेटों के नाम रेलवे का पास भी बन गया है। कौशल्या अब पूरी तरह से नि:सहाय है। कभी-कभी फुर्सत में जाकर पड़ोसियों के कुछ काम में सहायता कर देती है। दया में वो भी उसके बच्चों के कपड़े लत्तों का खयाल रख देते हैं। भौजी कभी भी खराब व्यवहार नहीं करती या कठोर शब्द नहीं बोलती। उसे पता है कि अगर कौशल्या को यहाँ से

निकाल देगी तो बिरादरी में थू-थू होगी। रेलवे की चाकरी उसकी दया से ही लगी है और फिर घर के काम के लिए शारदा और कौशल्या तो हैं ही, बस दोनों बेटे उसके आँख में जरूर खटकते हैं। पढ़ाई में भी कुछ खास नहीं हैं। जल्दी ही उन्हें किसी काम पे लगा कर यहाँ से विदा करना होगा। सरला का चेहरा एकदम चांद की तरह गोल-सा है। होंठ ऐसे ही कि सदा मुस्कुराने का आभास देते हैं। आँखें बहुत ही मोटी-मोटी हैं। कुल मिलाकर हँसता हुआ, खिला हुआ गेंदें का फूल, वो कुछ काम नहीं करती है। पढ़ाई-लिखाई तो दूर की बात है। बस हर समय खाने को ही चाहिए। शारदा लेकिन बड़ी चुस्त है। ममेरे दोनों भाई भी उसे बहुत लाड़ करते हैं, पढ़ाई में भी तेज है। बड़े बेटे नन्दन को भौजी ने अपने पीहर में भेज दिया है। उसके बड़े भाई की बहुत बड़ी परचून की दुकान है, नन्दन वही साथ में संभालने लगा है। चन्दन को उसने अपनी बड़ी जीजी के घर भेज दिया है। जीजा जी टाटा कंपनी में अधिकारी हैं। उनके घर पर काम के साथ पढ़ाई भी करेगा तो बड़े होने पर कंपनी में ही नौकरी पर लगा देंगे। इसी भरोसे से कौशल्या ने चन्दन को धनबाद भेज दिया है। जीवन की गाड़ी जैसे-तैसे चल रही है। कौशल्या देवी उम्र से पहले ही अधेड़ जैसी हो गयी है। ऐसा नहीं है कि उसकी दूसरी शादी की कोशिश नहीं की गयी किंतु चार बच्चों की जिम्मेदारी अब भला कौन माई का लाल लेगा?वो भी अपनी किस्मत का लिखा मान, चुपचाप जी रही है। उधर मुखर्जी दादा स्टेशन मास्टर जी की भी बदली हो गयी है। वो अपनी पत्नी और एकमात्र बिटिया अर्पिता के साथ नालन्दा छोड़कर जाने वाले हैं। अर्पिता को कौशल्या मौसी से बहुत प्यार है। जाने से पहले गले मिलकर, रोकर गयी घर का फोन नंबर भी लेकर गयी। कौशल्या के पास मोबाइल फोन भी नहीं है किंतु भौजी के नंबर पर वो बात करेगी, ऐसा वादा करके गयी, जाने से पहले कौशल्या ने हाथ से बुना हुआ उनका मफलर उसके गले में लपेट दिया। प्यार की निशानी, अर्पिता ने भी आदर के साथ गले में ही रहने दिया। अर्पिता ने कुछ

दिनों तक तो कभी कभार फोन में बात की फिर धीरे-धीरे यह सिलसिला कम होते-होते एकदम ही छूट गया। अर्पिता अब जमदेशपुर के टाटा इन्स्टीट्यूट से सोशल-साइंस मेंएमएसडब्लूकर रही है, प्रखर वक्ता है। पढ़ाई में मुखर्जी दादा वाला दिमाग है। किसी के ऊपर होता जुर्म एकदम बर्दाश्त नहीं कर सकती। एक तरह सामाजिक कार्यकर्ता कम क्रांतिकारी ज्यादा है। कानून का पाठ, गरीबों के अधिकार, माँ सरस्वती की कृपा से एकदम कंठस्थ है। केवल कंठस्थ ही नहीं, मौका पड़ने पर उसका इस्तेमाल करना भली-भाँति जानती है। माता-पिता की इकलौती संतान है। वो उसका विवाह ठीक समय रहते कराना चाहते हैं किंतु इतनी स्वतंत्र विचारधारा वाली, मुँहफट कन्या को ग्रहण कौन करेगा ? चलो माना उसके रूप, सौंदर्य, विद्या, बुद्धि व निश्कलंक चरित्र को देख उसे सभी पसंद भी कर लेते हैं किंतु एडजस्टमेंट जिसे स्वीकार नहीं, शादी के बंधन को निभायेगी कैसे?इसलिए उसकी शादी का निर्णय उस पर छोड़ दिया गया है।

अर्पिता ने टाटा इंस्टीट्यूट से एमबीए करने के बाद पटना में एक सरकारी कॉलेज में अध्यापन की नौकरी कर ली है। समाज शास्त्र और शोषित वर्ग पर उसके लेख अंतर्राष्ट्रीय पत्रिकाओं में छपते हैं। अपने ही सहपाठी केरल के विशाल कुमार से विवाह भी किया। अतिशीघ्र ही उसे यह ज्ञात हो गया कि वो शादी वाली मैटेरियल नहीं है। जोर-जबरदस्ती से मन के रिश्ते नहीं निभाने चाहिए। यह बात दोनों पति-पत्नी को पता है। बिना कोई एक-दूसरे पे इल्जाम लगाये या फिर कोर्ट में फैमिली ड्रामा करने से बच गए और रजामन्दी से म्युचुयल तलाक ले लिया। माँ-बाबा को भी विशेष आश्चर्य नहीं हुआ, क्योंकि इस बात का अंदेशा तो पहले से ही था। हाँ दु:ख जरूर हुआ, संस्कारों में बंधे माँ बाबा को आज भी आस है कि कोई जीवन साथी, उसके मन:स्थिति को जो समझ सके, जरूर मिलेगा। वो नहीं जानते कि समाज में जितनी भी जागरुकता क्यों न आ जाए, स्पष्टवादी, अति उच्च शिक्षिता, बिना गलती के न झुकनेवाली, स्वतंत्र

मानसिकता रखने वाली बालाओं को सब पसंद तो करते हैं किंतु उन्हें अपनी पत्नी बनाने का साहस अभी भी हो रहा, अर्पिता अपने काम से खुश है, मस्त है और भी दबंग बन गयी है। कॉलेज के बाहर भी उसका कार्य क्षेत्र बहुत विस्तृत है। देश-विदेशों में मजदूरों के अधिकार इत्यादि पर आलोचनाओं में, सेमिनारों कई बार जाती रहती है केवल भाषण ही नहीं देती, बल्कि काम न होने पर कमजोर वर्ग के लिए मरने-मारने तक उतारु हो जाती है यानी की अपने नाम अर्पिता की तरह अपने काम में पूर्ण रूप से अर्पित। इस बार उसका कोयले की खदानों में कार्यरत मजदूरों की सामाजिक सुरक्षा योजनाओं पर एक सेमिनार है। वैसे तो सरकार ने आजकल इन सब कार्यक्रमों के लिए कई बड़े आकार में बजट का प्रावधान रखा है। बड़े शहरों के, पाँच सितारा होटलों में ऐसे कार्यक्रम किए जाते हैं। कपड़े का झोला कंधे पर टांगें, खादी वस्त्रधारी आकर दो हजार रुपए, प्लेट वाला खाना खाकर, पाँच सितारा होटलों में रहकर, हवाई जहाजों से अपने शहर से गंतव्य तक का सफर करने वाले भूखे-गरीब मजदूरों के अधिकार के बारे में गंभीर चर्चा करते हैं। वैसे भी मार्क्सवाद हमारे देश के अमीर पढ़े-लिखे बुद्धिजीवियों के बचने की एकमात्र खुराक है, इसके बिना या तो इनका कोई अस्तित्व नहीं रहता या फिर ये एक बेनाम मौत मर जाते हैं। जिंदा रहने के लिए, नाम कमाने के लिए "मार्क्सवाद" का समर्थन, चर्चा ही इनकी खुराक है। पूँजीपतियों को भी इनसे कोई विशेष एलर्जी नहीं है। इसीलिए अपनी कंपनियों के बोर्ड में निदेशक बनाकर इन्हीं की औलादों को विस्थापित कर देते हैं। सभी शतरंज के मंजे हुए खिलाड़ी हैं। इन सबके बीच 21वीं सदी के शुरू में एक और तबका उभरकर आया है। ये राजनीति तो करते हैं किंतु अपरोक्ष रूप से, ये लोग सामाजिक कार्यकर्ता हैं। स्थान-काल-पात्र देखकर स्वर को उठाते हैं या फिर एकदम चुप ही हो जाते हैं, समाज में इनका नाम और इज्जत दोनों ही होता है। राजनीतिक पार्टियाँ भी चुनावों में इनका सहारा लेती हैं। पूँजीपति भी अपने नए प्रोजेक्ट में कोई विरोध

आने पर, इनका ही सहारा लेते हैं। एक अच्छे सामाजिक कार्यकर्ता को सभी बहुत चाहते हैं, तब तक जब तक वो उनका होकर बोलता है। अंतर्राष्ट्रीय संधियों के कारण देश में भी कई आयोग खोल दिए गए हैं, उसका उद्देश्य केवल इतना है कि वो जन साधारण की निष्पक्ष रूप से सेवा कर सकें। सभी अध्यक्षा या चेयरमैन अधिकतर सत्ताधारी दल के हारे हुए, नुमाइंदे होते हैं या फिर उन्हीं के प्रियबंधु जो कि समय के अनुसार सत्तापक्ष की विरोधियों से रक्षा कर सकें, एक प्रकार के कवच और इन कवचों की देखरेख में सरकारी खजाना लुट जाता है, लेकिन जिन समाज के वर्ग की सेवा के लिए ये गठन होते हैं, वो तो लुटा-पिटा ही रहता है। अर्पिता को इन सब मीटिंग में आयोग के अधिकारियों से ही काम पड़ता है। कभी-कभी तो सरकार ऐसे-ऐसे मूर्ख लोगों की नियुक्ति कर देती है कि उन्हें समझाने में ही समय गुजर जाता है और ये लोग तीन साल या पाँच साल का अपना कार्यकाल, सरकारी दामाद की तरह सुविधाएँ लेकर, बहुत कुछ समेटकर विदा ले जाते हैं। इस बार राज्य सरकारों को आदेश हुआ कि सभी राज्यों में बंगाल, ओड़िशा, मध्यप्रदेश, बिहार, झारखंड, जहाँ-जहाँ पर खदानें हैं वहीं पर ही सेमिनार किए जाएँगे। धनबाद चूँकि छोटा कस्बा है तो पाँच सितारा होटल नहीं है फिर भी एक बड़ी कंपनी ने अपने ही कंपनी में इसका आयोजन कर डाला। सभी राज्यों के आयोग से उनके उत्तराधिकारी उपस्थित हुए। उनके रहने, खाने-पीने, यातायात में ही लगभग 52 लाख रुपए खर्च हो गए।

पड़ोस के राज्य से महिला आयोग और दूसरे आयोग की अध्यक्षाएँ व सदस्याएँ, अपनी अलग-अलग गाड़ियाँ लेकर सड़क मार्ग से आ गयीं, क्योंकि बेचारी कोई बिना विमान यात्रा के सफर नहीं कर सकतीं। बस अर्पिता को यही बात एकदम पसंद नहीं कि इन सभी पर इतना पैसा ऐसे ही खर्च किया जाता है, जबकि जरूरतमंद के पास वो सेवाएँ नहीं पहुँच पातीं। लेकिन अर्पिता स्वयं एक सरकारी कॉलेज की प्राध्यापिका है, उसका स्वर अकेला ही उठता है, कोई साथ नहीं देता,

सामाजिक कार्यकर्ता भी तो पंक्ति में लगे हैं, अपनी बारी का इंतजार करते।भला वो लोग कैसे इस व्यवस्था पर सवाल खड़े कर सकते हैं?कल को उन्होंने भी सरकार की मदद से ही तो इस कुर्सी तक पहुँचना है। उस शाम को सेमिनार खत्म होने के बाद अर्पिता सीधा स्टेशन आ गयी। दिसंबर के महीने में धनबाद में बहुत जाड़ा पड़ जाता है। सुबह कोहरा अधिक पड़ने के कारण सारी रेल गाड़ियाँ भी देर-देर से आ जा रही हैं। अर्पिता की ट्रेन रात को साढ़े नौ बजे की है। गेस्ट हाउस से अपना खाना बनवा कर साथ में ले आयी है। सोचा था कि ट्रेन में ही बैठकर खायेगी, साथ में एक और वकील भी जा रहे हैं। कानून के अच्छे जानकार हैं। वो भी छत्तीसगढ़ से धनबाद इसी कार्यक्रम में आए हैं, कलकत्ता में उनकी पत्नी का मायका है, सो ससुराल होते हुए जाएँगे। दोनों जन स्टेशन पर बैठकर अपनी ट्रेन आने का इंतजार कर रहे हैं। स्टेशन अब पहले से ज्यादा सुविधा जनक हो गया है। प्लेटफार्म पर टाइल्स लग गयी हैं। प्रतीक्षालय भी साफ-सुथरे हैं और शौचालयों की स्थिति भी बेहतर ही है, कोयले से भरे इस शहर में, स्टेशन के बाहर फूलों की क्यारियाँ बड़ी भली लगती हैं। टी-स्टॉल और खाने के सामान की दुकानें भी सजी-धजी हैं। बचपन में अर्पिता अपने बाबा के साथ कई बार यहाँ पर आई है। तब तो प्लेटफार्म में लगे पीने के पानी के नल में या तो पानी नहीं होता था या फिर सदा बहता रहता था, नल टूटा जो होता था। बाबा सब समय फर्स्ट क्लास के प्रतीक्षालय में लेकर उसे बिठाते थे, तब तो वो भी बहुत ही गंदा हुआ करता था। बाहर प्लेटफार्म पर लोग रात-रात भर अपनी गाड़ी के इंतजार पर बैठे रहते थे, वहीं पर खाते थे, वहीं पर थूकते थे। बाबा कहते थे, "जाहिल कहीं के"अर्पिता भी हैरान होती थी कि इतनी गंदगी में ये लोग रात भर अखबार बिछाकर प्लेटफार्म पर कैसे लेटे रहते हैं। कई बार तो उसने देखा था, गाँव की औरतें अपने छोटे बच्चों की पैंट खोल कर वहीं "हगने-मूतने" बिठा देती हैं। अर्पिता को यह देखकर एकबार तो उल्टी हो गयी थी, तब उसकी माँ

कितनी परेशान हुई थीं, वहीं पर नल से पानी लेकर लगभग पूरा नहला ही दिया था, वो तो शुक्र था कि एक जोड़ा अलग से वो हमेशा अपने साथ लेकर यात्रा किया करती थीं, नहीं तो उस रोज अर्पिता भी उल्टी वाली फ्रॉक पहने अपनी यात्रा पूरी करती। स्टेशन की स्टील की बनी कुर्सी पर बैठे-बैठे उसे अपने बचपन की सारी बातें याद आने लगीं। वकील बाबू भी शांत स्वभाव के हैं, ज्यादा बात नहीं करते, चुपचाप अखबार पढ़कर अपना समय काट रहे हैं। तभी अंदर फर्स्ट क्लास प्रतीक्षालय के बंद कमरे में बैठकर अर्पिता का दम घुटने लगा। सिन्हा साहब को बोली, "मैं थोड़ा बाहर चक्कर लगाकर आती हूँ, आप साथ में चलेंगे क्या?सिन्हा साहब ने भी हामी भर दी। दोनों अपना बैग अटेंडेंट के पास रखवाली के लिए रखकर बाहर चाय पीने चल दिए। प्लेटफार्म नंबर वन पर काफी चहल-पहल है। टी-स्टॉल भी चार-पाँच थोड़ी-थोड़ी दूरी पर खुले हैं। चारों ओर बड़े-बड़े कूड़ेदान भी दूरी पर रखे हैं। "स्वच्छ भारत अभियान" बड़े-बड़े अक्षरों में दीवारों पर लिखा हुआ है। नियोन की बड़ी-बड़ी खंभों पे चमकती बत्तियाँ, दिसंबर की रात को भी चमकीला बनाए हुए हैं। कुल मिलाकर एकदम नया-सा लग रहा स्टेशन। दीवारों पर कहीं-कहीं पान की पीक थूक कर अपने गँवारपन की निशानियाँ छोड़े हुए हैं। कुछ लोग अभी भी प्लेटफार्म पर चटाई बिछाकर आराम से कंबल ओढ़ कर सो रहे हैं, शायद उनकी ट्रेन अगले दिन सुबह की है। अर्पिता सोच रही है, इन भले मानसों को कितनी मीठी नींद, इस शोरगुल से भरे, ठंडी हवाओं के बीच, इतनी रोशनी में भी कैसे आ जाती है। अर्पिता तो रात के दो बजे तक पढ़ती रहती है, तब जाकर कुछ घंटो के लिए नींद आती है। सिन्हा साहिब एक टी-स्टॉल से दो कागज के कप में चाय ले आए और दोनों स्टील की कुर्सी पर बैठकर चुपचाप चाय पीने लगते हैं। अचानक अर्पिता की नजर अपने दायें तरफ की तीन कुर्सियाँ जुड़े हुए स्टील की बेंच पर पड़ती है। एक 40-45 वर्ष की औरत बड़ी बेसब्री से इधर-उधर आ जा रही है। उसके साथ शायद उसकी बेटी बैठी हुई है। वो हाथ में आलू

चिप्स का पैकेट पकड़ उसमें से बड़ी इत्मिनान के साथ मुस्कुराते हुए खा रही है, उसके बाल पीछे की तरफ कसकर बंधे हुए हैं, हरे रंग की ढीली-सी कमीज और पीले रंग की सलवार। गले में चुन्नी किसी दूसरे सूट की लग रही है। पैरों में सस्ते वाले स्लीपर। उस लड़की के चेहरे पर एक खास तरह की मुस्कान है। उसे किसी से जैसे कोई मतलब ही नहीं, धीरे-धीरे बड़े प्यार से चिप्स खा रही है। आते जाते कई यात्री उस पर नजर भी डालते हैं। कुछ एक तो दूर से खड़े होकर केवल उसे घूर रहे हैं। उसकी छातियाँ बहुत ही बड़ी है, आदमियों की पहली नजर औरत की छातियों पर ही पड़ती है और उसे चाहे किसी भी परिधान पहनकर, ओढ़नी से या स्टॉल से या शॉल से छुपाना चाहो, उनकी तेज नजर उनका माप दूर से ही ले लेती हैं। उस लड़की की शॉल एक तरफ गिरी पड़ी है, शायद उसकी जवानी के उबलते खून की गर्माहट में दिसंबर की ठंड भी मात खा गयी है। वैसे भी आजकल पिछले कुछ वर्षों में जाड़ा थोड़ा कम पड़ता है। उसकी छातियाँ इतनी बड़ी हैं कि उस पर नजर पड़ ही जाती है। अर्पिता को अपना मलयाली पति विशाल कुमार याद आ गया, कैसे वो हर समय अपने लैपटॉप पर तगड़ी, बड़ी -बड़ी छातियों वाली मलयालम फिल्मों की हीरोइनों को निहारता रहता था। इस बात को लेकर अर्पिता और उसमें काफी झगड़ा भी हो जाता था। तब कभी कहीं जाकर अर्पिता को एहसास हुआ था कि आदमी की नजर में औरत की खूबसूरती के मापदंड एकदम भिन्न होते हैं। खैर, उनके तलाक के कारण में यह भी एक कारण था, लेकिन मुख्य कारण कुछ और था।

बदहवास-सी वो औरत कभी जल्दी-जल्दी चलकर टिकट काउंटरके पास जाती है फिर थोड़ी देर में वापस आ जाती है। कभी एक टीटी के पास जाकर न जाने क्या-क्या बोलती है लेकिन दूर से ही उसके हाव-भाव से पता चलता है कि वो बहुत परेशान है। ऊपर से अभी-अभी स्टेशन पर एनाउंस हो रहा है कि पटना जाने वाली ट्रेन तीन घंटा देरी से आएगी। इसका रात को स्टेशन पर बैठकर इंतजार

करना सचमुच बहुत पीड़ादायक है लेकिन और कोई चारा भी नहीं है। सेमिनार में आने वाली पड़ोसी राज्यों की आयोगों की अध्यक्षाएँ अब मालूम पड़ा कि कितनी सयानी हैं। अपनी-अपनी महंगी बड़ी मोटरगाड़ी में आराम से खाती-पीती और घूमती अपने घर भी पहुँच जाएँगी। अर्पिता अब और गौर से उन माँ बेटी को देखने लगी। माँ ही बार-बार दौड़ भाग कर रही है जब भी माँ टीटी के पीछे या टिकट काउंटर के लिए थोड़ी-सी भी दूर जाती तो झट से एक दो मजनूं टाइप लड़के, उस लड़की के पास आकर कुर्सी पर बैठ जाते हैं। वो लड़की भी हँसकर उन्हें देखती है, एक ने हद ही कर दी, हिम्मत करके अपना दायाँ हाथ बढ़ाकर लड़की की जाँघों पर रख दिया, रखा भी ऐसे जैसे गलती से हाथ पड़ गया हो। लड़की भी कुछ नहीं बोली, बस थोड़ी-सी सरक कर उसके पास लगकर बैठ गयी। अब लड़के ने थोड़ी-सी हिम्मत और करके अपना हाथ उसके कंधे पर रख दिया और थोड़ा-सा उसके ऊपर झुककर दूसरे हाथ से पास पड़ी शॉल को उसके ऊपर ओढ़ाने लगा। उसके दोनों साथी थोड़ी दूर पर खड़े, भद्दे इशारे देते हुए अपने साथी की ओर देखकर हँस रहे हैं जैसे उनके साथी ने कोई जंग जीत ली हो। अर्पिता का खून खौल उठा, बस ये लड़की से अगर कुछ और बदतमीजी की तो जाकर जैसे उसकी पिटाई ही कर देगी। सिन्हा साहब अभी भी अपनी चाय की चुस्कियों में ही व्यस्त हैं, पता नहीं चल पा रहा कि उन्होंने ये सब हरकतें देखी या नहीं। लड़के ने दूसरे हाथ से उसे शॉल ओढ़ा दी, उसका दूसरा हाथ अब बाहर दिखाई नहीं पड़ रहा। शॉल के अंदर ही उसका हाथ अपने कारनामें उस लड़की पर कर रहा है क्योंकि शॉल के अंदर की हरकतें हिलाती हुई, कुछ होने का आभास दिला रही हैं। लड़की अभी भी उससे सटकर ही बैठी है, अगर स्टेशन का खुला प्लेटफार्म नहीं होता तो शायद वो लड़का उसे चूम ही लेता लेकिन उसने ऐसी हरकत नहीं की। बस दांये हाथ से उसके कंधे से उसे अपनी ओर खींच कर पकड़ा है और बायाँ हाथ शॉल के अंदर ही रखकर उस लड़की के ऊपरी हिस्से में हाथ फेर रहा

है तो कभी धीरे से कमीज को ऊपर सरकार जाँघों के बीच अपनी हथेली को जबर्दस्ती अंदरकी ओर ले जा रहा है। "बद्जात लड़की, बेशर्म शायद कोई धंधेवाली ही है।" ऐसा हठात् अर्पिता के मुँह से निकला और घृणा से उसने अपना मुँह दूसरी ओर फेर लिया। लड़की की माँ अभी भी प्लेटफार्म से बाहर टिकट काउंटर पर पता नहीं क्या कर रही है। लड़का उस लड़की के साथ जाड़े की इस रात में, खुले प्लेटफार्म में, शॉल की आड़ में न जाने पाँच-छ: मिनट तक क्या-क्या करता रहा। लड़की ने कोई आपत्ति नहीं की, बस प्यार से मुस्कुराते हुए उसकी ओर देखती रहती। जब वो उसकी छाती उत्तेजना में कुछ जोर से दबा देता तो हल्का-सा धक्का देकर उसका हाथ छिटका देती, लेकिन उसे मनमानी करने में कोई खलल नहीं डालती। लड़के ने धीरे से कान के पास जाकर बोला, "आई लव यू", अनपढ़ लड़कों को भी अंग्रेजों का यह डायलॉग आता है। "जानूं तुम बड़ी स्वीट हो, क्या नाम है तुम्हारा। " लड़की ने अपनी बड़ी-बड़ी आँखों से उसकी ओर देखा और हँस दी। तभी उसकी नजर पड़ी कि उसकी माँ अब चलकर उनकी ओर ही आ रही है। दूर से लड़के ने देख लिया है, झट से अपना हाथ कंधे से हटाकर, दूसरा हाथ शॉल से बाहर निकाल कर सीधा होकर बैठ गया जैसे कुछ हुआ ही नहीं। माँ ने आकर शक भरी नजर से उसे देखा। किंतु रेलवे की सरकारी बेंच है। तीन जनों के बैठने की व्यवस्था है, वो उसे उठने को कह नहीं सकती। लड़की अभी भी उसी लड़के की ओर देख रही है, मुस्कुराती हुई। माँ ने झट से उसे खींचकर दूसरे छोर पर बिठाया और उन दोनों के बीच में जाकर बैठ गयी। लड़के के बदन की गर्माहट वो महसूस कर पा रही है, "बेटा तनिक खिसक जाओ"। जब ये बोली तो लड़का उठकर चला गया। दोस्तों के साथ जाकर हँसते हुए शायद अपनी इस घटिया बहादुरी का किस्सा बयान कर रहा है। अर्पिता का मन किया कि माँ को बता दे कि उसकी पीठ पीछे इस हरकत में इस लड़की का भी उतना ही हाथ है। झट से सिन्हा साहब से बोली, "आजकल की लड़कियाँ भी सेक्स के

लिए कितनी पागल होती हैं। घर, बाहर का कोई लिहाज ही नहीं रखतीं, देखा आपने उन दोनों को क्या कर रहे थे उस बेंच पर।" सिन्हा साहब ने कहा, "नहीं, क्यों क्या हुआ था?" अर्पिता चुप हो गयी, अब क्या बताए। लड़की ने फिर से अपने ऊपर की शॉल को हटा दिया है। सिन्हा साहब भी बड़े गौर से उसको देखने लगे शायद अब उनकी नजर उस पर पड़ी है। अर्पिता जाकर उनके बेंच पर माँ-बेटी के पास बैठ गई। दरअसल वो उस लड़की को दो चार बातें सुनाकर आना चाहती है, उसे उसकी माँ पर भी काफी गुस्सा है कि कितना बिगाड़ कर रखा है अपनी जवान बेटी को लेकिन जैसे ही गौर से, पास से उस औरत को देखा तो उसे वो कुछ-कुछ पहचानी-सी लगीं, याद नहीं आ रही हैं फिर हिम्मत करके पूछा, "आपको कहाँ जाना है?"वो बोली, "नालंदा जाना है बेटा, ट्रेन लेट है। अब इतनी रात को जवान माँ-बेटी कैसे जाएँगे। हमारा तो पक्का टिकट भी नहीं है। टीटी कहता है, एक्सप्रेस ट्रेन में बिना पक्का टिकट के नहीं बिठाएँगे, का करें?कुछ समझ ना बा आवे, हमरा लोग का पास तो रेलवे पास भी नहीं है। सुने हैं गाँव में, रेल मंत्री के सभी रिश्तेदार बिना टिकट का सफर करें, उन्हें तो टीटी न पकड़े, सब नियम कानून हम गरीबों के वास्ते, हमरा मुश्किल तो कोई समझे ही न। जवान छोरी को लेकर, इत्ता रात में कहाँ भटकेंगे, चारों ओर कैसा गुंडा जैसा लौंडा घूम रहा है। का करें बिटिया, कछु समझ न आवे। टिकट काउंटर पर जो लड़की बैठी है ना, वो बोली ऐसे टिकट नहीं दूँगी, पक्की अब न बनेगी। कल के ट्रेन में चली जाना, वो भी हमरा मुस्किल न समझे। अर्पिता ने कहा "आप नालंदा के हो? मैं भी नालंदा में थी, क्या आप कौशल्या मौसी हो?""अरे हाँ बिटिया", "तुमने कैसे जाना?" अर्पिता हैरानी से खुशी से बोली, "मैं अर्पिता, मौसी, मुखर्जी दादा की बिटिया।" कौशल्या देवी के चेहरे से जैसे एकदम परेशानी की सारी लकीरें गायब हो गयीं, वो झट से उठकर अर्पिता के सामने आयीं और उसे गले लगा लिया। गाँव की मौसी, वहीं रोने लग पड़ी। "कैसी हो

बिटिया? कित्ती बड़ी हो गयी हो?अभी भी वैसे ही दुबली-पतली हो?दादा-बऊदी कैसेन बा?तुम्हारा लगन हुआ क्या?"न जाने कितने सवाल एक-साथ पूछ डाले। अर्पिता ने कहा, "अकेली रहती हूँ, पटना में नौकरी करती हूँ, बाबा-माँ रिटायरमेंट के बाद गाँव अपने ही घर में रहते हैं।" न जाने क्यों वो अपनी टूटी हुई शादी के बारे में नहीं बताना चाहती है, मौसी से पूछा, "इतनी परेशान क्यों हो रही हैं? मैं भी स्टेशन में हूँ, मेरे साथ एक और हमारे वकील बाबू साथी हैं, मैं आपको ट्रेन में बिठा दूँगी, आप चिंता मत करो, ये कौन है? मौसी बोली, "अरे बिटिया ये मेरी सबसे छोटी बेटी सरला है।"तुम्हें तो शायद बड़ी की याद होगी, उसकी शादी भी टाटा नगर में हुई है, स्कूल की टीचर है। उसके तो दो बेटे भी हैं। याद है वो तुम्हारी ही उम्र की तो है। जब तुम लोग गए थे, तब दोनों ही तो चौथी-पाँचवीं में पढ़ती थीं। भला हो तुम्हारे बाबा का हमारी बिटिया को तुम के साथ ही अंग्रेजी स्कूल में दाखिला दिला दिया। नहीं तो वो पता नहीं क्या पढ़ती, कैसे पढ़ती। तुम्हारे बाबा हर साल सीधे स्कूल में उसकी फीस जमा करा देते थे। धनबाद से जाने के बाद भी भेजें रहन, देवता आदमी हैं, ऐसा मानुस बहुत कम इस दुनिया में होवें हैं, नहीं तो आदमी बिना किसी मतलब के एक धेला भी न खर्च करे किसी दुखियारी पर। मेरा परनाम उनको जरूर दीयों। "मेरे पास तो बाद में उनका ठिकाना सब खो गया, कभी धन्यवाद भी न दे सकी, अभागिन हूँ। आज तुमरे दरसन हो गए, लगे है दादा-बऊदी के दरसन होई गवा। खुश रहो बेटी, भगवान सदा सुखी रखे।"

कौशल्या मौसी का आशीर्वाद देना बंद ही नहीं हो रहा है। उसके पास शायद बस यही एक पूँजी है और वो अपने पर किए एहसानों को इसी पूँजी से लौटना चाहती हैं। पास में बैठी सरला को उसने अब ध्यान से देखा। बचपन में भी चंदन, नन्दन और शारदा ही बाहर खेलने निकलते थे। शारदा से उसकी अच्छी जमती थी लेकिन उनसे डेढ़ दो साल छोटी सरला कभी घर से बाहर नहीं आती थी। घर के

अंदर ही एक कोने में बैठी रहती थी। माँ-बाबा कभी-कभी सरला को किसी बड़े डॉक्टर को दिखाने की बात तो करते थे, वैसे भी रेलवे अस्पताल में भी काफी सुविधाएँ होती हैं किंतु उसकी बीमारी के बारे में अर्पिता को कुछ मालूम नहीं पड़ा। वैसे भी गोल मुँह वाली, मोटी-तगड़ी सरला घर में सबसे प्यारी और सेहतमंद लगती थी। बड़ी होकर कितनी घिनौनी हरकतें करते हैं। अचानक अर्पिता कुछ और गौर से अब सरला को देखने लगी। उसे लगा जैसे वो कोई नॉर्मल लड़की नहीं हैं। कुछ तो कहीं कमी है। कौशल्या मौसी ने ही कहना शुरू कर दिया, "देख बिटिया, हमारी सरला को बचपन में ही डॉक्टर ने कहा था कि मानसिक रूप से थोड़ी पीछे रहेगी। दिमाग नहीं बढ़ेगा, शायद आपने जो इसको पेट में गिराने के लिए देसी दवा खाईं थी, उसी का नतीजा भुगत रहेबा।" पेट में ही मर जाती तो अच्छा होता, पैदा होने से पहले ही बाप मर गया। अब इसे कौन पूछेगा, भगवान भी बहुत अन्याय किए हैं। दिमाग तो बढ़ा नहीं, बस शरीर देखो कैसे औरतों का माफिक बढ़ गया है। कुछ भी बात सही से नहीं कर पाती। माँ हूँ न इसके इशारे ही समझ जाती हूँ, बचपन में इसको घर पे छोड़कर जब पड़ोसियों के घर जाई रही, कुछ काम करने, आने पर देखती तो ये मुझसे चिपक कर बहुत रोती। कुछ दिनों बाद मालूम पड़ा, भाई के दूनों बेटे उस पर गंदा काम करे हैं। भौजी को बोला तो उल्टे मुझे ही गाली देनी लगीं, "एक तो विधवा ननद को चार-चार बच्चों के साथ रखो, उनको पालो और ये हैं कि मेरे ही बेटों पे दोष मढ़ ही रही है।" सच ही तो था, क्या करती किससे कहती?चुपचाप इसे अपने साथ ही रखने लगी। नन्दन भी तो भौजी के मायके में ही काम कर रहा था और चन्दन को भी उसके जीजा जी के पास पढ़ने व काम के लिए भेजा था। शारदा भी तो घर पर रहकर पढ़ रही है, मैं भला कहाँ जाती। फिर भी शारदा का स्कूल की मैडम से मिलकर, बड़ी मुश्किल से पता चला कि ऐसे बच्चों के लिए आवासीय स्कूल ठिकाने हैं, वहाँ भर्ती कर दिया कि चलो सुरक्षित तो रहेगी। शारदा के स्कूल की मैडम

के घर पर ही उनकी बूढ़ी सास की सेवा करनी लगी। वो भी दयालु थीं, हॉस्टल में हर महीने सरला के लिए पैसा जमा कर देती थीं फिर पता चला अब वो हॉस्टल बंद होने वाला है, वहाँ पर ऐसी लड़कियों के साथ कई लोग बाहर से आकर गंदा काम करते थे। इसलिए कभी-कभी वो पेट से हो जाती थी। इसलिए सेंटरवालों ने एकदम अनोखा इलाज का तरीका निकाला, इन सभी लड़कियों के ऑपरेशन करके गर्भाशय ही निकाल दिए। न माहवारी का झंझट, न पेट में बच्चा ठहरने का ड़र। जब ये खबर बाहर निकली तो बड़ा हंगामा हुआ था। अपनी बेटी सरला को वो वापस ले आई थी। एक आशंका से माँ भी छुट्टी पा चुकी थी कि अगर इसके साथ भविष्य में कुछ ऊँच-नीच हो गया तो कम से कम यह गर्भवती तो नहीं होगी। सचमुच परिस्तिथियाँ माँ को भी कितना स्वार्थी बना देती हैं। बड़े बेटे के पास नहीं गयी क्योंकि वो भौजी के पिता के घर में ही रहता था। उन्होंने उसकी शादी अपने ही छोटे भाई की बेटी से करा दी। वो भी स्कूल से दो बार किसी दूसरी जाति के लड़के के साथ भाग गयी। समाज में यह बात फैल गयी थी, कोई अच्छा वर मिलने की संभावना नहीं के बराबर थी। नन्दन एक अच्छा, शरीफ लड़का है, उनकी अपनी ही जाति का है। अपने नीचे काम करता है, बस उसी के साथ उस लड़की का ब्याह करा कर उसे एक अलग दुकान खोल दी। पास में ही घर भी बना दिया ताकि बच्चे अपने काबू में ही रहें। कौशल्या केवल शादी में नाम मात्र के लिए गयी थी। अब उस बेटे के ससुर के दिए घर में उसका कोई अधिकार नहीं रहेगा। इसीलिए बेटा-बहू को आशीर्वाद देकर शारदा और सरला के साथ वापस आ गयी थी। शारदा ने अपनी मेहनत से ट्यूशन पढ़ाकर बीएड तक पढ़ाई कर ली थी और उसकी नौकरी भी लग गयी। उसने अपनी ही पसंद के स्कूल मास्टर से शादी कर ली है। दहेज नहीं देना पड़ा, उसके ससुराल वालों को मालूम है सरकारी स्कूल की टीचर बहू बनकर आ रही है। सारी कमाई घर पर ही आएगी किंतु शादी से पहले एक शर्त रख दी थी कि अपनी विधवा

माँ और पागल बहन से मेलजोल तो रखेगी लेकिन किसी प्रकार की जिम्मेदारी नहीं उठाएगी। माँ ने भी शारदा से कहा था, "मान ले बिटिया, अपना घर बसा, हमरे कारण शादी से मना मत करियो।"शारदा अपने घर में खुश ही है। नन्दन की नौकरी कंपनी में भौजी के जीजा ने लगा दी है, भौजी ने बहुत चाहा कि वो उसकी नौकरी न लगवाएँ किंतु जीजा जी अच्छे विचारों वाले अधिकारी हैं। चन्दन ने पढ़ाई के साथ उनकी मन लगाकर सेवा की है। उसका फल तो देना बनता है। कंपनी में नौकरी लगते ही कौशल्या देवी ने जैसे चैन की साँस ली, अपनी सरला के साथ जाकर बेटे के छोटे से क्वार्टर में रहने चली गयी। सरला ने बचपन से ही बहुत भुगता है। घर, हॉस्टल सभी जगह यौन शोषण हुआ है, अब वो रोती नहीं है, बल्कि उसे भी आदत पड़ गयी है। किसी भी पुरुष के पास आने पर चिल्लाती नहीं है या फिर प्रतिवाद भी नहीं करती। शायद उसके अंदर के हॉर्मोन्स सक्रिय हैं। वो शारीरिक संपर्क की प्रक्रिया में चुपचाप ही रहती है, जैसे उसे भी अच्छा लग रहा हो, शायद वही जबर्दस्ती के संभोग को, पुरुष के कुछ समय के साथ को ही प्रेम समझती है। कालोनी में भी धीरे-धीरे यह खबर फैल चुकी है कि बड़ी-बड़ी छातियों वाली जवान सरला मानसिक रूप से बहुत ही कमजोर है। चन्दन से दोस्ती कर लोग उसके घर आने का बहाना ढूँढ ही लेते हैं। कौशल्या देवी भी उसको छुपा कर ही रखती हैं। चन्दन की शादी का प्रस्ताव एक अच्छे घर से आया था। बस माँ-बेटी ही आँख में खटकती थीं। लेकिन लड़की के पिता को अपनी लड़की की प्रतिभा पर पूरा भरोसा है, वो अपनी कन्या के गुणों से भली-भाँति परिचित हैं। उन्हें पता है कि बिटिया ने कुछ महीनों में ही माँ-बेटी का बिस्तर बाँध कर बिदा कर देना है और वही हुआ। शादी के बाद बहू ने जानबूझ कर कालोनी के लड़कों को घर बुलाना शुरू कर दिया। सास को मंदिर भेज देती या फिर किसी काम से बाहर, लड़के भी सरला से मजा लेने लगे। कुछ तोहफे के रूप में भाभी को पकड़ा जाते। धीरे-धीरे ये बात पूरी कंपनी

में फैल गयी। चन्दन की बहन के चर्चे मोबाइल में भी किसी-किसी ने रिकॉर्ड कर लिए हैं। बहू रिया तो रो धोकर साफ सुथरी होकर एक तरफ हो गयी। माँ-बेटे में जमकर लड़ाई हुई। धंधा करने वाली का भाई बनकर रहना चन्दन को एकदम गँवारा नहीं। पुलिस में जाकर शिकायत किससे करें कौशल्या? किसके खिलाफ करे। बेटे-बहू का घर बर्बाद हो जाएगा। रात के दस बजे, अपना सामान बाँधकर माँ-बेटी स्टेशन आ गयी हैं। पास में पक्का टिकट भी नहीं है। अकेले ही दौड़-दौड़ कर, हाथ जोड़कर कभी टीटी के पीछे तो कभी टिकट काउंटर की मैडम से गुहार लगा रही है और इसी मुहूर्त में पुराने साहिब की बिटिया अर्पिता मिल गयी है। कौशल्या चाची जब सरला पे होने वाले शोषण का बयान कर रही थीं, तब अर्पिता को गुस्सा नहीं आया बल्कि ग्लानि और शर्म से जैसे वो मरने लगी।" छि:, मैंने सरला के बारे में इतना गंदा कैसे सोचा?इतनी जजमेंटल कैसे बना गयी?" आँखों में दु:ख और पश्चाताप के आँसू हैं। कौशल्या बोली, "मत रो बिटिया, हमरा ही भाग खराब है, गरीबों का कोई नहीं होता।"

"कैसे नहीं होता?" अर्पिता बोली। कानून पास हुआ है इस तरह के बच्चों के लिए सरकारी भत्ता मिलता है, ट्रेन में सफर करने पर सुविधाएँ मिलती हैं, मौसी आप यहीं बैठो, मैं अभी सबको ठीक करके आती हूँ।" सीधे टीटी को डाँटकर आयी कि कैसे वो एक डिसेबल को रिजर्वेशन के बिना ट्रेन में बैठने नहीं देंगे। खड़े-खड़े अंग्रेजी में कानून के सारे सेक्सन पढ़ा दिया। इतनी रात को टीटी भी और नहीं उलझना चाहता और फिर ये सिरफिरी लड़की कह रही है मानहानि का मुकदमा करेगी, अब रिटायरमेंट में दो साल बचे हैं, कौन कोर्ट-कचहरी के चक्कर लगाए। थोड़ा नरम होकर बोला, "मैडम आप आराम से बैठिए, बस ट्रेन आने दीजिए मैं जनरल टिकट पे ही रिजर्वेशन दे दूँगा।" वह जान गया कि मैडम उसे कहाँ तक घसीट कर ले जा सकती है फिर अर्पिता गयी टिकट काउंटर पर बैठी लड़की के पास, "क्या बात है, आप को नौकरी मिल गयी तो आप सरकार की रानी बन गयीं। एक

अपंग लड़की के साथ यात्रा करने वाली माँ को कितना दौड़ाएँगी। आपके नाम पर अभी यहीं से ई-मेल से शिकायत करती हूँ।" बोलकर आ गयी। तभी पीछे-पीछे दौड़ते हुए रेलवे के दो कर्मचारी आ गये, अर्पिता के पास आकर बोले, "मैडम बुरा मत मानो, उनकी नौकरी नयी है, उन्हें नियम नहीं मालूम, आप गुस्सा मत हो, हम उन्हें आपके पास लाते हैं, वो अभी सॉरी बोलेंगी, अभी टिकट दे देते हैं।" अर्पिता ने कौशल्या मौसी से कहा, "पहले धनबाद पहुँचकर, अपने भाई से गाँव की जमीन पर अपना हक माँगना, कलेक्टर से मिलकर इसका सार्टिफिकेट निकालना, थोड़ी दौड़-धूप होगी। पर करना जरूर ताकि बाकी की जिंदगी नरक में न काटनी पड़े।" पर्स खोलकर जितने भी बड़े नोट थे, बिना गिने कौशल्या की मुट्ठी में रख दिए "इसे रखो काम आएँगे, पैसा पास में हो तो कई काम आसान हो जाते हैं।" अपना फोन नंबर भी दिया शायद सरला के बारे में जो विचार उसके मन में आए थे वो उसका प्रायश्चित कर रही है। उसकी आँखों के सामने सरकारी खर्चों पर घूमती-फिरती स्टार होटल के सेमिनार पर खर्च करती अध्यक्षाओं और सदस्याओं के चेहरे घूमने लगे कितनी स्वार्थी और संवेदनहीन होती हैं। जिस काम के लिए नियुक्ति की जाती हैं, उसे छोड़ और सब कुछ करती हैं। वापस जाकर आरटीआई सूचना अधिकार कानून के तहत इन सबके ब्योरे निकालने हैं। डिसेबिलिटी एक्ट 1995 से संशोधित होकर 2016 से लागू है और अभी भी आधे से ज्यादा लोगों को इसका फायदा नहीं पहुँचा। अर्पिता के भीतर का दु:ख अब क्रोध में बदलने लगा है। ट्रेन देर से आने की कोई फिक्र नहीं है, उसके दिमाग में कई काम करने की योजनाएँ बन रही हैं। मुस्कुराती हुई सरला को देख उसकी आँखें डबडबा गयीं।

***

खीर

पीली सुबह से अपने कमरे से बाहर नहीं निकली है। नौ बजने को आये, फिर भी पलंग पर आँखें मूँदे लेटी हुई है। बाहर सारे घर में बहुत चहल पहल है। बड़े भाई कान्तकुमार की सगाई है। घर पर इस पीढ़ी के बच्चों में यह पहला ब्याह हो रहा है। सारे चचेरे-ममेरे, भाई-बहनों में खुशी की लहर है। दुमुक गाँव में पहली बार शहर वालों की तरह सगाई का कार्यक्रम जो हो रहा है। महेश बाबू की जमींदारी अब तो रही नहीं, परंतु नदी से रेत निकालने के ठेके उनके पास हैं। पुराने कलक्टर साहिब बड़े शौकीन तबियत के थे। महेशबाबू उनकी सारी जरूरतों का जुगाड़ बड़ी आसानी से कर दिया करते थे। हर हफ्ते अय्याशी का सारा इंतजाम दुमुक गाँव के पुश्तैनी मकान में होता था। तबादला होने से पहले हुजुर साहिब खुश होकर सूखी पड़ी गाड़िया नदिया की रेत का ठेका महेशबाबू की कंपनी के नाम कर गए। एकदम सफेद कारोबार, ज्यादातर चोरी की रेत शहरों में बेरोकटोक सप्लाई करने लगे। अपने इकलौते साले रंजन को ट्रांसपोर्ट भी खुलवा दी। घर का पैसा, घर पर ही रहा। माया को माया ही खींचती है, यह कहावत उनके परिवार पर ठीक बैठती है। दो नंबर का पैसा आया, लक्ष्मी मैया घर पर अपने उल्लू के साथ विराजमान हुईं। महेशबाबू काम के खातिर दूसरों के लिए हर गंदे काम कर दिया करते लेकिन अपने आप को उस दलदल से दूर ही रखते। पत्नी के प्रति एकदम वफादार, पत्नी भी दूर राजस्थान से ब्याह कर यहाँ केराखेती जैसी पिछड़ी पंचायत में आयी थी। उसके बाप ने महेशबाबू की जमींदारी

देखकर अपनी सबसे सुंदर लाड़ली बिटिया की शादी करा दी ताकि वो ससुराल में रानी बनकर रहे और अहिल्या रानी बनकर रही। शादी के पहले साल में ही बेटा हो गया। चन्द्रमा के समान गोरा, नाम रखा गया कान्तकुमार, जमींदारों में बेटों की माँ की कद्र वैसे ही बढ़ जाती है। दूसरे साल फिर एक और बेटा हो गया। महेशबाबू तो जैसे धन्य ही हो गए, उसका नाम रखा प्रशांत कुमार। उसके बाद अहिल्या की तबियत बिगड़ने के कारण उसे इलाज के लिए बनारस ले जाना पड़ा, फिर आठ साल के बाद उसने एक बहुत ही प्यारी कन्या को जन्म दिया। जिस दिन उसका जन्म हुआ था, उसी दिन महेशबाबू बत्तीस साल पुराना दीवानी मुकदमा निचली अदालत में जीते थे। परदादाओं के समय से, गाँव के दूसरे सामंत के साथ जमीन का बखेड़ा था। अब उसका मोल करोड़ों में है, उस जमीन के पास ही नदी पर पुल बनने से उसकी कीमत भी बढ़ गयी है। केस की जीत की खुशी और बिटिया का आगमन, महेशबाबू ने बेटी की छठी पूजा के बाद तीन दिनों तक सारे गाँव को भोजन कराया, आलीशान जलसा कराया। बिटिया के जन्म में कई घरों में शोक मनाने वाले लोगों ने पहली बार ऐसा नजारा देखा। महेशबाबू की माँ परंतु इस इंतजाम, दिखावे पन से नाखुश थीं। लड़कियों पर इतना प्यार-दुलार लुटाना उन्हें कतई मंजूर नहीं था। किसी हद तक सुहाता भी नहीं था, लेकिन बेटे की मर्जी के आगे उन्हें भी झुकना ही पड़ा।

महेशबाबू ने अपनी लाड़ली, प्यारी बिटिया का नाम रखा, सुकीर्ति कुमारी, लेकिन प्यार से घर के सभी बन्नो ही बुलाते या फिर स्वीटी। बेटों को शहर में अंग्रेजी स्कूल में पढ़ाने को भेज दिया। मामा ही उनकी सारी देखभाल करते, बन्नो को कस्बे के नए-नए खुले अंग्रेजी स्कूल में डाल दिया। जबसे कंपनियाँ आकर खुली हैं, उनके कई अधिकारियों की पढ़ी लिखी पत्नियों ने मिलकर अंग्रेजी मीडियम स्कूल खोल दिया है। थोड़े अच्छे रुतबे वाले लोग अपने बच्चों को प्राइवेट स्कूल में भेजना अपनी शान समझते हैं। बन्नो भी स्कूल जाने

लगी, जब वो छ: साल की हुई तब अहिल्या ने आखिरी संतान को जन्म दिया तब तक अहिल्या बहुत कमजोर हो चुकी थी। आठवें महीनें में शहर में जाकर ऑपरेशन से ही बच्चे को निकालना पड़ा। लड़की की जान, इतनी भयंकर परिस्थिति में भी बच गयी लेकिन एकदम दुबली-पतली सी। एक महीने तक उसे काँच की मशीन में रखना पड़ा। जानलेवा पीलिया हो गया था। घर में कोई खुशी नहीं, बस मातम, माँ एक अस्पताल में और बिटिया शिशु अस्पताल में। महेशबाबू ने वो समय बहुत बुरा काटा, बन्नो को और सारे घर को जैसे-तैसे दादी ने तो संभाल लिया लेकिन महेशबाबू बहुत ही परेशान हो गए, ढंग से किसी ने न तो कोई नामकरण किया और न ही कोई पूजा पाठ, जब दाई के साथ वो घर पर आई तो उसका चेहरा देखकर दादी ने बिचका-सा मुँह बनाया, "भला होता भगवान को प्यारी हो जाती, न जाने कितने कष्ट पाने को बची है। पीली-सी में जान भी नहीं है।"तभी से उसका नाम पीली पड़ गया। पीली एकदम शांत रहती है, बहुत कम रोती है। माँ समय से दूध पिला देती है, वो भी हजम नहीं होता। शरीर भी कुछ खास नहीं बढ़ता। पीलिया का असर शायद दिमाग पर भी हुआ है। आठ साल की होने पर भी ज्यादा पढ़ती लिखती नहीं, ज्यादा बोलती नहीं, बस हाँ-ना में उत्तर देती है। अहिल्या ने बहुत बार चाहा कि शहर में अच्छे डॉक्टर को दिखाकर, इसका दिमागी इलाज कराएँ लेकिन महेशबाबू को अपने काम से फुर्सत ही नहीं है और फिर उनकी आँख का तारा बन्नो तो है। वो अपनी सारी रिझें उसी से पूरा कर लेते हैं। पीली पर वैसे कोई फ्रॉक या कपड़ा खास नहीं खिलता फिर भी माँ उसे झालरों वाली फ्रॉक पहना कर थोड़ा सुंदर और निखरा दिखाने की जी तोड़ कोशिश करती। पीली को सभी प्यार तो करते हैं परंतु आँखों में दया का भाव रहता है। नन्ही पीली उस दया वाले भाव को बखूबी समझती है। महेशबाबू के शाम को घर वापस आते ही दौड़ कर पानी का गिलास लेकर पहुँच जाती है, "पापा पहले ये पानी पी लो।" महेशबाबू उसके सिर पर

करुणा से हाथ फेरकर पानी पी लेते हैं। सारे दिन की थकान परेशानी दूर हो जाती है। बन्नो जिस अधिकार और रौब से पिता से बात करती है, उस तरह से घर पर किसी का बात करने का साहस भी नहीं है। बन्नो की डिमांड लिस्ट बहुत लंबी होती है, "पापा अब एक स्कूटी ले के दो, कार में जाना अच्छा नहीं लगता। "महेशबाबू दो पहिया देने के पक्ष में एकदम नहीं हैं।""पापा ये ड्रेस चाहिए, लैपटॉप चाहिए"वो सब मांग तुरंत पूरी हो जाती है। बेटों की तरह बेटी की मांग का पूरा ध्यान रखते हैं। पीली ने आज तक एक टॉफी भी नहीं मांगी। स्कूल से चुपचाप घर पर आकर माँ के आसपास ही रहती है। जो खाना सभी खाते हैं वही चुपचाप खा लेती है। पढ़ाई उसे ज्यादा समझ नहीं आती, घर पर भी कमजोर दिमाग वाली बच्ची समझकर कोई जोर नहीं देता है, बाहर किसी बच्चों के साथ नहीं खेलती। दीदी के ढेरों खिलौने हैं, बस उन्हीं खिलौनों से खेलती है "जा बिटिया सबको मीठा खिला दे, ध्यान से लेकर जाना, काँच की कटोरी है, देखो गिराना मत।" जब भी घर पर खीर बनती है माँ पीली के हाथ सबको भेजती है। पीली भी ट्रे में एक कटोरी रखकर सभी को बड़े प्यार से अपने हाथों से देकर आती है। उस समय तो प्यार वाली नजर सब उस पर डालते हैं, वो उसे बहुत अच्छी लगती है। रात को दीदी के साथ एक ही पलंग पर सोती है।

बन्नो अब किशोरावस्था में है। स्कूल में कई लड़के उसके दोस्त बन गए हैं। रात को मोबाइल पर घंटों बातें करती है। पीली चुपचाप बस उसकी बातें सुनती रहती है। उसे अपनी दीदी का बिंदासपन बहुत अच्छा लगता है। उसका बेरोकटोक बोलना, सजना सँवरना, जिद्द करना, दादागिरी सबकुछ, फिर सिर्फ एक बन्नो दीदी ही है जो कभी भी उसे दया की नजर से नहीं देखती। वो उसे बस अपनी छोटी बहन की तरह प्यार करती है। कभी-कभी अपने मन की कितनी बातें उसे बताती है। उसे भी मालूम है कि यह गुप्त ही रहेंगी। छोटी बहन से उसे चुगली का कोई खतरा नहीं है। पीली के लिए भी भाई की सगाई

में ढेर सारे नए कपड़े आए हैं। घर पर पहला शुभ काम है, सभी व्यस्त हैं लेकिन पीली अपने पापा को पानी गिलास अपने ही हाथों से ही देती है। फूफा तो देख कर बोल दिए, "साले साहब आप भाग्यवान हैं, इतनी आज्ञाकारी बिटिया भगवान ने वरदान में दी है। हमारी बच्चियों के पास तो बात करने तक की फुर्सत नहीं। किसी बात पर टोक दो तो जवाब हाजिर हैं। बुढ़ापे में यही आपका सहारा बनेगी।" पहली बार अपनी चौथी, कमजोर, कन्या संतान के लिए महेशबाबू की आँखें गर्व से चमक उठीं। पीली को अपने लिए बस वैसी ही सम्मान भरी चमक चाहिए। उसके दिमाग में यह बात गाँठ बनकर बैठ गयी कि हर हाल में पापा को खुश रखना है। उनका एकमात्र सहारा मैं ही बनूँगी। माँ भी इससे कितनी खुश रहेंगी। बड़े भैया, छोटे भैया, बन्नो दीदी तो खुश हैं ही। सगाई के कार्यक्रम में रिश्तेदार पूरा सप्ताह रहे, गाना-बजाना, रिकॉर्ड डांस भी खूब हुआ। फोटोग्राफर ने भी आकर पूरे परिवार की न जाने कितने फोटो लिए। कपिल, केराखेड़ी के लल्लू बाबू का इकलौता बेटा है। पिता धोबी का काम करते हैं, अभी भी लोगों के घर से कपड़े लाकर, धोकर, मांड़ लगाकर इस्त्री करके अपने भतीजे के हाथ घरों में भेजते हैं। कपिल को गाँव में पढ़ाया गया। बाद में उसे मामा के घर भेज दिया। छोटा मामा जवानी में मुंबई भागकर चला गया था, बोलकर गया था, "यह पुश्तैनी काम मैं नहीं करूँगा, लोगों की मैल साफ नहीं करनी मुझे, शहर जाकर मजूरी करूँगा। " बाप ने भी गुस्से में घर से निकाल दिया। वैसे भी चार बेटों में एक अगर जाकर अपनी तकदीर आजमाता है तो बुरा भी क्या है? छोटे मामा ने मुंबई बुला लिया। वो वहाँ पर फिल्म स्टूडियो में लाइटमैन का काम करता है। पैसे तो ज्यादा नहीं कमाए, पर छोटे-बड़े सभी फिल्मी सितारों का नंगापन अपनी नंगी आँखों से देखा है। कई प्रोड्यूसर के साथ नमस्ते के अलावा कुछ ज्यादा बातचीत तो नहीं है फिर भी कई फिल्मी हस्तियों से खास पहचान बना ली है। दादर में ही खोली लेकर रहता है औरतों का शौक रखता है परंतु शादी नहीं की। कपिल

बारहवीं की पढ़ाई के बाद मुंबई घूमने गया तो फिर वापस घर नहीं आया। मामा उसको बेटे की तरह प्यार करता है। वो नहीं चाहता कि वो सिर्फ एक मजदूर बनकर रहे। पैसा इकट्ठा करके कैमरामैन, फ़ोटो शूट के कोर्स में भर्ती करा दिया ताकि फिल्मों में अच्छा काम मिल सके। तीन साल में कपिल डिग्री लेकर जब मैदान में उतरा तो पता चला, बड़े सारे बेरोजगार खिलाड़ी पहले से मैदान में अपनी तकदीर आजमा रहे हैं। लंबी लड़ाई या संघर्ष करने की उसमें हिम्मत नहीं है। बैंक से कर्जा लेकर बढ़िया कैमरा खरीदकर अपना वीडियो, फोटोग्राफी का काम शुरू कर दिया। साथ में दो दोस्त और जुड़ गए, काम चल निकला। बड़े शहरों से ज्यादा बढ़िया बाजार छोटे शहर और कस्बे होते हैं। नए-नए फैशन की फोटोग्राफी कराने में लाखों खर्च करते हैं। कपिल घूमकर फिर गाँव की ओर मुड़ा। छोटे-छोटे शहरों में मुंबई का बाबू आकर फोटोग्राफी करेगा यह भी एक रुतबे की बात है। कपिल का नाम और काम दोनों चल पड़ा लेकिन बात वो मामा की ही सुनता। अपने पैतृक कारोबार का जिक्र वो किसी से नहीं करता। इस बार का न्यौता अपने ही गाँव में सगाई के कार्यक्रम का मिला है, पैसा भी खूब मिलेगा और इसी बहाने गाँव में सभी से मिलना भी हो जाएगा। घर पर उसकी सभी ने बड़ी इज्जत भी की, पैसा है, नाम है और मुंबई रिटर्न है। पढ़ा-लिखा सलीकेदार और सुंदर भी है। बिरादरी भर में उसकी चर्चा हो रही है। सफलता का नशा उसकी आँखों पर चढ़ने लगा। अपनी कद्र उसे अब जाकर मालूम पड़ी, मुंबई में तो कीड़े-मकोड़ों की तरह सैकड़ों लड़कें रहते हैं। उसने मन ही मन सोच लिया कि काम राजधानी के पास के छोटे शहर से चलाएगा। महेशबाबू के घर में सभी से परिचय करवाया गया। किसकी कितनी कैसी कब फ़ोटो खींचती है, उसे मालूम होना जरूरी है। उसकी टीम पूरे काम पर लग गयी। फोटोग्राफर की इज्जत सबसे अधिक की जाती है क्योंकि वो ही है जो आपके अक्स को रूप देकर अपने कैमरे में संजोएगा। सगाई के दो दिन पहले से ही उसका काम शुरू हो गया।

गाँव में भी लड़कियाँ मुंबई की हीरोइनों से कुछ कम नहीं हैं आजकल। टीवी, सिनेमा देखकर बिल्कुल वैसी ही अदाएँ, नखरे, स्टाइल करती हैं। कपिल ऐसी लड़कियों को बहुत देख चुका है और उनको कैसे हैंडल करना है, समय के साथ बखूबी सीख भी गया है। "देखो तुम्हारा नाम क्या है? बताओ, ये भैया वैया कहना मुझे अच्छा नहीं लगता।" जब बन्नो ने रौबदार आवाज में यह कहा तो कपिल जान गया कि यह इस घर के मालिक की बेटी है, "जी कपिल" बन्नो सपाट से चेहरा बनाती बोली, "जी या कपिल"तब जाकर कपिल सकपकाया और बोला, "कपिल" बन्नो बोली यह हुई न बात। अपना नाम क्लीयर बताना चाहिए, मेरे को हर प्रोग्राम में फॉलो करना और मुझे बिना बताए, क्लिक करते रहना मुझे पोज देकर फ़ोटो खिंचाना, स्टाइल मारना पसंद नहीं, यू नो नेचुरल फ़ोटो ही चाहिए। कपिल को समझ आ गया। तकरीबन पंद्रह-सोलह साल की लड़की, सुंदर तो गजब की, जवानी का पहला कदम। शहरी चाल-चलन लेकिन शहर की चालाकियों से कोसों दूर। छोटे से कस्बेवाली मासूमियत अभी दामन पकड़े है। पहली बार कपिल का दिल किसी के लिए जोर से धड़का। बन्नो का अल्हड़पन उसे इतना आकर्षित करने लगा कि पूरी टीम को सगाई के कार्यक्रम की जिम्मेदारी सौंप कर, खुद पूरे भाव से बन्नो के शरणागत हुआ। कभी-कभी पीली भी अपनी दीदी के साथ दिखायी देती। पीली जितनी कमजोर, दबी-सी दिखती, कैमरे में उसकी फोटो गजब की आती, अलग-सी, डरी हुई, सहमी हुई, भोली-सी, प्यारी-सी बड़ी-बड़ी आँखों वाली, मरियल-सी बालिका। कपिल को उससे भी लगाव-सा हो गया। पीली भी कपिल भाई का पूरा ख्याल रखती। जब वो दीदी की फ़ोटो खींच रहा होता तो उसके लिए शरबत, मिठाई, चाय पकौड़े लेकर आती। आँखों से इशारे करके खाने को कहती। दिन में तीन-तीन बार अलग परिधान बदलती, बन्नो हर बार-हर नए रूप में कपिल के सामने आती, कपिल भी उसके पीछे-पीछे दीवानों की तरह चलता रहता। शादी के घर में सभी व्यस्त हैं, कोई मनाने में, कोई

अपना रुतबा दिखाने में, तो कोई पुराने हिसाब चुकाने में, कोई लेन-देन में, कोई खुफिया फेमिली षडयंत्रों में, चारों तरफ अपना-अपना ड्रामा चल रहा है। किसी को अपने सिवाय और किसी के लिए फुर्सत ही नहीं लेकिन माँ की अनुभवी आँखों से कुछ छुप नहीं पाया, एक दो बार बन्नो को टोका भी, "इतना कैमरा वाले के साथ मत घूमो, अकेले जाकर फ़ोटो क्यों खिंचाती हो, जितनी जरूरत है बस उतना ही खिंचवाओ, शहरी लड़का है किसी ने कुछ कह दिया तो पापा नाराज हो जाएँगे।" बीमार माँ की बात कौन सुनता है और फिर जवानी में दी गयी अच्छी सीख भी बुरी लगती है। बन्नो को भी कपिल अच्छा लगने लगा था। अंग्रेजी बोल लेता है, स्कूल के लड़कों की तरह छिछोरा भी नहीं है, बेवजह छूने की कोशिश तो बिल्कुल नहीं करता। भगवान ने लड़कियों को एक ऐसी इन्द्रिय शक्ति दी है कि वो पुरुष के स्पर्श मात्र से उसके मन में उठने वाले अच्छे-बुरे भावों को समझ जाती हैं। बन्नो कोई अपवाद नहीं है, इस मामले में। सगाई की रस्म के दिन सुबह से ही पीली की तबियत खराब है। वो अपने कमरे में ही सोई है, माँ ने आकर दवाई दे दी है। पहले बेटे की सगाई है। माँ-बाप दोनों का वहाँ उपस्थित होना जरूरी है। बन्नो अपने कमरे में जेवर पहनने को आयी है, वहाँ पर और कोई नहीं है। कपिल भी पहली बार वहाँपहुँच गया। हल्के गुलाबी लहंगे और बिना आस्तीन की छोटी-सी चोली में बन्नो किसी अप्सरा से कम नहीं लग रही, "ये लो मेरे कान के झुमके का पेंच लगा दो जरा", कपिल धीरे से कान में झुमका पहनाकर, पीछे का पेंच घुमाने लगा। उसके नर्म गाल, गरम बदन को छूने के बाद उसे कुछ होश ही न रहा। बन्नो तो जैसे खो-सी गयी, वो दोनों भूल गए कि नीचे सभी रिश्तेदार भरे हैं। वही पलंग दोनों के प्रथम प्रेम मिलन का साक्षी बना, कंबल के भीतर दुबकी रही पीली। जब प्यार का खुमार उतरा तो कपिल जल्दी से बाहर चला गया। बन्नो को भी संभलने में समझ आ गया, तन-मन सब कुछ बिखरे हुए को समेटना है। तब उसे एहसास हुआ कि पीली वहीं थी। पीली ने

चुपचाप पीठ घुमाकर, उसे उसकी शर्मिंदगी से शायद बचा लिया और फिर पीली बहुत छोटी है, दिमाग से कमजोर है, भला क्या समझेगी। "देख तू मेरी बहन है न किसी को कुछ मत बताना, मैं तुझे कितना प्यार करती हूँ। हम दोनों तुमको कितना चाहते हैं, मेरी लाडो, मेरी कसम तुमको किसी को कुछ मत कहना", बन्नो ने उसे हिलाकर बोला, पीली पलटकर मुस्कुराकर बोली, "सच्ची तुम दोनों मेरे से प्यार करते हो, प्रॉमिस नहीं बोलूँगी।" किसी तरह बाल सँवारते हुए, बिना गहने पहने बन्नो सगाई की रस्म में पहुँची, कार्यक्रम खत्म हो गया। सब वापस जाने की तैयारी में हैं। अब तो बस दोनों अकेले मिलने का मौका खोजते हैं और पीली अगर साथ रहती है तो दीदी पर किसी को कोई शक ही नहीं होगा। अब तो पीली उनकी ढाल बन चुकी है। प्यार और महक भला कभी छुपी है, दो दिन बाद ही यह खबर न जाने किसने महेशबाबू के कान में डाल दी। उनके ही गाँव के धोबी के बेटे ने उनकी इज्जत धोकर रख दी। जमींदारी तो रही नहीं, परंतु खून उबाल खाने लगा, बात बाहर पहुँची तो इज्जत जाएगी। दो महीने बाद बेटे की शादी है, नई बहू को घर आना है, गाँव में नाक कटेगी सो अलग।

बन्नो की पिटाई से काम नहीं चलेगा, बगावत कर दी तो लेने के देने पड़ेंगे। बहुत सोच विचार कर, सारे परिवार ने फैसला लिया कि कपिल को धमकाया जाए और अपने खून को समझाया जाए। बड़े बेटे ने कहा, "धमकाने से काम नहीं चलेगा, शहरी लड़का है, कहीं लेकर भाग गया। पुलिस कानून सब जानता है, उसकी रोजी-रोटी पर वार करो, इतना डराओ कि वापस ही न आए नहीं तो लूट कर, डरा कर भगा दो, नहीं माने तो गायब कर दो, अरे जो भी करो किसी केस वेस में फँसा दो, बस जल्दी करो, बात फैलने से पहले ही दबा दो।" बाप को बात जँच गयी, धमकाने से कोई फायदा नहीं होगा। कहीं एससी, एसटी एक्ट में ऊँची जात वालों के खिलाफ केस कर दिया तो

लेने के देने पड़ जाएँगे। साले साहब का दिमाग बहुत तेज चलता है। सो कन्या के मामा ने भार संभाला। काफी सारी प्रॉन सीडी खरीदी गयीं। लौंडों को कपिल की टीम के पास दुकान भेजा कि शूटिंग पर आना है, अच्छी रकम एडवांस में दी। आते वक्त सारी सीडी वहीं पर छोड़ आए। दो दिन बाद जब उसकी टीम शूटिंग को पहुँची तो शहर से दो लड़कियाँ किराये पर शूटिंग के लिए ले आए। मकान पर ठीक समय पर दारोगा ने छापा मार दिया, बस सभी थाने पहुँच गए। दुकान पर छापा पड़ गया, भोली भाली लड़कियों को फाँस कर शहरी लौंडे यहाँ गंदा व्यापार चला रहे हैं। खबर आग की तरह फैल गयी, लोकल बाजार के लोगों ने ही घेर कर दुकान तोड़ डाली। लड़के तो थाने में थे, हत्थे कपिल चढ़ा, एकाध थप्पड़ मार भड़ास निकाल लेते लेकिन भीड़ में मामा ने अपने गुंडे भेज रखे थे। बस उन्होंने बुरी तरह पिटाई की, कई हड्डियाँ टूट गयीं। बाप-भाई पहले बड़ा मेडिकल और फिर एम्स लेकर दिल्ली पहुँचे, केस अलग चला। कोई कुछ समझ ही न सका कि क्या, क्यों, कैसे हुआ लेकिन कच्ची उम्र का पहला प्यार, बन्नो के मन को चैन ही नहीं। कपिल के साथ जो कुछ भी हुआ है, उसकी खबर उसे अपनी सहेलियों से मिलती रहती है लेकिन उसका दिल नहीं मानता कि वो गलत-गंदी फिल्में बनाता था। सबूतों के साथ गिरफ्तारी हुई है। अस्पताल में जीवन-मौत के बीच लड़ रहा है। बेल करने का इंतजाम घर के लोग कर रहे हैं। मामा ने अपनी सारी कमाई खर्च कर दी है। अस्पताल से बाहर आते ही केस तो चलेगा। फोन पर तक बात करने की हिम्मत नहीं बची है उसमें। बन्नो अभी भी परेशान रहती है। दसवीं के पेपर देते ही बुआ के घर दिल्ली जाने की जिद्द कर रही है, ताकि अस्पताल में जाकर अपने देवता के दर्शन कर सके। घर पर सभी को मालूम है कि वो दिल्ली क्यों जाना चाहती है। भाई की शादी भी नजदीक है, जो भी महेशबाबू की समस्या का समाधान तो हो गया है, ऐसा वो सोचते हैं, लेकिन विधाता का खेल अभी खत्म नहीं हुआ। मामा और बाबा को बात करते शायद पीली

और बन्नो ने सुन लिया है। बन्नो ने रो रोकर घर सिर पर उठा लिया कि मीडिया में जा कर सबकुछ बता देगी। कपिल के बाप के घर जाने को दो बार घर से बाहर पाँव भी रखा लेकिन भाई लोग पकड़ ले आए। अब वो पूरी तरह से बगावत पर उतर आई है।बीमार माँ ने बहुत समझाया, कसमें भी दीं। प्यार अंधा होता है, यह उसे उसकी बेटी ने सिखा दिया। "आखिर कितने दिन जवान लड़की को ताले में बंद करके रखेंगे, वो मौका पाते ही भाग गयी तो"ये बात जब पत्नी ने महेशबाबू और बेटों से कही तो सबकी समझ में आ गया कि कपिल के साथ जो कुछ भी गलत उन लोगों ने किया है, उसका भुगतान बन्नो जरूर कराएगी। शादी से पहले ही फैसला लेना होगा, उधर बन्नो पागलों की तरह घर पर चिल्लाती रहती है। डॉक्टर आकर कुछ नींद की दवाईयाँ देता है पर जैसे ही दवाईयों का असर खत्म होता है, वो फिर रौद्र रूप धारण कर लेती है। अनाप-शनाप बकती है। माँ ने होली से पहले दिन खीर बनायी है। पीली कटोरी में भरकर, ट्रे में सजाकर सभी के लिए लेकर गयी। बन्नो ने खाने से मना कर दिया। पीली रोकर बोली, "दीदी मेरे से भी नाराज हो, मैं तो तुमको और कपिल भैया को कितना प्यार करती हूँ, मुझे भी उनकी बहुत याद आती है। प्लीज़ खीर खालो, भैया की शादी के बाद हम भागकर, उसके पास चले जाएँगे।" भोली पीली की बात सुनकर बन्नो की आँखें आशा से चमक उठीं, रोकर उसने पीली को अपने सीने से भींच लिया। इस कपटी दुनिया में सिर्फ वो ही सच्ची है, जिसे उसकी फिक्र है। उसने छोटी बहन का अनुरोध मान लिया। अगले दिन बन्नो मेडिकल के आईसीयू में है। उसकी तबियत बहुत बिगड़ गयी है। गलत दवाई खाने से सारे शरीर में जहर फैल गया है। पंद्रह दिनों तक जीवन-मृत्यु में झूलती बन्नो और उसके प्रेम भरे दिल ने धड़कना बंद कर दिया। पुलिस केस बना, दवाई में जहर कैसे आया, छानबीन हुई। कमजोर दिमाग पीली ने गलती से दवाई की जगह, गलत दवाई दे दी। आठ साल से छोटी रहती तो कोई केस भी न बनता। कानून में उसके लिए

कोई कार्रवाई नहीं है पर नौ साल की पीली पर जेजे एक्ट में कमजोर-सा केस बना। हिरासत में लेने का प्रश्न ही नहीं था। मनो चिकित्सक की रिपोर्ट है महेशबाबू के पास। पीली दिमागी तौर पर कमजोर बालिका है, गलती से कुछ मिला दी होगी। महिला काउंसलर के सामने पूछताछ करके, इंस्पेक्टर ने अपनी रिपोर्ट बना दी। छः महीने में जेजे बोर्ड ने केस खत्म भी कर दिया। दबी जबान में कईयों ने बहुत कुछ काना-फूसी तो की लेकिन बाद में मामला ठंडा पड़ गया। महेशबाबू कि आँख का तारा अब डूब चुका है। पीली रोज की तरह अपने पापा को पानी का गिलास जरूर देती है लेकिन अब वो स्कूल नहीं जाती, न ही किसी बाहर वाले से मिलती है। किसी को खीर या मिठाई नहीं देती। सभी समझते हैं कि पीली को कुछ नहीं पता। वो बेवकूफ है, सीधी है, पागल है। पीली रोज रात को अपनी सबसे प्यारी दीदी को याद करके रोती है, बस यही चाहती है कि उसको प्यार करने वाला भाई कपिल अपने पैरों पर चलने लगे और एक-बार उससे जरूर मिलने आए। वो खीर अपनी दीदी को उसने अपने हाथों से जबर्दस्ती खिलाई थी। माँ और पापा ने समझाकर जो भेजा था, जैसे भी हो दीदी को आज यह मीठा जरूर खिलाना। पीली का मन यह सब समझता है।

***

एम्बुलेंस

तांती की माँ जोर-जोर से चिल्ला रही है, उसका नौवाँ महीना शुरू हुए दस दिन बीत चुके हैं। प्रसव की पीड़ा रुक-रुक कर उठ रही है, पास में बड़ी बेटी तांती कभी-कभी पानी पिला देती है, सहमी-सी बस कातर आँखों से माँ को दर्द में तड़पते देख रही है। "जा तांती, धाई की जा, दिशारी को बुला ला, " लेकिन रात हो चुकी है। सभी मर्द लोग ताड़ी पीकर अपने-अपने ठिकानों पर बेहोश होकर सोये पड़े हैं, गरीब, आधा पेट खाना खायी उनकी पत्नियाँ भी सोने की कोशिश कर रही हैं। कन्दरपुर जिले की आदिवासी बस्ती, बोथरा आदिवासी कुल मिलाकर बीस परिवार हैं। उस छोटे से गाँव से पाँच मील दूर तक न तो कोई स्वास्थ्य केंद्र है और न ही कोई डॉक्टर। चिल्ली मौसी ही धाई हैं किसी के भी कुछ होता है तो चिल्ली माँ ही आती हैं। तांती कीमाँ की यह सातवीं संतान है। तांती के एक के बाद एक तीन बच्चे पैदा होते ही मर गये, फिर दो बेटे हुए, जो बच गये। तांती की माँ हर दूसरे साल बच्चा पेट में आते ही जैसे डर-सी जाती है। वो जानलेवा प्रसव के दर्द याद करते ही उसकी जैसे जान ही निकल जाती है, लेकिन प्रकृति अपने नियम से ही चलती है। न चाहते हुए भी कोख में बच्चा आ ही जाता है। इस दूर अंचल की बस्ती में अभी तक परिवार नियोजन की दवाइयाँ नहीं पहुँचीं। वैसे भी बोथरा समाज में डॉक्टरखाने जाना, ऑपरेशन कराना, विदेशी दवाइयाँ खाना पाप समझा जाता है। तांती की माँ अपने ईष्ट देवता को रुष्ट नहीं करना चाहती। अगर वो रूठ गये तो कोप चढ़ेगा, पाप लगेगा, बाकी की बची

हुई संतानों की जान खतरे में पड़ेगा, "जा तांती, जा धांई की चिल्ली माँ को डाक।" बस रोते-रोते यही बोले जा रही है। फटी हुई लंबी-सी पुरानी फ्रॉक पहने, नंगे पैर बस्ती की आखिरी झोपड़ी की ओर दौड़ पड़ती है। "चिल्ली माँ टिके आओ, देखो माँ को दर्द हो रहा है, उसे बचा लो।" और वहीं बैठ जोर-जोर से रोने लगती है।

काले-सफेद बालों की खिचड़ी, माथे, गालों पर गूदे हुए अलग-अलग आकृतियों के निशान मोटी-मोटी रंगहीन, उदास-सी आँखें, दुबले से शरीर पर सिर्फ एक छोटी-सी साड़ी घुटने के ऊपर ओढ़े, चिल्ली माँ अपने टूटे से घर से बाहर निकलती है तो रात के अंधेरे में उसका वो चेहरा देख किशोरी तांती भी डर जाती है, चिल्ली माँ कुछ जड़ी-बूटियाँ एक चिथड़े में बाँध कर, अपनी लाठी लेकर तांती के साथ चल पड़ती है। घर के द्वार को बंद करना भी जरूरी नहीं समझती, यहाँ सभी अभावी गृहस्थी वाले हैं लेकिन सच्चे हैं, कोई किसी के यहाँ चोरी नहीं करता, चोरी तो कस्बों में, नगरों में, शहरों में होती है। चिल्ली माँ तांती को बाहर ही रुकने को कहकर, उसके घर के अंदर चली जाती है। औरत की दशा ठीक नहीं है, बच्चा शायद पेट में उल्टा है, पैदा होने में तकलीफ देगा। थोड़ा तेल योनि में लगा कर, दिया जला कर उसकी नाभि पर रख देती है। तड़पती औरत को राहत तो नहीं मिलती पर आस जग उठी है कि दाई माँ सब संभाल लेगी और वो सारी रात रुक-रुक कर दर्द में चिल्लाती रहती है। भोर की पहली किरन केशर पर्वत के पार से निकली और यहाँ दो नन्हें पैर बाहर आये। चिल्ली माँ ने अपने सारे जीवन का अनुभव वहाँ लगा दिया और बीस मिनट की भयंकर दर्द वाली प्रसव पीड़ा में उस नये प्राणी को बाहर निकाल ही दिया। तांती की माँ तीन दिन की पीड़ा से थककर बेहोश हो गयी। उस प्राणी की नली को काटकर, गाँठ बाँध कर, नहला धुलाकर, एक पुराने कपड़े में लपेट, बाहर तांती के बाप की गोद में थमा दिया। "ले एक्का ले, देवता ने प्रसाद भेजा है। गुरुबार को पैदा हुई, लक्ष्मी है। जहाँ से जाएगी, पीछे से पैसा बरसा के जाएगी। ले एक्का, तेरी

गुरुबारी को धर।" हक्का-बक्का-सा खड़ा एक्का, अभी तक रात का नशा दिमाग से नहीं उतरा है, फिर भी पीली सी, दुबली-पतली काया लिए चिथड़े को गोदी में उठा लिया। चिल्ली माँ को देने के लिए उसके पास कुछ भी नहीं है, वह कुछ रकम शाम तक दे देगा। चिल्ली माँ ने जाते हुए गुड़ की डल्ली और पीपल-मूल की बूटियाँ तांती के हाथ में थमा दी। "माँ जब उठे तो गरम पानी के साथ खिला देना, ठीक हो जाएगी और हाँ माँ को चटाई पर लिटा कर, घर को सफा कर दियो, मिट्टी लेप देना, नहीं तो चींटियाँ आ जाएँगी, खून पीने।"तांती ने जबसे होश संभाला है, यह पाँचवीं बार देखा है। अब वो थोड़ी समझदार भी हो चुकी है, सारा काम आसानी से कर लेती है लेकिन एक छोटी बहन आयी है, वो बहुत खुश है। गरीब, अबोध कन्या अभाव में भी खुशियाँ ढूँढ लेती है।

गुरुबारी के आने से कोई फर्क तो नहीं पड़ा बल्कि दिक्कतें ही बढ़ीं। दो साल तक माँ का दूध पिया है, फिर वही तोरणी, आम की गुठली सुखा कर उसका चूरा या जंगलों के साग पत्ते, यही उनका रोज का भोजन। बापू कभी-कभी ट्रक में बैठकर सड़क का काम करने, कस्बे की तरफ जाता है। तब कुछ माल-सामान घर में आता है। तांती की ब्याह भी चौदह साल की होते ही कर दिया। बढ़िया दामाद मिला है। शादी में पूरे छ: हजार रूपये, दो बकरियाँ और खाने का सामान देकर तांती को लिया है। गुरुबारी की बात ही कुछ और है, उल्टी पैदा हुई कन्या किसी के भी कमर या पीठ में दर्द होता तो चिल्ली माँ उसे अपने साथ ले जाती। मंत्र फूँकती और गुरुबारी बायें से मरीज की पीठ पर धीरे से लात जमा देती। मरीज ठीक होकर जाता या नहीं यह तो किसी को नहीं मालूम पर गाँव में यही इलाज है, बदले में पाँच रुपये या कुछ चावल दे देता। चिल्ली माँ कभी एक रुपया तो कभी दो रुपया गुरुबारी के बाप को पकड़ा देती। गुरुबारी अगर ब्याह न करके चिल्ली माँ का गद्दी संभाल लेगी तो उसका व उसके बेटों का बाकी का जीवन आराम से गुजर जाएगा। आजकल कुछ सरकारी लोग गाँव

आने लगे हैं, आँगनबाड़ी की दीदी आकर घर-घर पूछ कर बच्चों को टीका लगवाने को कहती हैं। आशाकर्मी भी बच्चा पैदा करने के लिए अस्पताल जाने को कहती हैं, लेकिन अस्पताल में इन गरीब लोगों को जानवरों से भी बदतरनजर से देखते हैं। उनके कर्मचारी, इन बेचारों से कोई ऊपरी कमाई तो मिलने से रही और फिर इन्हें अपने ईष्ट देवता के नाराज होने का भी डर रहता है। सो झाड़-फूँक दिशारी के भरोसे ही इनकी पीढ़ियाँ आगे बढ़ती हैं। थोड़ी-सी सरकारी सहायता तपती रेत में एक बूंद की तरह आकर गायब हो जाती है, तांती की शादी के बाद से वह घर का सारा काम करती है। जंगल में लकड़ियाँ तोड़ना, मेहुल के फूल इकट्ठे करके बापू को ताड़ी बनाने को देना, सारा काम खुद करती है। दोनों भाइयों को बापू ने कस्बे के बस स्टैंड के ढाबे में काम पर लगा दिया है। बाल मज़दूर की डिमांड मार्केट में बहुत है, कम खाना, कम मजूरी और मालिक से डर यही तो मूल मंत्र है मालिकों के लिए। घर में अब उतना अभाव नहीं रहा लेकिन शौक से एक भी साड़ी अपनी पसंद की गुरुबारी न ले सकी, आजकल इलाज करने चिल्ली माँ के साथ जा रही है। यह बात उसे बिल्कुल पसंद नहीं।

आँगनबाड़ी दीदी ने अपने बच्चों को मिशन स्कूल के हॉस्टल में पढ़ाने भेजा है। वो पढ़ लिखकर आकर इन जाहिलों को समझाएँगे, यह उसका विश्वास है। तांती के बाप को डाँटकर उसने समझाया कि गुरुबारी का स्कूल में नाम लिखा, स्कूल में पहनने को दो फ्रॉक और रोज दिन में भोजन भी मिलेगा, "अरे गुरुबारी को स्कूल भेजो, खा-पीकर सेहत बनेगी, पहनने को कपड़ा भी मिलेगा। काहे चिल्ली माँ के एक-दो रुपये में मरा जा रहा है रे।" तांती के बापू ने गुरुबारी का नाम स्कूल में लिखा दिया, स्कूल दूसरे गाँव में है, मास्टर भी रोज नहीं आते। हफ्ता में एक दिन ही स्कूल जाकर सारे हफ्ते की हाजिरी लगा आते हैं, बस उसी दिन छत्तूआ, दाल खाना मिलता है, बाकी दिनों का खाना किस-किसके खाते में जाता है, यह अभी तक रहस्य ही है। "माँ मुझको पढ़कर आँगनबाड़ी वाली दीदी की तरह बनना है, साड़ी पहन

कर, बैग लेकर, चप्पल पहन कर, साइकिल में घूम-घूम कर काम करूँगी।" जब ग्यारह साल की गुरुबारी यह कहती तो माँ की आँखें भी सपने संजोने लगती, बापू अब थोड़ा बीमार रहने लगा है। कुछ कमाकर नहीं ला सकता।

बेटों को तनख्वाह भी बहुत कम मिलती है। ढाबे में ही उसकी मुलाकात ताना से हुई। तीस साल का गबरु जवान, डोंगर में इतनी लंबी चौड़ी कद काठी के आदमी नहीं होते, पर वो तो बहुत तगड़ा और अच्छा खासा ऊँचा है। ताना कस्बे में ही ठेकेदार के पास काम करता है। पैसा अच्छा कमा लेता है लेकिन सारा विदेशी पीकर उड़ा देता है। इसलिए उनकी पत्नी अपने दोनों बेटों के साथ उसे छोड़कर चली गयी है, शहर में छोरियों के भाव अधिक है। महीने में एक दो बार उनके पास जाकर सारी पूँजी लुटा आता है। घर टूटा-फूटा है पर खाना बनाने वाला कोई नहीं, बस अब नई घरवाली ढूँढ रहा है। तांती के बापू से अच्छी जान पहचान हो गयी है, इस पौष की पूर्णिमा में गुरुबारी भी पंद्रह साल की हो जाएगी। तांती का बापू भी बड़ी रकम लेकर छुटकारा पाना चाहता है, बात पक्की हो गयी। अठारह हजार नगद, छ: भेड़ें। पौष की पूर्णिमा को गुरुबारी, ताना की पत्नी बन गयी। पहले तो ताना दुबली-पतली बीमार-सी गुरुबारी के कुछ नाखुश-सा ही रहा लेकिन शांत गुरुबारी ने आखिर उसका मन जीत ही लिया। घर के कामों में निपुण थोड़े में ही गुजारा करने वाली, कहीं किसी भी चीज की कोई मांग नहीं, पति को और क्या चाहिए। गुरुबारी अपने पीछे बाप के घर अच्छी रकम दे आयी है। यहाँ उसके पास एक रुपया भी नहीं। "सारा सौदा बाजार से ला देता हूँ न और क्या चाहिए बोल, जब भी शहर जाऊँगा, सूत्ती साड़ी ला दूँगा।" गुरुबारी उसी में खुश होकर रह जाती, आसपास के घरों की औरतें बहुत चालाक हैं, लड़ झगड़ कर पति से पैसा मांग ही लेती हैं। खेतों में काम करके भी कुछ कमा लेती हैं, लेकिन गुरुबारी दिहाड़ी का काम नहीं कर पाती, कुछ दिन तक काम करने गई पर जल्दी ही हाँफ जाती, रात भर सो नहीं पाती,

बदन में खून की कमी है, फेफड़े भी कमजोर हैं और न जाने क्या-क्या है, ये तो अगर डॉक्टर के पास जाएँ तो डॉक्टर ही बताये। ताना मन का दयालु है, पैसों के लिए पत्नी को इतना कष्ट करते नहीं देख सकता। इसलिए उसने गुरुबारी को काम करने मना कर दिया है। गुरुबारी भी अपनी हालत पर बहुत शर्मिन्दा रहती है। आदिवासी औरतें बहुत स्वाभिमानी और कर्मठ होती हैं, वो स्वयम् सारे काम करती हैं, कमाती हैं, पति के ऊपर निर्भर नहीं रहतीं। किसी पर बोझ बनकर रहने का गम गुरुबारी को बहुत सताता है। इसलिए वो बिना शर्त हर स्थिति में गुजारा करती है। शादी के पाँच साल बाद उनके यहाँ बेटी ने जन्म लिया। बेटी पैदा होने के बाद से गुरुबारी अब और बीमार रहने लगी है। बेटी का नाम सुहानी रखा गया लेकिन प्यार से वो उसे तानी बुलाती है। देवता का शुक्र अदा करती है कि तानी कद-काठी में अपने बाप पर गयी है। आशाकर्मी दीदी ने सारे टीके भी लगवा दिए और पास के केंद्र में तानी को भेजती है ताकि भरपेट, अच्छा खाना उसे मिल सके। घर का काम वो खुद ही करती है अब वो इतनी बीमाररहती है कि पति भी उसके पास नहीं सो पाता। ताना की कमाई का जरिया सीमित है। घर पर बीमार पत्नी, सरकारी अस्पताल के चक्कर काटने, बाहर से महंगी दवाइयाँ खरीदने और अपनी जरूरत के लिए औरतों के पास जाने में उसके सारे पैसे ही खत्म हो जाते हैं। पता नहीं सरकारी दवाखानों की दवाइयाँ कहाँ चली जाती हैं, जब भी पर्ची लेकर जाता है, वो दवाई मिलती ही नहीं। डॉक्टर को दिखाने से क्या फायदा, इलाज कभी भी पूरा नहीं हो पाता। इस बार बैसाख की संक्रांति के बाद से ही गुरुबारी ने खाट पकड़ ली है। वो अब पेशाब करने के लिए भी बाहर नहीं जा पाती। छः साल की तानी बिचारी माँ के आसपास ही रहती है लेकिन नन्ही बच्ची करे तो क्या करे। ताना बाबू दिन भर बाहर काम करता है, रात को पीकर लौटता है। आते हुए दोनों में कभी रोटी-मछली या पाव रोटी लेकर आ जाता है, ताकि तानी खा सके। बाहर का खाना अब गुरुबारी

के शरीर में जहर की तरह है। खून एकदम कम हो गया है, पेट में शायद कुछ ट्यूमर की तरह है। जैसे भी करके ग्यारह सौ रुपया भाड़ा देकर, मिनी ट्रक में बिठाकर अस्पताल पहुँचाया। "अरे ये किसे ले आए, ये तो बहुत बीमार है, शहर के बड़े अस्पताल ले जाओ, यहाँ क्यों भर्ती कर रहे हो।" अस्पताल में घुसते ही बड़ी नर्स ने कहा। "अब मैडम कहाँ जाऊँ, गाड़ी भी वापस चली गयी है, भाड़ा का पैसा भी नहीं है। इस हालात में कहाँजाऊँ, यहीं पर जो है सो है, यहीं इलाज करो।" सारी रात बाहर बारांडे में मैली चटाई पर गुरुबारी दर्द से तड़पती रही, "डॉक्टर साहब अगले दिन सुबह ही आएँगे" जाकर इस पर्ची की दवाई बाहर से ले आओ।" नर्स दीदी ने बिना उसकी ओर देखे एक पर्ची पकड़ा दी, ताना पर्ची लेकर गया। सरकारी दवाखाने के दोनों लड़कों ने पर्ची को देखे बगैर ही कह दिया कि ये दवाई नहीं है।

ताना रूआँसा-सा होकर बोला, "भाई पढ़ तो लो, शायद हो, कोई और सुई लगाने वाली दवाई दे दो। मेरी पत्नी दर्द से बहुत रो रही है। डॉक्टर जब तक नहीं आते कुछ तो औषध होगी, "दाँत निपोरते हुए रमेश बाबू बोले" है न, सामने रोड़ के पार महादुर्गा स्टोर में ये दवाई है, वहाँ से खरीदकर नर्स दीदी को दे दो। वो सुई लगा देगी, आराम मिल जाएगा। वैसे यहाँ से पन्द्रह किलोमीटर दूर डॉ. चौधरी का दवाखाना है, कमरा भी रहने को मिलेगा। इलाज भी हो जाएगा, वहाँ ले जाओ। अगर मंजूर है तो अभी बात करता हूँ, सस्ते में इलाज होगा।" ताना चुपचाप मायूस-सा वहाँ से रोड़ पार करने चला गया। जेब में सिर्फ आठ सौ रुपये हैं। प्राइवेट में जाएगा तो हजारों खर्च होंगे। अभी कोई उधार भी नहीं देगा, सामने दुकान से इंजेक्शन लेकर लगवा देता हूँ। यही सोच कर आगे बढ़ गया। गुरुबारी की बेटी बड़ी कातर नजरों से माँ को तड़पते देख रही है, कुछ कर नहीं पा रही। गुरुबारी की साँसें अब उखड़ने लगी हैं। सारे शरीर का दम जैसे पैरों के रास्ते निकल रहा है। उसे बस अपनी बेटी की फिक्र हो रही है। हाथ बढ़ाकर जोर से अपनी इकलौती बेटी का हाथ जकड़ लेती है, शायद

वो ही उसकी आखिरी आस है। छ: दिन से गोलियाँ खा-खा कर पेट में आग जैसे जल रही है, शरीर में बैठने तक का दम खतम हो रहा है। आँखों के सामने उसे अब अपने बचपन का घर, आँगन, पेड़ के नीचे देवता का ढेरा नजर आ रहा है। वो बस मन ही मन अपनी बेटी की सलामती की दुआ कर रही है, दर्द अब सहन नहीं हो रहा। आँखें जैसे ऊपर की ओर उलट रही हैं, सारा ब्रह्माण्ड घूमने लगा है। दर्द से चीखें भी नहीं निकल रहीं। किसी तरह एक-एक साँस खींच रही है, यमराज जैसे उसके धीरज की परीक्षा ले रहा है। ताना अभी अभी सुई-दवाई लेकर लौटा है। नर्स दीदी सुई लगाने का बीस रुपया मांग रही है, मिन्नतों के बाद दस रुपये में राजी हुई। इंजेक्शन लगाने को बाँह को पकड़ा तो पता चला कि निष्प्राण शरीर है, खुली आँखें, खुला मुँह, अध कंकाल-सा मैली-कुचैली साड़ी में लिपटा शरीर अभी भी गर्म है। एक हाथ पेट पर और दूसरा बेटी की हथेली पर। शायद अभी और जीने की आस थी। नर्स ने सपाट से चेहरा लिए कह दिया, "सुई काम नहीं देगी, भाग शाली है, बर के हाथों स्वर्ग जा रही है, जाओ डिस्चार्ज पर्ची बना लाओ और घर ले जाओ"। ताना को भी विश्वास नहीं हुआ कि गुरुबारी बिना कुछ कहे ऐसे चली जाएगी। कुछ मिनट तक तो उसका दिमाग ही सुन्न हो गया, फिर बेटी की ओर देखा। वो अभी सोच रही है कि माँ सो रही है। उसने धीरे से उसका हाथ छुड़वाया और प्यार से उसके सिर पर हाथ फेरा। इस बच्ची को मृत्यु के बारे में कैसे बताये। पुरानी शाल से गुरुबारी का मुँह ढंक दिया। जैसे ही उसका मुँह ढका, बिटिया को कुछ अंदाजा-सा हुआ, "माँ का मुँह क्यों ढंका है बाबा? वो तो सो रही है न? अभी कुछ मांगती भी नहीं, रोती भी नहीं? क्या हुआ? उसको क्या हुआ?"पास में बैठे बूढ़े मरीज की बहू ने आकर कहा, "अरी अभागन तेरी माँ मर गयी, दूर चली गयी, अब कभी न लौट कर आएगी, देवलोक गयी। मुक्ति मिली इस गरीबी और दर्द से, छोटी बच्ची इतनी सारी बातें सुनकर जोर-जोर से रोने लगी, पुरानी शॉल, साड़ी में लिपटी माँ पर लिपट कर रोने

लगी। अस्पताल में ऐसे दृश्य रोज ही देखने को मिलते हैं। गरीबों पर रोने वाले सिर्फ अपने ही होते हैं, कर्मचारियों को कोई खास फर्क नहीं पड़ता। किसी तरह से लाश को ये घर ले जाए तो उनकी जान छूटे। कुत्तों को भी शायद कुछ भनक लग जाती होगी। दो चार कुत्ते आकर बारांडे में गुरुबारी के मृत शरीर के पास आकर बैठ गए। चींटियों को भी खबर मिल गयी है। एक लंबी कतार तेजी से उसके शरीर की तरफ बढ़ चली है, आज तो उनका भोज है।

ताना अंदर अस्पताल में बड़े बाबू के पास गया है। मंजूरी लेने ताकि उसकी पत्नी के मृत शरीर को घर ले जाकर संस्कार कर सके। बड़े बाबू ने साफ मना कर दिया, "कल डॉक्टर बाबू आएँगे, मुआयना करेंगे, फिर ले जा सकोगे।" ताना जानता है कल डॉक्टर बाबू के आते-आते दोपहर हो जाएगी। शरीर सड़ने न लगे, फिर पैसों का इंतजाम भी करना है, सारे समाज को भोजन खिलाना है, मद-मांस दोनों देना पड़ेगा कितना खर्चा करना है। किसी तरह से मिन्नतें करके सुपरीटेंडेट सर को मनवा लिया। मृत्यु को खाते में चढ़वा कर एम्बुलेंस ड्राइवर के पास गया। सरकार ने मुफ्त सेवाएँ दी हैं, लेकिन ड्राइवर बोला, "लाश को ले जाने को नहीं, बल्कि मरीजों के लिए, फिर गाड़ी में तेल भी लगता है। एक हेल्पर भी साथ जाएगा, कुल मिलाकर बारह सौ रुपया खर्च होगा, गाँव भी तुम्हारा बहुत दूर है।"ताना परेशान हो गया। अब जेब में सिर्फ छ: सौ रुपये हैं। दो सौ की दवाई आयी थी, अगर रुपये यहीं खर्च हो गए तो गाँव के लोगों को शमशान घाट से वापस आने के बाद खाना कैसे खिलाएगा। वो बोला, "दो सौ रुपये ले लो भैया, गरीब मानुष है, भगवान भला करेगा। जरा हमें गाँव की सीमा तक छोड़ दो। वहाँ हमारे भाई-बंधु मिलकर ले जाएँगे। यहाँ तो कोई नहीं है, अच्छा चलो तीन सौ ले लो।" लेकिन ड्राइवर-हेल्पर टस से मस नहीं हुए। उन्हें मालूम है कि यही मौका है जब मन-मर्जी का सौदा होता है। गाड़ी के बिना शव तो ले जा ही नहीं सकेगा। अपने आप दौड़ भागकर इंतजाम करके लाएगा और कोई उपाय ही नहीं है। रोती

बेटी को माँ के शव के पास छोड़कर परेशान-सा ताना अस्पताल से कुछ ही दूरी पर बने देशी ठेके पर चला गया। अस्सी रुपए की देशी बोतल पूरी गटक गया। शरीर में अजब-सी फुर्ती आ गयी, बस अब बहुत हुआ। उसे अपनी बाजुओं की ताकत पर पूरा भरोसा है, वापस आते हुए एक बिस्कुट और पाव रोटी का पैकेट ले आया। बिटिया को पकड़ाया, झोले में बचा कुछ सामान डालकर बेटी को पकड़ा कर, पुरानी नीचे बिछी चटाई पर लेटी निष्प्राण गुरुबारी को प्रणाम किया फिर उसे उसी चटाई में लपेट लिया और अपने बायें कंधे पर डाल दिया। आस पास बैठे सभी मरीज और उनके परिजन अवाक् हो गए। कर्मचारी भी उसकी इस हरकत पर हैरान हो गए, लेकिन सहायता के लिए कोई आगे नहीं आया। ड्राइवर और हेल्पर का मन तो दुःखी हुआ कि शानदार शिकार हाथ से निकल गया लेकिन वो ऐसे निकलेगा ऐसी कल्पना किसी ने नहीं की थी। कई लोग अपने भाई-बंधु के साथ आते हैं। बाँस पर खटिया बाँध कर, कंधों पर झुलाते हुए ले जाते हैं पर अकेला आदमी, अपने कंधे पर शव रख सड़क मार्ग से गाँव की ओर चल देगा, ऐसा पहले कभी नहीं हुआ। किसी-किसी कैलेंडर पर या टीवी सीरियल में देखा, शिवजी पार्वती के शव को कंधे पर रखकर चले थे।

ताना तनकर समाज से, सिस्टम से मुँह फिराकर, आक्रोश में भरा हुआ एक कंधे पर पत्नी का शव, दूसरे हाथ में रोती बिटिया का हाथ पकड़, सारी दुनिया को लानत देता हुआ आगे बढ़ने लगा। रास्ते में कुछ लोग देख कर सहानुभूति से रुके, कुछ हैरान रह गए, कुछ शर्म से कुछ न कर पाने वाला भाव लेकर मुँह मोड़ लिए। चाय की छोटी-सी दुकान पर बैठे सत्यजीत ने ऐसा पहली बार ही ऐसा देखा है। शहरी लड़का नहीं है फिर भी शहर में पढ़ाई की है। कुछ-कुछ टीवी चैनल को मोबाइल से रिकॉर्डिंग करके, दूर-दराज क्षेत्रों की खबरें भेजता है। कुछ पैसे कमाई हो जाती है। लोकल नेताओं के बीच, अपने जर्नलिस्ट होने का रौब भी जमा लेता है और कभी-कभी कोई

अपराध मामले की छानबीन में पुलिस की मदद भी कर देता है। हठात् चाय पीते हुए उसे सामने सड़क से एक आदमी अपने कंधे पर चटाई में कुछ लपेटकर चलता हुआ आता हुआ नजर आया। पाँव में घिसी हुई स्लीपर, मैली धोती, लंबा पीला-सा कुर्ता, बिखरे हुए बाल, पक्का रंग, तीखे नैन-नक्श, आँखों में जैसे शोले बरस रहे हों। किसी की ओर भी नहीं ताक रहा। बस सीधे चलता जा रहा है। साथ में बड़ी-सी शायद अपनी माँ की चप्पल पहने हुई, रोती हुई, कमजोर-सी बच्ची घिसटती हुई चली जा रही है। हिचकियाँ लेती हुई वो बच्ची, बीच-बीच में माँ-माँ कहकर रोते हुए, अपने बाप के कंधे की ओर देखती हुई जा रही है। जैसे जैसे वो आकृति निकट आती जाती है, सत्य देखता है, कंधे पर पड़ी हुई चटाई से दो नंगे पैर झूल रहे हैं। कंधे के पिछली तरफ चटाई के नीचे से एक औरत की मुंडी लटकी हुई है। बिखरे बालों की लटें नीचे की ओर झूल रही हैं। सत्यजीत को तब अहसास हुआ कि यह तो कोई लाश को कंधे पर चटाई में लपेट कर ले जा रहा है।

फुर्ती से अपना मोबाइल लेकर उस आदमी के आगे-आगे चलकर उसका वीडियो बनाने लगा। कुछ पल के लिए मन में खयाल आया कि कुछ रुपये उसे पकड़ा दे या फिर कोई ऑटो, ट्रॉली ठीक कर दे ताकि वो इज्जत से शव को गाँव तक ले जा सके लेकिन सहानुभूति का वो पल ज्वार की तरह मन में उठा और दूसरे ही पल भाटा की तरह बह भी गया, उसे अभी इस वीडियो को अपने चैनल में भेजना है और भी दूसरे सक्रिय सोशल मीडिया पे डालना है ताकि यह अनहोनी-सी घटना को सभी जान पाएँ और फिर ऐसे दृश्य बहुत कम ही देखने को मिलते हैं। सरकार पर भी दवाब पड़ेगा, स्थानीय अंचल में नाम भी होगा। जो भी ही हो लाभ-हानि के खेल में ताना हार गया। वो शव को कंधे पर लेकर चलता रहा, सुहानी रोती रही, ठंडी लाश लटकी रही बस उसे ही कोई फर्क नहीं पड़ा। यह खबर आग की तरह चारों ओर फैल गयी। कुछ ही मिनटों में कई चैनलों पर रास्ते में

कुछ संजीदे लोगों ने मदद करके ताना को एक ट्रॉली में बिठाकर, सुहानी और उसकी मृत माँ के साथ गाँव तक भेजने का बंदोबस्त कर दिया लेकिन तीर कमान से निकल चुका था। फेसबुक, सोशल मीडिया में यह खबर देखकर शहरी बुद्धिजीवी समाज सक्रिय हो गया। वैसे भी लोग एक पैसे की मदद करें या न करें पर सोशल मीडिया पर दानवीर कर्ण बनकर जरूर कई आ जाते हैं, कई तो वीर योद्धा बनकर शब्दों के प्रहार से धनुर्धारी विजेता अर्जुन की तरह तीर साधकर वार करते हैं। सरकार, व्यवस्था, समाज सबको कोसना शुरू हो गया। छोटे से गाँव की घटना ने सारे देश का नाम, सारी दुनिया के सामने मिट्टी में मिला दिया, जिले की कलेक्टर दीदी बहुत होशियार हैं। व्यापारी परिवार से हैं। दूर-दूर तक उनके खानदान में किसी ने सरकारी नैकरी नहीं की। दीदी पहली कन्या रत्न है जो आइएएस पाई है। मसूरी में ट्रेनिंग लेकर आने वाले ये अधिकारी कानून-व्यवस्था के नियम घोंटकर पीकर आते हैं। अंग्रेजी जमाने के रहन सहन, साहिबी रुतबा, ओहदे का अहंकार कूट-कूट कर भर दिया जाता है और जब वो कुर्सी पर बैठते हैं तो अपने को भगवान से कम नहीं समझते। दीदी स्वभाव से काफी कड़ी है, बड़े बाबू से लेकर बीडीओ तक डरते हैं। कलेक्टर दीदी के आगे किसी की बोलती नहीं खुलती और उसके जिले में ऐसी घटना, वो तो तिलमिला गई। बड़े बाबू से कहा, "उस जाहिल को नोटिस करके बुलाओ, डॉक्टर से भी पूछताछ करो आखिर एम्बुलेंस क्यों नहीं मिली समय पर, जो भी जिम्मेदार होगा इस घटना के लिए, सभी पर पूछताछ होगी, कारवाई होगी। मैं किसी को नहीं बख्शूंगी। "डॉक्टर और अस्पताल के कर्मचारियों ने लिखित रूप में बता दिया कि "वो बिना डिस्चार्ज की स्लिप लेकर, बिना बताए अपनी मर्जी से, पत्नी को लेकर चला गया। उसने शराब इतनी पी रखी थी कि कोई भी उससे पंगा नहीं ले सकता था। झगड़ा करने पर आमादा था। चपरासी जैसे ही दूर गया, ताना अपनी पत्नी का शव लेकर निकल पड़ा। कस्बे के अस्पताल में कोई गेट तो है नहीं और न ही

कोई चौबीस घंटे चौकीदार तैनात रहता है। बड़ी नर्स दीदी ने भी बहुत समझाया, सुपरिटेंडेंट ने भी लिखित अनुमति नहीं दीं, किंतु वो जिद्द में ले गया। एम्बुलेंस का हेल्पर बाहर गया था, उसके आने का इंतजार भी नहीं किया।" सभी ने मिलकर एक दूसरे कर्मचारियों को बचा लिया। अब तो कलक्टर दीदी को सीएम ऑफिस से भी फोन आने लगा। दीदी महाशया को शराबी ताना एक शैतान से कम नहीं लग रहा है। आखिर उसी के कारण, उसके कैरियर के शुरूआती दिनों में इतना बड़ा स्कैंडल हो गया, बदनामी भी हुई, जिले की सारी जिम्मेदारी उसी के कंधों पर है, वो ही सभी की माई-बाप है। तीसरे दिन ऑफिस से आदेश जारी हुआ, "ताना को कलक्टर के सामने पेश किया जाए, उसने अपराध किया है। अस्पताल की अनुमति के बिना शव की चोरी और अस्पताल में शराब पीकर कर्मचारियों से ड्यूटी के समय झगड़ा किया है।"वहाँगाँव के समाज में भी बहुत आक्रोश है। आदिवासियों के नाम पर इतना पैसा आता है, योजनाएँ हैं तो फिर उनके पास क्यों नहीं पहुँचता। दूसरे समुदाय के मुखिया आकर एकजुट हो गए हैं। शहर से टीवी, पत्रकार, समाज सेवी, विरोधी दल के नेताओं का तांता ताना के घर पर लग गया है। न जाने कहाँ-कहा से सहायता आने लगी है। अब घर पर अन्न-धन की कोई कमी नहीं है। ताना सभी का हीरो बन गया है लेकिन ग्यारह दिन का शोक चल रहा है, भला इसमें कलक्टर के सामने कैसे हाजिर होगा? ये तो नियम भंग होगा। समाज के लोगों ने जाने को मना किया, अनुभवी बड़े बाबू ने अकेले में मैडम को समझाया, "मैडम जी, शराब पीना यहाँ अपराध नहीं है, उनकी जीवन शैली है फिर सरकार भी तो शराब को बढ़ावा दे रही है। दूसरे ये लोग अपने सामाजिक नियमों के पक्के होते हैं। सरकारी नियमों का कोई वजूद नहीं इनके सामने। व्यवस्था से गलती हुई है, यह हम सबको पता है। उस पर केस करके हमें और बदनामी मिलेगी। बल्कि सरकारी योजना में पक्का घर, राशन सब मुहैया कराने से हमारी इज्जत भी बच जाएगी।"कलक्टर दीदी को यह

बात समझ आ गयी, कूटनीति से ही कलंक धुलेगा। जो छि: छि: होनी थी हो चुकी। जितनी जल्दी लीपा-पोती हो जाए उतनी ही जल्दी सबकी साख रह जाएगी।

फिर से आदेश निकला, ताना के घर राशन पहुँचा, पक्का घर बनाने बीड़ीओ पहुँच गए। बैंक में धनराशि भी पहुँच गई। न जाने कहाँ से खबर पाकर दुबई के एक शेख ने कई हजार डॉलर दान में भेज डाले। गुरुबारी के जाते ही धन की वर्षा होने लगी। सुहानी अब फटे-पुराने कपड़े नहीं पहनती। शहर के बड़े स्कूल में उसका दाखिला हो गया है। एक साँसद का अपना स्कूल-कॉलेज है, जो आदिवासी बच्चों की शिक्षा पर ही काम करता है। उन्होंने सुहानी की पूरी जिम्मेदारी ले ली है लेकिन सुहानी को अपनी बीमार प्यारी-सी माँ अभी भी बहुत याद आती है। ताना अब अपने समाज का मुखिया बन गया है। कई संस्थाओं ने उसे पुरस्कार भी दिया है। कई देशी-विदेशी पत्रकार उसका इंटरव्यू करने आते हैं। टीवी पर तो पूरा छा गया है। पिछले कुछ सालों में वो गाँव-गाँव घूम-घूम कर समाज सेवा का काम करता है। बड़ी-सी अपनी एसयूवी गाड़ी में हर जगह जाता है। ड्राइवर भी रख लिया है, एक आदमी भी तनख्वाह पर है जो उसके काम में मदद करता है। साफ-सुथरा उजला धोती कुर्ता पहनकर जब वो सचेतनता अभियान में निकलता है तो किसी नायक से कम नहीं लगता। सुहानी अब अठारह साल की होने वाली है। छ: महीने पहले अधेड़ ताना ने अपनी ही बेटी की उम्र की लड़की से तीसरी शादी कर ली है। सुहानी हॉस्टल में रहकर पढ़ रही है। सरकारी एम्बुलेंस सेवाओं पर लगी मुख्यमंत्री या प्रधानमंत्री के फोटो हटा लिए गए हैं, सेवायें सभी को मिल रही हैं। लोगों को कभी-कभी परेशानी भी होती है तो झट से वीडियो बनाकर या सोशल मीडिया में लिखकर अब लोग डालने लगे हैं।

***

तेजाब

"अम्मा कल से मुझे भी रात को दूध पीने को देना, मेरे स्कूल में मेरी सहेलियाँ कहती हैं कि दूध पीने से अकल आती है।" मीरा बड़े लाड़ से अपनी माँ को बोल रही है और अपना बिस्तर लगा रही है, "कहीं से बड़ी रकम मिलेगी तो एक गाय ही पाल लेंगे, तेरे लिए, बड़ी आई रात को दूध पीने वाली।" माँ ने प्यार भरी झिड़की से डपट दिया। तीनों भाई बहन एक ही रजाई में दुबक गए। घर बहुत छोटा है, कच्चा भी है, सरकार को लिखा है, इंदिरा आवास योजना में पक्का घर के लिए। सरपंच दस हजार रुपये मांग रहा है। पैसा मिलने के बाद उनका नाम लिस्ट में डालेगा। फिर बीडीओ भी अपना हिस्सा लेगा। पार्टी में एमपी का नुमाइंदा, सभी का थोड़ा-थोड़ा भला होगा तभी न जाकर घासीराम का पक्का घर बनेगा। दरवाजे के नाम पर सिर्फ एक लकड़ी का पट्टा है, चिटकनी की जरूरत ही नहीं। गरीब के घर चोरी का कोई डर नहीं। मीरा सबसे बड़ी बेटी है, दसवीं पास करके अभी ग्यारहवीं में दाखिला लिया है। गोरा रंग उसकी माँ पर गया है, बापू तो वैसे साँवले रंग के हैं लेकिन खेतों में धूप में काम करने से पूरे काले पड़ चुके हैं। मीरा वैसे तो पढ़ाई में कुछ खास अच्छी नहीं है लेकिन दसवीं की परीक्षा सेकंड डिवीजन में पास की है। उनके परिवार में यह पहली लड़की है जिसने दसवीं की परीक्षा पास की है और कालेज पढ़ने जाएगी। छोटी बहन मीता अभी छठी में ही पढ़ती है, भाई तीसरी में हैं। उसपर माँ-बापू का लाड़ कुछ ज्यादा ही रहता है। रात को देर तक दोनों बहनें रजाई में दुबककर गपशप मारती हैं "दीदी तुम अब आईब्रो बनवाने

पार्लर जाओगी न तो मुझे भी ले जाना।" मीरा ने ठंडी आह भारी, "अरी पूरा बीस रुपिया लेती है अनिता भौजी, उसके पार्लर में इससे सस्ते में नहीं होता। बड़ा शहर में तो पच्चास रुपया लगता है, जब पैसे होंगे तब जाऊँगी। तू तो अभी छोटी है, मुझे तो कॉलेज जाना है। अच्छा हुआ, ग्यारहवीं में यूनीफॉर्म कर दी है नहीं तो अच्छे सलवार कमीज भी नहीं हैं मेरे पास, क्या पहनती?"मीरा को अभी फैशन ही सूझता है। टीवी सीरियल की हीरोइनों की तरह सजना-सँवरना अच्छा लगता है पर पैसों की तंगी के चलते मन मार कर बैठ जाती है। जवानी अमीर-गरीब नहीं देखती, वो अपने आने की दस्तक बिन्दास होकर देती है ताकि दुनिया को पता चले। मीरा को सोलहवाँ साल अभी लगा है, अपनी बिरादरी और मोहल्ले की लड़कियों में सबसे सुंदर भी दिखती है। मार्केट में जब जाती है तो कई मनचले लड़के उसे पटाने के चक्कर में पड़े रहते हैं, फिर छिछोरे टाइप लड़के उसे जरा भी नहीं सुहाते। वो तो बस किसी पढ़े लिखे, शरीफ से लड़के के सपने देखती है और सपने देखना पाप नहीं। पिछले कुछ दिनों से बिल्लू चाचा के यहाँ उनका भांजा छुट्टियाँ मनाने आया है। मनीपाल में इंजीनियरिंग के पहले साल में है, मुश्किल से उन्नीस साल का होगा। बहुत ही शांत और सुंदर लड़का है। मीरा मन ही मन उसे बहुत पसंद करने लगी है। मोहल्ले के कान्हू, बलिया, जोगेश्वर की तरह वो छिछोरा नहीं है। उसके मोबाइल फोन पर बार-बार कॉल करके उसे तंग करते हैं। मीरा ने यह बात अपनी माँ को बताई है लेकिन बापू को नहीं, बापू सुनेंगे तो पढ़ाई बंद करा देंगे। मीरा बात करते-करते सो गई।

मीरा की आँखों में बिल्लू चाचा का भांजा आशुतोष बसा है, वो सपने में खो जाती है-दोनों हाथ पकड़कर नदी के किनारे घूम रहे हैं। आशुतोष धीरे से उसके गालों को चूमने लगा है।

अचानक उसे लगा कि उसके होठों में इतनी गर्मी है कि उसका पूरा चेहरा जलने लगा। मीरा धक्का देकर आशुतोष को परे हटाती है

और चिल्लाने लगती है "बचाओ-बचाओ, मुझे बचाओ, आग लग गयी।" उसे लगता है उसका ऊपरी हिस्सा जलकर झुलस रहा है। जलन भेद कर त्वचा, मांस को चीथड़े करती हुई हड्डियों तक पहुँच गयी है। अब तो दर्द से आवाज भी नहीं निकल रही, वहीं लेटी हाथ-पैर मारकर रोने लगी।

माँ-बापू चीखें सुनकर उठे, देखा किवाड़ पर तीन लोग खड़े हैं, मीरा की तड़पन का तमाशा देख रहे हैं और फिर जोगेश्वर बोला, "पुलिस में गयी तो, छोटी का भी यही हाल करेंगे।"और फिर तीनों भाग गए। माँ-बापू को कुछ समझ नहीं आया, बल्ब जलाया तो देखा मीरा सिर से लेकर पेट तक जली हुई है, सारी त्वचा झुलस गयी है। वो बिन पानी की मछली की तरह तड़प रही है।"कमीने तेजाब डाल गए मेरी बेटी पर, सत्यनाश हो, हे भगवान बचाओ" बस गाँव के भोले लोग। पानी भी नहीं डाले उस पर, कंबल लेकर ओढ़ा दिए ताकि जलन कम हो लेकिन कंबल की गर्माइश में मीरा की हालत और खराब हो गई। उसकी दर्दनाक चीखें सुनकर पड़ोसी भी आ गए, रात को ऑटो का इंतजाम करा कर अस्पताल ले गए। इन सब में तीन घंटे बीत गए, तेजाब मांस के अंदर तक जाकर उसे गला दिया। मीरा अब बेहोश है, मरी नहीं, लड़कियाँ भला कहाँ इतनी जल्दी मरती हैं। कयामत तक लड़ने की हिम्मत जो रखती हैं। अस्पताल में जले मरीजों की यूनिट नहीं है, जनरल वार्ड में ही पलंग पर डाल दिया है। माँ-बापू का रो-रोकर बुरा हाल है। मीता और छोटू सहमकर अस्पताल में ही एक कोने में दुबक कर बैठे हैं। डॉक्टर ने पुलिस को बुला लिया है, तेजाब से हमला हुआ है। पुलिस केस तो बनेगा ही, अगले दिन स्थानीय संवाददाताओं ने इस घटना को खूब बजाया। प्रशासन भी सकते में आया, माँ-बापू के बयान पर तीनों को ढूँढकर निकाला गया और कोर्ट में पेश किया गया। बेल नहीं मिली और वो लोग जेल गए, अभी छानबीन चलेगी। राजधानी से महिला कमीशन से कोई नहीं पहुँचा, चारों तरफ जब उन पर प्रेशर पड़ा तब उनकी टीम पहुँची

लेकिन उससे पहले ही कुछ दबंग समाज सेविकाएँ पहुँच गईं अस्पताल। हर जिले में बाल कल्याण समिति है, प्रोटेक्शन अधिकारी हैं। मीरा अभी नाबालिग है, ये उनका पहला काम है कि उसे सभी सुविधाएँ दी जाएँ। ये सब तनख्वाह लेने वाले सदस्य नियुक्त हुए हैं, जितनी आतुरता अपना मासिक खर्च लेने में दिखाते हैं, उतना काम करने में नहीं। जो भी प्रियदर्शनी मैडम भी बहुत मुँहफट हैं, तत्काल प्रेस कांफ्रेंस करके सरकारी महकमों के अधिकारियों की पोल खोल दी। एसपी से मिली, तत्काल बड़े अस्पताल में मीरा को एम्बुलेंस से भेजा गया। जिला जज की निगरानी में उसका केस आगे बढ़ा और सरकार ने सारा मेडिकल का खर्च उठाने का फैसला किया लेकिन मीरा दर्द से हर दिन मौत से लड़ती रही। उसका चेहरा भुने हुए बैंगन के भरते की तरह झुलस गया है। छातियाँ जलकर चमड़ी सिकुड़ कर गाँठ बन गयी है, होंठ दोनों खोल नहीं पाती, पाईप से खाना जाता है। पूरे छः महीने में आठ ऑपरेशन हुए हैं, प्यारी-सी किशोरी, जिन आँखों से सपने देखती थी, उन आँखों की पलकें तक जलकर खाक हो गयी हैं। लड़कों के माँ-बाप आए दिन केस वापस लेने की धमकी देने लगे।

प्रियदर्शिनी मैडम ने हाईकोर्ट में अपील कर दी कि अगर ये लड़के बेल लेकर बाहर आते हैं तो मीरा की जान को खतरा है, अपील मंजूर हुई। मीरा को सुरक्षा प्रदान की गयी लेकिन इन सब में बापू पूरा लुट गया। छः महीने तक पूरा परिवार अस्पताल में ही रहा। मीता ने स्कूल जाना बंद कर दिया, कोर्ट से पहले दो लाख की राहत मिली। मीरा का बैंक अकाउंट खोला गया, सारी रकम सीधी उसके खाते में आयी। सरकार ने यह काम अच्छा किया है, राहत का पैसा हिताधिकारियों के खाते में सीधा जाता है, बिचौलियों की दुकान बंद हो गयी है। राहत का पैसा जैसे ही आया, मीरा के बापू-माँ के दिमाग में शैतान भी धीरे से आकर बस गया, आनन-फानन घर को पक्का बना दिया। बेटे के लिए साइकिल, कपड़े खरीदे, दो महीने में ही सबकुछ खर्च करके फिर से खाली हाथ करके बैठ गए। मीरा का

इलाज सरकार कर रही है, ऊपरी खर्च कई कोमल-दिल वाली समाज सेविकाएँ आकर पूरा कर देती हैं। मीरा छः महीने बाद थोड़ी ठीक होकर घर जाने वाली है। प्रियदर्शिनी और ललिता मैडम ने अच्छे से बताया है कि "गाँव में जाकर सावधानी से रहना है, जोगेश्वर और कान्हू के घर के लोग डरा-धमकाएँगे लेकिन डरना नहीं, कुछ भी होने पर सौ नंबर डायल करना।" मीरा का मन गाँव वापस जाने को एकदम नहीं है, पर जाना तो पड़ेगा। शहर के अस्पताल के प्राइवेट केबिन में उसे कई लोग मिलने आते थे, फिल्मों के कलाकार भी आते थे। हर हफ्ते कोई न कोई पत्रकार आकर भेंट करता था। एनजीओ की सदस्याएँ आकर भी मिलती थीं, कई बड़े प्यार और स्नेह से और कई सिर्फ दिखाने के लिए, ढेरों तस्वीरें खींची जाती थीं। फ़ेसबुक पर उसके साथ कई लोग अपनी फोटो डालकर समाज सेवा की दुकान भी चलाते थे। शरीर के कष्ट वो इन सब चहल-पहल में भूल-सी जाती थीं। गाँव में वही घर, वही लोग, उसकी पीठ पीछे उसी को इस तेजाब के हमले का जिम्मेवार बताने वाले लोग रहेंगे। मीता का मन भी गाँव में नहीं लगता है। मीरा दीदी के साथ वो पूरे छः महीने अस्पताल रही है। शहर की हवा उसे भा गयी है, दोनों बहनों का इरादा है कि कुछ दिन गाँव में रहकर फिर कोई काम का बहाना बनाकर शहर वापस आ जाएँगे। जिसका अंदेशा था वही हुआ, टैक्सी से बाहर जैसे ही कदम रखा। पड़ोस की कमला चाची ने दौड़ कर आकर छाती से भींच लिया।"अरे कितनी सुंदर बेटी का देखो क्या चेहरा बन गया है, बदमाशों के कीड़े पड़ें, जिन्होंने ऐसा जलाकर रख दिया, बिचारी की क्या गलती थी?"फिर मीरा की माँ की ओर देखते हुए बोलीं, "मैं तो अपनी बेटी को अकेले बाजार भी नहीं भेजती किसी लड़के से दोस्ती तो दूर, बात भी नहीं करने देती, ताकि वो कोई गलती न करे। हम क्यों मौका दें, दूसरों को बदमाशी करने का। अब मीरा की शादी तो होने से रही, क्या करेगी अभागिन? कैसे जियेगी इतनी भयंकर शकल के साथ सारी जिंदगी।" अपने पल्लू से सूखी आँखेंपोंछती हुई अपने

घर वापास चली गईं। उसके बाद तो ये रोज का सिलसिला, कोई न कोई आकर मन को तोड़ने वाली बात करके चला जाता, संदेश छुपा-सा होता लेकिन स्पष्ट होता कि मीरा के साथ जो भी बुरा हुआ है उसकी जिम्मेदार वो खुद ही है। छोटी-सी मीरा की आत्मा तक रो उठती, पलक हीन, जली हुई आँखों से आँसू जब सूखी, जली चमड़ी वाले गालों पर गिरते तब कोई उसके आँसू पोंछनेवाला भी नहीं होता। रात को प्रियदर्शिनी मैडम का फोन आया, "बेटा कैसी हो?" ठंडी-सी आवाज में बोली "ठीक हूँ, रात को बाहर जाने में डर लगता है, घर में बाथरूम नहीं है, पेशाब के लिए बाहर जाना पड़ता है।" प्रियदर्शिनी मैडम को गुस्सा भी बहुत जल्दी आता है, "क्यों क्या हुआ ? तुम्हारे बापू ने पक्का घर बनाया है, इतना फालतू का सामान खरीदा तो तुम्हारे लिए घर के अंदर एक लैट्रीन नहीं बनाया, तुम्हारा सारा पैसा बर्बाद कर दिया। केस खत्म होने पर बाकी की रक्म मिलेगी, ये तो सारा पैसा इधर-उधर खर्च कर देगा।"मीरा शर्म से कुछ भी न बोल सकी। मैडम एकदम ठीक बोल रही थीं लेकिन अस्पताल में सेवा तो माँ-बापू ने ही की है। उनको कैसे मना करें, वो बोली, "मैडम प्लीज़ मेरे लिए कोई ट्रेनिंग-वगैरह का इंतजाम कर दो। बाहर रहने का ठिकाना कर दो, मैं अब और नहीं पढ़ूँगी, काम करके जीना चाहती हूँ।"

प्रियदर्शिनी भी समझती है उसका दुःख और मजबूरी वो बोली, "ठीक है अगले महीने जब आँखें दिखाने अस्पताल आओगी, तब मेरे से मिलना तब तक स्किल डेवलपमेंट में तुम्हारी ट्रेनिंग की व्यवस्था करती हूँ। हॉस्टल में रहना होगा, भत्ता भी मिलेगा। अच्छे से काम सीखना, आगे चलकर काम आएगा बेटा, अपने पैरों पर खड़े होना बहुत जरूरी है। दान, सहायता के पैसों के बल पर ज्यादा दिन नहीं जिया जा सकता। तुम बहादुर बच्ची हो, समाज में उदाहरण बनना, ठीक है, मन खराब मत करो किसी की बातें, तानें वाली बातें, एकदम मत सुना करो, बस अपना मन मजबूत बनाना, ठीक है बच्चे।" मीरा फोन पर फूट-फूट कर रोने लगी। मैडम की बातें उसे अंदर तक छू जाती हैं, वो उनको बहुत प्यार करने लगी है। मैडम भी दिल से

चाहती हैं मीरा अपने जीवन की नैया खुद संभाले। उसके माँ-बापू से उसे कोई खास आशा नहीं है।

प्रमिला के केस ने नया मोड़ लिया है, तेजाब फेंकने वाला अब सेना में नौकरी कर रहा है। उसके केस की फाइल एसपी ने फिर से खोली, उसको बेल मिल गयी थी और फाइल भी बंद हो चुकी थी तकरीबन छः साल से। प्रमिला का हाल तो और भी बुरा है, एक आँख तो पूरी जलकर खराब हो गयी है। दूसरी आँख के आठ ऑपरेशन के बाद थोड़ा-सा दिखता है। तीन साल वो सड़े हुए शरीर के साथ घर पर इलाज कराती रही। एसपी ने उसकी हालत देखी और उसने फिर से फाइल खोलने के आदेश दिए और जाकर मिजोरम से सुरेश को गिरफ्तार किया। इसी बीच एक संस्था तेजाब हमले से पीड़ित लड़कियों का फैशन शो कराने वाली थी। प्रमिला उनका ट्रम्प कार्ड है, उसे लेकर मुख्यमंत्री से मिली। मुख्यमंत्री ने भी जाँच के आदेश दिए, संस्था की सदस्याओं ने सोशल मीडिया में अपना प्रचार बहुत किया। वाह-वाही लूटी, डोनेशन भी खूब मिला, सारे भारत की पीड़िताओं को लेकर जबरदस्त फैशन शो किया। पहली बार फिल्मी सितारे एक-एक पीड़िता का हाथ पकड़कर रैम्प पर चले। बदसूरती को रंगीन जामा पहना कर खूबसूरती से पेश किया गया। सभी ने बहुत सराहा, यूपी से तो कई लड़कियाँ बेचारी ऐसी थीं जिन्हें राहत कि कोई खास रकम भी नहीं मिली, इतनी बुरी तरह से जली हुई, झुलसी हुई लेकिन जिन्दादिली के साथ हर हालात का सामना करती हुई। उनके जीवन में भी ऐसा पहली बार हुआ है जब हजारों दर्शक तालियों के साथ उनका स्वागत कर रहे हैं। फिल्म के हीरो उनके साथ चल रहे हैं, समाज सेविकाएँ गले मिल रही हैं। उन सभी को पहली बार लगा कि वो इंसान हैं, उन्हें भी जीने का हक है, दुनिया इतनी भी बुरी नहीं है। मीरा भी और तीन पीड़िताओं के साथ उस ग्रुप में शामिल हो गयी। पूरे देश के अलग-अलग शहरों में फैशन शो होने हैं, कंपनी को बहुत फायदा हो रहा है। संस्था ने भी खूब पैसा और नाम कमाया है।

मीरा ट्रेनिंग भूलकर फिर से इस भूल-भुलैया में भटकने लगी, चार दिन की चांदनी फिर अंधेरी रात। अब सब कुछ फिर से पहले जैसे हो गया है। पेपर, टीवी पर चर्चा तो कुछ दिनों तक बहुत हुई लेकिन अब कोई बात नहीं करता है। खबरें बासी हो चुकी हैं, संस्था की मैडम का नाम और काम चल पड़ा है, वो बहुत व्यस्त हैं। कइयों ने अपने नाम से ट्रस्ट बना लिया है ताकि लोग सीधा उन्हें सहायता पहुँचा सकें। जो सीधी-साधी बची रहीं वो फिर से अपने वजूद की तलाश में भटक रही हैं। ललिता ने खुद दिल्ली में एक बच्ची की शादी रुकवाई थी, तब उस पर लड़के ने जानलेवा हमला किया था, तब तो नेशनल न्यूज में खूब आयी। वो पढ़ी लिखी आईटी की नौकरी करती थी। नौकरी छोड़कर अब पूरा समय समाज में ऐसी लड़कियों के लिए ही काम करती है। लाइम लाइट के नशे का स्वाद उसने भी चखा है, लेकिन संभल गयी है। लोग दूसरों की मजबूरी का कैसे इस्तेमाल करते हैं, इस बात का अनुभव उसे है। इसलिए वो जी-जान लगाकर इन लड़कियों को समझाती रहती है, नई राह दिखाती है।

मीरा ने भी अपने दो साल बस शो-बाजी में बर्बाद कर दिए, फिर उसे अहसास हुआ कि इज्जत से जीने के लिए उसे काम तो सीखना ही पड़ेगा। फैशन शो में नाम शोहरत तो मिली पर काम या पैसा नहीं। पैसा सब संस्था को मिला, फिल्म में हीरोइन तो एक ही बनती है बाकि सब एक्स्ट्रा रहती हैं। वो भी ग्रुप की एक सदस्या बन कर रह गयी। ललिता ने फिर से उसे समझाया कि कुछ काम सीख लो। इस बार मीरा की समझ में आ गया, दसवीं पास मीरा ने पहले "अंग्रेजी बोलना सीखने" वाला कोर्स किया फिर गैप के कारखाने में सिलाई सीखने का काम शुरू किया, ताकि वो हॉस्टल में रह सके। गाँव में अब वो एकदम नहीं रहेगी, इन दो सालों में जगह जगह फैशन शो करके अब अच्छे से हिंदी बोल लेती है। कपड़े भी फैशनेबल पहनती है, काम भी अच्छे से सीख रही है। आखिर उसे अहसास हो गया है कि दुनिया वालों को किसी के दुःख से कोई मतलब नहीं है।

जब तक उनका अपना स्वार्थ होता है, वो आपको पूछेंगे, उसके बाद टिशू पेपर की तरह उठा कर फेंक देंगे। सोशल मीडिया में एक फोटो पर तीन सौ कॉमेंट और एक हजार से ज्यादा लाइक आने से पेट नहीं भरता और न ही जीवन का मकसद पूरा होता है। अपनी लड़ाई खुद लड़नी पड़ती है। मीरा अब पूरी तरह से तैयार है, माँ-बापू गरीब हैं। उनकी परिस्थितियों ने उन्हें स्वार्थी बनाया है। उसे अब उनसे कोई शिकवा नहीं, मीरा ने स्कूल जाना शुरू कर दिया है। बाकी की रकम से दोनों भाई-बहन की पढ़ाई-लिखाई हो जाएगी। बापू भी बहुत बीमार रहने लगे हैं, माँ तो शर्म से गाँव के किसी के घर ज्यादा आती-जाती नहीं। पीछे मुड़कर देखती है तो कुछ भी पहले जैसा नहीं है। हम जो कुछ पीछे छोड़कर आते हैं वो पहले जैसा नहीं रहता। समय के साथ सबकुछ बदल जाता है। ट्रेनिंग के बाद बेंगलूरु की गारमेंट कंपनी में उसकी नौकरी लग गयी है। वो अब बेंगलूरु में रहती है, पाँच लड़कियों ने मिलकर एक कमरा किराये पर लिया है, उसी में गुजारा करती हैं। शनिवार-रविवार को दूसरी लड़कियाँ अपने-अपने दोस्तों के साथ रात बिताने बाहर चली जाती हैं या फिर घूमती-फिरती रहती हैं। किसी का अगर अपने साथी से झगड़ा हो जाता है, ब्रेकअप हो जाता है तभी कमरे में रहती हैं। मीरा के जीवन में अभी कोई नहीं आया है। प्रमिला को एक अच्छा जीवन साथी मिल गया है, जो उसे प्यार भी करता है और उसका ध्यान भी रखता है। मीरा फिर भी एक आशा लेकर जी रही है शायद उसे भी प्यार करने वाला कोई मिलेगा। बिना प्रेम के जीवन कितना कष्टदायक होता है, यह वह अच्छी तरह से जानती है। प्रियदर्शिनी मैडम से कभी-कभी बात करके अपना मन हल्का कर लेती है लेकिन नितांत अकेली इतने बड़े शहर में, जले-झुलसे मन और तन के साथ वो अकेली रहती है।

***

बिस्कुट

खूबचन्द की छोटी-सी कपड़ों की दुकान है, खूब बिक्री तो नहीं होती पर अपने ग्यारह जनों के परिवार का पेट जैसे-तैसे भर सकता है। बूढ़ा बाप तहसील में चपरासी था। उनकी थोड़ी-सी पेंशन आती है, भला हो पेंशनवाली नौकरी का, कम से कम एक पूरे परिवार का भरण-पोषण तो हो जाता है। तभी तो सरकारी चाकरी के लिए इतनी मारा-मारी होती है। बाप ने इतनी उम्र तहसील में चाकरी नहीं की, जितने साल से वो पेंशन खा रहा है। खूबचन्द भी बाप की हर जरूरत का खयाल रखता है। अम्मा के मरने के बाद उसकी पत्नी उर्मिला को समझा दिया है कि बाबा की सेवा में कोई कमी नहीं आनी चाहिए। तहसील में कई लोग अपनी जमीनों के मुकदमें लेकर आते हैं, ज्यादातर गरीब और अनपढ़। वकील भी खूब पैसा बनाते लेकिन कागज-पत्र का काम तो पटवारी ही करेगा। पटवारी निरंजन बाबू के खास होने की वजह से खूबचन्द के बाबा की ऊपरी कमाई हो जाती थी। साहब से भेंट कराने से लेकर, जरूरी दस्तावेज निकालने तक का हर काम करा देता था। एक खासियत थी गरीबों से ज्यादा जबरदस्ती नहीं करता था, बस हिसाब से ही पैसा लेता। थोड़ी बहुत जमीन खरीद ली। बेटे सभी पढ़ाई में नालायक निकले, चाह कर भी किसी महकमें में चाकरी नहीं लगा सका, सिवाय बड़े बेटे हुकुमचन्द के। वो पंचायत ऑफिस में हेड क्लर्क है। सरकारी क्वार्टर में अपने पूरे परिवार के साथ रहता है। बाबा ने खूबचन्द के साथ ही रहना ठीक समझा, उसे कपड़ों की दुकान खुलवा दी। खूबचन्द ने बखूबी संभाल ली। दोनों

बहनों की शादी बड़े भाई हुकुमचन्द ने करा कर अपने को परिवार से अलग ही रख लिया है। बच्चों को प्राइवेट स्कूल में पढ़ाता है, रहन-सहन भी आधुनिक है। खूबचन्द की छोटी बहन अपने पति की मौत के बाद दो बच्चों के साथ वापस पिता के घर आ गयी है। सभी का बोझ खूबचन्द के कंधों पर ही है। स्वयं उसके चार बच्चे हैं, दो बेटे, दो बेटियाँ। उर्मिला घरेलू स्त्री है, जैसे-तैसे खुशी से कम में गुजारा करके, परमात्मा का शुक्रिया अदा करती है। उनकी छोटी और आखिरी संतान बेटी है। उर्मिला और खूबचन्द, विधवा बहन सुनीता के पीहर आने के बाद से और संतान नहीं चाहते थे, लेकिन उर्मिला गर्भवती हो गयी। पहले तीन महीने तो पता ही नहीं चला, फिर दवाई की दुकान से खुद ही गोलियाँ खाकर, बच्चा गिराने की कोशिश करती रही। जब नहीं सफल हुई तो अस्पताल गयी, पाँचवाँ महीना चढ़ चुका था। डाक्टरों ने मना कर दिया, बेमन से बच्चा पैदा हुआ। दवाइयों का असर बोलें या भगवान की मर्जी या भाग्य, बेटी ने जन्म लिया। इतना बड़ा परिवार ऊपर से अनचाही बेटी किसी तरह की कोई खुशी नहीं, चारों ओर मनहूसियत ही छायी रही।

ननद सुनीता अपनी भाभी के मन की पीड़ा समझती है। वो बोली, "हम सब मिल जुलकर पाल लेंगे, भौजी, मन छोटा मत करो। लड़कियाँ अपना भाग खुद लेकर आती हैं, क्या पता ये कुछ अच्छा ले आए।"

भाभी ने भी मन पर पत्थर रखकर मान लिया, बस दूध पिलाने के लिए ही बच्ची की गोद में उठाती। खूबचन्द के पास अपनी संतान का मुँह देखने को न तो समय है और न ही इच्छा। बच्ची सारा दिन चटाई पर लेटी रहती। धीरे-धीरे वक्त के साथ बढ़ती चली गयी। अपने बड़े भाई-बहनों को खेलते, लड़ते, खाते-पीते देखती और उन्हीं की तरह हरकतें करती, "अम्मा देखो, छुटकी कैसे हँसती है।" बड़ी बहन शारदा अक्सर सबका ध्यान इधर कराती। "अम्मा देखो, कैसे जोर-जोर से हिलहिला रही है। अम्मा देखो, खाना ठीक से नहीं चबा रही, मुँह से

कैसे गिरा रही है, अम्मा देखो, पैंट में पेशाब कर दी, बताती भी नहीं।"अब सारे बच्चे छुटकी को झल्ली कहकर बुलाने लगे हैं। झल्लों की तरह बाल चेहरे पर बिखरे रहते हैं, मुँह से खाना गिरता रहता है। ठीक से चल भी नहीं पाती। ढेर होकर एक ही जगह बैठकर सबको देखकर हँसती रहती है। उर्मिला को मन ही मन गहरा सदमा है, शहर के बड़े अस्पताल में खूबचन्द के साथ जाकर डॉक्टरों दिखाया भी है।

दिमाग के एक्सरे से लेकर सीटी-स्कैन तक हुआ है। डॉक्टरों ने कह दिया है कि दिमाग नहीं बढ़ा है। शरीर तो उम्र के साथ बढ़ेगा लेकिन दिमाग छोटे बच्चों वाला ही रहेगा। बस कुछ कसरत और एक्सरसाइज बताई है। रोज करने से कम से कम अपना काम खुद कर पाएगी। ठीक से चल पाएगी, कुछ-कुछ बोलना भी सीख जाएगी। उर्मिला के मन में कई बार आया, चूहा मारने की दवाई खाने में मिलाकर दे दे और इस दु:ख से उसे मुक्ति दिलाए लेकिन मन में विचार ही आए, करने की हिम्मत न जुटा सकी। भगवान का डर, कहीं दूसरे बच्चों पर अभिशाप न पड़े। भगवान का डर हमें कई पाप करने से रोक लेता है। सुनीता को बड़ा भाई कोई सहायता या सहानुभूति भी नहीं दिखाता। छोटे भाई खूबचन्द ने, इतनी तंगी में भी उसको सहारा दिया है। सुनीता किसी भी तरह से यह कर्ज उतारना चाहती है। "भौजी तुम झल्ली से बेफिक्र हो जाओ, उसकी चिंता को मन में न लगाओ, वो मेरी जिम्मेदारी है, उसे मैं संभाल लूँगी।"उर्मिला की आँखें नम हो गईं। सुनीता को गले से लगा लिया, उसके ये दो बोल ही जीने के लिए काफी हैं। झल्ली पूरे मोहल्ले की प्यारी है। उसे कोई तंग करता है तो सुनीता ही प्यार से समझाती है। अब बच्चे उसे नहीं चिढ़ाते है, झल्ली ने भी धीरे-धीरे टट्टी-पेशाब करने खुद जाना सीख लिया है। भूख लगने पर अपनी प्लेट लेकर रसोई में माँ के सामने जाकर बैठ जाती है। माँ या बुआ जितना देती हैं चट से खा लेती है। भूख कितनी है, इसकी उसको समझ नहीं, बस सबकुछ खाना चाहती है। बिस्कुट का पूरा पैकेट एक मिनट में चट कर देती

है। उर्मिला भला रोज-रोज इतना चना चोर बिस्कुट एक ही बच्चे को कहाँ तक जुगाड़ करके दे। घर पर और भी बच्चे हैं, जवान हो रहे हैं, सबकी जरूरतें बढ़ रही हैं। बड़ा बेटा पढ़ने दूसरे शहर गया है। वो पढ़ाई में अच्छा है, नौकरी करेगा तो हालात अच्छे हो जाएँगे। भाभी एक दिन अपना सारा स्वाभिमान ताक पर रखकर, पंचायत ऑफिस में देवर से मिलने पहुँच गयीं। भीगी आँखों से जेठ की ओर देखा, "भैया राजेश भी तो तुम्हारा भतीजा है, तुम पर गया है, पढ़ाई में होशियार है। बस उसका खयाल रख लो, मानुष बन जाएगा। नहीं तो बाप की तरह दुकान पर ही बैठेगा। पुश्तैनी जमीन का हिस्सा भी तुम्हीं लेना, बस मेरे इस बेटे का साथ दे दो।"

जेठ समझदार है। पढ़ाई का मेल समझता है। घर की बहू ने पहलीबार मुँह खोलकर कुछ मांगा है, फिर राजेश पर उसे भरोसा और उम्मीद दोनों है। कुछ बन गया तो उसका भी नाम होगा। बहू को घर भेज दिया, "चिंता मत करो, उसकी पढ़ाई का खर्चा मैं उठाऊँगा। बाहर किसी को मत बताना, सभी मांगने आ जाते हैं, तुमको तो पता है, अपनी भाभी का स्वभाव, घर जाओ।" उर्मिला ने सच्चे मन से जेठ के पाँव छुए। आज उसे वो भगवान समान लगे। झल्ली की शादी ब्याह होना नहीं, पढ़ाई लिखाई पर कोई खर्च नहीं करना, बस दो वक्त की रोटी ही खाएगी। बाकि दो बच्चों को खूबचन्द संभाल लेगा। राजेश एक बार कुछ बन जाए तो सारे कष्ट दूर होंगे। ससुर की उम्र जितनी लंबी होगी, पेंशन की रकम आती रहेगी। सुनीता पीहर में रहती है तो क्या हुआ, बच्चों का हक तो ससुराल से उसे मिलेगा। एक बार राजेश सेट हो जाए, फिर जेठजी से कहकर सुनीता की ससुराल से फैसला कराएगी। न जाने कितने सपने देखते, सोचते वो घर वापस आ गई। झल्ली कभी-कभी लड़खड़ाती आती माँ से लिपट भी जाती है। माँ का मन तब पिघल जाता है, बाँस के पेड़ की तरह लंबी हो रही है। झल्ली, फ्रॉक के अंदर से उसका बढ़ता बदन, साफ दिखाई देता है, "हे भगवान, अब इसका क्या करूँ? एकदम जवान-सी दिखती है।" उर्मिला

ने सुनीता से कहा "नंगी टाँगे लेकर सारा मोहल्ला घूमती है, तुम इस बार बाजार जाओगी तो, दो नाईटी ले आना, वो ही पहने। लड़की जात, ढकी रहे तो अच्छा, न जाने किनकी नजर में पड़ जाए। ब्रा तो नहीं, शमीज ही अन्दर पहना दिया करो। दिमाग के साथ भगवान ने यह निगोड़ा शरीर भी छोटा ही रहने दिया होता।"सुनीता बाजार से ही नाईटी ले आई, घर में पुरानी कमीजों की बाँहे काटकर, शमीज बनाकर अंदर पहना देती ताकि छातियों के उभार खुलकर न दिखें। झल्ली के स्वभाव में भी कुछ-कुछ फर्क होने लगा है। अपने भाइयों को वो बड़े प्यार से देखती है, सुनीता के बेटे भी जवान हो रहे हैं। सुनीता ने उन्हें पूरी तरह से ताकीद की है कि वो झल्ली से दूर ही रहें। जवान विधवा हुई है वो, पुरुष की नजर अच्छी तरह से समझती है।

अमीर ससुराल छोड़कर ऐसे ही नहीं आई अपने भाई के घर। घर पर ही घर के मर्दों की नजर को बदलते देखा है उसने। कैसे-कैसे बहानों से उसके पास आने की कोशिशें कीं। चाहती तो वहीं रह जाती, रानी बनकर न सही पर आरामदार जिंदगी तो मिलती, पर सुनीता को मंजूर न हुआ, फिर दोनों बेटों की परवरिश, भाई के घर वो सुरक्षित है। झल्ली को भी सुनीता बुआ से लगाव है, रात को अपनी बुआ के पास ही सोती है। बड़ी बहन भी बुआ के पास सोती है। लड़के सभी दादा के पास उनके कमरे में रहते हैं। पिछले कुछ दिनों से झल्ली की तबीयत ठीक नहीं रहती। वो कुछ खाने-पीने की जिद्द भी नहीं करती है, बस चुपचाप कमरे में सोई रहती है। एक दो बार हाजमा खराब भी हो गया है, कभी दस्त तो कभी उल्टियाँ करती है। सारे घर में गन्द फैल जाता है। माँडाँटती भी है फिर सफाई भी करनी पड़ती है। एक दो बार तंग आकर झल्ली को पीट भी दिया, झल्ली बस अपनी निरीह आँखों से माँ को देखती रही। पिटाई पर रोई नहीं। सुनीता को उसकी आँखों में न जाने कैसी दुःख भरी नजर दिखाई दी, करुणा से उसका मन भर उठा। अब झल्ली को बहुत भूख लगती है। दीदी और भाई

की थाली से भी उठाकर रोटी खा लेती है। दोपहर को बाहर भाग जाती है, कभी-कभी कुल्फी वाला आता है तो कुल्फी पर ही झपट पड़ती है, "जा पहले अपनी माँ से पैसे लेकर आ, फिर दूँगा" झल्ली कुछ भी नहीं समझना चाहती। बस उसकी पीठ पर जोर से हाथ मार कर कुल्फी मांगने लगती है। मजबूरन वो उसको एक कुल्फी दे देता है फिर उसके दरवाजे के आगे जाकर जोर-जोर से चिल्लाने लगता है "दीदी, पैसा दे दो, बिटिया ने कुल्फी ली है। " अम्मा चिढ़-सी जाती है फिर भुनभुनाते हुए सुनीता के हाथ दस रुपये अपने बटुए से निकाल कर बाहर भेजती है, "आखिर कब तक ऐसा चलेगा, इसका पेट है या कुँआ, कभी भरता ही नहीं।" अम्मा बड़बड़ाती रहती है। झल्ली कुल्फी खाकर, पड़ोस की चाची के घर रोज की तरह चली जाती है। चाची भी उसकी अम्मा को नसीहत देने का एक भी मौका नहीं छोड़ती। आदर्श माँ के गुणों पर हजारों लेक्चर देती है फिर आखिर में "भई, अपने-अपने कर्मों का फल है, भगवान औलाद देकर, सभी के कर्मों का हिसाब करे है, जैसे कर्म वैसी औलाद।" अम्मा आज तक नहीं समझ पायी कि उसने ऐसे क्या कर्म किए थे कि ये झल्ली उसकी कोख में आई। सुनीता को तो झल्ली में काफी बदलाव नजर आ रहा है। एक दिन हिम्मत करके भाभी से बोल ही पड़ी "भाभी बुरा मत मानना, एक बार शहर की लेडी डॉक्टर को दिखा लाते हैं। झल्ली को कई महीनों से माहवारी नहीं हुई है, कहीं पेट में कुछ गड़बड़ न हो।मन में कई तरह की आशंका है, भाभी का माथा ठनका, गौर से झल्ली को देखा किसी अनहोनी की आशंका की ठेस दिल को लगी। औरत जात है, अच्छा-बुरा सब पहचान लेती है, दोनों ने एक-दूसरे की ओर देखा, शायद कुछ-कुछ समझ आने लगा, पर मन मानने को तैयार ही नहीं। लंबे हरे ढीले-से गाऊन में से झल्ली का बढ़ता पेट, कुछ चुगली करता नजर आ रहा है। छातियाँ बहुत बड़ी हो गयी हैं, "हे राम, अब ये कहाँ से मुँह काला करा ली, अगर पेट में कुछ रह गया तो सारा वंश खत्म हो जाएगा, हम तो कहीं के न रहेंगे।" अम्मा दहाड़ें मारकर रोने लगी।

सुनीता ने किसी तरह से भाभी को संभाला, मामला नाजुक है, जल्दी कुछ करना होगा। घर पर अभी किसी को पता नहीं है। सुनीता के मन में अपने बेटों पर संदेह उठा। माँ है, उसका मन नहीं मानता लेकिन सच्चाई छुप नहीं रही। भगवान से मन ही मन हजारों मिन्नतें मनाने लगी कि पेट का बच्चा किसी और का हो। उधर झल्ली की माँ की तबीयत बिगड़ने लगी, "इस उम्र में कालिख पुतवा दी इस लड़की ने, श्राप बनकर आयी है।" यही कह कह कर रोने लगती है, अगले ही दिन ननद भौजी झल्ली को लेकर, टैक्सी में शहर के एक नामी क्लीनिक पहुँच गयीं। सुनीता ने पता लगा लिया है कि यहाँ गैर-कानूनी ढंग से गर्भपात भी होता है। डॉ. शर्मिला ने झल्ली का मुआयना किया, कुछ टेस्ट कराए। साफ कह दिया, "छुपाने की बात नहीं है, लगभग छठा महीना चल रहा है, अल्ट्रासाउंड से पूरी अवस्था का पता चलेगा, अब और कुछ नहीं हो सकता। एबॉरशन की बात भी मत करना, लड़की की जान चली जाएगी"। इतना सुनते ही माँ बोल उठी, "मरती है तो मरे, पर ये बच्चा तो गिराना ही पड़ेगा, अब इसे कब तक छुपाऊँगी। आप ही मेरी भगवान हो, कुछ भी करो, ऑपरेशन करो, पेट काटो या गला, पर बच्चा गिरा दो, मेरे घर की इज्जत बचा लो।"डॉ. शर्मिला अब उन्हें मेडिकल की परिभाषा में कैसे समझाएँ, वो समझने की स्थिति में ही नहीं है। फिर डॉ. शर्मिला ने कहा, "अगर बच्चा पैदा होता है तो हम रख लेंगे, एक जोड़े को छोटा बच्चा चाहिए, वो सारा खर्च भी उठाएँगे और कुछ पैसे भी देंगे। शर्त है बच्ची को यहाँ पर हमारी देख रेख में छोड़ना होगा।"सुनीता ने एकदम से हामी भर दी, "हाँ-हाँ मैडम, मंजूर है, बस आप उस जोड़े से बात कर लो, हमें पैसा नहीं चाहिए और न ही बच्चा, बस इससे छुटकारा चाहिए।"डॉ. शर्मिला उनकी मजबूरी समझती है, बोली-"आप घर जाइये, अगले हफ्ते तक मैं पूरी तैयारी करके रखती हूँ, लड़की को ले आना, बाकी की जिम्मेदारी हमारी। बच्चा होने के बाद इसे ले जाना, घर पर कहना, दिमागी इलाज के लिए अस्पताल में भर्ती कराया है।"मानो

भगवान ने उनकी बात सुन ली, तीनों रात को टैक्सी में वापस घर पहुँचीं। बापू को बताया कि अस्पताल में मानसिक रोग की डाक्टरनी ने इलाज बताया है, अगले हफ्ते फिर लेकर जाना है, रात को सुनीता बुआ ने बड़े लाड़ से झल्ली को अपने पास बुला कर पूछा, तुम्हें कौन बुलाता है, दोस्त है? झल्ली ने बहुत बार पूछने पर कहा, बिस्कुट, "अच्छा तो वो तुम्हें रोज बिस्कुट देता है?"सुनीता ने पूछा, "कौन है, कौन-सा वाला भाई?" -झल्ली हँसने लगी, फिर गेट के बाहर हाथ पकड़कर बुआ को ले गयी, चाची के घर इशारा करके बोली "कैला भाई" सुनीता को तब पता चला कि पड़ोस की चाची का छोटा बेटा कैलाश, पैंतीस साल का शादी शुदा है, बीबी अक्सर मायके ही रहती है, तो असली शैतान वो है। उसकी माँ तो कितनी धर्म-कर्म की बातें करती है, घर पर कितनी अधर्म की बातें हो रही हैं। ये उसको नहीं पता चला क्या ? जरूर पता होगा। दिन भर तो बुढ़िया घर पर ही रहती है। सबकुछ उसकी मौजूदगी और रजामन्दी में ही होता होगा। हम लोग भी तो कितने बेखबर होकर, गाय की तरह झल्ली को खुला घूमने छोड़ देते थे।

भाभी को सारी बात बतायी "पर किस मुँह से झगड़ा करने जाएँगे, कोई प्रमाण भी नहीं, फिर बदनामी तो अपनी ही होगी। वो तो मर्द है, कोई अंगुली नहीं उठाएगा।" झल्ली की माँ ने तर्क दिया लेकिन चाची को खरी-खोटी सुनाना चाहती है, पर कैसे? अगर पुलिस में केस करेंगे तो कैलाश जरूर जेल जाएगा, तभी उसके मन को ठंडक पहुँचेगी। लेकिन उससे ज्यादा उसका अपने परिवार का ही नुकसान होगा। रात भर इसी उधेड़बुन में कट गयी। सुबह फैसला लिया "सुनीता, हम झल्ली को कल अस्पताल छोड़ आएँगे, एक बार इस नरक से छुटकारा पा जाएँ फिर चाची से निपटेंगे।" सुनीता को भी यही ठीक लगा। अगले दिन उसकी दो पुरानी नाईटी, शमीजें, पैरों की चप्पल और एक गमछा, बस यही सम्पति है झल्ली की अपनी पिता के राज में। ये सब एक थैले में भरकर फिर से टैक्सी लेकर नर्सिंग

होम पहुँच गई। डॉ. शर्मिला ने उसका थैला वापस कर दिया, बोली "अब आप लोग चिंता मत करो, इसके पहनने, ओढ़ने, खाने-पीने का हम ध्यान रखेंगे।"हाथ में उनके दस हजार रुपए भी दिए, "बस बच्चा स्वस्थ होना चाहिए।"दोनों वापस मुड़ने ही लगी थीं कि न जाने क्यों और कैसे झल्ली आकर अपनी माँ से लिपट गयी, फिर बोली "बिस्कुट", डॉ. शर्मिला ने झट से नर्स को आवाज दी "चाकलेट, बिस्कुट का डिब्बा खरीद कर लाओ, फ्रूट जूस भी।"माँ की आँखें नम हो उठीं, थोड़े से बिस्कुट की लालच में बिटिया की ये हालत हुई है। जो भी मन से बदनामी का बोझ तो उतर गया, लेकिन दिल के किसी कोने में ममता से भरी बदली बरसने लगी, आँखों से टप-टप आँसू बहने लगे। "मैडम बिचारी ये किस्मत की मारी है, देखना ज्यादा तकलीफ न होने पाए, पूरा ध्यान रखना, खबर देती रहना, हम इसे लेने जरूर आएँगे। " कहकर दोनों वापस आ गयीं। घर मोहल्ले सभी जगह कह दिया कि अस्पताल में दिमाग का इलाज हो रहा है, छः महीने बाद आ जाएगी। झल्ली के जाने के बाद सारा घर सूना-सा रहने लगा, कोई गन्द फैलाने वाला नहीं, अब ज्यादा भात रोटी भी नहीं बनती, कुल्फी वाला भी पैसे का तकादा करने नहीं आता। मनहूस-सी शांति छायी रहती है, दो महीने बाद खबर आयी कि झल्ली ने बेटा जन्म दिया है। एक महीना माँ के पास बच्चे को रखेंगे, फिर जोड़े को दे देंगे। बड़ी बेटी अरुणा की सगाई पक्की हो गयी है, सभी उसमें व्यस्त हैं, फिर से झल्ली घर पर आ जाएगी तो मुश्किल हो जाएगी। डॉ. मैडम को फोन पर ही बोला, "आपका और एहसान होगा अगर कुछ महीने और अपने पास रख लें तो। वैसे भी हम बच्चा देने के पैसे भी नहीं ले रहे, आप मदद कीजिए।" डॉ. शर्मिला ने कहा, "ठीक है, ये हमारे पास ही रहेगी, आप अपनी सुविधा से ले जाना।" और वो सुविधावाला वक्त कभी नहीं आया, कभी सगाई तो फिर बेटी की शादी, फिर बड़ा बेटा नौकरी पाकर बाहर ही रह गया और घर की जगह ताया के पास ही जाने लगा। जेठ की दो बेटियाँ है, दूर की

सोचकर उन्होंने बिसात बिछायी है। पढ़ा लिखा, आज्ञाकारी भतीजा अब बेटा बन गया है। बुढ़ापे का सहारा और मरने के बाद के क्रियाक्रम वही करेगा। सुनीता के बड़े बेटे ने एक कंपनी में नौकरी कर ली है। झल्ली का छोटा भाई बाप के साथ दुकान पर बैठता है। बड़े भाई की शादी के बाद उसकी होगी, दादा जी परलोक सिधार गए हैं। पुश्तैनी ज़मीन सारी खूबचन्द ने रख ली। बड़े भाई ने अगर बेटा लिया है तो उसकी कीमत ही उसका हिस्सा है, सो हुकुमचन्द ने अपना हिस्सा नहीं मांगा। माँ बीच-बीच में छः महीने में एकाध बार फोन करके झल्ली का हालचाल पूछ लेती है। छोटे बेटे की भी शादी हो गयी है। बड़ा बेटा तो तिरुवनंतपुरम में इनकम टैक्स के ऑफिस में काम करता है। जेठ जी ने अपने ही साढ़ू की बेटी से शादी करा दी है। बारात भी जेठ जी के घर से ही गयी, बहू की डोली भी वहीं उतरी। विदा होकर पति के साथ केरल जाने से पहले अपने सास ससुर को प्रणाम करने दोनों पति-पत्नी आए। माँ के अरमान मन में ही रह गए लेकिन ये सौदा उसने ही किया था, अपने बेटे के भविष्य के लिए। अब मन खराब करके क्या करें? हाथ की दोनों चूड़ियाँ बहू को पहना दीं, लाड़ से गले लगाया। बेटा भी आज्ञाकारी है, केरल जाकर कभी कभार माँ-बाबा को पैसे भी भेजता है। छोटे बेटे ने दुकान पूरी संभाल ली है। रेडीमेड का काम भी साथ में शुरू कर लिया है, पहले ही बोल दिया, "अच्छे गुजारा के लिए नौकरी वाली बहू लाना, नहीं तो बस ऐसे ही जिंदगी कटेगी।"माँ-बाबा ने भी स्कूल की टीचर से शादी करा दी। बहू दिखने में कोई खास नहीं है परंतु सरकारी स्कूल में टीचर है। अब तो मास्टर-मास्टरानी की तनख्वाह भी अच्छी मिलती है। कमाईदार बहू है, दहेज मांगने की हिम्मत ही नहीं हुई। तनख्वाह का पैसा घर पर ही तो आएगा, यही मान संतोष कर लिया है। सुनीता की उम्र हो रही है, उसने भी कोर्ट में जाकर अपने बच्चों का हक मांग लिया है। थोड़ी दौड़ धूप के बाद संपत्ति का हिस्सा मिल

गया है। बच्चों ने भी मंडी में थोक की अनाज की दुकान खोल ली है। अब लक्ष्मी का आगमन उसके घर हो चुका है।

छोटी बहू के छः साल तक जब कोई बच्चा नहीं हुआ तो, माँ को डॉ. शर्मिला की याद आई। बहू को दिखाने सुनीता के साथ नर्सिंग होम भेजा। डॉ. शर्मिला अब कम ही नर्सिंग आती हैं। दूसरी डॉक्टर ने काफी सारे टेस्ट लिखाकर राजेश्वरी को कहा, "अगली बार पति के साथ आना, दोनों का टेस्ट करके पता चलेगा, तभी पूरा इलाज शुरू होगा।" सुनीता ने राजेश्वरी को समझाया, "घबराओ मत कईयों के देर से बच्चा होता है और फिर आजकल तो कई तरीके निकल आए हैं। थोड़ा पैसा खर्च होगा, पर बच्चा जरूर हो जाएगा। भगवान पर भरोसा रखो।"राजेश्वरी को अपनी सेहत के बारे में पता है, तभी तो सरकारी नौकरी पेशा लड़की की शादी माँ बाप ने बारहवीं पास दुकानदार से की है। अब वो क्या बोले? इलाज से अगर माँ बन जाए तो ठीक है नहीं तो बच्चा गोद ले लेगी। अब यह भी नहीं पता है कि घर वाले इस बात पर राजी होंगे या नहीं? सुनीता ने नई डॉ. परमीत कौर से पूछ ही लिया, "डॉ. शर्मिला के यहाँ एक पगली-सी लड़की रहती है, कहाँ है वो!"डॉ. परमीत कौर ने कहा, "अरे वो झल्ली, हाँ-हाँ, वो मैडम के घर पर ही रहती है। उनके घर में एक कमरा पूरा उसे दिया हुआ है। एक दाई भी उसके पास हमेशा रहती है, उसका खयाल रखने, क्या आप उसे जानती हो?"सुनीता बोली, "हाँ, वो मेरी भतीजी है, क्या उससे मिल सकते हैं?"डॉ परमीत कौर बोलीं, "ये तो आपको मैडम के घर जाकर देखना पड़ेगा। वो नर्सिंग होम के पीछे वाले बंगले में अपने पति के साथ ही रहती है, बच्चे सभी बाहर सेटल हैं। सो उनका मन झल्ली के साथ लगा रहता है, "आप बैठो मैं जरा फोन करके पूछ लेती हूँ।"थोड़ी देर बाद डॉ. परमीत ने फोन भी किया, उधर से पता नहीं क्या बात हुई, उसके चेहरा का भाव ही उतर गया। फोन रखकर बोली, "मैडम थोड़ा बिजी हैं, अगले हफ्ते आने को बोला है, अभी नहीं मिल सकती। वो बोली हैं कि झल्ली इतने दिनों बाद फिर से अपने

माँ बाप या रिश्तेदारों से मिलेगी तो शायद डिस्टर्ब हो जाए। बड़ी मुश्किल से आप सबको भुला कर यहाँ सेट हुई है। इसलिए दूर से मिलकर चले जाना।" डॉ. परमीत ने कहने को तो कह दिया लेकिन कुछ असहज-सी लगने लगीं। सुनीता को भी कुछ अटपटा नहीं लगा, जो भी हो कई साल पहले वो लोग उसे अकेला यहाँ छोड़ गए थे। एक तरह से अपना पिंड ही छुड़ाया था और फिर एक बार भी सुधबुध नहीं ली। अगले हफ्ते भाभी के साथ एक बार देख जाएँगे, अपना खून है। देख लेंगे तो मन को शांति हो जाएगी, भाभी को आकर सारी बात बतायी। भाभी वैसे ही बहू के इलाज को लेकर परेशान हैं। झल्ली को मिलने को मन कर आया, कैसे उसका बच्चा गिराने की तरकीबें की थी और आज कैसे बहू के बच्चा होने को लेकर परेशान है। अगले हफ्ते ननद-भाभी दोनों तैयार होकर डॉ. शर्मिला के घर पहुँच गयीं। डॉ. शर्मिला की भी उम्र हो रही है, लेकिन अभी भी सुंदर दिखती हैं। बहुत प्यार से तो नहीं पर शालीनता से बरामदे की कुर्सियों में दोनों को बिठाया। नौकरानी ने आकर चाय दे दी, कोई खास बातचीत नहीं कोई कर पाया। आखिर अपनी अमानत को वापस लेने तो आयी नहीं थी, बस देखने आयी थी। शुक्रिया अदा करने आयी थी कि उनके बोझ को कैसे डॉ. शर्मिला ने उठा लिया। डॉ. शर्मिला उन्हें अपने घर के आखिरी कमरे तक ले गईं। बाहर ही खिड़की का पर्दा हटाकर कहा, "देखिए आपकी बिटिया, जिसे आप छोड़ गए थे, यहीं रहती है, राजी-खुशी है।"माँ ने अंदर देखा एक मोटी औरत जैसी कोई आकृति बैठी हुई है, सिर पर खूब तेल लगा है। कसकर पीछे एक चोटी बाँधी हुई है, रंग साफ तो है पर चेहरा मोटा-फूला हुआ है। बड़ी बड़ी परंतु चमकहीन आँखें, दोहरी गर्दन, फैली हुई, लटकी हुई बड़ी-बड़ी छातियाँ, "पूतना" डायन जैसे तस्वीर में दिखती हो, उसी तरह।लंबा-साचोंगा, साफ सुथरा है। मोटे-मोटे पैर, झल्ली कहीं से भी नहीं लग रही है। फिर गौर से देखा तो पहचाना यह झल्ली है। पिछले दस-बारह सालों में कितनी बदल गयी, बूढ़ी-सी लग रही है। कमरे में टीवी है, पलंग

है, एक टेबल पर कुछ खिलौने भी पड़े हैं। साथ ही डिब्बे भर के बिस्कुट, जो उसे बचपन से ही पसंद। उस समय वो कानों में ईयरफोन लगाकर शायद कुछ गाना सुन रही है, कभी आँखें बंद कर लेती है तो कभी खोल लेती है। माँ-बुआ की आँखें भर आयीं और क्या बोलें या देखें। डॉ. शर्मिला के सामने हाथ जोड़कर माँ खड़ी हो गयी, "मैडम, आपने हमारी इज्जत रख ली, बच्ची को भी संभाल लिया, हम यहाँ कुछ लेने नहीं आयीं। बस बच्ची का खयाल रखना।"डॉ. शर्मिला ने हाथ में लिफाफा पकड़ा है, जबरदस्ती माँ के हाथ रख दिया, "ये छोटी-सी रकम है, भेंट है रख लीजिए। आपके बुढ़ापे में काम आएगी परंतु आप फिर मत मिलने आना। अनुरोध है, कहीं आपके बच्ची की बात खुल गयी तो सबकी बदनामी होगी।"माँ ईशारा समझ गयी, लेकिन इस बार लिफाफा नहीं रखी, बोली "इसे आप ही रखिए, झल्ली पर काफी खर्च करती हैं आप, मैं तो कुछ भी नहीं दे पायी।"आँखें पोंछती हुई, सुनीता की बाँह पकड़कर बंगले से बाहर चली गयी और रुक पाने की उसकी बूढ़ी टांगों में हिम्मत नहीं है। डॉ. शर्मिला ने भी चैन की साँस ली, दाई से बोली, "झल्ली को समय से टॉनिक दे देना, कल उसका अल्ट्रासाउण्ड है। इस बार ध्यान ज्यादा रखना होगा, छठी प्रेगनेंसी है, बस ये ही लास्ट है अब और पैदा करने की कैपेसिटी नहीं रही इसकी।"

दाई भी बड़ी वफादार है, अच्छी रकम मिलती है उसे झल्ली की देखभाल करने की। कभी सरोगेसी में तो कभी 'आईवीएफ' में झल्ली का इस्तेमाल होता है। भगवान ने दिमाग तो नहीं दिया पर सारा आशीर्वाद उसकी कोख में दे दिया है। हर दूसरे साल बच्चा पैदा करवाते हैं। मजाल है कि गिर जाए या खराब हो जाए या फिर कमजोर हो, बस आखिरी महीनों में उसका ध्यान रखना पड़ता है। वैसे भी अपने बच्चों को छाती से एक-एक महीने तक चिपका के रखती है। दाई को कई नींद की गोलियाँ देकर झल्ली को कई दिनों तक सुलाकर बच्चे से दूर करना पड़ता है। काम बड़ा मुश्किल होता है

पर कीमत पूरी मिलती है। कहीं न कहीं उसे भी पता है कि बस ये आखिरी डिलीवरी है, शायद उसके बाद ये बचे भी या न बचे। झल्ली अपने कमरे में अकेली बैठी है। बिस्कुट के डिब्बों को एकटक देखती हुई, अब उसे बिस्कुट भी अच्छे नहीं लगते। सुनीता अपनी भाभी को संभालते बाहर को आ गयी है। अस्पताल की एक पुरानी नर्स कमला दीदी जिसे कुछ समय पहले दवाइयों की चोरी के इल्जाम में डॉ. शर्मिला ने नौकरी से बाहर कर दिया है, उसने दोनों को बंगले से बाहर जाते देख लिया है। बदला लेने का अच्छा मौका है, सारी पोल झल्ली की माँ के आगे खोल दी कि कैसे उसे बच्चा पैदा करने वाली मशीन बनाकर रखा है। तरह-तरह के दवाइयों के प्रयोग करती है। दोनों सुन कर सकते में आ गयीं। झल्ली की माँ को जैसे लकवा मार गया हो। वहीं गाड़ी के पास चक्कर खाकर रास्ते में ही गिर पड़ी। कमला दीदी ने संभाल कर उठाया, "हिम्मत रखो अम्मा जी, थाना जाओ, रपट लिखाओ, उस कसाई डॉक्टर को जेल भिजवाओ, अपनी बिटिया को इस नरक से छुड़वाओ। तुम्हारी बेटी है, तुम्हारी बात पुलिस सुनेगी। हमें तो डाँटकर भगा देती है, फिर बड़े लोगों से कौन दुश्मनी ले।"बस अपना फर्ज पूरा करके कमला दीदी छूमंतर हो गयी। झल्ली की माँ उस दिन भी बेबस थी, आज भी बेबस है। झल्ली को वापस घर लाने की चाह तो है लेकिन हिम्मत नहीं है। किस-किस को क्या जवाब देगी, क्या बतायेगी? उसकी इस हालत की जिम्मेदार कहीं न कहीं वो भी है। दुःख, संताप, पश्चाताप, बेबसी से लदी हुई जिंदा लाश की तरह गाड़ी में बैठ गयी। सुनीता भी कुछ नहीं कह पाने की स्थिति में है। झल्ली को उसके हाल पर छोड़कर दोनों अपने घर वापस आ रही हैं।

***

BLACK EAGLE BOOKS

www.blackeaglebooks.org
info@blackeaglebooks.org

Black Eagle Books, an independent publisher, was founded as a nonprofit organization in April, 2019. It is our mission to connect and engage the Indian diaspora and the world at large with the best of works of world literature published on a collaborative platform, with special emphasis on foregrounding Contemporary Classics and New Writing.